STEFANIE KASPER

Der Eid der Seherin

Buch

München, 1516: Wilhelm IV., der Herzog von Bayern, erhebt das Reinheitsgebot beim Bierbrauen zum Gesetz. Aus diesem Anlass lädt er den Adel und die Mächtigen Bayerns zu einem großen Fest mit Turnier nach München ein. Auch Emma von Eisenberg und ihr Mann Erik reisen mit ihren Kindern an. Während der rauschenden Festwoche lernt Emma Wilhelms Schwester Sabina kennen, die vor ihrem grausamen Gatten, Herzog Ulrich von Württemberg, geflohen ist. Die junge Frau trägt Blutergüsse am ganzen Körper, sie hustet und spuckt Blut. Herzog Wilhelm, der Emmas Heilkräfte zunächst für Hokuspokus hält, bittet sie schließlich, den Aufenthalt bei Hofe zu verlängern und sich um Sabina zu kümmern.

Aber Sabina ist in München nicht mehr sicher, ihr Mann Ulrich ist ihr längst auf der Spur. Und als es der Zustand der Herzogin zulässt, verlässt Sabina zusammen mit Emma, Erik, den Kindern und Emmas Zofe Franziska die Münchner Residenz und reist nach Augsburg. Dort trennt sich die Gruppe: Während Erik nach Nürtingen aufbricht, um Sabinas Sohn und Tochter zu holen, die bei einer entfernten Tante versteckt werden, wollen die drei Frauen mit Emmas Kindern nach Peiting reisen, wohin später auch Erik mit Sabinas Kindern kommen soll. Emma leidet sehr unter der Trennung von ihrem geliebten Gatten; außerdem hat sie Angst, ohne ihn zu reisen. Und dann passiert tatsächlich das Unfassbare: Sabina, Emma, Franziska und die Kinder werden von Ulrichs Schergen entführt …

Autorin

Stefanie Kasper ist Mitte zwanzig. Sie stammt aus Peiting im Bayerischen Oberland und lebt in Landsberg am Lech. Gleich mit ihrem ersten Roman, »Die Tochter der Seherin«, gelang ihr ein großer Erfolg.

Von Stefanie Kasper außerdem bei Goldmann lieferbar:

Die Tochter der Seherin. Roman (46581)

Stefanie Kasper

Der Eid der Seherin

Roman

GOLDMANN

FSC
Mix
Produktgruppe aus vorbildlich
bewirtschafteten Wäldern und
anderen kontrollierten Herkünften

Zert.-Nr. SGS-COC-1940
www.fsc.org
© 1996 Forest Stewardship Council

Verlagsgruppe Random House FSC-DEU-0100
Das FSC-zertifizierte Papier *München Super* für dieses Buch
liefert Arctic Paper Mochenwangen GmbH.

1. Auflage
Originalausgabe November 2009

Vermittelt durch die
Literatur- und Medienagentur Ulrich Pöppl, München
Umschlaggestaltung: Design Team München
Umschlagfoto: corbis/The Gallery Collection
Redaktion: Regine Weisbrod
BH · Herstellung: Str.
Druck und Bindung: GGP Media GmbH, Pößneck
Printed in Germany
ISBN: 978-3-442-46859-1

www.goldmann-verlag.de

Für Tossa,
como loco.

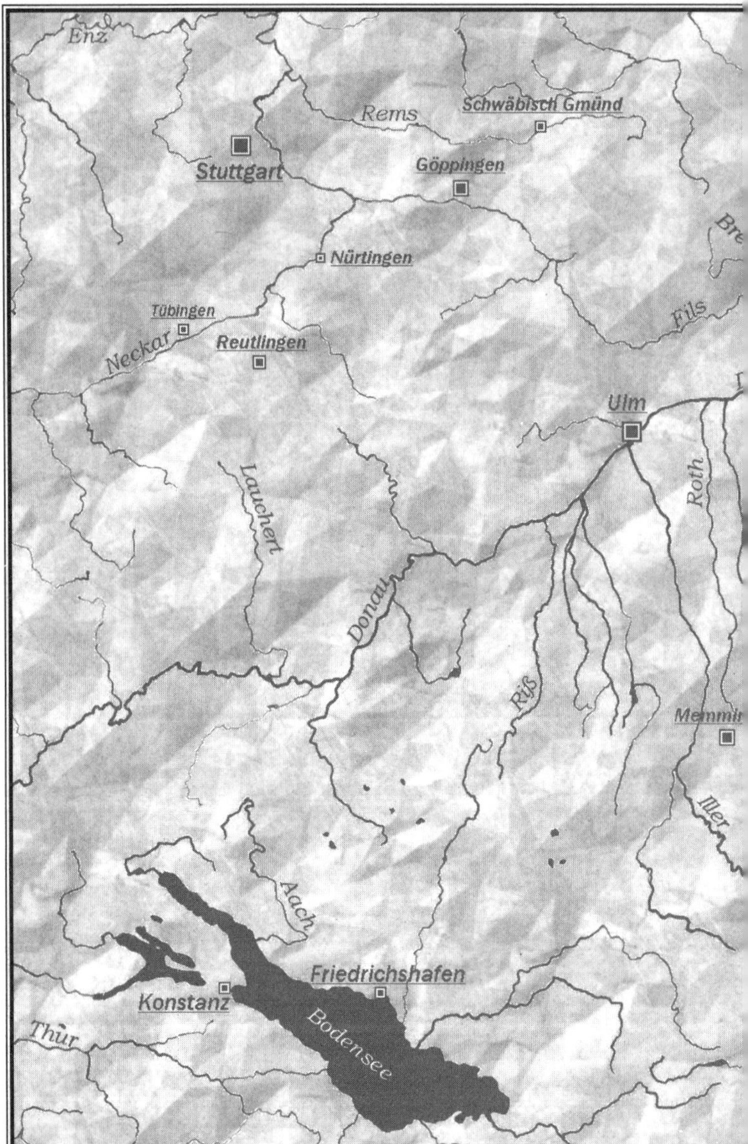

Enz
Rems
Schwäbisch Gmünd
Stuttgart
Göppingen
Nürtingen
Fils
Tübingen
Neckar
Reutlingen
Ulm
Roth
Lauchert
Donau
Riß
Iller
Aach
Friedrichshafen
Konstanz
Bodensee
Thur

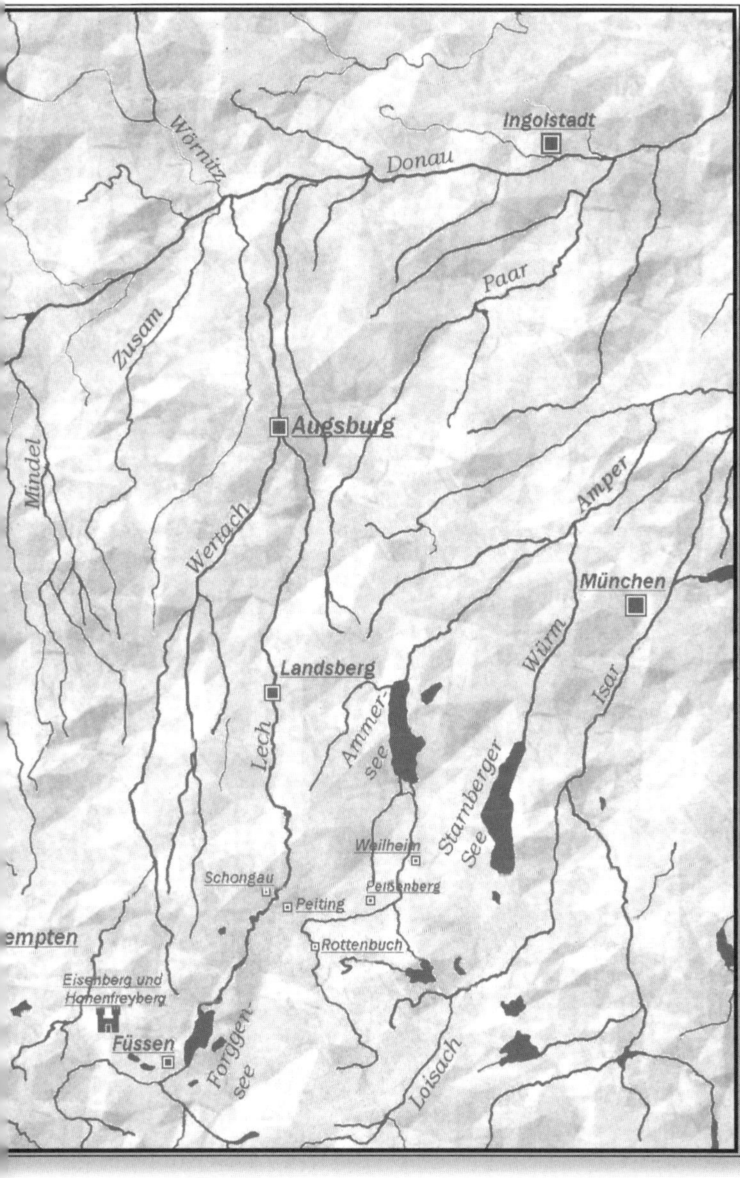
Ingolstadt
Wörmitz
Donau
Paar
Zusam
Augsburg
Mindel
Amper
Wertach
München
Würm
Landsberg
Isar
Ammer-
see
Lech
Starnberger
See
Weilheim
Schongau
Peißenberg
Peiting
empten
Rottenbuch
Eisenberg und
Hohenfreyberg
Füssen
Forggen-
see
Loisach

Prolog

REMSTAL

28. Juni im Jahre des Herrn 1514

War dies das Ende?

Michael von Göggingen parierte den Hieb im letzten Augenblick. Mordlust blitzte in den Augen seines Gegners. Wenngleich es Michael noch an Erfahrung im Kampf auf Leben und Tod mangelte, so fehlte es ihm weder an Wendigkeit noch an Geschick. Im Gegensatz zu seinen Kampfgefährten – grimmigen württembergischen Bauern – besaß der junge Bayer Waffe und Rüstung. Er machte einen unerwarteten Satz nach rechts, wirbelte auf dem Absatz herum und riss das Schwert seines Vaters brüllend durch die Luft. Die Klinge traf den Feind, der lediglich durch einen leichten Harnisch geschützt war, seitlich unterhalb des Kinns. Ungläubiges Erstaunen legte sich über die Züge des Verwundeten. Seine Finger berührten die Verletzung und ertasteten blutiges Nass. Der Streiter Herzog Ulrichs gab einen gurgelnden Laut von sich und sank langsam zu Boden. Michael beachtete ihn nicht weiter. Es blieb keine Zeit. Um ihn herum toste der Kampf. Sie waren verraten worden. Die Verbündeten des Armen Konrad, *zwei Dutzend Männer und eine Handvoll Frauen, waren den Herzoglichen arglos in die Arme gelaufen. Obwohl die Bauern sich ihren Widersachern tapfer entgegenwarfen, blieben sie den feindlichen Lanzen und Schwertern rettungslos unterlegen.*

Michael blickte sich suchend nach Heiner von Ulzstetten um – dem gegnerischen Kommandeur, der den Befehl gegeben hatte, auch die Weiber der Bauern nicht zu schonen. Ihm galt in dieser Stunde sein unstillbarer Hass. Die Bauersfrauen hatten sich beim Auftauchen der Herzoglichen dicht zusammengedrängt und waren unversehens zwischen die Fronten geraten. Die wehrlosen Weiber hatten geweint und um Gnade gefleht, doch vergeblich. Sie hatten nicht mehr fliehen, ihre Männer sie mit ihren einfachen Stöcken und Prügeln nicht lange schützen können.

Die Kraft der Bauern, angestachelt von mörderischer Wut über das Niedermetzeln der Gefährtinnen, schwand. Wenigstens eines jedoch wollte Michael von Göggingen in dieser verzweifelten Stunde tun. Ulzstetten sollte sterben.

Dort! Dort vorne lief der Schurke, weg vom Kampfgeschehen, fort von der Straße, einen halbwüchsigen Burschen mit sich zerrend. Göggingen umfasste den Knauf seines Schwertes fester – vielleicht, um das Zittern seiner Hand zu unterdrücken – und folgte Ulzstetten.

Er war ihm dicht auf den Fersen. Irgendwo musste er sein, hier im Wald, ganz in der Nähe. Michaels Atem ging keuchend. Rote Flecken zeichneten sich auf seinen von weichen Bartstoppeln bedeckten Wangen ab. Was würde geschehen, wenn sie einander gegenüberstanden? Der feindliche Heerführer Heiner von Ulzstetten und ein junger bayerischer Ritter auf der Suche nach Gerechtigkeit?

Göggingen bahnte sich seinen Weg durch dichtes Baumgeflecht und dorniges Gestrüpp, ehe er auf einen schmalen Pfad stieß, dem er schnellen Schrittes folgte. Der intensive Duft von Harz stieg ihm in die Nase.

»Haben die Bauern recht, so fall zu Boden; hat der Herzog recht, so schwimm empor!« Ihm kam Peter Gaiß in den Sinn, der mit seiner kühnen Forderung nach einer Prüfung der Gewichte zum Auslöser des Bauernaufstands geworden war. Dieser hatte die neuen Gewichte Herzog Ulrichs in den Fluss Rems geschleudert, wo sie – wie hätte es anders sein sollen –, noch ehe sein lauter Ruf nach einem Gottesurteil verklungen war, versanken. Eben jenen Gaispeter, ihren gewählten Anführer, hatten sie auf der Zusammenkunft am heutigen Tage treffen wollen.

Nach der Zerschlagung des Bundschuhs, *des ersten aufrührerischen Bauernbunds, hatte sich mit dem* Armen Konrad *eine neuerliche Rebellion geknechteter Bauern formiert.*

Michael von Göggingen hatte im Grunde mit der Sache nichts zu tun. Der bayerische Ritter war nach Württemberg gekommen, um den Blautopf zu besuchen, eine kreisrunde Quelle von bestechend schönem blauem Wasser. Die Vorliebe für mystische und sagenumwobene Plätze hatte er wohl von seiner feinfühligen Mutter geerbt. In Blaubeuren war Göggingen erstmals auf die Erhebung des Armen Konrad *aufmerksam geworden und hatte sich nach reiflicher Überlegung den aufständischen Bauern angeschlossen. Sein ausgeprägter Gerechtigkeitssinn wollte sich nicht länger damit abfinden, wie man ein bereits darbendes, hungerndes Volk immer weiter ausbeuten konnte. Nach seinem Beitritt waren einige wenige Scharmützel gefolgt – die ersten Kampfhandlungen in Michaels Leben. Die ersten von seiner Hand getöteten Männer. Stets aufs Neue hatte sich der herzogliche Truppenführer, Heiner von Ulzstetten, durch seine Grausamkeit hervorgetan. Das Abschlachten der fünf Frauen hatte Michaels Entschluss noch verfestigt. Er betrachtete es als seine heilige Pflicht, die Klinge mit dem württembergischen Befehlshaber zu kreuzen. Ulzstetten würde ihm nicht entkommen.*

Der Ritter hielt schwer atmend inne, teilte die Zweige eines Strauches und stand stocksteif. Blut schoss ihm ins Gesicht.

Mehrere entwurzelte Baumstämme bildeten die Bühne für ein schreckliches Schauspiel. Der Bursche, den der Heerführer als Geisel verschleppt hatte, lag mit dem Oberkörper über einen Stamm geworfen. Sein Hinterteil leuchtete unnatürlich hell im Dämmerlicht des Waldes. Eine Schwertklinge steckte zwischen seinen Schulterblättern, während sich Heiner von Ulzstetten mit herabgelassener Hose ächzend an dem Schwerverletzten zu schaffen machte – oder an dem Toten, falls der Junge schon gnädige Erlösung gefunden hatte. Die Laute, die der Württemberger dabei von sich gab, erinnerten mehr an ein Tier denn an einen Menschen. Eine Sekunde lang blitzte vor Michael das geliebte Antlitz seines Mädchens auf, seiner Renate. Was er hier vor sich sah, war eine grauenhafte Parodie auf die erhabene Anmut echter Zuneigung und tiefer Verbundenheit.

Augenblicke später erwachte Göggingen aus seiner Starre und holte noch im Lauf weit aus.

»Sodom!«, schrie er aus voller Kehle und hatte das Gefühl, als flögen die himmlischen Heerscharen an seiner Seite.

Ulzstetten fuhr ruckartig herum. Sein steifes Glied reckte sich Michael entgegen. Erstaunen stand dem Ertappten ins Gesicht geschrieben. Ehe er Gelegenheit bekam, seine Waffe aus dem Leib des Geschändeten zu ziehen, fuhr Göggingens Schwert wie Gottes Feueraxt auf ihn herab. Ulzstetten wich zurück, und Michael fürchtete schon, ihn zu verfehlen, da traf seine Klingenspitze die rechte Gesichtshälfte des Feindes, ritzte Stirn, Auge und Wange. Der Truppenführer brüllte auf wie ein verletztes Tier und sank in sich zusammen.

Ulzstetten lag auf dem Rücken. Helle Flüssigkeit, Blut und etwas, das einmal ein Auge gewesen war, troff aus der Höhle und besudelte das bleiche Gesicht, versickerte in dem sorgsam getrimmten Oberlippenbart. Michael verharrte mit gezückter Klinge über ihm. Er wusste, er sollte zustoßen. Er musste zustoßen. Doch die Vorstellung, einen Wehrlosen zu erstechen, ließ ihn zögern. Da verzog sich Ulzstettens Mund, formte sich trotz des peinigenden Schmerzes zu einem höhnischen Lächeln. »Ein andermal«, stöhnte er, »ein andermal werdet Ihr dafür büßen.«

Gebannt beobachtete Michael den Schwerverletzten, der wüste Drohungen ausstieß, die in seinen Ohren jedoch vielmehr feigem Winseln glichen.

Von hinten näherten sich die Männer Herzog Ulrichs auf der Suche nach ihrem Befehlshaber. Das leise Klappern ihrer Rüstungen war zu hören, blechernes Aneinanderschlagen von Metall. Göggingen bemerkte es nicht, so sehr hielt ihn Ulzstettens niedergestreckte Gestalt in Bann, auf die er wie in Trance hinabblickte. Als der Streitkolben seinen behelmten Hinterkopf traf, war es zu spät. Michael öffnete den Mund. Sein Schrei blieb ihm im Halse stecken.

*

SCHORNDORFER MARKTPLATZ
7. August im Jahre des Herrn 1514

Das Mädchen verschmolz in seinen erdig dunklen Kleidern mit der Menschenmenge, in der es sich verborgen hielt. Braune Locken umrahmten ein blasses Gesicht von etwa zwölf oder dreizehn Jahren. In den Augen des Kindes spiegelte sich fassungsloses Entsetzen.

Der Tag neigte sich dem Abend zu. Das Schlachten und Morden auf dem Schorndorfer Marktplatz fand noch immer kein Ende. Dunkle Wolken zogen am Himmel, auf dem Boden mischten sich prasselnde Regentropfen mit frischem, rotem Blut. Der Stadtpfarrer von Grüningen, Rainhard Gaißlin, war schon seit dem frühen Morgen tot. Ihn, der die Ignoranz von Herzog und Geistlichkeit angeprangert, der die Bauern mit flammenden Worten zum Aufstand gegen Ulrich von Württemberg angestachelt hatte – ihn hatte man einen besonders grausamen Tod sterben lassen. Sein Körper war zerstückelt worden.

Die Warnung an die Bauern Württembergs war für die gefangenen Menschen aus dem Remstal zu spät gekommen. Alle, derer der Herzog hatte habhaft werden können, wurden gefoltert, mit Ruten gestrichen oder geköpft. Einer nach dem anderen ließ sein Leben auf dem Richtblock Herzog Ulrichs von Württemberg. Auch Frauen waren darunter, die treu für ihre Sache gekämpft hatten, die verwegen gegen die Misswirtschaft ihres Landesfürsten vorgegangen waren und die bis zum Ende keinen Fußbreit von ihrem Glauben an Gerechtigkeit abwichen.

Leben kam in das Mädchen, als ein arg geschundener Mann auf den Platz geführt wurde. Braune Locken lagen wirr um das ebenmäßige Gesicht des Gefangenen. Seine Kleider waren zerfetzt und starrten vor Dreck; als schmutzige Lumpen hingen sie um den mageren Körper. Seine Hände waren mit Stricken auf den Rücken gebunden, die tief in die Haut schnitten. Den rechten Fuß zog er hinkend nach.

»Gaispeter«, murmelten einige leise. Kaum einer hatte noch den Mut, den Namen laut auszusprechen, geschweige denn ihn frei herauszurufen. Er war es gewesen, der sich mutig gegen die ungerechte Besteuerung von Fleisch, Wein und Früchten aufgelehnt hatte.

»Vater«, formte der Mund des Mädchens tonlos. Sie setzte, den Rücken schnurgerade, einen Fuß vor den anderen, den Blick starr auf Peter Gaiß gerichtet. Er war der einzige Mensch auf Erden, den sie noch hatte. Als einer der Scharfrichter sein blutiges Schwert hob, begann sie zu rennen. Sie lief, so schnell sie konnte, ihre Füße tauchten in den matschigen Brei, in den sich der Schorndorfer Marktplatz verwandelt hatte.

»Seht genau hin, Schorndorfer, und ihr alle, die ihr euch bisher nichts habt zuschulden kommen lassen. Seht hin, was mit Männern und Weibern geschieht, die sich gegen unseren Herzog stellen. Seht hin und überlegt euch gut, eure Schaufeln und Äxte gegen Ulrich von Württemberg zu erheben! Heute Morgen fand euer Rädelsführer Rainhard Gaißlin aus Grüningen auf diesem Platz den Tod. Und nun wird ihm Peter Gaiß, den einige von euch den Gaispeter nennen, in die Hölle folgen, wo die schrecklichen Qualen des Fegefeuers ihn in alle Ewigkeit martern werden!«

»Ich sterbe für eine gute Sache!«

Zuschauer und Verurteilte hielten den Atem an, als der Gaispeter im Angesicht des Todes zu lachen begann. Ein tiefes und ansteckendes Lachen, das die Schergen des Herzogs und ihre grausamen Taten verhöhnte. »Die Bauern werden sich erneut erheben, wieder und wieder, bis eines Tages ihr es sein werdet, die die Rache des gemeinen Volkes zu fürchten haben!« Die Drohung des Gaispeters schallte mit einer Endgültigkeit durch die Luft, die keinen Widerspruch duldete. Einige der Schorndorfer, einfache Arbeiter und arme Pächter, begannen zögernd Beifall zu klatschen, während die Mienen der Ehrbarkeit, der betuchten Bürger und hohen Ratsherren, unbewegt blieben.

»Hört sofort auf damit, wenn ihr nicht enden wollt wie dieser Mann hier!« Heiner von Ulzstetten, der schwarzgelockte Befehlshaber der herzoglichen Truppen, gab seinen Männern ein Zeichen, die daraufhin ihre Schwerter hoben und einen Kreis um den Gefangenen bildeten, der ein Entkommen unmöglich machte. »Seht her, seht genau her!«

Das Rund wurde enger, die Zuschauer verharrten in entsetzter Faszination, mancher auf Zehenspitzen gereckt, um nichts zu versäumen.

»Nein!« Das Mädchen kümmerte sich nicht um die scharfen Schneiden der Waffen, als es sich zwischen den Männern hindurch zu dem Verurteilten drängte. Flink wie ein Wiesel überwand sie das Gewirr aus sehnigen Armen und Beinen.

»Caroline.« Zum ersten Mal schwang Unsicherheit in der Stimme des Gaispeters. Das Kind, das wie aus dem Nichts aufgetaucht war, schmiegte sich an ihn. Tränen strömten aus den schönen, braunen Augen.

»Vater«, wimmerte sie und vergrub ihr Gesicht in den zerlumpten Kleidern des Todgeweihten.

»Lauf weg, Kleines. Lauf fort, so schnell du kannst«, flüsterte er seiner Tochter zu. Caroline reagierte nicht.

»Das Balg des Rädelsführers.« Heiner von Ulzstetten, die rechte Hand des Herzogs, grinste breit. Eine Klappe aus dunklem Leder bedeckte die leere Höhle, in der noch vor wenigen Wochen ein gesundes Auge gesessen hatte. Das wulstige Narbengewebe, welches sich über seine rechte Gesichtshälfte zog, ließ sich hingegen schwerlich verbergen. »Ich dachte, deine ganze Fa-

milie wäre bei den Aufständen ums Leben gekommen. Welch eine glückliche Fügung, Gaispeter, dass dem nicht so ist!« Heiner trat zu Vater und Tochter und packte die junge Caroline wie ein Kätzchen am Genick. Das Mädchen strampelte und trat um sich, doch es half ihm nichts. Ulzstetten hielt sie so mühelos, als gäbe es keine Gegenwehr. »So frage ich dich noch einmal, Gaispeter, bereust du, was du getan hast?« Während er sprach, zog er einen kleinen Dolch aus der Innentasche seines feingearbeiteten Fuchsmantels.

»Nein.« Peter Gaiß spuckte vor ihm aus. »Lasst meine Tochter gehen, sie hat nichts Unrechtes getan!«

»Sie ist das Kind eines Verräters, eines Aufrührers. Damit hat sie den Tod ebenso verdient wie ihr Vater.«

Missbilligendes Murmeln drang aus den Reihen der gaffenden Zuschauer an Heiners Ohr, doch er achtete nicht darauf. Mit einem teuflischen Lächeln stieß er Caroline in die Arme eines seiner Männer.

»Halt sie gut fest.«

Dann ritzte er zwei einfache Schnitte in die Stirn des schreienden Mädchens. Das Symbol des Kreuzes hatte er bewusst gewählt, um an das Bildnis auf der Kriegsfahne – ein Kreuz mit einem darunterliegenden Mann – zu erinnern, unter der sich die Aufständischen als Bund des Armen Konrad, *dem Bund des armen Mannes, zusammengerottet hatten. Peter Gaiß schlug wild um sich, gebärdete sich wie toll, aber starke Arme hielten ihn zurück, verurteilten ihn zum hilflosen Zusehen.*

»In Gottes Namen, so tut halt etwas!«, brüllte er den Menschen zu, die das Schauspiel wie versteinert verfolgten. »Er hat nicht das Recht, ihr Schmerzen zuzufügen!« Dicke, glasige Perlen tropften aus seinen Augen. Der Gaispeter weinte.

»Ich bereue!«, schrie Peter Gaiß da endlich, »ich bereue, was ich getan habe! Lasst sie gehen!«

»Du bist also zur Einsicht gekommen.« Heiner spie vor dem Mädchen in den Dreck. Ein flüchtiger Wink seiner Hand ge-

nügte, und Caroline war frei. Blut rann ihr über die Stirn, sie hatte aufgehört zu weinen, sie hatte aufgehört zu schreien.

»Lauf, mein Mädchen, Gott sei mit dir.« Der Gaispeter wollte seine Tochter in die Arme nehmen, ihr das Blut aus dem Gesicht wischen und sie über ihren Schmerz hinwegtrösten. Doch die Männer um ihn herum verhinderten mit eisernem Griff, dass er sein Kind ein letztes Mal zum Abschied an sich ziehen konnte.

Caroline bewegte sich nicht vom Fleck, sie schien nicht zu begreifen. Da trat Heiner von Ulzstetten mit dem Fuß nach ihr, sein Stiefel traf wuchtig ihr Hinterteil. Das Mädchen stürzte, dann rappelte es sich auf, blickte seinem Vater tief in die Augen und rannte stolpernd davon.

Hinter dem Kind begannen die Menschen zu beten, denn die Schergen des Herzogs taten unter Ulzstettens Befehl endlich das, wovon Carolines Erscheinen sie abgehalten hatte. Sie zerstückelten den Leib des Gaispeters und ließen erst von ihm ab, als der einstmals schöne Körper nur noch aus blutigen Klumpen bestand.

Peter Gaiß hatte, als er starb, das Gesicht seiner Tochter vor Augen. Er betete für Caroline, bis die qualvolle Pein ihm jede bewusste Wahrnehmung raubte. In seinem letzten wachen Augenblick bat er Gott darum, sein Kind zu schützen, das nun ganz alleine auf der Welt war.

Caroline stolperte davon. Niemand folgte ihr, niemand nahm sich ihrer an. Sie hörte, wie die Schwerter der Männer durch die Luft sausten und auf den Leib ihres geliebten Vaters trafen. Sie hörte das Bersten zerschmetternder Knochen und seine entsetzlichen Schmerzensschreie.

Sie flüchtete sich in ein Mischwäldchen, wo sie sich auf dem feuchten Moosboden zusammenrollte und die Augen für lange Zeit schloss.

1

BURG EISENBERG
5. Mai im Jahre des Herrn 1516

Emma von Eisenberg erwachte schlaftrunken. Ihr Körper war heiß, ihr Herz raste. Verwirrt starrte sie in die undurchdringliche Dunkelheit, in Bann gehalten von den Bildern ihrer nächtlichen Vision. Neben sich fühlte sie den warmen Körper ihres Gemahls. Sein leises, rhythmisches Schnarchen drang an ihr Ohr und geleitete sie zurück in die Wirklichkeit des ehelichen Schlafgemachs. Aufschluchzend schmiegte sie sich an ihn, drückte ihr Gesicht an seine Schulter. Ihre salzigen Tränen tropften auf seine Haut.

Erik, Graf von Eisenberg, spürte ihre verzweifelte Stimmung, die aufgestaute Spannung in der Luft. An die nächtlichen Albträume seiner Frau gewohnt, war er Augenblicke später hellwach und zog Emma in seine Arme. Ohne zu sprechen streichelte er ihr über das Haar, küsste das feuchte Nass von ihrem Gesicht, tröstete sie schweigend mit seiner Gegenwart. Es waren nicht Worte, die sie jetzt brauchte. Einzig Geborgenheit und Zuneigung würden helfen, ihre Pein zu lindern.

Seine Frau klammerte sich an ihn. Ihre langen, losen Haarsträhnen kitzelten seine Haut. Sie war nackt, genau wie er. In lauen Monaten verzichtete sie auf ein züchtiges Nachtgewand, und Erik tat es ihr gleich. Sein großer Körper strahlte genug Wärme für beide ab. Ein süßes, sündiges Geheimnis, das sie in der Intimität ihres Ehebetts miteinander teilten.

Er spürte es sofort, als sich ihre stumme Verzweiflung in Erregung wandelte. Der kräftige Schlag ihres Herzens hallte in ihm nach. Sie lag halb auf ihm, ihre Beine mit seinen verschlungen, ihre weichen Brüste pressten sich an ihn. Seine Lippen suchten und fanden ihren Mund. Emma erwiderte ungestüm seinen Kuss, mit ungewohnter Wildheit. Sie saugte an seiner Unterlippe, ihre Zunge tänzelte um seine, fuhr an der geraden Reihe seiner Zähne entlang.

Erik ließ sie gewähren, streichelte ihre warme, samtene Haut. Sie stöhnte, als sich seine Hände um ihre Brüste schlossen.

»Sei jetzt nicht sanft«, flüsterte sie atemlos und biss ihn in den Hals. Haltlose Lust durchströmte ihn. Sein Verlangen nach ihr war mit den Jahren noch gewachsen. Er fand sie heute schöner und sinnlicher denn je, war begierig darauf, sie zu erobern, sich mit ihr auf dem Gipfel des Verlangens zu vereinen. Er packte Emma um die Hüften und drehte sie mühelos auf den Rücken. Dann drang er in sie ein, so hart und rücksichtslos, wie sie es verlangt hatte, und sie krallte ihre Nägel in seine Schultern. Ihre kleinen, spitzen Schreie fachten seine Ekstase noch weiter an.

»Fester«, stöhnte Emma, den bittersüßen Schmerz herbeisehnend, den er ihr bereitete. Immer weiter trieben sie einander immer schneller auf die Spitze zu, dem Höhepunkt entgegen. Ihre Zähne hinterließen rote Abdrücke auf seiner Haut.

Als sie schließlich befriedigt zur Ruhe kamen, waren die dunklen Traumbilder in Emmas Kopf gebannt. Erschöpft schliefen sie ein, der Mann und die Frau, eingehüllt in den Kokon ihrer Leidenschaft.

Emma streckte sich wohlig, als die ersten Strahlen der Morgensonne durch die Fensteröffnung tanzten und sich warm auf ihr Gesicht legten. Erik war wach und betrachtete sie.

»Du siehst friedlich aus, wenn du schläfst.«

»Guten Morgen«, erwiderte sie, während sich die vergangene Nacht Stück für Stück zu einem Bild fügte. »Tut mir leid, dass ich dich geweckt habe.« Sie warf ihm einen fragenden Blick zu.

»Bitte nicht um Verzeihung, wo es nichts zu verzeihen gibt.« Erik setzte sich auf. »Wenn du es genau wissen willst, outo tytöö, es war recht … hm … angenehm. Ich träumte von einer schönen Sirene, die über mich herfiel.«

Eine zarte Färbung legte sich über Emmas Wangen. Wenn er sie bei ihrem finnischen Kosenamen nannte, brachte das eine Saite in ihr zum Klingen. Outo tytöö, seltsames Mädchen, so rief er sie seit ihrer ersten Begegnung.

»Habe ich dir wehgetan?«, erkundigte sie sich zaghaft, während sie den mattroten Fleck an seinem Hals liebkoste, den ihre Zähne ihm beigebracht hatten.

»Nein.« Er lächelte sie an. »Und was ist mit dir?«

»Mir geht es gut.« Sie nickte, wie zur eigenen Bestätigung. »Wirklich gut.«

»Das muss ein böser Albtraum gewesen sein, der dich in der Nacht heimgesucht hat …« Erik musterte seine Frau mit ernstem Blick.

»Kein Traum.« Emma schüttelte den Kopf. Ihre eben noch so heitere Miene verdüsterte sich. »Wieder Caroline.«

»Das hatte ich befürchtet.« Erik vergrub die Hand in ihrem dichten, dunklen Haar. Seine grünen Augen glitten voller Sorge über ihr blasses Gesicht. Er liebte seine hinreißende Gattin, die sich neben ihm ausnahm wie ein heranwachsendes Mädchen. Er liebte auch das kleine, feingezeichnete Muttermal an ihrem Knöchel, dem sie ihre heilenden Kräfte und ihre Visionen verdankte. Vor einem Jahrzehnt, als er sie kennengelernt hatte, war mit ihr die Gabe des zweiten Gesichts in sein Leben getreten. Mit den Jahren waren Emmas rätselhafte Visionen machtvoller geworden. Nur ihrem starken Willen war es zu verdanken, dass sie diese Wahrnehmungen mittlerweile beherrschte. Emma hatte gelernt, ihren Geist zu verschließen. Sie war nicht länger gezwungen, sich mit tragischen Schicksalen zu quälen. Vergangenes und Zukünftiges blieb im Nebel der Zeiten verborgen. Sie ließ es nicht an sich heran. Außer, wenn sie schlief und jedes bewusste Denken aufhörte. In Nächten wie der zurückliegenden war es gut, Erik an ihrer Seite zu wissen. Er war ihr Licht, das ihr den Weg nach Hause wies.

Im vorletzten Sommer war die Vision um das Mädchen Caroline zum ersten Mal über die Gräfin gekommen. Erik war daraufhin ihrem Wunsch nachgekommen und hatte Nachforschungen angestellt. Peter Gaiß – der rebellische Gaispeter – war an jenem Tag gestorben, an dem Emma zum ersten Mal von ihm und seiner Tochter, von aufständischen Bauern, einem zornigen jungen Ritter und einem sadistischen Truppenführer geträumt hatte.

»Wenn wir uns entschließen, nach München zu reisen, wird dich der Besuch am Münchener Hof hoffentlich ablenken. Dieses Mädchen mit der Narbe jagt mir in der Hartnäckigkeit, mit der es dich heimsucht, Schauer über den Rücken.« Erik streichelte ihr über das Gesicht. Sie barg ihre Wange in seiner Hand.

»Von dir habe ich damals auch oft geträumt.«

»Das war etwas anderes«, widersprach Erik.

»Für mich nicht.« Gräfin Eisenberg schwieg. Zu jener Zeit war ihr Mann, der blonde Riese aus Finnland, ein Fremder für sie gewesen. Sie selbst hatte geglaubt, ihren Jugendfreund Marzan zu lieben, an seiner Seite ihr Glück zu finden – lange vor dem Tag, an dem sie erfahren hatte, dass Marzan ihr Halbbruder war. Die Visionen, in denen sie Erik sah, hatten ihr damals nicht weniger Angst gemacht.

»Herzog Wilhelms neues Gesetz.« Emma wechselte das Thema, weil sie ahnte, wie sehr ihre einstigen Gefühle für Marzan ihren Gemahl noch immer schmerzten. Selbst wenn Erik es sich niemals eingestehen würde, spürte sie den Stachel in seinem Fleisch. Dabei war Marzan seit Jahren verschollen. Wahrscheinlich würde sie ihn in diesem Leben nicht mehr wiedersehen. »Die Kinder sind völlig aus dem Häuschen wegen der Einladung nach München. Und erst recht unsere Nachbarn drüben auf Hohenfreyberg. Margaretha grübelt schon, welche Kleider sie einpacken lassen soll.«

»Möchtest du denn die Einladung annehmen, Liebes?«

Emma schloss die Augen und sah vor sich ein Bild der Burgen Eisenberg und Hohenfreyberg, einander auf zwei bewaldeten Hügeln gegenüberliegend, sanft eingebettet in die malerische Hügellandschaft des Alpenvorlands. Ihr Zuhause. Es war so friedlich.

»Ehrlich gesagt scheue ich mich ein wenig vor dem hektischen Treiben in der Stadt. Vor dem Gerangel um Macht und Einfluss in der Residenz«, antwortete sie nachdenklich. Die Vorstellung schien sie einen Moment lang zu bedrücken. »Andererseits sind wir lange nicht mehr über Füssen hinausgekommen. Und deshalb meine ich, wir sollten Herzog Wilhelms Fest besuchen. Schließlich erlässt er nicht alle Tage ein Reinheitsgebot zum Bierbrauen. Adel, Klerus und Patrizier, alle werden da sein. Außerdem lockt mich das Turnier – ich kann die leuchtenden Augen der Kinder fast schon vor mir sehen.«

Erik legte die Stirn in Falten. »Diese Reise, Emma – glaubst du, wir sollten sie nicht antreten? Vorhin sah es für mich einen Moment lang so aus, als hättest du Vorbehalte. Sag ehrlich, hattest du eine Vorahnung?« Wenn dem so war, durften sie gar nicht erst nach München aufbrechen.

»Nein, Erik. Mach dir keine Sorgen. Die Vision von dem Mädchen bedrückt und verwirrt mich, selbst jetzt noch, wo die Sonne am Himmel steigt. Ich brauche ein Weilchen, meine Gedanken zu ordnen. Mehr nicht.«

»Gegen deinen Willen werde ich die Einladung nicht annehmen. Das weißt du.«

»Teile Herzog Wilhelm mit, wir nehmen seine Einladung gerne an. Ich bin gespannt, was sich nach Herzog Albrechts Tod bei Hofe getan hat … Es ist wahrlich längst an der Zeit, dem jungen Regenten unsere Aufwartung zu machen.« Mit einem Mal fühlte Emma sich bei der Aussicht auf das Münchener Fest frei und beschwingt. Sie verstand selbst nicht, weshalb ihre Stimmungen an diesem Morgen zu wechseln schienen wie das unbeständige Wetter im April. In der einen Sekunde war sie bedrückt und niedergeschlagen, in der nächsten voller Energie und Tatendrang. War es wegen Caroline? Oder wegen der Aussicht, Burg Eisenberg zu verlassen? Vielleicht lag es schlicht an den vertrauten Krämpfen in ihrem Unterleib, die den bald einsetzenden Monatsfluss ankündigten. Emma kannte ihren Körper und sich selbst gut genug, um die monatliche Blutung mit ihrer Launenhaftigkeit in Verbindung zu bringen.

»Zeit, den Tag zu beginnen, outo tytöö.« Erik küsste die Innenfläche ihrer rechten Hand und schwang die Beine aus dem Bett. Sie blieb liegen, plötzlich der Wärme beraubt, die sein Körper abstrahlte.

»Na los, Faulpelz!« Er zog ihr die Decken fort.

»Nicht!« Emma fröstelte in der morgendlichen Kälte des Schlafgemachs und versuchte vergeblich, die Decken zurückzuerobern.

»Ich weiß, du bist tapfer.« Graf Eisenberg blickte spöttisch auf sein frierendes Weib herab. »Deshalb habe ich dich auch geheiratet.«

»Nur deshalb?« Sie griff nach einem Kissen und hob es drohend in die Höhe.

»Deshalb, und weil …«

»Weil was?« Ihr entging nicht, wie seine Mundwinkel sich verzogen. Er lachte prustend los. Seine heitere Fröhlichkeit war ansteckend.

»Weil du manchmal des Nachts so herrlich bissig sein

Mann, dessen maskuline Züge der gepflegte, rotbraune Bart noch betonte. Obwohl er schon den ganzen Tag im Mittelpunkt des Interesses stand, war noch immer keine Spur von Müdigkeit in seinem Antlitz zu lesen. Sein Erzieher Johannes Turmair, ein gelehrter Wirtssohn aus Abensberg, hatte ganze Arbeit geleistet. Ob Latein, Grammatik oder Musik, Wilhelm war in vielerlei Gebieten bewandert und dachte voller Dankbarkeit an Turmair zurück, der später unter dem Namen Aventinus als erster Geschichtsschreiber Bayerns große Berühmtheit erlangen sollte. »Gräfin Eisenberg und ihr nordländischer Gatte. Seid mir willkommen.«

»Wir danken Euch für die Einladung.« Erik räusperte sich. »Es ist uns Ehre und Freude zugleich, Euch endlich unsere Aufwartung machen zu dürfen.«

»Ihr wart meinem Vater ein treuer Vasall, Graf Eisenberg. Ich war noch ein Knabe, doch erinnere ich mich daran, Euch bei Hofe begegnet zu sein.«

»Das ist richtig, mein Fürst. Ich stand für einige Zeit als Landsknecht in den Diensten des verstorbenen Herzogs«, bestätigte Erik.

»Ich entsinne mich auch Eurer Frau …« Wieder musterte Wilhelm Emmas Gesicht mit den rätselhaften grauen Augen. »Mein Vater, Gott hab' ihn selig, hat die Gräfin Eisenberg oft erwähnt.«

»Ich fühle mich geehrt.« Emma antwortete dem Herzog direkt. Sie mochte nicht, wenn man über ihren Kopf hinweg sprach, als wäre sie nicht da.

»Er schätzte Euch und Eure Gabe, Gräfin. Nicht nur, weil Ihr ihm Gewissheit über den Verbleib seiner Halbschwester geben konntet.«

»Euer Vater hat davon erzählt?« Emma fühlte sich mit einem Mal von den Menschen ringsum beobachtet. Tatsächlich hatte sie mit dem verstorbenen Albrecht IV. lange Gespräche geführt. Er war ihr ein Wohltäter und bis zu einem gewissen Grad auch ein Freund gewesen.

»Ja, das hat er.« Wilhelm schwieg und schien zu überlegen, ob er noch etwas hinzufügen sollte. Niemals hätte der junge Herzog laut ausgesprochen, dass er Hexerei, Magie und dergleichen für Unfug hielt.

»Nun, Graf Eisenberg«, rief er stattdessen munter, »trinkt und feiert gemeinsam mit Eurer hübschen Gemahlin und lasst es Euch recht gut ergehen an meinem Hof.«

Damit waren sie huldvoll entlassen.

Emma und ihr Gatte ließen sich neben Konstantin und Margaretha an der langen Festtafel nieder, die einen wahren Festschmaus versprach. Graf und Gräfin Hohenfreyberg waren ihre Nachbarn auf Eisenberg, sie waren gemeinsam angereist. Die beiden Burgen lagen einander auf zwei Hügeln gegenüber, nur wenige Minuten Fußweg voneinander entfernt. Emma kannte Margaretha von Hohenfreyberg, seit sie denken konnte. Die Mutter ihres Halbbruders Marzan war ihr zur Freundin geworden.

Die anderen herzoglichen Gäste an ihrem Tisch waren bereits in angeregte Unterhaltungen vertieft. Emmas Gedanken schweiften zum wiederholten Mal seit ihrer Ankunft in München zurück in die Vergangenheit. Sie erinnerte sich gut an die Gespräche mit dem verstorbenen Albrecht IV., der von seinem Volk – völlig zu Recht, wie sie fand – den Namenszusatz »der Weise« erhalten hatte.

»Der junge Wilhelm scheint sehr angetan von dir zu sein.«

Emma schreckte auf, als Konstantin von Hohenfreyberg das Wort an sie richtete. Er war mager geworden in den letzten Jahren. Von der gesunden Fülle früherer Zeiten war in seinen ausgemergelten Zügen nichts mehr zu entdecken. Obwohl seine Frau Margaretha beteuerte, er sei nicht krank, wusste Emma es besser. Er trank im Übermaß.

»Herzog Wilhelm ist schwer einzuschätzen«, antwortete sie nachdenklich. »Deshalb frage ich mich schon, ob es richtig war, nach all den Jahren wieder nach München zu kommen.«

»Lass die Vergangenheit ruhen, meine Liebe.« Margaretha lächelte Emma an. Sie war eine sanfte Frau von zarter Gestalt. »Wir alle haben gelernt, mit dem zu leben, was geschehen ist. Warum alte Wunden wieder aufreißen?«

»Du hast ja recht ...« Emma war dankbar für Eriks starken Arm, den er ihr in diesem Moment um die Schultern legte. Er schien stets zu spüren, wenn sie ängstlich, unsicher oder verzweifelt war. »Es vergeht nur kaum ein Tag, an dem ich mich nicht frage, wie es ihm wohl ergehen mag, ob er noch am Leben ist?«

»Meinst du, uns geht es anders?« Ein dunkler Schatten zog über Margarethas Gesicht, als sie an Marzan dachte. Der Verlust ihres Sohnes hatte tiefe Falten in ihr schönes Gesicht gegraben.

»Wollen wir es als gutes Zeichen werten, dass wir nichts von ihm hören.« Konstantin räusperte sich. Auch er litt unter dem Weggang Marzans, den er viele Jahre lang für sein eigen Fleisch und Blut gehalten hatte. Trost fand er allein in der Tatsache, dass er und seine Frau nach langen Monaten voller Hader und Streit, trotz der tiefen seelischen Verletzungen, wieder zueinandergefunden hatten. Konstantin hatte seiner Frau die große Lebenslüge verziehen, die Tatsache, dass sie ihm das Kind eines anderen Mannes untergeschoben hatte – weil er sie liebte, genau wie er Marzan liebte.

Das Tischgespräch wurde unterbrochen, als eine Schar hübscher Dienstmägde in die Halle strömte. Jede von ihnen trug mehrere überschäumende Bierkrüge.

»Wenn wir nun schon einmal hier sind, um den neuen Erlass des Herzogs zu feiern«, Erik nahm den ihm gereichten

Krug dankend an, »dann wollen wir dem Anlass entsprechend auch herausfinden, ob das Reinheitsgebot unser gutes Bier noch schmackhafter macht.«

Die heitere Laune ihres Mannes stimmte Emma froh und ließ sie die eigenen schwermütigen Gedanken vergessen. Erik war ein Einzelgänger gewesen, bevor er ihr begegnet war, ein stiller, verschlossener Mensch. Das hatte sich geändert, seitdem sie verheiratet waren. Es war richtig gewesen, die Einladung an den Hof anzunehmen. Nach den zurückgezogenen Jahren auf Eisenberg, während derer sie die Grafschaft kaum verlassen hatten, tat es ihnen beiden gut, wieder einmal in München zu sein. »Gerste, Hopfen und Wasser«, zitierte Emma den neuen Gesetzestext und schnupperte genüsslich an ihrem Bier. Der Herzog hatte sich für den Erlass seines Reinheitsgebots einen besonderen Tag ausgesucht. Am Georgitag, dem 23. April 1516 – ausgerechnet an Emmas Geburtsfest –, war beim Landständetag in Ingolstadt das neue Gesetz in Kraft getreten. Herzog Wilhelm und sein zwei Jahre jüngerer Bruder Ludwig X. hatten zusammen mit den Vertretern des Adels, den kirchlichen Prälaten und den Abgesandten der Städte und Märkte die neuen Regeln zum Bierbrauen festgelegt. Erik hatte die Datumsgleichheit sehr belustigt – sein Weib und ein gutes Bier, beides Dinge, die er mochte und die seiner Meinung nach außerordentlich gut zusammenpassten.

»Wilhelm muss eine besondere Vorliebe für dieses Gebräu hegen, wenn er eigens ein Reinheitsgebot dafür erlässt«, überlegte Emma laut, während sie kurz nach Eriks Hand griff und sie drückte. Eine Geste der Zuneigung und zugleich ein Zeichen. Sie sagte ihm damit wortlos, dass es ihr gut ging und er sich keine Sorgen zu machen brauchte.

»In der Tat, das tut er!«, rief ein feister Mann von der gegenüberliegenden Tischseite Emma zu. »Tatsächlich kenne ich nur wenige, die so gerne und oft dem Biere frönen, wie es unser Herzog tut.« Den feinen, roten Äderchen in seinem Gesicht und der etwas undeutlichen Aussprache nach zu schließen, schien der Mann es selbst so zu halten. Sicher hatte er schon vor dem offiziellen Beginn des Ausschanks vom herzoglichen Bier gekostet.

»Nun denn, meine Lieben!« Konstantin erhob sich und streckte seinen Krug vor sich in die Luft. »Zum Wohle allerseits!«

»Zum Wohl!«

»Hopfen und Malz, Gott erhalt's!« Krüge stießen aneinander, Bier schäumte über, und Musik setzte ein. Weiter oben an der Tafel feierte auch der Herzog fröhlich mit den Gästen. Zu Wilhelms Tischrunde zählten vornehmlich jene Ritter, die beim Turnier am morgigen Tag gegeneinander antreten würden.

Emma schmeckte das Bier vorzüglich. Schon bald verflogen auch ihre letzten düsteren Gedanken an die Vergangenheit.

Die Gräfin legte den Kopf in den Nacken, um sich auch nicht den letzten Tropfen in ihrem Krug entgehen zu lassen. Ihr war gar nicht bewusst, wie schnell die Stunden verstrichen waren. Da bemerkte sie Eriks Blick. Seine Augen waren amüsiert und zugleich etwas besorgt auf seine Frau gerichtet.

»Denkst du nicht, es ist langsam genug, outo tytöö?« Er beugte sich dicht zu ihr und sprach leise, damit keiner der Tischnachbarn etwas von ihrem Gespräch mitbekam. Emma war eine eigenständige Frau. Er wusste, sie mochte es nicht, bevormundet zu werden. Das war eine der Seiten, die er an ihr liebte – ihren Stolz und ihre unbeugsame Kämpfernatur.

»Ich bin erst beim zweiten ...« Emma stutzte, als sie für sich im Kopf nachzählte, »... beim dritten Krug«, korrigierte sie sich und musste lachen. »Du hast recht, ich bin schon ein wenig betrunken«, gab sie freimütig zu. »Besser, ich gehe zu Bett, schließlich möchte ich das Turnier morgen nicht versäumen. Außerdem werden Franziska und Rebecca mich schon erwarten. Nachdem sie sich den Tag über um die Kinder gekümmert haben, möchte ich ihnen noch ein wenig vom Fest erzählen.«

»Ich komme mit«, bot Erik an und wischte etwas Schaum von ihrer Lippe.

»Nein, bleib du nur. Ich sehe doch, wie gut es dir gefällt.«

»Bis auf die Tatsache, dass einige der Männer dich schon den ganzen Abend nicht aus den Augen lassen, fühle ich mich sehr wohl«, raunte Erik, während er sie zart auf die Wange küsste. »Am liebsten möchte ich den frechen Kerlen die Augen verbinden.«

»Siehst du«, lachte Emma und genoss insgeheim Eriks aufkeimende Eifersucht, »deshalb gehe ich jetzt – und du kannst sorglos Bier und Unterhaltung genießen.«

»In Ordnung, aber beschwere dich nicht, wenn ich dir heute Nacht mit meinem Schnarchen den Schlaf raube.«

Obwohl Erik ihr gesagt hatte, dass sie neugierige Blicke auf sich zog, bemerkte Emma nicht, wie so manch verstohlenes Augenpaar ihr folgte, als sie aufrecht durch die Halle schritt. Ihr langes, hochgestecktes Haar schimmerte dort, wo die Haube es nicht bedeckte, wie glänzende Seide. Schwarze Strähnen ringelten sich um Gesicht und Hals. Ihre grauen Augen, unter deren Oberfläche sich tiefgründige Geheimnisse zu verbergen schienen, machten die Gräfin Eisenberg zu einer außerordentlichen Schönheit. Ihre Figur war schlank, auch nach der Geburt ihrer Kinder noch, und an den richtigen Stellen wohlgerundet. Ein leichtes Lächeln umspielte ihre Lippen. Sie freute sich auf einen ausgiebigen Tratsch mit ihrer besten Freundin Franziska und Rebecca, dem Kindermädchen, dem sie ebenfalls sehr zugetan war.

»Macht Platz!«

Erschrocken trat sie zur Seite, als zwei große, bullige Männer, auf ihren Waffenröcken die Insignien des herzoglichen Hauses, in die Halle traten. In ihrer Mitte führten sie erstaunlich behutsam eine magere Frau, deren Gesicht umrahmt wurde von wirrem, blondem Haar. Ihre trüben Augen hielt die Fremde starr auf einen Punkt geheftet. Als Emma sich umwandte, sah sie, dass es der Herzog selbst war, den die Frau fixierte.

»Sabina!« Der Ruf Wilhelms IV. hallte klar und deutlich durch den Festsaal, denn die gesamte Tischgesellschaft war angesichts des unerwarteten Anblicks verstummt.

Als die Frau ihren Namen hörte, brach sie in Tränen aus. Heftiges Schluchzen, nur unterbrochen von trockenem Husten, schüttelte ihren Körper. Wilhelm eilte zu ihr und schloss die Geschundene in die Arme. Nichts als zärtliche Fürsorge war in diesem Augenblick in seinem Gesicht zu lesen. »Was ist geschehen, Liebes?«, fragte er die Frau, die seine Schwester war.

Emma revidierte im Stillen ihre Meinung über den Herzog, den sie nach ihrer ersten Begegnung zwar für einen klugen Taktiker und Redner, dafür aber eher gefühlskalten Menschen gehalten hatte.

»Ich bin krank, Wilhelm«, hauchte Sabina und sank ohnmächtig in die Arme ihres Bruders.

Emma konnte kaum mit ansehen, wie sehr Sabina von Württemberg litt. Sie wollte ihr helfen. Längst hatte sie gelernt, ihre heilenden Kräfte anzuwenden, ohne die Finger auf das sternförmige Mal an ihrem rechten Knöchel zu legen. Mit den Jahren war ihre Kraft gewachsen. Deshalb hatte es sie erschreckt, dass der Herzog von ihrer Gabe Kenntnis besaß und sie vor versammelter Runde erwähnt hatte. Emma wusste um ihre Macht. Eine Macht, die sie aus gutem Grund vor der Welt zu verbergen suchte.

»Wo willst du hin?« Emma zuckte zusammen. Sie hatte nicht bemerkt, dass Erik neben sie getreten war. »Tut mir leid, outo tytöö. Ich wollte dich nicht erschrecken.« Sein Atem roch nach Bier, als sie näher an ihn heranrückte. Obwohl er mehr getrunken hatte als sie, schien er nüchtern.

»Ich muss der Herzogin helfen. Es geht ihr sehr schlecht.« Sie sprach leise.

»Es wäre töricht, deine Fähigkeiten hier bei Hofe anzuwenden, Emma. Töricht und gefährlich obendrein.«

»Ich werde mich in Acht nehmen«, erwiderte sie flüsternd. »Herzog Albrecht hat seinem Sohn von mir erzählt. Wilhelm weiß also ohnehin um meine Kräfte. Bestimmt wird er mich zu seiner Schwester lassen. Ich kann nicht anders«, fügte sie hinzu und trat unruhig von einem Bein auf das andere.

»Bitte sei vorsichtig. Versprochen?«

»Versprochen.«

»Dann geh.« Erik strich seiner Frau eine Haarsträhne aus dem Gesicht. »Gott mit dir!«, rief er ihr noch hinterher, doch da hatte sie sich schon umgedreht und war dem Herzog nachgeeilt.

3

MÜNCHENER RESIDENZ
17. Juni im Jahre des Herrn 1516

Herzog Wilhelm trug seine Schwester, die Prinzessin von Bayern und Herzogin von Württemberg, bis in sein prunkvolles Schlafgemach. Zahlreiche Kunstwerke schmückten die Wände, der Betthimmel – noch während der Regentschaft seines Urgroßvaters gefertigt – war verziert mit erlesenen Perlenstickereien.

Sanft bettete er Sabina auf die weichen Decken. Wie sie so dalag, wirkte sie gar nicht mehr wie die mächtige Frau, die sie war, sondern eher wie ein zartes Mädchen. Sie hatte stark abgenommen. Aber, überlegte Wilhelm, es war auch schon über ein Jahr vergangen, seit sie einander zuletzt begegnet waren. Der Bayernherzog mochte seinen Schwager Ulrich von Württemberg nicht besonders. Er behandelte Sabina schlecht, die in ihrer Not bereits so weit gegangen war, Klage gegen ihren eigenen Ehegatten einzureichen. Und dann war sie dem Württemberger davongelaufen, hatte ihre beiden Kinder bei der Tante ihres Mannes zurückgelassen und war unauffindbar geblieben.

Wilhelm schüttelte den Kopf. Mit dem Erscheinen seiner Schwester gerade heute hatte er wahrlich nicht gerechnet. Noch dazu schien sie schwerkrank. Er drehte sich zu seinen Gefolgsleuten um. Schaulust war in ihren Mienen zu lesen.

»Glotzt nicht!«, rief Wilhelm erbost. »Bringt den Hofarzt her! Hat das denn noch keiner veranlasst? Und jetzt raus hier!« Mit einer raschen Handbewegung umfasste er die ganze Gefolgschaft. »Raus mit euch!«

Als er sicher war, dass sie seiner Aufforderung Folge leisteten, setzte Wilhelm sich auf die Bettkante und legte eine Hand auf die heiße Stirn seiner Schwester. Er entdeckte Emma erst, als diese aus dem Halbdunkel des Türrahmens einen Schritt auf ihn zutrat. Erstaunt runzelte der junge Herzog die Stirn.

»Was wollt Ihr hier?«, brummte er, doch seine Stimme klang nicht unfreundlich. Besorgt, ja, aber nicht abweisend. Emma fasste Mut.

»Lasst mich ihr helfen«, bat sie.

»Ihr?« Der Herzog zog die Augenbrauen in die Höhe. Er verfügte über ein ungewöhnlich ausdrucksvolles Mienenspiel. »Ihr seid Gräfin, Madame, keine Heilerin.«

»Und doch kann ich …«

»Nein.« Er klang sehr entschieden. »Mag sein, dass mein Vater an Eure Fähigkeiten glaubte. Das will ich nicht bestreiten. Ich hingegen bin strikt gegen derlei Unfug. Mein Leibarzt wird Sabina behandeln – niemand sonst. Und jetzt geht, bitte.«

Wilhelms Mund wurde schmal, als Emma nicht tat wie geheißen. Stumm stand sie da und blickte auf die Kranke.

»Geht, habe ich gesagt.« Wilhelm unterdrückte seinen aufsteigenden Zorn. Ein Mann, der gelernt hatte, seine Wut zu beherrschen, wenn er es wünschte. »Na los! Oder wollt Ihr, dass ich Euch eigenhändig hinauswerfe?«

»Schickt nach mir, wenn Ihr so weit seid.« Emma deutete einen Knicks an und neigte zum Abschied den Kopf. Die Augen des Herzogs starrten gebannt auf ihren milchig weißen Nacken. Gerade wollte er einen Schritt auf sie zutun, da verließ sie leise den Raum.

Wilhelm IV. blieb zurück, beeindruckt von ihren selbstsicheren Worten. Er strich der Kranken über das blasse Gesicht. Sabinas Wangen schienen pergamentartig trocken, fühlten sich aber fiebrig heiß an. Trotz der Angst um seine Schwester wanderten seine Gedanken immer wieder zu Emma von Eisenberg. Die Gräfin hatte etwas an sich, das ihn zugleich aufbrachte und beruhigte. Eine besondere Weibsperson, ganz wie sein verstorbener Vater gesagt hatte.

Wilhelm begann, unruhig vor dem Bett auf und ab zu gehen. Wo zum Teufel blieb der Arzt?

Ohne etwas von den Überlegungen des Herzogs zu ahnen, schritt Emma die von Fackeln beleuchteten Gänge der Residenz entlang. Es fiel ihr schwer, die Entscheidung Wilhelms zu akzeptieren, war sie doch davon überzeugt, der Kranken helfen und ihren Schmerz lindern zu können.

Aus dem Festsaal dröhnte nun wieder der Lärm der Feiernden. Obwohl die Sonne längst untergegangen war, hatten es die Leute mit dem Zubettgehen nicht eilig. Das Bier floss in Strömen, und der dramatische Auftritt Sabinas hatte die gute Laune des bayerischen Adels keineswegs getrübt, ganz im Gegenteil hatte das Erscheinen der Herzogin von Württemberg für neuen Gesprächsstoff gesorgt. Männer wie Frauen erörterten leidenschaftlich das unerwartete Wiedersehen des hochwohlgeborenen Geschwisterpaares.

»Ihr Gatte soll sie jahrelang wie eine Gefangene gehalten haben.«

»Ich habe gehört, er ließ ihr jeden Abend eiserne Fußfesseln anlegen.«

»Sie selbst ist aber auch kein Kind von Traurigkeit. Liebhaber hat sie sich genommen, nicht nur einen. Das weiß ich aus sicherer Quelle. Der Schwager meiner Großnichte ist bekannt mit …«

Emma zögerte einen Moment, dann schritt sie an der Flügeltür zur großen Halle vorbei und begab sich eilig in ihre Zimmerflucht. Erik wartete gewiss in den ihnen zugewiesenen Gemächern und fieberte ihrer Rückkehr entgegen. So gut kannte sie ihn. Sie waren in den zehn Jahren ihrer Ehe zu einer Einheit verschmolzen. Zwei starke Bäume, die ihre Wurzeln im kühlen Erdreich miteinander verbunden hatten.

Unwillkürlich blieb sie stehen, als sie am Schlafgemach der Hohenfreybergs vorbeikam und laute Stimmen vernahm. Es war nicht ihre Art, fremde Gespräche zu belauschen, doch Margaretha und Konstantin stritten so lautstark, dass sie nicht einmal ihr Ohr an das dunkle Holz der Tür zu legen brauchte.

»Wir haben Schulden, Konstantin, begreif das doch endlich!« Margarethas Stimme klang wütend und kraftlos zugleich, als hätte sie längst begriffen, dass ihre Worte nicht zu ihrem Mann durchdringen würden.

»Die haben wir schon seit Jahrzehnten«, polterte Konstantin von Hohenfreyberg. »Was regst du dich auf, Weib, wenn ich mich hier ein wenig amüsiere?«

»Amüsieren? Pah! Betrunken bist du! Sieh dich bitte einmal an – deine Kleider sind schmutzig, deine Augen ganz glasig …«

»Du hältst mich für einen Taugenichts, stimmt's? Du verachtest mich, und das, obwohl ich dir deine Lebenslüge verziehen habe. So manch einer hätte dich dafür erschlagen, ihm ein fremdes Kind als das eigene unterzujubeln. Wäre ich nicht so gutmütig, hätte ich dich für den Rest deines Lebens ins Kloster gesteckt.«

»Du kannst mir das nicht immer wieder zum Vorwurf machen. Nennst du es wirklich Vergebung, mir in jeder Auseinandersetzung das Gleiche anzulasten?« Margaretha weinte. Nach dem Weggang ihres Jungen hatte ihr Leben sich geändert. Auch wenn sie versuchte, ihren Kummer zu verdrängen, so trauerte Margaretha doch täglich um ihren verlorenen Sohn. Jeden Morgen, wenn die Sonne aufging, und jeden Abend, wenn sie wieder verblasste. »Marzan ist dein Sohn, auch wenn er nicht dein Fleisch und Blut ist.«

Eine Weile herrschte Stille. Emma wollte schon weitergehen, da vernahm sie noch einmal Konstantins Stimme.

»Es tut mir leid, Liebes.« Das Rascheln eines Kleides war zu hören, wahrscheinlich drückte der Graf seine Frau an sich. »Ich weiß, ich hätte das nicht sagen dürfen. Ich bin ein alter Nichtsnutz, der noch nie mit Geld umgehen konnte und der dir ständig Sorge bereitet.«

»Mir bereitet Sorge, dass du so viel trinkst. Ich fürchte um deine Gesundheit. Mit den Geldnöten lebe ich seit langem, aber in den letzten Jahren ist der Schuldenberg derart angewachsen, dass ich fürchte, wir könnten Hohenfreyberg verlieren. Begreifst du das?«

»Ja.« Die Antwort des Grafen war ein trockenes Schluchzen. »Ja, ich begreife es.«

Emma hatte nicht geahnt, wie schlecht es um Hohenfreyberg stand, wie drückend die Schuldenlast wirklich war. Sie beschloss, sich Erik anzuvertrauen, der die Grafschaft Eisenberg mit viel Geschick verwaltete. Vielleicht ließe sich gemeinsam eine Möglichkeit finden, Margaretha und Konstantin unter die Arme zu greifen, ohne deren Stolz zu verletzen.

Sie öffnete die Tür zu dem Gemach, das sie mit ihrem Ehegatten teilte. Linker Hand führte eine Verbindungstür in das geräumige Schlafzimmer, in dem Franziska und Rebecca mitsamt den Kindern Platz gefunden hatten. Der kalte Steinboden war in beiden Räumen mit Teppichen belegt. Erik lag auf dem Bett, die Decke nur halb hochgezogen, die Hände im Nacken verschränkt.

»Der Herzog hat nicht zugelassen, dass ich ihr helfe.« Emma setzte sich zu ihm. Sein blondes, schulterlanges Haar, das er tagsüber ordentlich zusammengebunden trug, hing zerzaust um den Kopf und ließ ihn jünger aussehen, als er war. Emma betrachtete die blasse Linie, die von seiner rechten Augenbraue bis zum Ohrläppchen verlief, nur eine von vielen Narben, die seinen Körper zeichneten. Auf seiner Brust kräuselte sich dichtes, blondes Haar. Die feinen Fältchen in seinen Augenwinkeln waren in den letzten Jahren tiefer geworden. Sie verrieten, wie oft und gerne er mit ihr und den Kindern lachte. Seine Lippen waren gerade und fein gezeichnet. Sie beugte sich vor, um ihm einen Kuss zu geben.

»Lass mich dich richtig begrüßen.« Erik packte sie um die Hüften und zog sie an sich.

»Was ist mit den Kindern?« Emma schielte mit einem Auge zu der Verbindungstür. Ob Rebecca die Kleinen schon zu Bett gebracht hatte? Die Kindsmagd stammte aus dem Dorf Peiting und hatte dem Grafen einst in großer Not beigestanden. Emma und Erik hatten die hübsche, braunhaarige Frau, die aus einer armen Familie kam, kurz nach der Geburt der Zwillinge aus Dankbarkeit aufgenommen, um ihr ein besseres Leben zu ermöglichen. Inzwischen war die Frohnatur aus dem Haushalt Eisenbergs nicht mehr wegzudenken.

»Die Kinder schlafen«, sagte Erik. »Franziska und Rebecca haben sie zu Bett gebracht und wirkten selbst sehr müde – kein Wunder bei den fünf munteren Plagegeistern, um die sie sich kümmern. Besonders jetzt, da die Kinder sich vor Aufregung wegen des Turniers kaum mehr halten können.« Er lachte. »Ich habe ihnen versprochen, du würdest ihnen morgen ausführlich vom Festbankett erzählen.«

»Gut gemacht.« Emma strich mit der Nase über seine Wange. »Obwohl ich den Kindern gerne noch selbst eine gute Nacht gewünscht hätte.«

»Wie hat der Herzog denn auf dein Erscheinen reagiert?«

»Im Grunde hat er mich schnöde abgewiesen.« Sie zuckte mit den Achseln, doch es gelang ihr nicht, ihre Enttäuschung vor ihm zu verbergen. »Wilhelm zweifelt an meinen Fähigkeiten, ohne mir die Gelegenheit zu geben, ihm das Gegenteil zu beweisen.«

»Hättest du ihr denn helfen können?«

»Ja.« Emma zögerte nicht mit ihrer Antwort.

»Manchmal finde ich es beängstigend, wie sehr deine Kräfte gewachsen sind.« Erik wickelte sich eine Strähne ihres dunklen Haares um den Finger. »Du linderst Schmerzen fast mühelos – und du hast Macht über deine Visionen.«

»Nein, so einfach ist es nicht. Es erfordert große Konzentration zu erspüren, ob Bilder in der Luft liegen. Es ist wie ein vorsichtiges Tasten nach einem Riss in der Zeit.« Sie brach ab und suchte nach Worten, ihm ihre Gabe eindringlicher zu schildern, ihm zu beschreiben, wie es sich anfühlte. »Ein hauchdünner Schleier, den man berührt und behutsam teilt. An manchen Stellen ist der Stoff alt und abgegriffen. Dort sind die Visionen sehr nahe. Früher habe ich meist nur die Vergangenheit gesehen, später – lange nachdem ich dich getroffen hatte – auch die Zukunft. Diese Veränderung bringt mich zum Grübeln. Dinge, die bereits geschehen sind, lassen sich nicht ändern. Nun frage ich mich manchmal, ob wir die Zukunft beeinflussen könnten, wenn wir um sie wüssten?«

»Du sprichst von Vorbestimmung, outo tytöö, nicht wahr? Du willst wissen, ob es Schicksal ist, welches die Wege der Menschen auf dieser Erde lenkt? Ist es das?«

»Ja, ich denke schon.«

»Wenn du meine Meinung hören willst – ich stelle mir nicht gerne vor, alles könnte vorherbestimmt sein. Ein jedes von Gottes Geschöpfen wurde geboren, seinen eigenen Weg zu gehen, seine eigene Geschichte zu leben. Glaubst du nicht?«

»Ich bin nicht sicher.« Emma rieb sich die Schläfen. »Mein Kopf schmerzt. Vielleicht ist es besser, ein andermal darüber nachzudenken.«

»Du hast recht. Das Bier macht mich gesprächiger, als mir lieb ist.« Erik lächelte. »Genug gegrübelt, outo tytöö. Es ist Schlafenszeit.« Und er begann damit, sie auszukleiden. Sein Begehren nach dem geliebten Weib war stetig gewachsen, seit Emma das Zimmer betreten hatte. Während ihrer Unterhaltung waren seine Gedanken immer wieder zu der nackten Haut unter ihren Kleidern abgeschweift. Eines der Häkchen an ihrem Rücken ließ sich nicht lösen und forderte seine volle Konzentration.

»Warte.« Sie rückte ein Stück von ihm ab. »Vorhin auf dem Gang … Ich habe gehört, wie Konstantin und Margaretha sich heftig stritten. Es ging um ihre finanzielle Situation. Ihre Schuldenlast muss noch sehr viel höher sein, als wir bislang angenommen haben – wir müssen ihnen unbedingt unter die Arme greifen, Erik.«

»Das würde ich gerne. Allerdings blockt Konstantin ab, wann immer ich auf diese Angelegenheit zu sprechen komme.«

»Das weiß ich.« Emma wiegte nachdenklich den hübschen Kopf, so dass Erik nicht anders konnte, als voller Verlangen auf ihre süßen, roten Lippen zu starren.

»Ich werde einmal mit Margaretha reden.« Seine Stimme klang belegt. Er räusperte sich, um die Heiserkeit zu vertreiben. »Ich vermute, dass unsere Bemühungen bei ihr eher auf fruchtbaren Boden fallen. Sie wird einsichtiger sein als ihr Mann, da bin ich mir fast sicher.«

»Danke.« Emma küsste ihn und half ihm dabei, die Häkchen an ihrem Kleid zu lösen. Dem Grafen wurde heiß – Margaretha und Konstantin von Hohenfreyberg waren vorerst vergessen. Die Anspannung des Tages verschwand, als er sie eng an sich presste. Seine Lippen streiften ihren Hals und den Ansatz ihrer Brust. Er kostete von ihrer nackten Haut, wie er es sich zuvor ausgemalt hatte. Sein Atem wanderte warm über ihren Körper. Emma seufzte und räkelte sich. Ein Bündel lustvolles Wohlgefühl. Erik liebte diese kleinen, erstickten Laute, wenn er mit ihr schlief. Obwohl sie nun schon lange verheiratet waren, vermochten sie es noch immer, einander auf schier unerträgliche Weise zu erregen.

»Bitte …«, flüsterte Emma, während er zart an ihren Brustwarzen knabberte.

»Bitte, was?«

Sie hörte das Lächeln in seiner Stimme. Aufreizend langsam strich sie über seine Oberschenkel, malte mit dem Fingernagel den Verlauf seines Rückgrats nach.

»Komm her.«

4

AUGSBURG
17. Juni im Jahre des Herrn 1516

Während Emma von Eisenberg friedlich neben ihrem Gatten schlummerte, seinen warmen Atem in ihrem Nacken, pochte im Augsburger Korngässchen eine schwere Faust zu nächtlicher Stunde gegen die Tür eines kleinen Häuschens. Nicht lange darauf wurde geöffnet, und die Witwe Dora Feiferl ließ den schwarzhaarigen Mann ein. Er war ihr kein Unbekannter, vielmehr ein häufiger Gast in ihren Armen. Dabei verfluchte sie sich selbst, weil sie seinem Werben beständig nachgab, obwohl sie deutlich fühlte, dass ihm im Grunde nichts an ihr lag.

»Du bist spät.« Sie stellte einen Becher Wein vor ihm auf den Tisch, wo er sich ohne Aufforderung niedergesetzt hatte.

»Ich musste dich sehen.« Er kippte den Rebensaft in wenigen Zügen hinunter.

»Warum?«, fragte sie und wünschte wider besseres Wissen, es möge die Sehnsucht nach ihrer zärtlichen Liebe gewesen sein, die ihn hergetrieben hatte.

»Das weißt du doch.« Sein Blick glitt anzüglich über ihre dralle Figur und verweilte im Ausschnitt ihres Kleides. »Ich kann dir nicht widerstehen.«

»Es geht dir gar nicht um mich«, fuhr sie auf, »niemals wirklich um mich, Dora Feiferl.«

»Du hast es so gewollt«, erinnerte er sie ruhig.

»Ich war einsam nach dem Tod meines Gatten.«

»Du wusstest von Anfang an, was du von mir zu erwarten hast. Ich war nie unehrlich zu dir.«

»Aber ich hatte die Hoffnung gehegt …«, setzte sie an, um sodann traurig zu schweigen. Weshalb sollte sie ihm von ihren hochfahrenden Träumen erzählen? Von ihrer Vorstellung einer prächtigen Vermählung und Kindern, die hinter dem Haus in ihrem Gärtchen tollten? Dora hatte es oft genug versucht, es an Anspielungen auf ein gemeinsames Glück nicht mangeln lassen. Doch trotz seines sympathischen Äußeren war er im Grunde ein kalter Mann, der nach nichts anderem trachtete, als seine eigene Begierde zu stillen. »Ich ertrage diesen Zustand nicht mehr lange«, drohte sie stattdessen.

»Die Entscheidung liegt bei dir, Dora.« Mit einem Mal aber wurde seine Stimme sanft. Er wusste, wie er sie zu nehmen hatte. »Komm her, kleine Frau«, lockte er und zog sie zu sich auf den Schoß.

»Nicht«, protestierte sie leise. Ihr Einwand blieb ungehört. Sie seufzte, als er ihren Hals und ihre Schulterblätter küsste. Beinahe vergaß sie, dass sie ihm grollte. Als er sie zum Bett tragen wollte, fiel es ihr wieder ein. Rüde stieß sie ihn von sich. »Du hast mich bei deinem letzten Besuch beim falschen Namen genannt.«

»Unsinn.« Seine Stimme war heiser vor Erregung.

»Doch, hast du. Mitten in der Nacht war's. Du hast nach mir gegriffen und mir liebe Worte ins Ohr geflüstert.«

»Was passt dir daran nicht?«

»Du rühmtest die Tiefe und den Glanz meiner grauen Augen.«

Marc Frey betrachtete die Witwe Dora, deren Busen vor Zorn wogte. Ihre Augen schienen Funken zu sprühen. Sie waren in der Tat von einem erdigen Braun. Ihm dämmerte, weshalb sie so wütend war.

»Ich habe geschlafen und geträumt, als ich dir dies sagte«, verteidigte er sich. »Meine Phantasie hat mir bei der Farbe deiner Augen einen Streich gespielt.«

»Und warum … warum zum Henker hast du mich Emma genannt?« Die Witwe spuckte die Worte regelrecht aus.

Der Kaufmann stand mit einem Mal sehr aufrecht. »Erwähne diesen Namen nie wieder.« Er kam mit langen Schritten auf sie zu. »Ich habe und werde dich niemals im Leben so nennen.« Er packte sie bei den Schultern und wirkte in diesem Augenblick bedrohlich. »Genug geredet«, knurrte er und hob sie hoch. Dora fand sich auf ihrem Bett wieder, wo er über ihr kniete und ihre Röcke hob. Sie versuchte nach ihm zu treten, ihn zu schlagen. Ihre Gegenwehr war allerdings nur von kurzer Dauer. Die wilde Leidenschaft in seinen Augen ließ sie die fremde Frau aus seinen Träumen für eine Weile vergessen. Er entkleidete sie rasch und drang ohne jede Zärtlichkeit in sie ein. Die Witwe Feiferl brannte vor Liebe zu ihm, weshalb sie seine Rohheit als Beweis seiner Zuneigung gelten ließ.

Später, ihr rascher Atem war abgeklungen, lag sie in seiner Armbeuge. »Du hast mich Emma genannt, ich bin ganz sicher«, flüsterte sie, jedoch so leise, dass er sie nicht hören konnte.

Er stahl sich im Morgengrauen davon, in der Hoffnung, sie nicht zu wecken. Doch Dora Feiferl, die nie tief schlief, wenn er bei ihr lag, bemerkte sein Weggehen.

Nachdem die Tür hinter ihm ins Schloss gefallen war, machte die Witwe sich bittere Vorwürfe. Warum ließ sie ihn immer wieder ein, anstatt sich einen anständigen Mann zu suchen? Sie war eine törichte, naive Frau, das wusste sie selbst. Erneut nahm sie sich fest vor, ihn bei seinem nächsten Besuch abzuweisen.

»Warum kannst du nicht lieben?«, rief sie mit tränenerstickter Stimme in Richtung der Tür, durch die er sie verlassen hatte. »Warum kannst du mich nicht lieben?«

5

MÜNCHENER RESIDENZ
18. Juni im Jahre des Herrn 1516

Das Wetter meinte es gut mit den Turniergästen Herzog Wilhelms. Der schlierende Nebel, der noch bei Sonnenaufgang wie ein graues Tuch über den Feldern rund um München gelegen hatte, war verflogen. Das Turnier war seit Stunden in vollem Gange, und die Hitze staute sich im Brunnenhof der Residenz, der von hohen Mauern umgeben war. In strahlendem Weißblau leuchtete der Himmel über Bayern. Während die Damen sich dezent die Stirn tupften, wischten die Herren der Schöpfung sich ohne viel Federlesens die glänzenden Gesichter mit den Hemdsärmeln ab.

Der Sandplatz, auf dem eben noch die Reiter mit langen Lanzen gegeneinander angeritten waren, Staub aufwirbelnd und in ihren Rüstungen gar prächtig anzusehen, füllte sich während der Wettkampfpause mit Gauklern und Artisten.

»Schau doch, Mama!« Eine kleine Hand zupfte am Kleid der Gräfin Eisenberg. »Tut das dem Mann nicht weh?«

»Verzeih, Engelchen, deine Mama war mit ihren Gedanken gerade anderswo.« Emmas Überlegungen hatten der kranken Sabina von Württemberg gegolten. Nun richtete sie ihre Konzentration auf das wissbegierige Mädchen. Isabel war aufgekratzt. Kein Wunder, schließlich hatte die Neunjährige ihre Eltern nie zuvor zu einem solchen Ereignis begleitet. Emmas Blick folgte dem Finger ihrer Tochter, der auf einen Feuerspucker zeigte. Der Mann war von Kopf bis Fuß in abgegriffenen, roten Samt gehüllt. »Tut es ihm nicht weh?«, wiederholte Isabel ihre Frage. »Muss er nicht verbrennen?«

»Nein«, beruhigte die Gräfin lächelnd ihr besorgtes Kind. »Er spürt das Feuer gar nicht.«

»Dann ist es gut.«

Emma zog Isabel kurz an sich. Ihre Tochter wirkte winzig und verletzlich inmitten all der Erwachsenen. Sie sah reizend aus in dem Kleidchen, das eigens für den Besuch bei Hofe genäht worden war.

Mittlerweile hegte Emma keinen Zweifel mehr daran, dass es richtig gewesen war, Wilhelms Einladung anzunehmen. Allein das Leuchten in den Augen der Kinder war den Besuch wert. Wenn es ihr nur gelingen würde, das beklemmende Gefühl abzuschütteln, wann immer ihr die kranke Schwester des Herzogs in den Sinn kam. Ihr Unbehagen ließ sich nicht gänzlich beiseite schieben und drohte ein ums andere Mal, ihr den schönen Tag zu verleiden.

»Kann ich das auch?« Isabel starrte weiterhin wie gebannt auf den Feuerspucker.

»Das versuchst du mal besser nicht, Prinzessin.« Erik trat hinzu, Isabels Zwillingsschwester Sofia an der Hand. »Du würdest dir den Mund verbrennen und könntest dann nicht mehr von dem hier kosten.« Er fuchtelte theatralisch mit den Armen und zauberte eine Handvoll gerösteter Nüsse hinter seinem Rücken hervor.

»Mhm!« Isabel griff begierig nach den Leckereien, blickte Erik treuherzig an und stopfte dabei so viele Nüsse auf einmal in den Mund, wie irgend hineinpassten.

»Ich durfte auf Vaters Schulter sitzen und mir die Stände von oben angucken!«, krähte Sofia unterdessen begeistert. Der Bummel mit ihrem Vater entlang den bunten Marktbuden hatte mächtig Eindruck auf sie gemacht.

»Wie schön, mein Schatz.« Emma schmunzelte. »Hoffentlich wurde dein Rücken nicht zu sehr in Mitleidenschaft gezogen, alter Mann«, richtete sie das Wort an ihren Gatten. Seit ihn ein Hexenschuss im letzten Winter für eine knappe

Woche außer Gefecht gesetzt hatte, neckte sie ihn damit. Er war allerdings auch ein sehr ungeduldiger Patient gewesen, an dem sie keine rechte Freude gehabt hatte.

»Gefällt es dir, Liebes?« Erik strich seiner Frau über die Wange.

»Wie könnte es mir nicht gefallen?« Emma sah frohgemut auf ihre kauenden Töchter. »Sie werden sich den Magen verderben, weißt du?« Isabel und Sofia hatten Emmas dunkles Haar geerbt, die grünen Augen des Vaters strahlten in ihren herzförmigen Gesichtern. Seite an Seite boten sie ein Bild überbordender Lebensfreude.

»Lass sie nur. Dieser Tag gehört ihnen – selbst wenn die Süßigkeiten ihnen später ein wenig Bauchgrimmen bescheren.«

»Und ihrem Vater, meinst du wohl?« Sie boxte ihn spielerisch in die Seite. »Wie viele von den Nüssen hast du denn schon gegessen?«

»Darüber sprechen wir besser nicht, outo tytöö.« Er grinste.

»Wo habt ihr eigentlich Martin gelassen?« Erst jetzt fiel ihr auf, dass Franziskas Sohn nicht mit Erik und Sofia zurückgekommen war. Ziska hatte sich um die Mittagsstunde herum von ihnen getrennt, um Rebecca Gesellschaft zu leisten, die die beiden jüngsten Grafensprösslinge hütete.

»Der unterhält sich prächtig mit Hans Schenkh.«

»Wer ist das?«

»Der Waffenmeister des Herzogs, Liebes, keine Bange.«

»Keine Bange? Verrätst du mir, welch dringliche Angelegenheiten ein neunjähriger Knabe und ein Waffenmeister zu besprechen haben?«

»Es gibt wirklich keinen Grund, sich Sorgen zu machen. Hans Schenkh ist ein alter Bekannter aus meiner Zeit bei Hofe. Er war damals Pferdeknecht und einer von den wenigen Menschen, mit denen ich überhaupt gesprochen habe.

Wir sind ihm vorhin über den Weg gelaufen – und er hat ein bisschen mit seiner Ernennung zum Waffenmeister geprahlt. Ich gönne es ihm – er ist ein anständiger Kerl.«

»Und der Junge ist bei ihm?«

»Genau. Martin hat Hans mit Fragen gelöchert. Es war ja auch nicht zu übersehen, wie fasziniert er von den Lanzenreitern ist. Ich war früher genauso. Wenn sich die Männer unseres Dorfes im Kampf übten, ließ ich ihnen mit meiner Neugier keine Ruhe.«

»Du warst ein kleiner Plagegeist?« Emma stellte sich Erik als aufgeweckten Jungen vor.

»Ein echter Störenfried vor dem Herrn. Wollte immer alles ganz genau wissen.«

»Und du glaubst nicht, dass Martin Herrn Schenkh lästig werden könnte?«

»Bestimmt nicht, Hans hat selbst Kinder. Er hat dem Jungen erlaubt, den Kämpfern bei der Vorbereitung für die nächste Runde zuzusehen. Hätte ich abgelehnt, wäre mir Martin bis in alle Ewigkeit gram gewesen.«

»Schon gut, Franziska hat sicherlich auch nichts dagegen. Sie grübelt ohnehin ständig darüber nach, dass dem Jungen ein Vater fehlt, und hat ein schlechtes Gewissen, dabei kann sie nichts für ihre Situation.«

»Dafür kann sie wahrlich nichts.« Ein Schatten legte sich über Eriks Züge. Wann immer er an die Geschehnisse vor zehn Jahren zurückdachte, traten ihm die entsetzlichen Bilder vor Augen. Emma und Franziska hatten an einem Fluss gebadet, als die Schergen des Grafen Ravensberg über sie hergefallen waren. Für Franziska war die Rettung zu spät gekommen. Die Unholde hatten sich einer nach dem anderen an ihr vergangen. Genugtuung gab einzig die Gewissheit, dass jeder Einzelne dieser Schufte für seine Missetat mit dem Leben bezahlt hatte.

»Martin fragt mit zunehmendem Alter immer häufiger

nach seinem Vater. Vor dem Jungen gibt Franziska sich tapfer – sie will nicht, dass er ihre Tränen sieht. Sie hält ihn für zu jung, um die Wahrheit verstehen zu können.« Emma betrübte das Leid der lieben Freundin ein jedes Mal aufs Neue.

»Ich wünschte, sie würde jemanden finden, der die Schatten der Vergangenheit aus ihrem Leben vertreibt. Sie braucht einen Gefährten, der sie in die Arme nimmt und ihr Mut und Kraft gibt. Franziska ist zu oft allein.«

»Sie hat uns.« Emma strich sich gedankenvoll über das Kinn.

»Das ist nicht genug. Bei weitem nicht genug.«

»Ich weiß, Erik. Ich weiß es doch.« Sie nickte betrübt. »Wir haben Franziska ein Heim gegeben, ein Dach über dem Kopf und unsere Freundschaft. Die Leere in ihrem Inneren hingegen vermögen wir bei aller Zuneigung nicht zu füllen. Manchmal frage ich mich, ob sie in alle Ewigkeit allein bleiben will.«

»Franziska hat Angst vor Männern. Sie verbirgt ihre Furcht gut, aber manchmal bemerke ich dennoch, wie sie erschrickt, wenn ein Fremder sie im Vorbeigehen zufällig streift.«

»Dir gegenüber verhält sie sich aber völlig unbefangen.«

»Ja, weil sie mich kennt und mir vertraut. Zu Beginn war das anders. Damals hat sie sich auch vor mir gefürchtet.«

»Bei Marzan war sie nicht so.«

Erik sah seine Frau erstaunt an. Sie erwähnte den Namen ihres Halbbruders selten, obwohl er ahnte, dass sie oft an ihn dachte. Vermutlich hatte das gestrige Gespräch mit Konstantin und Margaretha von Hohenfreyberg ihr den Verlust wieder vor Augen geführt.

»Franziska kannte Marzan schon, ehe diese Halunken wie Tiere über sie hergefallen sind. Vielleicht liegt es daran«, erwiderte Erik nachdenklich.

»Nein, das glaube ich nicht. Franziska hielt sich bereits vor der Vergewaltigung durch Ravensbergs Schergen von Männern fern.« Emma hatte schon unzählige Male darüber nachgedacht, wie sie der Freundin helfen könnte. »Erinnere dich an Anton, Franziskas Ehemann, dem sie davongelaufen ist.«

Erik nickte grimmig. »Der derbe Bauerntölpel, der sie geschlagen und zur Liebe gezwungen hat. Wie könnte ich das vergessen, outo tytöö. Franziska konnte nichts Besseres tun, als vor dem Kerl zu flüchten.«

»Das Schlimme ist aber, dass sie vor dem Gesetz und nach den Geboten der Kirche immer noch offiziell an Anton gebunden ist. Selbst wenn sie sich verlieben sollte – sie könnte den Mann nicht heiraten.«

Sofia tänzelte um ihre Eltern herum und unterbrach die schwermütige Unterhaltung. »Es geht weiter!«, rief sie aus und konnte vor Aufregung nicht mehr ruhig an einem Fleck stehen. Und wirklich, die bunt gewandeten Gaukler räumten Rad schlagend, hüpfend und springend den Sandplatz. Ihre Schellenkränze klingelten in den Ohren der Zuschauer.

Endlich wurden Emma und Erik von der spannungsgeladenen Erwartungshaltung der Kinder mitgerissen. Die teilnehmenden Kämpfer – auch jene, die bereits ausgeschieden waren – ritten soeben in Dreiecksformation auf den Sandplatz und umrundeten dreimal das Turnierfeld. Die Pferde trugen unter den Sätteln farbenfrohe Decken, ihre Mähnen waren ordentlich geflochten und mit bunten Bändern geschmückt.

»Jetzt kommt die Endrunde!«

Emma drehte sich erstaunt um, als Martin an ihr vorbeischoss und sich zwischen Sofia und Isabel einreihte. Franziskas Junge war groß für sein Alter und hatte das blonde Haar und die blauen Augen seiner Mutter geerbt. Der liebe

Gott hatte ein Einsehen gehabt und nicht zugelassen, dass der Knabe dem unbekannten Vater nachgeriet. »Es sind nur noch sechs Wettkämpfer übrig«, erstattete Martin den Zwillingen Bericht. »Die nächste Runde entscheidet alles.«

»Das wissen wir doch schon«, entgegnete Isabel ihrem Freund ein wenig von oben herab. »Wir haben schließlich auch zugesehen.«

»Aber bestimmt hast du keine Ahnung davon, dass die teilnehmenden Kämpfer dem Herzog ihre Ritterbürtigkeit bis in die vierte Generation nachweisen müssen«, prahlte er mit seinem Wissen. »Und – die Lanzen hatten früher einen vierseitig geschmiedeten, spitzen Dorn«, fügte er triumphierend hinzu. »Heute leider nicht mehr. Ein Turnierkrönchen mit weniger scharfen Spitzen schützt die Ritter.« Nun klang er ein wenig enttäuscht. »Allerdings versteht ein Mädchen davon ohnehin nichts.«

»Stimmt das, was Martin sagt?«, wandte sich Sofia fragend an ihren Vater.

»Wenn er das von Hans Schenkh so gehört hat, wird es wohl seine Richtigkeit haben.«

»Das hat er gesagt«, bestätigte Franziskas Sohn, und seine Augen glänzten vor Freude über die Ehre, die ihm zuteil geworden war. Wer sonst konnte von sich behaupten, die Turnierregeln vom Waffenmeister höchstpersönlich erklärt bekommen zu haben?

»Aus was sind denn die Turnierkrönchen?«, erkundigte sich Sofia, die Martins Bemerkung über das Unverständnis von Mädchen nicht auf sich sitzen lassen wollte.

»Aus Holz«, antwortete der Junge. »Damit die Kämpfer sich nicht mehr so leicht verletzen.«

Die Gespräche der Zuschauer verstummten, als die Trompetenbläser den Beginn der entscheidenden Runde ankündigten. Nur noch leises Murmeln hie und da war um den Sandplatz und auf den höheren Rängen zu hören. Die Sonne glänzte auf dem blankpolierten Eisen der Rüstungen. Das Signal ertönte, und die Spannung stieg, als zwei dunkle Hengste in schnellem Galopp aufeinander zujagten.

Der Herzog schätzte den Tjost ganz besonders. Damit schloss er sich der vorherrschenden Meinung zahlreicher Adliger an, die den zu Pferd geführten Lanzenkampf als außerordentliches Vergnügen lobten. Wilhelm liebte die prickelnde Anspannung, die ihren Höhepunkt erreichte, wenn die Lanzen auf die gegnerischen Schilde trafen. In wenigen Sekunden entschied sich, wer sich halten konnte und wessen Körper besiegt und gedemütigt in den Sand geschleudert wurde. Um dem wilden Treiben bei den Turnierkämpfen Einhalt zu gebieten, hatte die Kirche ihren Gläubigen einst die Teilnahme an derlei Veranstaltungen unter Androhung der Exkommunikation untersagt. Zu dieser Zeit waren tödlich verunglückte Ritter – zur Sühne ihrer Frevel – nicht in geweihter Erde bestattet worden. Während der Kreuzzüge allerdings hatte die Geistlichkeit ihren Standpunkt geändert und den Tjost und alle weiteren Turnierspielarten zugelassen – als sinnvolle Waffenübung für den Kampf im Heiligen Land.

Emma hielt sich die Hand über die Augen, um nicht von der tief stehenden Nachmittagssonne geblendet zu werden. Die Kinder hatten sich zwischen den Zuschauern hindurch weiter nach vorne gedrängelt, von wo aus sie eine bessere Sicht auf den Platz hatten. Emma überzeugte sich mit einem schnellen Blick davon, dass die drei Kinder in Reichweite geblieben waren. Martin und die Zwillinge steckten tuschelnd die Köpfe zusammen. Beruhigt lehnte sie sich gegen Erik und ließ sich von der Spannung des Kampfes mitreißen. Vier der sechs Kämpfer waren schnell aus den Sätteln gehoben.

In der Endrunde trafen zwei erbitterte Gegner aufeinander. Hätte der Herzog von der persönlichen Feindschaft der beiden Männer gewusst, wären beide niemals zum Turnier zugelassen worden.

»Auf diesen Tag habe ich lange gewartet!«

Die Kämpfer, bereits für die letzte Runde gerüstet, machten keine Anstalten, sich die Hände zum Gruß zu reichen. Schon am Abend zuvor hatten sie einander an der herzoglichen Tafel ignoriert, so dass niemand von ihrer schicksalhaften Begegnung erfuhr. Heiner von Ulzstetten, wegen seines grausamen Vorgehens gegen die württembergischen Aufständischen vom Stuttgarter Hof verbannt, rieb sich im Geiste die Hände. Die Zeiten, in denen er als Turnierkämpfer durch die Lande tingeln musste, würden bald der Vergangenheit angehören. Endlich war das Schicksal ihm wieder gewogen. Sein verbliebenes Auge zuckte. Die Nachricht vom Aufenthalt der Herzogin von Württemberg in München würde für seinen Landesherrn Ulrich von unschätzbarem Wert sein. Und nun stand auch noch Michael von Göggingen vor ihm, jener Mann, der ihm einst unsägliche Schmach bereitet hatte.

»Scheusal«, zischte Michael anstelle einer Antwort und erinnerte sich mit Schaudern an den unschuldigen Knaben, den Ulzstetten geschändet hatte. Schlagartig war seine Freude, es bis in die finale Runde geschafft zu haben, verflogen. Göggingens Hinterkopf begann an der Stelle zu pochen, an der ihn vor knapp zwei Jahren ein Streitkolben getroffen und außer Gefecht gesetzt hatte. Er rückte seine spärliche Rüstung zurecht, die kaum mehr als Haupt und Oberkörper schützte. Im Gegensatz dazu trug Ulzstetten von Kopf bis Fuß polierten Stahl. Es hatte helfender Hände bedurft, ihm Schienen und Panzerung anzulegen. Michaels Turnierfarbe war Gelb und kontrastierte mit der Heiner von Ulzstettens, der leuchtendes Rot trug – Sinnbild für Leidenschaft und Zorn.

»Die Stunde Eures Unterganges ist gekommen.« Obgleich Michael schmächtiger und jünger als sein Gegenüber war, starrte er den Einäugigen herausfordernd an. »Ich werde Euch auf dem Turnierplatz schlagen, und hernach, bei Gott, wird mich nichts davon abhalten, Euer schändliches Verbrechen gegen jenen Mann vor dem Richter anzuklagen.«

»Ein weiteres Mal wird Euch die Fürsprache des Bayernherzogs nicht mehr das Leben retten«, entgegnete Ulzstetten lächelnd. Der Einäugige betrachtete Göggingen und konnte seine Erregung kaum unterdrücken. Michael war von schöner, athletischer Gestalt. Ihn zu töten würde Freude bereiten. Heiners Auge verengte sich zu einem schmalen Schlitz. »Wie bedauerlich, dass Euer Liebchen nicht hier sein kann, wo Ihr gestern bei Tisch so zärtlich von ihr gesprochen habt«, spielte er seinen Trumpf aus. Den Gegner zu verunsichern war noch immer einer der sichersten Wege zum Sieg. »Wie heißt sie noch gleich, Eure bürgerliche Hure? Renate Wieland, nicht wahr? Womöglich besuche ich sie einmal in Augsburg, die kleine Renate.« Ulzstetten grinste.

»Mann gegen Mann. Lasst es uns austragen.« Michaels Unterkiefer knackte, so heftig knirschte er mit den Zähnen. Er kannte wohl die Grausamkeit Heiner von Ulzstettens, rechnete jedoch nicht damit, dass dieser ihm auf einem Turnier des Bayernherzogs nach dem Leben trachten könnte. Die mit schützenden Turnierkrönlein versehenen Waffen dienten dem Vergnügen der Zuschauer, nicht dazu, dem Gegner ernsthafte Verletzungen zuzufügen. Seit langem schon hatte es auf den Münchener Turnierkämpfen keine Toten mehr gegeben. Michaels Tragik lag in seinem edlen Gemüt, gepaart mit jugendlicher Naivität. Voller Entschlossenheit, den verhassten Feind in die Schranken zu weisen, ritt er in den Kampf.

»Der Rote wird gewinnen«, flüsterte Emma ihrem Mann ins Ohr und wies auf den Reiter, dessen Pferd eine leuchtendrote Decke trug.

»Nie und nimmer, outo tytöö. Der Gelbe sitzt doch viel besser im Sattel.«

Eine schreckliche Ahnung überkam die Gräfin. Für einen kurzen Augenblick hatte sich der Schleier der Zeit geöffnet. Sie wollte laut aufschreien, doch kein Laut kam über ihre Lippen.

Sand stob auf, als die Pferde in schnellem Tempo aufeinander zusprengten. Die Zuschauer hielten den Atem an, vereinzelt waren Anfeuerungsrufe zu hören. Schon brachten die Kämpfer ihre Waffen in Position und richteten ihre Lanzen auf den Widersacher. Beide erreichten die Mitte des Feldes. Die Lanze des roten Ritters war zu tief angesetzt. Erst im allerletzten Moment riss er sie mit voller Wucht nach oben. Die Waffe glitt über den Schild des gelben Kämpfers und rutschte von ihm ab. Ein Stöhnen ging durch die Menge, als die Spitzen des Turnierkrönchens sich in den Hals des Reiters bohrten.

»Um Gottes willen!« Emma schlug sich die Hände vor die Brust. Der Körper des getroffenen Mannes prallte hart auf den Boden. Blut tränkte den Sand. Sehr viel Blut.

»Mama!« Das zweistimmige Kreischen ihrer Töchter löste die Gräfin aus ihrer Erstarrung. Sofia drängte sich an sie, während Isabel das Gesicht im weichen Hemd ihres Vaters verbarg. Martin stand einfach da, kreidebleich, mit hängenden Schultern.

»Komm her, mein Junge.« Erik legte seine Hand auf die Schulter des Knaben. Er schrie nicht wie die Zwillinge, schien stattdessen bis ins Mark erschüttert. »Die Kinder müssen von hier weg.« Emma suchte Eriks Blick. Er nickte. Gemeinsam schoben sie die Mädchen und den Jungen mit sanftem Druck durch die Menge. Der überwiegende Teil der

Zuschauer verharrte noch an Ort und Stelle, so dass sie den festlich geschmückten Torbogen, welcher vom Brunnenhof in die schattigen Gänge der Residenz führte, ohne Mühe erreichten.

»Schsch, es ist gut, Liebes.« Emma strich der weinenden Sofia über das dunkle Haar.

»Muss er sterben, Vater?« Isabels Augen waren im Gegensatz zu denen ihrer Schwester trocken geblieben, blickten jedoch sehr verängstigt. Niemals zuvor war das Mädchen auf solche Art und Weise mit dem Tod konfrontiert worden.

»Das weiß ich nicht, Kleines.« Erik mochte seine Tochter nicht anlügen. »Ich bringe die Kinder zu Rebecca und Franziska – und bleibe auch selbst bei ihnen«, wandte er sich an seine Frau. »Sie werden Trost brauchen.«

»Gehen wir«, stimmte Emma zu.

»Schon gut, outo tytöö. Du brauchst mir nichts vorzumachen. Geh du nur zu dem Verletzten. Wir kommen zurecht.«

»Einverstanden«, willigte Emma ein. Es war nicht nötig, ihre Dankbarkeit in Worte zu fassen. Erik verstand sie ohnehin. *Das Schicksal hat dich ausersehen. Es ist deine Bestimmung, den Menschen zu helfen. Wehr dich nicht dagegen, Kindchen.* Die Gräfin erinnerte sich an den Rat einer weisen, alten Frau, den diese ihr einst mit auf den Weg gegeben hatte. Die jüngere ihrer Zwillingstöchter war der verstorbenen Seherin Sofia zu Ehren auf deren Namen getauft worden.

Emma blickte Mann und Kindern hinterher. Dann eilte sie in entgegengesetzter Richtung davon. Gevatter Tod schwang seine Sense – ihre Hilfe sollte nicht zu spät kommen.

6

MÜNCHENER RESIDENZ
18. Juni im Jahre des Herrn 1516

Gräfin Emma erreichte im Laufschritt den Turnierplatz, wo die Zuschauer in kleinen und größeren Grüppchen lautstark über das Unglück diskutierten. Den Verwundeten hatte man mittlerweile fortgeschafft. Im Sand schillerten schwärzliche Flecken. Einzig das Blut zeugte noch von dem Unglück, das hier im Brunnenhof geschehen war. Emma war gezwungen, ihr weiteres Vorgehen rasch zu bedenken.

»Verzeiht bitte.« Sie wandte sich an eine Reihe von Damen, deren aufgeregte Stimmen dem Schnattern einer Gänseschar glichen. »Wisst Ihr, wohin der verletzte Ritter gebracht wurde?«

»Dorthin.« Eine der Frauen wies auf das bunte Zelt der Gauklergruppe, das vermutlich schon bessere Zeiten gesehen hatte. Die Ringe an ihrem Finger schnitten in ihr massiges Fleisch.

»Danke.«

»Wieso fragt Ihr danach?« Emma, die den Damen bereits den Rücken zugekehrt hatte, wurde von der dicklichen Matrone zurückgehalten. »Sind es Verwandtschaftsbande, die Euch für den Ritter bangen lassen, Gräfin Eisenberg?« Das Weib musterte Emma forsch. »Die seid Ihr doch, nicht wahr?« In der Stimme der Frau trat der Argwohn nun offen zutage.

»Ja.« Emmas Antwort grenzte an Unhöflichkeit, so knapp fiel sie aus.

»Der Herzog erwähnte gestern Eure Gabe – was meinte er damit? Wir alle fanden seine Worte ein wenig … rätselhaft.« Die Fremde nickte Zustimmung heischend in die Runde.

»Das weiß ich nicht.« Emma fühlte sich an einen Fuchs erinnert, eingekreist von einem Rudel zähnefletschender Wölfe. Sie musste schleunigst von hier weg. Wie dumm von ihr, die Frauen überhaupt angesprochen zu haben! Emma verfluchte die alte Vettel und ihre Weiber für deren Neugierde. Sie, der es ein Leben lang nie an Aufmerksamkeit gemangelt hatte, begriff nicht die Eifersucht der Frauen. Tatsächlich war es so, dass den Damen die leuchtenden Augen ihrer Männer, die am Abend zuvor bewundernd auf der schönen, rätselhaften Gräfin geruht hatten, keineswegs entgangen waren. Der Neid saß wie ein giftiger Stachel in ihnen.

»Entschuldigt, ich muss jetzt gehen.« Emma zog es vor, die abschätzigen Blicke zu ignorieren. Wann immer Fremde die Rede auf ihre seherische Gabe brachten, übermannte sie haltlose Furcht. Hexenverbrennungen und lodernde Scheiterhaufen gehörten zu den Schreckgespenstern, die sie ihr Leben lang begleiteten.

»Was wollt Ihr denn nun so eilig bei dem toten Ritter?« Die korpulente Frau schien das Geheimnis zu wittern, welches sich hinter Emmas tiefen, grauen Augen verbarg. Ein Raubtier, das seine Fährte aufgenommen hatte.

»Das geht Euch nichts an.« Emma drehte sich auf dem Absatz um. Das schwammige Gesicht der Dicken hatte sich in ihr Gedächtnis gebrannt. Für einen Moment ahnte sie, dass sie dieser Frau noch einmal unter bösen Vorzeichen wiederbegegnen würde.

Ungeachtet dessen, dass die Weiber ihr nachstarrten, steuerte sie auf direktem Wege das Gauklerzelt an. Was, wenn der Ritter seinen Verletzungen erlegen war, während sie einer Handvoll dummer Frauen Rede und Antwort gestanden hatte?

Ein Wachmann, postiert am Zelteingang, hielt die zahlreichen Schaulustigen zurück, deren Anteilnahme eher aus Neugierde denn aus Mitleid geboren schien.

»Halt. Kein Einlass, für niemanden, gnädige Frau – so lauten die Befehle.«

Auch Emma wurde freundlich, aber sehr bestimmt daran gehindert, zu dem Verletzten zu gelangen.

»Versteht bitte, ich muss hinein.« Es gelang ihr, die Hand abzuschütteln, welche ihr der Mann fest auf den Arm gelegt hatte. »Es bleibt keine Zeit mehr.«

»Nein. Tut mir leid.« Dem grauhaarigen Wächter entging die Dringlichkeit in ihrem Gesicht keineswegs.

»Es ist wirklich von allergrößter Wichtigkeit.« Emma sprach die Worte langsam und betont aus, in der Hoffnung, sie möchten zu ihm durchdringen.

»Nein.« Ihre Beteuerung rührte ihn nicht, zumindest zeigte er keinerlei Regung.

»Ich verstehe.« Die Gräfin begriff, dass sie so nicht weiterkommen würde.

»Ich habe meine Befehle«, wiederholte der Mann entschuldigend.

»Natürlich, das verstehe ich.« Emma nickte, legte den Kopf in den Nacken und blickte nach oben. Im gleichen Moment wurden ihre Augen riesengroß, ihre zarten Lippen bebten. Der Wächter folgte ihrem Blick, um festzustellen, was die Dame so erschreckte. Weiße Schäfchenwolken, in die sich blasses Abendrot mengte, zogen am Himmel.

Der kurze Moment der Ablenkung genügte. Gräfin von Eisenberg schlüpfte rasch an dem Wachmann vorbei und betrat das Zelt.

Eine Vielzahl buntscheckiger Gauklerdecken aus grober Wolle waren auf dem Boden ausgebreitet worden, darauf lag der Verletzte. Ein Medicus kniete neben ihm. In seinem langen, filzigen Bart hatte sich eine einsame Wollfluse verfangen. Der Leibarzt des Herzogs, der sich üblicherweise auch um die Verletzten bei den Turnieren kümmerte, war – um das Kind beim Namen zu nennen – nach übermäßigem Biergenuss an Dünnschiss erkrankt. Deshalb wurde der Ritter von jenem Doktor behandelt, der zusammen mit der Gauklertruppe durch die Lande zog und sich so mehr schlecht als recht sein täglich Brot verdiente.

Emma trat näher an den Verwundeten heran. Durch einen behelfsmäßigen Verband um seinen Hals wurde die Blutung zwar etwas verlangsamt, doch die Wunde war zu tief. Der furchtlose Kämpfer war ein junger Mann, dessen Wangen ein weicher, bärtiger Flaum bedeckte. Er hatte die Augen geschlossen. Die Erinnerung der Gräfin an ihren letzten Traum vom Bauernaufstand im Remstal war noch frisch. Mit stockendem Atem erkannte sie den Ritter wieder, und der Mann aus ihrer Vision wurde zur Realität.

»Schon gut, Volkram, es ist in Ordnung.« Die Stimme kam vom Rande des Zeltes und veranlasste den ausgetricksten Wachmann, schulterzuckend auf seinen Posten zurückzukehren. Emma blickte sich um und sah den Herzog selbst, die Beine übereinandergeschlagen, auf einem wackligen, alten Stuhl sitzen, die Augen versonnen auf den Heiler und seinen Patienten gerichtet. »Wird er es schaffen?«

»Dank meines großen Erfahrungsschatzes wird er – so es Gottes Wille ist – durchkommen«, beteuerte der Medicus eifrig in der Hoffnung auf eine Festanstellung bei Hofe. Es musste ihm einzig und allein gelingen, den Verletzten am Leben zu erhalten. Zumindest so lange, bis er dem bayerischen Fürsten seine medizinischen Fähigkeiten hinreichend demonstriert hatte. Die Tatsache, dass es damit nicht gerade weit her war, schob der Arzt tunlichst beiseite.

»Soso.« Wilhelm betrachtete Emma, die hinter dem Rücken des Heilers stumm den Kopf schüttelte. Er fragte nicht nach, weshalb sie hier war. Mittlerweile glaubte er, die Frau einschätzen zu können. Sie war von dem Drang beseelt, anderen zu helfen, was für sie sprach – auch wenn der Herzog nicht an ihre Fähigkeiten glaubte.

»Bitte.« Emma trat geräuschlos neben Wilhelm. »Darf ich ihn mir ansehen?«

Ein leises Räuspern. Er schien zu überlegen. »Mich dünkt, Ihr habt im Augenblick für den Patienten getan, was Ihr könnt«, wandte er sich schließlich, zu einer Entscheidung gelangt, an den Arzt.

Dieser fasste die Worte als Kritik an seiner Person auf. »Bei allem Respekt, mein Herzog – Ihr seid Laie auf dem Gebiet der Heilkunst und vermögt gewiss nicht zu erkennen, welche Handgriffe vonnöten sind, um den Mann am Leben zu erhalten.«

»Tretet einen Moment zur Seite, damit Gräfin Eisenberg sich dem Verletzten zuwenden kann.«

»Aber …«

»Ich wünsche es.« Mit einer Handbewegung winkte er Emma zu dem Ritter. Die Gräfin verlor keine Zeit und kniete sich neben dem Verwundeten nieder. Die giftigen Blicke, welche der Arzt ihr zuwarf, kümmerten sie nicht. Sanft legte sie ihre Hand auf die Stirn des Lanzenkämpfers. Trauer durchzog ihr Herz, als sich bestätigte, was sie bereits gespürt hatte. Der junge Mann war dem Tode geweiht. Mochte der Heiler behaupten, was er wollte, der Ritter würde die nächsten Stunden nicht überstehen. Emma spürte, wie sich Ewigkeit und Vergänglichkeit vor ihr miteinander mengten. Dann schlug der Verletzte die Augen auf.

»Wer seid Ihr?« Seine Stimme war brüchig und sehr leise.

»Ich bin Emma.« Sie scherte sich nicht um ihren Titel, der dem Sterbenden ohnehin nichts bedeuten würde.

»Es tut nicht mehr so weh. Wie macht Ihr das?«

»Ich mache gar nichts.« Sie lächelte ihm zu und war froh

darüber, dass ihre Kräfte seine Qual zu lindern vermochten.

»Ich werde sterben.«

»Ja, ich weiß.« Emmas Finger strichen beruhigend über den Ansatz seines hellen Haares.

»Liegt es an Euch, dass ich keine Angst verspüre?«

»Nein. Der Friede, den Ihr spürt, wohnt in Euch selbst.«

»Es ist schön, sich nicht zu fürchten. Ich hatte immer Angst vor diesem Tag, wisst Ihr.« Der Kranke hustete, und Blut floss aus seinem Mund.

»Eine Bitte …« Das Reden fiel ihm zunehmend schwer. »Eine Bitte habe ich.«

»Sprecht, und ich werde sie erfüllen.«

»In meiner Brusttasche … findet Ihr einen Ring. Ich wollte das Turnier gewinnen, wegen des Preisgeldes, um meiner Liebsten einen Antrag machen zu können. Nun ist es … zu spät.«

»Wie heißt sie?«

»Renate.« Er keuchte. Frisches Blut durchtränkte den Verband und färbte ihn tiefrot. »Renate Wieland. Ihr findet sie in der Webergasse in … Augsburg. Bringt ihr den Ring. Damit sie … meiner Liebe auf ewig gewiss sein kann.«

»Das werde ich.«

»Sie … sie soll sich in Acht nehmen vor … dem Einäugigen. Heiner von Ulzstetten. Er hasst mich … er kennt ihren Namen. … nicht ertragen, wenn ihr etwas zustoßen …«

»Ich richte ihr Eure Worte aus.«

»Danke. Und jetzt lasst mich gehen.«

Emma zögerte nicht und löste mit geschickten Fingern den Verband von seinem Hals. Ihre Hände blieben dabei ganz ruhig. Sie war von der Richtigkeit ihres Handelns felsenfest überzeugt.

»Halt.« Kräftige Arme rissen sie grob zurück. »Seid Ihr von Sinnen! Seht Ihr nicht, was Ihr da anrichtet?« Der Arzt, der seine Felle davonschwimmen sah, brüllte sie in höchster Erregung an.

»Nehmt augenblicklich die Hände fort.« In Wilhelms Stimme schwang eine solche Autorität, dass der Heiler auf der Stelle gehorchte. »Kommt her und verhaltet Euch ruhig.«

Es erstaunte Emma, dass der Herzog sich ohne Zögern auf ihre Seite stellte. Dankbar konzentrierte sie sich wieder auf den Verletzten. Blut besudelte ihr Kleid, nachdem sie die Binde gelöst hatte. Sie nahm es gar nicht wahr. Ihre Gedanken waren einzig und allein auf den Mann vor ihr gerichtet.

»Ihr seid … wahrhaftig … ein Engel«, murmelte der Ritter, und seine Augen weiteten sich. Einen gestohlenen Augenblick lang war reines Leben auf seinem jungen Gesicht zu lesen. Dann war es vorbei, die röchelnden Atemzüge erstarben.

»Er ist tot.« Die Stimme des Arztes schallte anklagend durch das Zelt. »Sie hat ihn ermordet.«

»Haltet endlich Euer blödsinniges Maul!«, polterte Wilhelm zornig los. »Selbst ich – der ich rein gar nichts von der Heilkunst verstehe, wie Ihr mich selbst habt wissen lassen – konnte die tödliche Schwere dieser Wunde erkennen. Gräfin Eisenberg hat unserem Ritter Göggingen den Abschied von der Welt erleichtert. Wehe Euch, wenn ich noch einmal etwas anderes von Euch höre.«

»Ich …« Dem Arzt fehlten die Worte, so erschrocken war er über den herzoglichen Ausbruch. Wie ein geprügelter Hund zog er den Schwanz ein. »Ich werde … offensichtlich nicht mehr gebraucht«, stammelte er und verließ das Zelt so hastig, dass er um ein Haar über eine einsame Gauklerschelle am Boden gestolpert wäre.

»Nun zu Euch, Madame.« Wilhelms Miene war schwer zu lesen. Sein Blick haftete auf Emmas blutverschmiertem

Kleid. Suchend wanderten seine Augen in dem Zelt umher. Am Ende schlüpfte er seufzend aus seinem eigenen leichten Übermantel, dessen verbrämte Leiste mit edlen Hornknöpfen versehen war. »Zieht Euch das über. Besser, die Leute sehen Euch im Überwurf des Herzogs als im blutgetränkten Gewande. Schlimmstenfalls halten sie Euch für mein Liebchen«, kommentierte er trocken, ohne bei dieser Vorstellung eine Regung zu zeigen. »Kleidet Euch um und kommt anschließend unverzüglich zu mir. Ich erwarte Euch in der Bibliothek.«

»Wie Ihr wünscht.« Emma hüllte sich in den Mantel. Ihr Antlitz war schneeweiß. Das Sterben des jungen Mannes hatte sie viel Kraft gekostet. Ehe sie ins Freie trat, nahm sie den Ring aus dem Brustbeutel des Toten und schlug das Kreuzzeichen über dem leblosen Körper. Sie würde das gegebene Versprechen halten. Renate Wieland sollte erfahren, wie sehr der junge Ritter sie geliebt hatte.

Im schlichten, nachtblauen Gewand klopfte Emma an die schwere Eichentür der Bibliothek. Dabei rutschte der Ärmel ihres Kleides hoch und enthüllte ein zartblasses Handgelenk. Ihr war nicht die Zeit geblieben, ihrem besorgten Gatten Bericht zu erstatten. Stattdessen hatte sie ihn und Franziska auf später vertrösten müssen. Sie hatte gespürt, dass sie Herzog Wilhelm nicht lange warten lassen durfte.

»Herein.«

Er saß hinter dem Sekretär seines verstorbenen Vaters und blickte ihr entgegen. Der Raum mit der hohen Decke hatte sich kaum verändert, seit Emma ihn vor Jahren zum letzten Mal betreten hatte. Lediglich einige Gemälde an den Wänden waren hinzugekommen. Die langen Gespräche, die sie hier mit Albrecht IV. geführt hatte, schienen noch in der Luft zu schweben. Wortlos blieb sie vor einer gerahmten Skizze stehen, die ihr eigenes Antlitz zeigte. Der Entwurf hatte dem Maler Albrecht Dürer einst als Vorlage für sein Bildnis »Die Madonna mit dem Zeisig« gedient, das er später in Italien vollendet hatte. Ihr Haar darauf war leuchtend rot – Emmas wahre Farbe, wie Dürer behauptet hatte.

»Ihr grübelt?« Sie fuhr zusammen. In ihrer Versunkenheit hatte sie Wilhelms Anwesenheit völlig außer Acht gelassen.

»Verzeiht, ich war in Gedanken.«

»Gedanken an den Toten?« Der Herzog verriet mit keinem Wort, ob er wusste, wer auf der Zeichnung dargestellt war.

»Auch.«

»Wollt Ihr mir anvertrauen, was gerade in Eurem Kopf vorgeht?« Wilhelms Blick ruhte auf Emmas schönem Gesicht. Obwohl er die eigenen Emotionen meisterlich zu verbergen wusste, blieb das rätselhafte Wesen der Gräfin auf ihn nicht ohne Wirkung.

Emma schwieg auf seine Frage. Sie schien nachzudenken.

»Nun gut, nehmt Platz.« Ihm fehlte die Geduld, ihre Antwort abzuwarten.

Sie legte seinen ordentlich gefalteten Mantel auf den Sekretär, ehe sie sich setzte und die Hände im Schoß ineinanderfaltete.

»Ihr habt Euch für eine Frau sehr tapfer verhalten. Wäre ich nicht selbst Zeuge der Geschehnisse geworden, ich hätte meine Zweifel gehabt.«

»Ich gestehe, ich bin erleichtert, dass Ihr Euch nicht auf die Seite des Arztes stellt!« In Wahrheit fiel ihr ein Felsbrocken vom Herzen. An Michael von Göggingens Sterbelager hatte sie keinen Moment lang darüber nachgedacht, welche Folgen ihr Tun nach sich ziehen könnte.

»Ich schätze es nicht, wenn auf meinem Turnierplatz Blut vergossen wird. Nicht umsonst verwenden wir statt der Metallspitzen früherer Zeiten nur noch Lanzen aus Holz, versehen mit den schützenden Turnierkronen.«

»Was die Gefahr für Leib und Leben nicht völlig bannt«, erwiderte Emma ernst.

»Das ist leider wahr«, pflichtete Wilhelm ihr bei. »Michael von Göggingen war ein verarmter bayerischer Adliger ohne lebende Angehörige, der sich vor Jahren an einem Aufstand in Württemberg beteiligt hatte. Ich habe mich damals für ihn verwendet. Sein Vater war ein Mann von Ehre – und der junge Göggingen geriet ihm in dieser Hinsicht nach. Eine Schande, dass er durch einen solchen Unfall ums Leben kommen musste.«

»Sein Gegner, Herr von Ulzstetten – habt Ihr darüber nachgedacht, er könnte den todbringenden Stoß absichtlich geführt haben?« Emma erinnerte sich an ihre Vision und die Warnung, welche sie Renate Wieland überbringen sollte. Sie glaubte nicht an ein Unglück.

»Heiner von Ulzstetten …« Wilhelm rückte seinen Kragen zurecht. Im Nachhinein schalt er sich selbst, weil er den Vasallen des Württembergers an seinem Turnier hatte teilnehmen lassen. Angelegenheiten, die mit Ulrich in Verbindung gebracht werden konnten, endeten seiner Erfahrung nach selten gut. »Er war einige Zeit die rechte Hand meines Schwagers Ulrich von Württemberg, wenn man dem Gerede der Leute Glauben schenken mag. Wegen seiner rücksichtslosen Art wurde er jedoch zuletzt vom Stuttgarter Hof verbannt«, erklärte er erstaunlich offen.

»Eben! Das spräche dafür, dass er ihn absichtlich umgebracht hat!«, rief Emma erregt aus. »Michael hat mich angehalten, seine Verlobte vor Ulzstetten zu warnen. Sicher nicht ohne Grund! Habt Ihr seine Worte denn nicht ebenfalls vernommen?«

»Das Sterben des jungen Ritters hat Euch aufgewühlt, meine Liebe. Vergesst eines nicht – keiner würde es wagen, vor den Augen eines bayerischen Herzogs zu morden. Dennoch, der Tod des Mannes betrübt mich. Das Unglück hat den Zuschauern die Laune verdorben.«

»Wobei die Stimmung Eurer Gäste uns am wenigsten bekümmern sollte.«

»Da habt Ihr recht.« Wilhelm lachte leise.

»Was werdet Ihr wegen Heiner von Ulzstetten unternehmen?«

»Nun, wie es der gute Ton vorschreibt, bekommt er einen Geistlichen zur Seite gestellt, mit dem er gemeinsam für das Seelenheil des Toten beten wird. Danach steht es ihm frei, München mit dem Preisgeld zu verlassen. Wir wünschen jedenfalls nicht, den Herrn von Ulzstetten weiter bei Hofe zu sehen.«

Emma war zwar der Meinung, man sollte den Unfall genauer untersuchen, doch da sie dies nicht handfest begründen konnte, behielt sie ihre Ansicht für sich.

Der Herzog schien mit seinen Überlegungen bereits anderswo zu sein. »Wenn Ihr mögt, werde ich einen Boten nach Augsburg entsenden, den Ring zu überbringen«, bot er an.

»Danke, aber es liegt mir am Herzen, Renate Wieland das Liebespfand ihres Verlobten persönlich zu übergeben. Wir werden bei unserer morgigen Heimreise einen kleinen Umweg über Augsburg machen.«

»Nichts anderes habe ich von Euch erwartet. Allerdings, Gräfin Eisenberg, muss ich Euch leider in einem Punkt korrigieren.«

»Wovon sprecht Ihr?«

»Ihr werdet den Hof morgen nicht verlassen. Da mein Leibarzt erkrankt ist, habe ich entschieden, Euch vorerst mit der Pflege meiner geliebten Schwester zu betrauen.«

»Das verstehe ich nicht. Ihr habt mir doch in aller Deutlichkeit zu verstehen gegeben, dass Ihr nichts von meinen Heilkräften haltet.«

»Göggingen schien es – der Himmel weiß, warum – dank Eurer Gegenwart besser zu gehen. Ich habe selbst gehört, wie er von nachlassendem Schmerz sprach. Ihr konntet mich nicht von Euren Fähigkeiten überzeugen, doch …« Wilhelm brachte den Satz nicht zu Ende. »Kurzum, Ihr kümmert Euch ab sofort um Sabina«, befahl er stattdessen.

»Ich weiß Euer Vertrauen zu schätzen.« Emmas Gedanken rasten. »Gleichwohl ist dies keine Entscheidung, die ich alleine treffen kann. Ich muss mit meinem Gemahl darüber sprechen – wir hatten keinen längeren Aufenthalt bei Hofe vorgesehen.«

»Geht ruhig, Gräfin Eisenberg, und lasst Euren Gatten wissen, warum ich wünsche, dass Ihr weiterhin mein Gast bleibt.«

Emma, die sich bereits auf die Heimkehr nach Eisenberg gefreut hatte, blieb keine Wahl. Sie würde bleiben – um der Herzogin von Württemberg willen, die ihre Hilfe brauchte.

7

MÜNCHENER RESIDENZ
18. Juni im Jahre des Herrn 1516

»Ich möchte nach Hause!« Tränen der Wut brannten unter Isabels Augenlidern. »Warum können wir nicht sofort zurück nach Eisenberg?«, rief sie aus. »Es gefällt uns hier nicht! Überhaupt nicht! Rebecca lässt uns auf den Gängen immer nur gemäßigten Schrittes gehen – und im Park sind überall Leute, die sich angeblich durch unsere Spiele gestört fühlen. Ich will nicht bleiben! Ich will nicht!« Sie vergrub das Gesicht in den Armen und ließ ihrem Kummer freien Lauf.

Martin fühlte sich wie ein echter Mann, weil es ihm im Gegensatz zu den Mädchen gelang, seine Tränen tapfer niederzukämpfen. »Sofia und ich möchten ebenfalls nach Hause.« Ernst blickte der Junge nacheinander die versammelten Erwachsenen an, sah jedem von ihnen fest in die Augen. Seiner Mutter Franziska, Emma, Erik, Konstantin und Margaretha. »Versteht ihr das nicht? Wir halten es hier nicht länger aus.«

Emma tat es weh, den offensichtlichen Widerwillen der drei Kinder zu spüren, und sie hatte ein schlechtes Gewissen, ihre Lieben in diese Situation gebracht zu haben. Zudem ahnte sie mit feinem mütterlichen Instinkt, dass mehr hinter ihrem Widerspruch steckte, als sie zugaben. »Wie wir euch schon erklärt haben, wünscht Herzog Wilhelm mein Bleiben.« Sie drückte Isabel, die trocken schluchzte, ein wenig fester an sich. »Seine Schwester, die er sehr lieb hat, ist schwer krank.«

Die Mienen der drei kleinen Rebellen blieben verstockt. Emmas Blick wanderte hilfesuchend zu Erik und Franziska.

Beide schienen ebenso ratlos wie sie selbst. Draußen war es unterdessen rabenduster, die Augen der Kinder waren gerötet vor Müdigkeit. Die Umstände ließen ihnen allen keine andere Wahl, als schnellstmöglich eine Lösung zu finden. Es widerstrebte Emma, die Zwillinge und Franziskas Sohn vor vollendete Tatsachen zu stellen. Sie sollten vielmehr begreifen, weshalb ein verlängerter Aufenthalt in München notwendig geworden war.

Sofia, die in stummem Protest dagesessen hatte, räusperte sich. »Wir wollen nach Hause, weil Freya bald mit dem Fohlen niederkommt«, gestand sie. »Wir freuen uns schon das ganze Jahr darauf.«

»So ist das.« Erik lächelte in sich hinein, erfreut über die Ehrlichkeit seiner Tochter. Nicht umsonst hatten sie die Kinder zur Wahrheitsliebe erzogen. »Deshalb also die Tränen, ihr Schlingel.«

»Wir sind wirklich traurig!«, schallte es im Chor zurück. Freya, die sanfte Schimmelstute, benannt nach einer Göttin aus Eriks nordischer Heimat, war der Liebling der Kinder. Auf Eisenberg verbrachten sie alle viel Zeit bei den Ställen.

»Aber wir wollen nicht, dass die Frau wegen uns sterben muss«, fügte Isabel leise an.

»Ihr drei geht jetzt zu Bett.« Rebecca, die Eriks wortlose Aufforderung verstanden hatte, erhob sich. »Die beiden Kleinen schlafen längst. Es ist spät – und eure Meinung habt ihr ausreichend kundgetan. Na los, hoch mit euch.«

Widerwillig löste sich Isabel von Emma. Sie wusste, dass die resolute Kindsmagd keine Widerworte dulden würde. Sofia stand ebenfalls brav auf.

»Wir möchten unbedingt bei der Geburt dabei sein«, beteuerte Martin ein letztes Mal. »Es ist unser …«, der Junge suchte nach dem richtigen Wort, »… unser Herzenswunsch! Freya wird uns vermissen, wenn wir nicht da sind. Können wir nicht mit Konstantin und Margaretha …«

»Genug jetzt. Ab ins Bett«, unterbrach Franziska ihren Sohn und scheuchte ihn mit einer Handbewegung hinter Rebecca und den Mädchen her. »Wir denken darüber nach.«

Emma wartete, bis die Tür sich hinter den Kindern geschlossen hatte. »Der Herzog besteht darauf, dass ich noch länger hier am Hofe bleibe. Ihr anderen hingegen seid frei abzureisen.«

»Ich schlage vor, meine Frau und ich bleiben mit Stefan und Johanna. Die beiden sind zu klein, um sie von ihrer Mutter zu trennen.« Erik zögerte nicht einen Augenblick. Die Vorstellung, von seinem Weib getrennt zu sein – und sei es nur für kurze Zeit –, war für ihn keine Überlegung wert. »Rebecca wird sich zu Hause um Isabel und Sofia kümmern. Sie hat in all den Jahren bewiesen, wie verantwortungsbewusst sie ist. Vielleicht wärt ihr so freundlich, ebenfalls ein Auge auf die Mädchen zu haben?« Martins Vorschlag hatte Erik nicht schlecht gefallen, weswegen er diese Bitte an Margaretha und Konstantin richtete. Die Kinder mochten Graf und Gräfin Hohenfreyberg. Ihre Fürsorge würde ihnen die Abwesenheit der Eltern erleichtern.

»Ich bleibe ebenfalls«, warf Franziska mit Nachdruck ein. »Das Schicksal der Herzogin von Württemberg rührt mich. Die arme Frau war in ihrer Not gezwungen, ihrem Ehemann davonzulaufen – wie einst ich selbst.«

Emma war hocherfreut darüber, die Freundin weiterhin an ihrer Seite zu wissen. Franziska selbst hätte sich niemals eingestanden, dass sie im Stillen hoffte, etwas über Marzans Verbleib zu erfahren. Ehe Gräfin Eisenberg heimkehren konnte, wollte sie den Michael von Göggingen geleisteten Eid erfüllen und den Ring an die Augsburger Weberstochter Renate Wieland übergeben. In Augsburg lebte außerdem der reiche Handelsherr Jakob Fugger, in dessen Auftrag Marzan damals in die Neue Welt gereist war.

»Demzufolge ist es euer Wunsch«, fasste Konstantin zusammen, »uns die Zwillinge und Martin bis zu eurer Heimkehr mitsamt der Kindsmagd anzuver…«

»Das tun wir weiß Gott gerne«, unterbrach Margaretha ihren Mann. »Nicht wahr?« Obwohl sie Konstantin einen kurzen Seitenblick zuwarf, bedurfte sie seiner Zusicherung im Grunde nicht. Er hing mit ebensolch zärtlicher Zuneigung an Isabel, Martin und Sofia wie sie selbst.

»Ihr solltet aber dafür Sorge tragen, bald nachzukommen. Die Kinder werden euch vermissen«, brummte Konstantin, und damit war das Thema für ihn erledigt. Der Alkohol, dem er auch an diesem Abend zugesprochen hatte, sorgte für schwere Glieder. Von einem Augenblick auf den anderen fühlte er eine tiefe Müdigkeit und sehnte sich nach einem Bett und dem warmen Körper seiner Frau an seiner Seite. Je älter er wurde, desto mehr legte er Wert auf Ruhe und Behaglichkeit.

Die Entscheidung war gefallen. Emma und Franziska waren gleichermaßen froh und betrübt. Einerseits war eine Lösung gefunden, andererseits bedeutete diese, sich von den Kindern trennen zu müssen. Wie lange das Wiedersehen auf sich warten lassen würde, konnten sie nicht ahnen.

Erik war hingegen in ganz andere Gedanken versunken. Tatsächlich kam ihm der verlängerte Aufenthalt mehr als ungelegen, auf Eisenberg würde Arbeit liegen bleiben, wichtige Geschäfte würden warten müssen. Trotzdem konnte er Emma nicht allein zurücklassen. Er kannte das Hofleben aus eigener Erfahrung und wusste, dass Heuchelei an der Tagesordnung war. Die Zungen der Frauen schmerzten scharf wie Natternbisse, die Gerüchteküche brodelte heißer als die Suppe über dem Herdfeuer. Seit er Emma lieben gelernt hatte, war die Angst um sein angebetetes Weib sein ständiger Begleiter. Eines Tages, so fürchtete er, würde sie zu weit gehen und der Welt ihre Hellsichtigkeit und ihre Heilkräfte offenbaren. Dann vermochte niemand mehr, Emma vor den lodernden Flammen der Inquisition zu bewahren.

Am nächsten Morgen konnte Franziska nicht aufhören zu weinen, obwohl Graf und Gräfin Hohenfreyberg mit den Kindern bereits vor einer Stunde abgereist waren.

»Dummchen, du hättest doch nicht bleiben müssen«, schimpfte Emma mit sanftem Vorwurf, während sie die Freundin zum wiederholten Mal tröstend in die Arme nahm.

»Das weiß ich.« Franziska schnäuzte in ihr blütenbesticktes Taschentuch, das mittlerweile patschnass war. »Ich hätte nicht bleiben müssen – aber ich wollte. Herzogin Sabina tut mir so leid. In allen Ecken tuscheln die Leute über sie und die Misshandlungen durch ihren Gatten.«

»Herzog Ulrich von Württemberg ist ein grausamer, ein barbarischer Mann.« Emma nickte heftig. »Ich bin ihm nie begegnet, aber allein die Erwähnung seines Namens lässt mich an das Mädchen Caroline und seinen armen Vater denken.«

»Die Vision vom Schorndorfer Marktplatz?« Franziska wischte sich die Tränen aus den Augen und hörte endlich auf zu weinen. »Ist sie wiedergekommen?«

»Zuletzt kurz vor unserer Abreise nach München. Weshalb nur? Die Dinge sind doch längst geschehen und nicht mehr zu ändern.«

»Möglicherweise hat die Vision eine Bedeutung, die du heute noch nicht erkennen kannst«, riet Franziska aufs Geratewohl, ohne zu ahnen, wie recht sie damit haben sollte.

»Weißt du, das Gesicht des Mädchens geht mir nicht mehr aus dem Sinn«, vertraute Emma der Freundin an. »Seitdem wir hier bei Hofe sind, ertappe ich mich dabei, die Stirn jeder jungen Frau nach Narben abzusuchen.«

»Der Tod des Ritters hat dir die Wahrhaftigkeit der Geschehnisse auf dem Schorndorfer Marktplatz vor Augen geführt. Mir ginge es damit wohl nicht anders«, sagte Franziska verständnisvoll.

»Danke, Liebes. Jetzt komme ich mir nicht mehr ganz und gar irrsinnig vor.« Emma erhob sich. »Lass uns zur Herzogin gehen. Ich möchte mir selbst ein Bild davon machen, wie es um ihren Zustand bestellt ist und was ich eventuell tun kann.«

»Warte.« Franziska hielt sie zurück. »Du bist nicht sicher, ob du ihr helfen kannst?« Sie zögerte. »Emma, bitte bedenke – es könnte auf dich zurückfallen, wenn sie stirbt.«

»Sei nicht bange.« Die Gräfin legte ihren Arm um die Freundin. »Wir müssen fest an Sabinas Genesung glauben. Das wird helfen. Gewiss.«

Wilhelm saß am Bett seiner Schwester und streichelte ihre knochig gewordene Hand. Beim Eintreten der beiden Frauen blickte er hoch.

»Ihr kommt spät, Gräfin Eisenberg. Dazu in Begleitung?« Der Herzog legte die Stirn in tiefe Falten.

»Das ist Franziska. Sie geht mir bei allen Krankenbesuchen zur Hand und wird mir auch bei der Pflege der Herzogin helfen.«

»Ich hatte früher mit Euch gerechnet. Ihre Lunge ist entzündet.« Der junge Bayernfürst ging nicht weiter auf Franziskas Anwesenheit ein. »Ein Arzt aus der Stadt hat sie zur Ader gelassen. Seither ist sie wieder ohne Bewusstsein. Ich frage mich, wo sie sich die ganze Zeit über verborgen gehalten hat. Es ist Monate her, dass mich Ulrichs Nachricht von der Flucht seiner Frau erreichte.« Er streichelte die heiße Stirn seiner Schwester. »Warum ist sie nicht gleich zu mir, ihrem Bruder, gekommen? Ich hätte ihr doch geholfen.«

Die Frauen schwiegen.

»Ich ziehe mich nun zurück.« Wilhelm stand auf. »Lasst

es mich wissen, Gräfin, sollte sich an ihrem Zustand auch nur das Geringste ändern.« Nach einem letzten sorgenvollen Blick auf das ausgemergelte Gesicht der Kranken verließ er das Gemach.

Emma setzte sich auf den frei gewordenen Stuhl an Sabinas Bett. Das Holz war warm von Wilhelms gespeicherter Körperwärme. Sie schloss daraus, dass er lange bei seiner Schwester Wache gehalten hatte.

Sabinas Brustkorb hob und senkte sich gleichmäßig. Von Zeit zu Zeit wurde sie von einem schweren Husten geschüttelt. Emma ließ ihre Hände über den Leib der Kranken wandern. Franziska kühlte unterdessen die Stirn, indem sie in regelmäßigen Abständen frische Nasstücher auflegte. Eine ganze Weile blieb es in dem pompösen Gemach mäuschenstill. Gräfin Eisenbergs Konzentration war vollständig auf die Frau vor ihr gerichtet. Sie sammelte ihre Kräfte, um Sabina zu helfen. Ihr Inneres schien in dem Bemühen zu vibrieren, die eigene Energie in den Körper der Herzogin von Württemberg fließen zu lassen.

Die Zeit verstrich. Schwindel erfasste Emma.

»Genug.« Franziska zog sie hoch und führte sie zu einem gepolsterten Stuhl vor dem Kamin. Die Gräfin schwankte dabei wie ein Halm im Wind. »Du darfst dich nicht verausgaben«, redete Franziska ihr ins Gewissen.

»Ich weiß«, murmelte Emma erschöpft. »Aber es geht ihr wahrhaftig sehr schlecht.«

Stunden verstrichen. Die Kranke wachte nicht auf, zumindest aber sank das Fieber ein wenig. Gegen Abend kehrte Wilhelm zurück, um abermals am Bett seiner Schwester zu wachen.

»Wenn ich Euch eine Empfehlung geben darf …« Emma war unsicher, wie der Herzog ihrem Vorschlag begegnen würde.

»Gleich, was es ist, Gräfin Eisenberg – wenn es nur zur Gesundung der Herzogin beiträgt.«

»Verbietet den Ärzten auf das Strengste, sie neuerlich zur Ader zu lassen. Der Blutverlust schwächt sie, dabei braucht sie all ihre Kraft, um gegen die böse Entzündung der Lunge zu kämpfen.«

Wilhelm starrte Emma verwirrt an. Ihr Rat schien ihm ungeheuerlich. »Der Aderlass ist ein …«

»Ich kenne die Meinung der Ärzte zu dieser Behandlung. Die Ansicht, durch das Öffnen der Vene würden die giftigen Säfte den Körper verlassen, ist weit verbreitet – und leider verkehrt. Ich bitte Euch deshalb aufrichtig, darüber nachzudenken. Eurer Schwester zuliebe.« Emma verneigte sich tief und begab sich zusammen mit Franziska zur Tür.

»Gräfin Eisenberg!« Der Herzog hielt sie zurück.

Emma blieb stehen.

»Fallt mir niemals wieder so ins Wort.«

»Verzeiht.« Sie wandte sich zum Gehen.

»Frau Emma!« Erneut hielt Wilhelm sie zurück. »Wohl aber nehmt meinen Dank dafür, bei Hofe geblieben zu sein«, fügte er hinzu. Indem er sie beim Vornamen nannte, verlieh er seinen Worten besondere Intensität.

»Ich werde für Eure Schwester tun, was in meiner Macht steht, mein Herzog.« Damit schloss Emma endgültig die Tür zum Krankenzimmer.

»Ich dachte schon, jetzt wärst du zu weit gegangen.« Kaum war die Türe ins Schloss gefallen, fasste Franziska sich ans Herz.

Emma zeigte sich uneinsichtig. »Ich musste ihm begreiflich machen, welchen Schaden der Aderlass anrichtet. Er könnte das Zünglein an der Waage sein, welches über Leben und Tod der Herzogin entscheidet.«

»Dann kannst auch du sie nicht mehr retten?«

»Ich vermag lediglich, ihr Kraft zu schenken, den Willen zu kämpfen. Was ich ihr nicht geben kann, ist das Blut in ihren Adern. Es ist lebenswichtig. Sie darf nicht noch mehr davon verlieren.«

»Bitte, Emma, versprich mir, dem Herzog in Zukunft respektvoller zu begegnen«, flehte Franziska.

Die Gräfin wollte schon widersprechen, da sie keineswegs der Meinung war, dass sie es Wilhelm gegenüber an Achtung habe mangeln lassen. Da blickte sie in das blasse Gesicht der Freundin. Dunkle Schatten lagen unter Franziskas blauen Augen, die helle Haut wirkte aschfahl und schimmerte bläulich im Schein der zur Abendstunde in den Gängen entzündeten Fackeln.

»Es geht dir nicht gut.« Emma blieb stehen und fasste Franziska an den Händen. »Warum hast du nichts gesagt, Liebes?«

»Ich habe letzte Nacht kein Auge zugetan, Emma. Deshalb bin ich müde – das ist alles.«

»Nur müde?«

»Du kennst mich zu gut.« Franziska lächelte traurig. »Erst wenige Stunden bin ich von Martin getrennt und vermisse meinen Jungen schon jetzt.«

»Du hättest mit den anderen heimreisen sollen.« Emma machte sich Vorwürfe.

»Nein«, entgegnete Franziska entschieden. »Wir haben so vieles miteinander durchgestanden, Emma. Mein Sohn und ich – wir verdanken dir unser Zuhause, unser Leben. Mein Platz ist an deiner Seite, da gehöre ich hin. Schließlich muss ich verhindern, dass du den Herzog wieder erzürnst.«

»Ich weiß schon, was ich tue«, murmelte Emma, ergriffen von Franziskas kleiner Rede. »Und jetzt, meine Liebe, bringen wir dich erst einmal zu Bett.«

Die Gräfin begleitete die Freundin in ihr Zimmer und achtete darauf, dass sie sich hinlegte. Durch die Verbindungstür betrat sie anschließend das eigene Gemach, in dem Stefan und Johanna, dicht an ihren Vater geschmiegt, in friedlichem Schlaf lagen. Erik schnarchte gleichmäßig. Emma küsste alle drei auf die schlafwarmen Wangen und bedauerte, ihnen in den nächsten Tagen sicherlich nur wenig Zeit widmen zu können.

Emmas wertvollstes Gut auf Erden war ihre Familie. Die Gräfin liebte ihre Mutterrolle in gleichem Maße, wie sie es liebte, Eriks Weib zu sein.

*

AUGSBURG
19. Juni im Jahre des Herrn 1516

Heiner von Ulzstetten war kein Mann, der seine Tage vertrödelte. Nachdem er München tief befriedigt über seine gelungene Rache verlassen hatte, war er nach kurzer Zeit in Augsburg eingetroffen. Jeder andere hätte den erbärmlichen Zustand des Pferdes als Indiz dafür gewertet, dem Tier auf der Stelle eine Rast zu gönnen. Nicht so Ulzstetten. Er hatte den Hengst gnadenlos angepeitscht und inzwischen sogar das Heim der Webertochter ausfindig gemacht, die mit Michael von Göggingen heimlich verlobt war. Ein Kinderspiel, mehr Aufwand war es nicht gewesen. Die Leute tratschten über solche Dinge, da bildeten die braven Bürger des Augsburger Weberviertels keine Ausnahme. Renate Wielands Vorliebe für den jungen Adligen war trotz ihrer Vorsicht nicht unbemerkt geblieben.

So kam es, dass Heiner sich schon am Tag nach dem Tod des Ritters im Webergässchen einfand, wo er laut pfeifend den Verkaufsraum von Weber Wieland betrat. Die Vorstellung, die Geliebte seines Feindes in Unglück und Verzweiflung zu stürzen, bereitete ihm satanisches Vergnügen. Er musste vor allem herausfinden, ob Michael ihr von den Geschehnissen in Württemberg erzählt hatte. Ulzstetten schätzte es nicht, wenn Fremde von seiner geheimen Vorliebe wussten. So oder so, die Weberstochter würde sterben. Ihm blieb wenig Zeit, es drängte ihn zur Rückkehr nach Stuttgart. Er musste unbedingt der Erste sein, der Ulrich den geheimen Aufenthaltsort seiner Gattin zutrug.

Heiner sah sich im Laden um. Tuchballen lehnten ordentlich an den Wänden, sortiert nach Farbe, Größe und Umfang. Hübsche Stoffmuster lagen auf einem Tischchen, die auf anständige Bürgersfrauen erlesen und kostbar wirken mussten, in Wahrheit jedoch längst aus der Mode geraten waren. Im Stillen wünschte sich Ulzstetten in diesem Moment, es möge einen Himmel geben, von dem aus Göggingen mit ansehen musste, was er seinem heißgeliebten Vögelchen antun würde.

Renate Wieland, die seit Kindestagen ihren Vater bei seiner täglichen Arbeit unterstützte, mühte sich gerade mit einem Berg byzantinischer Seide. Der edle Stoff war eigens für die Hochzeit der einzigen Tochter eines angesehenen Handwerksmeisters geordert worden. Weber Wieland war stets bemüht, seine Kundschaft zufriedenzustellen, denn die Konkurrenz war groß. Bereits vor fünfzig Jahren hatte die Augsburger Webergilde die stolze Zahl von siebenhundert Mitgliedern erreicht, seither waren die Meister und Gesellen in der Stadt nicht weniger geworden.

»Guten Tag, Fräulein.« Heiner musterte Renate ungeniert. Sie war jung, hübsch und wirkte grundanständig. Ein braves, biederes Mägdelein, dessen Welt er zum Einsturz bringen würde.

»Gott zum Gruße, mein Herr«, erwiderte sie höflich und ordnete mit geschickten Fingern ihre Schürze. »Mein Vater wird gleich wieder hier sein. Ihm könnt Ihr Eure Wünsche nennen – sicher werden unsere Dienste Euch zufriedenstellen.«

»Wohl gesprochen, Fräulein Wieland.«

»Ihr kennt meinen Namen?«, rief Renate erstaunt aus. »Habt Ihr etwa schon von der Qualität unserer Stoffe gehört und seid aus diesem Grunde zu uns gekommen?«

»Nein.« Ulzstetten schüttelte den Kopf.

»Nein?«, wiederholte die Weberstochter verwundert. Der Fremde wäre ein erfreulicher Anblick gewesen, hätte nicht eine samtschwarze Augenklappe ihm den Anschein von Verwegenheit und Gefahr verliehen. Schwarze Locken rahmten ein narbiges Gesicht, das Renate befremdete. Sie hätte nicht erklären können, weshalb der Mann sie ängstigte.

»Mein Begehr ist von anderer Natur.« Heiner fand großen Gefallen an der Sache. Er würde es listig angehen. Sein heimtückischer Vorsatz lautete, Renate Wieland die Ehe zu versprechen und sie so des väterlichen Schutzes zu berauben. Anstelle einer berauschenden Hochzeitsnacht würde er ihr den Namen des Unholds offenbaren, der Göggingen auf dem Gewissen hatte. Sein Hass auf den Ritter brannte weiter lichterloh, daran hatte selbst dessen Tod nichts zu ändern vermocht. Jeden Morgen, wenn er die Samtklappe überstreifte, knirschten seine Zähne im Gedenken an jenen Tag, an dem er sein Auge verloren hatte. Später, wenn das Mädchen an Leib und Seele gebrochen wäre, würde er sich seiner entledigen. Erst einmal aber galt es, Renate Wieland dem väterlichen Einflussbereich zu entziehen.

»Geh, hol mir den Weber«, scheuchte er Göggingens Liebste mit einer ungeduldigen Handbewegung fort. »Ich schätze Warterei beileibe nicht.«

Wenig später saß Herr von Ulzstetten mit dem Webermeister in der guten Stube des Hauses beisammen. Renate war vom Vater angehalten worden, den besten Wein zu kredenzen, hatte aber nicht erfahren dürfen, worum es in dem

Gespräch der Männer ging. Um ihre Neugierde zu befriedigen, drückte sie das Ohr an die Tür und lauschte.

»Ich habe den Kerl von Anfang an für einen Taugenichts gehalten, Adel hin oder her«, schimpfte der Weber gerade. »Meine Renate hat beteuert, er wolle sich mit ihr vermählen, dennoch ist er bei mir – ihrem Vater und Vormund – nie vorstellig geworden.«

»Sagt so etwas nicht, guter Mann«, besänftigte Ulzstetten. »Michael von Göggingen war ein aufrichtiger Mensch, ein ehrlicher und über die Maßen ehrenwerter Charakter. Vielleicht ein wenig unbeholfen, ja, das mag sein. Ihm fehlte die Reife der Jahre. Auf dem Sterbebett hat er mir, seinem Freund, das Versprechen abgenommen, mich seiner Liebsten anzunehmen. Allein deshalb habe ich mich auf den Weg zu Euch gemacht. Auf dem Ritt nach Augsburg sann ich beständig über diese Angelegenheit nach. Am Ende bin ich zu dem Entschluss gekommen, dass es nur eine einzige anständige Lösung gibt, Weber. Ich möchte Eure Tochter an Michaels Stelle zum Weibe nehmen und ihr ein Leben in Glanz und Reichtum ermöglichen. Ein Leben, von dem ein Bürgerskind wie sie nur träumen kann.«

»Ich …« Der Mund stand dem Weber offen. Seine Augen wanderten zum Gesicht des Einäugigen und wieder fort. Es dauerte, bis er seine Fassung zurückgewonnen hatte. »Nehmt meinen Dank für das edle Ansinnen, mit dem Ihr zu mir gekommen seid.« Renates Vater rettete sich in eine höfliche Floskel, um seine fliegenden Gedanken zu ordnen. »Verzeiht, verzeiht vielmals, wenn ich Euer Anerbieten erst überschlafen muss, denn ich kenne Euch nicht, und auch für meine Tochter seid Ihr ein Fremder.«

»Weber, ich werde Euch ein Eidam sein, wie er im Buche steht. Ein Schwiegersohn, wie Ihr ihn nicht zu erträumen wagtet. Schlagt ein, denn ich werde zu meinem Wort stehen.«

Renate sank indessen vor der Tür zusammen, die linke Hand zur Faust geballt, ihre Zähne darin vergrabend, um nicht laut loszuschreien. Michael. Ihr Geliebter. Tot.

Die Weberstochter wusste in ihrem Schmerz keinen Ausweg, keine Rettung. Bis ins Mark erschüttert flüchtete sie sich in ihre Kammer, wo sie sich auf ihr Lager warf und bittere Tränen vergoss. Derweil besiegelten die Männer unten in der Stube noch am gleichen Tag ihren Handel. Heiner von Ulzstetten rieb sich im Stillen die Hände und gratulierte sich selbst zu seinem Geschick. Er konnte sehr überzeugend sein. Diese Tatsache hatte er im Haus des Webers eindrucksvoll unter Beweis gestellt, indem er einem fürsorglichen Vater die geliebte Tochter innerhalb weniger Stunden abspenstig gemacht hatte.

Ulzstetten rechnete jedoch nicht damit, dass ihm das Mädchen selbst seinen klugen Plan durchkreuzen würde. Nachdem man die kummervolle Maid noch am Abend über den Entschluss ihres Vaters, sie dem fremden Ritter zur Frau zu geben, unterrichtet hatte, war sie am nächsten Morgen bereits spurlos verschwunden.

Trotz allen Suchens blieb die Weberstochter wie vom Erdboden verschluckt – für ihren sich halb zu Tode grämenden Vater ebenso wie für den zornbebenden Ulzstetten, der sich dennoch nicht länger mit der Angelegenheit aufhalten konnte und eiligst gen Stuttgart ritt.

8

MÜNCHENER UMLAND
26. Juni im Jahre des Herrn 1516

Nachdem Heiner von Ulzstetten seinem Herrn die Nachricht von Sabinas Aufenthaltsort überbracht hatte, wurde er in Gnaden wieder aufgenommen. Nur wenige Tage allerdings waren ihm auf der Stuttgarter Burg vergönnt, in denen er seinem Ruf alle Ehre machte und Diener wie Mägde triezte und piesackte, um seinen Zorn über die verschwundene Weberstochter abzureagieren. Dann sandte Herzog Ulrich ihn schon mit neuem Befehl fort. Heiner sollte Sabina von Württemberg zurückbringen und würde dafür mit einem Sack voller Münzen belohnt werden.

Ulzstetten knirschte mit den Zähnen, während die Pferde querfeldein über trockene Wiesen gen München galoppierten und seine Begleiter sich ein ums andere Mal derbe Witze zuriefen. Er verachtete die vier räudigen Spießgesellen, die Herzog Ulrich ihm zur Seite gestellt hatte. Ungebildete Söldner, die ihre Gesinnung mit jedem neuen Herrn wechselten wie abgelegte Kleider. Ulzstetten spuckte aus. Die ganze Sache war ihm zuwider. Er war nicht Ritter geworden, um sich mit entflohenen Ehefrauen abzugeben. Stattdessen liebte er den Kampf Mann gegen Mann, den Geruch von Blut und Gefahr, das Muskelspiel kräftiger Körper. Von der Jagd auf die Herzogin Sabina hatte er nichts dergleichen zu erwarten. Er wusste schon, warum Ulrich ihm als Ansporn eine solch hohe Belohnung versprochen hatte. Ihn störte das biestige Weibsbild an Ulrichs Seite schon lange. Seinetwegen hätte sie irgendwo verrotten können. Der Herzog hingegen sah das anders. Ihm war daran gelegen, seine flüchtige Gattin wieder unter seiner Fuchtel zu wissen, um den Spekulationen über die katastrophale Ehe des württembergischen Herrscherpaars ein Ende zu setzen. Zumindest so lange, bis er einen Weg finden würde, sich seiner Gemahlin zu entledigen.

Darüber hinaus brodelte nach wie vor der Zorn über Renate in Ulzstetten, das entflohene Vögelchen, das ihn um seine Genugtuung gebracht hatte.

Die Schafe weideten nahe der Schlucht, wo das Gras saftig im Schatten lag, noch nicht ausgedörrt von vorsommerlicher Hitzeglut. Caroline hörte in der Ferne das Rauschen der Amper. Der imposante Fluss schlängelte sich dort unten in der Tiefe wie ein breites, grünes Band durch die Natur. Das Mädchen gönnte den Tieren die saftige Weidefläche. Die Schafe ihres Arbeitgebers waren klug und trittsicher. Nie war eines von ihnen abgestürzt.

Caroline hockte auf einem bemoosten Baumstumpf und schnitzte Muster in einen geraden Haselnussstecken, den sie sorgsam ausgewählt hatte. Sie summte vor sich hin, während ihre geschickten Hände die Rinde des Steckens nach und nach beiseite schoben und wellige Linien, Kreise und Dreiecke darauf zauberten. Wie immer wanderten ihre Gedanken bei dieser vergnüglichen Arbeit umher. Die Vögel zwitscherten fröhlich zwischen den Zweigen der dichten Tannen- und Fichtenbäume. Wie gut hatte sie es diesmal getroffen. Nach dem Tod ihres Vaters, des Gaispeters, war ihr buchstäblich nichts geblieben. Ums nackte Überleben hatte sie gekämpft, sie hatte gestohlen, gelogen und betrogen. Alleine war sie über staubige Landstraßen gezogen, die bloßen Füße wund vom vielen Laufen. Später hatte sie sich Gauklern angeschlossen, die sie als Köchin und menschliche Zielscheibe für den Messerwurf bei sich behalten hatten. Caroline war mit ihnen in Lindau gewesen, in Kempten, Memmingen, Ulm und München. Einzig der Gedanke an ihre Rache hatte ihr Kraft gegeben. Unzählige Male hatte sie sich vorgestellt, wie der Leib des Herzogs von Württemberg sich in qualvollem Todeskampf winden würde. Langsam war ein Plan in ihr gewachsen. Sie würde den Mann töten, der seinem widerwärtigen Handlanger Ulzstetten den Befehl zur Hinrichtung ihres Vaters gegeben hatte.

Caroline wischte sich mit dem Handrücken über die Stirn. Seitdem sie vor wenigen Wochen in Schöngeising, einem kleinen Dorf westlich von München, beim Bauern Moser Anstellung als Schafhirtin gefunden hatte, besaß sie wieder so etwas wie eine Familie. Sie war nicht länger hilflos der pochenden Angst in ihrem Kopf ausgesetzt, wenn die Messer sich unter dem Applaus der Zuschauer nur wenige Zentimeter von ihrem Gesicht entfernt ins Holz bohrten. Die Mosers hatten fünf Kinder, der älteste Sohn war gerade einmal sieben Jahre alt, das jüngste Familienmitglied ein Säugling von drei Monaten. Die Bäuerin war eine herzensgute Frau, die Caroline beinahe wie eine eigene Tochter behandelte.

Caroline reinigte ihr Messer, schob es zurück in die sauber vernähte Lederscheide und steckte es in ihren Strumpf. Die Schnitzerei war vollendet, und sie betrachtete zufrieden ihr kunstvolles Werk. Sie würde die Mosers verlassen müssen, sobald sie genug Geld für die Reise nach Stuttgart und für das Gift beisammen hatte. Der Gedanke an ihre unvollendete Rache ließ sie nicht los. Caroline zog die Stirn kraus, und eine einzelne, nachdenkliche Falte erschien auf ihrem noch kindlich wirkenden Gesicht.

Versunken in ihre Überlegungen bemerkte sie die fremden Reiter erst, als diese sie und ihre Herde fast erreicht hatten. Die Schläge der Hufe wurden gedämpft vom weichen Erdreich. Dennoch stoben die Schafe erschrocken auseinander. Caroline sprang auf. Ihr fehlte der Hütehund, mit dem sie die Tiere schnell wieder hätte zusammentreiben können.

Obwohl die Reiter sie ängstigten, kannte sie ihre Verantwortung. Das Wohl der Schafe war wichtiger als ihre Furcht. Familie Moser bestritt ihren Lebensunterhalt mit Wolle, Milch und dem Fleisch der Herde.

»Lass sie vorüberreiten«, flehte sie wortlos, während sie eines der diesjährigen Frühlingslämmer vom Abgrund fortscheuchte. Doch ihr Wunsch wurde nicht erhört. Die Gruppe hatte die junge Magd längst erspäht, die außer Sichtweite des Dorfes ihre Herde hütete. Die Reiter, fünf an der Zahl, hielten an und sprangen ab. Ein schneller Blick verriet ihr, dass es sich um Söldner handelte, die Kleider verdreckt, die Bärte ungepflegt und wirr.

»Wen haben wir denn da!«, rief einer von ihnen lachend, »ein wunderhübsches junges Fräulein.« Sein Antlitz war von Narben übersät.

»Und ganz allein«, fügte ein zweiter Mann mit mädchenhaft weichem Gesicht hinzu.

»Ich bin Caroline.« Schüchtern gab sie ihren Namen preis und wagte nicht, sich nach ihrer Herde umzusehen.

»Kommst du aus dem nahen Dorf?«, erkundigte sich ein weiterer Söldner mit blondem Haar und breitem Oberkörper.

»Ja. Gleich kommt mein Vater, um mich beim Hüten abzulösen.« Sie nickte bekräftigend, ohne aufzusehen. Das war ihr Fehler.

Das pechschwarze Auge des mächtigen Anführers heftete sich auf Carolines Stirn, grub sich in ihre Narbe, ohne dass sie es bemerkte. Er war feiner gewandet als seine Begleiter. Seine dunklen Locken glänzten. Heiner von Ulzstetten hatte in der Schäferin nach wenigen Augenblicken die Tochter des verhassten Gaispeters wiedererkannt. Zum ersten Mal an diesem Tag stieg seine Laune. Ein Opfer war ihm durch die Lappen gegangen – hier bot der liebe Gott ihm das nächste.

»Verzeiht, aber ich muss meine Schafe hüten.« Caroline

wandte den Reitern den Rücken zu. Ihre Hände waren zu Fäusten geballt, ihre kurzen Nägel gruben sich schmerzhaft in die Haut. Gefahr war im Verzug, sie spürte es. Während ihrer Zeit auf der Landstraße hatte sie gelernt, auf ihre Instinkte zu hören. Obwohl sie mehr und mehr Abstand zwischen sich und die Männer brachte, fingen ihre feinen Ohren das entscheidende Bruchstück der Unterhaltung auf.

»Nehmt sie mit!«

Nach und nach drang die Bedeutung der Worte in Carolines Bewusstsein. Sie vergaß die Schafe und begann zu rennen, dicht am Abgrund der Schlucht entlang, in Richtung des Dorfes.

»Die Kleine läuft weg!«

»Fangen wir den Hasen!«

Die Männer gaben ihren Pferden die Sporen und preschten los.

Das Mädchen erkannte rasch, dass sie ihnen zu Fuß niemals entkommen würde. Ihre einzige Rettung lag in der steilen, düsteren Amperschlucht. Sie musste hinunter. Ohne zu zögern wagte sie sich an den Abgrund heran. Die Reiter hatten sie schon fast erreicht. Eile war geboten. Ihr Herz hämmerte. Vorsichtig tastete sie mit den Füßen nach einer hervorstehenden Wurzel im Erdreich, die ihr Halt geben konnte. Die Zeit, bis sie eine Trittstelle gefunden hatte, schien ihr endlos. Caroline verlagerte ihr Gewicht auf die Wurzel, mit den Armen umklammerte sie den Stamm einer Tanne, die über dem Abgrund wuchs. Gerade wollte sie ihre Finger lösen, da gab die Wurzel unter ihren Füßen nach. Sie kreischte auf und suchte verzweifelt nach etwas, das ihren Beinen wieder Halt geben würde. Aber da war nichts.

Dicht über ihr hörte sie ein wieherndes Lachen. Sie blickte hoch und sah die Männer neben jenem Baum stehen, dessen Stamm ihre Arme noch immer umklammert hielten. Ihre Kräfte schwanden.

»Da hast du dich aber in Schwierigkeiten gebracht«, rügte einer ihrer Häscher.

»Tst tst«, feixte sein narbengesichtiger Kumpan.

Caroline baumelte über dem Abgrund. Ihre Wahrnehmung war vollständig auf die wenigen Sekunden reduziert, die über Leben oder Tod entscheiden würden. Lange würde sie sich nicht mehr halten können. Als die rettende Hand sich ihr entgegenstreckte, griff sie zu. Sie musste am Leben bleiben, um ihre Rache zu vollenden. Hätte Caroline geahnt, was vor ihr lag, sie hätte losgelassen.

Kaum hatte sie wieder festen Boden unter den Füßen, fuhr ein scharfer Schmerz durch ihren Hinterkopf. Sie fiel auf die Knie. Ein zweiter Schlag folgte, schnell und hart. Caroline verlor das Bewusstsein. Wie einen Sack Mehl warf man sie über den Rücken eines Gauls.

Keiner der Dörfler sah oder hörte etwas von der Entführung. Das Mädchen Caroline, das so plötzlich aus der Fremde aufgetaucht war, blieb vom Erdboden verschluckt, als hätte Luzifer selbst es in den Abgrund gezogen.

Der Geruch von rauchigem Feuer lag in der Luft, als Caroline das Bewusstsein wiedererlangte. Einige Tage zuvor hatte es geregnet. Das im Dickicht des Waldes gesammelte Holz war beim Entzünden noch nicht trocken gewesen, so dass der beißende Qualm in Nase und Rachen brannte. Die Augen der Entführer tränten.

Ulzstettens Söldnertrupp war mit dem Mädchen einige Meilen über Land geritten. Der Abend dämmerte, die Gegend war einsam und verlassen – niemand würde die Schreie des Opfers hören. Sie hatten beste Rahmenbedingungen für ihre Tat geschaffen, wie ihr Anführer es angeordnet hatte. Zwar konnten die vier Söldner den arroganten Ulzstetten nicht leiden, an diesem Tag allerdings führten sie seine Befehle mit Vergnügen aus.

Heiner stand abseits des Feuers, um dem Qualm zu entgehen. Gelassen faltete er die Hände auf seinem Rücken und dankte dem glücklichen Zufall, der ihm das Balg des Peter Gaiß in die Hände gespielt hatte. Er war ein Mann, der bedingungslos hasste. Das Mädchen würde sterben – aber zuvor sollte es leiden.

Caroline hob die Lider. Langsam und nur einen Spalt breit. Ihr Kopf dröhnte von dem Schlag, den sie erhalten hatte. Auch ohne zu tasten fühlte sie die dicke, wulstige Beule an ihrem Hinterkopf.

Die Männer hatten ihre Pferde am Rande der Lichtung festgebunden. Dichter Wald erstreckte sich rund um das freie Fleckchen Wiese, auf dem gelbe Butterblumen im sanften Wind tanzten. Caroline lag auf dem Boden, die Wange auf das kühle Erdreich gebettet. Die Sonne war untergegangen, und die feinen Härchen an ihrem Körper richteten sich auf. Die Nacht nahte, und mit ihr kamen Finsternis und Gefahr. Um diese Zeit trieb sie sonst ihre Schafe zurück ins Dorf, wo die Moserbäuerin am Abendbrottisch mit einem herzhaften Mahl auf die junge Schäferin warten würde. Vergeblich warten würde.

Während sie fieberhaft überlegte, heftete sich ihr Blick auf einen einzelnen Grashalm dicht vor ihrer Nase. Das Denken fiel ihr schwer. Helle Angst hatte sie gepackt und ließ sie um Leib und Leben bangen. Welches Schicksal mochte ihr bevorstehen, wenn es ihr nicht gelang, ihren Häschern zu entkommen?

Caroline beobachtete unter halbgeschlossenen Augen die vier schmutzigen Spießgesellen, die sich rund um das Feuer gesetzt hatten. Ulzstetten stand abseits, so dass sie ihn nicht sehen konnte. Die Satteldecken ihrer Pferde verwendeten die Söldner als Unterlage zum Schutz vor dem feuchten Gras. Seit geraumer Zeit kreisten die Feldflaschen mit Alkohol, die sie aus ihren Satteltaschen hervorgekramt hatten.

Der Himmel hatte sich nun vollends verfinstert, das Firmament war schwarz und sternenklar. Der letzte Funke Helligkeit war verloschen, als die Bande ihre begehrlichen Blicke auf das entführte Mädchen richtete.

»Sie ist seit Stunden ohne Bewusstsein.« Ein rothaariger Kerl mit langen, dürren Beinen hatte das Wort ergriffen.

»Zeit, sie aufzuwecken!«, grölte der Blonde. Der Kleinste unter den Männern machte die fehlende Körpergröße mit seinem harschen, lauten Auftreten wett. »Was meint Ihr, Heiner?« Von Ulzstetten kam ein knapper Wink.

Caroline spielte die Ohnmächtige, als bald darauf der Narbengesichtige auf sie zukam, ihren Kopf hochriss und ihr den Hals einer umflochtenen Holzflasche grob zwischen die Lippen rammte.

»Trink, mein Täubchen«, gurrte er, und das Lachen seiner Kumpane gellte in Carolines Ohren. Sie verschluckte sich an dem scharfen Gesöff und musste husten. Das Narbengesicht setzte die Flasche ab und grinste.

»Na bitte«, rief er triumphierend und kehrte in den Kreis seiner Kameraden zurück. Caroline richtete sich langsam auf. Vorsichtig bewegte sie Hände und Füße. Sie war nicht gefesselt.

»Komm rüber, Kleine!« Der Blonde lallte bereits. Während er das Mädchen betrachtete, verschwamm ihr Körper vor seinen Augen zu einem unförmigen Schemen.

Sie erhob sich langsam. Unter gesenkten Lidern spähte sie zu ihren Häschern, deren Gesichter Vorfreude spiegelten.

Heiner von Ulzstetten beobachtete sie aus dem Hintergrund. Tapsend, unsicher, tat das Mädchen einen Schritt auf das Feuer zu. Einen zweiten Schritt, einen dritten. Sie schwankte, ein Ausdruck ihrer Schwäche, die sie vorgaukelte. Beim vierten Schritt drehte sie sich unvermittelt um, eine blitzschnelle Bewegung, und rannte davon – hinein in den düsteren Wald, wo dichte Bäume und Büsche sie für menschliche Augen unsichtbar machen würden.

»Sie rennt weg!«

»Fangt das kleine Biest!«

»Hinterher!«

Caroline wagte nicht, sich umzusehen. Sie durfte keinen Augenblick ihres kostbaren Vorsprungs vergeuden. Hinter sich hörte sie die schweren Schritte der Männer. Im Wald war es so finster, dass sie kaum die eigene Hand vor Augen erkennen konnte.

Schweißperlen traten trotz der Nachtkühle auf Carolines Stirn. Überall um sie herum glaubte sie Tritte zu hören, dumpfe Tritte, die den nachgiebigen Waldboden zum Beben brachten. Ihre Zähne gruben sich schmerzhaft ins rosige Fleisch ihrer Unterlippe, während sie sich hakenschlagend zwischen den Bäumen hindurchkämpfte. Irgendwo dicht hinter ihr waren die Verfolger. Sie wollte sich umsehen, riskierte es nicht, rannte immer weiter.

Die Schritte der Männer wurden lauter. Caroline hörte Wortfetzen. Dann ein Fluchen. Ihr Herz raste, peinigende Furcht strömte durch ihren Körper.

»Gleich haben wir dich!«, tönte das Narbengesicht. Seine Stimme war ganz dicht. Ob er sie sehen konnte? Im Rennen warf sie nun doch einen Blick hinter sich. Dunkelheit und Schatten, überall. Aber was war das? Der Umriss eines Menschen?

Sich zu verstecken schien der einzige Ausweg. Ihr Atem ging schwer und keuchend, viel zu laut für die Stille der Nacht, viel zu laut für die Gefahr, in der sie sich befand. Der Blaubeerbusch war in der Finsternis nur schemenhaft zu erkennen. Sie ließ sich hinter die kratzigen Zweige fallen und hielt die Luft an. Ihre Brust drohte zu zerspringen.

Nur wenige Schritte entfernt von Carolines verborgenem Gesicht stiefelte einer der Männer vorbei. Sie wusste nicht, welcher von ihnen es war. Ihre Augen waren geschlossen. Lauern lag in der Luft, ein Forschen, ein tastendes Suchen. Die Zeit schien stillzustehen. Augenblicke, die zur Ewigkeit wurden. Dann war er endlich an ihr vorüber, ohne sie bemerkt zu haben.

Caroline schlug die Hände vor das Gesicht und wiegte sich sacht hin und her. Sollte sie hier abwarten? Wo waren die Männer?

Plötzlich ein Luftzug neben ihr.

»Du scheinst unsere Gesellschaft nicht zu schätzen«, raunte eine dunkle Stimme an ihrem Ohr. Caroline schrak zusammen. Im gleichen Moment legten sich starke Arme um ihren zappelnden Körper. »Ich habe sie!«

9

MÜNCHENER RESIDENZ
27. Juni im Jahre des Herrn 1516

»Wo willst du hin, outo tytöö?«

Emma schrak zusammen, als Erik sie unvermutet ansprach. Sie war bereits gewaschen und angekleidet. Das dunkle Haar, bedeckt von einer schlichten Haube, hatte sie im Nacken zu einem Knoten aufgesteckt. Jetzt drehte sie sich zu ihrem Gemahl um, der nun aufrecht zwischen den Kissen saß und sie fragend anblickte.

»Ich will nachsehen, wie Sabina die Nacht verbracht hat.« Sie sprach leise. Draußen zwitscherten die ersten Vögel, auf den Gräsern lag Morgennebel. Die Sonne war noch nicht aufgegangen. Die Gräfin trat ans Bett und hauchte einen Kuss auf seine warmen Lippen. Erik zog sie zu sich heran, doch schon bald löste sie sich von ihm. »Später«, vertröstete sie ihn.

»Ich glaube nicht, dass ich jetzt noch schlafen kann«, grummelte Erik und fuhr sich durch das in alle Richtungen abstehende Blondhaar. »Na los, geh schon.« Ein Lächeln stahl sich auf seine Lippen.

»Ich liebe dich.« Sie huschte aus dem Schlafgemach.

Trotz der frühen Stunde herrschte rege Betriebsamkeit auf den Gängen und Fluren der Münchener Residenz.

»Grüß dich Gott.« Emma erwiderte freundlich den Gruß einer jungen Magd. Beladen mit einem Berg frisch gestochener Salatköpfe eilte sie an ihr vorüber.

»Warte!«

Etwas war aus den Taschen des Dienstmädchens geglitten. Gräfin Eisenberg bückte sich, um es aufzuheben. Getrocknete Pflanzen waren es, sauber zusammengeschnürt. Ein schwacher Geruch nach schimmeligem Käse entströmte dem Bündel.

»Vielen Dank.« Das Mädchen kam zurück, die Salatköpfe auf den Armen balancierend. Schüchtern streckte sie die Hand aus. Ihre Nägel waren kurz und gepflegt, die Haut von der Arbeit freilich spröde und rissig. »Ich habe gar nicht gemerkt, dass es herausgefallen ist.«

»Wie kommt es, dass du Baldrian bei dir trägst?«, erkundigte sich Emma voller Interesse.

»Zum Schutz vor Hexen und Zauberei.« Falls die kleine Dienstmagd erstaunt darüber war, dass die höhergestellte Dame die getrockneten Pflanzen sofort erkannt hatte, zeigte sie es nicht. Offensichtlich rechnete das Mädchen mit einer Rüge, denn es senkte schuldbewusst den Kopf.

»Es gibt keine Zauberei.« Sanft legte die Gräfin das Bündel in die geöffnete Hand des Mädchens. »Komm, ich helfe dir beim Tragen und erzähle dir dabei etwas über die vielfältigen Heilwirkungen des Baldrians.« Damit nahm sie der verblüfften Magd zwei Salatköpfe ab. »Wo sollen die hin?«

»Aber, Herrin … Ihr solltet nicht …«

»Papperlapapp.« Emma lächelte. »Wie ist dein Name, Kind?«

»Grete.« Das junge Dienstmädchen war vollends verwirrt. In der Regel begegneten die Gäste des Herzogs ihr von oben herab oder nahmen gar keine Notiz von ihr.

»Ich bin Gräfin Eisenberg. Lass uns gehen.«

»Dorthin geht es zur Küche«, murmelte Grete.

»Schön, dann werde ich dir jetzt etwas über den Baldrian erzählen – wo du ihn schon in deiner Tasche mit dir herumschleppst.« Emma schenkte dem Mädchen einen verschmitzten Blick. »Sein abgekochter Sud wird gerne zur Behandlung von Augenkrankheiten genommen, wenn etwa ein Splitter unter das Lid geraten ist und das Auge rot wird und anschwillt. Überdies wirkt Baldrian beruhigend und besänftigend auf das Gemüt – obwohl er nicht gut riecht.«

Grete dachte bei Emmas Worten an die langen Nächte, in denen sie in der Halle des Herzogs als Schankmagd einspringen musste. An diesen Tagen raste ihr Herz schon am frühen Morgen vor Aufregung und Furcht. Wenn die Damen und zumeist auch Wilhelm selbst sich zurückgezogen hatten, wurden die Gäste des Herzogs oftmals zudringlich, bedauerlicherweise vor allem den hübscheren Mägden gegenüber, zu denen Grete zählte. Sie hasste es, wenn fremde Hände nach ihrem Hintern grapschten oder einer der Betrunkenen sie unter lautem Gegröle auf seinen Schoß zog. »Besänftigt Baldrian jeden?«, wollte Grete wissen.

»Es kommt darauf an.« Emma war das nervöse Flackern in den Augen des Mädchens nicht entgangen. »Vielleicht kannst du nachts nicht schlafen, weil zu viele Gedanken in deinem Kopf umherspuken. In diesem Fall würde ich dazu raten, aus Blüten und Stängeln einen Tee zu kochen.« Sie ahnte, dass Grete sich aus einem ganz bestimmten Grund nach der beruhigenden Wirkung des Baldrians erkundigt hatte. Jedoch kannte sie die Magd nicht, so dass es ihr nicht zustand, weiter in sie zu dringen. »Wenn du einmal einen Rat brauchen solltest, dann such mich auf.« Gräfin und Magd hatten den Küchen- und Vorratstrakt erreicht. »Solange ich bei Hofe bin, werde ich dich gerne empfangen.«

»Ihr seid sehr gütig.« Grete gelang, beladen mit den Salatköpfen, ein anständiger Knicks, woraufhin die Gräfin sich zum Gehen wandte.

»Meine Freunde nennen mich übrigens Gretchen!«, rief die Magd ihr in einem Anflug von Wagemut hinterher.

Es lag in Emmas warmherziger Natur, dass sie auf dem Weg zum Krankenzimmer der Herzogin darüber nachdachte, was es wohl sein mochte, das dem jungen Gretchen auf der Seele lastete. In Gedanken versunken bemerkte sie die dünne Schnur nicht, welche quer über den Gang gespannt auf das nächste Opfer wartete. Als sie stolperte, war es zu spät. Emma landete unsanft auf dem Boden. Verdutzt blieb sie sitzen und rieb sich die aufgeschürften Handflächen.

»Hab' ich Euch?«

Was war das? Sie blickte umher. Der Gang war leer, der Sprecher nirgendwo zu sehen.

»Habt Ihr gehört?«

Da erst entdeckte sie einen etwa siebenjährigen Knaben, der mit einem spitzbübischen Lächeln um die Ecke spähte.

»Du solltest dich nicht wie ein scheues Rehkitz dort hinten verstecken«, rief sie ihm zu.

»Ich bin kein Reh!« Der Junge kam herbeigerannt, die schmächtigen Arme entrüstet in die Seiten gestemmt. »Ich bin ein mächtiger Ritter!«

»Ein Ritter, der wehrlose Damen zu Fall bringt?« Emma stand auf. »Du kannst froh sein, dass ich nicht zu Schaden gekommen bin. Ritter sind ehrenhafte Leute – keine Strauchdiebe, die Seile spannen und im Hinterhalt lauern. Hat dir das niemand beigebracht?«

Der Bub zeigte einen Anflug von schlechtem Gewissen. »Zum Kämpfen bin ich halt noch zu klein«, protestierte er.

»In Zukunft werden keine Seile mehr gespannt – versprichst du mir das? Wenn du mir dein Wort als Ehrenmann gibst, werde ich den Vorfall nicht melden.«

»Das wird sehr öde werden …« Der Junge zog eine Schnute. »Na gut, Ihr habt mein Wort.«

»Das freut mich. Auf Wiedersehen, junger Mann.« Emma setzte ihren Weg fort.

»Wartet!« Der Knabe rannte ihr hinterher. »Habt Ihr denn Schaden genommen, werte Dame?«, fragte er – reichlich verspätet – mit einer formvollendeten Verbeugung.

»Nicht schlimm, keine Bange.« Emma konnte nicht anders, als sich über das seltsame Kind zu wundern. Der Bub war kein Dienstbote, davon zeugten seine Kleider und sein Gebaren. Er trug eine hellblaue Gaube, einen geschlitzten Mantel aus feinem Stoff, wie sie erst mit der Jahrhundertwende vor knapp zwei Jahrzehnten in Mode gekommen waren. Emma besaß selbst ein solches Gewandstück, jedoch aus gröberem, wärmerem Stoff, das sie bei Wanderungen über die weiten Felder Eisenbergs trug.

»Wie heißt du, Junge?«

»Georg von Hegnenberg.« Der Junge lächelte und präsentierte dabei eine liebenswerte Lücke zwischen den großen Vorderzähnen.

»Weshalb bist du ganz allein? Wo sind deine Freunde?«

»Ich habe nur einen einzigen Kameraden – und der darf nicht mit mir spielen.« Sein Lächeln war wie fortgewischt. »Außerdem bin ich ja nur zu Besuch hier – wisst Ihr das denn nicht?«

»Nein, leider nicht.« Emma schüttelte den Kopf. »Nun muss ich mich aber beeilen.«

»Wo geht Ihr denn hin?« Enttäuschung malte sich auf Georgs Antlitz.

»Ich besuche eine kranke Frau.«

»Welche Frau?« Er ließ nicht locker.

»Die Schwester des Herzogs.«

»Meine Tante!«, rief der Knabe aus. »Dann seid Ihr die Gräfin, die sie wieder gesund machen wird!«

»Woher weißt du denn das?«

»Mein Vater hat mir von Euch erzählt.« Georg schien zu überlegen. »Darf ich Euch ein Geheimnis verraten?«

Emmas Interesse war geweckt. Es drängte sie, mehr über den rätselhaften Knaben zu erfahren. Just in dem Moment erreichten Frau und Kind das Gemach der Kranken. Sabinas Pflege hatte Vorrang, so dass Emma den Buben auf später vertröstete. »Ich muss mich jetzt um deine Tante kümmern, Georg. Wenn du möchtest, kannst du mir dein Geheimnis später erzählen.«

»Wirklich?«

»Ehrenwort.« Sie fuhr dem Jungen durch das schimmernde Blondhaar.

»Dann warte ich auf Euch«, verkündete Georg und ließ sich an Ort und Stelle auf den Boden sinken.

»Das brauchst du nicht.« Die Gräfin lächelte. »Ich suche dich, sobald ich fertig bin.«

Der frühe Morgen war einem hellen Vormittag gewichen, als Emma eintrat und leise die Tür hinter sich schloss. Zwei Besucher waren ihr am Bett der Kranken zuvorgekommen. Wilhelm IV. hielt die Hand seiner Schwester, mittlerweile ein vertrautes Bild. Franziska hockte mit bleichem Gesicht auf einem Schemel.

»Wie geht es Eurer Schwester heute Morgen?«

»Wo wart Ihr, Gräfin Eisenberg? Ich hatte Euch früher erwartet – nun ist der Arzt bereits gegangen.« Der Ton des Herzogs war scharf. Seine rotunterlaufenen Augen verrieten, dass er in der Nacht kaum Schlaf gefunden hatte.

»Verzeiht, ich wurde aufgehalten.«

»Seht Euch die Herzogin an. Was könnte wichtiger sein, als ihr beizustehen?«

»Euer Sohn.« Emma sagte es aufs Geratewohl, obwohl natürlich die Gefahr bestand, der Knabe könnte über seine Herkunft gelogen haben.

»Georg?« Wilhelm warf ihr einen überraschten Blick zu.

»So ist es. Wir haben uns ein wenig über die Ehre eines Ritters von Stand unterhalten.«

»Der Junge spricht in der Regel kaum mit Fremden. Offensichtlich hat er rasch Vertrauen zu Euch gefasst.«

»Ich wusste nicht, dass Ihr Vater eines Kindes seid.«

»Ein unehelicher Sohn«, erwiderte Wilhelm schroff. Ihm, der seine Gefühle sonst so meisterlich zu verbergen verstand, gelang es nicht, seine Emotionen zurückzuhalten.

»Ihr liebt ihn offenbar sehr.«

»Georg hat keinen Anspruch auf meine Nachfolge.«

»Euer Sohn wird auch ohne Thron zu Ruhm und Ehre gelangen, mein Herzog. Er hat schon jetzt das Herz eines Kämpfers.«

»Ich wünschte, Ihr behaltet recht, Gräfin Eisenberg. Georg wird in seinem zwölften Jahr als Knappe an den spanischen Hof Karls V. gehen. Auf diese Weise hat er glänzende Voraussetzungen, das Waffenhandwerk von der Pike auf zu lernen. Leider nimmt seine Mutter mir übel, ein solches Arrangement getroffen zu haben. Sie hängt sehr an dem Kind.«

»Ihr müsst bei der Geburt Eures Sohnes blutjung gewesen sein.« Emma gelang es nicht, ihre Neugierde im Zaum zu halten, während Franziska die Unterhaltung stumm verfolgte.

»Sechzehn Jahre war ich alt und hatte gerade erst die Regierungsgeschäfte übernommen.« Wilhelm strich sich, in Erinnerungen versunken, über den rötlichen Bart. »Ein törichter Jüngling, der sich zum ersten Mal unsterblich verliebte.« Er lachte freudlos. »Ich hatte mir tatsächlich in den Kopf gesetzt, Margarethe von Stettberg zu heiraten – der Standespolitik, meiner protestierenden Mutter und allen Beratern zum Trotz …« Plötzlich wurde der Herzog sich seiner Zuhörerinnen wieder bewusst und stockte. Er hatte sich dazu hinreißen lassen, Dinge preiszugeben, die besser unberührt blieben. »Ein gefährliches Talent habt Ihr da, Gräfin Eisenberg. Ihr tätet besser daran, Euch meiner Schwester zu widmen, anstatt mich nach Angelegenheiten auszuhorchen, die Euch beileibe nichts angehen.« Er stand auf, ohne sich von den Frauen zu verabschieden. »Um meinen Sohn kümmere ich mich selbst.«

»Das war die zweite Warnung des Herzogs – und wir sind erst seit zehn Tagen hier.« Franziska hielt mit ihrer Besorgnis nicht hinter dem Berg. »Ich bitte dich inständig, Emma, sei vorsichtig im Umgang mit Wilhelm. Er ist zu mächtig, als dass du dir erlauben könntest, ihn zu verärgern.«

»Der Junge ist mir durch Zufall über den Weg gelaufen, Ziska. Ich kann nichts dafür. Und nun lass es gut sein, Liebes. Berichte mir lieber, wie es um unsere Patientin steht.«

»Der Arzt hat sie abermals zur Ader gelassen.«

»Nein!«

»Leider doch.« Wie gut, dachte Franziska im Stillen, dass Wilhelm bereits fort ist, sonst hätte Emma ihm die Leviten wegen des Aderlasses gelesen. »Der Arzt hat ihm allerlei dummes Zeug über diese Behandlungsmethode erzählt – und am Ende willigte der Herzog ein.«

»Er ist ein solcher Narr, wenn er nicht zu sehen vermag, wie immens Sabina durch jeden neuerlichen Blutverlust geschwächt wird!«

»Ich weiß, aber du kannst es nicht ändern, Emma.«

»Hoffentlich ist ihm bewusst, dass es um das Leben seiner Schwester geht.« Gräfin Eisenberg ließ sich am Bett der Kranken nieder, voller Zorn über Wilhelms törichten Entschluss.

»Das Fieber ist wieder gestiegen.« Franziska wagte kaum, die schlechte Nachricht auszusprechen, so aufgebracht war die Gräfin.

»Lass uns zum lieben Gott beten, dass er uns beisteht.« Emma faltete die Hände.

10

MÜNCHENER RESIDENZ
27. Juni im Jahre des Herrn 1516

Die Gräfin und Franziska saßen bis in die Mittagsstunden hinein am Bett der Herzogin. Emmas Heilkräfte vermochten es, das Fieber neuerlich zu senken.

»Sie braucht Kraft«, murmelte die Gräfin erschöpft. »Mehr Kraft, als sie im Moment besitzt.«

Den Nachmittag verbrachten die beiden Frauen mit Erik und den Kindern im Hofgarten. Stefan und Johanna erspähten ein Eichhörnchen, das vorwitzig in den Ästen der Bäume turnte. Es war ein klarer Junitag, die Sonne glänzte auf saftig grünen Wiesen, und leuchtende Kornblumen reckten ihre Blütenköpfe in den blauen Himmel. Stefan tapste auf seinen kurzen Beinen durch das Gras, während Johanna vor Freude quietschte, als Erik sie hoch in die Luft warf. Sie vertraute ihm – er würde sie mit seinen starken Armen immer wieder auffangen.

»Noch … mal«, verlangte das Mädchen atemlos. »Noch mal, Vater!« Ähnelten die Zwillinge mit ihren dunklen Haaren stark der Mutter, so schlugen bei Stefan und Johanna Eriks nordische Wurzeln durch. Beide Kinder waren strohblond.

Später, als Emma und Franziska ins Krankenzimmer zurückkehrten, lag Sabina genauso friedlich zwischen den seidigen Kissen, wie die beiden Frauen sie zuvor verlassen hatten. Während Emma die Hand auf die Stirn der Kranken legte, um das Fieber zu prüfen, zog Franziska zwei Stühle an das Bett heran.

»Ihre Temperatur ist weiter gefallen, Gott sei Dank.« Mit einem Ausdruck mitfühlender Besorgnis betrachtete Emma das markante, breitflächige Gesicht der Herzogin, welches weniger Zartheit als vielmehr energisches Auftreten versprach.

Aus Rücksicht auf die Kranke wurden Unterhaltungen an Sabinas Lager stets nur mit verhaltener Stimme geführt.

»Emma …«, begann Franziska zögerlich. »Heute Morgen ist etwas vorgefallen. Zwischen dem Herzog und mir.«

»Was ist geschehen?«

»Nachdem der Arzt gegangen war, wurde Wilhelm immer, mhm, unruhiger. Er zappelte auf seinem Stuhl hin und her. Natürlich, der Herzog verbringt Stunden am Bett seiner Schwester, die sich kaum regt.«

»Es spricht für ihn, dass er Sabina nicht im Stich lässt«, stimmte Emma zu. »Was weiter, Ziska?«

»Wie soll ich sagen … Er fing an mit mir zu plaudern. Hat mich nach meiner Herkunft gefragt, meinem Sohn, meinem Leben. Er schien alles wissen zu wollen.«

»Dir war unbehaglich, weil du mit ihm allein warst, nicht?«, riet Emma. Franziskas Angst vor dem männlichen Geschlecht war ein Punkt, den die beiden Frauen untereinander nicht ausklammerten. Ganz im Gegenteil sprachen sie sehr offen darüber, genau wie über andere Themen, die ihnen wichtig waren.

»Das auch. Wiewohl das nicht alles war.«

»Was noch?«

Emma bangte vor dem, was folgen würde. Franziska hielt sich tapfer, obgleich ihr der Inhalt des Gesprächs ganz offensichtlich zusetzte.

»Wilhelm rühmte meine scheue Zurückhaltung und wohlproportionierte Gestalt. Er deutete an, wir könnten …« Sie sprach nicht weiter.

»Dieser Wüstling!«, schimpfte Emma, in deren Achtung

Wilhelm augenblicklich um Welten sank. »Dieser freche Schurke! Was fällt ihm ein! Wie kann er sich erdreisten, dir unsittliche Anträge zu machen!«

Es fehlte nicht viel, und Franziska, die sich wegen der Geschichte ernstlich sorgte, hätte trotz allem über Emmas Wutausbruch gelacht. »Herzog Wilhelm, Liebes, kann tun und lassen, was er will. Das darfst du nicht vergessen«, appellierte sie eindringlich an die Gräfin, der dieser bedeutsame Umstand immer wieder zu entfallen schien.

»Schon gut«, lenkte Emma ein. »Mach dir keine Sorgen, Ziska. Erik und ich werden ein Auge auf dich haben. Dir droht keine Gefahr – selbst durch den Herzog nicht.«

»Wohl solltest du dir Sorgen machen«, widersprach da eine leise, rauchige Stimme vom Bett her. »Mein Brüderlein ist schon als Knabe hinter den Weiberröcken her gewesen.«

Emma und Franziska fuhren erschrocken zusammen, so unerwartet kam der Einwurf der Herzogin. Die Gräfin musterte mit gerunzelter Stirn das Gesicht der Sprecherin. Sabinas Augen wirkten wässrig und blutunterlaufen – aber gottlob, sie waren offen. Ein breites Lächeln stahl sich auf Emmas Lippen. »Ihr seid endlich aufgewacht.«

»Ich fühle mich mehr tot als lebendig«, beteuerte die Herzogin von Württemberg leidvoll. »Aber ich lebe, oder nicht?«

»So ist es, Gnädigste«, beeilte sich Emma ihr zuzustimmen. »Ihr seid wach und bei vollem Bewusstsein – ich mochte meinen, das Schlimmste habt Ihr überstanden.«

»Ihr sitzt nicht zum ersten Mal an meinem Bett, nicht wahr? Ihr habt Euch um mich gekümmert.«

»So ist es.« Emma legte eine Hand auf die Stirn der Kranken. Sie war angenehm warm. »Ihr seid fieberfrei, wie wunderbar! Ich lasse sofort Euren Bruder rufen – er wird hocherfreut sein. Bleib du bei der Herzogin, Ziska. Ich bin gleich wieder da.«

Gräfin Eisenberg öffnete schwungvoll die Türe – und sah den Knaben Georg mit verdrießlicher Miene draußen auf dem Gang hocken. »Ich habe die ganze Zeit über gewartet – und trotzdem seid Ihr nicht gekommen, mich zu holen«, murrte er. »Selbst meinen Mittagsschlaf habe ich gehalten – das tue ich sonst nie, obwohl meine Kinderfrau das möchte. Ihr habt mich vergessen, gell? Deswegen habe ich Euch gesucht.«

»Nein, Lieber, ich habe dich keineswegs vergessen.« Emma strahlte den Knaben an. »Lauf geschwind los und hol deinen Vater her – deine Tante ist aufgewacht. Danach verrätst du mir dein Geheimnis.«

»Au ja!« Besänftigt stob der Junge davon.

Die Gräfin trat schmunzelnd zurück ins Krankenzimmer.

»Ich habe gespürt, wann immer Ihr bei mir wart«, schilderte Sabina. »Es wurde jedes Mal ganz warm um mich …«

»Euer Bruder wird gleich hier sein«, unterbrach Emma die Herzogin. »Die Ärzte lassen Euch in schöner Regelmäßigkeit zur Ader …«

»Um die schlechten Gifte aus meinem Körper fließen zu lassen«, ergänzte die Kranke.

»Nein«, widersprach Emma. »Wenn Ihr gesund werden wollt, müsst Ihr diese Behandlung um jeden Preis verweigern. Der Blutverlust schwächt Euch. Deshalb seid Ihr so lange nicht aufgewacht.«

»Wie lange war ich ohne Bewusstsein?«

»Ihr liegt seit zehn Tagen und Nächten in diesem Bett.«

»Wer bist du? Eine Heilerin?« Die Herzogin beäugte die forsche, dunkelhaarige Frau prüfend.

Die Gräfin nahm keinerlei Notiz von der vertraulichen Anrede, derer Sabina sich nun bediente. »Emma von Eisenberg«, nannte sie ihren Namen. »Und dies ist meine liebe Freundin Franziska. Auf die Bitte Eures Bruders hin haben wir uns um Eure Genesung bemüht.«

»Ich mag mich irren …«, begann Sabina. »Aber für mich fühlt es sich fast so an, als wären wir längst Vertraute. Bitte, ich … Lasst uns beim freundschaftlichen Du bleiben, ja?«

»Gewiss doch. Wenn du versprichst, den Aderlass fortan nicht mehr zuzulassen. Komme, was wolle.«

»Kein Aderlass mehr«, bekräftigte die Herzogin. Die drei Frauen tauschten ein verschwörerisches Lächeln, als sich die Türe öffnete und Georg von Hegnenberg an der Hand seines Vaters eintrat.

»Du hast mir Sorgen bereitet, Bina.« Wilhelm verwendete die liebevolle Anrede aus gemeinsamer Kinderzeit. Um von seiner Schwester jedwede Aufregung fernzuhalten, verriet er vorerst nichts von der hageren, schwarz gekleideten Besucherin, die vor einer knappen Stunde am Hofe eingetroffen war. Ebenso vermied er es, Sabina auf die Flucht vor ihrem Gatten Ulrich anzusprechen. Das hatte Zeit.

Gräfin Eisenberg, Franziska und der kleine Georg lauschten still der geschwisterlichen Unterredung. Der Herzog erinnerte seine Schwester an gemeinsam ausgeheckte Streiche. Seine Fröhlichkeit, ob nun aufgesetzt oder nicht, war ansteckend. Sabina, nur ein Jahr älter als ihr Bruder, war offenbar die Anstifterin einer Vielzahl närrischer Kapriolen gewesen. Bei der Erinnerung an den Frosch unter dem Bettlaken der ältlichen Kinderfrau Elsbeth spielte ein schelmisches Lächeln um Wilhelms Mundwinkel.

Sein eigener Sprössling Georg gab unterdessen mit ausdrucksvollem Mienenspiel hinter dem Rücken des Vaters zu verstehen, er wolle der Gräfin nun endlich sein Geheimnis zeigen.

Herzog Wilhelm, der trotz flehentlicher Gebete nicht mehr so recht an Sabinas Genesung geglaubt hatte, verabschiedete die Gräfin und Franziska huldvoll. Die Herzogin nahm den Frauen das Versprechen ab, ihr am nächsten Tag einen Besuch abzustatten.

Georg schlüpfte zusammen mit den Frauen zur Tür hinaus. Am Hof des Vaters stand es ihm frei, zu kommen und zu gehen, wie es ihm beliebte. Zu Hause bei seiner Mutter verhielt sich das anders. Margarethe Hausner von Stettberg achtete streng auf die Erziehung ihres Sprösslings. Obschon der Junge für die Nachfolge Wilhelms nicht in Frage kam, wurde seine Mutter nie müde, in Gesellschaft auf die edle Abstammung ihres Sohnes zu verweisen.

Kaum, dass er sich außerhalb der Reichweite seines Vaters befand, begann Georg ungeduldig zu hüpfen. »Das Geheimnis ist nur für Euch bestimmt.« Er zupfte Emma am Ärmel. Obwohl der Knabe flüsterte, verstand auch Franziska das Anliegen des Kindes.

»Ich richte Erik aus, wo du bist.«

»Tu das bitte«, nickte die Gräfin. »Es wird nicht lange dauern.« Emma und Franziska umarmten einander zum Abschied innig – in ihren Herzen froh und erleichtert über die Genesung der Herzogin.

»Wo willst du denn mit mir hin, Georg?«

Doch der Junge schwieg beharrlich. Er hatte die Gräfin an der Hand gefasst und zog sie entschlossen durch die Gänge der Residenz. Seine Finger waren warm, sein Griff erstaunlich fest für ein Kind seines Alters.

Emma war nicht wenig verwundert, als der Weg sie in den Trakt mit den Gesindekammern führte. Schon bald stellte die Gräfin fest, wie wenig willkommen sie an diesem Ort war. Zwar knicksten des Herzogs Domestiken höflich, allerdings folgten ihr bei jedem Schritt misstrauische Blicke. An die Gegenwart des Knaben hingegen schien die Dienerschar gewöhnt. Knechte wie Mägde lächelten ihm freundlich zu. Eine gebückte Frau mit schlohweißem, gelbstichigem Haar und ausgeleiertem Kittel strich Georg sogar über den Kopf. »Wie nett, dass Ihr wieder da seid, junger Herr.« Sie sprach undeutlich, der fehlenden Zähne wegen. »Er ist sehr ruhig heute. Euer Besuch wird ihm guttun.« Damit schlurfte die Alte mühsam weiter.

Emma war dankbar, als Georg eine der schmalen Türen öffnete und sie eintreten ließ. Sie gelangten in einen kleinen, kaum möblierten Raum: ein Bett, ein grob gezimmerter Schrank, ein hölzerner Bottich, der als Waschschüssel dienen mochte. Auf dem einzigen Stuhl saß mit dem Rücken zu den Besuchern ein Kind, dessen braunes Haar ihm bis über die Schultern fiel.

Caroline, schoss es Emma durch den Kopf – wie beim Anblick jedes braunhaarigen Mädchens. Sie erbleichte.

»Das ist Paulus.«

Georgs Stimme holte sie zurück in die Wirklichkeit. Das Kind drehte sich zu ihnen um, und Emma erkannte das hübsche Gesicht eines Knaben. Der Junge mochte etwa in Georgs Alter sein. Er sprach kein Wort.

»Ich bin es.« Der Sohn des Herzogs kniete vor dem Sitzenden nieder und ergriff die Hand des Freundes. »Erkennst du mich heute?«

Paulus antwortete nicht.

»Ich habe dir jemanden mitgebracht, Paul. Sie ist eine Heilerin.« Georg wies auf Emma, die das Geschehen aufmerksam verfolgte. Wieder blieb eine Reaktion aus.

»Was hat dein Freund, Georg?«, fragte die Gräfin leise.

»Er ist irrsinnig – behaupten zumindest die Leute. Bisweilen schreit er laut, weil er glaubt, die Menschen wollten ihn verfolgen und umbringen. Dann wieder ist er stumm und spricht gar nicht. Und manchmal …«, in diesen Worten Georgs lag all seine Hoffnung, »manchmal ist er ein ganz normaler Junge und wir spielen zusammen.« Er linste Emma forschend ins Gesicht. »Bitte, Gräfin, würdet Ihr ihm helfen?«

»Ich kann ihn mir ansehen, mein Junge.«

Georg machte bereitwillig Platz, damit sie sich neben Paul niederknien konnte. Emma griff nach seinen Händchen. Die Finger waren eiskalt. Die Gräfin konzentrierte sich. Es bedurfte keiner Anstrengung. Sogleich schossen ihr helle Blitze durch den Kopf. Schauerlich anmutende Fratzen formten sich vor ihren Augen zu pechbehangenen Krüppelgestalten, Todesangst brauste durch ihren Körper. Das unheilvolle Kaleidoskop aus beängstigenden Farben und Formen vereinte sich zu einem spiralförmigen Tunnel, durch den sie hinabstürzte in die Finsternis. Menschen mit knöchernen Händen fassten nach ihr, bluttriefende Münder lächelten sie an und forderten sie auf, sich dem Reigentanz der durchscheinenden Schatten anzuschließen.

Gerade rechtzeitig, ehe eine tiefe Ohnmacht sie umfangen konnte, löste Emma den Kontakt zu dem Jungen.

»Was habt Ihr?« Georg streichelte ihr die fahlen Wangen, die von einem Moment zum anderen ihre gesunde Röte verloren hatten. Die Gräfin rang sich ein Lächeln ab, um den Knaben zu beruhigen. »Könnt Ihr meinem Freund helfen?«

Emma schmerzte es zutiefst, die naive Hoffnung des Jungen zerstören zu müssen. Sie war im Leben bereits einer Handvoll Irrsinniger begegnet. Allein, so deutlich wie bei Paulus hatte sie nie zuvor gespürt, dass es keine Rettung, keine wirksame Medizin dagegen gab.

»Erzähl mir von deinem Freund, Georg. Kannst du mir sagen, wie oft er seine guten Tage hat?«, erkundigte sie sich. Es war feige, die Wahrheit aufzuschieben. Trotzdem konnte Emma nicht anders.

»Es geht ihm selten gut.« Georg zuckte die schmalen Schultern. »Er ist der Sohn eines Pferdeknechts. Sein Vater meint, es wird immer schlimmer mit ihm.«

Emma zögerte. Georg war noch so jung. Andererseits – einmal musste es heraus. »Ich befürchte, es gibt keine Heilung für Paulus.« Die Worte kamen nur stockend aus ihrem Mund.

»Er wird niemals gesund?« Ein zutiefst verletzter Blick traf Emma.

»Nein. Leider nicht.« Sie hätte weinen mögen. Der Schmerz dieser beiden Knaben, des gesunden und des kranken, tat in der Seele weh.

In dem Moment öffnete sich die Tür. Emma und der bärtige Fremde starrten einander erschrocken an. Der Mann musste sich beim Eintreten bücken, um nicht an den Türrahmen zu stoßen. Er überragte Emma um mehr als zwei Köpfe. Je länger er sie betrachtete, desto grimmiger wurde seine Miene.

»Was, bei allen Heiligen, tut Ihr in meiner Kammer?« Clemens, der Vater von Paulus und ein getreuer Stalldiener des Herzogs, erahnte den hohen Stand der Fremden anhand ihrer feinen Kleider. Deshalb hielt er sich zurück, obwohl er fuchsteufelswild darüber war, diese fremde Frau bei seinem wehrlosen Sohn zu finden.

»Ich …« Emmas Herz pochte heftig. Der Mann vor ihr wirkte wie ein wütender Berserker aus Eriks nordischen Geschichten. Genauso stellte sie sich den hünenhaften Thor vor, den mächtigen Hammergott der Wikinger.

»Geht! Auf der Stelle!«

Emma zuckte zusammen, ohne einen Schritt zu weichen.

»Es tut mir leid«, entschuldigte sie sich tapfer. »Georg hat mich hergeführt.« Sie wies auf den Jungen, der die Auseinandersetzung der Erwachsenen gespannt verfolgte. »Ich sollte ihm …«

Paulus auf seinem Stuhl begann zu schreien. Die schrille Kinderstimme überschlug sich, Hände und Füße traten in verzweifelter Abwehr in die Luft. Sofort war Clemens bei seinem Sohn. Er umarmte den strampelnden Jungen, hielt den wild um sich Schlagenden fest, wiegte ihn zärtlich. Es dauerte lange, bis Paulus sich wieder beruhigt hatte. Georg schlüpfte unbemerkt zur Tür hinaus. Emma hingegen stand während der ganzen Zeit als stumme Beobachterin in der Kammer.

Clemens hob den nunmehr schlaffen Körper von Paulus hoch und legte den Knaben, der die Augen geschlossen hatte, auf das strohgefüllte Bett. Behutsam schlug er die Decken um ihn, damit der Kleine nicht fror. Erst als das geschehen war, ließ er sich auf dem einzigen Stuhl im Raum nieder.

»Ihr seid nicht gegangen?« Seine Stimme klang resigniert.

»Mein Name ist Emma von Eisenberg. Da ich ein wenig von der Heilkunst verstehe, bat Georg mich darum, deinem Sohn zu helfen. Leider vermag ich es nicht.«

»Als es schlimmer wurde mit Paulus, habe ich Herzog Wilhelm gebeten, uns einen Arzt zu schicken.« Clemens räusperte sich. »Der Fürst hat den Besuch gestattet und die Rechnung beglichen … Jedenfalls«, fuhr er langsam fort, »konnte selbst der studierte Doktor nichts für Paulus tun. Stattdessen empfahl er mir, meinen Jungen zu einem Priester zu schicken, damit er ihm die Teufel austreibt. Da ging der Gaul mit mir durch, und ich hab' den Arzt davongejagt … Seither kann ich Paulus nicht mehr gestatten, unsere Kammer zu verlassen. Die Leute flüstern von Scheiterhaufen, die im ganzen Reich brennen. Aber mein Sohn ist kein Hexer! Er ist nur … krank. Einfach nur ein krankes Kind.«

»Paulus hat großes Glück, einen solchen Vater zu haben.« Gräfin Eisenberg trat auf Clemens zu. Der Pferdeknecht war auf seinem Stuhl zusammengesunken und hatte nichts Furchteinflößendes mehr. Sein Haar war braun wie das seines Sohnes. Der regungslose Junge auf dem Bett war ihm in der Tat wie aus dem Gesicht geschnitten.

»Wenn Ihr wirklich eine Heilerin seid«, Clemens griff

nach Emmas Hand und barg sie bittend zwischen seinen mächtigen Pranken, »dann sagt mir, dass er wieder gesund wird.«

Obwohl die Berührung zwischen einem Stallknecht und einer Gräfin unangemessen war, gar mit Strafe geahndet wurde, ließ Emma zu, dass Clemens ihre Finger umklammert hielt. Der Mann tat ihr leid, sie spürte seine Verzweiflung und Hilflosigkeit.

»Nein.« Sie hätte das schicksalhafte Wort nicht ausgesprochen, wäre sie nicht absolut sicher gewesen.

»Nehmt meinen Dank für Eure Ehrlichkeit.« Clemens' Kinn sank auf die Brust.

»Verlier nicht deinen Glauben. Ich werde für euch beten – für dich und deinen Sohn.« Emma drückte Clemens' Hand, warf einen letzten Blick auf das kranke Kind im Bett und verließ den Raum. Sie ahnte, dass der Vater des Jungen erst würde weinen können, wenn er alleine und unbeobachtet war.

Nachdem Emma gegangen war, vergoss Clemens hinter der geschlossenen Tür bittere Tränen. Der sanftmütige Riese war am Boden. In dieser verzweifelten Situation tat er etwas, was er als gottesfürchtiger Mensch bisher weit von sich gewiesen hatte. Er verfluchte die treulose Mutter des Jungen, die Paulus in ihrer Hartherzigkeit verstoßen hatte.

11

MÜNCHENER RESIDENZ
27. Juni im Jahre des Herrn 1516

Es kam, wie es kommen musste. Während Emma dem kleinen Paulus und seinem traurigen Vater begegnete, erhielt Sabina, die frühere Prinzessin von Bayern und jetzige Herzogin von Württemberg, an ihrem Krankenbett unerwünschten Besuch von ihrer verhassten Mutter. Wilhelm war es trotz seiner Zungenfertigkeit nicht gelungen, die schwarzverhüllte Frau von ihrem Vorhaben abzubringen. Weder das schlechte Befinden der Herzogin noch ihr Bedürfnis nach Ruhe änderten etwas am Wunsch der Witwe, ihre Tochter auf der Stelle zu sehen. Die hageren Schultern unter Kunigundes schlichter Klostertracht ließen Sabina unwillkürlich an eine verhungerte Krähe denken. Die Herzoginmutter legte seit ihrem Eintritt ins Kloster keinen Wert mehr auf ihr Äußeres. Sie bot einen schauerlichen Anblick.

»Was willst du, alte Frau?« Sabinas Stimme triefte vor Gehässigkeit. »Konntest du die Trauerfeier nicht mehr erwarten?«

»Was plapperst du für Unfug, Kind?« Kunigunde setzte sich zu ihrer Tochter und ergriff deren schmale Hand. »Sobald es meine Zeit erlaubte, hielt mich nichts mehr von dir fern.«

»Du lebst in einem Kloster. Gewiss hast du dort wichtigen Verpflichtungen nachzugehen. Wie steht es um die Nerven der Äbtissin? Sie erträgt deine Anwesenheit noch immer, scheint mir?« Die Herzogin schlug die Hand der Mutter fort.

»Es gibt, deinem Hohn zum Trotz, tatsächlich bedeutsame Dinge, mit denen ich betraut bin.«

»Deine Mitschwestern auszuhorchen vielleicht? O Mutter, leugne nicht – du wirst dich nie ändern. Es war schon immer deine größte Leidenschaft, deine garstige Nase in fremder Leute Angelegenheiten zu stecken – vor allem in meine.«

»Was soll das, Sabina?«

»Seit ich denken kann, mischst du dich unentwegt ins Leben deiner Kinder ein.«

Kunigunde streckte wortlos ihre schwarzbehandschuhten Hände von sich. Eine schlichte Geste, um ihre Unschuld zu beteuern.

»Willst du bestreiten, dass du gekommen bist, mir ins Gewissen zu reden? Immerhin steht der gute Name der Familie auf dem Spiel, nicht wahr? Es ist an der Zeit, die ungehorsame Tochter an die Seite ihres prügelnden Mannes zurückzuschicken. Hauptsache, sie bleibt nicht bei Hofe und entfesselt einen Skandal, indem sie das Geheimnis lüftet …« Sabina holte röchelnd Luft, ehe sie ihre Tirade fortsetzte. »Du bist so schweigsam … Willst du mir nicht antworten? Ja, weißt du überhaupt, was du mir angetan hast? Du, meine eigene Mutter?« Die Herzogin raufte sich das stumpf gewordene Haar.

»Ich wollte stets nur dein Bestes.«

»Das Beste nennst du es, mich gegen meinen Willen mit einem Scheusal zu vermählen! Wo du am eigenen Leibe erfahren hast, wie es ist, an einen verhassten Mann gebunden zu sein! Ja glaubst du denn, mir wäre nicht klar, dass Vater dich damals mit einer geschickten List vor den Altar gezwungen hat? Mit einer gefälschten Eheerlaubnis des Kaisers? Genauso war es doch. Vielleicht bist du deshalb ein solch bitterer Mensch geworden. Aber mir, deiner eigenen Tochter, wider besseres Wissen das Gleiche anzutun …« Sabina musste nach diesem Ausbruch vor Schwäche innehalten. Ihr Körper war zwar erschöpft, ihre Augen jedoch loderten vor beißendem Zorn.

»Wir sind für dich eine standesgemäße Verbindung eingegangen, wie dein seliger Vater sie sich wünschte.« Kunigunde bewahrte ihre steife Haltung.

»Standesgemäß!« Das war zu viel. Sabina hieb mit geballten Fäusten auf das weiche Bett.

»Du bist mir böse wegen des Bastards. Glaubst du, ich wüsste nicht, worauf du eigentlich anspielst? Nicht der Titel einer Herzogin von Württemberg bringt dich so in Rage. Dabei hast du die Richtigkeit meines Handelns doch längst begriffen. Mein Weg war die einzig vernünftige Lösung.«

»Ich wollte es nur noch ein kleines Weilchen behalten, aber du …« Obwohl sie nicht daran glaubte, dass die Mutter stets das Glück ihrer Tochter vor Augen hatte, musste sich Sabina eingestehen, dass eine andere Vorgehensweise unmöglich gewesen wäre.

»Ist schon gut, Liebes. Ich gehe ja gleich wieder. Vorher aber hör dir an, was ich dir zu sagen habe.«

Sabina war für weitere Proteste jedweder Art zu schwach. Die Vorwürfe gegen ihre Mutter hatten sie erschöpft.

»Dein Bruder Wilhelm möchte dich schonen. Deshalb verschweigt er dir, wie sehr deine Anwesenheit den Hof in zwei Lager spaltet. Die eine Hälfte hält zu dir, die andere steht auf Ulrichs Seite und drängt darauf, dich umgehend nach Württemberg zu deinem Mann zurückzuschicken. Wenn du Wilhelm nicht noch weiter in Bedrängnis bringen willst – gehe fort, ehe dein Bruder sich gezwungen sieht, eine Entscheidung zu treffen.«

»Du hast nicht bereits heimlich meine Abreise veranlasst …?« Als sich Kunigundes Gesicht schmerzlich verzog, begriff Sabina, dass sie zu weit gegangen war. »Entschuldige. Danke für deinen Ratschlag.«

»Gebe Gott, dass wir eines Tages zueinander finden.« Die Herzoginmutter erhob sich. Sie, die nie weinte, hatte mit einem Mal feuchte Augen. Der kalte Abschied und die unverhohlene Abneigung der Tochter setzten ihr mehr zu, als sie sich selbst eingestand.

»Lebe wohl, Mutter.«

Gräfin Eisenberg und Franziska erfuhren nichts von Kunigundes Besuch am Bett der Kranken. Am nächsten Morgen machten sie sich nach der Frühmahlzeit auf, um ihr Versprechen einzulösen und die Herzogin von Württemberg aufzusuchen.

»Wie geht es Euch? Habt Ihr gut geschlafen?« Emma legte unbefangen ihre Hand auf Sabinas Stirn, während Franziska vergeblich ein Gähnen zu unterdrücken versuchte. Am Abend zuvor hatten sie bis in die Nacht hinein beisammengesessen und über den kleinen Paulus gesprochen.

»Ich habe wunderbar geruht und fühle mich prächtig erholt«, verkündete die Herzogin lächelnd. Die dunklen Ringe unter ihren Augen jedoch straften ihre Worte Lügen. Alte Erinnerungen waren durch Kunigundes Besuch zum Leben erweckt worden. In der Nacht hatte Sabina von einem weichen Bündel geträumt, das ihren Händen während einer Auseinandersetzung mit der Mutter entglitt und hart auf den Marmorboden aufschlug.

»Hatte ich nicht um eine vertraulichere Anrede gebeten?« Die Herzogin hustete trocken. Seit ihrem Erwachen hatte sie weder Blut noch Schleim gespuckt.

»Verzeih.« Emma war es nicht gewohnt, Angehörige des herzoglichen Hauses so formlos anzusprechen.

Sabina legte grübelnd zwei Finger an ihr hübsches, rundes Kinn. Es verlieh ihren sonst eher scharfen Gesichtszügen eine reizvolle Weichheit. Obwohl ihr Haar stumpf und glanzlos herabhing, zeigten ihre Wangen bereits eine gesunde Farbe. »Ich möchte hinaus – das beste Zeichen dafür, dass ich schon fast gesund bin, meint ihr nicht auch?«

»Von gesund kann nicht die Rede sein.« Franziska sah die Herzogin im Geiste verfrüht aus dem Bett springen und einen schlimmen Rückfall erleiden.

»Keine Sorge, meine Liebe.« Ein schwaches Funkeln leuchtete in Sabinas Augen. »Ich fühle mich ja selbst schwach wie ein Neugeborenes. Wollte ich aufstehen, so müsste ich wohl auf allen vieren umherkrabbeln. Kommt, setzt euch her zu mir.«

Die Frauen wählten jene Stühle, auf denen sie in den vergangenen Tagen lange Stunden zugebracht hatten. Fast mochte man meinen, die gepolsterten Sitzflächen hätten bereits die Formen ihrer Körper angenommen.

»Erzählt mir von euch«, bat die Herzogin. »In welchem Landstrich seid ihr beheimatet?«

»Kennt Ihr … Verzeihung. Kennst du die Stadt Füssen? Dort in der Nähe liegt die Burg Eisenberg.« Emma dachte an ihre liebevoll angelegten Blumen- und Gemüsebeete, die nun ohne ihre Pflege auskommen mussten.

»Füssen, ja.« Sabina seufzte. »Eine der Lieblingsstädte meines Onkels, des Kaisers. Einst – vor langer Zeit – war ich selbst einmal an diesem hübschen Flecken Erde. Ihr lebt beide auf Burg Eisenberg? Für Schwestern erscheint ihr mir aber doch recht unterschiedlich. Cousinen vielleicht?«, riet sie aufs Geratewohl.

Franziska blickte verlegen zur Seite.

»Wir sind nicht verwandt«, antwortete Emma. Sie waren an einem heiklen Punkt ihrer kurzen Bekanntschaft angelangt. Welche Standesdünkel würde die Herzogin hegen?

»Franziska ist meine Gesellschafterin – und mir eine liebe und teure Freundin.«

»Nicht von Adel?« Sabina krauste die Nase.

»Nein«, erwiderte die Gräfin fest. »Genauso wenig wie im Übrigen mein Gatte Erik, Graf Eisenberg, der den Titel durch die Heirat mit mir erlangte«, fügte sie hinzu. Ihr Ton machte deutlich, dass sie keine Schmähung ihrer Lieben dulden würde.

»Aber das ist doch nun wirklich vollkommen gleichgültig!«, rief Sabina herzlich aus und kehrte damit flugs ihren festen Standpunkt um. Dass sie in ihrem bisherigen Leben kaum mit gewöhnlichem Volk zu tun gehabt hatte, ließ sie wohlweislich unerwähnt. Immerhin, eine Berührung von bleibender Wichtigkeit hatte es durchaus gegeben. »Ich bin selig über eure Freundschaft, um euer selbst willen«, beteuerte sie. »Nebenbei bemerkt – ich habe meinem Bruder untersagt, noch einmal einen dieser Quacksalber zu mir zu schicken. Bei euch bin ich in viel besseren Händen.« Sie machte eine Pause, um ihre Worte wirken zu lassen.

»Wir werden unser Möglichstes tun, damit du das Bett alsbald verlassen kannst«, versprach Emma.

»Eisenberg ...« Die Herzogin ließ sich den Klang des Wortes auf der Zunge zergehen. Ihr war eingefallen, weshalb der Name ihr vertraut schien. »Ich glaube, Emma, deinen Gatten zu kennen.«

»Erik?« Die Züge der Gräfin wurden weich, als sie den Namen ihres geliebten Mannes aussprach.

»Wenn wir von jenem Finnen reden, der noch zu meines Vaters Zeiten an den Hof kam – dann ja.«

»Genau.« Emma nickte. »Mein Gemahl diente einst unter Albrecht IV.«

Sabina, die bayerische Prinzessin, erinnerte sich allzu gut an den schweigsamen Landsknecht, in den sie im Alter von vierzehn Jahren närrisch verliebt gewesen war.

»Ihr führt eine gute Ehe?«

»So ist es.« Emma befand, es sei nun genug des Rede- und Antwortstehens. Da setzte sich Sabina im Bett auf. Franziska schob ihr fürsorglich die Kissen im Rücken zurecht.

»Eine Liebesheirat, welch wundervolles Glück.« Die Stimme der Herzogin klang träumerisch. »Es ist kein Geheimnis, dass ich selbst meinen Gemahl bis aufs Blut hasse und verabscheue.«

»Weshalb?« Es bedurfte allein dieser kurzen Zwischenfrage Franziskas, um die Herzogin zum Reden zu bringen.

»Es brennt mir auf der Seele, mich jemandem anzuvertrauen.« Sabina hustete. »Man verlobte mich mit Ulrich von Württemberg, da war ich ein Mädchen von gerade sechs Jahren. Meinem Onkel, Kaiser Maximilian, fehlte die Geduld, mein Erwachsenwerden abzuwarten. Er setzte darauf, mich als Bauer in sein Schachspiel mit den Großen einzubinden. Durch die Allianz mit Württemberg versprach er sich Verbündete gegen Frankreich und die Schweiz – was ich allerdings erst sehr viel später begreifen sollte. Auf meine Gefühle wurde keine Rücksicht genommen. Nicht von meinem Vater, nicht von meiner Mutter und schon gar nicht von meinem mächtigen Onkel.«

»Das tut mir leid für dich.« Gräfin Eisenberg kannte Sabinas Geschichte. Sie aus dem Mund der Betroffenen zu hören war hingegen etwas völlig anderes. Emma selbst war in ihrer Jugend einer Zwangsheirat nur knapp entkommen.

»Im Alter von sechzehn Jahren lernte ich meinen Verlobten kennen. Er kam zur Grablegung meines Vaters.« Die Herzogin verzog das Gesicht, als hätte sie etwas Bitteres gegessen. »Anstatt mir sein Beileid auszusprechen, war ich für Ulrich wie Luft. Dabei war er mit seiner breiten Nase und den groben Gesichtszügen wahrlich keine Augenweide. Seine langen Augenbrauen sprossen aus seinem Gesicht wie die Fühler eines Insekts. Ich ekelte mich vor ihm – und da hatte der freche Kerl auch noch die Dreistigkeit, mich zu ignorieren.« Sabina hielt die Augen halb geschlossen. »Erst nach unserer Vermählung erfuhr ich von der anderen Frau, in die er damals verliebt gewesen war. Elisabeth«, sie spuckte den Namen regelrecht aus, »die Tochter des Markgrafen von Brandenburg. Mein Onkel musste Ulrich zwingen, mich zum Weib zu nehmen – kann man sich das vorstellen?«

Emma und Franziska bekundeten ihr Entsetzen.

»Bei der Heirat musste ich meinem bayerischen Erbe öffentlich entsagen.« Sabina wirkte verbittert, wütend und traurig. »Ich wollte keinen Verzicht üben. Wieder einmal wurde über meinen Kopf hinweg entschieden.« Die Tränen in ihren Augenwinkeln bezeugten, wie sehr dieser Bericht sie aufwühlte. »Die Hochzeit selbst wurde ein rauschendes Fest. Vierzehn Tage lang wurde mit allem Pomp und mehr als siebentausend Gästen gefeiert. Danach begann mein Leben in Württemberg, und ich lernte meinen Gatten kennen – lernte seine Unfähigkeit und seine Grausamkeit hassen …«

Sabinas Zuhörerinnen hingen ihr an den Lippen.

»Ulrich betreibt eine katastrophale Wirtschaftspolitik, man kann es nicht anders nennen. Damit hat er Württemberg bereits an den Rand des Ruins gebracht. Gleichwohl kümmert ihn nicht, ob seine Untertanen zugrunde gehen. Er ist eiskalt – und das ist bei weitem noch nicht das Ärgste, was es über ihn zu sagen gibt.« Die Herzogin senkte ihre Stimme. »Ulrich tat etwas unsäglich Grässliches. Etwas, das ihn und seine hartherzige Seele zu ewiger Höllenpein verdammen wird. Dieser Vorfall machte mir endgültig bewusst, dass mein Heil einzig und allein in der Flucht liegt.«

»Was hat er getan?«, hauchte Franziska atemlos.

Sabina verstand es, ihre Zuhörerschaft zu fesseln. »Ich lag hochschwanger darnieder, rechnete jeden Tag mit der Niederkunft. Dessen ungeachtet hatte mein Mann nichts Besseres zu tun, als Hans von Hutten, den Gatten seiner langjährigen Geliebten Ursula Thumb von Neuburg, auf Knien anzuflehen, seine eheliche Hausfrau weiter lieben zu dürfen. Er versuchte nicht einmal, diese Bettgeschichte vor mir zu verheimlichen. Aber ich schweife ab, verzeiht. Hutten machte Ulrichs Kniefall voller Zorn öffentlich – woraufhin mein Gemahl ihn zur Jagd in den Böblinger Forst lud, wo er ihn hinterhältig ermordete. Man fand Huttens Leiche – mit mehreren Messerstichen im Rücken. Natürlich blieb diese Hinrichtung – anders vermag ich den Vorfall nicht zu nennen – nicht ohne Folgen. Ranghohe Persönlichkeiten wandten sich nach dem Mord von Ulrich ab. Ihr könnt euch sicher vorstellen, welche Hölle ich durchlitten habe. Ich war derart außer mir, dass meine Wehen einsetzten. Fünf Tage nach dem Mord an Hutten gebar ich einen Sohn …«

Die drei Frauen schraken zusammen, als unerwartet die Tür aufgerissen wurde. Der Sohn des Herzogs stand mit hochrotem Kopf im Türrahmen.

»Georg!« Emma sprang auf. Nach dem Ausdruck des Kindes zu schließen musste Entsetzliches geschehen sein.

»Kommt mit mir!«, rief Georg aus und zerrte schon an der Hand der Gräfin. »Schnell!« Grauen schwang in seiner hellen Knabenstimme. »Paul … sie sagen, er sei tot!«

Die Kammer war kalt – kälter als am Vortag. Lag es an dem toten Jungen, der dort auf dem Bett von seinem Vater betrauert wurde? Clemens hatte sich mit dem Oberkörper über den Leichnam geworfen, als wolle er den Sohn auch im Tode noch vor den Kümmernissen der Welt schützen. Er schluchzte hemmungslos, ohne seiner Umwelt Beachtung zu schenken. Die kleine Stube war voller Menschen.

Beim Erscheinen des weinenden Georg an Gräfin Eisenbergs Hand machten die Leute respektvoll Platz. Emma erkannte unter den Anwesenden jene alte Frau wieder, die Georg am Vortag zur Begrüßung durchs Haar gefahren war – waren seither wahrhaftig erst wenige Stunden vergangen? Emma entdeckte auch das Mädchen Grete, das sich mit feuchtem Gesicht an der Wand herumdrückte.

»Hier gibt es nichts zu sehen!«, rief das gebückte Weiblein

mit einem Mal aus. »Ja, habt ihr denn den Jungen jemals besucht, als er noch lebte?«

Niemand antwortete ihr, vielmehr blickten die meisten der Anwesenden betreten zu Boden.

»Schämen solltet ihr euch für eure Neugierde! Raus mit euch, los, los!«

Verlegenes Schweigen begleitete den Rückzug der Dienerschar. Selbst Grete ging, ein zerknülltes Schnäuztuch zwischen den Fingern, leise hinaus – obwohl die Worte der Alten sicherlich nicht ihr gegolten hatten. Einzig Emma und Georg blieben. Ihnen schenkte das energische Weiblein keinerlei Beachtung, als es sich dem trauernden Vater zuwandte.

»Der Junge war krank, Clemens, das weißt du. Für ihn ist es ein Segen, endlich in den Himmel zu kommen.« Ihre brüchige Stimme, deren Klang dem sanften Gurren einer Taube ähnelte, vermochte es, die Kammer bis ins letzte Eck zu füllen. In der Tat waren es weniger ihre Worte, die Clemens beruhigten. Emma glaubte nicht, dass der Pferdeknecht etwas von dem begriff, was sie ihm sagte. Dennoch stand er auf, die Augen vom Weinen gerötet.

»Dein Paulus hat die Qualen des irdischen Daseins überstanden. Freue dich für deinen Sohn und danke dem Herrn für seine Gnade.«

»Marthina ...« Clemens' Augen suchten das Gesicht der Alten. Ihr zerfurchtes Antlitz schien ihm Halt zu geben.

»Vertrau auf den Allmächtigen, mein Junge.« Die Alte streckte sich ächzend, um dem Pferdeknecht über die Wange zu fahren. »Das Reich Gottes wahrt ewig – einst wirst du deinen Sohn wiedersehen.«

Clemens beugte sich zu dem Weiblein hinab, um ihm die Berührung zu erleichtern. Die alte Marthina streichelte sein Gesicht und schlurfte davon. Auf Emma wirkte die kurze Begebenheit ganz so, als hätte sie ihm ihren Segen erteilt.

Ohne zuvor je ein Wort mit der Alten gewechselt zu haben, wusste die Gräfin, dass diese Frau große Weisheit in sich barg.

»Komm her, kleiner Kamerad. Verabschiede dich von ihm.« Clemens winkte den schluchzenden Georg an das Bett heran. »Du warst sein bester und einziger Freund.« Tatsächlich hatte der Junge Paulus geliebt, trotz seiner Krankheit und ohne je von dessen wahrer Identität erfahren zu haben. Allzu gerne hätte der Pferdeknecht Georg tröstend in die Arme genommen, doch der brennende Schmerz in seinem Inneren machte es ihm unmöglich, die Trauer des Buben zu lindern.

»Komm.« Emma führte Georg mit sanftem Nachdruck zu dem Toten hin. Lange stand er dort, mit hängenden Schultern. Die hellen Augen füllten sich ein ums andere Mal mit Tränen. Schließlich fasste er sich ein Herz und berührte zaghaft die kalte Haut des leblosen Freundes.

»Er fühlt sich glatt an«, murmelte Georg, »wie durchsichtiges Glas. Geht es ihm gut? Da, wo er jetzt ist?« Seine hohe Kinderstimme bebte im Angesicht des endgültigen Abschieds. Nie wieder würden Paulus und er zusammen spielen und ihr heldenhaftes Ritterdasein miteinander teilen.

»Es geht ihm gut«, antwortete Emma bestimmt und trat neben Georg an das Bett. Paulus' Antlitz wirkte friedlich. Sie schlug das Kreuzzeichen über ihm. Noch während sie auf das tote Kind hinabblickte, begannen Bilder in ihrem Kopf Gestalt anzunehmen. Das Blut wich aus ihrem Gesicht. Diesmal wehrte die Gräfin sich nicht gegen die Vision. Gottergeben ließ sie geschehen, dass der Schleier der Zeit sich hob. Emma von Eisenberg öffnete ihren Geist. Und ohne es zuvor geahnt oder gewollt zu haben, wurde sie Zeugin dessen, wie der kleine Paulus starb.

12

Schon beim Eintreten, als er die alte Marthina den Jungen wiegen sah, überkam ihn eine Ahnung. Es war alles, wie es immer war. Die Kammer, das Bett, der Stuhl. Selbst die Spinnweben an der Wand und deren eifrige Weberin, die er duldete, weil sie ihm und dem Sohn eine – wenngleich stumme – Gesellschafterin geworden war. Und doch lauerte an diesem Tag eine unbekannte Empfindung in seinem Hinterkopf, die er zwar nicht benennen konnte, die aber dennoch schicksalhafte Züge annehmen sollte. Der Mann leckte sich mit der Zungenspitze über die trockenen Lippen, dankte dem Weib, das Paulus während seiner Abwesenheit behütet hatte, und blieb mit dem wimmernden Kinde allein zurück. Für gewöhnlich hätte er sich sofort um ihn gekümmert, aber heute fehlte ihm die Kraft. Es war ein harter Tag gewesen. Eine der Zuchtstuten hatte sich mit Koliken am Boden gewunden und war gegen Abend verendet. Das verhieß nichts Gutes für die Pferdeknechte. Das Wohl seiner Tiere lag Herzog Wilhelm am Herzen. Da half auch nicht, dass sie alles in ihrer Macht Stehende getan hatten, um die Stute zu retten.

Clemens stampfte, die Füße bleiern und schwer, zur Waschschüssel. Dort schöpfte er mit beiden Händen Wasser und ließ es sich über den Nacken laufen. Sein Hemd wurde nass, was ihn nicht störte. Er besaß zwei weitere, so dass er dieses die ganze Nacht lang und, wenn nötig, auch den nächsten Tag über zum Trocknen hängen lassen konnte.

»Paulus?«, fragte er schließlich sanft den Knaben, der auf dem Bett saß, die Beine über der Kante hängend, und in die leere Luft starrte. Dabei kamen leise Töne aus seinem Mund, die sich

von wehmütigem, beinahe melodischem Klang in angstvolles, Mitleid erregendes Stöhnen wandelten.

Keine Antwort.

»Paulus?«, wiederholte er, diesmal lauter und eindringlicher. Als der Junge erneut keine Reaktion zeigte, begriff er, dass seine Hoffnung sich auch an diesem Tag nicht erfüllen würde. Sein Sohn hatte seit Wochen kein vernünftiges Wort mit ihm gewechselt.

Clemens trat zu dem Kind, das er mehr als alles auf dieser Welt liebte. Sanft berührte er die Hand des Knaben. Paulus begann augenblicklich zu schreien. Er brüllte, als wäre ihm der Teufel samt seinen Heerscharen auf den Fersen.

»Ich bin es, Junge.« Die Worte des Pferdeknechts drangen nicht zu dem Kind durch. Clemens spürte wilde Verzweiflung. Es war ein seltsamer Tag gewesen. Zuerst die Gegenwart der fremden Frau, die er während der kurzen Rast am Nachmittag in seiner Kammer vorgefunden hatte. Ihre schonungslose Offenheit, mit der sie ihm bestätigt hatte, was er selbst seit langem befürchtete. Paulus würde niemals wieder gesund werden. Dann sein hilfloses Weinen, der Moment der Schwäche, den er sich zugestanden hatte.

Nachdem sein Tränenfluss versiegt gewesen war, hatte Clemens nur ungern Abschied von seinem Sohn genommen, obwohl er ihn bei der alten Marthina in besten Händen wusste. Irgendetwas war an diesem Nachmittag mit ihm geschehen.

Paulus hörte nicht auf zu wehklagen. Der Pferdeknecht rieb seinen Bart am weichen Gesicht seines Sohnes, suchte ihn auf diese Weise zu beruhigen, wie er es schon oft getan hatte. Es half nichts, der Junge brüllte weiter und gebärdete sich dabei, als ziehe man ihm bei lebendigem Leibe die Haut ab. Clemens streichelte das junge Gesicht, fuhr ihm wieder und wieder über den Rücken. Schließlich wusste er, was zu tun war.

Der Entschluss, nicht länger in hilflosem Zusehen zu verharren, machte ihn frei. Um Paulus' willen würde er tapfer sein. Er küsste seinen Sohn langsam und mit großer Zärtlichkeit auf die blasse Stirn. Als er sich anschließend auf das Bett legte und das Kind dicht zu sich heranzog, wurden Stunden zu Minuten und Augenblicke zu Wochen.

Paulus beruhigte sich, als sein Vater ihn so hielt, dicht an sich gepresst, und Clemens genoss die wohlige Wärme, die der Körper des Kleinen abstrahlte. Eine Zeit lang bewunderte er das blond schimmernde Haar des Knaben, das dem seiner Mutter ähnelte. Die Strähnen leuchteten golden und silbern zugleich. Ein Lächeln zeichnete sich auf Clemens' Gesicht ab, das die Falten in seinen Augenwinkeln lebendig werden ließ. Es war an der Zeit.

Paulus fühlte durch den Nebel aus Schmerz, Angst und Erschöpfung die große warme Hand, die sich über sein Gesicht legte, Nase und Mund bedeckte. Er bekam keine Luft mehr, was er nicht als schlimm empfand. Er hatte in seinem jungen Leben schon viel Entsetzlicheres durchgestanden.

Der Kleine röchelte, und die bösen Unholde begannen in undurchdringlichem Schwarz zu versinken. Er fürchtete sich nicht – sein Vater war ja da. Und endlich konnte Clemens seinen Sohn so beschützen, wie er es die ganze Zeit über gewollt hatte.

Als das Leben wich, verspürte er große Dankbarkeit. Er war frei.

Clemens hielt ihn die Nacht über in den Armen. Allmählich schwand die lebendige Wärme aus dem toten Körper, der kleine Leib wurde kälter und kälter. Es fiel ihm unendlich schwer, alleine zurückzubleiben. Er hatte zwei Menschen aufrichtig geliebt – und beide verloren.

Es war ein einziger Gedanke, der den trauernden Pferdeknecht die schweren Stunden bis zum Morgengrauen überstehen ließ.

Die feste Überzeugung, das Richtige getan zu haben.

13

MÜNCHENER RESIDENZ
28. Juni im Jahre des Herrn 1516

»422 000 Gulden.« Leonhard von Eck, seines Zeichens Hofrat und enger Vertrauter des Herzogs, wiegte bedenklich den Kopf. Vor zwei Jahren in die bayerische Regierung berufen, fungierte er als Wilhelms verlässlichster Berater – es war bekannt, dass der junge Herzog kaum einen Schritt unternahm, ohne diesen vorher mit Eck abgesprochen zu haben. Hofrat Eck, gebürtig in Kelheim, hatte römisches Recht in Ingolstadt und Siena studiert. Der findige Staatsmann unterstützte Wilhelms Machtkämpfe, wo er konnte. Meist mit Erfolg. »Fugger besteht auf der Rückzahlung der Zinsen – zumindest eines Teils«, fasste er das selbstbewusste Schreiben des Augsburger Handelshauses knapp zusammen.

»Das kann er nicht!« Der Herzog schritt gereizt in der Bibliothek auf und ab. Sein Nervenkostüm hatte unter dem Besuch seiner Mutter sehr gelitten. Zudem bestand Sabina mit fortschreitender Genesung immer häufiger auf seinem Besuch an ihrem Krankenbett. Dabei duldeten die vernachlässigten Amtsgeschäfte keinen weiteren Aufschub. Und nun konfrontierte ihn Leonhard erneut mit dem leidigen Schuldthema. Wilhelm schnaubte ärgerlich. »Fugger will mir drohen, ja? Das scheint mir eine Unverfrorenheit zu sein, die ihresgleichen sucht. Immerhin ist und bleibt er ein Pfeffersack, wohingegen ich …«

»Verzeiht die Unterbrechung.« Eck war ein schmaler Mann Ende dreißig. Sein hageres Gesicht wurde beherrscht von einem energischen Mund, der Blick seiner dunklen Augen wirkte berechnend. Er berichtigte den Herzog mit emotionsloser Stimme, wusste er doch sehr genau, dass Wilhelm sich einzig in seiner Gegenwart zu solch unbedachten Bemerkungen hinreißen ließ. »Fugger stellte bereits Eurem seligen Vater enorme Summen zur Verfügung. Seit Jahren übt er sich in Geduld und wartet auf die Rückzahlung – so groß ist sein Vertrauen in das bayerische Herzogshaus. Daher ist es nur recht und billig, wenn er nun einige der Wechsel einfordert.«

»Das mag durchaus seine Richtigkeit haben«, nickte Wilhelm. »Allerdings mehren diese Umstände die leere Staatskasse um keinen Heller. Ich besitze kein Geld, das wir ihm geben könnten. Ich fürchte, verehrter Leonhard, Ihr werdet wieder einmal eine Lösung ersinnen müssen.«

»Um ehrlich zu sein, habe ich mir bereits erlaubt, in dieser Sache tätig zu werden.« Ein gewitztes Lächeln umspielte Ecks Mundwinkel. »Fugger wird sich vorerst mit der Zahlung einer geringen Summe zufriedengeben. Er hat schon eingewilligt. Wir benötigen in etwa die Einkünfte einer kleineren Grafschaft.«

»Unsere Steuergelder fließen samt und sonders in laufende Unternehmungen.« Die Miene des Herzogs zeigte deutlich seine Missbilligung. Er hatte auf einen besseren Vorschlag gehofft.

»Dessen bin ich mir bewusst.« Eck ließ sich nicht verunsichern. »Hört mich bis zum Ende an, ehe Ihr zürnt.«

»Sprecht schon, alter Fuchs. Was habt Ihr ausgetüftelt?«

»Ihr entsinnt Euch der Grafschaft Ravensberg?«

»Bedauerlicherweise nur zu gut. Die Machenschaften des alten Grafen Ravensberg haben meinen Vater seinerzeit hart getroffen.« Wilhelm verdrängte den plötzlich auftauchenden Gedanken an das Kindsbegräbnis, welches ihm an diesem Tag noch bevorstand. Kurz, aber schmerzlich kam ihm der kleine Knabe in den Sinn, ehe er sich zusammennahm und sich wieder auf Eck konzentrierte. »Ich kenne den dortigen Burgkastellan.«

»Der Verwalter taugt nichts«, entgegnete der Hofrat ungerührt, als hätte er Wilhelms Einwurf nicht gehört. »Er hat die Grafschaft heruntergewirtschaftet. Mein Sekretär konnte sich vor Ort persönlich einen Eindruck verschaffen. Um die Burg steht es schlecht, und die Dörfler setzen sich seit Jahren vergeblich gegen den gierigen Kastellan zur Wehr.«

»Was Ihr sagt, ist mir nicht neu«, brummte Wilhelm. »Ein trauriger Flecken Erde, diese Grafschaft. Der verstorbene Graf Ravensberg war ein Mörder und Verräter. Er wurde noch zu Lebzeiten meines Vaters hingerichtet. Seither geht es mit der Burg stetig weiter bergab. Wie in aller Welt sollen wir mit Einkünften aus den Ravensberger Gütern die Schuldtilgung bei Fugger leisten können?«

»Die Grafschaft ist Euch ein Klotz am Bein. Meiner Ansicht nach könntet Ihr das Problem schlicht und elegant lösen, indem Ihr eine Schenkung vornehmt. So gelänge es, zwei Fliegen mit einer Klappe zu schlagen. Erstens würdet Ihr einen fähigen Vasallen auf die Ravensburg setzen, und zweitens könntet Ihr einen treuen Gefolgsmann auszeichnen. Die Wahl des richtigen Mannes würde uns einen klugen Geschäftemacher und Verwalter bescheren, der die Steuergelder alsbald fließen ließe – zu seinen wie zu Euren Gunsten.«

»Wen habt Ihr im Auge, Leonhard?«

Der Hofrat wehrte in gespieltem Erstaunen ab.

»Ich kenne Euch. Schwindelt mich nicht an und sprecht frei von der Leber weg.«

»Nun gut … Die Peitinger verehren bis heute den Grafen Eisenberg, der sie vor einem Jahrzehnt zum Aufstand gegen den tyrannischen Ravensberg anstachelte. Achtung und Vertrauen bringen sie ihm entgegen – beste Voraussetzungen, um dem künftigen Grafen Ravensberg leichtes Spiel zu bescheren. Der einzige Haken, den ich finden kann …«

»Nur heraus damit, lieber Eck.« Wilhelms Laune stieg merklich.

»Nun, dem Grafen Eisenberg und seiner Gattin wurde auf dieser Burg übel mitgespielt. Ich kann mir nicht vorstellen, dass sie – trotz der Ehre – über eine Schenkung erfreut sein werden.«

»Das braucht uns nicht zu bekümmern.« Herzog Wilhelm sprang auf und streckte sich genüsslich, der lästigen Pflicht entbunden, sich den Kopf zu zermartern. »Sie werden nicht so töricht sein, Titel und Landbesitz trüber Erinnerungen wegen abzulehnen. Wir werden meine Dankbarkeit der Gräfin Eisenberg gegenüber zum Vorwand nehmen. Sie soll für die Pflege meiner Schwester entlohnt werden.« Wilhelms Lächeln wurde breiter. »Was meint Ihr? Wie schnell kann die Grafschaft Gewinn abwerfen?«

»Mit einem fähigen Verwalter in weniger als einem Jahr, schätze ich.«

»Und Fugger?«

»Stundet uns die Summe für ein weiteres Jahr.«

»Hervorragend.« Wilhelm klatschte hocherfreut in die Hände. Nach der erfolgreichen Lösung des Problems überkam ihn eine unbändige Lust auf die Jagd. Seine Späher hatten von einem prächtigen Hirsch in den westlichen Wäldern berichtet, dessen Revier er auskundschaften wollte. Der Herzog wusste zudem bereits, wen er zum Jagdgefährten erwählen würde.

*

Emma fühlte sich wohl, getragen von starken Armen, den Kopf an die breite Brust des Mannes gebettet. Langsam kam sie zu sich. Dabei stieg ihr ein fremder Geruch in die Nase. Das kratzige Hemd an ihrer Wange duftete nach Pferden und Heu. Ein angenehm herbes Aroma, das Erik immer dann an sich trug, wenn er mit den Kindern im Stall gewesen war. Aber er war es nicht. Gräfin Eisenberg öffnete die Augen.

»Ihr seid ohnmächtig geworden. Es blieb mir nichts übrig, als Euch aufzufangen, sonst wärt Ihr hart auf den Boden geschlagen.« Clemens, der Emma durch sein intuitives Handeln vor dem Sturz bewahrt hatte, verteidigte sich. Die Frau konnte ihn in große Schwierigkeiten bringen, wenn ihr erst bewusst wurde, wie nahe seine Hände ihrem Körper gekommen waren.

»Bitte, setz mich ab.«

Er folgte ihrer Aufforderung so schnell, als wäre Emma eine brennende Fackel, die ihm die Haut verbrannte.

Sobald ihre Füße den Boden berührten, kehrte die Erinnerung zurück. In den letzten Jahren hatte Emma gelernt, mit ihren Fähigkeiten so umzugehen, dass sie ihren Visionen nicht mehr hilflos ausgesetzt war. Längst entfaltete ein Blick durch die Zeit keine solch niederschmetternde Wirkung mehr wie damals im Kloster Wessobrunn, als sie sich ihrer Hellsichtigkeit erstmals bewusst geworden war.

»Was fehlt Euch?« Georg fürchtete nach Emmas Zusammenbruch, sie könne – wie sein Freund Paulus – einfach sterben und sich davonstehlen.

»Keine Bange, mein Junge. Ich bin wohlauf.« Sie reichte dem Knaben ihre Hand. Der Stuhl stand nur wenige Schritte entfernt. Georg führte sie langsam dorthin. Erneut fiel der Gräfin auf, wie warm seine Haut war. Es tat ihr gut, seine Lebendigkeit zu fühlen, nachdem sie Paulus hatte sterben sehen.

Paulus. Ihr Blick wanderte zu seinem Vater, der in sich zusammengesunken war.

»Ihr seid sicher, es geht Euch gut?«, würgte Clemens schließlich mühsam hervor. Es kostete ihn Mühe, das Wort an die Gräfin zu richten.

»Ja.« Emma nickte ihm zu. »Mir geht es gut.«

Der Pferdeknecht wandte sich dem Bett zu. Die nächtliche Sicherheit war verschwunden. Schon rauschten Zweifel durch seinen Geist und quälten ihn unablässig mit der Frage, ob sein Handeln recht gewesen war. Er küsste seinen Sohn auf die Stirn. Auch im Tod schimmerte Paulus' Haar golden und silbern.

»Ich muss zum Pfarrer … mich um seine Bestattung kümmern.« Er sah nicht auf. »Bitte, tut mir den Gefallen – nehmt den jungen Herrn und geht, während ich fort bin.«

»Natürlich.«

Erhobenen Hauptes schritt Clemens an der Gräfin und Wilhelms Sohn vorbei. Es war nicht zu übersehen, wie viel Kraft ihn das kostete. Emma drückte Georgs Hand, der ihre krampfhaft umklammert hielt.

»Es war richtig.« Sie sprach die Worte ruhig und gelassen in die Stille des Raumes hinein. Clemens blieb wie erstarrt stehen und drehte sich langsam zu ihr um. Sein großer Körper bebte. Weiße Strähnen schimmerten in seinem braunen Haar.

Die zierliche Frau und der kräftige Mann tauschten einen langen Blick.

»Woher …?« Der Pferdeknecht zitterte. Paulus' Tod war ein natürlicher gewesen, das hatte er den Leuten gegenüber behauptet. Doch in den tiefen, grauen Augen der Gräfin Eisenberg las er, dass sie wusste, was er getan hatte.

»Es war richtig«, wiederholte Emma. Der sanfte Klang ihrer Stimme verlor nicht an Eindringlichkeit. »Das muss dir genügen.«

Clemens stand reglos. Obwohl er es nicht begriff, fragte er kein weiteres Mal nach. Als er ging, war die ruhige Gewissheit der Nacht zurückgekehrt. Er zitterte nicht mehr.

Georg erinnerte Emma in seinem Schmerz an ein verlorenes Küken. Sie bot dem Jungen an, ihn zu seinem Vater zu begleiten. Kopfschüttelnd lehnte er ab. Die Gräfin konnte nur vermuten, dass der vielbeschäftigte Herzog wohl selten ein offenes Ohr für seinen unehelichen Sprössling haben mochte. Sie beschloss deshalb, den trauernden Georg mit zu ihren Kindern zu nehmen. Sie hoffte, Johannas Fröhlichkeit und Stefans kindliches Geplapper würden den Knaben ein wenig ablenken.

Kaum waren die Gräfin und das Kind aus der Kammer getreten, stand die alte Marthina vor ihnen. Schweigend streckte sie ihre faltige, von dicken Adern durchzogene Hand aus, die Georg ohne Nachdenken ergriff.

»Ich kümmere mich um ihn.«

Emma neigte zustimmend den Kopf. Sie war sich sicher, dass der Sohn des Herzogs im Moment nirgendwo besser aufgehoben wäre als in den schutzverheißenden Armen der alten Frau. Zum Abschied kniete sie sich neben Georg und umarmte ihn fest. »Es wird alles gut. Das verspreche ich dir«, flüsterte sie ihm ins Ohr, dann setzte sie ihren Weg allein fort. Schnellen Schrittes strebte sie in Richtung der Räumlichkeiten, in denen Mann und Kinder auf sie warten würden. Wahrscheinlich war auch Franziska schon vom Besuch an Sabinas Bett zurückgekehrt und wartete neugierig darauf zu erfahren, was geschehen war.

Nach der tragischen Vision von Paulus' Leiden und seiner Erlösung sehnte die Gräfin sich nach einem langen Gespräch mit Erik und seinen liebevollen Berührungen.

Paulus' Tod rief die Erinnerungen an ihr eigenes, drittgeborenes Kind wach. Der kleine Richard – gestorben, kurz nachdem er das Licht der Welt erblickt hatte. Nicht der Hauch einer Ahnung war dem Tod des Säuglings vorausgegangen. Der Kummer um den Sohn, dessen Zeit auf Erden so kurz bemessen gewesen war, saß tief in ihrem Inneren vergraben. Erst die Zeit hatte es vermocht, die Trauer in den Herzen des Grafenpaares zu lindern und den kleinen Richard in zärtlichem Andenken zu bewahren.

Emma wurde bewusst, dass sie weinte, als die ersten Tränen in den Ausschnitt ihres Kleides tropften. Sie barg das Gesicht in den Händen und begann zu laufen. Die verwunderten Blicke der Menschen, an denen sie schluchzend vorüberhastete, folgten ihr.

Atemlos, die Wangen rotgefleckt, betrat die Gräfin ihr Gemach. Gleich würde ihr Geliebter sie auf seinen Schoß ziehen, sie wiegen wie ein Kind und ihr Küsse auf das erhitzte Antlitz hauchen, die sie den Schmerz vergessen lassen würden.

»Erik?«

Der Raum war leer. Emma schniefte und atmete tief durch – einmal, zweimal, dreimal –, ehe sie die Verbindungstür öffnete und das benachbarte Zimmer betrat. Erik würde gewiss bei den Kindern sein. Sie rieb sich über die Augen und wischte entschlossen die Tränen fort. Stefan und Johanna sollten ihre Mutter nicht weinen sehen.

»Franziska?«

Die Freundin hielt Emmas Jungen auf dem Arm, während Johanna zu ihren Füßen spielte. Gräfin Eisenberg umarmte ihre Tochter, die ihr freudig entgegengelaufen kam. Dann küsste sie ihren Sohn auf den blonden Scheitel. »Ich weiß nicht mehr, wo mir der Kopf steht«, wandte sie sich an Franziska, der ihre Gemütsverfassung ohnehin nicht verborgen bleiben würde. »Wo ist Erik?«

»Ausgeritten.« Franziska runzelte besorgt die Stirn. Emmas Augen waren gerötet, ein gequälter Ausdruck lag auf ihrem Gesicht. »Der Herzog hat ihn eingeladen, zusammen mit ihm das Revier eines Hirsches auszukundschaften. Es scheint, als hätten die Jäger in den letzten Tagen einen mächtigen Zwölfender beobachtet. Erik hätte gerne deine Rückkehr abgewartet, aber er durfte Wilhelm nicht vor den Kopf stoßen.«

»Oh …« Emma sank enttäuscht auf das frisch gemachte Bett.

»Sie werden mit der Dämmerung zurückkehren, Liebes. Bei Dunkelheit lässt sich selbst ein mächtiger Zwölfender nur schwerlich erspähen.« Franziska setzte Stefan auf dem Boden ab, der daraufhin mit ausgestreckten Ärmchen auf sein Schwesterchen zulief. Dann strich sie ihrer Freundin über das Haar. »Was ist geschehen, dass du so traurig bist? Ist der Junge wirklich tot?«

Die Gräfin fand Trost in Franziskas Gegenwart und im fröhlichen Spiel der Kinder. Doch es dauerte eine Weile, bis sie ihre fliegenden Gedanken geordnet hatte und mit leiser, stockender Stimme von Paulus und seinem Vater erzählte.

»Ich wünschte wirklich, du besäßest diese Gabe nicht!«, rief Franziska verzweifelt aus, nachdem Emma geendet hatte. »Du kannst ja doch nichts ändern!«

Stefan erschrak und begann heftig zu weinen. Die Gräfin erhob sich geschwind und schloss ihren Sohn in die Arme.

»Mama«, plärrte der Kleine.

»Weiß Gott, manchmal wünschte ich das auch«, murmelte Emma. Ihre Worte gingen im Geschrei des Knaben unter.

»Alles gut?« Johanna, durch das Gezeter des Brüderchens alarmiert, unterbrach ihr Spiel.

»Aber ja, mein Schatz.« Emma gelang ein schwaches Lächeln. »Ich lege mich mit Stefan ein wenig hin. Der Kleine scheint müde zu sein.«

»Das ist sicherlich das Beste. Johanna und ich wollten ohnehin zusammen Verstecken spielen. Ruh du dich nur aus«, erwiderte Franziska.

Die Gräfin trug Stefan hinüber ins eigene Schlafgemach, wo er sich mit seligem Lächeln in dem großen Bett der Eltern zusammenrollte. Mutter und Sohn kuschelten sich unter der Decke aneinander. Emma legte die Arme um ihn und vergrub mit geschlossenen Augen ihre Nase in seinem duftigen Haar.

Wenn Erik zurück war, würde sie ihm erzählen, was ihr

auf der Seele lastete. Hinterher, so hoffte sie, würde die Welt wieder anders aussehen. So war es bisher immer gewesen.

Das laute Klopfen, durch das sie gegen Abend geweckt wurde, schmerzte in Emmas Ohren. Vorsichtig löste sie sich von ihrem tief schlafenden Sohn, den sie eng umschlungen gehalten hatte, und stand auf.

Schlaftrunken öffnete sie die Tür und schrak zusammen. Vor ihr stand ein fülliger Bursche mit schwarzem Bart und kalten, kobaltblauen Augen. Seine Kleider wiesen ihn als herzoglichen Bediensteten im Hofamt aus.

»Was wollt Ihr?« Der Mann trug eine solch ernste Miene zur Schau, dass Emma das Schlimmste befürchtete.

»Der Herzog und Graf von Eisenberg sind von der Jagd zurück«, verkündete der Lakai gewichtig.

»Geht es ihnen gut? Sind sie wohlauf?«

»Selbstverständlich, Frau Gräfin.« Er starrte sie für einen Moment verwundert an, ehe sein runder Kopf leicht auf und ab wippte. Der Ansatz seines Halses ließ sich unter dem kugeligen Haupt nur erahnen.

»Weshalb schaust du dann so ernst drein?« Emma atmete erleichtert auf. »Bringst du mir Nachricht von meinem Gatten? Wo ist er?«

»Der Herzog wünscht, mit Euch und dem Grafen zu speisen. Die Herren befinden sich bereits in der Bibliothek und erwarten Euch dort.«

»Wenn das so ist, werde ich mich sputen.«

»Sehr wohl, Frau Gräfin.« Der Mann deutete eine kurze Verbeugung an und ging.

Emma schloss die Tür hinter ihm und trat gedankenversunken ans Bett, wo sie auf ihren schlummernden Sohn blickte. Stefan seufzte, als sie ihn auf die Arme nahm, bewegte schmatzend die rosigen Lippen und schlief weiter. Während sie das Kind ins benachbarte Gemach zu Franziska und Johanna trug, grübelte sie, was es mit der seltsamen Botschaft wohl auf sich haben mochte. Es war nicht Eriks Art, sie so zu überfallen.

Franziska sah bei Emmas Eintreten von ihrer Stickerei auf und hob einen Finger an die Lippen. Auf dem Bett lag dösend Johanna. Die Gräfin lächelte und deutete mit dem Kinn auf den in ihren Armen schlummernden Stefan.

»Ist Erik zurück?«, fragte Franziska flüsternd.

»Ja«, antwortete Emma ebenso leise und bettete ihren Sohn neben seine Schwester. »Ich soll mich zum gemeinsamen Essen mit Erik und dem Herzog in der Bibliothek einfinden. Unverzüglich.«

»Wenn das so ist, tust du gut daran, dich zu beeilen.« Franziska erschien die Einladung nicht weniger befremdlich als der Gräfin selbst.

»Ich werde dir alles erzählen«, versprach Emma und eilte hinaus.

»Ah, da ist sie.« Wilhelm bot Gräfin Eisenberg galant den Arm. In seinem Blick lag etwas, das Emma nicht benennen konnte, das ihr aber Angst machte. »Willkommen, meine Liebe. Willkommen.« Er führte sie zu einem vierfüßigen runden Tisch, der beladen war mit erlesenen Köstlichkeiten. Auf einem der drei hohen Lehnstühle saß Erik. Er wirkte sehr nachdenklich. Emma tauschte einen verstohlenen Blick mit ihm. Unverkennbar brannte ihm etwas auf der Seele. Allein Wilhelms Anwesenheit verdammte ihn zum vorläufigen Schweigen.

»Setzt Euch.« Der Herzog rückte ihr den Stuhl zurecht. »Wir wollen in unserem kleinen Kreis heute auf jedwede Förmlichkeit verzichten. Ich habe mich mit Eurem Gatten bereits darüber ausgetauscht, wie froh ich über die Genesung meiner lieben Schwester bin. Die Herzogin selbst ist der festen Überzeugung, ihr verbessertes Befinden sei allein auf Euren Beistand zurückzuführen, werte Gräfin. Nun bin ich Euch – als ihr Bruder – zum Dank verpflichtet.« Wilhelm nahm nach diesen einleitenden Worten ebenfalls Platz, griff nach einer mächtigen Schweinskeule und biss herzhaft hinein. »Die Jagd macht hungrig, nicht wahr, mein Lieber? Auch ohne das Wild gesichtet zu haben.« Er zwinkerte Erik freundschaftlich zu. »Greift nur tüchtig zu, damit Ihr auch satt werdet.«

Die joviale Art, die Wilhelm an den Tag legte, verunsicherte Emma. Was bezweckte er damit? Sie war sich sicher, den Herzog inzwischen so gut zu kennen, um zu wissen, dass er eine solche Mahlzeit nicht grundlos inszenieren würde.

»Verzeiht, aber ich bringe keinen Bissen hinunter, solange nicht meine Frau von Eurem Ansinnen erfahren hat.«

Damit bestätigte sich ihr Verdacht. Der junge Regent führte etwas im Schilde.

»Meine Pläne … ja …« Fett triefte von Wilhelms Kinn, das er mit dem Hemdsärmel fortwischte. »Ich möchte Euch, auch im Namen meiner Schwester, mit einem großzügigen Geschenk für Eure selbstlose Hilfe danken. Ihr erinnert Euch sicherlich an den verstorbenen Grafen von Ravensberg?«

Emma nickte stumm. Ihr Geist tauchte ein in die Vergangenheit und erweckte das Bild des Grafen zum Leben, mit dem sie einst gegen ihren Willen verlobt worden war. Nur durch Flucht war es ihr gelungen, sich der Eheschließung mit dem verhassten Mann zu entziehen. Erst kurz vor Ravensbergs Hinrichtung hatte sie die ganze schreckliche Wahrheit erfahren. Er war ihr Vater. Ihr leiblicher Vater – und auch der von Marzan.

»Des Grafen gesamter Besitz fiel nach seinem Tod an das Herzogtum Bayern«, fuhr Wilhelm fort, ohne sich um das sterbensbleiche Gesicht der Gräfin zu scheren. »Euch beiden sind die Geschehnisse auf der Welfenburg vertraut, ihr wart selbst dort. Ich will ganz ehrlich sein – um die Grafschaft steht es nicht zum Besten. Die dort lebenden Menschen leiden bis zum heutigen Tag unter den Folgen der Regentschaft des verstorbenen Grafen Ravensberg – um es milde auszudrücken.« Wilhelm blickte erst Emma, dann Erik in die Augen. »Der von uns eingesetzte Burgvogt hat durch unerhörte Misswirtschaft die Zustände dort sogar noch verschlimmert. Eine Entscheidung musste her – und ich habe sie gefällt.«

»Worauf wollt Ihr hinaus, mein Herzog?« Emma schwante Übles, weshalb sie es wagte, Wilhelm in seinem Monolog zu unterbrechen, an dem er Gefallen zu finden schien.

»Ein Fingerzeig Gottes hat mir den Weg gewiesen, Gräfin. Ich sagte bereits, dass ich mich aus tiefer Dankbarkeit Euch gegenüber erkenntlich zeigen möchte! Mein Entschluss lautet daher, Euch – und Eurem zuverlässigen Gemahl – die Grafschaft zu übergeben.« Wilhelm IV. lächelte seinen Gästen huldvoll zu und beugte sich in der Absicht, das erlesene Mahl endlich in vollen Zügen zu genießen, über den reich gedeckten Tisch.

»Verzeiht uns.« Emma erhob sich abrupt, die Gesichtszüge mühsam beherrscht. »Wir danken Euch für Euer Anerbieten, welches uns ehrt – das wir aber nicht annehmen können.«

Erik schob seinen Stuhl zurück, stand ebenfalls auf und stellte sich neben seine Frau. »Ich hatte Euch vorgewarnt, mein Herzog, wie ihre Antwort lauten würde. Gar finster sind die Erinnerungen, die mein Weib und ich mit der Ravensburg verbinden. Hinzu kommt die Verwaltung Eisenbergs, die mir bereits alle Arbeitskraft abverlangt – selbst wenn ich wollte, könnte ich mich nicht …«

»Setzt Euch wieder!«, donnerte Wilhelm unvermittelt los. Zornesfalten bildeten sich auf seiner sonst so glatten Stirn. »Setzt Euch auf der Stelle hin! Alle beide!«

14

MÜNCHENER RESIDENZ

28. Juni im Jahre des Herrn 1516

Als Emma und Erik die Bibliothek verließen, hatte sich tiefe Dunkelheit über die Residenz und die Stadt München gesenkt – und in den Herzen des gräflichen Paares eingenistet. Im Schein der Fackeln tastete die neue Herrin der Ravensburg nach der Hand ihres Mannes. Die Finger fest ineinander verschlungen, wanderten sie über die Gänge des stillen Gemäuers, ohne das gemeinsame Schlafgemach aufzusuchen.

»Ich kann dort nicht leben«, brach Emma schließlich das Schweigen. »Ich würde daran zugrunde gehen, Erik.« Mittlerweile waren sie, misstrauisch beäugt von den stummen Wächtern, hinaus in den Hofgarten getreten.

»Ich weiß, outo tytöö.« Obwohl das Gras feucht und die Luft kühl war, ließen sie sich auf einem moosbewachsenen Flecken unter einem alten Kastanienbaum nieder. Die Zweige über ihnen wiegten sich sacht im Wind und entfalteten in der Stille der Nacht eine eigene Melodie, die man bei Tageslicht nur allzu leicht überhörte. »Es ist eine Schande, doch ich sehe keinen anderen Ausweg, als zu gehorchen.« Erik schlang den Arm um die schmalen Schultern seiner Frau und zog sie an sich. »Der Herzog hat die Macht über sein Land, über sein Volk – und über uns, wenn er das wünscht.«

»Er ist ein Tyrann«, rief Emma erbost. Verzweiflung drohte sie zu übermannen. »Wer gibt ihm das Recht, Derartiges von uns zu verlangen?« Wilhelms Stimme hallte in ihr nach. Er hatte sie weder bedroht noch erpresst – zumindest würde er das wahrscheinlich so sehen –, sondern ihnen lediglich mit Nachdruck erklärt, wie wichtig ihm das Wohlergehen seiner Untertanen sei. Es sei doch sehr schade, hatte er betont, wenn er in seiner Not am Ende gezwungen sei, die jährlichen Abgaben auf die Güter Eisenbergs zu erhöhen. Und das war beileibe nicht alles.

»Wilhelm hat dir angetragen, deine Heilbegabung von verschiedenen Ärzten untersuchen zu lassen. Du wärst damit vollends ins Licht der Öffentlichkeit gerückt, Emma. Das durften wir nicht riskieren. *Ich* durfte das nicht riskieren, dafür liebe ich dich viel zu sehr.«

»Ich möchte weinen und kann es nicht.« Die Gräfin lehnte den Kopf an die Brust ihres Mannes, hörte sein Herz laut und gleichmäßig schlagen wie das Klopfen eines kräftig geführten Schmiedehammers. »Was denkst du, warum drängt der Herzog ausgerechnet uns zur Übernahme von Ravensbergs Nachlass? Ob er die Wahrheit kennt? Ob er erfahren hat, dass ich des Grafen Ravensberg Tochter bin und Marzan sein Sohn?«

»Ich weiß es nicht, Liebes. Er wird seine Beweggründe haben – und sie für sich behalten.« Graf Eisenberg rückte ein Stück von seiner Gemahlin ab und schlang die Arme um seine angezogenen Knie. »Es ist meine Schuld, outo tytöö. Ich wollte hierher reisen. Es tut mir leid.«

»Untersteh dich, die Schuld auf dich zu nehmen!« Sofort war sie bei ihm, drückte ihr Gesicht an seines und küsste seine Wangen, seine Lider, seinen Mund. »Niemand konnte ahnen, wie Wilhelm handeln würde.«

»Du hast recht. Wir werden dem Schicksal unsere Ergebenheit erweisen, indem wir akzeptieren, was uns aufgetragen wurde.« Erik legte sich auf den Rücken, Emma schmiegte sich an ihn. Gemeinsam blickten sie hoch zum Mond, der in diesem Moment hinter der dichten Wolkendecke hervorkroch. Endlich fand die Gräfin Gelegenheit, ihm von Paulus' Tod zu erzählen und davon, welche Rolle dabei Clemens gespielt hatte. Auch er verdammte das Handeln des Pferdeknechts nicht. »Eine solche Tat erfordert mehr Mut, als die meisten von uns besitzen, outo tytöö.«

Später, der halbrunde Mond hatte sich wieder hinter den Wolken verzogen, sprachen sie erneut über den Befehl des Herzogs. Wilhelm zwang sie, die Grafschaft Ravensberg und den Titel als Geschenk anzunehmen. In Zukunft, so lautete der Wille des Bayernherzogs, sollte die Grafschaft wieder Gewinn abwerfen, was vorrangig darauf abzielte, dass die geforderten Abgaben an das Herzogtum bezahlt wurden. Erst wenn Erik das gelänge, stünde es ihm und seiner Familie frei, einen Verwalter auf der Welfenburg einzusetzen und heimzukehren nach Eisenberg.

»Ich hätte Wilhelm am liebsten zum Teufel gejagt, als er zu allem noch die Frechheit besaß, einen Dankesdienst für seine Freundlichkeit zu fordern.« Erik knurrte leise, ein tiefer Ton, der zwischen widerwilligem Amüsement und Wut schwankte.

»Das ist das Allerschlimmste für mich«, erwiderte Emma leise. »Bei der Vorstellung, dass wir uns voneinander trennen sollen, übermannt mich eine haltlose Traurigkeit. O Erik.«

Es war bereits alles beschlossen und in die Wege geleitet. Sobald der Zustand der Herzogin von Württemberg es zuließ, würde sie zusammen mit dem Grafen Eisenberg und seiner Familie von München nach Augsburg aufbrechen. Emma war es gnädig gestattet, dort ihr Versprechen gegenüber dem toten Michael von Göggingen zu erfüllen, ehe die Frauen weiter nach Peiting reisen würden. Es war Sabinas ausdrücklicher Wunsch, wie Wilhelm betont hatte, ihre liebe Freundin auf die Welfenburg zu begleiten, wo sie sich zur Gänze von der schweren Krankheit erholen wollte. Eriks Auftrag hingegen lautete, von Augsburg aus nach Nürtingen in der Nähe Stuttgarts zu reiten, wo Herzogin Sabina ihren Sohn und ihre Tochter bei Elisabeth, der Witwe Eberhards des Jüngeren, der angeheirateten Tante ihres Mannes, zurückgelassen hatte. Erst wenn die Kinder sich in Eriks Obhut befanden, sollte er heimkehren nach Peiting und sie ihrer sehnsüchtig wartenden Mutter übergeben.

»Ich kann mir nicht vorstellen, einen einzigen Tag ohne dich zu überstehen. Nicht auf Ravensbergs Burg.« Emma seufzte tief. Im Geiste sah sie sich in dunklen Nächten dem wortlosen Geflüster des alten Gemäuers lauschen, die Augen in banger Furcht aufgerissen, die Arme um ihren schlotternden Körper geschlungen.

»Du wirst kaum merken, dass ich fort bin, Liebes«, versuchte Erik seine schöne Frau zu trösten. »Ich werde reiten wie der Wind. Als wäre mir Thor mit seinem Hammer auf den Fersen.«

»Was ist, wenn die Witwe Elisabeth dir die Kinder nicht so einfach aushändigt, wie Wilhelm sich das vorstellt?«

»Dann lasse ich mir etwas einfallen, outo tytöö. Verlass dich auf mich. Es wird mir gelingen, den Befehl des Herzogs auszuführen und schon bald wieder bei euch zu sein.«

»Wenn wir eine andere Wahl hätten ...«

»Die haben wir nicht.« Er sah sie ernst an. Obwohl die Dunkelheit Schatten auf sein Gesicht warf, ließ sich sein entschlossener Ausdruck ahnen.

»Was ist mit den Kindern?«, fragte Emma, die ihre Zwillingstöchter heftig vermisste.

»Die Mädchen und Martin holen wir auf die Ravensburg nach.« Erik drückte die Hand seiner Frau. »Ich werde niemals zulassen, dass unsere Familie auseinandergerissen wird. Wir bleiben zusammen.«

Der Morgen graute und offenbarte dunstige Schleier über den Gräsern der Welt, als Emma und Erik in ihr Gemach zurückkehrten. Erschöpft legten sie sich nieder, die ausgekühlten Körper eng aneinandergeschmiegt, selbst im Schlaf noch durchdrungen vom Wissen um die bevorstehende Trennung.

Franziska, die am Vormittag wiederholt anklopfte, erhielt keine Antwort. In ihrem Inneren rangen widerstreitende Gefühle miteinander. Lange scheute sie sich davor, ohne Aufforderung einzutreten. Schlussendlich aber überwog die Sorge.

Auf dem Bett fand sie Graf und Gräfin Eisenberg tief schlafend. Der Anblick des Paares rührte Franziska, so deutlich war die innige Verbundenheit zwischen diesen beiden Menschen zu spüren. Eriks Hand lag in der seidigen Dichte von Emmas Haar vergraben.

Die Tage nach der schicksalsschweren Ernennung vergingen wie im Fluge, dabei hätte Emma sich ein langsames Dahintröpfeln der Zeit gewünscht. Abend für Abend, wenn die Sonne ermattet am Horizont versank, rückte der Abschied unaufhaltsam näher. Jede freie Minute, die ihr blieb, verbrachte die Gräfin mit ihrem geliebten Mann. Es schien, als fühlten beide, dass ihnen ein solch unbeschwertes Zusammensein nicht mehr vergönnt sein würde.

Die meiste Zeit des Tages saß Emma allerdings weiterhin zusammen mit Franziska an Sabinas Krankenbett. Mit fortschreitender Genesung erwachte das anspruchsvolle Wesen der Herzogin zu neuem Leben. Das eine oder andere Mal gelang es Emma nur mit Mühe, ihre Zunge im Zaum zu halten, vor allem dann, wenn Sabina die eigens für sie abgestellten Dienstboten gar zu sehr umherscheuchte. Ansonsten verliefen die Besuche bei der Kranken angenehm.

Sabina fand Gefallen daran, den neuen Freundinnen ihr altes Leben bis ins Detail zu schildern. Ihre farbenfrohen Erzählungen waren mitreißend und oft genug erschreckend.

Erfreut registrierte Gräfin Eisenberg die stetige Besserung des Zustands der Herzogin. Der Husten war abgeklungen, und Sabinas abgemagerter Körper schien auf bestem Wege, zu den alten Rundungen zurückzufinden.

Als Herzog Wilhelm ihnen die Abreise nahelegte, empfand Emma darüber zu ihrer eigenen Verwunderung sowohl Erleichterung als auch Traurigkeit. Zwar graute ihr immer noch davor, von Erik getrennt zu sein – doch je schneller sie es hinter sich brächten, umso schneller wären sie wieder vereint. Graf Eisenberg hatte seiner Gemahlin in die Hand versprochen, nach seiner Heimkehr selbst nach Eisenberg zu reisen, um die Zwillinge und Martin auf die Peitinger Welfenburg zu holen. Ein besonderer Glanz lag auf Emmas Gesicht, wann immer sie an das Wiedersehen mit ihren Töchtern dachte.

»Ich suche die Magd Grete.« Gräfin Eisenberg linste durch die geöffnete Küchentür, ehe sie eintrat und den Anwesenden zunickte. Die Köchin und ihre Helferinnen starrten die Besucherin an wie eine Erscheinung. Sie hätten kaum weniger verblüfft sein können, wäre Emma wirklich als durchscheinender Geist hereingeschwebt.

»Wen darf ich unserem Gretchen melden, werte Dame?« Die Köchin verneigte sich tief. Sie, die tagtäglich dafür Sorge trug, dass nur erlesene Speisen an Wilhelms Tafel serviert wurden, hätte alles darum gegeben, einmal den schimmernden Kleiderstoff der Fremden berühren zu dürfen.

»Gräfin Eisenberg.« Während Emma der aufgeregten Frau zulächelte, kam ihr gar nicht in den Sinn, den vom Herzog aufgezwungenen Titel zu nennen. Niemals würde sie freiwillig Ravensbergs Namen tragen.

»Na los, Mädchen, lauft und sucht das Gretchen.« Mit einer resoluten Handbewegung scheuchte die Köchin ihre Mägde hinaus.

»Fahr fort mit deiner Arbeit, gute Frau. Es liegt mir fern zu stören.«

»Sehr wohl, Gräfin Eisenberg.« Sie warf Emma einen aufgeregten Blick zu und machte sich wieder daran, den halbflüssigen Teig in einer hölzernen Rührschüssel zu bearbeiten. Zu Anfang wirkten ihre Bewegungen unsicher und fahrig. Nachdem ihr klar geworden war, dass die Gräfin ihr Tun mit wohlwollendem Interesse verfolgte, änderte sich das. Es war eine Freude zu sehen, wie der Teig sich unter ihren geschickten Händen zu nahezu identischen Brotlaiben formte.

»Ich habe sie gefunden!« Eine der jungen Mägde kam hastig angelaufen.

»Wie benimmst du dich denn, Christina?«, rügte die Köchin ihre Magd. »Gräfin Eisenberg muss ja denken, du hättest keine Manieren.«

»Schon gut.« Emma beugte sich zu Christina hin, die höchstens dreizehn oder vierzehn Jahre alt sein mochte. »Wo ist Grete denn? Hast du sie nicht mitgebracht?«

»Sie ist bei der alten Marthina. Ich soll Euch bitten, dorthin zu kommen. Marthina möchte Euch gerne sehen, aber sie ist alt und gebrechlich. Sie hofft, Ihr werdet nicht böse wegen ihrer Bitte«, stieß Christina hervor, angestrengt darum bemüht, die Botschaft schnell und fehlerfrei auszurichten.

»Marthina will mich sehen?«

»Ja, Herrin, das hat sie gesagt.«

»Ich danke dir für deine Mühen, mein Kind. Mein Dank auch dir, gute Frau, dass du deine Mägde so bereitwillig auf die Suche geschickt hast.«

»Das war doch selbstverständlich. Mir eine Freude ...« Die Köchin winkte ab. Dabei erschien eine zarte Röte auf ihren Wangen.

»Es war mir selten vergönnt, jemanden so geschickt mit

dem Brotteig hantieren zu sehen«, bemerkte Emma und war schon fast zur Tür hinaus. Sonst hätte sie gesehen, wie das von Sommersprossen übersäte Gesicht der Köchin bei ihrem Kompliment vollends rot anlief.

»Es ist gut, Kind, du kannst aufhören«, sagte Marthina zu Grete, die die geschwollenen Füße der Alten massiert hatte. »Bist ein liebes Mädchen.«

»Das tue ich gerne für dich.«

Marthina wandte sich Gräfin Eisenberg zu, die soeben eingetreten war. Die Kammer war kaum weniger karg ausgestattet als die des Pferdeknechts Clemens.

»Es geht das Gerücht, Eure Abreise stünde bevor.« Die Alte erhob sich beschwerlich aus ihrem Stuhl. Emma machte rasch einen Schritt auf sie zu, um ihr beim Aufstehen behilflich zu sein. »Paulus' Tod nimmt mich ärger mit, als ich mir eingestehen will«, murmelte Marthina. »Ihn zu umsorgen hat mir Kraft gegeben. Wo er schwach war, war ich stark. Nun fühle ich mich wie ein altes Weib, das ich ja auch bin.«

»Bald wird es dir wieder gut gehen!«, rief Grete, der angst und bange dabei wurde, ihre Großmutter so reden zu hören.

»Es war unhöflich, Gräfin Eisenberg, Euch einfach zu einem Besuch aufzufordern. Ich kann nur beten, Ihr mögt meine Dreistigkeit verzeihen«, bemerkte Marthina.

»Aber nein!«, beteuerte Emma. »Ich habe nichts dagegen, eine alte Frau aufzusuchen, die selbst nicht mehr gut zu Fuß ist, dessen sei versichert.«

»Ihr seid sehr freundlich.« Die tiefen Falten auf der Stirn der Alten glätteten sich ein wenig. »Lasst mich die Gelegenheit nutzen, Euch zu danken. Mir ist Euer guter Wille, Paulus zu helfen, nicht verborgen geblieben. Und auch dem jungen Herrn Georg wart Ihr eine Stütze.«

Emma nickte schweigend. Was blieb ihr auch zu sagen,

da ihr guter Wille nicht ausgereicht hatte? Der kleine Paulus war tot und begraben.

»Ihr habt nach meinem Gretchen suchen lassen«, fuhr Marthina fort, nachdem das Schweigen der Gräfin eine Weile in dem kleinen Raum gewirkt hatte. »Sagt, was wollt Ihr von dem Kind?«

»Ich bringe eine Salbe aus Ringelblumen, für Gretes rissige Hände. Sie muss ein Weilchen ziehen, dann sollte sie Linderung verschaffen.«

»Clemens behauptet, Ihr wärt eine Heilerin. Habt Ihr die Salbe selbst hergestellt?«

»Ja.« Emma empfand die offenen Fragen der Alten als erfrischend. Sie schien eine Frau zu sein, die mit ihrer Meinung nicht hinter dem Berg halten würde. Die Verwandtschaft zwischen Marthina und Grete erfreute sie, Großmutter und Enkelin wirkten sehr vertraut miteinander. »Aus diesem Grund hat der Herzog mir die Pflege seiner Schwester auferlegt. Wenn du möchtest, lasse ich dir ein Medikament schicken, das die Beschwerden in deinen geschwollenen Beinen lindert«, bot sie an.

»Das ist nicht nötig.« Marthina lachte rau. »Ich lebe schon so lange mit dem Schmerz, dass er mir ein getreuer Kamerad geworden ist, einer der zuverlässigsten Freunde, die ich habe. Ihr also behandelt die Herzogin anstatt der Ärzte?«

»So ist es.«

»Ich erinnere mich gut an die Prinzessin von Bayern.« Marthina wischte sich über die Augen, die beständig tränten. Der Salzfluss hatte rote Falten in ihre Augenwinkel gegraben. »Die hohe Dame sorgte in ihrer Jugend hier bei Hofe für allerlei Aufregung. Ein mannstolles Weib, so ist sie den Leuten im Gedächtnis geblieben.«

»Bitte …«, warf Emma ein. »Sprich nicht garstig von der Herzogin.«

»Ist es verboten, die Dinge beim Namen zu nennen?«, erwiderte Marthina unbeirrt. »Sabina von Bayern wurde nicht nur eine Liebelei nachgesagt.« Marthina schloss für einen Moment die Augen.

Emma fragte sich, weshalb sie einen solchen Groll gegen Sabina hegte. »Woher weißt du darüber so genau Bescheid?«

»Ach …« Die alte Frau verzog freudlos das Gesicht. »Die hohen Herrschaften vergessen oft, dass selbst die geringste Stubenputze Augen und Ohren hat. Grete freut sich sicher über Eure Salbe«, wechselte sie unvermittelt das Thema.

»Und wie!«, platzte das Gretchen heraus. »Dass Ihr an mich gedacht habt …«

»Creme dir abends nach getaner Arbeit die Hände gründlich mit der Salbe ein«, erklärte Emma dem Mädchen. »Die rissige Haut wird weniger angespannt sein und nicht mehr schmerzen.«

»Habt vielen Dank.«

»Gerne geschehen, Grete. Nun muss ich gehen. Leb wohl, Marthina.«

»Ihr seid ein guter Mensch, Gräfin Eisenberg – und müsst Euch deshalb doppelt in Acht nehmen. Die Welt ist voller Gefahren für jemanden wie Euch.« Die Alte sprach harsch, um ihre Besorgnis zu verbergen. »Ich bete, Ihr mögt mir beim Wiedersehen gesund gegenüberstehen.«

»Ich werde deinen Rat beherzigen, Marthina.« Emma räusperte sich, mit einem Mal hatte sie einen Kloß im Hals. »Aber ich werde nicht wieder an den Hof zurückkehren.«

Die Alte lächelte zahnlos.

Nachdem Gräfin Eisenberg Großmutter und Enkelin den Rücken gekehrt hatte, überkam sie selbst das Gefühl, dass dies kein Abschied für immer gewesen war.

15

MÜNCHENER UMLAND
11. Juli im Jahre des Herrn 1516

Caroline hatte die Augen geschlossen. Sie träumte, und sie schrie. Sie schrie, weil sie sterben musste. Ihr Tod stand bevor. Schon lauerte der bleiche Sensenmann in den dunklen Schattierungen der Nacht. Schrill und klagend stiegen die Töne gen Himmel, doch seine Stimme übertönte donnernd ihr nichtiges Rufen und machte sie zum stummen Opfer.

Heiner von Ulzstetten streckte die Hände nach Caroline aus. Die Nagelbetten, in denen seine langen Krallen ruhten, schillerten schwarz. Das Messer in seiner Hand war auf ihre Stirn gerichtet. Höhnisch lachend ritzte er ihre Haut, zeichnete die Form ihrer alten Narbe nach. Die Klinge brannte wie Feuer, genau wie damals. Caroline zuckte, Blut, Tränen und Rotz liefen ihr über das Gesicht. Ulzstetten lachte noch lauter und rammte die Waffe zur Gänze in ihren Kopf.

Im Morgengrauen erwachte Caroline schweißgebadet. Das Rufen einer Eule, die sich nach ihren nächtlichen Beutezügen zur wohlverdienten Ruhe verabschiedete, drang in ihr Bewusstsein. Seitdem sie den Söldnern entkommen war, schreckte sie jede Nacht mehrmals hoch. Ulzstetten beherrschte ihre Träume, obwohl er tot war. Sie hatte ihn mit eigener Hand getötet.

Die junge Frau schob den Haufen aus Reisig und Blättern von sich, der ihr als Bett und Decke diente, stand auf und streckte sich. Sie kannte die Spielarten des Bösen, hatte in ihrem jungen Leben dem Schrecken schon viele Male ins Gesicht geblickt. Auch jetzt ließ sie sich nicht von ihren Ängsten unterjochen.

Seit ihrer Flucht vor den schurkischen Banditen hielt Caroline sich im Wald versteckt. Das findige Mädchen hatte gelernt, in freier Natur zu überleben. Eine verfallene Hütte auf einer sanften Anhöhe, umstanden von dichten Tannen, diente ihr als Unterschlupf. Jeden Morgen erblickte sie in der Ferne die Stadt. Mal wirkten die Umrisse Münchens gestochen scharf, mal verschwammen sie zu unförmigen Schemen, von Nebel umwölkt. Die Nähe der pulsierenden Stadt gab ihr immer wieder aufs Neue die Kraft, Einsamkeit und Furcht zu trotzen. Selbst wenn ihr die nächtlichen Laute des Waldes unheimlich waren, das Rauschen des Windes in den Baumwipfeln und das vereinzelte Heulen der Wölfe – das alles nahm sie in Kauf. Heute wollte sie es endlich wagen. Sie würde nach München wandern und mit dem gestohlenen Geld das Gift besorgen.

Caroline hockte sich auf den Stein vor der Hütte, den sie mühsam vom Fuß des Hügels heraufgeschleppt hatte, damit er ihr als Stuhl diente. Ein flüchtiges Lächeln umspielte ihren Mund, kurz darauf wurde ihre Miene finster. Erneut griff die Erinnerung nach ihr …

Die Söldner hatten Carolines geschundenen Körper wie Unrat liegengelassen, nachdem sie die junge Frau mehrfach vergewaltigt hatten. Später waren die Blutergüsse auf ihrer Haut von dunklem Blau zu schillerndem Violett übergegangen. Noch heute zeugten die hellgelben Flecken von der rohen Gewalt, mit der sie über sie hergefallen waren.

Ulzstetten hatte sich die ganze Zeit über an Carolines Leid ergötzt. Erst als die Männer sie halb zu Tode geschunden hatten und sie sich längst nicht mehr rühren konnte, hatte er sich ihr zu erkennen geben. Im gleichen Moment hatte Caroline gewusst, dass sie sterben würde. Zu schwach, um zu fliehen, wund zwischen den Beinen und voll brennendem Schmerz überall da, wo Hiebe sie getroffen hatten, war ihr nichts geblieben, als zu beten, er möge sich beeilen.

Ulzstetten hingegen schien nicht daran zu denken, sie von ihrer Pein zu erlösen. Er hielt eine Flasche Branntwein in der Hand, die er Schluck für Schluck leerte, während er mit seinem einen Auge auf sein gebrochenes Opfer starrte.

Irgendwann hatte Caroline, der jedes Zeitgefühl abhanden gekommen war, ein Gespräch der Söldner mitangehört. Halb wahnsinnig vor Schmerz klammerte sie sich an den Namen, den die Männer genannt hatten. Ulrich von Württemberg. Die Schurken waren in seinem Auftrag nach München unterwegs, wo sie das entflohene Weib des Württembergers einfangen sollten.

Caroline hatte mehr geahnt als gesehen, wie die Söldner, benommen vom Weingeist, nach und nach zur Seite gekippt waren. Einzig Ulzstetten verharrte lautlos. Ein Luchs, der geduldig den richtigen Moment abwartete, seine Beute zu reißen. Am Ende jedoch war er es selbst gewesen, der die eigenen Pläne zunichte gemacht hatte. Berauscht vom elenden Zustand des Mädchens hatte er mehr Branntwein getrunken, als gut für ihn war. So kam es, dass Ulzstetten einschlummerte und Carolines zerschundenen Leib mit in seine Träume nahm, wo er sich in den sehnigen Körper eines jungen Knaben verwandelte.

Sehr viel später hatte die Tochter des Gaispeters sich schwankend aufgerichtet. Der Schmerz bei jeder Bewegung war so stark, dass er belebend wirkte und ihren Geist schärfte. Wie in Trance hatte sie ihr Messer aus ihrem Strumpf gezogen – die Männer hatten es in ihrer Gier nicht bemerkt – und mitleidslos auf Ulzstetten niedergeblickt. Doch nach einer kurzen Überlegung hatte sie sich eines Besseren besonnen und zunächst die Satteltaschen der Söldner nach Münzen durchwühlt. Erst nachdem sie auch die Pferde losgebunden hatte, war sie zu Heiner von Ulzstetten zurückgekehrt und hatte ihre Klinge in dessen Herz gerammt. Anschließend war sie in den Wald gerannt, weiter und weiter, bis die Vormittagssonne hoch am Himmel stand. Manchmal hallten die Schreie des tödlich Verwundeten noch in ihren Ohren nach, dann wieder sah sie Ulzstetten vor ihrem geistigen Auge lautlos zusammenbrechen. So oder so. Der grausame Scherge hatte für seine Untaten gebüßt. Er war schnell gestorben, ohne noch einmal aus seinem Schlaf erwacht zu sein.

Caroline bebte. Genau wie den Tod ihres Vaters durchlebte sie die Misshandlungen durch die Söldner wieder und wieder. Am liebsten hätte sie jedem Einzelnen dieser Schurken ein ebensolches Ende bereitet, wie Ulzstetten es gefunden hatte.

Dennoch war die junge Frau sicher, dass auch diese Männer ihrer gerechten Strafe nicht entgehen würden. Caroline wünschte den Galgenvögeln aus ganzem Herzen ein leidvolles und unrühmliches Ende. Sie dachte daran, wie in ihrer Kindheit die verwesenden Leiber der erhängten Mörder und Halsabschneider am Galgenbühl geschaukelt hatten, während über ihnen Krähen und Aasgeier ihre Kreise zogen. Sie indes hatte ein anderes Ziel vor Augen. Ihre Rache galt einzig und allein Herzog Ulrich von Württemberg, jenem Mann, auf dessen Geheiß hin Ulzstetten ihren Vater hingerichtet hatte.

Caroline nahm den geradegewachsenen Stecken zur Hand, den sie in einer Senke voller Brombeersträucher gefunden hatte. Er würde ihr als Wanderstab dienen und den Weg in die Hauptstadt erleichtern. Sie schwor sich, was auch kommen mochte, in Kauf zu nehmen – wenn am Ende nur die Vernichtung des Württembergers stand.

16

AUGSBURG
13. Juli im Jahre des Herrn 1516

Emma stieg als Letzte aus der Kutsche. Es half nichts, der Abschied ließ sich nicht länger hinauszögern. Mit traurigem Blick betrachtete sie ihren Gemahl, der Stefan und Johanna zum Abschied küsste. Wieder übermannte sie ihre große Liebe zu ihm. Sie hatten Augsburg erreicht. Die Stadt, in der sich nach dem Willen des Herzogs ihre Wege vorerst trennen würden.

Die Herzogin und Franziska nahmen die Kinder mit hinein in die Herberge, um den Eheleuten einige ungestörte Minuten zu gönnen. Franziska flüsterte ihnen etwas ins Ohr, woraufhin Sohn und Tochter dem Grafen Eisenberg zuwinkten. Die beiden von Wilhelm bestimmten Landsknechte waren, wie stets auf dieser Reise, an Sabinas Seite.

Emma trat zu Erik. Er sah sie ernst an, schien ihr Bild in sich aufzusaugen. Feiner Nieselregen fiel vom Himmel. Vereinzelte Tröpfchen verfingen sich in seinem blonden Haar.

»Es ist so weit.« Er umfasste ihren Hinterkopf mit seinen großen Händen und zog sie sanft zu sich heran.

»Ja.« Emma nickte. Mehr brachte sie nicht heraus. Stattdessen schloss sie die Augen und spürte, wie seine Lippen die ihren suchten und fanden. Sein Kuss war rau und leidenschaftlich. Sie erwiderte ihn mit ebensolcher Heftigkeit.

»Pass auf dich auf – versprich mir das.« Eriks Stimme klang belegt.

»Versprochen.« Ihr Herz war bleischwer. »Bald bist du wieder bei uns.« Sie legte eine Zuversicht in ihre Worte, die sie nicht empfand. Was, wenn ihm etwas zustoßen sollte?

Er hatte darauf bestanden, ohne Begleitung zu reiten, um auf niemanden Rücksicht nehmen zu müssen und schneller voranzukommen. Erik war stark, doch gegen eine Bande von Strauchdieben oder Meuchelmördern würde selbst er nichts ausrichten können.

»Ja.« Er rieb die Wange an ihrem Gesicht, sein Bart kratzte auf ihrer Haut.

Emma fasste ihn an den Händen. Der Ausdruck ihrer tiefgrauen Augen verriet mehr, als Worte es vermocht hätten.

»Ich liebe dich, Emma.« Er drückte einen Kuss, warm und weich, auf ihre Stirn. »Vergiss nie, wie sehr ich dich mit jeder Faser meines Seins liebe.« Dann war er fort.

Gräfin Eisenberg blieb im leichten Regen stehen und rührte sich auch nicht, als die Silhouette des Reiters längst verschwunden war. Eine unbewegte Statue, obgleich heftige Gefühle in ihrer Brust tobten. Mit aller Macht kämpfte Emma gegen die aufsteigende Panik an. Nie zuvor war sie länger als zwei Tage und Nächte von ihrem Mann getrennt gewesen. Nun war er fort, und der Tag seiner Rückkehr lag im Ungewissen. Ihr blieb nichts anderes, als die Stunden ohne ihn zu zählen. »Bitte.« Endlich regte sie sich, legte den Kopf in den Nacken und blickte hoch zum grauen Himmelszelt. »Lass ihn heil zu uns zurückkehren.«

»Grüß Gott und ein herzliches Willkommen.« Erika, die Wirtin des Gasthauses *Zum tapferen Bayern*, eilte Emma entgegen, kaum, dass diese über die Schwelle getreten war. »Oh, Ihr seid ja völlig durchnässt!«

»Schon gut.« Emma brachte ein dankbares Lächeln zustande.

»Die Damen haben bereits Quartier bezogen. Euch stehen die zwei schönsten Zimmer im oberen Stock zur Verfügung.« Die Wirtin war erstaunlich klein und schmächtig für den anstrengenden Beruf, den sie ausübte. Als Frau des Hausherrn war sie Schankmagd, Köchin und Hausdame in einer Person. »Wenn Ihr mit mir kommen wollt?«

»Gerne.« Emma folgte der zierlichen Erika die knarrende Stiege hinauf. Ihr Gesicht schien freudig zu leuchten – vielleicht wegen der unerwarteten und allem Anschein nach betuchten Gäste, die ihr da ins Haus geschneit waren. Selten nur wurden die hübschen Räume im Obergeschoss vermietet, da die zumeist männlichen Gäste sich – der Kosten wegen – zum Schlafen lieber in der Wirtsstube zusammenrollten.

Emma war in Gedanken noch ganz bei Erik. Dennoch registrierte sie zufrieden, dass sich die beiden Waffenknechte, Markus und Heinrich mit Namen, vor der Tür zu dem Zimmer aufgebaut hatten, aus dem im Moment laute Stimmen drangen. Obwohl sie nicht an Gefahr für Leib und Leben glaubte, vermittelte die Gegenwart der herzoglichen Krieger ein beruhigendes Gefühl der Sicherheit.

Gräfin Eisenberg runzelte die Stirn. Die Stimmen klangen nach Streit.

»Wir würden gerne eine kleine Stärkung zu uns nehmen«, bat sie die Wirtin.

»Natürlich.« Erika, die ihre Ohren neugierig gespitzt hatte, ließ sich die Enttäuschung nicht anmerken. »Ich bereite den Damen etwas zu.«

»Vielen Dank.« Emma hatte es eilig, ins Zimmer zu kommen.

»Eines noch.« Die Wirtin machte an der Treppe Halt. »Wo werden Eure Knechte schlafen?«

»Wir werden hier Wache halten.« Markus, der jüngere der Männer, mischte sich in das Gespräch. Sein Kinn deutete hinunter zum Boden.

»Die Herren können im Stall übernachten.« Erika fuhr sich mit der Hand über das Kinn. »In den letzten Nächten war es doch wieder recht kalt. Da werden ein Bett aus Stroh und die Nähe der Tiere für Wärme sorgen.«

»Das mag gehen«, antwortete Emma und unterband damit jeden Einwand von Seiten der Landsknechte. »Uns wird in der Herberge nichts zustoßen«, fügte sie hinzu, wie um die Männer zu beruhigen.

Gräfin Eisenberg öffnete die Tür. Zwischen den Kissen des großen Bettes saßen Stefan und Johanna ungewöhnlich still und betrachteten mit großen Augen Sabina und Franziska, die, völlig in ihre Auseinandersetzung vertieft, Emmas Eintreten gar nicht bemerkten.

»Hier bin ich, und hier bleibe ich!«, beharrte Franziska auf ihrem Standpunkt. Ihre sonst so ruhige Stimme, die an das gleichmäßige Plätschern eines schmalen Bächleins denken ließ, klang laut und aufgebracht.

»Was ist hier los?«, fuhr Emma dazwischen, die sich keinen Reim auf die Geschehnisse machen konnte. Die Herzogin und Franziska wandten gleichzeitig die Köpfe. Die Augen der Frauen funkelten streitlustig.

»Ich habe Franziska lediglich ihren Platz angewiesen.« Sabina stemmte die Hände in die Hüften.

»Unten in der Gaststube soll ich schlafen«, zischte Franziska.

»Wieso? Wie kommst du darauf, sie könnte nicht bei mir bleiben?« Noch war Emma eher interessiert als aufgebracht.

»Weil es ihr nicht zusteht.« Sabina starrte angestrengt auf die angeschwärzte Öllampe auf dem Nachttisch, die bei Dunkelheit zuverlässiger als die heruntergebrannten Kerzenstummel für Helligkeit sorgen würde. »Während ich das Bett hüten musste, hatte ich ausreichend Gelegenheit, euch kennenzulernen. Mir ist dabei keineswegs entgangen, wie eng ihr miteinander befreundet seid. Das kann ich bis zu einem gewissen Grad gut verstehen. Ich mag Franziska auch. Aber du, Emma, behandelst sie wie eine Gleichgestellte, und das … das geht gegen die gottgewollte Ordnung auf Erden!«

Emma war so erstaunt, dass sie nicht sofort etwas erwidern konnte. In einem solchen Ton hatte sie Sabina noch nicht sprechen hören. Franziska war nun, da sie nicht mehr allein gegen die Herzogin stand, wie ein Häufchen Elend in sich zusammengesunken.

»Verzeih, Franziska, ich vertrete nur meinen Standpunkt und wollte dich nicht verletzen«, milderte Sabina die Härte ihrer Worte. Weniger, weil es sie nach einer Entschuldigung drängte, sondern eher wegen der kalten Wut, die sich auf Emmas Zügen malte. »Es wäre einfach … ungebührlich.«

»Franziska ist mir auf Erden die liebste und beste Freundin.« Gräfin Eisenberg formulierte ihre Entgegnung langsam und deutlich. »Von Anfang an habe ich keinen Zweifel daran gelassen, dass ich von dir – der Herzogin von Württemberg – erwarte, sie zu respektieren. Ziska ist keinen Deut weniger wert als ich, oder ja, selbst du, nur weil sie nicht wie wir das Privileg besitzt, adelig geboren zu sein.«

»Das behaupte ich ja auch gar nicht!« Sabina fühlte sich in die Enge gedrängt. »Aber wo soll das hinführen, wenn man den Unterschied zwischen einer Magd und einer Dame nicht mehr erkennt?«

»In eine gerechtere Welt!« Emma wurde schlagartig bewusst, wie sehr sie die schlechte Stellung der kleinen Leute im Grunde verabscheute. Herzöge und Fürsten, Adel und Klerus – sie alle hatten kein Recht, die unteren Gesellschaftsschichten mit Füßen zu treten, nur weil sie weniger gebildet, weniger gut betucht waren.

»Mama …« Johanna wurde, der harten Worte wegen, unruhig. Sofort fing auch Stefan an zu greinen. Die Gräfin setzte sich zu ihrer Tochter, während Franziska den kleinen Jungen in die Arme schloss.

»Ich gehe«, verkündete Sabina stur. »Tut, wie Euch beliebt, Gräfin Eisenberg. Wenn du keinen Wert auf dein Ansehen und das deiner Kinder legst, Emma, dann schlaf eben mit Franziska in einem Bett.« Die Herzogin von Württemberg schritt hoheitsvoll hinaus. Gleich darauf versetzte sie der Tür von Zorn überwältigt einen Tritt, so dass sie krachend hinter ihr ins Schloss fiel.

Kaum war sie fort, begann Franziska zu weinen. Stefan streichelte ihr mit beiden Händchen über das nasse Gesicht. So klein er war, verstand er sich doch gut darauf, ihr Trost zu spenden.

»Sie hat es nicht so gemeint, Liebes. Unsere aufmüpfige Herzogin ist gewohnt, ihre Untergebenen von oben herab zu behandeln – man hat es ihr so beigebracht.« Emma fragte sich, warum sie für Sabina in die Bresche sprang, wo es sie viel eher danach drängte, sie am Kragen zu packen und die ganze Dummheit aus ihr herauszuschütteln.

»Es stimmt aber, was sie sagt. Sieh dir meine Kleider an – viel zu gut für eine einfache Magd.« Franziska deutete mit der Hand an sich herab.

»Sabina ist im Unrecht. Du und ich, wir wissen das. Das muss uns erst einmal genügen.«

»Es geht mir nicht um das Privileg, mit dir in einem Bett zu schlafen.« Franziska schluchzte trocken auf.

»Ich weiß.«

»Nein, warte.« Sie suchte nach Worten. »Erik ist fort, wir sind in einer fremden Stadt – da will ich nicht von euch getrennt sein. Verstehst du das? Auch wenn die Landsknechte uns schützen, so fühle ich mich doch wohler, wenn ich dich und die Kleinen in meiner Nähe weiß.«

»Das verstehe ich, Liebes.« Emma griff nach Franziskas Hand und drückte sie. »Mir geht es nicht anders. Sabina sollte sich bei dir entschuldigen«, meinte sie und stand auf. »Lass uns erst einmal nach unten gehen. Die Kinder werden Hunger haben – genau wie ich. Mein Magen knurrt so laut, dass ich mich frage, weshalb unsere Beschützer das Zimmer nicht längst gestürmt haben.« Sie zwinkerte der Freundin zu. »Kopf hoch, Ziska. Ich habe die Wirtin gebeten, uns einen Imbiss zuzubereiten. Danach sehen wir weiter.«

»Ja, du hast recht. Eine Stärkung wird uns allen guttun.« Franziska rang sich zu einem Lächeln durch.

Erika versorgte ihre Gäste mit nahrhafter Brennsuppe, in der dicke Brotkrusten schwammen. Johanna gelang es mit ihrem lauten Schlürfen, das keineswegs leise Schmatzen so manch anderer Gäste in der Gaststube zu übertönen. Emma schüttelte lächelnd den Kopf über ihre Tochter. Die Atmosphäre im Herzen des Wirtshauses war heiter. Am Nebentisch speiste ein Händler mit seiner Gattin und zwei jungen Helfern, ein Stück entfernt in der Ecke saßen einige dunkel gekleidete Kaufleute, einer von ihnen mit völlig vernarbtem Gesicht, und ließen sich kalten Krustenbraten schmecken.

Emma, die sich in der Regel auf ihre Intuition verlassen konnte, war durch den vorangegangenen Streit und die Trennung von Erik abgelenkt. Zudem zehrten Trennungsschmerz und die Sehnsucht nach ihren Zwillingstöchtern an ihr. So geschah es, dass Gräfin von Eisenberg nicht ahnte, wie nahe die Gefahr schon war.

Wenig später kam Sabina herunter und setzte sich zu den Frauen, als wäre nichts gewesen. Hinter ihr folgten die Landsknechte.

Emma schwieg und widmete sich ihrem Essen, auch Franziska nahm keine Notiz von der Herzogin. Es war nicht an ihnen, den ersten Schritt zu tun. Zwischendurch versuchte Gräfin Eisenberg, ihren Sohn davon abzuhalten, mit den Händen in die Suppe zu schlagen. Es blieb vergebliche Liebesmüh, denn Stefan hatte Gefallen an seinem Spiel gefunden und hieb in den Teller, dass es nur so spritzte. Ein gelblicher Fleck zierte bald darauf ausgerechnet Sabinas Kleid.

»Schon gut.« Die Herzogin ließ nicht zu, dass Emma sich für das Benehmen ihres kleinen Buben entschuldigte. »Mein Benehmen von vorhin tut mir leid. Es war falsch.« Sabina hatte begriffen, dass sie an der Situation nichts würde ändern können. Ehe sie die Freundschaft der Frauen verlor, nahm sie lieber das kleinere Übel in Kauf. »Es geht mich nichts an, wo Franziska schläft, und natürlich respektiere ich eure Entscheidung. Vielleicht möchtest du bei mir übernachten, Emma?«, bot sie an. »Zusammen mit den Kindern wird es doch ziemlich eng werden in einem Bett.«

»Danke, nein.« So schnell konnte Emma der ranghöheren Frau nicht gänzlich verzeihen und lehnte höflich ab. Als Geste der Versöhnung winkte sie jedoch Erika heran und bat diese um einen weiteren Teller Suppe. Neben ihnen wurde der Tisch der Händlerfamilie frei. Sabina bedeutete den schweigsamen Landsknechten daraufhin, ebenfalls Platz zu nehmen. Auch sie erhielten ein nahrhaftes Mahl. Wenig später stieß der untersetzte Kutscher zu ihnen, dessen ausgeprägtes Pflichtbewusstsein ihm eine Rast erst jetzt erlaubte, wo er die Kutschpferde wohlversorgt wusste.

Obwohl die Männer beim Essen kaum sprachen und stets aufmerksam blieben, bemerkten sie ebenso wenig wie Emma die lauernden Blicke.

17

AUGSBURG

14. Juli im Jahre des Herrn 1516

Der nächste Morgen brach an und erweckte die Stadt Augsburg zum Leben. Von der nagenden Ratte im Mehlsack über den geschäftigen Händler bis hin zum siechen Großvater – sie alle regten sich im beginnenden Zwielicht.

Emma rieb sich die Augen, unter denen tiefe Schatten lagen. Sie hatte schlecht geschlafen. Obwohl die verworrenen Traumbilder mit dem ersten Tageslicht verflogen, blieb ein vages Gefühl der Furcht zurück.

Voller Liebe betrachtete sie ihre Kinder, die sich wie zwei junge Igel in der Mitte des Bettes zusammengerollt hatten. Franziska träumte ebenfalls noch, ihre Lippen bewegten sich leicht, sie murmelte unverständliche Worte. Gräfin Eisenberg erhob sich vorsichtig, um die Schläfer nicht zu wecken, und kleidete sich an. Sie schlüpfte in ihr Hemd und den dazugehörigen grünen Rock, gepufft und mit weinroter Fütterung unterlegt. Das breite Mieder in der Farbe des Unterkleids betonte ihre Taille, die auch nach der Geburt der Kinder schmal war. Es war ihr liebstes Gewand – sie fand es dem Anlass angemessen. Der Ring, verborgen in der Tasche ihres Kleides, schmiegte sich durch den Stoff warm an ihre Haut, fast so, als ginge ein freudiges Glühen von ihm aus. Immer wieder schweiften Emmas Gedanken zu dem Schmuckstück ab. Sie war nach Augsburg gekommen, um ihr Versprechen zu erfüllen. Heute endlich wollte sie Renate Wieland aufsuchen und ihr einen letzten Gruß ihres Verlobten Michael von Göggingen überbringen.

Emma seufzte. Vor ihr lag kein leichter Gang.

Gräfin Eisenberg fand sich zu einem frühen Morgenmahl in der Gaststube ein, wo eine angenehm milde Wärme sie empfing, die vom benachbarten Küchenfeuer ausging. »Ich hoffe, Ihr habt wohl geruht.« Erika servierte handwarmen Milchbrei, den sie mit einer winzigen Prise kostbaren Zimts verfeinert hatte. Dank des in Augsburg ansässigen Handelshauses Fugger war das seltene Gewürz hier weitaus häufiger zu finden als in anderen Städten, wo der Zimt allein den Reichen vorbehalten blieb. Dazu gab es geröstetes Brot aus unterschiedlichen Mehlsorten.

»Vielen Dank.« Emma nickte der Herbergswirtin zu, um gleich darauf Franziska entgegenzulächeln, die eben mit Stefan und Johanna die Stiege herunterkam. »Guten Morgen.« Obwohl sie die Kinder noch kurz zuvor im friedlichen Schlaf betrachtet hatte, herzte und küsste die Gräfin Sohn und Tochter, als wolle sie die beiden niemals wieder loslassen. Woher nur kam diese beklemmende Furcht in ihrem Herzen?

»Du bist früh aufgestanden.« Franziska musterte Emma besorgt. Ihr entgingen weder die Ringe unter den Augen der Gräfin noch die Müdigkeit in ihrem Blick, die von einer unruhig verbrachten Nacht zeugte.

»Ich konnte nicht mehr schlafen.«

»Das dachte ich schon. Ist es wegen deines Versprechens? Bei aller Trauer wird sich die Verlobte des Ritters über deinen Besuch doch freuen. Mit dem Ring überbringst du Renate Wieland ein ewiges Andenken an Michael.«

»Ich habe ein ungutes Gefühl … Es lässt sich nicht beschreiben.«

»Erik fehlt dir.« Franziska legte mitfühlend ihre linke Hand auf Emmas Schulter. Gleichzeitig hielt ihr rechter Arm den kleinen Stefan fest, der durch sein Hopsen von der Bank zu rutschen drohte. »Du bist nicht gewohnt, von ihm getrennt zu sein.«

»Wie gut du mich verstehst, dabei …«

»Dabei lebe ich seit Jahr und Tag alleine, dem eigenen Ehegatten einst schändlich davongelaufen. Sprich es nur aus, Emma, ich kann damit umgehen.«

»Ich …«

»Wirklich.« Franziska nickte zur Bestätigung. »Ich mag zwar mit keinem Mann das Bett teilen, aber dennoch ist mir die Liebe nicht fremd. Immerhin durfte ich erleben, wie es zwischen euch ist. Zwischen Erik und dir.«

»Es …«

Das Gespräch wurde unterbrochen, als die Tür zur Gaststube sich öffnete. Johanna quittierte das Eintreten der Landsknechte mit lautem Klatschen.

»Einen schönen guten Tag wünschen wir den Damen.« Der ältere Mann verneigte sich respektvoll, der jüngere tat es ihm nach. Um seine Mundwinkel spielte ein kleines Lächeln, das Johannas Begeisterung ihm entlockte.

»Die Herzogin ruht noch?«

»Ja.«

»Wenn Ihr erlaubt, gehen wir gleich nach oben und wachen vor ihrem Zimmer.«

»Muss das sein?« Die Wirtin war eben, Eier und Fladen auf den Armen, hereingekommen. »Es macht keinen guten Eindruck auf meine Gäste, wenn bewaffnete Männer auf den Gängen lauern.«

»Wir lauern nicht, gute Frau.« Wieder übernahm der ältere Landsknecht das Wort. »Wir tun unsere Pflicht.«

»In Gottes Namen …« Erika machte eine Bewegung, als wolle sie Hühner verscheuchen. »Bevor der Dame in meinem Haus etwas zustößt, bewacht sie weiter.«

»Unser Augenmerk gilt der ganzen Reisegesellschaft«, berichtigte er sie.

»Wie Ihr meint. Nehmt aber wenigstens Eier und Brot zur Stärkung mit.«

Die Männer nickten dankbar und stiegen nach oben.

Dumm war die Wirtin nicht, deshalb war ihr nicht entgangen, dass sich die Männer stets in der Nähe der etwas hochnäsigen blonden Dame aufhielten. Erika hatte zudem den Titel einer Herzogin aufgeschnappt. Ein solcher Gast im Haus würde dem Ansehen des *Tapferen Bayern* nur zugute kommen.

»Gib auf dich acht, wenn du Fräulein Wieland deinen Besuch abstattest«, bat Franziska.

»Natürlich, Heinrich wird mich begleiten. Ich bin froh, Stefan und Johanna während meiner Abwesenheit bei dir in guten Händen zu wissen.«

»Wir werden draußen im Hof spielen.« Franziska spähte durch das Fenster, hinter dem sich der Morgennebel lichtete und ein schöner Tag sich abzuzeichnen begann. »Die Sonnenstrahlen werden uns nach dem trüben Wetter der vergangenen Tage guttun.«

»Bestimmt.« Emmas Augen ruhten zärtlich auf Johanna und Stefan.

Kurz darauf erkundigte sich Gräfin Eisenberg bei der Wirtin nach der Webergasse, in der sie Renate Wieland zu finden hoffte.

»Wenn Ihr ausfahren wollt, erkläre ich vielleicht besser Eurem Kutscher den Weg«, bot Erika freundlich an.

»Ist es weit?« Emma lockte der milde Sonnenschein. Ein Spaziergang würde sie auf andere Gedanken bringen und sie die düsteren Ahnungen der Nacht vergessen lassen. »Ich möchte gerne zu Fuß gehen.«

»Oh, ich verstehe, dann könnt Ihr Euch gleich ein wenig die Stadt anschauen. Nun also, sehr weit ist es nicht. Wenn Ihr vor dem Haus steht, seht Ihr schon unseren mächtigen Dom. Das prächtige Gebäude daneben ist die bischöfliche Residenz. Geht linker Hand daran vorbei und folgt der Straße weiter, dann gelangt Ihr direkt ins Viertel der Weber. Ich würde Euch meinen Sohn mitschicken, aber der Bengel ist mal wieder nirgendwo auffindbar …«

»Danke, das ist nicht nötig. Einer unserer Knechte wird mich begleiten.«

Draußen im Hof tränkte der Kutscher summend die Pferde. Die Morgensonne stand am Himmel und gab zusammen mit den vereinzelten Schäfchenwolken ein malerisches Bild ab. Franziska hatte recht gehabt – ein schöner Tag kündigte sich an.

»Wenn du fertig bist, geh hinein und stärke dich«, rief Emma dem Kutscher zu. Dann blickte sie sich nach ihrem Begleiter um. Heinrich, der ältere Landsknecht, würde zum Schutz an ihrer Seite bleiben. Auch in den schlichten Kleidern eines Wagenknechts bot er ein respektables Bild. Groß und kräftig gebaut, war er eine Erscheinung, die auf jeden Eindruck machen würde. Ehe er Emma nach draußen gefolgt war, hatte er seinem jungen Kumpan exakte Anweisungen erteilt, was den Schutz der nach wie vor ruhenden Herzogin betraf.

Der Anonymität wegen trugen weder die Gewänder der Landsknechte noch die Kutsche das Wappen des bayerischen Herzogshauses. Schließlich war damit zu rechnen, dass Ulrich von Württemberg mittlerweile vom Aufenthalt seiner Frau in München erfahren hatte und sie möglicherweise bespitzeln ließ. Es war der Vorschlag Kunigundes gewesen, der Tochter ein unauffälliges Geleit anzutragen, damit ihre Identität weitgehend gewahrt bliebe. Wilhelm, der zunächst an eine Eskorte von ein oder zwei Dutzend Männern gedacht hatte, war auf das kluge Ansinnen der Mutter eingegangen.

»Die Wirtsfrau hat sich bei mir nach der Herzogin erkundigt.« Heinrich räusperte sich. »Unseren Gesprächen ließ sich wohl entnehmen, welch hochrangige Gäste sie unter ihrem Dach beherbergt. Ich habe sie höflich darum gebeten, ihre Nase nicht in fremde Angelegenheiten zu stecken. Aber wir alle sollten, mit Verlaub, vorsichtiger sein.«

»Du glaubst, uns droht Gefahr?«

»Herzog Wilhelm hält es durchaus für möglich, dass Ulrich von Württemberg nach seiner Frau suchen lässt. Er hat Markus und mich persönlich für Schutz und Sicherheit auf dieser Reise verantwortlich erklärt – wir werden das in uns gesetzte Vertrauen nicht enttäuschen.«

»Dessen bin ich sicher, Heinrich.« Emma blieb stehen und blickte dem Mann, der sich stets einen halben Schritt hinter ihr hielt, offen ins Gesicht. »Leider vermag ich selbst nicht zu erkennen, welchen Schaden es anrichten könnte, wenn die Wirtin unsere Identität ahnt. Sie scheint mir eine brave Frau zu sein.«

»Dennoch, Gräfin Eisenberg, müssen wir die Augen offenhalten – um der Herzogin willen.«

Heinrich schwieg nach dieser kurzen Unterhaltung, so dass Emma Muße hatte, das bunte Treiben auf den Straßen zu beobachten. Der Dom war tatsächlich nicht zu übersehen. Seine Proportionen passten zu der Stadt, die eine der größten innerhalb des Heiligen Römischen Reiches war. Mehr als dreißigtausend Menschen lebten innerhalb ihrer Mauern, viele von ihnen waren in Zünften organisiert, die dem städtischen Adel nach und nach einen Teil seiner Macht abgetrotzt hatten. In einer Zeit, in der das humanistische Gedankengut auch nach Bayern überschwappte, war die Welt im Umbruch begriffen. Der Mönch Martin Luther stand kurz davor, seine fünfundneunzig Thesen zu veröffentlichen, während althergebrachte Gesetze und Bräuche von Reformatoren und Denkern aufgebrochen und in Frage gestellt wurden. Die Zahl der Pamphlete, Druckschriften und Bücher wuchs – nicht zuletzt seit der Erfindung des Buchdrucks durch den Mainzer Patriziersohn Johannes Gutenberg um das Jahr 1440. Dennoch klammerten sich viele weiterhin an Althergebrachtes, das Schutz und Vertrautheit bot – nicht wissend, womöglich nicht wissen wollend, was ihnen die Zukunft bringen würde.

Hunderte Gedanken begannen sich in Emmas Kopf zu einem Kreisel aus schillernden Farben zu formen, der ihr mit seinen wilden Umdrehungen Übelkeit verursachte. »Bist du schon einmal in Augsburg gewesen?«, stellte sie eine belanglose Frage an den Landsknecht, um sich Ablenkung zu verschaffen.

Heinrich musste sich nahe zu ihr beugen, um die Gräfin verstehen zu können. Um sie herum herrschte lautes Stimmengewirr. Dicht neben ihnen holperte ein schwer beladener Eselskarren vorbei. Die Schafswolle darauf verströmte einen herben Geruch nach ranzigem Fett. Wenige Schritte weiter verkaufte ein schielender Junge duftende Honigfladen, und schon am nächsten Eck fand sich ein weißhaariger Mann, der seine Barbierkünste an Ort und Stelle feilbot – er wirkte unruhig, jederzeit bereit zur Flucht, denn sein Tun war den Augsburger Zunftmitgliedern außerhalb der Wochenmärkte verboten. Noch schlimmer wäre sein Vergehen, sollte er sein Handwerk zunftlos ausüben.

»Mein Großvater, Gott hab' ihn selig, stammte aus Augsburg«, gab Heinrich bereitwillig Auskunft. »Als mein Vater geboren wurde, siedelte die Familie nach München um, wo ein größerer Bedarf an fähigen Schmieden bestand. Aber ich weiß noch, dass Kaiser Barbarossa höchstpersönlich den Augsburgern das Stadtrecht verliehen hatte. Der alte Herr war mächtig stolz darauf.«

»Wann war das?«

»Vor etwa dreihundertfünfzig Jahren, so erzählte zumindest mein Großvater.«

»Sollten wir nicht langsam am Ziel sein?« Emma blieb stehen und blickte suchend umher. Ihr Orientierungssinn war nie besonders ausgeprägt gewesen, so dass sie doppelt froh darüber war, Heinrich an ihrer Seite zu wissen. »Ich sehe eine Herrentrinkstube nach der anderen, jedoch keinerlei Hinweis auf eine Weberei.«

»Wartet bitte einen Augenblick, Herrin. Ich werde mich erkundigen.« Ehe Emma recht begriffen hatte, war ihr Begleiter schon in dem Menschengewimmel untergetaucht. Kurz darauf erspähte sie seinen lichten Schopf im Gespräch mit einem hübschen Mädchen, das ihm lächelnd den Weg wies.

Einen Moment später war er zurück. »Wenn Ihr mir folgen wollt?« Zielstrebig bog Heinrich in eine Seitengasse ab, nicht ohne sich ein ums andere Mal zu vergewissern, dass die Gräfin dicht hinter ihm blieb. Sie erreichten das Weberviertel und fanden ohne Probleme das Geschäft der Familie Wieland. Dabei entgingen ihnen die Verfolger, die sich hinter ihnen geschickt durch die belebten Straßen geschlängelt hatten.

*

Franziska war am Verzweifeln. Es fiel ihr unerklärlich schwer, ihren lange gehegten Plan endlich in die Tat umzusetzen. Sie schimpfte sich selbst ein törichtes Weib, unfähig, das Richtige zu tun. Emmas Kinder spielten im Hof des Gasthauses friedlich mit einem Wurf gescheckter Katzen. Eine Handvoll Hühner flatterte in ihrer morschen Umzäunung umher, die dringend der Ausbesserung bedurfte. Unterdessen war der Kutscher eingedöst, an eines der Wagenräder gelehnt, den Hut tief in die Stirn gezogen.

Franziska strich sich das blonde Haar aus der Stirn, atmete tief durch und gesellte sich endlich entschlossen zu Markus, dem jüngeren Landsknecht, der gelangweilt in die Luft starrte.

»Ich möchte dich um einen Gefallen bitten.« Eine andere Frau an ihrer Stelle hätte das Anliegen mit weiblichem Charme untermalt, doch Franziska lag dergleichen fern. Sie verstand sich nicht auf die Kunst der Umgarnung.

»Oui, Madame?« Markus beherrschte das Französische leidlich, da er als Knabe einige Jahre in Frankreich gelebt hatte, worauf er nicht wenig stolz war. Man sah dem ungelenken jungen Mann nicht an, dass er zu den besten Fechtern Herzog Wilhelms zählte. Allein im Kampf entfaltete sein schlaksiger Körper vollendete Anmut.

»Geh zum Stadthaus des Händlers Jakob Fugger.« Franziska blickte sich verstohlen um. Die Hühner gackerten, als amüsiere sie die Vorsicht der Frau. »Dort frag nach Marzan von Hohenfreyberg. Präge dir den Namen gut ein. Sobald du etwas erfahren hast, kehre zurück und erstatte Bericht. Hier.« Eine glänzende Münze wechselte den Besitzer. »Sprich mit keiner Menschenseele außer mir über diese Angelegenheit.«

»Das kann ich nicht«, protestierte Markus. »Ausgerechnet jetzt, da Heinrich die Gräfin begleitet, darf ich die Herzogin nicht schutzlos zurücklassen.« Er war Herzog Wilhelm treu ergeben, zudem hatte er nicht vergessen, wie oft der eigene Leichtsinn ihn schon in Schwierigkeiten gebracht hatte. Doch das Geldstück in seiner Hand wog schwer.

»Die Herzogin ruht gewöhnlich bis zum Nachmittag – da müsste es ja mit dem Teufel zugehen, sollte ihr oben im Bett etwas zustoßen«, entgegnete Franziska. Nun, da sie zu einer Entscheidung gelangt war, würde sie für ihre Sache kämpfen. »Für mich und die Kinder wird sich niemand interessieren. Wir bleiben bis zu deiner Rückkehr hier im Hof. Geh also unbesorgt und bring mir Nachricht – es soll dein Schaden nicht sein.«

»Wie Ihr wünscht.« Markus stimmte zu. Nicht allein der Münze wegen, sondern auch, weil die Stadt ihn lockte und er die Dringlichkeit in Franziskas Augen las.

Der Landsknecht brauchte nicht lange, bis er sich zu Fuggers Haus an der Via Claudia, der belebten Handelsstraße, durchgefragt hatte. Die Fassade der mächtigen Stadtresidenz nahe dem Augsburger Weinmarkt war um ein Vielfaches länger als die benachbarten Häuser. Die übrigen Bauten schienen sich vor dem Koloss in ihrer Mitte ängstlich zu ducken. Markus war von dem prunkvollen Gebäude wie geblendet. Hätte der junge Mann etwas von der Pracht hinter der Fassade geahnt, er wäre noch eingeschüchterter gewesen. Der Fuggersche Palast beherbergte allein vier Innenhöfe, geschmückt mit toskanischem Marmor, plätschernden Wasserbecken und edlen Arkadengängen, die Geschäftspartner zum Flanieren einluden. Selbst Kaiser Maximilian hielt sich hier so oft auf, dass die Augsburger ihn bereits zum Ehrenbürgermeister ihrer Stadt ernannt hatten.

Aus dem Tor des Wohnhauses trat soeben ein schwarzhaariger Mann mit kummervollen grauen Augen. Markus nutzte die Gelegenheit und erkundigte sich bei dem elegant gekleideten Fremden nach Marzan von Hohenfreyberg. Der Unbekannte, der seinen Namen niemals ohne Grund preisgab, musterte den vor ihm stehenden Landsknecht scharf. Dann erteilte er ihm bereitwillig Auskunft. »Einen solchen Mann, mein Freund, gibt es in Jakob Fuggers Hause nicht.«

18

AUGSBURG

14. Juli im Jahre des Herrn 1516

Marc Frey war seit seiner Rückkehr aus der Neuen Welt zur rechten Hand des Augsburger Kaufherrn Jakob Fugger avanciert, dem man schier unermesslichen Reichtum nachsagte. Man munkelte gar von einem fensterlosen Zimmer voller Münzen, was natürlich nicht der Wahrheit entsprach. Dennoch gab der Kaufmann mit seinen Geschäften den kursierenden Gerüchten immer wieder neue Nahrung. Er legte Wert auf sein Ansehen – nicht nur in Augsburg, sondern weit darüber hinaus. Sein Name stand bei Herzögen, Königen, ja selbst bei Papst und Kaiser in höchstem Ansehen. Legendär war sein Darlehen an den obersten Kirchenfürsten, das 1505 den Aufbau der Schweizergarde ermöglicht hatte. Daneben hatte Fugger vor zwei Jahren den Italienfeldzug Kaiser Maximilians mit hundertsiebzigtausend Gulden finanziert. Zwar war Christen die Zinsnahme nach dem kanonischen Kirchenrecht verboten, doch wurde dieses Gesetz nicht selten umgangen, indem man die teilweise Rückzahlung der Hauptschuld, meist im Zusammenhang mit weiteren Vergünstigungen, forderte. Zudem verfügte der Augsburger Kaufherr, dessen Reichtum sich stetig mehrte, mittlerweile über ein weitgreifendes Kupfermonopol, welches er sich durch den Aufkauf zahlreicher Bergwerke gesichert hatte.

Marc Frey führte trotz seines hohen Postens in Fuggers schillerndem Bannkreis ein recht einfaches Leben, geprägt von harter Arbeit. An den zahlreichen Feierlichkeiten und Festbanketten nahm er nur teil, um das Vermögen Fuggers zu mehren. So etwas wie privates Glück existierte für ihn nicht, wohl aber ein gewisses Maß an Zufriedenheit, etwa dann, wenn er einen wichtigen Handel erfolgreich zum Abschluss gebracht hatte. Im Moment allerdings wurde er von einem einzigen Projekt so sehr in Anspruch genommen, dass ihm keine Zeit mehr für den Stoff- und Gewürzhandel blieb – die beiden Handelszweige in Fuggers Unternehmen, die er besonders schätzte.

Frey setzte, gerade in seinem Heim angekommen, seine Kappe ab und klopfte sich den Staub von den Kleidern. Er war die ganze Nacht außer Haus geblieben, um in den Armen der Witwe Feiferl Erleichterung zu suchen. Das ihm anvertraute Projekt, dessen Leitung Fugger ihm überlassen hatte, forderte seine letzten Energiereserven. Schon jetzt, am Morgen, fühlte er sich erschöpft, obwohl dringliche Geschäfte auf ihn warteten. Die Augsburger Fuggerei, ein monumentales Wohltätigkeitswerk des großen Kaufherrn, war noch in ihren Anfängen begriffen. Nach der Fertigstellung – und im Moment zweifelte Frey daran, dass dieser riesige Gebäudekomplex jemals zu seiner Vollendung gelangte – würde die Fuggerei verarmten Augsburger Bürgern eine Wohnstatt bieten. All das in Fuggers Namen und gegen eine sinnbildliche Pacht von drei täglichen Gebeten für den Stifter sowie der Zahlung eines rheinischen Goldguldens jährlich. Fugger setzte sich dieses Denkmal, um dem Namen seines Geschlechts auch in den kommenden Jahrhunderten ein ehrenwertes Ansehen zu sichern.

Marc Frey seufzte. Er hätte zehn Hände und zehn Köpfe gebraucht, um all seine Aufgaben bewältigen zu können. Nun musste er sich sputen, denn schon in einer Stunde war er zur Besprechung mit den verantwortlichen Bauleitern verabredet. Es blieb gerade genügend Zeit für eine kurze Morgentoilette. Frey schätzte es nicht, wenn der Geruch seiner Geliebten an ihm haften blieb. Er hätte sich schon längst von ihr trennen sollen. Die dralle Brünette hatte ihm am gestrigen Abend wohl zum hundertsten Mal Kaltherzigkeit vorgeworfen, und im Grunde musste er ihr recht geben. Er war nicht fähig zu lieben. Nicht mehr.

Trotzdem war es angenehm, in manchen Nächten einen warmen Leib neben sich in den Kissen zu spüren. Erst nach seiner Rückkehr aus Amerika hatte Frey gelernt, sich hemmungslos der Leidenschaft hinzugeben, ohne dabei *ihr* Gesicht vor sich zu sehen. Es war ein langsamer und mühevoller Prozess gewesen – Stück für Stück hatte er sich die Erinnerungen aus dem Herzen gerissen. Am Ende war es ihm gelungen. Manchmal brachte er es sogar über sich, seiner Geliebten die Hand zärtlich in den Nacken zu legen, ohne dabei von den Geistern der verlorenen Liebe heimgesucht zu werden.

Seit Frey den Scherbenhaufen seines alten Lebens erfolgreich hinter sich gelassen hatte, war er ein Mann ohne Vergangenheit. Eine einsame Figur auf dem Schachbrett Gottes.

Doch das Schicksal ließ sich weder täuschen noch beirren.

19

AUGSBURG

14. Juli im Jahre des Herrn 1516

Renate Wielands Vater war ein glatzköpfiger, wortkarger Webermeister, der sich lange besann, ehe er Gräfin Eisenberg und ihren Begleiter empfing.

Seine Begrüßung fiel dementsprechend alles andere als freundlich aus. Mit finsterem Gesicht lauschte er Emmas Vorstellung, die Züge von Kummer und Wut gezeichnet. Beide Gefühlsrichtungen spiegelten sich abwechselnd in seinen Augen, als sei er sich seiner Empfindungen selbst nicht gewiss.

»Ich bin auf der Suche nach Eurer Tochter, dem Fräulein Wieland.«

»Was wollt Ihr von dem Mädel?«

»Ich möchte ein Versprechen einlösen, das ich dem Ritter Michael von Göggingen auf seinem Sterbelager gegeben habe.«

»Pah!« Der Webermeister spuckte auf den Boden. Feiner Speichel benetzte sein sauberes Hemd. »Ohne den feinen Ritter wäre das ganze Unglück nicht geschehen.«

»Er hat Renate über die Maßen geliebt. Ihr irrt Euch, wenn Ihr annehmt, der junge Mann hätte keine ehrenhaften Absichten gehabt.«

»Natürlich hatte er die!«, fuhr der Weber Gräfin Eisenberg schroff an. »Sonst hätte er wohl kaum seinen guten Freund hergeschickt, um sich meines Mädchens anzunehmen.« Seine hängenden Wangen färbten sich im Verlauf der Unterhaltung rot. Ihn beeindruckten weder die feinen Kleider der Gräfin noch der hochgewachsene Knecht an ihrer Seite. Seit dem Verschwinden seiner Tochter vermochte nichts mehr sein Interesse zu wecken.

»Göggingens Freund, sagt Ihr?« Emma erschrak bis ins Mark.

»Heiner von Ulzstetten«, knurrte der Weber. »Mein liebes, törichtes Kind hat alles verdorben.«

»Herr von Ulzstetten ist hier?« Eisige Schauer jagten ihr über den Rücken, während sie fieberhaft überlegte, was man Renate Wieland angetan haben mochte.

»Nicht mehr.«

»Was bedeutet das, Weber? Ich bitte Euch, redet!«

»Ich wüsste nicht, was Euch das anginge, Gräfin Eisenberg.«

Wortlos griff Emma in ihre Tasche und zog den Verlobungsring hervor, den Michael von Göggingen für seine Liebste gekauft hatte.

Der Weber starrte nachdenklich auf das teure Schmuckstück, dann hob er langsam zu sprechen an. »Ulzstetten war in unser Haus gekommen, um Renate anstelle seines Freundes zum Weib zu nehmen.«

»Habt Ihr eingewilligt?«

»Nach reiflicher Überlegung, selbstverständlich. Etwas Besseres konnte ich mir für meine Tochter nicht wünschen.«

»Bitte, darf ich mit Renate sprechen?«

Der Webermeister starrte abwechselnd den Ring, die Gräfin und wieder den Ring an, der warm in Emmas Hand schimmerte.

»Begreift Ihr denn nicht? Meine Tochter ist fort!« Der Mann schlug sich die Hände vors Gesicht und drehte sich weg, um die Fremden seine Tränen nicht sehen zu lassen.

Gräfin Eisenberg schwankte auf dem Rückweg zum Gasthaus vor Erschöpfung und Entsetzen. Heinrich hielt sich wachsam an ihrer Seite, jederzeit bereit, ihr beizustehen. Die dunklen Gestalten, die sich ihnen an die Fersen geheftet hatten, bemerkte er jedoch nicht.

»Wo kann das Mädchen nur sein?« Emma sprach mehr zu sich selbst als zu dem Landsknecht. Es hatte sie viel Geduld gekostet, dem Weber auch den Rest der Geschichte zu entlocken. Widerwillig und mit feuchten Augen hatte er dann endlich berichtet, wie seine Tochter verschwunden war, nachdem sie von Göggingens Tod und Ulzstettens Antrag erfahren hatte.

Die Gräfin bebte vor Zorn, wenn sie an den niederträchtigen Ulzstetten dachte, der den tödlichen Streich gegen Michael von Göggingen mit eigener Hand geführt hatte. Nun war sie vollends davon überzeugt, dass der Tod des jungen Ritters kein Unglück gewesen sein konnte, und fühlte sich mitschuldig, weil sie nicht hartnäckiger versucht hatte, Herzog Wilhelm zu einer Untersuchung des Vorfalls zu drängen. Zudem hatte Michael sie wohl mit gutem Grund darum gebeten, seine Verlobte vor Ulzstetten zu warnen. Tatsächlich war der Mann nach Augsburg gekommen, um Renate zu schaden. Emmas Kopf pochte, so intensiv dachte sie über das Verschwinden des Mädchens nach. Bilder wurden in ihrem Kopf lebendig, die nicht ihrer eigenen Erinnerung entstammten.

Normalerweise hätte sie die Vision zurückgedrängt, zumal sie sich auf offener Straße befanden. Andererseits musste sie einfach wissen, was mit Renate Wieland geschehen war.

»Heinrich, hilf mir«, bat sie leise.

Dass der Landsknecht sie auffing, spürte sie schon nicht mehr.

Der Friedhof lag abseits von Dorf und Burg. Niemand sah Renate Wieland, die mit tränenverschmiertem Gesicht am Grab ihres Verlobten kniete. Man hatte den Leichnam von München auf den stillen Gottesacker überführt und den Ritter neben seinen Eltern zur letzten Ruhe gebettet. Renates dunkles Haar war feucht vom Regen und hing ihr in wilden Strähnen ins Gesicht.

Sie hielt ein Messer in der Hand, das sie aus der väterlichen Küche entwendet hatte. Der Schmerz in ihrem Inneren brannte lichterloh. Sie hatte Michael so sehr geliebt. Niemals wäre sie fähig gewesen, einen anderen zu heiraten, nicht einmal ihrem Vater zuliebe, der die Verbindung mit Ulzstetten gewünscht hatte. Nach Stunden tiefster Dunkelheit hatte sie eine Entscheidung getroffen.

Ihr Schluchzen erfüllte den stillen Friedhof, als sie die Klinge über die bloße Haut der linken Hand zog. Es tat weh, und das war gut so. Sie wollte leiden, so wie Michael gelitten haben musste. Blut quoll hervor und brachte sie ihm näher. Renate setzte einen weiteren Schnitt, das Gesicht des Geliebten vor Augen. Sie würde langsam sterben, ganz langsam, damit der Himmel ihr Opfer annahm und sie nach durchlittener Höllenqual gnädig wieder mit Michael vereinte.

Der Regen verstärkte sich, während Renate immer schwächer wurde. Schnitt um Schnitt. Ihr Unterarm bestand nur noch aus klaffenden Wunden, als plötzlich ein unerträglicher Schmerz in ihrem Leib sie aus der herrlichen Leichtigkeit herausriss, die sich durch den Blutverlust in ihr ausgebreitet hatte.

Renate schrie auf und presste sich den unverletzten Arm auf den Bauch. Es half nichts. Unmengen an Blut strömten aus ihr heraus, tränkten ihren Rock und das regenfeuchte Gras darunter. Michaels ungeborenes Kind rächte sich dafür, dass sie es mit in den Tod hatte nehmen wollen. Renate fiel zur Seite und rollte sich zusammen. Eine wimmernde Kugel aus Schmerz.

Bald darauf ließ der Regen nach, und zwei Frauen betraten den Friedhof. Sie schlenderten zwischen den Gräbern umher und rupften hie und da Unkraut, während sie sich angeregt unterhielten. Ulla und Ulrike, Mutter und Tochter.

»Herr im Himmel, steh uns bei!«

Mit einem Schrei auf den Lippen stürzten die beiden Frauen auf den leblosen Körper zu, der über dem frischen Grabhügel lag. Ullas Hand berührte Renates Stirn.

Einen Lidschlag lang, nur für den Hauch eines Augenblicks, öffnete sie die Augen.

»Es geht wieder, Heinrich«, protestierte Emma, doch ihre Stimme klang schwach. »Du kannst mich jetzt wirklich herunterlassen.«

Der Landsknecht schüttelte stur den Kopf. »Ihr seid ohnmächtig geworden. Ich werde Euch erst absetzen, wenn wir die Herberge erreicht haben und sich kundige Frauenhände um Euch kümmern können.«

»Sind wir wenigstens bald da?« Emma sah ein, dass Heinrich sich ihrer Bitte zu Recht widersetzte. Nicht auszudenken, wenn ihr etwas zustieße, während sie unter seinem Schutz stand. Tatsächlich fühlte sie sich wirr und benommen von dem, was sie eben gesehen hatte. War die schmerzgepeinigte junge Frau tot? War Renate Wieland längst vereint mit ihrem Liebsten?

»Es ist nicht mehr weit, Gräfin.« Heinrich räusperte sich, um ihre Aufmerksamkeit zu gewinnen. Ihm entging nicht, dass sie noch nicht wieder Herrin ihrer Sinne war.

»Hat es großes Aufsehen erregt, dass … dass ich …?«

»Nein, Gräfin. Gott sei Dank hattet Ihr mich vorgewarnt. Ich konnte Euch auffangen, ehe Ihr Euch ernstliche Verletzungen zuziehen konntet. Einige neugierige und besorgte Blicke sind mir gefolgt, als ich Euch forttrug, das schon, aber es wurden keine Fragen gestellt.«

»Das hast du gut gemacht, Heinrich.«

»Ich tue meine Pflicht.«

Der Landsknecht ging mit großen Schritten zügig weiter, und schon kurze Zeit später befand sich Emma wieder in der Schankstube des *Tapferen Bayern*, wo er sie behutsam auf die Füße stellte.

»Um Himmels willen!« Erikas Blick flog zwischen Emma und Heinrich hin und her. »Ist Euch etwas zugestoßen?«

»Ein kleiner Schwächeanfall. Ich muss mich nur ein wenig hinlegen.«

»Selbstverständlich begleite ich Euch hinauf.« Die Wirtin bot der Gräfin den Arm, damit diese sich auf sie stützen konnte. »Eure Freundin hat sich mit den Kindern zurückgezogen. Die drolligen Kleinen waren ganz erschöpft vom Spielen und Herumtollen. Die andere Dame hat ihr Gemach den ganzen Vormittag nicht verlassen.«

»Ihr seid sehr freundlich, Erika.« Emma drehte sich zu Heinrich um. »Meinen Dank für deine Begleitung heute.«

Der Landsknecht deutete eine Verbeugung an. Gräfin Eisenberg sprach es zwar nicht aus, dennoch verstand er, dass sie ihm nicht nur für seinen Schutz, sondern auch für seine Diskretion dankte.

»Wie ist es dir ergangen, Markus? Alles ruhig geblieben?«

»Ja.« Der Angesprochene nickte. »Keine besonderen Vorkommnisse.« Seinen Ausflug zu Jakob Fuggers Haus erwähnte er mit keinem Wort. Zum einen, weil er Heinrichs berechtigte Rüge fürchtete, zum anderen, weil er der hübschen Franziska sein Wort gegeben hatte. So verbarg er den Anflug schlechten Gewissens hinter einem Lächeln und lud Heinrich zu einem kühlen Krug Bier in die nunmehr leere Gaststube.

»Gut, dass du wieder da bist.« Franziska blickte auf, als Emma eintrat. Die Kammer hatte ein Fenster zur Ostseite hinaus. Wo zu früherer Stunde Staubflocken in einem Bündel heller Sonnenstrahlen getanzt hatten, herrschte jetzt am

Nachmittag bereits Düsternis. Deshalb konnte Franziska die hinter der Gräfin stehende Wirtin nicht sofort sehen. »Die Kinder sind eingeschlafen.«

Erika machte mit einem Räuspern auf sich aufmerksam. »Der Dame geht es nicht gut. Sie sollte sich besser ein wenig hinlegen«, erklärte sie. »Ich werde mich um sie kümmern.« Franziska betrachtete Emma nun aufmerksamer. Diese rollte mit den Augen, was Erika gottlob nicht sehen konnte. »Habt Dank für Eure Hilfe.«

Die Wirtin rührte sich nicht vom Fleck.

»Wir wollen Euch nicht länger aufhalten.«

»Das ist nicht der Rede wert …«

»O doch«, mischte sich Emma entschieden ein. »Sicher habt Ihr viel zu tun – geht also unbesorgt. Meine Freundin hier wird sich meiner Wünsche annehmen.«

»Wie Ihr wollt.« Allzu gerne wäre die Wirtin geblieben, um die Hintergründe des Schwächeanfalls zu erfahren. Leider hatten die Damen jedoch höflich deutlich gemacht, dass ihre Anwesenheit nicht länger vonnöten war. Erika blieb nichts anderes übrig, als sich schmollend zurückzuziehen.

»Hattet ihr einen schönen Tag?« Emma ließ sich neben Stefan und Johanna auf das Bett fallen. Die beiden Kinder hatten für gewöhnlich einen solch tiefen Schlaf, dass die leichte Erschütterung sie nicht stören würde.

»Was ist geschehen, Emma? Nun erzähl schon«, forderte Franziska ungeduldig.

»Sieh kurz vor die Tür.« Gräfin Eisenberg senkte ihre Stimme. »Ich möchte nicht, dass Erika lauscht. Sie scheint mir doch recht neugierig zu sein.«

Franziska tat, wie ihr geheißen. »Keiner da. Gedämpfte Geräusche von unten, mehr nicht.«

»Zuerst die gute Nachricht: Wir haben Renates Vater finden können«, fasste Gräfin Eisenberg die Ereignisse des Tages kurz zusammen. »Zuerst wollte der Weber nicht mit uns sprechen. Es hat viel Zuredens bedurft, bis er mit der Wahrheit herausrückte – seine Tochter ist verschwunden. Fortgelaufen, wie es scheint.«

»Vielleicht hat der Tod ihres Liebsten das Mädchen derart verwirrt«, mutmaßte Franziska, »dass es kurzerhand abgehauen ist. Um allein zu sein.«

»Nein, Ziska, so einfach ist es leider nicht. Auf dem Rückweg habe ich andauernd darüber nachgedacht, was Renate wohl zugestoßen sein könnte – das muss die Vision ausgelöst haben …«

»Deshalb also sprach Erika von einem Schwächeanfall. Ich nehme an, du hast in Erfahrung gebracht, was dem Fräulein Wieland geschehen ist? Kein Wunder, dass du so weiß um die Nase bist.« Franziska setzte sich zu Emma und den schlafenden Kindern auf das Bett. »Ist das Mädchen tot?«

20

AUGSBURG
14. Juli im Jahre des Herrn 1516

Die beiden Freundinnen sprachen stundenlang, bis weit nach Einbruch der Dunkelheit, über Emmas Eid und Renate Wielands Verschwinden. Nach Ulzstettens Auftauchen und der beunruhigenden Vision lag es auf der Hand, dass Emma noch nicht abreisen konnte.

Am nächsten Morgen erschienen Emma und Franziska übernächtigt in der Wirtsstube, wohingegen Stefan und Johanna, die friedlich geschlafen hatten, recht zappelig waren. Emma bat Heinrich und Markus, sich zu ihnen zu setzen, um das weitere Vorgehen zu besprechen. Die Herzogin kam erst herunter, als die anderen bereits gegessen hatten. Unkommentiert nahm sie hin, dass die Stühle allesamt besetzt waren und sie sich auf der Bank neben dem jungen Landsknecht niederlassen musste.

»Ich werde heute nochmals den Weber aufsuchen«, nahm Emma den unterbrochenen Gesprächsfaden wieder auf, nachdem Sabina sich gesetzt hatte.

»Heißt das, wir müssen einen weiteren Tag untätig auf dich warten?« Die Schwester Herzog Wilhelms schien von der Vorstellung alles andere als angetan.

»Nein.« Franziska schüttelte den Kopf. Sie war Sabina nicht länger gram. Es entsprach nicht ihrem Wesen, mit anderen in Unfrieden zu leben. »Emma wird mit Heinrich nochmals ins Weberviertel gehen, während wir die Kinder reisefertig machen und die Kutsche anspannen lassen.«

»Das bedeutet, wir fahren noch heute ab?«

»Ja. Wenn es dir recht ist, Sabina, treffen wir später am

Domplatz zusammen und brechen in Richtung der Welfenburg auf.« Gräfin Eisenberg nickte der Herzogin zu. Auch sie war nun bereit, ihr den Fauxpas vom Ankunftstag zu verzeihen.

»In Ordnung.« Die Herzogin willigte ein. »Hast du die Weberstochter gestern nicht angetroffen?«

»Leider nicht. Renate Wieland ist verschwunden und ihr Vater völlig verzweifelt. Ich kann nicht abfahren, ohne ihm nochmals meinen Trost gespendet zu haben.« Ihre Vision erwähnte Emma mit keiner Silbe.

»Ich weiß zu schätzen, dass du keine Fragen stellst, Heinrich.« Emma schenkte dem Landsknecht einen dankbaren Blick. Wenige Schritte trennten sie noch vom Heim des Webers, und Gräfin Eisenberg mochte die Gelegenheit nicht unnütz verstreichen lassen.

»Das steht mir nicht zu, Herrin.«

»Nimm trotzdem meinen Dank.«

»Ich tue meine Pflicht, und wenn ich mir erlauben darf hinzuzufügen: In Eurem Fall tue ich sie gerne. Ihr seid eine bemerkenswerte Frau, Gräfin, und auch Eure Freundin Franziska ist eine liebenswerte Person. Nicht jeder weiß seine Untergebenen so zu schätzen wie Ihr.«

»Herzog Wilhelm hat richtig entschieden, dich zu unserem Schutz auszuwählen. Ich wüsste keinen Waffenknecht, den ich lieber an meiner Seite hätte. Aber genug der Worte – lass uns hoffen, dass der Weber bereit ist, uns noch mals zu empfangen.« Emma fieberte der Begegnung mit Renates Vater entgegen. Es war zwingend notwendig, mit ihm zu sprechen. Vorher konnte sie auf keinen Fall abreisen.

»Ihr wieder?« Der glatzköpfige Webermeister zeigte sich nicht weniger bärbeißig als bei ihrer ersten Begegnung.

»Ich muss mit Euch sprechen.«

»Weshalb? Ihr wisst bereits, dass mir mein einziges Kind davongelaufen ist. Seid Ihr gekommen, um Salz in die Wunde zu streuen?«

»Nein.« Sie beugte sich nahe zu dem Mann. Heinrich mochte tolerant sein, was ihr seltsames Verhalten und ihre Ohnmacht betraf, doch die folgenden Worte waren allein für den Weber bestimmt. »Ich bringe Nachricht von Eurer Tochter.«

»Barmherziger Gott.« Renates Vater griff sich ans Herz. In seinem Gesicht zuckte es. »Kann es wahr sein?«

»Lasst uns das nicht auf offener Straße besprechen.«

»Kommt herein, Gräfin Eisenberg.« Der Weber war völlig verwandelt. »Ich bitte Euch, kommt nur herein.« Schweißtropfen glänzten auf seiner blanken Stirn.

»Warte auf mich, Heinrich.«

Der Landsknecht nickte, und Emma trat ins Haus.

»Was ist mit meinem Mädchen?« Renates Vater wies mit fahriger Hand auf einen Stuhl. »Wie habt Ihr sie gefunden, Gräfin? Wie geht es ihr? Es geht ihr doch gut, oder?«

»Bitte, guter Mann, beruhigt Euch.« Emma fing den gehetzten Blick des Webers ein. »Setzt Euch hin und hört mir zu. Was ich Euch zu sagen habe, ist die Wahrheit, das müsst Ihr mir glauben! Fragt jedoch nicht danach, woher ich dieses Wissen habe – das werde ich Euch nicht sagen können.«

»Mir ist's gleich, wie Ihr von meinem Kind erfahren habt, wenn Ihr mir nur endlich verratet, wo sie ist.«

»Das kann ich so genau nicht sagen.« Emma gebot ihm Einhalt, ehe er auffahren konnte. »Eure Tochter hat auf dem Friedhof zu Göggingen eine Fehlgeburt erlitten. Dort, an Michaels Grab, haben zwei Frauen sie gefunden und sich ihrer angenommen. Ulla und Ulrike – merkt Euch diese beiden Namen gut, sie sind das einzige Bindeglied zu Eurer Tochter. Fahrt nach Göggingen und sucht nach ihnen. Ich verspreche Euch nicht, dass Renate den Abgang überlebt hat – aber, Weber, Ihr dürft hoffen. Wenn es Gottes Wille ist, werdet Ihr Eure Tochter bald wieder in die Arme schließen können.«

»Sch… schwanger?« Der Mann stammelte. »Meine Kleine war guter Hoffnung?«

»So ist es. Renate trug Michaels Kind unter dem Herzen und hat es verloren.« Emma sagte nicht, welches Ereignis der Fehlgeburt vorausgegangen war. Falls Renate am Leben war, kam es allein ihr zu, dem Weber ihre Trauer am Grab zu schildern. »Heiner von Ulzstetten ist ein böser Mensch, der Renate übel will. Er hat Euch belogen, was seine Absichten betraf. Wenn Ihr Eure Tochter findet – lasst ihn niemals mehr in ihre Nähe.«

»Ihr müsst mir sagen, woher Ihr das wisst!« Der Weber schnellte vor und packte Emma an den Handgelenken. »Ihr *müsst* es mir sagen!«

»Ich kann nicht.«

»Hier geht es um mein Kind.« Renates Vater begann, Emma grob zu schütteln. »Wenn Ihr mir keine Lügenmärchen auftischt, dann rückt heraus mit der Sprache!«

»Ich …« Gräfin Eisenberg wehrte sich gegen den harten Griff, doch ihr fehlte die Kraft, gegen den Mann zu bestehen.

»Lasst sie los! Auf der Stelle!« Heinrich, der draußen die harschen Worte vernommen hatte, stürmte herein. Die Wände schienen zu vibrieren, so laut dröhnte seine Stimme. Erschrocken ließ Renates Vater von Emma ab, so dass der Landsknecht es allen Beteiligten ersparen konnte, eine Waffe zu ziehen.

»Ihr seid verwirrt, Weber, und krank vor Sorge.« Emma konnte dem Mann nicht böse sein. »Tut, wie ich Euch geheißen habe, und Ihr werdet auf die Spur Eurer Tochter stoßen.« Sie überlegte, ihm Michaels Ring anzuvertrauen, entschied sich jedoch dagegen. Ein Schwur war bindend. Wenn Renate am Leben war – und Emma betete darum, es möge so sein –, würde sie das Kleinod eines Tages selbst übergeben können.

»Lasst uns aufbrechen, Herrin.« Heinrich wollte die Gräfin nicht länger in der Nähe des Mannes wissen, der ihr gegenüber ausfällig geworden war.

»Wartet!« Der Weber sprang auf und näherte sich Emma mit kleinen Schritten. Der Landsknecht wollte ihm Einhalt gebieten, doch Emma winkte ab. Unterdessen ging Renates Vater vor ihr auf die Knie, griff nach ihrer Hand und küsste sie. »Wenn wahr sein sollte, was Ihr behauptet, und ich meine Tochter wiederfinde, dann bin ich Euch zu ewigem Dank verpflichtet.«

»Vergesst nicht …« Emma wartete, bis der Weber auf die Beine gekommen war. Seine Schultern bebten. »Heiner von Ulzstetten hat Euch belogen. Er war niemals Michaels Freund. Merkt Euch meine Worte gut und hütet Euch in Zukunft vor ihm. Gottes Segen für Euch und Euer Kind.«

»Er hätte mir niemals etwas angetan.« Emma und Heinrich machten sich eilig auf den Weg zum Domplatz, dem vereinbarten Treffpunkt.

»Ihr sprecht wie eine Frau, die sich mit gewalttätigen Mannsleuten auskennt.«

»Nein. Zumindest nicht so, wie du vielleicht annehmen magst.«

»Ich nehme gar nichts an, Herrin. Mir genügt, dass Ihr wohlauf seid.«

Während sie einträchtig nebeneinander her schritten, dem Dom entgegen, ratterte eine kleine wendige Kutsche an ihnen vorbei, wie geschaffen für Augsburgs schmale und verwinkelte Gassen. Im Inneren saß auf samtenen Polstern ein schwarzhaariger Mann. Emma schenkte dem Gefährt und seinem Insassen keine Beachtung. So entging ihr, dass die Augen des Fremden von derselben Farbe waren wie ihre eigenen. Tiefgrau und geheimnisvoll, gleich einem tiefen See, dessen dunkle Geheimnisse unter der Oberfläche verborgen bleiben.

Gräfin Eisenberg blickte suchend umher. Der Domplatz war voller Menschen, eine bunte Mischung aller Schichten. Manche unterhielten sich lebhaft, Grüppchen schwatzender Frauen standen beisammen, andere eilten geradeaus, ohne nach rechts oder links zu sehen, um wichtigen Aufgaben nachzukommen.

Da die Kutsche mit Franziska, den Kindern und der Herzogin nirgendwo zu sehen war, ließ Emma sich auf dem Rand eines Brunnens nieder. Der Erschaffer dieses Kunstwerks hatte hervorragende Arbeit geleistet. Phantasievolle Fabelwesen tummelten sich um ein mächtiges Medusenhaupt, aus dessen schlangenumzüngeltem Mund klares Wasser perlte. Es war kurz nach Mittag, die Sonne stand strahlend am Himmel. Sie hatten vereinbart, am frühen Nachmittag hier zusammenzutreffen. So blieb ein wenig Zeit, die Wärme des Tages zu genießen. Gräfin Eisenberg tauchte die Hände ins kühle Nass und dachte mit halbgeschlossenen Augen an Erik.

Heinrich hielt sich dicht an ihrer Seite, wachsam wie stets, während die Minuten verstrichen.

»Wir hätten uns besser in der Herberge verabreden sollen«, bemerkte Emma, nachdem sie – wie es ihr schien – eine halbe Ewigkeit vergebens gewartet hatten.

»Der Domplatz ist nicht zu verfehlen, Herrin.« Die Worte des Landsknechts wirkten beruhigend. »Sicher werden sie bald da sein.«

»Es wird doch keine Probleme mit der Kutsche geben? Nein, bestimmt nicht.«

»Hm«, brummte Heinrich zustimmend. Er wusste ebenso gut wie Emma, dass ihre Kutsche in ausgezeichnetem Zustand war. Etwas anderes hätte Herzog Wilhelm niemals geduldet.

»Endlich!«, rief Emma erleichtert aus. »Das ist unsere Kutsche, nicht wahr?«

»So ist es, Herrin.« Heinrich schmunzelte. Er fand es rührend, wie sie um ihre Lieben besorgt war.

Die Gräfin rannte auf das Gefährt zu, kaum dass die Pferde zum Stehen gekommen waren. Sie konnte sich selbst nicht erklären, weshalb sie von einer solchen Unruhe erfasst war.

»Herrin!«, hörte sie Heinrichs Stimme im Hintergrund. Statt sich zu ihm umzudrehen, riss sie den Wagenschlag auf. Im gleichen Moment stockte ihr der Atem. Dem Inneren entstiegen vier fremde Männer. Mit einem kurzen Blick vergewisserte sie sich, dass ihr vertrauter Kutscher auf dem Bock saß. Seine Augen flackerten furchtsam.

»Was ist geschehen?«

Einer der Fremden lächelte sie an. Obwohl er von kleiner Gestalt war, wirkte er auf Emma beängstigender als so manch hochgewachsener Hüne. Dünne Storchenbeine ragten unter seinem dicken Wanst hervor und verliehen ihm ein groteskes Aussehen. »Eine Freude, Euch gegenüberzustehen, Gräfin Eisenberg.« Sein rotstichiges Haar stand in Schöpfen von seinem Kopf ab. »Wir haben uns erlaubt, Eure Reiseroute ein wenig zu ändern. Verhaltet Euch still und unauffällig. Nur wenn Ihr genau das tut, was man Euch sagt, werdet Ihr Eure Kinder wiedersehen.«

»Und daran ist Euch doch gewiss gelegen, nicht wahr?«, fügte ein weiterer Mann hinzu, dessen breiter Oberkörper und muskulöse Arme Stärke verrieten. Die beiden anderen Kerle waren braunhaarig, einer von ihnen wirkte in seiner Hässlichkeit besonders abstoßend. Seine Figur war drahtig, das Gesicht vernarbt. Weil die Vorderzähne nach vorne abstanden, schien die Oberlippe nicht zum Rest seines

Mundes zu passen. Der vierte Mann wäre mit seinen zarten Gesichtszügen hübsch zu nennen gewesen, hätte nicht die mehrfach gebrochene Nase sein Antlitz verunstaltet. Trotz des beinahe mädchenhaft weichen Gesichts wirkte er noch brutaler als seine Kumpane. Ein kalter Zug lag um seine Augen.

»Was habt ihr ihnen angetan?« Emma kreischte auf und hieb, die Hände zu Fäusten geballt, auf den ihr am nächsten stehenden Entführer ein.

»Sollte ich mich geirrt haben, und Ihr legt doch keinen Wert darauf, zu Euren Freunden zu gelangen?« Der dickbauchige Kerl mit den roten Haaren lächelte ungerührt. Während er in völlig ruhigem Ton zu ihr sprach, zog er in einer eindeutigen Geste seinen Zeigefinger von links nach rechts über seine Kehle.

Emmas Hände sanken hinab. Sie schwieg.

21

NÜRTINGEN

15. Juli im Jahre des Herrn 1516

Eriks Schädel fühlte sich an, als wolle er jeden Moment platzen. Ehe ihm eine Äußerung entschlüpfen konnte, die ihm später leidtun würde, erhob er sich wortlos, um den schnatternden Frauen zu entfliehen. Den verstohlenen Blicken, welche die Weiber hinter ihm hersandten, schenkte er keine Beachtung. Der gesamte Witwenhaushalt, männerlos bis auf einen lederhäutigen, alten Knecht, schien die Anwesenheit des Grafen zu genießen.

Schweigend trat er aus der Tür und holte tief Luft, um seine Gedanken zu ordnen. Während er darauf wartete, dass der pochende Kopfschmerz nachließ, betrachtete er das schmucke Fachwerkhaus der Witwe Elisabeth. Die Tochter des Markgrafen von Brandenburg und angeheiratete Tante Ulrichs von Württemberg war nach dem Tode ihres Gatten von der unwirtlichen Nürtinger Burg in das hoheitsvolle Gebäude umgezogen.

Da Ulrich seiner Tante den Umgang mit Geld nicht zutraute, musste sie sich zu ihrem Leidwesen mit einer genau festgelegten jährlichen Zahlung aus ihrem stattlichen Erbe begnügen. Aus Verärgerung darüber hatte sie die Kinder und die jüngere Schwester ihrer Nichte Sabina im letzten Jahr bereitwillig bei sich aufgenommen.

Eriks Blick glitt an der stolzen Fassade des zweistöckigen Wohnsitzes entlang. Nahe am Markplatz gelegen, erhob sich das Fachwerkgebäude zwischen zwei kleineren Bürgerhäusern, die auf Traufgassenbreite an den großen Nachbarn herangerückt waren. Der reich gestaltete Blendgiebel neigte sich ein wenig schief zur Straße hin. Wahrlich ein Bauwerk, das Nürtingen zur Zierde gereichte!

Graf Eisenberg fragte sich zum wiederholten Male, was Herzog Wilhelm sich nur dabei gedacht hatte, ihn ins Haus dieser Frau zu entsenden. Der Abend brach herein, und mit ihm die Finsternis. Die Wohnkammern im ersten Stock lagen im Dunkel, die darunter liegenden Fenster wurden erhellt von Feuerschein, Kerzen und Talglichtern. Elisabeth hatte die ehemalige Werkstatt im Erdgeschoss des Hauses zu einer gemütlichen Halle umbauen lassen, in der sie allerlei Handarbeiten verrichtete. Daneben diente der kleine Saal vor allem der Befriedigung ihrer Schwatzhaftigkeit, wie Erik schnell begriffen hatte. Die Witwe Elisabeth war ein Weib, das kein Blatt vor den Mund nahm und sich schamlos in die Angelegenheiten fremder Leute einmischte.

Aus dem Haus drang das Geplauder der Frauen an Eriks Ohr, die sich an diesem Abend einer komplizierten Stickarbeit widmeten. Wenig später erklang im oberen Stock lautes Weinen. Schnelle Schritte waren auf der gewundenen Treppe zu vernehmen, bald darauf beruhigend gemurmelte Worte.

Erik war ratlos und besorgt. Elisabeth verweigerte bisher hartnäckig die Herausgabe der Kinder Anna und Christoph. Ihm hingegen würde der Geduldsfaden reißen, wenn er noch sehr viel länger gezwungen wäre, an diesem Ort zu verweilen. Zwar besaß er ein gesiegeltes Dokument, in dem Herzog Wilhelm die Übergabe seiner Nichte und seines Neffen befahl. Aber ganz offensichtlich fürchtete sich die Witwe mehr vor dem Zorn Ulrichs als dem des Bayernherzogs.

Zu allem Übel war auch Sabinas jüngere Schwester Susanna zu Gast in Elisabeths Haus, seitdem die Herzogin von Württemberg sie dort zurückgelassen hatte. Trotz ihrer Jugend hatte die Vierzehnjährige bereits großen Einfluss auf die Witwe gewonnen und bestärkte sie darin, die Kinder keinesfalls fortzugeben. Mit erstaunlicher Weitsicht hatte Susanna begriffen, dass Ulrich nicht nur Elisabeths Gönner war, sondern zugleich für ihren eigenen Lebensunterhalt sorgte, solange sie nicht nach München zurückkehrte.

Erik hieb mit der Spitze seines ledernen Schuhs in den Dreck der Straße. Staub und Erdklumpen wirbelten auf, feiner Schmutz stieg ihm in die Nase und ließ ihn niesen. Seit Tagen hatte es nicht geregnet. Der trockene Himmel wurde von den Kaufleuten sehr begrüßt, die endlich einmal nicht befürchten mussten, mit ihren Wagen und Fuhrwerken im Schlamm der unbefestigten Wege stecken zu bleiben. Die Bauern hingegen bangten wie so oft um ihre Ernte.

Erneut atmete er tief durch, um seinen Unwillen zu unterdrücken, den er allein schon beim Gedanken an das seichte Gewäsch der Weiber in sich aufsteigen spürte. Emma war so ganz anders als diese Frauen. Wenn sie mit ihm sprach, drückten ihre Sätze und ihre beredten Gesten Intelligenz und echtes Interesse aus. Im Gegensatz dazu schienen ihm die Witwe Elisabeth und die junge Susanna von Bayern dumm und aufdringlich.

»Wo bleibt Ihr denn so lange?«, beschwerte sich Elisabeth bei seiner Rückkehr. »Es ziemt sich nicht, seine Gastgeberin wortlos zu verlassen.« Sie zog pikiert die schmal gezupften Augenbrauen in die Höhe. Ihr graues Haar war peinlich genau hochgesteckt.

»Verzeiht. Ich musste an die frische Luft. Kopfschmerzen, Ihr versteht.« Taktvoll unterließ er es zu erwähnen, woher diese Schmerzen rührten. Die Hausherrin und Sabinas Schwester Susanna thronten auf Stühlen, die mit weichen Kissen versehen waren. Die Kindsmagd hockte zusammen mit der Köchin und einer älteren Leibmagd etwas abseits des flackernden Kaminfeuers. Josef, der langjährige Knecht, hatte sich bereits zur Ruhe begeben. Erik tat es diesem vernünftigen Mann gleich und wünschte allseits eine gute Nacht.

Jeden Abend, kaum, dass die Sonne untergegangen war, schlüpfte Josef auf sein Lager, einen aufgeschütteten Haufen Stroh. Der alte, nahe beim Haus gelegene Schuppen gehörte ganz ihm. Dort schlief er traumlos und erwachte Tag für Tag noch vor Anbruch der Dämmerung. Wenn die ersten Hähne krähten, die Nürtinger langsam die Augen aufschlugen und die Stadtwachen bereits den Zoll früher Händler kassierten, war Josef schon lange auf den Beinen. In diesen morgendlichen Stunden, in denen silberne Tautröpfchen der Welt eine unwirkliche Schönheit verliehen, schöpfte er stoisch Eimer für Eimer aus dem Brunnen. Elisabeth legte Wert darauf, sich jederzeit mit frischem, klarem Wasser reinigen zu können, auch wenn der Badetrog letztendlich kaum mehr als einmal im Monat benutzt wurde.

Erst nach treulicher Verrichtung dieser Arbeit tat Josef, was ihm streng verboten war. Er erklomm die knarrenden Stufen in den ersten Stock und lauschte, ob alle schliefen. Dem alten Knecht war nämlich etwas ganz und gar Unerwartetes widerfahren – er hatte sich verliebt. Jeden Morgen erging er sich lautlos in der Betrachtung der friedlich schlummernden Kinder. Die feinen Gesichter waren so weich, dass er manchmal dem Drang nachgab und mit schwieliger Hand darüber streichelte. Josef hatte nie eine Frau, nie eine Familie gehabt. Erst am Abend seines Lebens war ihm klar geworden, wie sehr er sich all die Jahre nach menschlicher Nähe und Zuneigung verzehrt hatte. Nun war es zu spät, doch die niedlichen Kinder weckten eine solche Liebe in seinem Herzen, dass sie ihn mit vielem versöhnte. Manchmal träumte er sogar, Anna und Christoph wären seine Enkelchen.

Erik lag wach in seinem Bett, als die Vögel bei Sonnenaufgang zu zwitschern begannen. Elisabeth hatte ihm einen eigenen Raum zur Verfügung gestellt, der an die schlichte Kammer angrenzte, die sich Köchin und Leibmagd miteinander teilten. Auf der anderen Seite des schmalen Gangs lag die Kinderstube, daneben das winzige Stübchen der Kindsmagd. Die Hausherrin bewohnte zusammen mit ihrem Dauergast Susanna von Bayern zwei schmucke Gemächer unter dem Dach, die noch von den Vorbesitzern mit flauschigen Wandteppichen, zierlichen Kommoden und Truhen ausgestattet worden waren.

Schleichende Tritte auf der Stiege weckten Eriks Aufmerksamkeit. Besorgt schwang er die Beine aus dem Bett und schlüpfte eilends in die abgelegten Gewänder. Während er die Nesteln an seiner Hose zu einem fest sitzenden Knoten verband, wurde ihm wieder bewusst, wie sehr ihm seine Frau fehlte. Oft war sie es, die ihm am Morgen in seine Kleider half – und nicht selten lag zu dieser frühen Stunde eine hingebungsvolle Nacht hinter ihnen. Graf Eisenberg liebte den fröhlichen Schalk in den Augen seiner Frau, der ihn an ihre neckischen Balgereien erinnerte.

Bewusst verzichtete er auf seine Schuhe. Die klebrigen Ledersohlen hätten ein geräuschloses Vorankommen unmöglich gemacht. Barfüßig schlich er aus seiner Kammer, die rechte Hand umschloss einen schweren Gegenstand. Die sichere Handhabung verriet, dass er die Waffe nicht zum ersten Mal führte. Eriks Spaltaxt hatte eine fein geschliffene, gerade Beilklinge, die in den letzten Jahren, Gott sei's gedankt, lediglich zum Abschlagen schlanker, von Schädlingen befallener Bäume Verwendung gefunden hatte.

Die Tür zur Kinderstube stand offen. Erik hielt den Atem an, hob die Axt und setzte einen Fuß in das Zimmer. Das lange, ungewaschene Leinenhemd des Knechts leuchtete fahlgelb. Der alte Mann beugte sich über Christophs Bettchen.

Erik zögerte nicht und stürmte vorwärts. »Fort, du Nichtsnutz!«, rief er drohend aus, in jeder Sekunde bereit, die Waffe in den Leib des Eindringlings zu rammen.

»Bitte …« Josef hob schützend die geöffnete linke Hand. Sein rechter Arm war Eriks Blicken entzogen. Furcht glimmte in den sonst so ruhigen Augen des Knechts. Erik trat näher, die Waffe fest umspannt. Er beugte sich über das Bettchen, und der Atem stockte ihm vor Überraschung. Der kleine Junge war wach und hatte die Decke von seinem Körper gestrampelt. Mit den winzigen Fingern beider Hände hielt er den Daumen des alten Mannes umfasst.

»Verratet mich nicht.« Eine Träne glitzerte auf Josefs Wange und rann, entlang tiefer Altersfurchen, in Richtung Kinn hinab.

Graf Eisenberg entledigte sich seiner furchteinflößenden Axt. Die Stirn in nachdenkliche Falten gelegt, musterte er den Alten. »Warum tust du das?«, fragte er schließlich. »Warum schleichst du in aller Herrgottsfrühe zu den Kindern?«

»Ich hab' sie lieb.« Josef war kein Mann großer Worte. Sein Leben lang hatte er keine Gefühle gezeigt. Empfindungen wie Zuneigung und Liebe zu äußern fiel ihm schwer.

Graf Eisenberg schüttelte den Kopf, mehr Zeichen der Verblüffung als des Unglaubens. »Warum?«

»Was soll ich sagen, Herr – ich weiß es doch selbst nicht.« Josef hatte sein weißhaariges Haupt ängstlich eingezogen, so dass er an eine schlafende Taube erinnerte, die ihr Köpfchen zwischen den Federn versteckt.

»Schon gut, Josef. Wir reden später darüber. Lass uns hinuntergehen, ehe die Damen erwachen und unliebsame Fragen stellen.«

Der alte Knecht nickte. Dankbarkeit und Erleichterung waren auf seinem verlebten Gesicht zu lesen. Er warf einen letzten seelenvollen Blick auf die Kinder, ehe Erik die Tür hinter ihnen leise ins Schloss zog.

22

AUGSBURG
15. Juli im Jahre des Herrn 1516

Die Kutsche fuhr ratternd einem unbekannten Ziel entgegen. Emma wurde von dem Geschaukel speiübel. Nach der unverhohlenen Drohung der Entführer war ihnen keine andere Wahl geblieben, als in das Gefährt zu steigen. Trotz Emmas anfänglicher Gegenwehr hatte niemand auf dem Domplatz Notiz von den Vorgängen genommen.

Gräfin Eisenberg saß eingeklemmt zwischen dem grimmig dreinblickenden Heinrich und dem storchbeinigen Wortführer der gottlosen Bande. Ihr gegenüber hockten die beiden braunhaarigen Kerle und schauten so zufrieden drein wie hungrige Katzen vor einer vollen Schale Milch. In regelmäßigen Abständen warfen sie einander einen weichen Ball zu. Emma erkannte nach einer Weile Johannas zusammengeknülltes Schmusetuch, und ihre Übelkeit verstärkte sich.

Vorne auf dem Bock zitterte der Kutscher, die bedrohliche Gegenwart des vierten und letzten Entführers keinen Moment aus den Augen verlierend. Er wusste, wohin die Fahrt sie führen würde. Zuvor hatten die Schurken die Herzogin von Württemberg mitsamt dem Waffenknecht Markus, Frau Franziska und den Kindern dorthin geschafft. Was die Banditen mit ihm persönlich vorhatten, davon ahnte er gottlob noch nichts.

Häuser, Gassen und Straßenzüge zogen auf ihrer rumpeligen Fahrt wie in Zeitlupe an Emma vorbei, der das Denken zunehmend schwerfiel. Die Angst um ihre Lieben war überwältigend und verdrängte jede klare Überlegung. In der fremden Stadt war es lediglich eine Frage von Minuten, bis die Gräfin und der Landsknecht vollends die Orientierung verloren hatten.

Schließlich hielten sie an. Die spöttisch dargebotene Hand ignorierend kletterte Emma aus der Kutsche und riskierte einen Blick auf die Umgebung. Sie waren in einer schmalen Seitengasse innerhalb der Stadtmauern gelandet. Hier schmiegten sich verfallene Häuschen dicht an dicht, so dass oft gerade genügend Platz für eine Person blieb, um zwischen den Häuserzeilen hindurchzuschlüpfen.

»Folgt mir«, befahl der Storchbeinige. »Selbst der geringste Fluchtversuch kostet das Leben der Kinder. Habt ihr mich verstanden?«

»Ja.« Emma nickte totenbleich. Auch Heinrich und der Kutscher rangen sich ihre Zustimmung ab, nachdem sie den flehentlichen Blick der Gräfin aufgefangen hatten. Der Landsknecht fragte sich unablässig, wie so etwas hatte geschehen können. Sicher war Markus nicht mehr am Leben, sonst wäre es den Schurken wohl kaum gelungen, die Frauen und Kinder in ihre Gewalt zu bekommen.

Umringt von ihren Häschern schritten die Gefangenen ein kurzes Stück die Straße entlang.

»Hier rein.« Ein grober Schubs des kleinen Blonden wies Emma die Richtung. Das Haus, dessen Schwelle sie überschritten, schien unbewohnt zu sein. Heruntergekommen und in zwielichtiger Umgebung am Rande der Stadtmauern, eignete es sich perfekt als Unterschlupf. Tagsüber war die Straße wie leergefegt, des Nachts trieben sich undurchsichtige Gestalten herum, die sich keinen Deut darum scherten, was in den ärmlichen Behausungen vor sich ging.

Das alte Weiblein, welches hier mehr schlecht als recht gelebt hatte, lag von den Söldnern erschlagen im Hinterhof, der magere Körper unter einem stinkenden Haufen Mist begraben.

»Stehen bleiben.«

Sie gehorchten stocksteif und rührten sich nicht vom Fleck, während das Narbengesicht Heinrich nach Waffen abtastete. Bereits in der Kutsche hatte man dem Landsknecht sein Messer abgenommen, das er leidlich versteckt unter seinem Hemd getragen hatte. Die erneute Durchsuchung förderte einen am Bein befestigten Dolch zu Tage. Anschließend war der Kutscher an der Reihe, der die Prozedur zitternd über sich ergehen ließ.

»Sie auch.«

»Ich trage keine Waffe bei mir«, protestierte Emma, angesichts der lüsternen Blicke, mit denen die Kerle sie bedachten.

»Haltet den Mund.« Mit einer schroffen Handbewegung forderte der Storchbeinige mit den roten Haaren den Narbenmann dazu auf, sich ans Werk zu machen. Er tat es mit aufreibender Gründlichkeit, ließ seine rauen Hände langsam über ihr Kleid wandern, als zeichne er die Formen ihres Körpers nach. Seine Gefährten johlten, woraufhin er in Emmas hochgestecktem Haar zu wühlen begann, das sich löste und offen über ihre Schultern fiel. Der Anblick der schwarzen Haarpracht trieb die Söldner zu unflätigen Scherzen. Ehe Emma begriff, wie ihr geschah, griff ihr der Narbengesichtige mit der Hand unter den Rock. Sie sog scharf die Luft ein. Seine Finger glitten an ihrem Bein entlang, von den Waden über die Knie bis hin zu den Schenkeln.

»Nichts zu finden«, verkündete er schließlich.

»In Ordnung. Schafft sie hinunter. Bis auf den Kutscher – ihn lasst hier.« Der Storchbeinige dachte an den Verlust ihres einstigen Anführers, den Ulrich von Württemberg ihnen aufgezwungen hatte. Keiner von ihnen hatte den überheblichen Kerl gemocht, der ihnen im Grunde auch zutiefst unheimlich war. Deshalb war Heiner von Ulzstetten auf jener Lichtung in seinem Blute liegengeblieben, mitleidslos zurückgelassen von den eigenen Männern, die sich um ihn ebenso wenig kümmerten wie um das verschwundene Mädchen.

Im Nachhinein hatte der Storchbeinige, der eigentliche Kopf der Truppe, diese Entscheidung jedoch bereut. Er fürchtete, der Herzog von Württemberg könnte ihnen die Belohnung verweigern, weil sie dessen treuen Gefolgsmann verloren hatten. Sie konnten ja schlecht vor den Württemberger hintreten und ihm erklären, dass Ulzstetten irgendwo im Gras jämmerlich verreckt war.

Die Söldner waren wütend wegen der verqueren Situation. So wütend, dass sie Zeit brauchten, um ihre Lage zu überdenken. Ihre Wut brauchte ein Ventil, und dabei kam ihnen der Kutscher gerade recht, für den sie ohnehin kein Lösegeld bekommen würden. An ihm würden sie sich schadlos halten.

Emma beobachtete zitternd, wie die Banditen sich an einem eisernen Ring zu schaffen machten und kurz darauf eine hölzerne Klappe hoben, die den Blick auf ein schwarzes Loch freigab. Seit sie vor Jahren mit Eriks Hilfe Franziska aus den dunklen Gewölben unter Ravensbergs Burg befreit hatten, war die Furcht der Gräfin vor Kellern und unterirdischen Verliesen nie wieder gewichen.

Der Storchbeinige blieb mit dem Kutscher zurück, während die übrigen Männer ihre Gefangenen die morsche Stiege hinabscheuchten. Nur ein schwacher Lichtschein ließ Emma erkennen, wohin sie trat, weiter unten war es stockfinster.

»Schneller!«

»Ich sehe nichts«, erwiderte sie. Dann drang ein Wimmern an ihr Ohr. Jede Vorsicht außer Acht lassend eilte sie die knarrende Treppe hinunter.

»Emma?«, klang es leise und verängstigt an ihr Ohr.

Von oben wurde die Klappe zugeschoben. Der letzte Lichtschein erlosch.

»Mama?«

Das war Johannas Stimme. Emma tastete sich vorwärts, fühlte rauen Stein, feuchte Wände, Schmutz und Dreck. Dann endlich eine menschliche Hand, die sich ihr in der Finsternis entgegenstreckte.

»Ich bin es, Emma – Franziska.«

»Seid ihr alle da? Geht es euch gut?« Emma nahm sich kaum die Zeit, ihre Freundin kurz und fest in die Arme zu schließen. Was war mit ihren Kindern? Gerade hatte Johanna gesprochen, oder war es gar nicht ihre Tochter gewesen? Nur langsam gewöhnten sich Emmas Augen an die Dunkelheit. Die Holzklappe oben war ungenau in den Boden eingepasst. Schmale Ritzen ließen ein wenig Licht in den Keller fallen, so dass man schemenhafte Umrisse erkennen konnte. Zwei kleine Gestalten kauerten, dicht an Franziska gedrängt, auf dem Boden. Endlich war die grauenhafte Ungewissheit vorbei. Die Gräfin herzte und drückte ihre Kinder, wischte die salzigen Tränen von ihren weichen Gesichtern.

»Markus?« Heinrich spähte angestrengt in die Dunkelheit

»Ich bin hier«, kam die prompte Erwiderung.

»Wie konnte das geschehen?« Keine Wärme lag in den Worten des älteren Mannes. Markus hatte in seiner Beschützerrolle versagt und trug damit in Heinrichs Augen die Verantwortung für die prekäre Lage, in der die ihnen Anvertrauten sich befanden. »Wie konntest du zulassen, dass diese Wichte sich an den Frauen und Kindern vergreifen? Wir hatten den Auftrag, die Herzogin und ihre Begleiterinnen mit dem Leben zu schützen, verdammt noch eins!«

»Es tut mir leid.« Markus klang ebenso kleinlaut wie verzweifelt. »Wir standen reisefertig draußen im Hof des Gasthauses. Plötzlich war dieser Fremde da und hob den kleinen Jungen auf die Arme. Er kitzelte ihn am Hals. Der Bub lachte erst und begann kurz darauf zu weinen – er schien die Gefahr zu spüren –, und wir anderen konnten sehen, dass der Kerl zudrücken würde, wenn wir nicht taten, was er uns befahl …«

»Sie schafften euch hierher und zwangen euch, ihnen den Treffpunkt zu verraten«, mutmaßte Heinrich.

»Genauso war es.« Markus' Nicken war in der Finsternis nur zu erahnen. »Ich … Ich schäme mich so für meinen Fehler. Ich weiß nicht, wie ich das wieder gutmachen soll.« Ein leises Schluchzen war zu hören.

Emma empfand Mitgefühl für den Mann. Es mochte stimmen, dass sie durch seine Unachtsamkeit in diese schlimme Lage geraten waren. Dennoch konnte sie ihn nicht verdammen.

»Was machen wir jetzt?« Erstmals meldete sich Herzogin Sabina zu Wort. »Was sind das für Banditen, und vor allem – was will das Gesindel von uns?« An ihrem erstickten Tonfall war zu erkennen, dass sie weinte. Stefan und Johanna hingegen blieben in den Armen ihrer Mutter völlig ruhig. Entweder waren die Kinder zu verschreckt, oder aber sie erleichterten den verstörten Erwachsenen die Lage mit kindlichem Feingefühl, indem sie schwiegen.

»Wir müssen versuchen, hier rauszukommen. Was auch geschieht, die Sicherheit unserer Anvertrauten hat oberste Priorität, Markus.« Heinrich klang nun doch versöhnlich. »Wisch dir das Nass aus dem Gesicht«, befahl er dem jüngeren Landsknecht, »und benimm dich wie ein Mann.«

Die Stunden verstrichen, und die Eingeschlossenen verloren jegliches Gefühl für Zeit. War es Abend oder schon Morgen? Emma wusste es nicht. Der schwache Schein von oben veränderte sich nicht. Kaum genug Licht, um die eigene Hand vor Augen erkennen zu können, waren sie dennoch dankbar für den Hauch von Helligkeit.

Irgendwann öffnete jemand die Klappe zum Keller und

stellte einen Eimer mit Wasser auf die oberste Treppenstufe, dazu etwas Brot. Heinrich tastete sich die Stufen hoch und servierte den Frauen und Kindern das kärgliche Mahl. Emma schöpfte mit der Hand Wasser aus dem Kübel und ließ die Kinder trinken. Alle Übrigen nahmen die Flüssigkeit auf wie Vieh an der Tränke. Sabina schluchzte leise. Ulrich hatte sie geschlagen und misshandelt, aber niemals zuvor war die Herzogin von Württemberg derart gedemütigt worden.

Mit Erleichterung stellte Emma fest, dass Stefan und Johanna, die Köpfe auf ihren Schoß gebettet, eingeschlafen waren. Die Frauen saßen dicht beisammen und hielten einander trostsuchend an den Händen. Franziska war schweigsam, was Emma über die Maßen besorgte. Sie hätte viel dafür gegeben, ihr Gesicht sehen zu können. Für die Freundin, gepeinigt von der schrecklichen Erinnerung an Ravensbergs Gewölbeverlies, in das sie einst eingeschlossen worden war, musste der dunkle Keller unerträgliche Qual bedeuten.

Gräfin Eisenberg hörte mit halbem Ohr, wie Heinrich und Markus Fluchtpläne schmiedeten und wieder verwarfen. Unterdessen fragte sie sich, welches Schicksal den Kutscher in der Gewalt der Söldner ereilt haben mochte.

»Wir könnten den ersten Mann niederschlagen, der zu uns heruntersteigt. Es muss ja früher oder später einer kommen, um nach uns zu sehen.« Markus sehnte sich verzweifelt danach, seinen Fehler gutzumachen und allen die Freiheit zurückzugeben.

»Wir sind unbewaffnet, Markus«, mahnte Heinrich, dem bedauerlicherweise selbst keine Lösung einfiel. »Ein Kampf würde Frauen und Kinder in Gefahr bringen. Und selbst wenn es uns gelänge – oben warten drei weitere kampferprobte Schurken …« Der ältere Landsknecht rieb sich über die müden Augen. Er befand sich nicht zum ersten Mal in bedrohlicher Situation. Dank seinen Erfahrungen im Kampf, seinem Geschick und seiner Wendigkeit war er bislang stets davongekommen. Doch hier und heute stand nicht allein sein eigenes Überleben auf dem Spiel – es ging um mehr. So viel mehr.

*

STUTTGART
16. Juli im Jahre des Herrn 1516

Während Herzogin Sabina zusammen mit ihren Begleitern den Entführern seit nunmehr einem knappen Tag hilflos ausgeliefert war, beendete ihr Gatte Ulrich von Württemberg auf seiner Burg in Stuttgart gerade sein Mittagsmahl. Zum Abschluss wurde ein Blaubeerkompott gereicht, das dem Herzog ein Lächeln auf die kalten Lippen zauberte. Er liebte Süßes.

Unten in der Küche war die neue Magd schon mit dem Abwasch zugange. Die braunen Locken der jungen Frau waren ordentlich unter einer schlichten Haube aufgesteckt. Küchenmeisterin Gisela duldete es nicht, wenn eines ihrer Mädchen den Unwillen des Herzogs hervorrief. Ulrich von Württemberg hatte seine Bediensteten schon geringerer Anlässe wegen als wegen eines Haars in der Suppe mit der Staupe züchtigen lassen.

Die junge Magd mochte etwa fünfzehn oder sechzehn Jahre alt sein. Man nannte sie »die Stumme«, weil sie kaum je sprach. Stattdessen summte sie zufrieden vor sich hin, während sie eine silberne Servierplatte energisch mit der Bürste bearbeitete. Das Beutelchen mit dem Gift lag sicher versteckt in ihrer Kammer. Endlich, nach all der Zeit, war sie ihrem Ziel ein Stück näher gekommen.

Im warmen Schein des Küchenfeuers leuchtete auf der Stirn des Mädchens eine seltsame Narbe. Beinahe konnte man meinen, die alte Wunde habe die Form eines Kreuzes …

23

AUGSBURG
16. Juli im Jahre des Herrn 1516

»Ulrich von Württemberg muss die Banditen zu ihrer Tat angestiftet haben.« Emma hatte ein wenig schlafen können, den Rücken gegen die kalte Wand gelehnt, die Hände im weichen Haar ihrer Kinder vergraben. Die kurze Ruhe hatte ihr neue Kraft geschenkt. Dankbar nahm die Gräfin zur Kenntnis, dass Stefan und Johanna noch immer so friedlich schlummerten, als lägen sie zu Hause in den eigenen Betten. »Wer sonst als Sabinas Gatte könnte ein Interesse daran haben, uns zu schaden?«

»Ulrich?« Im Gegensatz zu Emma hatte die Herzogin von Württemberg kein Auge zugetan, seitdem man sie hier unten eingeschlossen hatte, so sehr setzte ihr die Furcht zu, in diesem modrigen Keller lebendig begraben zu werden. »Du hältst meinen Ehemann für den Verantwortlichen?«

»Ich pflichte der Gräfin bei.« Heinrich sprach ruhig und bedächtig. »Herzog Wilhelm hat uns den Auftrag erteilt, Euch – seine Schwester – vor jedweden Übergriffen zu schützen. Das tat er, weil er zu diesem Zeitpunkt bereits den Verdacht hegte, der Württemberger könnte Spitzel auf seine Frau angesetzt haben, um ihrer habhaft zu werden.«

»Wenn eure Überlegungen der Wahrheit entsprächen – warum bringt man mich dann in Gottes Namen nicht zu ihm?« Sabina raufte sich das Haar. »Ich verstehe gar nichts mehr!«, rief sie aus.

»Ruhig, meine Liebe.« Emma tastete nach Sabinas Hand und drückte sie.

»Vielleicht legt dein Gatte keinen Wert mehr darauf, dich

lebend in die Arme zu schließen«, warf Franziska emotionslos ein. Ein Schutzmantel, weich wie Watte, lag über ihr und schirmte sie ab. Das unbewusste Zusammenspiel von Geist und Körper bewahrte sie davor, in dem düsteren Gefängnis verrückt zu werden.

»Nein. Ulrich mag ein Scheusal sein, boshaft zu seinen Freunden, grausam zu seinen Untergebenen. Aber sich am eigenen Weib zu vergreifen, das würde er nicht wagen, nein, das nicht …« Trotz ihrer überzeugten Worte schien die Herzogin sich keineswegs sicher.

»Ich fürchte, wir dürfen diesen Gedanken nicht außer Acht lassen.« Emmas Herz zog sich zusammen bei der Vorstellung, wie sie alle nach und nach in diesem Kellerloch zugrunde gehen könnten. Ohne Nahrung, ohne Wasser und Licht. Das durfte nicht geschehen. Stefan und Johanna durften nicht sterben, nur weil der Zufall ihrer Mutter einen Schwur abgerungen und ihr Mitgefühl sie dazu bewogen hatte, der Herzogin von Württemberg das Leben zu retten. Bitternis schnürte ihr die Kehle zu. Was mochte aus Erik und den Zwillingen werden, wenn Emma und die Kleinen sang- und klanglos verschwanden, verloren in der Ewigkeit, als wären sie nie auf diesem Erdenrund gewandelt?

»Sie haben uns Wasser und Brot gegeben. Wenn sie unseren Tod wollten, hätten sie das nicht getan, oder?« Sabina klammerte sich an ihre Hoffnung.

»Aaahhhhhh!« Ein schriller Schmerzensschrei schnitt durch die Dunkelheit.

»Um Gottes willen!« Die Herzogin hielt sich die Ohren zu, Franziska knetete ihre Finger. Emmas Kinder bewegten sich unruhig im Schlaf.

»Was war das?«, flüsterte die Gräfin und schimpfte sich im selben Atemzug eine Närrin. Warum weigerte sie sich nur, der Wahrheit ins Auge zu sehen, da die Antwort doch offensichtlich war?

Von oben dröhnten laute Stimmen. Schritte, Gespräche, Lachen. Die Gefangenen hielten den Atem an. Erneut panische Schreie. Dann wurde es für lange Zeit still.

Heinrich und Markus schlichen die Treppe hinauf. Zum dritten, vierten oder fünften Mal – Emma wusste es nicht mehr. Mit vereinten Kräften drückten die Männer gegen die hölzerne Klappe. Das Ergebnis blieb stets das gleiche. Die Falltür ließ sich nicht bewegen. Natürlich hatten die Söldner den improvisierten Kerker zusätzlich verriegelt, um ein Entkommen unmöglich zu machen.

Später erwähnte keiner von ihnen die wehklagenden Schmerzensrufe. Sie wagten es nicht. Sie alle wussten, dass solche Laute nur von einem Menschen stammen konnten, der höchste Pein und Qual litt.

Der Gräfin versuchte vergeblich, nochmals einzuschlafen. Stattdessen starrte sie mit brennenden Augen in die Finsternis. Die karge Ration Brot war längst aufgebraucht, der letzte Rest Wasser blieb den Kindern vorbehalten. Einmal beobachtete Emma in der schemenhaften Dunkelheit, wie Sabina sich die Lippen mit dem kostbaren Nass benetzte, während die anderen zu schlafen schienen. Sie verlor kein Wort darüber, behielt jedoch fortan den Eimer nahe bei sich.

Stefan und Johanna waren von friedlichem Schlummer zu Quengeln und Weinen übergegangen. Dann hatten sie vor Hunger geschrien. Mittlerweile waren ihre Tränen vor Erschöpfung versiegt. Sie lagen teilnahmslos in den Armen ihrer Mutter, ohne zu begreifen, was mit ihnen geschah.

Auch die Erwachsenen wurden stiller und stiller. Hatten sie anfangs noch ihr Verlies nach verborgenen Ausgängen abgetastet und über Fluchtmöglichkeiten diskutiert, sprach nun kaum mehr einer. Markus, der sein Heil im Schlaf suchte, schlug träumend um sich, so dass die Kleinen trotz ihrer Schwäche wieder zu wimmern begannen.

»Was können wir bloß tun, Emma?« Franziska und die Gräfin saßen eng aneinandergeschmiegt und streichelten tröstend über Stirn und Wangen der Kinder. »Ich will nicht sterben.«

»Das werden wir nicht.« Ein trockenes Schluchzen steckte in Emmas Kehle fest. Sie wollte stark sein, doch die Verzweiflung zehrte an ihr und ließ die tapfere Fassade bröckeln. Wie sollte man sie hier unten jemals finden? War nicht jede Hoffnung vergebens? Niemand ahnte von ihrer Gefangenschaft, niemand würde nach ihnen suchen. Erika, die Wirtin, hatte sie zum Zeitpunkt der Entführung bereits verabschiedet und war winkend nach oben geeilt, um die Zimmer für die nächsten Gäste vorzubereiten. Von ihr würde keine Hilfe kommen. Die Peitinger erwarteten ihre Gräfin auf der Ravensburg an keinem bestimmten Tag. Auch für sie bestand also kein Anlass zur Sorge.

Die Lage schien ausweglos. Da wurde die Falltür geöffnet.

Der Storchbeinige stieg die Treppe herab, einen brennenden Kienspan in der Hand. Ihm folgte der drahtige, narbengesichtige Mann, der die drei Frauen unter obszönen Anfeuerungsrufen durchsucht hatte.

»Ihr scheint unsere Gastfreundschaft nicht so recht genießen zu können.« Storchbein lächelte breit.

Emma schob behutsam ihre Kinder von sich und stand auf. Sofort rollten die Kleinen sich auf dem kalten Boden zusammen, die Knie an die Brust gezogen. Sie wollte ihren Peinigern Auge in Auge gegenübertreten.

»Ah, ich vergaß, mich vorzustellen.« Storchbein deutete eine groteske Verbeugung an. »Albertus Meierthal, so heiße ich – im Moment. Zu euren Diensten.«

Die übrigen Erwachsenen erhoben sich ebenfalls und stellten sich schützend vor die Kinder.

»Halt mal!« Meierthal drückte seinem abscheulichen Begleiter den rauchenden Kienspan in die Hand. »Und gib mir das Messer.« Seine Finger schlossen sich um den Griff der Waffe, an der getrocknetes Blut zu sehen war. Ihm entging nicht die Anspannung in den Gesichtern der Landsknechte, die ihn belauerten wie hungrige Wölfe. Der Lichtschein des brennenden Kienholzes glitt über die feuchten Wände. Zum ersten Mal sah Emma die Schimmelsporen, die sich dort emporrankten.

»Weshalb habt ihr uns gefangen genommen?« Heinrich trat vor Emma, um sie vor eventuellen Übergriffen zu schützen. Er mochte ohne Waffe nicht viel ausrichten können, doch er würde alles für die Gräfin tun, die er mittlerweile – mehr noch als Sabina von Württemberg und selbst den Bayernherzog – als seine Herrin betrachtete.

Meierthal leckte sich die Lippen. Statt einer Antwort erzählte er im Plauderton: »Torben, dieser Narr – ich spreche darüber nur ungern, so peinlich ist mir dieses Eingeständnis –, hat die schöne Kutsche verschachert.« Ein dreckiges Lachen folgte. »Ihr versteht, das bringt uns in die fatale Situation, eure Abreise noch ein wenig hinausschieben zu müssen. Ob wir natürlich jeden von euch mit nach …« Unvermittelt sprang Markus da mit einem mächtigen Satz das Narbengesicht an. Die Frauen schrien gellend auf.

»Markus, nicht!«

Der Landsknecht hörte nicht auf den erfahrenen Heinrich, sondern stürzte sich in rasender Wut in den Kampf.

»Ihr widerwärtigen, verdammten Mistkerle!« Seine Faust hieb brutal in das Gesicht des Gegners, der taumelnd zurückwich. Blut troff aus seinem Mund. Der Kienspan war zu Boden gefallen und flackerte. »Euch werd' ich's zeigen!«

Hunger und Durst hatten an Markus' Kräften und seinem besonnenen Verstand gezehrt. Er schien das Messer gar nicht wahrzunehmen, das der andere nach einem Moment der Verblüffung zog. Voller Entschlossenheit drosch er weiter auf ihn ein. Heinrich wollte einschreiten, wurde aber von

Meierthal – der an der Entwicklung ein gewisses Vergnügen zu finden schien – mit blanker Klinge zurückgehalten.

»Du bleibst, wo du bist!«, befahl er dem Landsknecht.

Unterdessen hatte Markus seinen Gegner an die Wand gedrängt. Die anderen verfolgten mit angehaltenem Atem das Geschehen. Eine Weile hatte es den Anschein, als könne er den ungleichen Kampf gewinnen. Dann aber hatte sein Widersacher sich vollends von seinem Schreck erholt und hob das Messer. Der Landsknecht versuchte, ihm die Waffe aus der Hand zu schlagen, und zog sich einen langen Schnitt zu.

»Nein!«, kreischte Emma, als das Narbengesicht mit der Klinge auf Markus zufuhr.

Es war zu spät. Die Klinge bohrte sich auf Höhe der Nieren in den Leib des jungen Landsknechts. Er sackte stöhnend zusammen. Sein Gegner stach ein zweites Mal zu und traf den Hals. Markus' wehes Stöhnen hörte auf, und er rührte sich nicht mehr.

»Gut gemacht«, lobte Meierthal seinen Vasallen und zog eine feixende Grimasse in Richtung des Niedergestreckten – ein winziger Augenblick der Unachtsamkeit, in dem er die auf Heinrich gerichtete Waffe sinken ließ. Das Narbengesicht grinste seinen Anführer mit blutigen Zähnen an und ähnelte einem gesättigten Raubtier.

Heinrich nutzte die kurze Ablenkung. Mit einer wuchtigen Bewegung hieb er mit der Faust gegen den Schädel des Söldners und entwand ihm das Messer, ehe der noch begriffen hatte, was vor sich ging. Momente später hatte er Albertus Meierthal im festen Griff und die Klinge an dessen Keh le gesetzt. Narbengesicht starrte verdattert auf Heinrich und seinen Anführer.

»Er soll die Waffe wegwerfen«, befahl der Landsknecht.

»Tu, was er sagt, Ludwig!«

Der hässliche Söldner zögerte. Dunkelrote Blutstropfen zierten sein schmutziges Wams.

»Mach schon!« Meierthals Stimme war kaum mehr als ein kehliges Krächzen, als Heinrich die Schneide fester gegen die dünne Haut seines Halses drückte.

»Na gut«, murrte Ludwig. Die Klinge, an der Markus' Blut klebte, fiel scheppernd zu Boden. Das Blatt war dabei, sich zu wenden.

»Nehmt die Waffe!« Heinrich wandte den Blick nicht von seiner Geisel. Emma sprang vor und ergriff das Messer. »Nun bäuchlings auf den Boden mit ihm.«

»Mach schon, Ludwig.«

Das Narbengesicht fiel langsam auf die Knie, seine Handflächen berührten den Boden.

»Hinlegen!«, donnerte Heinrich.

Ludwig verharrte auf allen vieren, unsicher, ob er gewillt war, die Demütigung in Kauf zu nehmen. Sabina hielt die Hände vor der Brust über Kreuz, als könne sie so alles Böse abwehren. Emma stand angespannt vor ihren Kindern, das Messer fest im Griff. Plötzlich ein lautes Scheppern. Der hölzerne Eimer, umspannt mit drei Eisenbändern, krachte mit voller Wucht auf Ludwigs Kopf. Die letzten Tropfen Wasser ergossen sich über sein Haupt. Franziska schlug mit der improvisierten Waffe noch einmal zu. Die Augen des Narbengesichtigen brachen, und er sackte zu Boden.

Heinrich nickte, als wollte er Franziska zu ihrem mutigen Eingreifen gratulieren. »Wir beide gehen jetzt nach oben«, raunte er Meierthal ins Ohr. »Wenn dir dein Leben lieb ist, hältst du brav deinen Mund und machst uns keine Schwierigkeiten.«

Schritt für Schritt führte er seine Geisel die morsche Stiege hinauf, ohne die Klinge auch nur einen Augenblick vom Hals des Söldnerführers zu nehmen. »Kommt mir nach«, rief er den anderen zu. »Gräfin, Ihr geht als Letzte. Haltet die Waffe nach unten gerichtet, falls der widerwärtige Schurke wieder zu Bewusstsein kommen sollte.«

Das Erdgeschoss des Hauses bestand aus zwei kleinen Räumen. Die übrigen Bandenmitglieder, der braunhaarige Mann mit dem weichen Frauengesicht sowie der untersetzte Blonde, hielten sich im Nebenzimmer auf.

»Und, sind sie schon mürbe?«, rief einer von ihnen herüber. Er sprach ein wenig schleppend, was auf seinen angetrunkenen Zustand zurückzuführen war. Der Verkauf der Kutsche hatte die Söldner um einige Gulden bereichert. »Vielleicht sollten wir ihnen doch noch einen Happen zu essen geben, bevor die Weiber am Ende krepieren. Was meinst du, Albertus?«

Heinrich fuhr mit der Klingenspitze über Meierthals Haut. Mehr der Warnung bedurfte es nicht.

»Sind alle munter!«, ließ er seine Gefährten mit lauter Stimme wissen. »Vorerst brauchen die nichts!«

»Hinaus mit euch«, flüsterte der Landsknecht den Frauen zu.

Franziska trug Stefan auf dem Arm, der den Kopf an ihrer Schulter vergraben hatte. Sabina führte Johanna an der Hand. Die Haut der Kleinen war grau vor Erschöpfung. Emma, das Messer des Narbengesichtigen in der Hand, blickte wachsam umher. Mit wenigen Schritten Abstand folgte sie den anderen.

Die Tür war beinahe erreicht, da spähte der Mann mit den weichen Gesichtszügen in den Nebenraum. Eigentlich hatte er nur nachsehen wollen, weshalb Albertus sich nicht wieder zu ihnen gesellte. Sekundenbruchteile später begriff er das Geschehen. »Sie fliehen!«, brüllte er und verstellte der Herzogin den Weg nach draußen.

»Lass sie, Ralf.« Meierthals Gesicht war schweißgebadet. »Siehst du nicht, in welcher Lage ich …«

»Dann wäre alles umsonst gewesen, Albertus.« Ralf fiel Meierthal ins Wort und überlegte fieberhaft, was er tun sollte.

»Schick sie in den Keller!« Heinrich war hochkonzentriert, jede Faser seines Körpers angespannt. Es ging nur mehr um Aktion und Reaktion bei diesem tödlichen Spiel.

»Was soll ich tun, wenn sie sich weigern?« Der Storchbeinige, den Dolch an seinem Hals, begann zitternd zu flehen.

Die Frauen und Kinder hatten sich auf einem Fleck zusammengedrängt. Emma, die blutige Waffe mit der rechten Hand umspannt, griff mit der freien Linken nach Sohn und Tochter und drängte die beiden Kleinen unsanft in eine Ecke des Raumes. Es tat ihr in der Seele weh, so grob mit ihnen umzugehen, doch es galt, möglichst viel Abstand zwischen Stefan, Johanna und die mordende Bande zu bringen.

Ralf und der Blonde nickten einander zu. Sie hatten sich entschieden. Meierthals Tod würde den Anteil ihrer Belohnung nur vergrößern. Langsam schlichen sie auf die sichere Beute zu. Ihre Augen glänzten. Emma hob angriffsbereit das Messer.

»Lasst sie in Ruhe und tut, verdammt noch mal, was ich sage!« Albertus' Stimme bebte vor Furcht. Er hatte begriffen, dass es mit der Loyalität seiner Männer nicht mehr weit her war.

»Wenn wir dich opfern müssen, Meierthal, um unseren Auftrag auszuführen …« Der mädchenhafte Ralf sprach den Satz nicht zu Ende. Die Flügel seiner Nase bebten, er schien Witterung aufzunehmen wie ein Tier.

Emma, ihre schutzlosen Kinder vor Augen, wartete nicht länger ab. Mit gesenktem Kopf rannte sie gegen ihn an. Der Angriff kam unerwartet, ihr Schädel rammte in seinen Bauch. Ralf strauchelte und fiel zu Boden. Im gleichen Moment verstummte Meierthals leises Wimmern.

Ohne Zögern benutzte die Gräfin ihre Klinge und stieß sie mit aller Kraft in Ralfs Körper. Der brüllte schmerzerfüllt. Emma hatte einen Knochen getroffen. Der Aufprall war so heftig, dass er ihre Hand stauchte. Die Finger fühlten sich an wie taub. Der Mann starrte seine Angreiferin an, voller Unglauben, dass eine Frau solches gewagt hatte. Wütendes Grollen drang aus seinem Mund.

Franziska erkannte, dass Emma Ralfs Zorn nicht überleben würde. Sie warf sich mit ihrem Körper auf den Liegenden, um ihn am Boden zu halten. »Stich noch einmal zu!«

Ralf zappelte fluchend unter den Frauen. Da rammte Gräfin Eisenberg ihm das Messer erneut in den Bauch, diesmal bis zum Heft, ohne einen Knochen zu treffen. Der Mann stöhnte und wehrte sich nicht mehr.

Franziska und Emma blickten fassungslos auf ihr Opfer nieder. Gemeinsam war es gelungen, Ralf niederzustrecken. Um sie herum herrschte Stille.

»Es ist vorbei.«

Heinrichs Stimme holte die Frauen zurück in die Wirklichkeit. Schwer atmend stand er da. Albertus Meierthal lag zu seinen Füßen. Tot, die Kehle durchtrennt. Der dritte Schurke, der untersetzte Blondhaarige, lehnte zusammengesunken an der Wand. Jedes Leben war aus ihm gewichen. Der Landsknecht hatte angesichts der tödlichen Gefahr alles auf eine Karte gesetzt. Die Tatsache, dass die verräterischen Kerle bereit gewesen waren, ihren Anführer zu opfern, hatte Meierthals Tod besiegelt. Im nächsten Augenblick, am Höhepunkt von Emmas und Franziskas Kampf, hatte der Landsknecht seine Waffe geworfen. Die Klinge war geradewegs in das Herz des Blonden gedrungen – nur wenige Augenblicke, bevor auch Ralfs Bewegungen erlahmten.

Emmas Herz raste. Sie hatte mit eigener Hand einen Menschen getötet – und bereute es nicht. Sie drehte sich im Kreis, suchte über die drei leblosen Körper hinweg den Raum nach ihren Kindern ab.

Stefan und Johanna waren verschwunden. Ebenso wie Sabina.

24

AUGSBURG
17. Juli im Jahre des Herrn 1516

»Die Herzogin ist mit den Kindern nach draußen geflohen, Herrin.« Heinrich wirkte erschöpft, seine Augen glänzten matt. »Ihr müsst ebenfalls hinaus – dort seid Ihr in Sicherheit.«

Der Narbengesichtige im Keller war erwacht, schüttelte sich wie ein nasser Hund und erklomm die Stiege.

»Vorsicht!«, brüllten Heinrich und Franziska wie aus einem Mund.

Ehe Emma reagieren konnte, hatte der Söldner sie von hinten gepackt und die Hände um ihre Kehle gelegt. Seine Finger drückten zu. Sie röchelte. Der Landsknecht sah, wie das Gesicht der Gräfin blasser wurde und ihre Lippen sich bläulich zu färben begannen. Er zog ein Messer aus einem der Toten und bewegte sich drohend auf Ludwig zu. Emma trat zwar in heller Panik um sich, doch fehlten ihr die Kraft und die Luft zum Atmen, um sich zu befreien.

»Lass sie los, du Schurke!«

»Du hast meine Kameraden erstochen. Dafür wird diese Frau sterben!«

Heinrich umkreiste seinen Gegner. Dieser drehte sich mit Emma um die eigene Achse, ohne sie loszulassen. Der Söldner verlor keine Sekunde lang seine Deckung, so dass der Landsknecht vergeblich in Angriffsstellung lauerte.

Emma wurde schwarz vor Augen. »Das ist das Ende«, schoss es ihr durch den Kopf, als funkelnde Lichtpunkte in ihrem Geist zu explodieren begannen, ein Gefühl wie bei einer herannahenden Vision. Gedanken jagten ihr durch den Kopf, ohne dass sie einen davon zu fassen bekam.

Heinrich tat einen schnellen Schritt nach vorne. Der Narbengesichtige wich zurück und lockerte seine Umklammerung für einen Moment. Die Gräfin hustete und rang keuchend nach Atem. Herrliche Luft strömte in ihre Lungen, frische Kraft in ihre Glieder, schon drückte ihr Häscher wieder zu. Sie hob den Fuß und trat mit all ihrer Kraft auf seine Zehen.

»Ah!«, jaulte Ludwig. Emma nutzte das Überraschungsmoment und riss sich, die letzten Energiereserven mobilisierend, mit einem heftigen Ruck von ihm los.

Heinrich nickte ihr kaum merklich zu, ehe er dem verunsicherten Narbengesicht ein grimmiges Lächeln schenkte.

Gräfin Eisenberg packte taumelnd die kreidebleich in der Ecke stehende Franziska beim Arm und zog sie mit nach draußen.

Den drei Frauen schien es wie eine Ewigkeit, bis Heinrich endlich in der Tür des Hauses erschien. Er hatte gesiegt. Das Wams zerrissen und fleckig, das Antlitz müde. Blut klebte an seiner rechten Hand und färbte den Jackenaufschlag rot.

Sabina und Franziska hielten einander schluchzend umarmt. Jeder Rangunterschied war vergessen. Gräfin Eisenberg tröstete ihre Kinder, die ins helle Licht blinzelten und noch nicht zu begreifen schienen, dass es vorüber war.

»Du hast uns das Leben gerettet.« Emma ging dem treuen Landsknecht entgegen und fasste ihn bei den Händen. »Was ist mit dem Kutscher? Hast du dich drinnen umgesehen? Ihn gefunden?«, fragte sie flüsternd.

Heinrich nickte. Aus der Nähe betrachtet wirkten selbst seine Wangen grau und eingefallen.

»Ihr solltet Euch das nicht antun!«, rief er, als die Gräfin Anstalten machte, das Haus nochmals zu betreten.

Die Vernunft riet, auf Heinrich zu hören. Ihr Gewissen

hingegen zwang sie erneut über die Schwelle. Was war mit dem Kutscher geschehen? Sie musste es wissen.

Die Leichen lagen in ihrem Blut, das langsam zwischen den Bodenbrettern und dem lehmigen Erdreich darunter versickerte. Nur zögernd betrat Emma den Nebenraum, aus dem die Söldner zuvor auf sie losgestürmt waren. Im nächsten Moment wich sie zurück. Essensreste und die Kleider aus den Reisetruhen der Frauen lagen verstreut auf dem Boden, es roch ekelerregend nach Bier, Wein und Erbrochenem. Unter dem winzigen Fenster entdeckte sie den Mann, der einmal ihr Kutscher gewesen war. Sein Hemd hing ihm in Fetzen vom Leib, Urin hatte seine Hose genässt. Die mörderische Bande hatte ihn auf grausame Weise gequält und gemeuchelt. Sie kniete nieder, Schmutz und Gestank missachtend. Es war ihre Christenpflicht und ihr ein tiefes Bedürfnis, ein letztes Gebet für den Toten zu sprechen. Heinrich sammelte unterdessen einige Kleidungsstücke zusammen, die ihm halbwegs unversehrt erschienen, außerdem alles Geld, das er finden konnte.

Übelkeit lähmte Emmas Glieder und ließ sie zweifeln, ob sie den Mut finden würde, noch einmal hinab in den Keller zu steigen. Schließlich gab sie sich einen Ruck und überwand die morschen Treppenstufen. Heinrich folgte ihr. Dämmriges Licht fiel durch die geöffnete Klappe. Emma betrachtete mit feuchten Augen den leblosen Landsknecht. Heinrich schloss die Lider des Toten und kämpfte gegen die Tränen an. Gemeinsam fanden sie Worte des Gebetes für den tapferen Markus. Zwei gute Männer hatten ihr Leben verloren – welch entsetzliche Teufelei.

Die Straße lag verlassen, nirgendwo war eine Menschenseele zu sehen. Selbst die in der heruntergekommenen Gegend so zahlreichen Ratten scheuten, Nachtjäger, die sie waren, das Tageslicht.

Die Herzogin hatte sich, was ihr noch am Vortag undenkbar erschienen wäre, einfach mit Franziska und den Kindern an Ort und Stelle niedergehockt.

Heinrich führte Emma aus dem Haus, die mitgenommen taumelte. Draußen blickte er hoch zur Sonne. Es mochte etwa gegen Mittag sein. Zum wiederholten Male verdammte er Meierthals Bande, diese abscheulichen Aasgeier, die in ihrer Geldgier Kutsche und Pferde verkauft hatten.

»Ich fürchte, wir werden ein wenig laufen müssen.« Heinrich blickte die Frauen reihum an. »Es tut mir leid, doch es widerstrebt mir, an diesem zwielichtigen Ort Fremde um Hilfe zu bitten. Falls die Häuser rundum bewohnt sind, so sicherlich von arglistigem Gesindel.«

»Ich vermag keinen Schritt zu tun«, protestierte Sabina.

»Komm, ich helfe dir, wir haben keine andere Wahl.« Emma reichte der Herzogin die Hand und half ihr beim Aufstehen.

Der Landsknecht hob Johanna hoch, während die Gräfin ihren Sohn auf die Arme nahm.

»Sobald wir in einem besseren Viertel angelangt sind, bitten wir um Hilfe«, versprach Heinrich, und der kleine Zug setzte sich in Bewegung. Sie kamen nur langsam voran, ein schweigender Tross, dicht beisammen, aus Furcht vor neuerlichem Schrecken.

Erst nach einer Weile gestattete der Landsknecht sich selbst einen Moment der Trauer und vergoss ein paar Tränen. Er bereute bitterlich die groben Worte, die er Markus im Keller an den Kopf geworfen hatte und deretwegen der Kamerad wohl alles darangesetzt hatte, seinen Fehler wieder gutzumachen. Er hatte Markus gemocht. Mehr noch. Niemand anderer als er selbst war es gewesen, der den jungen Landsknecht unter seine Fittiche genommen, ihn gelehrt und unterrichtet hatte, als dieser damals in die Dienste Herzog Wilhelms getreten war.

Heinrich wischte das Nass fort und grübelte mit verbissenem Gesichtsausdruck, während ein sanfter Wind ihm das heiße Gesicht kühlte. Die Frauen und Kinder würden nicht mehr lange durchhalten. Sie alle brauchten dringend sauberes Wasser, ein stärkendes Mahl und ein weiches Bett. Ihm blieb nur zu beten. Zu beten, dass der Herzogin und ihren Begleitern nirgendwo weitere Banditen auflauern würden.

»Heda!« Die Häuser ringsum wurden langsam wohnlicher, die Straßen belebter, so dass der Landsknecht es wagte, den Besitzer eines Ochsenkarrens aufzuhalten, der sein träges Tier mit stoischer Gelassenheit am Strick führte. »Wir erbitten deine Hilfe.« Heinrich wies auf die erschöpften Menschen hinter sich. In knappen Worten schilderte er, was ihnen widerfahren war.

»Na, hilf den Weibern und Kindern schon hinauf.« Der Fremde hatte ein mitleidiges Herz. »Ihr habt Glück, dass ich meine Fuhre schon abgeliefert habe, sonst wäre beim besten Willen kein Platz auf dem Karren gewesen.«

Der Landsknecht beteuerte seine Dankbarkeit, während die Frauen aus eigener Kraft aufstiegen. Stefan und Johanna reichte er ihnen hinauf. Er selbst schritt neben dem Ochsenführer her, bis sie geraume Zeit später eine Herberge erreichten. Heinrich schickte ein Dankgebet zum Himmel.

»Alles Gute für euch!«, rief der Fuhrmann ihnen nach, während er kräftig am Strick seines störrischen Tieres zog.

Die Gastwirtschaft lag in der Waisenhausgasse, einer schmalen Straße in jenem Randbezirk der Stadt, der überwiegend von Kaufleuten besucht wurde. Der *Lustige Musikant* wirkte einladend und erschien Heinrich als sicherer Ort.

Friedrich Mattlinger, der feiste Wirt, zog beim Anblick der Neuankömmlinge erstaunt die Augenbrauen nach oben.

Doch in dem Wissen, dass der äußere Schein trügen konnte, begrüßte er die Gäste freundlich.

»Sonnabend, mein Herr«, beantwortete er Heinrichs Frage danach, welchen Kalendertag man schrieb. Obgleich er einiges gewohnt war, erschien ihm dies dann doch reichlich merkwürdig. Er unterzog die Leute daher einer genaueren Musterung. Wie ein Häufchen Elend standen sie vor ihm: drei Weiber, zwei Blonde, eine Dunkelhaarige, dazu die beiden verschreckten Kinder. Die Gewänder der Frauen waren aus feinem Stoff, starrten aber vor Schmutz. Friedrich entdeckte zudem getrocknetes Blut am Hemdaufschlag des Knechts. Und das da, der dunkle Fleck am Kleid einer der Frauen – war das nicht ebenfalls Blut?

»Jesus Maria!« Leben kam in den Wirt. »Was ist euch denn widerfahren? Seid ihr überfallen worden? Ja, seid ihr am Ende gar verletzt?« Die Fragen sprudelten aus ihm heraus, der Aufregung wegen sprach er sehr viel lauter als gewöhnlich.

»Brauchst du Hilfe, Friedrich?« Die Wirtin watschelte herbei, mehrere halbwüchsige Kinder im Schlepptau. In puncto Körperfülle stand sie ihrem Mann in nichts nach.

»Was hast du, Vater?« Ein etwa zehnjähriges Mädchen zupfte Mattlinger am Arm.

»Ruhe!«, zischte der. »Lasst unsere Gäste in Gottes Namen erst einmal selbst zu Wort kommen!«

»Wir sind einer Bande elender Halunken in die Hände gefallen. Nur mit sehr viel Glück gelang uns die Flucht.« Heinrich behielt die Rolle des Wortführers wie selbstverständlich bei. Herzogin wie Gräfin waren so schwach, dass sie sich kaum mehr auf den Beinen halten, geschweige denn Rede und Antwort stehen konnten. »Vielleicht wären Euer Weib und Eure Töchter so freundlich, sich der Damen und Kinder anzunehmen? Sie brauchen dringend Speis und Trank – und danach ein Bett zum Schlafen.«

»So etwas in unserer unbescholtenen Stadt«, murmelte Mattlinger. »Selbstredend sollt ihr Beistand bekommen«, fuhr er an den Knecht gewandt fort. »Elfriede, Vroni, Käthe! Kümmert euch um unsere Gäste.«

Die Wirtin nahm Stefan auf den Arm, der zu müde war, sich zu fürchten. Emma lächelte die Frau dankbar an. Tatsächlich hatte das Gewicht des kleinen Buben sie beinahe in die Knie gezwungen, so kraftlos fühlte sie sich. Franziska und Sabina erging es nicht anders. Bereitwillig ließen sie sich in die Gaststube führen.

Mattlinger blickte den Frauen und Kindern nachdenklich hinterher. War es unziemlich, in diesem Falle an Geld zu denken? »Verzeihung, wenn ich im ungünstigsten Moment davon sprechen muss …«, er wand sich verlegen, »aber … in unserem Haus ist es Brauch, die Zeche im Voraus zu bezahlen.«

Heinrich nickte. Am liebsten wäre er im Stehen eingeschlafen. Stattdessen griff er in die Tasche an seinem Wams, in der er das gesammelte Geld verwahrte. Münzen, die wahrscheinlich aus dem Erlös von Kutsche und Pferden stammten. Er bezahlte Mattlinger so viel, dass dieser zufriedengestellt war.

Bei Einbruch der Dämmerung lagen die Frauen längst in dem übergroßen Bett, das die Wirtin ihnen zur Verfügung gestellt hatte, die Kinder geborgen zwischen sich. Sabinas Standesdünkel war in dieser Stunde gänzlich geschwunden, so froh war sie über die Nähe ihrer Leidensgefährtinnen.

Emma schlief trotz ihrer völligen Erschöpfung schlecht. Immer wieder wachte sie auf, streichelte Stefan und Johanna, um sich davon zu überzeugen, dass es ihnen wirklich und wahrhaftig gut ging. Schließlich setzte sie sich auf und stieg vorsichtig aus dem Bett, um niemanden zu wecken.

Der Mond schien ins Zimmer. Dankbar sog sie den silbrigen Lichtschein in sich auf, während sie sich schmerzlich an die beängstigende Finsternis im Kellerverlies erinnerte.

Emma suchte in ihrer Truhe nach dem Nachtmantel, den Erik ihr einst geschenkt hatte. Oft schon hatte er das Kleidungsstück wohlig seufzend von ihren Schultern gleiten lassen, um sie nackt in die Arme zu schließen. Dann fiel ihr ein, der Mantel lag bei den Toten, zusammen mit fast allen anderen Gewändern. »Erik …«, wisperte Emma und fühlte Tränen in sich aufsteigen. Ein ohnmächtiges Gefühl des Verlustes überkam sie. In größter Gefahr hatte ihr Verstand die Angst niedergerungen, ihn nie mehr wiederzusehen. Nun, da alles vorüber war, krampfte ihr Bauch sich schmerzhaft zusammen – oder war es ihr Herz? Sie vermisste ihren Mann und die Zwillingstöchter so sehr. Wie es ihnen wohl ergehen mochte? Träumten Isabel und Sofia behütet in ihren Betten, nachdem sie den Tag über unbeschwert mit Martin über Felder und Wiesen getollt waren? Emma hoffte es, sie hoffte es sehr.

Zwar war es furchtbar spät, dennoch beschloss die Gräfin, sich abzulenken, ehe die Sehnsucht nach ihren Lieben übermächtig wurde. Sie hüllte sich in eine wollene Decke, die zum Schutz vor plötzlicher Nachtkälte auf einem Schemel bereitlag. Leise öffnete sie die Tür. Ein dunkler Schatten regte sich.

»Ich bin es nur, Heinrich«, wisperte sie. Es überraschte sie nicht, dass der treue Knecht vor dem Schlafgemach Wache schob.

»Gräfin? Ihr solltet ruhen.«

»Das gilt in gleichem Maße für dich, lieber Heinrich, und doch tust du es nicht, weil die Sorge dich nicht loslässt.«

»Ihr denkt an die Gefangenschaft? Die Erinnerung lässt Euch keinen Schlaf finden«, vermutete er.

»In der Gewalt der Söldner zu sein war fürchterlich«,

stimmte sie ihm zu. »Aber das ist es nicht, was mich wachhält … Ich vermisse meine Familie, sorge mich so um sie.«

»Das kann ich gut verstehen.«

»Hast du eine Frau, Heinrich?«

»Hatte.« Er ließ sich wieder auf dem Boden nieder und lehnte sich mit dem Rücken gegen die Tür. Sie tat es ihm gleich. Von Anfang an hatte eine seltene Übereinstimmung zwischen ihnen geherrscht. Die Beziehung zwischen Gräfin und Landsknecht wurde von Vertrauen und Unbefangenheit geprägt.

»Weib und Kinder. Wundervolle, lebensfrohe Kinder.« In seiner Stimme schwangen keine Emotionen mit. Es war zu lange her, er hatte den Schmerz zu tief in sich vergraben. »Sie wurden von einer Fieberseuche dahingerafft. Ich war nicht da, als sie starben.«

»Das tut mir leid.« Mehr Worte brauchte es nicht.

Heinrich nickte. »Ihr seid eine mitfühlende Frau, Gräfin. Eine starke Frau dazu. Wisst Ihr, Meierthal und seine Bande – es war tatsächlich der württembergische Herzog, der sie angeheuert hatte. Ich habe es aus dem Narbengesichtigen herausgekitzelt, ehe …«

»Ehe du ihn zu unser aller Wohl umgebracht hast«, vollendete sie seinen Satz. »Du hättest sterben können …«

»Nun, ich bin am Leben geblieben.«

»Konntest du sonst noch etwas in Erfahrung bringen?«

»Der Kerl hat sich vor Angst halb in die Hosen gemacht, als ich ihn erst einmal in meiner Gewalt hatte. Er sprach sehr unzusammenhängend – von einer Belohnung für die Übergabe der Herzogin und von erhofftem Lösegeld für Euch und die Kinder. Wenn ich es richtig verstanden habe, wurden Markus und ich vorerst nur am Leben gelassen in der Hoffnung, dass wir ihnen vertrauliche Informationen über den Münchener Hof lieferten, die ihnen später vielleicht von Nutzen sein würden. Der Kutscher hatte leider weniger Glück.«

»Der arme Mann.« Das Bild des geschändeten Leichnams stand Emma vor Augen. »Wir werden in Peiting Messen für sein Seelenheil lesen lassen.«

»Das hat er wahrlich verdient.« Heinrich schien zu überlegen. »Hättet Ihr gedacht, dass Meierthal gar nicht der wahre Anführer des Söldnertrupps war?«

»Nein. Ehe du ihn als Geisel genommen hast, schienen sie sich seiner Autorität fraglos unterzuordnen.«

»Der Narbige sprach von einem verstorbenen Hauptmann. Utzstetten – oder so ähnlich.«

»Kann ›Ulzstetten‹ der Name gewesen sein, den du gehört hast?« Emma sprach voller Grimm, eingedenk des toten Ritters von Göggingen und der hinterhältigen Bemühungen um die Weberstochter Renate.

»Gut möglich. Kennt Ihr den Mann?«

»Ich fürchte, ja!« Gräfin Eisenberg erhob sich und schlang sich die Decke enger um die Schultern. Für einen Augenblick hatte sie das tröstliche Gefühl, Eriks Umarmung zu spüren. »Wir werden den anderen erst mitteilen, was du in Erfahrung gebracht hast, wenn sie sich etwas erholt haben. Gute Nacht, Heinrich – und danke.«

»Gute Nacht, Herrin.«

Emma schob behutsam Johannas kleinen Arm beiseite und kroch zurück ins Bett. Im Schein des Mondes schlief sie endlich ein. Sie träumte jedoch nicht von Ulzstetten oder den Söldnern, sondern von ihrem Halbbruder Marzan. Zum ersten Mal seit langem sah sie ihn vor sich. Sein schwarzes Haar fiel ihm wie Rabenfedern in die Stirn. Seine Augen waren grau und ihren eigenen verblüffend ähnlich. Etwas aber hatte sich verändert. Wärme und Milde waren aus seinem Gesicht verschwunden. Marzans Antlitz wirkte hart, wie aus Stein gemeißelt.

25

NÜRTINGEN
21. Juli im Jahre des Herrn 1516

Erik war nicht wohl bei dem Gedanken, die Kinder der Herzogin von Württemberg gegen den erklärten Willen der Witwe Elisabeth fortzuschaffen. Er haderte damit, sie der Tante zu entreißen, die ihnen doch Obdach und Schutz geboten hatte. Die Witwe ließ dem Grafen Eisenberg jedoch keine andere Wahl.

Erik blieb an diesem Abend länger als sonst in der Halle. Aufmerksam, ganz der zuvorkommende Gast, lauschte er dem seichten Gespräch Elisabeths mit der jungen Susanna und steuerte selbst kleine Anekdoten aus seinem Familienalltag zur Unterhaltung bei. Bei der Erwähnung seiner Gattin und seiner Kinder leuchteten Eriks grüne Augen, was seine Erzählungen lebendig und liebenswert machte.

»… meine Tochter Johanna kam, so schnell ihre kurzen Beine sie irgend trugen, auf mich zugerannt.« Der Finne schmunzelte. »Ich erschrak bis ins Mark, denn ihr Gesichtchen war zerkratzt und blutig. Eilig hob ich sie auf die Arme. Da berichtete sie mir mit Tränen in den Augen: ›Vater, ich bin in die Fumen gefallen und habe gefutet.‹ Im ersten Moment begriff ich nicht recht. Ihre Aussprache war als Kleinkind noch etwas, sagen wir … eigen.«

Elisabeth und Susanna hingen begeistert an den Lippen des blonden Hünen, der so zärtlich von seinem Kinde sprach. Erik schenkte ihnen von dem Mühlhauser Weißen nach und bemerkte zufrieden die aufsteigende Röte in ihren Gesichtern. Es waren beileibe nicht die ersten Becher, welche die ältliche Witwe und ihr junger Hausgast an diesem Abend leerten.

»Schlussendlich stellte sich heraus – Johanna hatte Bekanntschaft mit dem Blumengarten meiner Frau gemacht, insbesondere mit den dornigen Rosen, ihren ›Fumen‹. Kurz nach dem Vorfall lachte sie schon wieder und zeigte jedem so stolz ihre Verletzungen, als wären es ehrenhafte Kampfeswunden.«

»Ihr schildert wunderschön, lieber Graf. Ich kann Eure kleine Tochter beinahe vor mir sehen.« Elisabeth rückte ihren Stuhl ein wenig näher an ihn heran.

»Mir fällt ein Stein vom Herzen, hatte ich doch geglaubt, meine Erinnerungen könnten die Damen langweilen.« Erik lächelte, und die Narbe auf seiner Wange verlieh ihm im Feuerschein ein wildes, wiewohl überaus anziehendes Äußeres. Er war keineswegs der geborene Geschichtenerzähler, aber den Frauen des Haushalts schien seine kleine Vorstellung zu genügen. Erneut schenkte er nach und stieß mit den Damen an. Elisabeths Gesinde hatte sich längst zur Nachtruhe begeben, Josef wie immer vor allen anderen. Die Kindsmagd klopfte nochmals an, um mitzuteilen, dass die Kinder friedlich schliefen, ehe sie sich selbst zur Ruhe legte.

Die Stunden verstrichen, und die Weiber lachten immer lauter, immer schriller. Der Anschein von Noblesse, bis dahin mühsam aufrechterhalten, fiel wie erkaltete Asche von ihnen ab.

»Ich muss sagen, Erik, zu Anfang habe ich dich für einen recht bär… beißigen Kerl gehalten.« Elisabeths Aussprache wurde undeutlicher. Sie war so betrunken, dass ihr die vertrauliche Anrede keineswegs ungehörig erschien. Seit ihr Gatte gestorben war, hatte die Witwe keinen Mann mehr gehabt, und der Graf vor ihr war ein wahres Prachtexemplar seiner Gattung. Elisabeths wirre Gedanken verstiegen sich in ungebührliche Phantasien. »Dabei bist du so nett und freundlich.« Sie tätschelte ihm das Knie.

Susanna von Bayern saß daneben und lächelte dümmlich. Der Wein, den sie gegen ihre Gewohnheit genossen hatte, war ihr ebenfalls zu Kopf gestiegen. So war das Mädchen nicht mehr in der Lage, sich zu wundern, weshalb Graf Eisenberg, seinem bisher höflich distanzierten Verhalten zum Trotz, ihnen gegenüber plötzlich derart aufgeschlossen war. Nach Eriks Ankunft hatte Susanna tatsächlich kurz mit dem Gedanken gespielt, ihn nach Peiting zu begleiten, um sich wieder ihrer älteren Schwester anzuschließen, sich aber dann doch dagegen entschieden. Zu sehr genoss sie den Komfort und die Freiheiten im Hause der Witwe, wohingegen sie das oftmals anmaßende und herrische Gebaren der Herzogin von Württemberg zur Genüge kannte. Nein, sie würde mit ihrem Neffen und ihrer Nichte so lange bei Elisabeth bleiben, bis ihr Onkel, Kaiser Maximilian, endlich eine Ehe für sie arrangieren würde, worauf sie seit Monaten hoffte.

Erik wartete geduldig ab, bis er sicher sein konnte, dass der Wein seine Wirkung getan hatte. Elisabeth war auf ihrem Stuhl eingenickt. Susanna von Bayern erhob sich torkelnd.

»Wenn Ihr erlaubt.« Der Finne hakte sich bei dem Mädchen unter, führte sie bis vor ihr Schlafgemach und öffnete die Tür. Sabinas kleine Schwester dankte ihm nuschelnd, stolperte über die Schwelle und landete sicher auf ihrem Bett.

Das war geschafft. Erik kehrte in die Halle zurück, wo Elisabeth mittlerweile ausgestreckt vor dem Feuer lag. Nachdenklich betrachtete er die leise schnarchende Witwe. Eigentlich hatte er geplant, sie ebenfalls hinaufzuschaffen, damit sie ihren Rausch zwischen den eigenen Kissen ausschlafen konnte. Nach einigem Grübeln traf Graf Eisenberg eine Entscheidung und rückte die Schlafende so weit vom Feuer weg, dass sie durch Funkenflug nicht in Gefahr geraten würde.

Anschließend stahl er sich in die Kinderstube, wo Josef auf ihn wartete, Sabinas Söhnchen Christoph schon auf dem Arm. Erik hob das Mädchen Anna aus dem Bettchen. Die Kleine kuschelte sich an ihn, ihre Lippen bewegten sich im Schlaf. Sie wachte nicht auf.

Draußen im Hof wartete Elisabeths Kutsche, zwei falbe Rappen waren ins Geschirr gespannt. Josef hatte dafür gesorgt, dass alles bereit war. Weil er die Kinder von Herzen liebte, war er auf Eriks Anerbieten eingegangen, mit ihm auf die Ravensburg zu kommen. So ließ Josef in dieser Nacht seinen Schuppen und den hölzernen Badetrog der Witwe für immer hinter sich.

Erik hatte auf dem Kopfkissen seines Bettes einen Brief für Elisabeth hinterlassen.

Verzeiht, verehrte Dame, mein unlauteres Handeln. Eurer Weigerung wegen blieb mir keine andere Wahl, als die Kinder bei Nacht und Nebel an mich zu nehmen. Seid im Gegenzug versichert, dass es Euren Schützlingen an der Seite ihrer Mutter, Eurer Nichte Sabina von Bayern und Württemberg, an nichts fehlen wird. Ihr Bruder, Herzog Wilhelm von Bayern, gewährleistet als liebender Onkel allzeit Schutz und Fürsorge für seine Nichte Anna und seinen Neffen Christoph …

Neben den Zeilen des Grafen Eisenberg lag Geld, welches der Witwe den Ausfall des Gefährts und der Pferde ersetzen sollte. Später, wenn sie erst wohlbehalten auf der Ravensburg angekommen waren, sollte die Besitzerin Wagen und Tiere selbstredend zurückerhalten. Erik befürchtete insgeheim dennoch, Elisabeth werde ihm seine Tat trotz der Gulden nicht vergeben – womit er recht behalten sollte.

Graf Eisenberg band seinen Hengst an den hervorstehenden Eisenring an der Rückseite der Kutsche, welcher sonst zur Befestigung von Begleitwagen diente. Anschließend kletterte er zu den Kindern auf die weichen Polster. Josef hatte Anna und Christoph in warme Filzdecken gewickelt und hockte abfahrbereit oben auf dem Bock.

Das Rattern der Räder klang laut auf den nächtlich stillen Straßen. Erik spürte Nervosität in sich aufsteigen, als sie sich dem Südtor näherten. Die diensthabenden Nürtinger Wachmänner, zwei an der Zahl, saßen im warmen Stübchen beisammen und vertrieben sich die Zeit mit Würfeln. Als Geräusche an ihre Ohren drangen, fiel die entspannte Gelassenheit von ihnen ab, sie sprangen auf, schnappten sich die Laterne vom Tisch, griffen nach ihren Waffen und traten in die Dunkelheit hinaus.

»Halt! Wer da?«

Josef zügelte die Pferde. Die Kutsche hielt, Erik stieg aus.

»Wir sind auf dem Weg zurück nach Nürnberg«, begann Graf Eisenberg die zuvor erdachte Geschichte. »Meine Kinder und der Knecht hinter mir auf dem Kutschbock.«

»Die Tore sind um diese frühe Stunde noch geschlossen«, ließ ihn einer der Wächter wissen.

Erik kniff die Augen zusammen, denn der Mann schwenkte seine Laterne allzu dicht vor seiner Nase.

»Das weiß ich – natürlich. Dennoch hatte ich gehofft, man könnte eine Ausnahme machen. Wir wollen heute noch einen guten Teil der Strecke hinter uns bringen.«

»Wir machen keine Ausnahmen.« Der Mund des Torwächters verzog sich missbilligend, weil dieser unbekannte Trottel ihre gemütliche Würfelrunde störte.

Eine große Münze fiel klirrend zu Boden. Erik hob sie auf und reichte sie seinem Gegenüber. »Ich denke, das habt Ihr verloren.«

»Wenn das so ist.« Der Mann fasste sich grübelnd ans Kinn. »Sie wollen schließlich nur hinaus, nicht herein …«, meinte er in Richtung seines Kameraden.

»Wenn ich die Herren noch einmal behelligen dürfte …« Graf Eisenberg griff in die Satteltasche seines Gauls und zog eine Flasche besten Branntweins heraus, die Josef am Tag zuvor in seinem Auftrag besorgt hatte. »Meine Schwiegermutter, eine wirklich gute Seele, hat mir diesen Gebrannten geschenkt. Nun ist es leider so, dass mein daheimgebliebenes Weib …«, er ließ betrübt den Kopf hängen, »… na ja, sie heißt es eben nicht gut. Nun weiß ich nicht, wohin damit.«

»Na, gebt schon her.« Der Wächter griff danach und reichte die Flasche feixend an seinen Kumpan weiter. »Wir werden schon etwas mit dem Gesöff anzufangen wissen.«

Zur Kontrolle leuchtete er ins Innere der Kutsche. Zwei Kinder, warm eingewickelt, lagen auf den Polstern zusammengerollt. Der Fremde schien die Wahrheit zu sagen.

Die Wachmänner öffneten das Tor und ließen die frühen Reisenden passieren. »Gute Fahrt!«

Wenig später saßen sie wieder beim Würfeln. Der Branntwein zeigte Wirkung und spülte ihre letzten Bedenken hinweg. Was scherte es die Nürtinger Wächter, dass Alkoholgenuss den wachhabenden Dienstmännern streng untersagt war.

»Wir trinken auf die Weiber
und ihre prallen Leiber.
Wir trinken auf den Wein …«

So schallte es bei Morgengrauen munter aus dem Wachtturm.

Nachdem sie die Stadt hinter sich gelassen hatten, wechselte Erik auf den Kutschbock, damit Josef sich um die Kinder kümmern konnte. Graf Eisenberg war voller Zuversicht und Vorfreude – endlich war die Hürde Nürtingen genommen, und er konnte heimkehren zu seiner Frau.

Er ahnte nicht, was seinem geliebten Weib in Augsburg zugestoßen war.

26

STUTTGART

23. Juli im Jahre des Herrn 1516

Caroline war nicht darauf vorbereitet, als Ulrich von Württemberg in einem zugigen Gang über sie herfiel. Als einfache Küchenmagd hatte sie auch nicht damit rechnen können, dem Herzog so bald schon so nahe zu kommen. Wenn sie in diesem Moment ein Messer gehabt hätte, hätte sie ohne Zögern zugestochen.

So aber war sie hilflos. Ulrich war unerwartet aus einem Zimmer der Burg herausgetreten und hatte die Küchenmagd entdeckt, die gerade mit Eimer und Lappen eine undefinierbare braune Brühe vom Boden wischte. Der Herzog glotzte ihr in den Ausschnitt, während die Kleine aufsprang, sich scheu gegen eine Wand drückte und sich offensichtlich wünschte, unsichtbar zu sein.

Gerade hatte er erfahren, dass seine Kinder Anna und Christoph aus dem Haus seiner Tante in Nürtingen entführt worden waren – Elisabeth hatte ihm Eriks Brief gesandt –, und das auch noch im Auftrag seines Schwagers Wilhelm und seines flüchtigen Weibes. Die Söldner, die er ausgesandt hatte, um Sabina und ihre Begleiter abzufangen, sobald sie die Münchner Residenz verlassen und damit den mächtigen Schutz ihres Bruders Wilhelm verloren hatten, waren auch noch nicht zurückgekehrt. Dafür aber ein von einem Messer verwundeter, beschämter Ulzstetten, der ihm ein haarsträubendes Märchen darüber aufgetischt hatte, weshalb es der Herzogin gelungen sei, auf der Peitinger Burg Schutz zu suchen. Er selbst sei von Strauchdieben niedergestochen und daraufhin von seinen Männern im Stich gelassen worden.

Der Württemberger kochte vor Zorn. Keine seiner wechselnden Geliebten war im Moment zur Hand. Deshalb kam ihm die junge Magd gerade recht, um seine Wut abzureagieren. Er packte sie grob und raffte Carolines Röcke, die sich zappelnd und tretend zu wehren versuchte.

»Bitte, lasst mich«, flehte sie mit hoher, kindlicher Stimme.

»Wage es nicht zu schreien«, knurrte er und verpasste ihr eine Maulschelle, um seinen Worten Nachdruck zu verleihen. Ohne viel Federlesens drehte er sie anschließend um, löste seine Hose und rammte sein pralles Glied in sie hinein.

Caroline wimmerte.

Der Herzog fand Gefallen an seinem Tun. Die Kleine vor ihm war zwar keine Jungfrau mehr, dafür aber recht eng gebaut, was seine Erregung anstachelte. Seine Hände waren groß wie Pranken. Er legte die Arme um sie und grapschte in den Ausschnitt ihres Kleides, wo er mit den Fingern ihre Brüste kniff und knetete.

Wenig später verschaffte ihm der Höhepunkt Erleichterung. Ulrich fühlte neue Zuversicht. Er würde Sabina, diese Hexe, leiden lassen für die Schmach, die sie ihm antat.

Das vergewaltigte Mädchen würdigte er keines Blickes mehr. Die Tugend einer Magd war auf seiner Burg keinen Pfifferling wert. Hier herrschte allein Ulrich von Württemberg, und alle – ob Mann oder Frau – hatten sich seinem Willen zu unterwerfen.

Während der Württemberger seinen Hosenlatz zuknöpfte und davonschritt, sann er bereits darüber nach, wie er es seinem Weib heimzahlen würde.

Hinterher kauerte Caroline an der Wand. Da öffnete die Tür sich erneut, und ein lebender Toter trat daraus hervor. Geistesgegenwärtig senkte sie das Haupt, doch Ulzstetten hatte ohnehin keinen Blick für die Geschundene übrig.

Das Mädchen flüchtete sich in die Mägdekammer, wo es sich mit einem Lappen Ulrichs Samen von den Schenkeln wischte. Die Stelle zwischen ihren Beinen brannte höllisch. Ihr ganzer Unterleib war verkrampft und pochte.

Dennoch weinte sie nicht. Caroline war jetzt fünfzehn Jahre alt, von recht kleinem Wuchs und doch durch und durch erwachsen. Als sie an jenem Tag vor zwei Jahren ihren Vater verloren hatte, war ihre Kindheit zu Ende gegangen. Damals hatte sie einen Schwur geleistet. Sie würde den Tod des Gaispeters rächen, der auf den Befehl des Herzogs von Württemberg hingerichtet worden war. Allem erlittenen Unrecht zum Trotz würde Caroline so lange nicht ruhen, bis kein Funke Leben mehr in dem Württemberger war.

Nun hatte sie einen Grund mehr, Ulrich zu töten. Das war alles. So einfach im Grunde. Mochte der vermaledeite Ulzstetten auch am Leben geblieben sein, sie würde in Zukunft einfach vermehrt darauf achten, ihm nicht über den Weg zu laufen.

Caroline kontrollierte das Versteck hinter einem losen Ziegel, in dem das Giftbeutelchen lag. Dann stand sie auf, um wieder an die Arbeit zu gehen. Sie durfte ihre Stelle als Dienstmagd nicht verlieren. Seit sie an den Stuttgarter Hof gekommen war, lauerte sie wie eine Spinne im Netz.

Ihre Zeit würde kommen.

27

PEITING
23. Juli im Jahre des Herrn 1516

Auf dem Kutschbock erklang das Lachen der Kinder. Der Wirt des *Lustigen Musikanten* hatte ihnen beim Kauf einer neuen Kutsche geholfen. Heinrich bemühte sich auf der Reise nach Peiting rührend um Stefan und Johanna und gestattete ihnen sogar, vorne auf dem Bock mitzufahren. So half er ihnen, die Schrecken der Gefangenschaft zu vergessen, wofür Emma ihm überaus dankbar war. Im Inneren der Kutsche herrschte angespanntes Schweigen. Zwar saßen die drei Frauen dicht beisammen, doch in ihren Gedanken waren sie meilenweit voneinander entfernt. Franziska kämpfte mit ihrer Angst. Angst vor einem neuerlichen Angriff durch Ulrichs Söldner, Angst vor der Rückkehr auf die Peitinger Burg, Angst vor ihren alten Erinnerungen. Herzogin Sabina hingegen schien gelassen. Beinahe reglos saß sie da und schenkte ihren Gefährtinnen keine Aufmerksamkeit, keinen Blick. Dieses Verhalten, das in krassem Widerspruch zu ihrem sonst so lebhaften und aufgeschlossenen Charakter stand, verwunderte Emma sehr. Sie selbst war erleichtert. Augsburg lag hinter ihnen, die Gefahr durch die Schergen des Herzogs von Württemberg schien gebannt. Vor der Bekanntschaft mit dem Storchbeinigen und seinen Männern hätte sie niemals geglaubt, sich einmal auf Peiting zu freuen. Nun tat sie es. Das Wiedersehen mit Erik stand bevor, ihre Kinder waren wohlauf. Gräfin Eisenberg musterte die verschlossenen Gesichter der Freundinnen. Dann schickte sie ein kurzes Gebet gen Himmel und drückte aufmunternd Franziskas Hand.

Ihre Reise führte sie über die von den Römern erbaute Via Claudia Augusta. Die alte Handelsstraße, die dem Verlauf des Flusses Lech von Augsburg nach Füssen folgte und weiter hinein bis ins Italienische nach Trient und Verona reichte, hatte das Städtchen Schongau und das nahegelegene Epfach zu wichtigen Knotenpunkten für Kaufleute gemacht. Doch leider ließ der Zulauf stetig nach. Die Neue Welt war bei den mächtigen Kaufmannsgeschlechtern und in den städtischen Zunfthäusern in aller Munde. Man setzte zunehmend auf den Handel mit Übersee, so dass Schongau mehr und mehr an Bedeutung verlor.

Die Ravensburg, erbaut vom Geschlecht der Welfen, tauchte am Horizont auf. Kaiser Barbarossa selbst hatte das trutzige Bauwerk einst besucht. Majestätisch thronte die Burg auf dem Schlossberg über Peiting, malerisch eingebettet in die weiche Hügellandschaft der Umgebung. Je näher sie kamen, desto feiner zeichneten sich die Umrisse der steinernen Festung am Horizont ab. Obwohl ein Erdbeben dem alten Gemäuer Jahrhunderte zuvor arg zugesetzt hatte, hatte es nichts von seiner beeindruckenden Stärke und Wucht verloren. Eingebüßt hatte die Ravensburg lediglich den höchsten ihrer Wehrtürme.

»Ob der Graf schon eingetroffen ist?«

Emma, die in Gedanken versunken gewesen war, schreckte bei Sabinas Frage hoch. »Was?«

»Mit meinen Kindern?« Die Vorstellung zauberte ein kleines Lächeln auf das Antlitz der Herzogin, das ihren Zügen eine Weichheit verlieh, die ihr sonst fehlte.

»Vielleicht.« Gräfin Eisenberg verschränkte die Finger. Sie ahnte, dass Erik noch nicht zurückgekehrt war, hoffte jedoch, sie möge sich irren.

Kurze Zeit später waren sie an Schongaus wehrhaften Stadttoren vorübergefahren, hatten die Lechbrücke überquert und den Fuß des Schlossbergs erreicht. Die Räder knirschten, und die Kutsche ratterte bergan. Für eine Weile waren die Mauern ihrer neuen Heimstatt durch saftig grüne Hangwälder den Blicken der Reisenden entzogen. Stefan und Johanna klatschten vorne auf dem Bock in die Hände, als wollten sie die Pferde zu einem schnelleren Traben ermuntern, während Emma wider besseres Wissen darum betete, ihr Mann möge sie erwarten. Sie sehnte sich nach Eriks Nähe. Wenn sie die Augen schloss, sah sie ihn im Geist vor sich, konnte mit der Fingerspitze dem Verlauf seiner Wangenknochen folgen, über seine hellen Augenbrauen streichen, seine Lippen berühren. Der Finne war Emmas Bestimmung.

Menschenleer lag der Burghof vor den Ankömmlingen. Niemand eilte zum Empfang der neuen Gräfin Ravensberg und ihrer Begleiter herbei. Das Schnattern der Hühner und Gänse klang aufdringlich in Emmas Ohren. Besorgnis regte sich in ihr. Auch die erhöhte Wachsamkeit in Heinrichs Blick entging ihr nicht. Der Landsknecht hatte die Kinder bei der Hand genommen.

Raben kreisten über den Mauern, die an vielen Stellen bröckelten, weil sie offensichtlich von niemandem instandgehalten wurden. Ihr Krächzen brachte Sabina und Franziska dazu, sich zu bekreuzigen.

»Wer versorgt die Tiere?«, erkundigte sich Johanna mit kindlicher Besorgnis bei Heinrich. »Wir können doch nicht ganz alleine hier wohnen«, erklärte sie ernsthaft. Die Vierjährige sprach mit einer altklugen Weisheit, die Emma zum Schmunzeln gebracht hätte, wäre sie selbst nicht ebenso verunsichert gewesen wie ihre kleine Tochter.

»Wir fahren hinunter in den Ort.« Sabina hatte zu ihrem gewohnt resoluten Tonfall zurückgefunden. »Die Dorfbewohner werden wissen, warum das Gesinde die Burg verlassen hat.«

»Das ist ein sehr vernünftiger Vorschlag, Frau Herzogin.« Heinrich war erleichtert.

Emma wollte widersprechen. Es drängte sie, die Burg zu betreten. Sie tat einige Schritte auf die schmale Tür zu, die, wie sie sich erinnern konnte, in einen der Vorratsräume neben der Küche führte. Ihr Herz pochte. Dann richtete sie ihr Augenmerk auf ihre Kinder und Franziska. Die Hände der Freundin zitterten, obwohl sie die Finger zu Fäusten geballt hatte, um das Beben zu verbergen. Schreckliches war an diesem Ort geschehen. Frauen waren gestorben, ihre toten Leiber Jahre und Jahrzehnte verborgen in Ravensbergs geheimem Gewölbe. Auch Franziska und Emma wären damals um ein Haar dem alten Grafen zum Opfer gefallen.

Sabinas Vorschlag war vernünftig. Emma würde sich damit gedulden, die Burg in Augenschein zu nehmen.

Das Krächzen der Raben verfolgte die Reisenden, als die Kutsche Fahrt aufnahm und bergab in Richtung Peiting rollte.

»Warte, Mütterchen!«

Die alte Frau, der sie auf halbem Weg hinunter ins Dorf begegneten, lief so schnell davon, wie ihre rheumatischen Beine es erlaubten.

»So warte doch!«, rief Emma erneut. Heinrich zügelte die Pferde. Gräfin Eisenberg sprang flink aus der Kutsche, um die Alte einzuholen.

»Verzeihung.« Die Fremde blieb endlich stehen und musterte Emma. Erleichterung machte sich auf ihren Zügen breit. Graues Haar lugte unter der Haube hervor, die den Kopf des Mütterchens bedeckte. »Ich kenne Euch. Ihr seid die neue Gräfin, nicht wahr? Ich entsinne mich Euer … von früher. Verzeiht, dass ich nicht stehen geblieben bin. Es ist nur so …« Sie geriet ins Stocken. »Das Alter macht ein wenig wunderlich. Ich habe mich gefürchtet, ich wusste ja nicht, ob Freund oder Feind hinter mir her waren.«

»Wurde euer Dorf denn überfallen?«, erkundigte Emma sich besorgt. Sie hatte nichts von Räubern oder Plünderungen auf bayerischem Gebiet gehört.

»Nein, Herrin.« Die schmalen Lippen der Alten verzogen sich. Augenblicke später hatte sie ihre Züge wieder unter Kontrolle und schenkte Emma ein freundliches Lächeln. »Ihr wollt sicher hinunter ins Dorf. Einen traurigen Tag für Eure Ankunft habt Ihr da gewählt. Natürlich werden die Leute trotzdem erfreut sein, Euch zu sehen«, fügte sie schnell hinzu, um die Herrin mit ihren Worten nicht zu kränken.

»Was ist geschehen?«

»Die Beerdigungen«, erwiderte die Alte.

»Beerdigungen? Das tut mir leid.« Emma wunderte sich, dass das Weiblein in der Mehrzahl gesprochen hatte. Wie viele Tote gab es zu beklagen?

»So ist der Lauf des Lebens, Frau Gräfin. Es muss Euch nicht leidtun.« Die Frau lächelte wieder und entblößte gelblich verfärbte Zahnstummel.

Mittlerweile hatte Heinrich die Kinder vom Kutschbock gehoben, die nun neugierig näher kamen. Gräfin Eisenberg unterließ es deshalb, weiter in die Frau zu dringen.

»Warum bist du so klein?« Johanna zupfte zutraulich an der Hand der Fremden.

Das Mütterchen stand gebeugt, der Rücken krumm von vielen Jahren harter Plackerei, und reichte Emma kaum bis zu den Schultern.

»Es gibt unter den Menschen Riesen und Zwerge, meine Kleine. So hat unser Herrgott es gewollt – und sicher wird er sich etwas dabei gedacht haben.« Sie zwinkerte Johanna zu. Das Mädchen riss die Augen auf und wirkte ganz so, als grübele es ernsthaft über die Antwort nach.

»Eure Tochter, Herrin?«

Emma nickte. »Meine Tochter Johanna, mein Sohn Stefan, Herzogin Sabina, meine gute Freundin Franziska und unser Landsknecht Heinrich«, stellte sie reihum vor und wies dabei auf ihre Begleiter.

Sabina verzog das Gesicht, hätte sie doch selbstverständlich als Erste vorgestellt werden müssen. Doch niemand bemerkte ihren Unwillen.

»Hübsche Kinder habt Ihr, Herrin. Gesund und munter, wie mich dünkt.« Die alte Frau schien absichtlich so leise zu sprechen, dass nur die Gräfin sie verstehen konnte. »Ihr müsst gut auf sie aufpassen.«

Heinrich setzte das Mütterchen auf Emmas Bitte hin kurzerhand mit in die Kutsche, damit es seine Glieder schonen konnte. Kurze Zeit später ratterten sie durch das Örtchen. Inmitten von sanft geschwungenen Anhöhen – Moränenhügeln, den Überbleibseln grauer Vorzeit – bot das Dorf einen hübschen Anblick. Ein silbrig glitzernder Bach schlängelte sich zwischen den Häusern hindurch. Emma dachte an ihre Ankunft in Peiting vor vielen Jahren zurück. Damals hatten die Dorfkinder am Wasser gespielt und mit ihren flinken Händen schimmernde Forellen gefangen. Nun lag die Ansiedlung verlassen, Wolken trieben am grauen Himmel dahin. Eine Glocke läutete.

Heinrich war zur Stelle, um dem Mütterchen beim Aussteigen galant den Arm zu reichen, was einen Hauch von Röte auf das faltenzerfurchte Gesicht zauberte.

»Sie sind alle auf dem Friedhof«, erklärte die Alte und wies zur steinernen Kirche, die im elften Jahrhundert von Welf IV. zusammen mit der Burg erbaut worden war.

»Wir wollen warten.« Nie wäre es Emma in den Sinn gekommen, die Grablegung der Verstorbenen zu stören. Wer es wohl sein mochte, den die Peitinger an diesem Tag betrauerten? Die Alte hatte von mehreren Toten gesprochen.

»Hoffentlich keine Seuche.« Sabina trat neben Emma. »Sonst verlassen wir diesen Ort auf der Stelle.«

»Dein Bruder hat mich zur Herrin dieser Menschen gemacht. Es stünde mir nicht gut an, sie bei der ersten Schwierigkeit im Stich zu lassen. Was es auch ist – ich werde für die Leute tun, was ich kann«, erwiderte Emma fest.

»Du nimmst deine Verantwortung sehr ernst.« Die Herzogin von Württemberg hatte längst begriffen, dass sie in Emma eine gute und aufrichtige Freundin gefunden hatte. Ihr eigenes Handeln wurde im Gegensatz zur Gräfin Eisenberg nicht immer von solch hohen Prinzipien getragen.

Vor einem der größten Häuser, zweistöckig und zentral in der Mitte des Ortes gelegen, stand eine verwitterte Bank, auf der sich die Frauen niederließen. Währenddessen malte Heinrich für die Kinder Zeichnungen in den Staub der Straße, um sie von den Begräbnissen abzulenken, die auf dem schräg gegenüberliegenden Gottesacker der Kirche stattfanden. Das alte Mütterchen schlurfte nach einer ehrerbietigen Verabschiedung in Richtung des Glockengeläuts davon. Sie erfuhren nicht, weshalb das Weiblein den Gottesdienst in der Kirche verpasst hatte. Der Grund war sehr einfach, der Alten wurde von Weihrauchgeruch übel.

Dumpf drangen die Worte des Totengebets an Emmas Ohr, der Segen des Geistlichen, das leise Schluchzen der Trauernden. Die Zeit schien stillzustehen, und stumme Trübsal legte sich über die Gemüter der Frauen, denen die Unausweichlichkeit des Todes in dieser Stunde wieder einmal zu Bewusstsein kam.

Schließlich strömten die trauernden Menschen in Festtagsgewändern aus dem Kirchhof. Ein Flüstern und Raunen setzte beim Anblick der Fremden ein. Emma entdeckte das Mütterchen inmitten der Dörfler wieder, welches mehr wusste als die anderen und innerhalb weniger Augenblicke von einer Traube Neugieriger umringt wurde.

Gräfin Eisenberg erhob sich zur Begrüßung. Sie stand sehr aufrecht, den Rücken durchgedrückt. Erik war noch nicht hier. Vorerst würden die Dörfler sich mit ihrer neuen Herrin begnügen müssen.

Ein hochgewachsener Bursche mit dunklem Haarschopf löste sich aus der Gruppe und näherte sich der Gräfin und ihren Begleitern im Eilschritt. Heinrich hatte Stefan und Johanna zu ihrer Mutter geführt, die nun beide dicht neben ihr standen. Der Junge hielt sich mit den Händen am Stoff ihres Rockes fest.

Als der junge Mann Emma erreicht hatte, machte er einen tiefen Diener und verbeugte sich auch in Richtung der übrigen Reisegesellschaft. »Ich wusste, Ihr würdet kommen!«

Emma begann bald darauf breit zu lächeln. Feine Fältchen zeigten sich in ihren Augenwinkeln. »Hans«, sagte sie freudig und reichte dem Burschen die Hand, die dieser ergriff und kräftig schüttelte. »Beinahe hätte ich dich nicht wiedererkannt. Bei unserer letzten Begegnung warst du kaum älter als meine Tochter hier.«

»Ich konnte Euch nie vergessen – Ihr müsst wissen, dass Ihr damals großen Eindruck auf einen kleinen Peitinger Buben gemacht habt, Herrin.«

Der Jubel über die Ankunft der Gräfin war groß und ließ die Trauer der Menschen für eine Weile in den Hintergrund treten. Die Begeisterung steigerte sich noch, als Emma ihnen Sabina vorstellte, die Schwester Wilhelms IV. und württembergische Herzogin. Eine solche Persönlichkeit in ihrer Mitte zu wissen, empfanden die Peitinger als große Ehre und Auszeichnung für ihre einfache Dorfgemeinschaft.

»Gott zum Gruß, Herrin. Ich hoffe, es geht Euch gut.«

Emma strahlte, als sie in ein bekanntes bärtiges Gesicht blickte. Hans Schützner senior hatte sich im vergangenen

Jahrzehnt kaum verändert. Er war ein Bär von einem Mann, hochgewachsen, von kompakter Statur, mit breiten Schultern und muskulösen Armen.

»Dein Sohn gerät dir nach. Du bist sicher sehr stolz auf ihn.« Sie hielt ihm die Hand hin. »Es freut mich, dich bei guter Gesundheit anzutreffen.«

Der Händedruck des Vaters war nicht minder kräftig als der seines Sprösslings.

Wenig später saßen die Gräfin und ihre Begleiter bei den Schützners zu Tisch. Ihnen gehörte das zweistöckige Haus am Dorfplatz. »Es ist uns eine solche Ehre.« Schützner war schon vor Jahren zum Dorfvorsteher gewählt worden, und so war es an ihm, die neue Burgherrin zu verköstigen. Seine Frau und seine Töchter bewirteten die Gäste mit Griebenbrot und unverdünntem Wein. Dabei lächelten sie warmherzig und ließen die Gräfin spüren, dass sie nicht nur ihrer Pflicht Genüge taten, sondern, ganz im Gegenteil, sie ihnen sehr willkommen war.

»Erzählt mir, wie es euch ergangen ist.« Emma blickte vom Vater zum Sohn, die ihr gegenüber Platz genommen hatten.

»Nachdem man Ravensberg den Prozess gemacht hatte, sandte der Herzog uns einen jungen Kastellan, mit allen Befugnissen und Rechten eines Grundherrn«, berichtete der ältere Schützner. »Leider hat sich der Verwalter bald als rechter Ausbeuter erwiesen. Das alte Gemäuer ist mit den Jahren gänzlich heruntergekommen, weil er keinen Gulden mehr in die Instandsetzung gesteckt, sondern nur noch in die eigene Tasche gewirtschaftet hat. Wir haben uns natürlich zur Wehr gesetzt. Zum einen, weil der Kastellan versuchte, sich auch an uns Dörflern zu bereichern, zum anderen, weil wir nicht mit ansehen mochten, wie die stolze Burg verfiel – was immer dort einst geschehen war. Schon einmal hatten wir, wie Ihr ja wisst, durch unseren Widerstand gegen die Obrigkeit sehr viel erreicht – nämlich nicht weniger als den Sturz des Grafen. Wir haben uns daher erneut zusammengeschlossen und mehrmals Abordnungen zu einem Notar nach Schongau geschickt. Dessen Schreiber formulierte für teures Geld unsere Botschaft an den Herzog – doch nie haben wir Antwort erhalten. Vor einiger Zeit dann wurde bekannt, dass am Münchener Hof eine Ernennung zum Grafen von Ravensberg erfolgt war. Nachdem wir den Namen unseres zukünftigen Herrn erfahren hatten, haben wir auf der Stelle einen Dankgottesdienst abgehalten.«

»Vielleicht hat dieser Notar eure Briefe nie abgeschickt, denn am Hofe Wilhelms haben wir davon nichts vernommen«, vermutete Emma. Bedauern stand in ihren Augen.

»Daran haben wir auch schon gedacht. Aber ohne Beweise konnten wir gegen den Mann nichts unternehmen. Zwischen den Schongauern und uns Peitingern steht es ohnehin seit jeher nicht gerade zum Besten.« Schützner seufzte. »Seit ich zurückdenken kann, schwelt der Streit über die alten Rechte an den Wäldern und am Fluss. Dabei wurden unsere Befugnisse von den hohen Herren bereits reichlich beschnitten. Wenn ich an all die Rothirsche denke …«

»Wo steckt denn der Kastellan, Hans?«, warf Emma ein.

»Geflohen, Herrin. Dieser Nichtsnutz. Wir haben natürlich nicht nachgesehen, aber ich fürchte, das Geld aus den Schatullen oben auf der Burg ist auch weg. Ich bedauere zutiefst, dass wir ihn nicht aufhalten konnten.«

»Schon gut, mach dir keine Vorwürfe. Ich kann eure Situation gut nachvollziehen. Ihr alle habt viel gelitten in den letzten Jahren. Was in der Macht des Grafen und in der meinen steht, dies zu ändern, wird geschehen.«

Emma bemerkte bei der Erwähnung Eriks den fragenden Blick ihrer Gastgeber. Der Anstand gebot ihnen, die Herrin nicht mit Fragen zu bedrängen. So erklärte sie den Schützners aus freien Stücken, weshalb der Graf nicht bei ihr war und dass sie bald schon mit seiner Ankunft rechnen durften.

»Sag, Hans, was mir durch den Kopf geht – konntet ihr Ravensberg vergessen? Den Schrecken hinter euch lassen?«

»Wisst Ihr, Frau Gräfin, seitdem Ihr vor zehn Jahren die Frauenleichen in den Gewölben der Ravensburg entdeckt habt, erzählt man sich in unserer Gegend einen Haufen Spukgeschichten. Die Menschen munkeln von ›Magdalenengeistern‹, wie man sie nennt. Ein seltsamer Spuk, der des Nachts oben auf der Burg umgehen soll. Unheimliche Lichter wurden in der Dunkelheit gesichtet.«

»Magdalena …« Emma erinnerte sich. »So lautete der Name der beiden Mädchen aus eurem Dorf, die Ravensberg zum Opfer gefallen sind. Feiert ihr noch immer eure ›Magdalenenmessen‹ zum Gedenken?«

»Das tun wir, Herrin. Für unsere Magdalenen und all die anderen Frauen, die der alte Graf ermordet hat.«

»Es spricht für den Ort und eure Gemeinschaft, dass ihr die Euren nicht vergesst.« Emma legte den Kopf zur Seite und überlegte.

Später begannen die Kinder zu gähnen. Eine von Schützners Töchtern nahm sich ihrer an. Sie setzte sich mit Stefan und Johanna etwas abseits vor das leise knisternde Feuer, wickelte die Kleinen in Decken und sang ihnen Lieder aus ihrer eigenen Kindheit vor. Die Wärme färbte die Wangen der Kinder rot. Bald darauf schlummerten sie tief und fest.

Währenddessen waren die Erwachsenen am Tisch noch immer ins Gespräch vertieft. Mittlerweile zeigten auch die Gesichter der Männer eine gesunde Röte, was auf die großzügigen Gaben der Peitinger zurückzuführen war. Eine rundliche Bauersfrau, ihren halbwüchsigen Sohn im Schlepptau, hatte ein bauchiges Fass Bier gebracht, eine Abordnung der Dorfältesten gewürzten Wein von jenseits der Mosel überreicht. Zusammen mit dem Apfelmost der Familie Schützner boten diese Begrüßungsgeschenke ein hübsches Durcheinander, das den Männern die Glieder schwer werden ließ. Gräfin Eisenberg wusste, es war Zeit, sich zu erheben – so behaglich es in der Stube auch sein mochte. Sie alle würden für die Nacht Unterkunft in des Pfarrers Haus finden, das dieser ihnen großzügig angeboten hatte.

»Um wen wird denn nun getrauert, Hans? Es geht mir nicht mehr aus dem Kopf. Das alte Mütterchen sprach von mehreren Begräbnissen. Gab es ein Fieber im Dorf? Droht eine Seuche?« Emma wollte den Abend keinesfalls ausklingen lassen, ohne vorher die Fragen gestellt zu haben, die ihr unter den Nägeln brannten.

»Nein!«, schluchzte da Frau Schützner, die sich bisher kaum am Gespräch beteiligt hatte, unvermittelt auf. »Ein großes Unglück hat uns getroffen, Herrin, fürwahr – aber eine Seuche ist es nicht.«

»Schon gut.« Der Hausherr strich seinem Weib beruhigend über den Arm. »Verzeiht meiner Jolande, dass sie sich so erregt. Vor einigen Tagen lag eine Jungbäuerin unseres Dorfes in den Wehen. Maria, unsere Hebamme, war an ihrer Seite, doch die werdende Mutter quälte sich arg. Das Kind wollte nicht kommen. Plötzlich fasste sich die Hebamme ans Herz und fiel tot um. Ich verstehe nichts von den Vorgängen einer Geburt – ich will es mir gar nicht ausmalen. Keine von den anderen Frauen im Dorf wusste, wie sie der Gebärenden helfen könnte. Das Kindlein und seine Mutter gingen heim zum lieben Gott. Der Witwer ist untröstlich.«

»Sie ist gestorben«, wisperte Jolande. »Mit dem Ungeborenen im Leib. Weil Maria nicht länger da war.«

»Seit ich denken kann, hat Maria die Kinder unseres Dorfes zur Welt gebracht. Sie war eine gute Frau. Wir alle werden sie schmerzlich vermissen. Und jetzt, wo … wo sie fort ist, ängstigen sich viele. Bis die Schongauer Hebamme hier ist, dauert es bisweilen recht lange. Zu lange vielleicht. Außerdem verlangt sie hohen Lohn für ihr Kommen. Geld, das manche Männer nicht haben.«

»Im Nachbarhaus, Herrin, liegt unsere älteste Tochter Agathe. Drei ihrer Kinder hat sie noch im Mutterleib verloren. Unsere Hebamme hatte ihr versprochen, diesmal würde es anders kommen. Ihr Leib ist geschwollen, und das Kind bewegt sich munter.« Jolande stockte. »Maria hat jeden Tag nach ihr gesehen, versteht Ihr? Wir haben auf ihr Wort vertraut. Nun wird meine Tochter vielleicht auch dieses Kind verlieren …«

»Jolande.« Emma spürte, wie ein Strom von Energie ihre Haut kribbeln ließ. Sie wurde gebraucht. »Ich werde mich um die Schwangeren kümmern – und ganz besonders um deine Tochter.«

»Ihr?« Der skeptische Blick verletzte Emma nicht. Sie war gewohnt, dass man ihren Fähigkeiten misstraute, die für so manchen im Widerspruch zu ihrer Herkunft und ihren Titeln standen.

»Die Gräfin ist eine Heilerin«, warf Franziska ein. »Zu Hause auf Eisenberg steht sie oft den Gebärenden bei und holt die Kinder auf die Welt.«

»Sie hat mir das Leben gerettet«, bestätigte Sabina. »Mein Bruder, euer Herzog, hat sie zu meiner Ärztin gemacht, als die Kunst der studierten Mediziner versagte.«

»Gepriesen sei der Herrgott«, rief Schützner erleichtert aus und hieb kräftig auf den Tisch, woraufhin die Frauen seiner Familie sich dankbar bekreuzigten.

28

PEITING
25. Juli im Jahre des Herrn 1516

Zwei Tage später kehrte Erik heim. Die sanfte Abendsonne tauchte Hügel und Felder in goldenes Licht. Am Wegesrand zwischen Dorf und Burg hockte eine einsame Gestalt auf einem Baumstumpf. Freudig, dem ersten Dörfler zu begegnen, wollte der Graf den Mann begrüßen, doch etwas hielt ihn zurück. Der Fremde war ein kräftiger Bursche, der etwas in den Händen drehte, das aussah wie ein geschnitztes Holzpferd. Eine solche Traurigkeit ging von ihm aus, dass Erik Melancholie im Herzen aufsteigen spürte und sich mit einem Nicken begnügte. Der Mann sah nicht einmal hoch, als Kutsche und Reiter ihn passierten.

Zufrieden blickte Emma sich im Burghof um. Ganz anders als bei ihrer Ankunft erfüllte nun Leben das alte Gemäuer. Das Schnattern der Hühner und Gänse und das Grunzen der Schweine zeugten von großer Zufriedenheit. Sie musste über ihren eigenen Gedanken lächeln. Wie zufrieden konnten Schweine wohl sein? Mutter und Tochter traten in den Stall, wo die Magd Brigitta gerade die Kühe molk.

»Hier, versuch einmal.« Zum Lohn für die Aufmerksamkeit, mit der Johanna ihr zusah, reichte Brigitta dem Mädchen einen Krug frischer Milch. Johanna griff danach und bedankte sich mit einem hinreißenden Lächeln, ehe sie an Emmas Hand wieder hinaus ins Freie trat. Im nächsten Augenblick riss das Kind sich von seiner Mutter los, ließ die Milch fallen und stürmte jauchzend auf die Kutsche zu, die gefolgt von einem Reiter in den Hof gerollt kam.

Einen Moment später kam auch Stefan angestakst und rannte zu seinem Vater, so schnell ihn seine kurzen Beine trugen. Einen Moment genoss Emma das ergreifende Bild, wie sich ihre Kinder in Eriks Arme warfen, dann blinzelte sie eine Träne fort und eilte selbst zu ihrem Mann.

Dieser wurde nicht müde, Stefan zu herzen, Johanna herumzuwirbeln und seine Frau, die ihm nicht mehr von der Seite weichen wollte, innig zu küssen. Auch Franziska drückte er an sich und beugte sich schließlich auch noch formvollendet über die zarte Hand der Herzogin.

Sein warmer Atem streifte Sabinas Handrücken. Für den Bruchteil einer Sekunde bebte ihr Körper.

Erik krönte das Wiedersehen mit seinen Kindern, indem er sie selbst zu Bett brachte und eine lange Gutenachtgeschichte aus seiner Erinnerung hervorkramte. Die Erzählung handelte von Loki, dem Sohn zweier Riesen, und seiner schmachtenden Liebe zur schönen Göttin Freya. Erik selbst hatte sie als Junge oft gehört.

Emma erwartete ihren Gemahl derweil ungeduldig im Schlafgemach. Ihr Herz drohte überzuströmen vor Glück. Sie hatte ihre Frisur gelöst. In sanften Wellen fiel die schwarze Haarpracht über Schultern und Rücken. Ihre Hände glitten in einer sinnlichen Geste durch die dichte Fülle. Die Trennung schien ihr eine Ewigkeit gedauert zu haben, getrübt von der Furcht, ihn nicht wiederzusehen. Nun wartete sie begierig darauf, Eriks Haar, seine Haut, seinen Körper zu spüren.

»Emma.« Er stand im Türrahmen und sprach nur dieses eine Wort. Ihren Namen.

Endlich allein.

Die feinen Härchen in ihrem Nacken richteten sich beim Klang seiner Stimme auf, die neu und vertraut zugleich schien. Langsam traten die Eheleute aufeinander zu. Wortlos, wie gebannt, standen sie da. Ihre Augen verfingen sich, und ihre Blicke vermittelten all das, was keiner Worte bedarf. Dann warf Emma sich in seine Arme. Wie Ertrinkende klammerten sie sich aneinander, die Lippen verschmolzen zum innigen Kuss.

»Du hast mir so gefehlt, outo tytöö.« Er hielt sie ein wenig von sich, um sie betrachten zu können.

»Du …«

»Pst.« Er legte ihr den Daumen auf die Lippen, fuhr schweigend die Konturen ihres Mundes nach. »Später, Liebste.« Er hauchte ihr einen zarten Kuss auf die Stirn, berührte ihre Schultern, umfasste ihre Taille. Dann hob er sie auf seine Arme und trug sie zum Bett.

All ihre Liebe zu ihm stand in Emmas Augen, als er sie langsam zu entkleiden begann. Jedes Stückchen Haut, das er freilegte, bedeckte er mit warmen Küssen. Ihren Hals, die weiche Mulde zwischen ihren Brüsten, die feinen Silberstreifen auf ihrem flachen Bauch, willkommene Erinnerungen an die Geburten der Kinder. Emma seufzte. Die Welt um sie herum begann zu versinken. Sorgen und Nöte entglitten ihr, verschwammen und gerieten in Vergessenheit, als sein warmer Atem ihre empfindsame Haut streifte.

»Meine wunderbare Emma.« Eriks Herz schlug schneller. »Ich brauche dich so sehr.«

Sie brachte ihn mit der Berührung ihrer Lippen zum Schweigen und machte so die Zeit der Trennung in einem Herzschlag ungeschehen. Sanft begann sie, ihn zu streicheln. Sein Haar war weich, sein Bart rau. Sie zog ihm das Hemd über den Kopf und fuhr mit der Zungenspitze über die beiden kleinen Muttermale auf seiner Brust. So vertraut.

Ihre Hände glitten über seinen Bauch, spielten mit dem blonden Brusthaar.

Erik knetete ihre weichen Brüste. Die Konturen ihres Körpers waren vollkommen, voller Liebe ruhte sein Blick auf ihr. Wie hart waren die von Sehnsucht zerfressenen

Nächte ohne Emma gewesen, in denen er im Schlaf von ihr geträumt und keine Erfüllung gefunden hatte. Endlich hielt er sie wieder in den Armen. Ihre tiefgrauen Augen waren von Leidenschaft verschleiert. Erik zog ihren warmen Leib voller Begierde an sich.

Schweigend lagen sie später beieinander. Emma leckte zart über die blutigen Stellen auf seiner Haut, die ihre Nägel ihm beigebracht hatten. Sie schmeckte seinen salzigen Schweiß, roch den Duft der Leidenschaft, die sie miteinander geteilt hatten.

»Ich habe heute einen Mann gesehen.« Erik wusste, mit ihr konnte er über alles sprechen. Ihr brauchte er nichts zu erklären, brauchte sich nicht für seine Gedanken zu rechtfertigen. »Er hielt ein Kinderspielzeug in den Händen und wirkte wie der verlorenste Mensch auf der Welt. Ich bin mir nicht sicher, aber ich glaube, er hat geweint. Sein Leid hat mich zutiefst berührt – ich weiß nicht, wieso es mir so nahegegangen ist.«

»Das muss der junge Witwer gewesen sein – ein Mann aus dem Dorf –, dessen Weib man vor kurzem zu Grabe getragen hat. Zusammen mit ihrem ungeborenen Kind.« Emma dachte an ihre eigene Mutter, die sie nie hatte kennenlernen dürfen. Auch Gräfin Amelia von Eisenberg war bei der Geburt ihrer Tochter gestorben. »Die Dörfler haben neben der schwangeren Frau auch ihre Hebamme verloren.« Sie erzählte ihm, was Schützner und sein Weib ihr berichtet hatten.

»Wie gut, dass das Schicksal dich zu ihnen geführt hat.« Er fuhr andächtig die Konturen ihrer Wangenknochen nach, küsste ihre Lippen.

Sie sanken zwischen die Decken und liebten sich ein weiteres Mal. Erst dann war Emma bereit, die Schrecken der Augsburger Gefangenschaft erneut zu durchleben. Sie berichtete ihm alles und weinte hinterher in seinen Armen.

Eriks Haut brannte, und das Blut schoss heiß durch seine Adern, als er erfuhr, wie nahe er daran gewesen war, sie zu verlieren.

Emma war sein Leben.

Sein Leben, genau wie er das ihre war.

Die Herzogin von Württemberg kannte ihre Kinder kaum. Vom Tag ihrer Geburt an waren Anna und Christoph von Ammen und Kinderfrauen in Pflege genommen worden.

So war es ihr eine ungewohnte Pflicht, Sohn und Tochter selbst zu Bett zu bringen, und es dauerte lange, bis Anna und Christoph schliefen. Danach drängte es sie, dem Grafen Eisenberg trotz der späten Stunde nochmals zu danken. Der attraktive Erik erweckte die zarten Gefühle ihrer Jungmädchenzeit wieder zum Leben. Die Herzogin hatte nicht vergessen, wie sehr sie in ihrer Jugend bei Hofe für den blonden Finnen geschwärmt hatte. Da Sabina gewohnt war, jederzeit zu tun, wonach ihr der Sinn stand, fand sie nichts dabei, den Grafen und die Gräfin in deren Schlafgemach aufzusuchen. Als sie auf den Gedanken kam, die Eheleute könnten sich nach vertraulicher Zweisamkeit sehnen, stand sie bereits vor der Tür. Da war es zu spät.

Sie waren beileibe nicht leise. Eriks Stöhnen und Emmas Lustschreie ließen die Herzogin schaudern. Sie verzog das Gesicht und wollte sich abwenden. Doch wie von einer unsichtbaren Macht gezogen trat sie näher an die Tür und lauschte.

Es war wie ein Bann. Sabina konnte nicht verstehen, welche Zärtlichkeiten Erik seiner Liebsten ins Ohr raunte, doch sie meinte die Wärme und Zuneigung in seiner Stimme zu spüren. Eine warme Decke der Geborgenheit, in die er sie hüllte. Unfähig, sich von der Stelle zu rühren, lauschte die Herzogin weiter dem Liebesspiel.

Ulrich, ihr Gatte, war im Bett nie sanft gewesen. Zärtlichkeiten lagen nicht in seiner Natur. Sabina hatte niemals auch nur einen Hauch von Erregung bei seinen Berührungen empfunden. Jetzt, während das Paar drinnen sich dem Höhepunkt näherte, fühlte sie heißes Begehren in sich aufsteigen. Allein auf dem verlassenen Gang, strich sie sich über die Brüste und stellte sich vor, es wären die Hände des Grafen Eisenberg, die sie streichelten. So sanft und zärtlich. Die Brustwarzen unter ihrem Mieder wurden hart und richteten sich auf. Sabina atmete schneller.

Ein lauter Schrei Emmas unterbrach ihren Tagtraum. Die Herzogin rief sich zur Ordnung. Es war nicht sie, die dort mit Erik im Bett lag. Ihre Jungmädchenverliebtheit war lange vorbei. Sie war eine erwachsene Frau und hatte seit Jahren nicht mehr an den Finnen gedacht. Bis zu ihrem Wiedersehen in München war Erik aus ihrer Erinnerung verschwunden gewesen.

*

Die Ankunft des Grafen veränderte vieles. Er setzte seine ganze Energie daran, die Geschäfte der Grafschaft zu ordnen. Die Knechte hatten damit begonnen, das bröckelige Mauerwerk auszubessern. Sie pochten, klopften und schliffen, und das Dröhnen ihrer Hämmer war weithin zu hören. Zusätzlich hatte Erik mehrere Männer aus dem Dorf angeheuert, die sich um das marode Stallgebälk kümmerten und morsche Türen dort ersetzten, wo es notwendig war. Überall tobten die Kinder, wobei stets ein wachsames Auge auf ihnen ruhte. Sie sollten den Handwerkern weder im Weg stehen noch sich selbst inmitten all des Bauschutts in Gefahr begeben. Die beiden Herzogskinder hatten sich schnell mit Stefan und Johanna angefreundet. Da die Herzogin wenig Interesse für ihren Nachwuchs zeigte, war es zumeist Franziska, die von den vier blonden Wuschelköpfen auf Trab gehalten wurde. Nur in den Morgenstunden gehörten die Kleinen ganz Emma. Die Gräfin versorgte die Kinder und spielte mit ihnen, ehe sie hinunter ins Dorf aufbrach. Denn natürlich hatte sie ihr Versprechen gehalten.

Bei ihrer Ankunft hatte das Gesinde den Begräbnissen der Hebamme und der jungen Mutter beigewohnt. Später stellte sich heraus, dass die Ravensburg über mehr Mägde und Knechte verfügte, als Emma es von zu Hause gewohnt war. So fiel es ihr leicht, sich um die schwangeren Peitinger Frauen zu kümmern – blieb ihr als Herrin doch wenig mehr zu tun, als die Speisefolgen mit der Köchin abzustimmen. Jeden Tag gegen Mittag machte Emma sich auf den Weg ins Dorf. Erik bestand darauf, dass Heinrich sie auf diesen Gängen begleitete, und der schweigsame Landsknecht beklagte sich nie, obwohl er geduldig zu warten hatte, wenn Emma bei den Schwangeren war. Sechs Frauen trugen stolz ihre gewölbten Leiber vor sich her, eine siebte – Jolande Schützners Tochter – war auf Anraten der Gräfin von ihren Pflichten befreit und hütete das Bett.

Im Gespräch mit den Dörflerinnen erfuhr Emma, welch prekäre Unwissenheit herrschte, was die Vorgänge bei einer Geburt betraf. Maria, die Hebamme, hatte nie eine Schülerin gehabt. Deshalb begann die Gräfin, die Frauen aus Schützners Haushalt in der Zubereitung und Anwendung verschiedenster Kräuter zu unterrichten: Frauenmantel, um die Wehen zu fördern, Fichtennadeln, um die Gebärende zu beruhigen – klar und anschaulich legte die Gräfin ihr Wissen dar. Schon nach kurzer Zeit schlossen sich ihrer Runde weitere Frauen an, begierig darauf, von ihrer Herrin zu lernen. Am Ende gab Erik, zu gleichen Teilen stirnrunzelnd wie belustigt, den Bitten einiger seiner Mägde statt, der nachmittäglichen Lehrstunde im Dorf beiwohnen zu dürfen.

Unter Emmas Schülerinnen war die hübsche Magd Brigitta, mit ihrem weißblonden Haar eine auffällige Erscheinung. Niemand – und am allerwenigsten Emma selbst – konnte zu diesem Zeitpunkt ahnen, welch großes Unglück ihr aus diesem Umstand erwachsen würde.

Immer öfter kam es vor, dass Emma zum Abendbrot noch nicht auf die Burg zurückgekehrt war. Vor allem Agathes problematische Schwangerschaft nahm sie viele Stunden lang in Anspruch. Emma spürte, wie schwach das Kindlein war, welches im Leib der jungen Bäuerin heranwuchs. Ein hauchdünner Faden band es ans Leben. Ein Faden, der jederzeit reißen konnte. Dabei wünschte sie sehnlichst, der Mutter ein gesundes Neugeborenes in die Arme legen zu können. Wenn nur alles gut ginge.

»Lasst uns anfangen.« Oben auf der Burg räusperte Erik sich mit einem Blick auf die hungrigen Kinder, die unruhig auf ihren Stühlen zappelten. Die Herzogin von Württemberg winkte daraufhin an Emmas Stelle den Mägden, das Essen aufzutragen. Dass Franziska ihren kleinen Sohn Christoph fütterte, schien Sabina nicht einmal wahrzunehmen.

Während des Essens entspann sich wie gewöhnlich eine leise Unterhaltung. Es war warm in der Halle, und Sabina genoss die gemeinsamen Stunden mit Erik und den Kindern über die Maßen. Nur in Gegenwart des Grafen empfand sie ihren Sohn und ihre Tochter nicht als lästig. Wäre Franziska nicht gewesen, die mit ihnen am Tisch saß, man hätte sie für eine Familie halten können.

»Wahrscheinlich wird sie nicht rechtzeitig zurück sein, um die Kinder zu Bett zu bringen.« Sabina seufzte ergeben und ließ ihre Besorgnis durchklingen.

»Emma wird gebraucht.« Erik zögerte nicht, sein Weib zu verteidigen. »Nach dem schweren Mahl kann ein wenig Bewegung nicht schaden. Was meinst du, Sohn?« Er stand auf und legte Stefan eine Hand auf den Kopf.

Die Herzogin lächelte. Sie wusste, was gleich kommen würde.

Die Kinder rutschten von ihren Plätzen und sprangen quietschend durch die Halle, als der große Bär begann, sie brüllend zu verfolgen. Die beiden Mädchen, Johanna und die kleine Anna von Württemberg, waren schneller als die Jungen. Erik ließ den Knaben Gelegenheit, ein wenig Abstand von ihm zu gewinnen, und setzte derweil Sabinas Tochter nach. Anna flüchtete auf der Suche nach Deckung zu Sabina und kletterte auf den sicheren Schoß. Die Kleine liebte ihre unnahbare Mutter, selbst wenn diese mit ihrer Zuneigung geizte. Erik schlich heran und umkreiste den Stuhl mit Mutter und Tochter. Die Arme über dem Kopf erhoben, die Finger zu Klauen gekrümmt, knurrte er gefährlich.

»Mutter.« Anna zupfte an Sabinas Kleid. Ihr kleiner Brustkorb hob und senkte sich vor furchtsamem Lachen schneller. Sie vergrub ihr Gesicht im Dekolleté der Herzogin.

»Soll ich ihn verjagen?«

Die umstehenden Kinder, einschließlich Anna, nickten heftig.

»Weiche von uns, böser Bär!«, rief Sabina und fuchtelte mit den Armen eindrucksvoll durch die Luft. Daraufhin knurrte Erik ein letztes Mal und verzog das Gesicht zu einer schmerzvollen Grimasse, ehe er wenig später zu Boden plumpste und dort ausgestreckt liegenblieb.

Franziska klatschte fröhlich in die Hände, ohne den finsteren Blick zu bemerken, den Sabina ihr zuwarf.

»Besiegt«, verkündete Erik, woraufhin die Kinder zu ihm stürmten und auf den erlegten Bären kletterten. Erik setzte sich zur Wehr, indem er alle vier kräftig durchkitzelte. Emma war noch immer nicht zurück.

»Zeit, gute Nacht zu sagen«, verkündete er schließlich. »Herzogin, wenn Ihr nichts dagegen habt, nehme ich diese beiden Bärentöter gleich mit.«

Ehe Sabina etwas erwidern konnte, hatten sich ihre Kinder an Erik gehängt.

»Das mag Antwort genug sein.« Sie ließ sich von Anna und Christoph küssen und winkte ihnen nach.

»Es ist so friedvoll«, murmelte Sabina. Dabei starrte sie auf die Tür, die hinter dem Grafen und den Kindern ins Schloss gefallen war. Mit einem Mal fühlte sie sich leer.

29

PEITING
14. August im Jahre des Herrn 1516

Brigitta und Fritz nutzten den freien Tag, der ihnen bewilligt worden war, um eine Wanderung zu unternehmen. Beide waren auf der Ravensburg in Diensten. Magd und Knecht wollten einmal ganz für sich sein, fernab von neugierigen Blicken.

Fritz war sehr viel kräftiger, als sein schmaler Körperbau erahnen ließ. Dafür sorgte schon die tägliche Arbeit, die es zu verrichten galt. Wie Brigitta hatte auch er blondes Haar, jedoch nicht so hell wie das ihre. Seine tiefliegenden Augen leuchteten in einem strahlenden Blau. Das Hübscheste an ihm, das fand zumindest die Magd, war die kleine Einkerbung an seinem Kinn. In ihren Augen ließ das feine Grübchen ihn überaus männlich wirken.

Lächelnd fasste sie nach seiner Hand. Gemeinsam liefen sie durch das Dorf, über weite Felder und sumpfige Wiesen und lachten über die nassen Füße, die das mit sich brachte. Ihr Ziel waren die Höhlen unten in der Schnalz, einem natürlichen Flusstal. Einsam lockten die schweigenden Wälder an den Ufern der Ammer.

»Wir müssen die Schuhe später in der Sonne trocknen.«

»Später, ganz recht«, erwiderte Fritz, und Brigitta lächelte fröhlich. Nach einer Weile erreichten sie den Wald. Vögel zwitscherten in den Ästen der Buchen und Eschen, Mäuse raschelten im Gebüsch, eine Blindschleiche lag faul am Wegesrand. Tief sog Brigitta die würzige Waldluft ein und genoss ihr Glück. An Fritz' Hand folgte sie dem Pfad, der einen weitläufigen Abhang hinabführte. Wurzeln und Felsbrocken gaben ihren Füßen Halt. Zu beiden Seiten des Weges flossen schmale Rinnsale.

Brigitta war außer Atem, als sie die Ammer erreichten. Fritz neckte sie deswegen. Hier an der Furt war das Gewässer friedlich, nicht viel mehr als knöcheltief, doch schon ein kurzes Stück weiter flussaufwärts entwickelten sich gefährliche Stromschnellen. Fritz entledigte sich seiner Schuhe, band sie an den Schnürsenkeln zusammen und hängte sie Brigitta um den Hals. Anschließend hob er sie auf die Arme und watete mit seiner hübschen Last durch das Wasser.

»Lass mich bloß nicht fallen«, kicherte die Magd in gespielter Furcht.

»Kaum zu glauben, dass du die Höhlen nicht kennst«, bemerkte Fritz, als er sie sicher ans andere Ufer befördert hatte. »Einige von ihnen sind wahrscheinlich schon da, so lange man zurückdenken kann, andere entstanden erst durch den Gesteinsabbau. Ts, ein Peitinger Mädel – und war noch nie unten in der Schnalz.«

»Ich habe gearbeitet«, verteidigte sich Brigitta. »Als ich jung war, musste ich die kleineren Geschwister hüten, die Tiere der Eltern versorgen. Und im Mägdedienst bleibt auch nicht viel Gelegenheit, einfach durch die Gegend zu ziehen.«

»Schon gut«, besänftigte Fritz. »Das verstehe ich ja.« Er selbst war als Junge ständig herumgestreunert, um sich hinterher in schöner Regelmäßigkeit eine Tracht Prügel seines zornigen Vaters einzufangen. »Fauler Bengel!« Die tiefe Bassstimme war ihm im Gedächtnis haften geblieben, obwohl seine Eltern schon lange tot waren. Fritz verspürte die tiefe Sehnsucht und Entschlossenheit, bald wieder eine Familie zu haben. Kurz drückte er Brigitta an sich. Wenn sie nur endlich einwilligte, das Aufgebot zu bestellen.

*

»Schon wieder einer«, brummte der Torwächter und nickte wissend, als ein Reiter in hochherrschaftlicher Livree herangesprengt kam. Seit man auf der Ravensburg die Herzogin von Württemberg beherbergte, waren berittene Boten wenigstens einmal wöchentlich zu Gast.

In der Halle nahm Sabina die für sie bestimmte Botschaft gespannt entgegen, doch es war nur ein Schreiben von Wilhelm, der sich nach ihrem Befinden erkundigte. Enttäuscht brach sie das Siegel und las.

»Keine guten Nachrichten?«, erkundigte sich Emma mitfühlend, nachdem sie der Köchin zuvor aufgetragen hatte, den Boten mit ausreichend Proviant für den Weg zu versorgen.

»Mein Bruder«, antwortete die Herzogin und musterte Emma, die ihren Reiseumhang trug. »Gehst du hinunter ins Dorf?«

»Willst du mich begleiten?«, bot die Gräfin freundlich an. »Ein Spaziergang an der frischen Luft würde dir guttun. Die Frauen sind sehr nett.«

»Das würde ich herzlich gerne.« Sabina legte sich die Fingerspitzen an die Schläfen. »Es ist nur, mein Kopf dröhnt und pocht schon seit dem Erwachen. Ich denke, ich werde besser ein wenig ruhen.«

»Wie du willst.« Emma beugte sich vor und küsste die Herzogin freundschaftlich auf die Wange. »Wenn es bis zum Abend nicht besser wird, bereite ich dir einen Kräuteraufguss.«

»Es wird schon gehen.« Sabina nickte tapfer.

»Vielleicht magst du mich ja morgen begleiten«, meinte die Gräfin zum Abschied. »Ich fürchte sonst, es könnte dir hier bei uns langweilig werden, wo du aus deiner Stuttgarter Zeit doch Prunk und Lebendigkeit eines großen Hofes gewohnt bist.«

Sobald Emma in Heinrichs Begleitung aufgebrochen war, verschwand Sabinas leidende Miene. Endlich konnte sie sich auf die Suche nach Erik machen und hatte ihn auch schon bald darauf draußen im Hof entdeckt. Er stand mit drei Arbeitern bei den Überresten des alten Wehrturms, einem moosbewachsenen Trümmerhaufen. »Da seid Ihr ja!«

Er schien sie nicht gehört zu haben, die Männer waren ins Gespräch vertieft. Plötzlich schoss eine kleine Gestalt auf Sabina zu und drückte sich an sie.

»Jetzt nicht.« Brüsk schob die Herzogin ihre Tochter von sich. »Geh weg.« Annas verletzten Ausdruck nahm sie gar nicht wahr. Wenn Erik zugegen war, rührte sie sein liebevoller Umgang mit den Kindern, und sie gefiel sich auch selbst in der Rolle der hingebungsvollen Mutter. Ohne den Grafen hingegen sehnte sie sich nach den Ammen und Kinderfrauen, die Anna und Christoph von der Wiege an betreut hatten. Letztlich waren ihr die Kinder fremd. Nichtsdestotrotz setzte sie hohe Erwartungen in ihren Nachwuchs, vor allem in Christoph. Er war ihre Trumpfkarte, ihr Schlüssel zur Macht.

»Graf Eisenberg.« Sie eilte zu Erik und hakte sich bei ihm unter, die Knechte und die von ihr unterbrochene Unterhaltung ignorierend. »Geht ein Stück mit mir«, bat sie und blickte zu ihm auf. »Mir ist nicht wohl, und Eure Gattin meinte, frische Luft würde Abhilfe schaffen.«

Erik knirschte mit den Zähnen. Dieses Weib schien einen Narren an ihm gefressen zu haben und vergaß dabei völlig, dass ihn wahrlich wichtigere Pflichten in Anspruch nahmen, als ihren Gesellschafter zu spielen. Leider war sie sein Gast und zudem die Herzogin von Württemberg.

»Wir reden später weiter.«

Die drei Männer sahen ihrem Grafen und der Herzogin kopfschüttelnd hinterher und grinsten dabei wissend.

»Der arme Herr«, sprach einer von ihnen das aus, was sie alle dachten.

*

Fritz und Brigitta folgten dem Pfad, bis sich rechter Hand eine Steilwand mit tiefen, schwarzen Löchern erhob. Die größte der Höhlen reichte bis tief hinein in die Wand und wurde von den Einheimischen »Teufelsküche« genannt. Vielleicht, so mutmaßte Fritz, weil man wahrhaftig in Teufels Küche geraten würde, sollte die Decke einmal herabstürzen.

Fritz ließ sich mit Brigitta an einem der Höhleneingänge nieder und lauschte mit halbem Ohr auf jedes verdächtige Grollen, das einen Einsturz ankündigen mochte.

»Es ist wunderschön hier.« Brigitta spähte über die Kante in den Abgrund, der auf der anderen Seite des Pfades begann und nur wenige Schritte von ihnen entfernt lag. »Auf schöne Art unheimlich.«

»Ich mag dich.« Fritz legte einen Arm um seine Begleiterin. »Ich mag dich sehr.« Er war entschlossen, den Tag zu nutzen und sie für sich zu gewinnen.

Die hübsche Magd schmiegte sich an ihn, genoss die Wärme seines Körpers und schnupperte an seinem Hals. Sie mochte den Geruch seiner Haut. Mit einem leisen Lächeln begann sie, ihr weißblondes Haar aufzuflechten. Fritz hielt den Atem an. Sie wusste, dass er nicht ohne den Segen der Kirche mit ihr schlafen wollte, aber natürlich konnte er ihr dennoch nicht widerstehen.

Brigittas Kleider fielen raschelnd zu Boden. Ihre blasse Haut leuchtete vor dem Hintergrund grüner Blätter und sandigem Stein. Die Augen des Knechts wanderten über ihren Körper. Über die schmalen Hüften. Die hohen, festen Brüste, die sich perfekt in seine Hände schmiegen würden.

»Schamloses Weib«, schimpfte er sanft, woraufhin sie verführerisch auf ihn zutänzelte. Ein Sonnenstrahl kringelte sich auf ihrem nackten Bauch. Sie kniete sich neben ihn und zog ihm sein Hemd über den Kopf. Ihre warmen Hände strichen über seine glatte Brust. »Schamlos«, knurrte Fritz wieder, während seine Finger ihre Schenkel streichelten. Brigittas Augen funkelten herausfordernd, während sie sich an den Bändern seiner Hose zu schaffen machte. Es dauerte eine Weile, bis sie alle Knoten gelöst hatte, denn immer wieder unterbrach sie ihr Tun, um seinen Bauch dicht über dem Hosenbund zu küssen und seinen Nabel mit der Zunge langsam zu umkreisen. Fritz genoss es, als ihre zarten Hände zwischen seine Schenkel glitten, kaum dass er endlich nackt war, und sein pochendes Glied umschlossen. Er vergaß sein heroisches Bemühen, ihr zu widerstehen. Dafür wollte er sie zu sehr. Der Knecht stöhnte tief und gab sich seiner Verführerin hin.

»Sag ja, Liebste«, bat er hinterher eindringlich. »Sag ja und werde mein Weib.«

»Du hast versprochen, mich nicht zu bedrängen!« Sie stieß ihn von sich und schlüpfte hastig in ihre Kleider.

»Du bist nicht normal, Frau«, fluchte Fritz und zog sich ebenfalls an. »Es ist unnatürlich, dass ich dich zur Heirat drängen muss. *Du* solltest diejenige sein, die sich nach einem Heim und Kindern sehnt!«

»Ich bin halt noch nicht so weit.« Brigitta erhob sich anmutig und trat vor die Höhle. Spitze Kieselsteine drückten sich in ihre bloßen Fußsohlen. Zwei Paar feuchte Schnürschuhe aus Leder standen zum Trocknen in einem Fleck aus Sonnenlicht, das durch die Baumwipfel fiel. Tief sog die junge Frau die klare Luft in sich auf. Sie wollte ihn ja, sie wollte ihn sehr. Aber kannten sie einander bereits gut genug, um den Rest ihres Lebens Seite an Seite zu verbringen? Würden Liebe und Vertrauen von Dauer sein? Warum wollte Fritz ihr Zögern nicht verstehen?

Brigitta wandte sich zu ihm um und erspähte mitten in der Bewegung einen rosa Flecken weiter oben in der sonnenbestrahlten Wand.

»Tausendgüldenkraut«, rief sie entzückt. »Die Herrin hat

davon erzählt. Sie wusste nicht, wo es hier bei uns zu finden ist. Es lindert Koliken und Leibesweh«, zitierte sie Emma voller Begeisterung. »Und es treibt die Frucht aus dem Leib einer Frau, wenn eine Schwangerschaft das Leben gefährdet.« Den letzten Gedanken sprach sie allerdings nicht laut aus. Er gehörte zum überlieferten Frauenwissen, so hatte Gräfin Eisenberg erklärt, das man besser nicht mit den Männern teile.

Fritz blieb reglos sitzen. Er war so enttäuscht, dass ihm mittlerweile vollkommen gleich war, ob die Höhlendecke irgendwann über ihm einstürzen würde. Die blöde Pflanze kümmerte ihn ebenso wenig. Er wollte Brigitta. Dass sie in den letzten Wochen ständig von der Herrin sprach, machte es nicht besser. Die junge Magd verbrachte viel Zeit im Dorf und mit der Frau Gräfin. Zeit, in der er nicht in Brigittas Nähe sein konnte. Zeit, die ihm gestohlen wurde.

»Ich hole es.«

Der Knecht war gleichermaßen verletzt wie aufgebracht. Deshalb achtete er kaum auf ihre Worte und starrte weiter trüb vor sich hin. Als ihm zu Bewusstsein kam, was sie gesagt hatte, hing sie bereits mehrere Meter über ihm in der Steilwand.

»Nicht!«, schrie er, doch sie blickte lachend auf ihn herab.

»Feigling«, neckte sie ihn und streckte die Hand nach dem Kraut aus. »Ich glaube wahrhaftig, es ist das richtige!« Geröll löste sich, als der Stein unter ihren Füßen nachzugeben drohte. Geschickt hangelte sie sich weiter und suchte furchtlos einen neuen Halt.

Fritz' Herzschlag wurde ruhiger. Es war närrisch, was sie tat, und er würde sie schelten. Trotzdem kam er nicht umhin, ihren Wagemut zu bewundern.

»Komm herunter, kleine Gämse!« Er breitete die Arme aus. »Sei vorsichtig! Bitte!«

Brigitta begann mit dem Abstieg, die Stängel des rosafarbenen Krautes zwischen ihre Zähne geklemmt. Wie er dort unten so besorgt auf sie wartete, dachte sie, dass er wahrscheinlich wirklich der Richtige für sie war. Er hatte recht.

»Wir sollten tatsächlich heiraten!«, rief sie ihm zu und lachte dabei über das ganze Gesicht, so dass die Sommersprossen auf ihrer Nase hüpften.

Irgendwo im sandigen Gestein fand ihre Stimme einen Widerhall. Schwere Brocken begannen sich über ihr zu lösen. Brigitta blickte hoch. Sand und Schutt rieselten auf sie herab. Die Wand, in der sie hing, fiel nach oben wie nach unten steil ab. Sie schrie und versuchte noch, dem Steinschlag auszuweichen, indem sie sich weiter nach rechts hangelte. Doch einer der Felsen traf sie wuchtig an der Schulter. Die Magd verlor den Halt, und ihr linker Fuß streifte im Fallen den Pfad, auf dem Fritz stand und vergeblich die Hände nach ihr ausstreckte. Ehe sie aufschlug, begriff Brigitta, dass sie niemals mehr eine Braut sein würde.

30

AUGSBURG
15. August im Jahre des Herrn 1516

Der Kaufmann Jakob Fugger stand in seinem siebenundfünfzigsten Lebensjahr. Ein reifer Mann, leicht gebückt, mit taubenblauem Umhang und samtbraunem Schultertuch. Seine Züge waren ebenmäßig, die schmalen Lippen verrieten Entschlossenheit. Jetzt, da er älter wurde, fror er leicht, und es plagte ihn auch so manch anderes Zipperlein. Das Haar lichtete sich und war an den Schläfen schon lange ergraut, weswegen er nur in seinem eigenen Haus auf eine Kopfbedeckung verzichtete, welche die Ansätze der Kahlheit verbarg. Von seinem Reichtum zeugte neben den feinen Stoffen seiner Gewandung auch die elegante und nach neuester Mode gestaltete Empfangshalle. Wie schon Fassade und Innenhöfe des Hauses war der Raum im toskanischen Stil gehalten. Den Boden zierten schillernde Mosaike, engelsgleiche Marmorstatuen thronten auf schlanken Sockeln.

»Ihr habt mich herbestellt.« Marc Frey trat seinem Dienstherrn gegenüber.

»So ist es, Marc. Wir müssen miteinander reden. Es ist etwas vorgefallen, das mich zwingt, unverzüglich nach Italien aufzubrechen.«

»Rom oder Florenz, vermute ich«, riet Frey aufs Geratewohl. »Vielleicht auch die Lagunenstadt Venedig. Wohin ruft Euch die Pflicht?«

»Die heilige Stadt, du liegst ganz richtig. Ulrich von Hutten – der Mann nennt sich selbst einen Humanisten – hat ein Pamphlet verfasst. Im Übrigen nicht sein erstes. Dieses

Mal sind wir das Ziel. Aber lies selbst.« Er reichte Frey die Abschrift.

So tut denn die Augen auf, Ihr Deutschen, und seht, wer es ist, der Euch daheim ausraubt, auswärts in üblen Ruf bringt und an allem Unglück, allem Missstand bei Euch die Schuld trägt. Seht sie Euch an, die heillosen Ablasskrämer, verruchten Händler mit Gnaden, Dispensen, Absolutionen und allen möglichen Bullen, die einen Markt mit heiligen Dingen in der Kirche Gottes eingerichtet haben, daraus er einst diejenigen trieb, die lediglich weltliche Ware dort kauften und verkauften. Sie sind die Werkmeister allen Trugs, die Erfinder der Listen, die Urheber der Knechtschaft und der Gefangenschaft des Volkes.

Marc Frey überflog den Text zweimal, ehe er das Blatt sinken ließ. »Unerfreulich, Jakob. Wirklich höchst unerfreulich. Ist dieser Humanist Hutten mit jenem Hans von Hutten verwandt, den der Herzog von Württemberg im vergangenen Jahr ermordet hat?«

»So ist es, Junge, aber diese Familienbande sind für uns ohne Bedeutung. Mir geht es darum, mit Papst Leo zu sprechen. Er muss seine Bischöfe … ach, was sage ich, seine gesamte Kirche muss er zur Ordnung rufen. Die Völlerei und das Herumhuren müssen ein Ende haben. Das Volk murrt über die Zustände, der Klerus verliert an Glaubwürdigkeit, und damit gerät auch der Ablasshandel in Gefahr. Das muss um jeden Preis vermieden werden. Wer zahlt schon für ein Papier, das die Vergebung seiner Sünden verspricht, wenn er nicht von der Wahrhaftigkeit des Ablassbriefs überzeugt ist?«

Frey sah dem älteren Kaufherrn prüfend ins Gesicht. Ein Hauch von Provokation, vermengt mit Sorge, lag in Marcs Blick. »Warum mischt Ihr Euch ein? Ihr braucht den Ablasshandel nicht. Seht Euch um, wie Ihr lebt: ebenso prunkvoll wie jedes Mitglied des Hochadels, ja, sogar schöner noch. Selbst mit Kaiser Maximilian und dem Pontifex Maximus könnt Ihr Euch messen. Das Unternehmen ›Jakob Fugger und Söhne‹ besitzt Faktoreien in ganz Europa. Ihr kontrolliert den Gewürzhandel mit Portugal, seid Bankier und Vertrauter der mächtigsten Männer unserer Zeit. Allein das Kupfermonopol bringt Euch jährlich rund zweieinhalb Millionen Gulden. Warum noch der Ablass, Jakob?« Marc Frey hielt erschöpft inne. Er war nicht gewohnt, so viel zu sprechen. Allein die Zuneigung, welche er Fugger entgegenbrachte, hatte diesen Redefluss ausgelöst. »Ihr seid nicht mehr der Jüngste, Jakob«, gestand er schließlich.

»Deine Sorge ehrt dich, Junge. Aber ein Jakob Fugger gehört nicht aufs Altenteil. Ich reise noch heute – und du treibst mir in meiner Abwesenheit die Fuggereipläne ordnungsgemäß voran.«

»Wie Ihr wünscht.« Frey machte sich nicht die Mühe, gegen den Starrsinn seines Lehrmeisters zu protestieren. Er wusste aus Erfahrung, dass das sinnlos war.

»Ich verlasse mich auf dich.« Fugger klopfte ihm auf die Schulter und verließ den Raum.

Marc Frey blieb allein in der weitläufigen Halle zurück und strich gedankenverloren über einen Marmorsims. Dabei stieg eine verloren geglaubte Erinnerung in ihm auf. Er fühlte die schmächtigen Arme eines dunkelhaarigen Mädchens um seinen Körper geschlungen. Die zwölfjährige Emma hielt ihn krampfhaft fest und flehte ihn an, sich dem Willen seiner Eltern zu widersetzen und nicht nach Augsburg zu gehen. Das alles lag viele, viele Jahre zurück.

Frey versetzte dem nächststehenden Sockel einen Tritt, woraufhin die Statue darauf gefährlich schaukelte. Marcs leise Besorgnis um Jakob Fugger änderte nichts daran, dass die Vergangenheit tot war. Arbeit war die Essenz seines Lebens.

31

PEITING

15. August im Jahre des Herrn 1516

In jener Nacht, in der Fritz unten in der Schlucht Brigittas verdrehten Leichnam bis zum Morgen in den Armen hielt, verfasste Sabina von Württemberg einen Brief an ihren alten Freund, den Ratsherrn Dietrich Spät. Dieser Mann, mit dem sie unter dem Decknamen Magister Früh korrespondierte, hatte einst in Ulrichs Diensten gestanden und zu dem engsten Kreis seiner Vertrauten gezählt. Er war es gewesen, der ihre Flucht aus Württemberg ermöglicht hatte. Die Herzogin ahnte seit langem, dass Spät ihr eine Verehrung entgegenbrachte, die weit über Freundschaft hinausging. Er betete sie regelrecht an. Zudem hielt der nützliche Ratsherr noch immer Kontakt zu einem vertrauenswürdigen Spitzel am württembergischen Hof und stand in Verbindung mit Sabinas Onkel, dem Kaiser.

Aus diesem Grund stellte sie ihm zum wiederholten Male jene brennenden Fragen, auf die nur er ihr ehrlich Antwort geben konnte. Hatte Kaiser Maximilian über eine Absetzung Ulrichs nachgedacht, sich möglicherweise endlich entschieden? Waren der Mord an Hutten und die Aufstände der Bauern Grund genug, den württembergischen Herzog zu entmachten? Sabina hätte nicht mehr zu sagen gewusst, wie lange sie schon auf diesen Tag wartete. Welche Schandtaten musste ihr Gemahl noch begehen, bis endlich sie – über ihren unmündigen Sohn – das Zepter in Württemberg in die Hand nehmen konnte?

Am Morgen wurde in der Gesindestube über Brigittas und Fritz' Fernbleiben gescherzt.

»Sieht aus, als hätten sich zwei gefunden«, war die einhellige Meinung. »Wurde aber auch Zeit.« Man hoffte, dass die junge Magd und ihr Liebster für die Abwesenheit über den freien Tag hinaus mit einer milden Strafe davonkamen – vor allem in Anbetracht der Tatsache, dass es wohl bald ein rauschendes Hochzeitsfest zu feiern gäbe.

Mittags machten sich Emma und Heinrich auf den Weg ins Dorf, während die Herzogin den Grafen wieder einmal mit ihrer unwillkommenen Gesellschaft zu beglücken suchte.

»Emma!« Franziska hatte die Kinder einigen Knechten anvertraut, die in der Mittagssonne Brotzeit machten und mit den Kleinen scherzten. Auf halbem Weg holte sie die Freundin ein.

Gräfin Eisenberg und ihr Landsknecht blieben beim Klang der Stimme abrupt stehen.

»Was ist passiert?«, fragte Emma besorgt, kaum dass Franziska näher herangekommen war.

»Ich wollte mit dir reden. Allein.«

»Heinrich?« Emma drehte sich nach dem Landsknecht um. Der hatte schon verstanden und sich am Wegesrand auf jenem Baumstumpf niedergelassen, auf dem bei Eriks Ankunft ein junger Bauer um Frau und Kind getrauert hatte.

»Du hast Sabina gebeten, dich ins Dorf zu begleiten«, begann Franziska.

»Schon des Öfteren. Ich wollte verhindern, dass sie sich bei uns langweilt. Leider wird sie in letzter Zeit von heftigen Kopfschmerzen geplagt. Ich vermute, sie übertreibt ein wenig – schließlich würde sie meine Arznei nicht verweigern, wenn die Schmerzen so schlimm wären. Wahrscheinlich hat sie Bedenken, sich mit einfachen Bauersfrauen abzugeben. In dieser Hinsicht ist sie, wie du weißt, leider etwas überheblich.«

»Das ist sie wirklich, aber glaub mir, das ist nicht der Grund.«

»Was dann?« Emma blickte skeptisch drein. »Was hat sie?«

»Ich befürchte, sie hat Gefallen an deinem Mann gefunden.« Franziska atmete tief durch. »Glaub mir, ich würde dich niemals damit behelligen, wenn es nicht … Wenn es nicht wirklich furchtbar mit anzusehen wäre«, stieß sie abgehackt hervor.

»Was genau geht da vor sich?« Stiche der Eifersucht bohrten sich wie Nadeln in Emmas Fleisch. Sie vertraute Erik bedingungslos, aber zu hören, dass Sabina … Sie brachte es nicht fertig, den Gedanken zu Ende zu denken.

»Sie wirft sich ihm schamlos an den Hals. Jeden Nachmittag, kaum bist du fort, schleicht sie auf der Suche nach ihm durch die Burg. Erik versucht, sie abzuwimmeln, ist dabei aber zu höflich, sie direkt vor den Kopf zu stoßen. Mittlerweile versteckt er sich regelrecht, anstatt die Arbeiten am Mauerwerk zu beaufsichtigen, wie er das sonst getan hat. Ich bin sicher, es liegt an ihr. Nach dem Abendbrot tollt er mit den Kindern herum und bringt sie anschließend selbst zu Bett – nur um nicht mit Sabina sprechen zu müssen.«

»Er hat mir kein Wort davon gesagt.« Emma presste die Lippen zusammen und erinnerte sich an die Worte der alten Marthina, die am Münchener Hof von den zahlreichen Liebhabern der Herzogin gesprochen hatte. »Verdammt, ich dachte, sie wäre unsere Freundin.«

»Ich weiß nicht, wie ernst es ihr mit den Annäherungsversuchen ist. Mag sein, sie spielt mit ihm, weil sie sonst nichts zu tun hat.«

»Das muss sich ändern.« Emma hatte bisher trotz Sabinas gelegentlichen Anflügen von Arroganz nur das Beste von ihr angenommen. Ihres grausamen Ehemanns wegen hatte sie die Herzogin bemitleidet und ihr wegen ihrer außergewöhnlichen Situation vieles nachgesehen. Was Franziska ihr jedoch gerade berichtete – darüber konnte sie keinesfalls hinwegsehen.

»Sie himmelt ihn an, aber Erik würde nie …« Franziska, die Emmas wachsende Erregung spürte, versuchte nun zu beschwichtigen.

»Das weiß ich. Diese Posse wird ein schnelles Ende finden, glaub mir.« Emma drückte die Freundin an sich. »Danke. Ich bin froh, jetzt Bescheid zu wissen.«

»Sie ist keine Gefahr für dich«, erwiderte Franziska ruhig und aus absoluter Gewissheit heraus.

Heinrich erlebte seine Herrin nach der Unterredung ungewohnt schweigsam. Sie knabberte auf ihren Lippen und wirkte verbissen. Er ahnte, dass das Gespräch der Frauen mit jenen Gerüchten über die Herzogin und ihre Bemühungen um den Grafen zusammenhing, die des Abends bei dem einen oder anderen Krug Bier zwischen den Knechten hin- und herflogen.

Gräfin Eisenberg hielt gerade ihren Unterricht, als die Wehen bei einer der Frauen einsetzten. Vergessen war jeder Gedanke an eine schnelle Rückkehr auf die Burg und an Sabina. Während die Dörflerinnen die Schwangere nach Hause geleiteten und alles vorbereiteten, ließ Emma frühere Geburten Revue passieren, die sie auf Eisenberg als Hebamme begleitet hatte. Die Niederkunft barg immer ein Risiko für Mutter und Kind, doch Emma war sicher, es würde gutgehen. Sie holte tief Luft, trat in die Schlafstube und konzentrierte sich fortan ganz auf die werdende Mutter. Die Frau trug nun ein weites Hemd, das man ihr beinahe bis unter das Kinn hochgeschoben hatte. Ihr mächtiger Leib wirkte aufgedunsen. Die Glieder der Gebärenden zuckten bei der heftigen Wehe auf dem weichen Strohlager. Emma wartete, bis der Schmerz abklang. Dann tastete sie vorsichtig den Bauch ab und trat zufrieden zurück. Alles war in Ordnung. Die Wehen kamen in immer kürzeren Abständen.

»Bald hast du es geschafft«, versprach die Gräfin. Sie hielt eine Weile die Hand der Frau. Ihre Nähe wirkte beruhigend.

Am späten Nachmittag glitt ein blutiges Bündel Mensch in Emmas Hände. Die Gräfin wischte dem Neugeborenen zart das Gesicht ab und lauschte mit glänzenden Augen dem ersten, fordernden Schrei.

»Ein gesundes Mädchen«, verkündete sie laut und legte der vor Glück weinenden Mutter das Kindlein an die Brust.

Gratulationen und Segenswünsche schwirrten durch den Raum, einige Frauen liefen los, die frohe Botschaft im ganzen Dorf zu verkünden. Emma, die der Wöchnerin etwas Ruhe gönnen wollte, scheuchte auch die übrigen Dörflerinnen aus dem Raum. Sie selbst durchtrennte die Nabelschnur und wickelte die Nachgeburt in ein altes Tuch, um diese später zu verbrennen. Als sie fertig war, schliefen Mutter und Kind. Emma schloss leise die Tür.

Der Kindsvater war über die Maßen stolz. »Wir würden unsere Tochter gerne nach Euch benennen«, bat er seine Herrin, die gerührt einwilligte. Anschließend stießen die Peitinger auf dem Dorfplatz miteinander an. Die Ankunft eines gesunden Erdenbürgers war stets aufs Neue ein Grund zum Feiern.

»Auf das Wohl der kleinen Emma!«

»Und der großen Emma, unserer Gräfin!«

Emma freute sich mit den Peitingern und verdrängte den Gedanken an Sabina, der jetzt, da die Geburt vorüber war und sie nicht mehr gebraucht wurde, hartnäckig wiedergekehrt war. Um sich abzulenken, lauschte sie den Gesprächen der Dörfler. Es war ein wunderschöner Abend, die Sonne versank leuchtend am Horizont und tauchte die durchscheinenden Wolken in prächtige Rot- und Orangetöne.

Brigitta war noch immer nicht aufgetaucht. Ihr Fehlen bot Anlass zu Spekulationen, doch die Gräfin konnte sich nicht recht konzentrieren. Am Ende entschied sie, nicht länger abzuwarten, sondern sich der Herzogin von Württemberg und deren verräterischem Verhalten zu stellen.

Emma machte sich auf die Suche nach Heinrich und fand ihn vor Schützners Haus, ein wenig abseits der Feiernden, in ein Gespräch mit dem Dorfvorsteher vertieft. Gerade wollte sie ihm zurufen, da wandten die Männer ihre Köpfe in Emmas Richtung. Ihr eben noch heiterer Ausdruck war wie weggewischt, als sie geradewegs an der Gräfin vorbeiblickten.

Fritz torkelte schmutzig und verdreckt die Dorfstraße entlang. Seine blonden Locken standen ungestüm vom Kopf ab. In den Händen hielt er ein Paar lederne Frauenschuhe. Die entsetzten Blicke der Peitinger folgten ihm. Als Schützner den Knecht besorgt ansprach, begann er erst zu schluchzen, dann zu toben. Er raufte sich weinend das Haar und gebärdete sich wie toll. Kein vernünftiges Wort war aus ihm herauszubringen. Erst als Fritz Emma entdeckte, wurde sein Blick klar. Kalt und stechend fixierten seine Augen die Gräfin.

»Hexe!«, kreischte er und deutete mit anklagend erhobener Hand auf Emma. »Verfluchte, vermaledeite Hexe!« Ehe er die Gräfin tätlich angreifen konnte, packte man ihn und schleppte ihn fort.

Später erfuhren die Peitinger von dem tragischen Unglück. Von Brigittas weißblondem Haar und dem Tausendgüldenkraut, das zartrosa neben ihren verrenkten Gliedern gelegen hatte. Fritz hatte ihren Leichnam mit schweren Steinen bedeckt, um den kalten Leib der Geliebten vor wilden Tieren zu schützen.

Eine langwierige Unterredung des Geistlichen mit dem

Rat des Dorfes erbrachte den Entschluss, die Tote dort unten in der Schlucht zu belassen. Eine Bergung des Leichnams würde eine Gefährdung weiterer Menschenleben bedeuten. Fritz hatte an ihrem Grab gebetet. Daneben würde eine Totenmesse dazu beitragen, die Seele der Verstorbenen sicher ins Himmelreich zu geleiten, so es denn der Wille des Allmächtigen war.

Brigittas Tod ließ Emmas Zorn auf Sabina vorerst in Vergessenheit geraten. Die Magd war auf der Burg wie im Dorf beliebt gewesen. Man fühlte mit dem trauernden Fritz. Aus Rücksicht auf den großen Kummer des Knechts, der Emma eine Mitschuld an Brigittas Tod gab – war sie nicht letztendlich wegen ihr in die Wand geklettert? –, hielt Erik es für besser, ihn vorerst im Dorf zu belassen. Dort mühten sich die Weiber, die ihren Pfarrer seit Jahr und Tag mit Speise und Trank versorgten, nun abwechselnd auch um Fritz.

Der hellhaarige, schmale Mann kam nicht über Brigittas Verlust hinweg. Selbst der Baldriansud, den man ihm verabreichte, führte nicht zu einer Besserung seines Gemütszustands. Man war bereit, dem Knecht Zeit zu lassen. Als aber seine Verzweiflung drohte, ihn in den Wahnsinn zu stürzen, und er nicht von seinen Verwünschungen gegen die Gräfin abließ, traf Erik nach tagelangem Ringen mit Gewissen und Pflicht eine Entscheidung.

Auf der Burg packte der alte Josef, den Erik aus Nürtingen mitgebracht hatte, Fritz' bescheidenes Hab und Gut zusammen. Bis zu dem tragischen Unglück hatte der Knecht eine Kammer mit ihm geteilt. Graf Eisenberg setzte Fritz, der nur mehr ein Schatten seiner selbst war, hinter sich aufs Pferd. Der Ritt ging über den Schnaitberg ins Rottenbucher Kloster, wo Erik die Mönche des dort ansässigen Augustinerordens um Aufnahme des Knechts ersuchte. Die Brüder gewährten dies und versprachen, sich bis zu Fritz' vollständiger Genesung um dessen Seelenheil zu kümmern. Keine reine Selbstlosigkeit, denn Graf Ravensberg unterstrich seine Bitte mit einer kleinen Schenkung an die Abtei.

»Du bist auf der Ravensburg willkommen, sobald es dir besser geht … und du der Gräfin wieder den verdienten Respekt entgegenbringst.« Erik reichte Fritz die Hand. »Ich hoffe, du findest Trost in den Gebeten und Gesängen der Mönche.«

»Ich danke Euch.« Der Knecht rang sich die drei Worte regelrecht ab. Nach Brigitta würde er nie wieder eine andere Frau lieben können. Vielleicht war es besser, sein kümmerliches Leben gleich gänzlich Gott und der Kirche zu weihen.

32

PEITING
29. August im Jahre des Herrn 1516

»Ich werde eine Weile fort sein.« Beim Abendbrot verkündete Erik die Neuigkeit.

Emma beobachtete aus den Augenwinkeln, wie Sabina auf ihrem Stuhl erstarrte. Sie hatte die Herzogin bisher nicht auf die Gefühle angesprochen, die Sabina für den Mann einer anderen hegte. Für ihren Mann. Stattdessen hatten Erik und sie sich in der Zweisamkeit ihres Ehebetts mit dem Problem auseinandergesetzt und eine Lösung gefunden.

»Ihr müsst fort? Wohin denn?« Sabina wollte die Stimme nicht recht gehorchen. »Ihr beide habt das gewusst?« Die anklagenden Worte richteten sich gegen Emma und Franziska.

Sie tut ganz so, als sei sie sein Eheweib, dachte Emma aufgebracht, sagte jedoch nichts.

»Ich reite nach Eisenberg. Es gilt, dort nach dem Rechten zu sehen. Das hätte ich längst tun sollen. Und, was noch wichtiger ist, meine Frau und Franziska wünschen sehnlichst, ihre Kinder bei sich zu haben.«

»Martin in die Arme schließen«, seufzte Franziska. »Die Zwillinge wiedersehen.«

»Wir waren allzu lange getrennt«, stimmte Emma zu. Tränen standen ihr in den Augen.

»Wann reist Ihr ab?« Die Herzogin von Württemberg ließ Erik ihre Missbilligung deutlich spüren. »Könnt Ihr es wirklich verantworten, mich und meine Kinder hier schutzlos zurückzulassen? Was, wenn Ulrich mir etwas antun will? Zudem bringt Ihr auch Emma und Eure Kinder in Gefahr«, fügte sie hinzu, da sie ahnte, dass dieses Argument den Grafen eher umzustimmen vermochte.

»Hier seid Ihr in Sicherheit. Die Burg wird ohne Unterlass bewacht. Niemand kommt herein, der nicht …«

In dem Moment unterbrach die Ankunft eines späten Boten das Gespräch. Der Mann wurde freundlich zu Tisch gebeten, während Sabina Dietrich Späts erhoffte Antwort studierte. Was sie las, ließ ihr das Blut in den Adern gefrieren.

Verehrteste, gerne brächte ich bessere Kunde als diejenige, die Ihr in Händen haltet. Was unsere gemeinsame Sache betrifft, so lässt sich kein Fortschritt vermelden. Ulrich herrscht weiter uneingeschränkt. Euer Onkel konnte sich bisher nicht zu der Entscheidung durchringen, die wir uns seit langem erhoffen. Stattdessen hat Euer Gatte von Eurem Aufenthaltsort und dem der Kinder erfahren. Er sinnt nun darauf, sie Euren Armen zu entreißen. Ich kann nicht sagen, wann genau dieser unsägliche Plan durchgeführt werden soll – jedoch werdet Ihr Euch wappnen müssen. Ulrich wird mitnichten die Geduld aufbringen, lange zu warten.

Hütet Euch und seht Euch vor. Nehmt den Schutz Eurer Gastgeber in Anspruch und verzagt nicht. Alles wird sich früher oder später zum Guten wenden. In der Hoffnung, Ihr mögt Euch wohlauf befinden, grüßt Euch Euer treuer Diener, Magister Früh.

Gott mit Euch.

Den restlichen Abend über verhielt sich die Herzogin ungewohnt still. Weder Erik noch den beiden Frauen gegenüber ließ sie etwas vom Inhalt des Briefes verlauten. Während Emma und Franziska in der Vorfreude auf das Wiedersehen mit ihren Kindern schwelgten, war Erik voller Erleichterung darüber, Sabinas aufdringlicher Zuneigung für eine

Weile zu entkommen. Vielleicht würde sie ja ihr Benehmen überdenken, solange er fort war. Andernfalls bliebe ihm bei seiner Rückkehr nichts übrig, als die Frau gehörig vor den Kopf zu stoßen.

Sabina dachte ebenfalls nach, drehte und wendete ihre Gedanken. Schlussendlich entschied sie, der Graf hätte keinen besseren Zeitpunkt für seinen Aufbruch gen Eisenberg wählen können.

*

Kurz nach Eriks Abreise tauschten sich drei junge Mägde in der Küche der Ravensburg eifrig über die neuesten Gerüchte aus. Dabei putzten sie einen Berg rotgesprenkelter Sommeräpfel und ließen die längsten der Schalen in ihre Schürzen fallen. Später würden sie versuchen, daraus Buchstaben zu formen, die ihnen die Namen ihrer zukünftigen Liebsten verraten sollten. Die Älteste von ihnen hatte von ihrer Mutter, einer Pfarrerstochter, etwas Lesen gelernt.

»Habt ihr's schon gehört?«, begann die erste Magd. »Der Fritz ist aus dem Kloster abgehauen, in das ihn unser Herr gebracht hat. Er soll es dort nicht mehr ausgehalten haben.«

»Ja, ja«, nickte die zweite eifrig. »Man sagt, er haust jetzt in dem Elendsviertel vor den Toren Schongaus. Zusammen mit all dem Gesindel, das müsst ihr euch vorstellen.« Sie senkte die Stimme. »Sie feiern dort jede Nacht Hurenfeste. Der dürre Ernst hat's mir erzählt, der Fuhrmann. Schauerlich soll das sein, wirklich schauerlich.«

»Wenn ihr mich fragt«, die Dritte im Bunde machte eine Kunstpause, um sich der Aufmerksamkeit ihrer Gefährtinnen zu versichern, »hat der Fritz nach Brigittas Tod den Verstand verloren. Allein, wie der immer geflennt hat – das tut kein Mann, der seine Sinne beisammen hat.«

»Du bist doch nur neidisch, weil du den Fritz selber gerne mochtest.«

»Gar nicht wahr!«, protestierte die Angesprochene energisch. »Na ja«, setzte sie nach einer Weile leise hinzu, »vielleicht ein bisschen.«

»Aber ja, es stimmt schon. Er hat nie Augen für dich gehabt – und für mich leider auch nicht. Dabei ist er eigentlich ein recht hübscher Kerl.«

»Gott sei Dank nicht der einzige Mann auf der Welt. Und wo er jetzt bei dem Gesindel lebt, will ihn ohnehin keine mehr …«

So plauderten die drei Frauen weiter, und der Korb mit den Äpfeln leerte sich wie im Flug. Der Lauscher an der Tür blieb unbemerkt.

*

Die intime Vertraulichkeit des Grafenpaars beim Abschied hatte sich in Sabinas Gedächtnis gebrannt. Der innige Kuss, die zärtliche Umarmung, der letzte liebevolle Blick.

Das Leben nahm zunächst seinen gewohnten Gang, doch die Herzogin hielt erwartungsvoll Augen und Ohren offen. Und als eine Gruppe Gaukler um Erlaubnis bat, in der Nähe der Burg lagern zu dürfen, wurde sie hellhörig. Wenn sie nur recht behielte, war die ersehnte Gelegenheit zum Greifen nah.

Zur Mittagsstunde eines sonnigen Wochentags trat Sabina in die Halle der Ravensburg, wo sie Emma und Franziska ins Gespräch vertieft vorfand.

»Bei Agathe kann es jeden Tag so weit sein. Ich vermute gar, das Kindlein kommt heute. Ich hätte dich sehr gerne bei der Geburt dabei. Es würde mich beruhigen.«

»Natürlich«, willigte Franziska sofort ein. »Klar komme ich mit und helfe dir. Schick den jungen Schützner hoch zur

Burg, sobald es losgeht. Ich werde ins Dorf eilen, so schnell ich kann.«

»Danke.« Emma lächelte ihrer Freundin erleichtert zu. »Ich bin nervös, weil ich nicht sicher bin, dass sie es schafft. Es wird gut sein, dich an meiner Seite zu wissen.«

Sabina trat zu den Frauen, deren wachsende Zurückhaltung ihr nicht entgangen war. Die aufkeimende Freundschaft der ersten Tage in München war einer steifen Distanziertheit gewichen. Emma hatte sie nicht wieder gefragt, ob sie mit ihr ins Dorf kommen wolle.

»Die Frauen hier werden dich für einen Engel halten, bei allem, was du für sie tust.« Die Herzogin wünschte sich Emmas Vertrauen zurück. Sie brauchte es jetzt mehr denn je. Doch ihr Kompliment fand keinen Anklang.

»Ich gehe jetzt.« Gräfin Eisenberg drehte sich auf dem Absatz um.

Emma sollte recht behalten. Gegen Abend wurde Franziska ins Dorf gerufen. Kaum war sie fort, brachte Sabina ihre Kinder zu Bett. Einer jungen Magd trug sie auf, dafür Sorge zu tragen, dass die Kleinen in ihrer Kammer blieben. Sie war die Herzogin von Württemberg, weshalb keiner zu fragen wagte, warum Anna und Christoph kein Abendbrot erhielten. Vielleicht hatten die herzoglichen Sprösslinge sich nicht benommen, wie ihre strenge Mutter es wünschte.

Erst als Sohn und Tochter aus dem Weg waren, rief Sabina einen der Knechte zu sich, den sie schon geraume Zeit beobachtet und für ihre Zwecke ausgewählt hatte. Er war jung und schien leicht zu beeinflussen, geeignet, sich ihrer Autorität zu unterwerfen.

»Du gehst zu der Gauklertruppe und lädst sie in die Burg ein«, befahl sie dem eingeschüchterten Mann. »Ich sehne mich nach ein wenig Zerstreuung, zumal der Graf und die Gräfin mich hier allein zurückgelassen haben. Sag ihnen, sie werden reich entlohnt.«

»Vielleicht möchte die Herrin sich das Spiel der Künstler an einem anderen Tag mit Euch zusammen ansehen«, wagte der Knecht einzuwenden.

»Wenn sie gut sind, können sie wiederkommen«, beschied ihn Sabina knapp. »Na los, geh schon. Ich warte nicht gerne.«

So stiefelte der Knecht nach Einbruch der Dämmerung ins Lager des fahrenden Volkes, nicht wissend, welch hochwillkommene Einladung er da überbrachte.

Agathe litt. Von Zeit zu Zeit durchschnitt ein gellender Schrei die Stille der Nacht. Sie schoben ihr ein Stück Holz zwischen die Lippen, auf dem bereits Generationen von Gebärenden die Abdrücke ihrer Zähne hinterlassen hatten – eine Hinterlassenschaft der verstorbenen Hebamme, die nach dem Glauben der Dörflerinnen Glück brachte.

Die versammelten Frauen beteten voller Inbrunst. Zu viele waren schon gestorben. Eine Geburt war immer ein Spiel mit dem Tod.

Schützners Weib, Agathes Mutter, legte eine kleine Marienfigur neben den schweißnassen Kopf ihrer Tochter. Die Statue sollte helfen, das Geburtsweh zu lindern.

Emma wischte sich über die Stirn. Es war viel zu heiß in der Kammer. Das Kindlein lag richtig herum, alles schien in Ordnung. Doch es wollte nicht kommen. Trotz anregender Kräuterextrakte fehlte Agathe die Kraft, es aus ihrem Leib zu pressen.

»Ich halte eine Weile ihre Hand.« Gräfin Eisenberg beugte sich dicht zu Franziska, die sofort verstand.

»Ich passe auf dich auf«, erwiderte sie leise. Emma würde Agathe die eigene Energie zum Geschenk machen – und Franziska würde dafür sorgen, dass sie rechtzeitig aufhörte.

Die Gaukler hielten Einzug auf der Burg. Ein bunt zusammengewürfelter Haufe mit phantasievoll bemalten Gesichtern, die einen schlugen Purzelbäume, die anderen schnitten wilde Grimassen. Die Kleider der zehnköpfigen Gruppe waren entweder zu kurz oder zu lang geraten und hingen wie Nachthemden an ihnen herab. Absicht oder nicht, der Anblick erheiterte die Kinder.

»Wo ist Anna?«, erkundigte sich Johanna zum wiederholten Male. Es wollte ihr nicht behagen, dass ihre Freundin das aufregende Spektakel verpasste.

»Stoph«, forderte auch Stefan. Emmas Sohn kürzte den Namen ab, als mache es ihm zu viel Mühe, »Christoph« in ganzer Länge auszusprechen.

»Anna und Christoph waren unartig. Deshalb dürfen sie heute Abend nicht dabei sein.« Sabina strich den Kindern über das Haar. Sie waren blond wie ihre eigenen. »Schaut!«, rief sie, um die beiden abzulenken. »Der Feuerspucker hat sich verschluckt!« Tatsächlich, der Artist hustete und keuchte. Rauch stieg aus seiner Kehle.

»Er tut sich weh.« Johanna beobachtete ihn besorgt.

»Aber nein, mein Kind. Er macht das, um uns zum Lachen zu bringen«, beruhigte die Herzogin. Das schlechte Schauspiel, welches die Truppe bot, bestätigte ihren Verdacht. Dies waren keine echten Gaukler.

Während das versammelte Gesinde aus reiner Höflichkeit dem ungeschickten Jongleur Applaus spendete und der Feuerspucker auch weiterhin nicht viel mehr als etwas Rauch zustande brachte, amüsierten Stefan und Johanna sich köstlich über die Vorstellung. Sie hopsten im Kreis um die Gaukler herum und kicherten über deren Späße. Mit Vergnügen ließen sie sich von dem großen Drachenmann erschrecken, der als Einziger eine kunstvoll gefertigte Maske trug. Eine lange rote Stoffzunge hing aus seinem Maul. Sabina wurde kalt, als sie begriff, wer hinter der Maske steckte. Seine geschmeidigen Bewegungen, der elegante Körperbau: Er musste es sein. Sie hatte recht behalten. Allerdings, so wurde ihr schaudernd bewusst, ohne Späts Warnung wäre auch sie arglos in die Falle getappt.

»Weiter so, Agathe. Weiter. Du machst das großartig, Liebes.« Franziska streichelte die Stirn der Gebärenden, ehe sie Emma vom Bett fortzog. »Genug. Ruh dich ein wenig aus«, wisperte sie.

»Sie muss sich noch ein Weilchen quälen.« Emma blinzelte, um den Schwindel in ihrem Kopf zu vertreiben. »Aber es wird gutgehen. Das Kind hat sich ein Stück nach unten bewegt.«

»Bald hältst du deinen Sohn in den Armen«, versprach Schützners besorgte Frau ihrer Tochter zum wiederholten Mal.

Emma brachte ein schwaches Lächeln zustande, das verstohlen ihre Lippen umspielte. Agathes Mutter hatte recht. Das Kindlein war wirklich ein Knabe, und er würde gesund zur Welt kommen. Agathe musste nur noch ein wenig durchhalten.

»Nicht gehen!« Stefan hockte sich in stummem Protest auf den Boden, als ihm klar wurde, dass die fröhlichen Männer nicht bleiben würden. »Nicht gehen!«, wiederholte er stur und begann zu weinen.

»Komm, Junge, für heute ist es genug.« Die Herzogin versuchte den Knaben hochzuziehen. Er entwand sich ihren Händen wie eine Schlange. Sabina hatte mit dem Protest der Kinder gerechnet, gar auf ihn gehofft. Trotzdem, es musste schnell gehen, ehe die Gräfin aus dem Dorf zurückkehrte.

»Gut, wenn es euch denn gar so schwer fällt – begleitet die Gaukler meinetwegen bis zum Tor. Dort nehmt ihr brav Abschied, habt ihr verstanden? Keine Tränen mehr!« Sie seufzte tief. »Ich gehe zu Bett«, verkündete sie laut. »Du, komm her!« Sie winkte einer Magd. »Geh mit den Kindern zum Tor und leg sie anschließend schlafen. Es scheint nicht, als würde die Gräfin noch rechtzeitig zurückkehren, um ihre Kinder zur Nachtruhe zu betten.«

Emma war zutiefst erschöpft, aber ihre Wangen glühten freudig, als sie der jungen Mutter den ersten Sohn an die Brust legte. Beide Frauen weinten und schlossen sich gegenseitig in die Arme. So lange hatte man um Mutter und Kind gebangt, und jetzt war doch noch alles gut geworden.

Frau Schützner brachte einen Kübel mit kaltem Wasser, auf dass die Geburtshelferinnen sich die erhitzten Gesichter kühlen konnten. Anschließend lud sie alle zu einem Trunk in ihr Haus, wo der stolze Großvater sie bereits erwartete.

Während Emma unten im Dorf auf die glückliche Geburt anstieß, ließ sich ihr Sohn von dem Drachenmann jauchzend auf die Arme heben. Der Burghof lag still, der Wächter am Tor winkte träge den Gauklern zu passieren.

»Los!« Herr von Ulzstetten hielt den vermeintlichen Sohn seines Herzogs fest umklammert, als die verkleideten Söldner auf seinen Ruf hin den Wachmann töteten und den Kopf der Magd gegen die Steinmauer schlugen. Ehe sie schreien konnte, fühlte das Mädchen Johanna, wie sich eine große Hand auf ihren Mund presste.

Wie Sabina von Württemberg es vermutet hatte, erinnerte sich Ulzstetten nicht an das Aussehen der gesuchten Kinder. Er hatte sie nicht mehr als ein oder zweimal zu Gesicht bekommen. Blond, ja, das waren sie gewesen.

In Schützners Haus wurde es Emma von einem Moment auf den anderen eisigkalt. Trotz der Wärme des Feuers fror sie wie im tiefsten Winter.

33

PEITING

9. September im Jahre des Herrn 1516

Eine kleine, staubige Hand pochte gegen das Tor der Ravensburg und begehrte Einlass. Der dürre Bauernjunge wurde von einem der herzoglichen Landsknechte in Empfang genommen. »Was willst du?«

»Ich soll etwas ausrichten, Herr.« Die zittrigen Finger umklammerten fest jene Münze, die er für das Überbringen der Botschaft erhalten hatte. »Der Herzog von Württemberg hat sich seine Kinder zurückgeholt.«

»Woher zum Teufel …?« Die Stirn des Landsknechts legte sich in Falten.

»Spielleute haben's mir aufgetragen«, stieß der Junge hervor und nahm die Beine in die Hand, ehe man nach ihm greifen und ihn festhalten konnte.

»Emma!« Sabina fand die Gräfin allein in der großen Halle. Ein Bogen Papier lag vor ihr auf dem Tisch. Dicke Tropfen verwischten die Tinte. Sie weinte.

»Es tut mir so leid! So schrecklich leid!« Die Herzogin kniete neben Emma nieder und schloss sie in die Arme. »Es ist alles meine Schuld. Ganz allein meine Schuld.« Sie begann ebenfalls zu schluchzen.

»Du konntest nicht wissen, was geschehen würde.« Emma strich sich die wirren Haare aus dem Gesicht. Noch immer weigerte sich ihr Herz zu begreifen, dass ihre Kinder seit dem gestrigen Tag fort waren. Stefan und Johanna. Entführt aus der Sicherheit der Burg. Die Dörfler hatten mitsamt allen Burgbewohnern die Nacht hindurch nach den flüchtigen

Gauklern gesucht, auch wenn die Finsternis ihnen das Vorankommen erschwert hatte. In der ganzen Gegend hatten die Fackeln gebrannt und die Dunkelheit in gespenstischen Widerschein getaucht.

Emma war schweißgebadet. Noch nie im Leben hatte sie sich derart hilflos und verloren gefühlt.

»Sie wollten Anna und Christoph.« Sabina tastete nach Emmas Hand.

»Was redest du da?« Gräfin Eisenberg riss sich zusammen, da sie instinktiv begriff, dass die Herzogin etwas Wichtiges mitteilen wollte. »Was weißt du über die Entführung?«

»Es tut mir so leid …«, fing Sabina wieder an.

»Bitte …« Emma fuhr mit der Hand durch die Luft, um weitere Entschuldigungen abzuwehren. »Rede!«

»Ein Bauernjunge hat eben im Namen der Entführer Nachricht gebracht. Niemand anderes als mein Gatte scheint für das Verschwinden deiner Kinder verantwortlich.«

»Wo ist er?«

»Der Knabe? Fortgelaufen, ehe man ihn genauer befragen konnte. Aber er kam im Auftrag der Gaukler, so viel wissen wir, und er nannte Ulrich von Württemberg den Kopf hinter der Entführung. Sicher waren sie eigentlich hinter Anna und Christoph her.«

»Ich begreife das nicht.« Emma fasste sich mit den Händen an die Schläfen. Ihr Gesicht wirkte verzerrt, als litte sie starke Schmerzen. »Ulrich hat statt deiner Kinder versehentlich die meinen rauben lassen?«

»Es sieht danach aus. Offenbar sind Ulrichs Männer einer Verwechslung aufgesessen. Wahrscheinlich, weil meine Kinder nicht in der Halle waren. Du weißt doch, ich hatte Anna und Christoph schon zu Bett gebracht. Es ist meine Schuld, meine Schuld …«, begann Sabina erneut ihre Litanei.

»Hör auf!«, fuhr Emma sie an. »Selbstvorwürfe bringen uns nicht weiter.«

»Du hast recht. Was sollen wir tun?«

»Ich schreibe gerade an Erik.« Die Gräfin fügte einige letzte Zeilen hinzu und setzte ihre Unterschrift unter das Schriftstück. Sie geriet weniger schwungvoll als gewohnt. »Er muss sofort zurückkommen.«

»Soll ich einen Boten losschicken?«, erbot sich Sabina.

»Das wäre freundlich von dir. Geh und such Hendrik. Er ist der beste Reiter unter den Knechten. Wahrscheinlich koordiniert er die Suchtruppen draußen im Burghof.«

»In Ordnung.« Die Herzogin folgte widerspruchslos. Jedweder Hochmut schien von ihr abgefallen.

»Außerdem musst du ihnen mitteilen, dass sie die Suche einstellen können. Wenn die Männer des Württembergers meine Kinder entführt haben, sind sie längst über alle Berge.« Gräfin Eisenberg ließ den Kopf auf die Tischplatte sinken.

Sabina verbarg den Brief in ihrem Kleid, um ihn später unter der Truhe in ihrer Kammer aufzubewahren. Der Anschein von Aufrichtigkeit musste gewahrt bleiben, deshalb nahm sie anschließend Hendrik beiseite.

»He du!«

»Frau Herzogin?«

»Gräfin Eisenberg wünscht deine Dienste. Kennst du das Kirchlein bei Petersbrunn? Die Heilquelle?«

»Ich war noch nie dort, weiß aber wohl, wo es ungefähr liegen muss.«

»Reite dorthin, als wären dir des Teufels Mannen auf den Fersen. Die Gräfin bedarf des Wassers aus der Quelle der drei Nymphen, um die Trauer ihres Gemüts zu lindern.« Sabina musste an sich halten, um den Knecht nicht mit gezielten Tritten in Richtung der Stallungen zu dirigieren. Ihre Ungeduld war groß, gerade weil ihr Plan bisher so reibungslos funktioniert hatte. Bald würden ihrem Gatten Ulrich die falschen Kinder vorgeführt werden. Um nicht zu riskieren, dass der Raub an die Öffentlichkeit drang, würde er sie töten müssen. Die Herzogin war sich dessen gewiss. Denn niemand wusste besser als sie, dass ihr Ehemann keine Skrupel kannte. Und dank Dietrich Späts Brief verfügte Sabina nach dem Tod der Kinder über den Beweis für Ulrichs schändliches Vergehen. Mit jeder Stunde rückte der Tag näher, an dem sie endlich das Zepter der Macht in Württemberg ergreifen würde. Sie wollte das Ihre dazu beitragen, um bis dahin auch den geliebten Grafen Eisenberg an ihrer Seite zu wissen.

»Herzog Wilhelm hat vor drei Jahren ein Heilbad bei der Quelle errichten lassen. Du wirst keine Probleme haben, dich dorthin durchzufragen«, erklärte sie dem Knecht erneut. »Aber eile dich in Gottes Namen! Besteig ein Pferd und galoppiere los, die Gräfin sehnt sich nach dem Wasser.«

»Wenn es so gewünscht wird.« Hendrik schob seine Zweifel beiseite, und die Herzogin steckte ihm einige kleine Münzen zu. Als er durch das Burgtor sprengte, atmete sie auf und gab den übrigen Männern bekannt, dass die Suche eingestellt werden könne. Hendrik, so sagte sie, sei auf Wunsch der Gräfin in wichtiger Mission unterwegs.

Nachdem all dies geschehen war, kehrte Sabina eiligst in die Halle zurück. Emmas Brief an Erik steckte sicher in ihrem Mieder. Mittlerweile war es Franziska, die Emma in den Armen hielt. Die Gräfin weinte hemmungslos, wahre Sturzbäche von Tränen ergossen sich aus ihren verquollenen Augen.

Keine der beiden Freundinnen blickte auf, als die Herzogin eintrat. Sie räusperte sich leise.

Gräfin Eisenberg sah auf. »Hast du Hendrik informiert?« Ihre Stimme klang brüchig, gar nicht nach ihr selbst, eher wie die eines alten, müden Weibes. Die zahlreichen Tränen hatten Rock und Überkleid genässt.

»Natürlich.«

»Danke.« Mehr sagte sie nicht.

Sabina stand eine Weile einfach da und beobachtete, wie Franziska über Emmas dunkle Haare strich und ihr beruhigende Worte zuflüsterte. Es war ein Moment inniger Verbundenheit zwischen den beiden Frauen.

»Ich weiß jetzt, was du tun musst«, meinte sie schließlich. Ihre Worte dröhnten viel zu laut in der weiten Halle, viel zu laut im Angesicht dieser großen Verzweiflung.

»Was?« Emmas rotgeränderte Augen fixierten sie.

»Du musst nach München zu meinem Bruder reisen und ihm erzählen, was geschehen ist. Er wird dir helfen, Stefan und Johanna von Ulrich zurückzubekommen.«

»Sabina hat recht.« Franziska streichelte Emma über die Wange. »Der Herzog wird dafür sorgen, dass die Kinder bald wieder bei dir sind. Er ist mächtig und außerdem Ulrichs Schwager. Wenn der Württemberger begreift, dass er die Falschen hat entführen lassen, muss er ein Einsehen haben.«

»Erik wird kommen, so schnell er kann.« Emma strich sich das feuchte Nass aus den Augenwinkeln. »Dann reiten wir zusammen nach München.« Der Gedanke an ihren Mann schien ihr Kraft zu geben. Sie richtete sich auf, und ihr Weinen verstummte. »So wahr mir Gott helfe, ich werde meine Kinder zurückholen.« Ihre Hände waren zu Fäusten geballt. »Was ich auch dafür tun muss.« Sie meinte es bitterernst.

»Du solltest nicht warten.« Sabina trat näher zu Emma. »Auf keinen Fall. Ich kenne meinen Gatten. Er wird sehr zornig sein, wenn er vom Irrtum seiner Männer erfährt. Die Kinder sollten rasch aus seinem Einflussbereich geholt werden. Am besten, du brichst noch heute auf.«

»Meinst du wirklich?«, erkundigte sich Franziska anstelle ihrer Freundin. »Es birgt nicht wenige Gefahren, ohne Eriks Schutz zu reisen.«

»Das spielt jetzt keine Rolle.« Emma hatte sich entschieden. »Ich darf Stefan und Johanna keinen Tag länger als nötig in der Gewalt der Entführer lassen. Kannst du bitte Anweisung geben, dass meine Sachen auf der Stelle gepackt werden?«

»Natürlich.« Franziska nickte. »Deine und meine – ich komme selbstverständlich mit dir.«

»Das kannst du nicht tun«, protestierte Emma. Trotz ihres Kummers dachte sie daran, wie sehr Franziska sich auf ihren Sohn freute. »Du bleibst hier, schließlich musst du Martin bei seiner Ankunft in die Arme schließen.«

»Ich fände es vernünftiger, wenn Franziska dich begleiten würde. Du solltest in deinem Zustand nicht ohne den liebevollen Rat einer Vertrauten sein.« Sabina legte eine Hand auf Emmas Schulter. »Den Grafen schicke ich euch hinterher, sobald er hier eintrifft.«

»Martin ist ein kluger Junge und wird mir nicht gram sein. Wie könnte ich dich im Stich lassen, Emma?« Franziska schüttelte heftig den Kopf, so dass sich einige helle Haarsträhnen aus ihrem strengen Zopf lösten. »Nein, das könnte ich nie.«

Die Falten auf Emmas Stirn glätteten sich. »Du bist ein Goldschatz, Ziska, weißt du das? Es ist ein wahrhaftiges Glück, dich an meiner Seite zu haben.«

»Wir haben so viel zusammen durchgestanden, wir werden auch das schaffen.« Franziska sprach voller Optimismus. Sie hatte die ganze Nacht hindurch für Stefan und Johanna gebetet. Der barmherzige Gott im Himmel würde niemals zulassen, dass den Kindern etwas zustieß.

»Ich würde selbst mit euch reiten, aber ich …« Die Stimme der Herzogin klang erstickt. »Ich darf meine Kinder nicht alleine lassen. Emma, bitte versteh das.« Ihre Augen schwammen in Tränen. »Wenn Ulrich seinen Irrtum bemerkt, wird er Männer schicken, um mir Anna und Christoph zu nehmen.«

»Schon gut«, sagte Emma verständnisvoll. »Du bleibst natürlich bei ihnen. Ich bin froh, wenn jemand auf der Ravensburg die Stellung hält.«

»Danke.« Sabina berührte kurz die Hand der Gräfin. »Ich lasse die Kutsche anspannen. So bin ich wenigstens zu etwas nütze.«

»Nein.« Emma stemmte die Hände in die Hüften. Ein Teil ihrer Entschlusskraft schien zurückgekehrt. »Wir reiten.«

Franziska seufzte leise. Sie war keine gute Reiterin, hatte aber mit dieser Entscheidung gerechnet. Emma wäre nicht Emma, würde sie sich mit einer gemächlichen Kutschfahrt abfinden, wenn es galt, so schnell als möglich ihren Kindern zu Hilfe zu eilen.

Geld, ein wenig Proviant und zwei kleine Dolche wanderten in die Satteltaschen der Pferde, des Weiteren zwei warme Mäntel. Mit mehr Gepäck wollten die Frauen sich nicht belasten. Einer Eingebung folgend steckte Emma noch den Ring ein, den sie auf dem Münchener Turnier von Göggingen erhalten hatte.

»Ich bin bereit, Herrin.« Gerhart, ein Knecht mittleren Alters, lenkte seinen Rappen aus dem Stall. Draußen im Hof warteten Emma und Franziska, die Zügel ihrer Pferde bereits in den Händen. Das gesamte Gesinde hatte sich versammelt, um ihnen Glück zu wünschen. Die Mägde und Knechte hatten Emma in ihr Herz geschlossen.

»Gott sei mit euch.« Sabina winkte ihren Freundinnen mit einem fein bestickten Taschentuch. »Bestellt meinem Bruder meine besten Grüße und Wünsche – und sagt ihm auch, wie sehr es mir am Herzen liegt, dass er sich dieser Angelegenheit ohne Verzögerung annimmt.«

»Das werden wir«, versprach Franziska, der vor dem schnellen, harten Ritt graute. Zudem fürchtete sie sich vor

Räubern und Gesindel, reisten sie doch lediglich in Begleitung eines einzigen Knechts.

»Lass mich dich noch einmal in die Arme schließen.« Sabina herzte und drückte Emma, ehe diese sich in den Sattel schwang.

»Du sorgst dafür, dass Erik direkt nach seiner Ankunft gen München aufbricht, ja?«

»Versprochen.« Die Herzogin schenkte Gräfin Eisenberg ein aufmunterndes Lächeln. »Nicht lange, und er wird bei dir sein. Wer weiß, was du bis dahin schon hast erreichen können.«

»Alles, was ich will, sind meine Kinder.« Emmas Gesicht wirkte hart wie nie, so sehr musste sie sich beherrschen, nicht wieder in Tränen auszubrechen.

»Alles Gute!«

»Gott mit Euch!«

»Wir werden für Euch beten!«

Die Rufe und guten Wünsche hallten in ihren Ohren, als die beiden Frauen und der Knecht aus dem Burghof ritten. Es war gerade Mittag, so dass sie hoffen durften, am nächsten Tag den Herzogshof zu erreichen.

34

SCHONGAU
9. September im Jahre des Herrn 1516

Der Lech, ein breiter Nebenfluss der mächtigen Donau, trennte die Stadt Schongau vom Marktflecken Peiting. Des Nachts verschmolz das grün schimmernde Wasser zu einer Einheit mit den Wiesen und Bäumen, mit Schilfrohr, Herbstzeitlosen, Silberdisteln und Waldengelwurz an seinen Ufern. Das leise Glucksen und Rauschen des Flusses verriet seine Lebendigkeit, selbst wenn er sich den Augen der Menschen zuweilen in tiefer Schwärze entzog. So manches Mal ertönte ein dumpfer Knall, der Unwissende erschrecken mochte, war man nicht wie der Brückenwächter das Aneinanderschlagen von Treibgut und entwischten Flößerstämmen unten in der Tiefe gewohnt.

Eine verhüllte Gestalt näherte sich der Brücke. Seinen Rappen hatte der Fremde gut hundert Schritte vor dem Übergang zurückgelassen und sorgsam in einem Waldstück festgebunden.

»Wer da?«, rief der Brückenwächter laut, sobald er des herankommenden Schattens gewahr wurde. Der Finsternis wegen war nicht zu erkennen, aus welcher Richtung der Fremde unvermutet aufgetaucht war. Die dunkle Gestalt zog sich den Stoff der Kapuze weiter ins Gesicht. So dick vermummt war kaum zu erahnen, ob sich Männlein oder Weiblein unter dem Umhang verbarg.

»Komm her und zeig dich«, forderte der Wächter von seinem nächtlichen Besucher.

Dieser schüttelte wortlos den Kopf, trat aber zumindest ein wenig näher, streckte die rechte Hand vor und öffnete die behandschuhten Finger. Mehrere Münzen glänzten im Schein der Brückenfackeln.

»In die Stadt hinein kommt Ihr nicht mehr – selbst wenn ich Euch passieren ließe.« Der Wachmann befleißigte sich angesichts der hohen Geldsumme eines etwas höflicheren Tonfalls. Sein Posten brachte dann und wann Bestechungsversuche mit sich, auch wenn diese nicht an der Tagesordnung waren. Er entschied von Fall zu Fall, ob er den Tauschhandel – fürwahr, so redete er sich die Dinge schön – annahm. Solche Summen, wie sie der Verhüllte darbot, wurden jedoch selten gezahlt.

Erneut schüttelte die Gestalt ihr Haupt, wohl um zu unterstreichen, dass kein Gespräch stattfinden würde. So sehr der Wächter sich mühte, unauffällig unter die Kapuze zu spähen, es waren nicht einmal die Augen auszumachen. Die Gesichtszüge des Fremden blieben im Verborgenen, da half selbst der Schein seiner Fackel nicht.

»Ich könnte Euch zwingen, Eure Identität zu offenbaren«, überlegte der Hüter der Brücke laut, doch seine Worte klangen halbherzig. »Wollt Ihr überhaupt hinein in die Stadt?«

Kopfschütteln.

»Das würde Euch auch nicht gelingen.« Der Wachmann griff nach den Münzen. Kurzentschlossen winkte er die Gestalt vorbei, die bald darauf verschwunden war, als hätte es sie nie gegeben. Ein Weilchen grübelte der Wächter noch, ob der Fremde einer von der Sorte gewesen war, die Übles im Schilde führte. Viel wahrscheinlicher aber hatte der Verhüllte geheimen Geschäften nachzugehen, oder er besuchte einfach nur sein Liebchen vor den Toren der Stadt. Sei es, wie es sei, den Wächter kümmerte die Geschichte nicht weiter. Mit dem hohen Geldbetrag war seine Zeche im Wirtshaus für die nächsten Wochen gesichert. Anhand seiner Finger konnte er abzählen, wie viele Humpen Bier er für die Münzen bekommen würde. Wenn er ein wenig sparsam mit dem Geld hantierte, reichte es möglicherweise sogar noch für die Dienste der hübschen Klaudia, die im ersten Stock der Taverne ihren drallen Körper feilbot.

Falls später jemand fragen sollte – er für seinen Teil hatte heute Nacht auf der Brücke niemanden gesehen, geschweige denn ungehindert passieren lassen.

Während der Wachmann von schaumgekrönten Maßkrügen und dem intensiven Parfüm der Hure Klaudia träumte, tauchte der Vermummte in einem zwielichtigen Viertel außerhalb der Stadttore wieder auf. Gauner, Halunken und Säufer, bettelarme Taglöhner und anderes Gesindel trieben sich dort herum, wo der Fremde sich nun aufmerksam umblickte. Der Boden war matschig und voller Exkremente. Es stank zum Himmel, was die verlotterten Huren, die ihrem allnächtlichen Gewerbe nachgingen, nicht daran hinderte, um die Aufmerksamkeit der Kunden zu buhlen. Die ältlichen Dirnen hatten nicht wie die hübsche Klaudia das Glück gehabt, in einem der städtischen Wirtshäuser untergekommen zu sein.

Der Unbekannte hatte gefunden, wen er gesucht hatte, und redete hastig auf einen zerlumpten Mann ein. Niemand schenkte der Unterhaltung Beachtung. Vielmehr kreiste Branntwein in bauchigen Behältnissen um die prasselnden Lagerfeuer. Mochten die Menschen an diesem heruntergekommenen Ort auch kaum etwas zum Leben besitzen – für Feuerholz und ein wenig Vergessen schenkenden Alkohol reichte es meist noch.

Das Gespräch des vermummten Unbekannten fand seinen Abschluss durch mehrmaliges Nicken des zerlumpten Mannes. Die unkenntliche Gestalt zog daraufhin ein verschnürtes Säckchen aus dem Umhang und reichte es seinem Gegenüber. Das Klimpern des Beutels ließ erahnen, dass viele Münzen den Besitzer gewechselt hatten. Genug, das

Gewissen zu besänftigen und den bitteren Geschmack der geforderten Schandtat hinwegzuspülen. Doch um Geld ging es hierbei gar nicht. Vielmehr um Liebe, Verlust und Lügen, die dem Irrsinn nahekamen.

*

Eriks Heimkehr ließ auf sich warten. Denn auf Eisenberg lag die alte Gunde im Sterben. Bis zum endgültigen Verlust ihres Augenlichts hatte die fleißige Näherin unermüdlich genäht, ausgebessert und gestopft. Unzählige Hemden und Kleider waren durch ihre Hände gegangen. Wie oft hatte man allein der Zwillinge wegen Gundes Dienste in Anspruch genommen. Graf Eisenberg mochte die Frau und wollte sie deshalb in ihren letzten Tagen nicht im Stich lassen. Erst als die Beerdigung vorüber war, brachen Heinrich und er zusammen mit Isabel, Sofia, Martin und der Kindsmagd Rebecca in Richtung Peiting auf. Nicht ahnend, welche entsetzlichen Dinge sich unterdessen auf der Ravensburg zugetragen hatten, ritt Erik durch das Dorf, damit die Peitinger sogleich von seiner Rückkehr erfuhren. Was ihm die Menschen dort allerdings mitzuteilen hatten, ließ ihm die Knie schwach werden. Für einen Augenblick war er nahe daran, sich zu übergeben.

Sabina von Württemberg trat dem Grafen Eisenberg im Burghof entgegen, kaum, dass dieser in den Hof gesprengt und aus dem Sattel gestiegen war. Hinter ihm scharten sich Rebecca und die Kinder.

»Meine Frau ist nicht da?« Erik nahm sich nicht die Zeit, Sabina zu begrüßen. »Stimmt es, was die Leute sagen?«

»Die Gräfin ist nach München gereist, meinen Bruder um Hilfe zu ersuchen.«

Erik knirschte mit den Zähnen. Dieses närrische Weib, das er bis zum Umfallen liebte. Er konnte sich ihre Verzweiflung vorstellen. Aber weshalb zum Teufel hatte sie ihn nicht benachrichtigen lassen?

»Seht, lieber Graf, Eure Kinder sind müde von der Reise. Wir sollten uns ihrer annehmen. Hinterher erzähle ich Euch, was ich weiß.« Sabina lächelte begütigend.

Eriks finstere Miene wandelte sich in Besorgnis. Sofia und Isabel klammerten sich aneinander, Martin stand dicht bei ihnen. Alle drei schienen den Tränen nahe, da die Vorfreude auf die weichen, trostverheißenden Arme ihrer Mütter jäh zerplatzt war. Ungewohnt schweigsam ließen die beiden Mädchen und der Junge sich von der Herzogin in die vorbereiteten Räume führen. Rebecca brachte die Kinder zu Bett und dachte dabei an ihre eigene Familie, die sie in Peiting zurückgelassen hatte, als sie vor zehn Jahren in die Dienste des Grafenpaars getreten war. Unten im Dorf hatte sie ihre Lieben nur kurz in die Arme schließen können. Obwohl die Kindsmagd es kaum erwarten konnte, ihre Eltern und Geschwister ausgiebig zu begrüßen, war es ihr doch selbstverständlich, ihre Schützlinge gerade jetzt keinesfalls alleine zu lassen. Sie kannte die Zwillinge von Geburt an, war ihnen Vertraute und Freundin.

»Danke.« Erik, der kurz darauf ins Zimmer spähte, wusste zu schätzen, was Rebecca für seine Familie tat. Seine Augen ruhten zärtlich auf den wirren Haarschöpfen, die im schwachen Schein des Nachtlichts unter den Bettdecken hervorlugten. Dann ging er hinaus, um von der Herzogin zu erfahren, was genau geschehen war.

Sabina saß aufrecht an der Tafel. Außer ihr war nur Heinrich anwesend, der steif neben der Tür stand.

»Setz dich.« Erik winkte den Landsknecht ungeduldig heran. »Erzählt mir alles, lasst nichts aus«, forderte er die Herzogin auf. Sabina ließ sich nicht lange bitten und berichtete mit schmerzerfüllter Stimme von den Ereignissen.

»Warum hat sie bloß nicht auf mich gewartet?«, brach

Erik die drückende Stille, die sich nach den Worten der Herzogin auf die kleine Runde herabgesenkt hatte. »Und warum hat sie mir keine Nachricht zukommen lassen?«

»Sie wollte keine Zeit mehr verlieren und ertrug es nicht, untätig auf Eure Rückkehr zu warten«, erwiderte Sabina leise. »Franziska und sie sind losgeritten, ohne in ihrem Schmerz die Folgen zu bedenken.«

»Warum seid Ihr geblieben?« Erik musterte die Herzogin mit einem Anflug des Vorwurfs. »Würde nicht Euer Wort bei Wilhelm weit mehr ins Gewicht fallen als das Emmas?«

»Ihr versteht nicht …«

»Was verstehe ich nicht?«, fuhr Graf Eisenberg auf.

»Meine Kinder, ich konnte sie doch nicht alleine lassen …« Gerne hätte Sabina ihre Hand besänftigend auf seine gelegt, wagte es jedoch nicht. »Ich fürchtete mich davor, dass mein Mann Anna und Christoph holen kommt, wenn er von der Verwechslung erfährt!«, rief sie gepeinigt aus. »Könnt Ihr das nicht begreifen?«

»Herrgott! Natürlich!« Erik sprang erregt auf. »Glaubt nicht, ich gebe Euch die Schuld. Es ist die Angst, die mir schier den Verstand rauben will.« Erik sah die Gesichter seiner beiden Jüngsten vor sich. »Vater!«, schienen sie zu betteln, »hilf uns, so hilf uns doch!« Warum war er nicht hier gewesen, seine Kinder zu schützen? Warum hatte Emma auf eigene Faust nach München aufbrechen müssen? Die peinigende Furcht um seine Lieben flackerte auf Eriks Antlitz. Zum ersten Mal empfand Sabina des Grafen Antlitz nicht als vollkommen. Er sah alt aus und verzweifelt.

»Warum hat sie mir keine Nachricht geschickt? Warum nur hat sie mich nicht wissen lassen, was geschehen ist?«, wiederholte er flüsternd.

»Emma war sehr durcheinander. Mittlerweile sind sie und Franziska gewiss längst wohlbehalten in München angekommen«, bemühte sie sich, ihn zu trösten. Sie trat zu ihm, hakte sich unter und führte ihn zurück zur Tafel. »Ihr müsst Euch nicht sorgen, dass Eurer Gattin etwas zustößt – ebenso wenig wie Euren Kindern.«

»Wenn ich Eure Zuversicht nur teilen könnte.« Erik nahm unter Sabinas sanftem Druck wieder Platz. »Gleich morgen breche ich mit Heinrich an den Hof auf.«

»Das wird sicherlich das Beste sein.« Die Herzogin strich ihm sacht über die Schulter. »Bitte entschuldigt mich einen Augenblick.« Sie neigte das Haupt und eilte in die leere Küche. Dort stand ein starker Trunk bereit, um den Sabina die Magd Doris wegen ihrer angeblichen Schlaflosigkeit gebeten hatte. Die ahnungslose Doris hatte von Emma gelernt, wie man ein solches Gebräu zusammenmischte, und voller Eifer die Zutaten vermengt. Neben harmlosem Baldrian waren Unmengen des um diese Jahreszeit blühenden Schlafmohns in den Trank gewandert. Sabina lächelte beim Anblick des randvollen Kruges – Doris hatte es wirklich gut gemeint – und wählte anschließend roten Tafelwein, der mit der Farbe des Schlaftrunks harmonierte und von dem sie hoffte, die Männer würden ihn nicht ablehnen. Ihr Herz klopfte laut, als sie einem der drei Becher das Schlafmittel beimischte und alles auf einem hölzernen Tablett anrichtete. Da sie derlei Verrichtungen nicht gewohnt war, stellte sie sich beim Transport der Becher hinüber in die Halle reichlich ungeschickt an. Dennoch gelang es Sabina, das Tablett unbeschadet wieder abzustellen und den Wein an die Männer zu reichen.

»Ein guter Tropfen beruhigt die Gemüter«, bemerkte sie dazu. »Ihr könnte es brauchen, lieber Graf.«

»Danke.« Erik drehte den Becher in Händen. Ein herber Duft entströmte dem Wein. Er stürzte ihn in einem Zug hinab.

»Auf die gesunde Heimkehr der Herrin.« Heinrich sprach langsam und wählte seine Worte mit Bedacht. »Und auf die gesunde Heimkehr Eures Sohnes und Eurer Tochter.« Wie

Erik leerte der Landsknecht seinen Becher anschließend bis zur Neige. Es war unfassbar, dass die Gräfin und ihre Kinder, erst vor wenigen Wochen den Söldnern entronnen, sich neuerlich in einer solch misslichen Situation befanden. Heinrich brannte kaum weniger als der Graf selbst darauf, nach München aufzubrechen. Beide Männer offenbarten ihre Gedanken nur selten und ähnelten sich in ihrem wortkargen Naturell. Und doch hatten sie während der Zeit auf Eisenberg lange und tiefsinnige Gespräche miteinander geführt.

Der Wein stieg Erik schnell zu Kopf. Seine Glieder wurden schwer, so dass er sich zu Bett begab, sobald er der Herzogin alle Fragen gestellt hatte, die ihm noch wichtig erschienen waren. Die Müdigkeit ließ bunte Lichter vor seinen Augen tanzen. Seltsamerweise verspürte er den Drang, zu lachen und gleichzeitig zu weinen. Beide Empfindungen rang er mühsam nieder. Er ahnte nichts von dem Schlaftrunk in seinem Wein, ebenso wenig wie von den Folgen, die übermäßiger Mohngenuss mit sich bringen konnte.

Decke und Kissen seines Bettes rochen nach Emma. Erik vergrub das Gesicht darin und kämpfte verzweifelt gegen Angst, Mutlosigkeit und die stiebenden Funken in seinem Kopf an. »Bitte«, betete er, »lass ihnen nichts zustoßen.« Der große, breitschultrige Finne war an einem einzigen Punkt verletzlich – und das waren Frau und Kinder, die er mehr liebte, als er auszudrücken vermochte.

Kurz darauf war Erik eingeschlafen. Er träumte, und silbrige Tränen glitzerten auf seinen Wangen, die er sich im Wachen niemals erlaubt hätte.

Gegen Mitternacht, als der Mond die Felder und Wiesen rund um die Burg in milchiges Licht tauchte, öffnete sich die Tür zum gräflichen Schlafgemach. Eine barfüßige Gestalt im langen, weißen Nachthemd schlich auf Zehenspitzen herein und schlüpfte zu Erik unter die Decke. Der sanfte Schein des Nachthimmels erlaubte Sabina, den Schlafenden ausgiebig zu betrachten. Zuerst mit den Augen, dann mit den Fingern fuhr sie zärtlich seine Züge nach. Als sie begriff, dass er nackt schlief, schob sie die Bettdecke ein wenig nach unten und legte seine behaarte Brust frei. Scharf sog sie die Luft ein, als sie der Narben gewahr wurde, die seinen Körper zierten. Emma wusste sicherlich genau, aus welchen Kämpfen jede einzelne der alten Wunden stammte. Sabina schwankte zwischen Neid auf die Freundin und bohrend schlechtem Gewissen. Sie trieb ein gefährliches Spiel. Was würde geschehen, wenn die Wirkung des Schlafmittels nachließe und Erik sie, die einstige Prinzessin von Bayern und Herzogin von Württemberg, in seinem Ehebett vorfände?

Sabina schob all ihre Bedenken beiseite. Viel zu groß war der Genuss, dem Finnen, von dem sie in ihrer Jungmädchenzeit nächtelang geträumt hatte, endlich nahe zu sein.

Eriks Lippen bewegten sich im Schlaf.

»Was, Liebster?«, flüsterte Sabina, und ihre gehauchten Worte legten sich wie zärtliches Streicheln über den Mann.

»Schon gut, outo tytöö«, murmelte Erik.

Die Herzogin begriff, dass er von seiner Frau träumte. Sie blinzelte die Tränen zurück. Emmas Schatten sollte diese besondere Nacht nicht verderben. Vorsichtig schmiegte sie sich an Erik, der den Arm um sie schlang und sie zu sich heranzog. Sabina fühlte sich wie im Himmel, während sie dem kräftigen Schlag seines Herzens lauschte und ihren Atemrhythmus dem seinen anpasste. Nach einer Weile wurde sie mutiger, ließ ihre streichelnden Hände unter die Decke gleiten, berührte Bauch und Schenkel. Damit weckte sie qualvolle Begierden in sich selbst, vor allem, als sie seine nächtliche Erektion spürte. Die Herzogin verging vor leidenschaftlicher Erregung und hätte viel darum gegeben, sich mit ihm zu vereinen. Die Erinnerung an jenen Abend trat ihr vor Augen, an dem sie ihn mit Emma belauscht hatte. Genauso sollte es auch zwischen ihr und ihm sein. Am

Ende siegte die Vernunft über das Verlangen, und Sabina löste sich aus den Armen des Mannes, der ihr nicht gehörte. Erik grunzte im Schlaf und drehte sich auf die andere Seite. Sabina fiel ein Stein vom Herzen, so sehr hatte sie sich vor Entdeckung gefürchtet. Sie war sicher, der wütende Finne hätte in diesem Fall keinerlei Rücksicht auf sie oder ihren hohen Rang genommen.

Mit den ersten hellen Streifen am Horizont schlich Sabina aus dem Zimmer. Sie hatte die bittere Wahrheit längst begriffen. Erik würde sich niemals für ein anderes Weib erwärmen, solange er noch mit Emma verheiratet war.

Graf Eisenberg, ein Morgenmensch, der sein Bett oft schon mit dem ersten Hahnenschrei verließ, schlief ungewöhnlich lange. Selbst nach dem Erwachen ließ sich die Müdigkeit nicht abschütteln. Wie erschlagen saß Erik beim Morgenmahl, dachte an Emma und leerte den von Sabina gereichten Trunk, ohne sie anzusehen. Die Welt wirkte an diesem Tag schauerlich grell und verzerrt.

Er verabschiedete sich von seinen Zwillingsmädchen. Dabei weigerte er sich, das Schwindelgefühl anzuerkennen, welches ihm die Halle schwankend und drehend vorgaukelte. Unvermittelt setzten die Schmerzen ein. Sein Leib wurde von solch heftigen Krämpfen heimgesucht, dass er kaum mehr fähig war, sich aus eigener Kraft aufrecht zu halten. Übelkeit und schreckliche Magenkrämpfe zwangen ihn buchstäblich zu Boden. Heinrich brachte den Grafen zu Bett, mehr schleifte als führte er ihn. Erik erschienen Augen und Mund des Landsknechtes überproportional groß. Auf seinem Bett brach er zusammen. Eiligst schaffte man einen Eimer herbei. Erik erbrach sich mehrmals, doch selbst als nur noch bittere Galle kam, wollte das Würgen nicht aufhören.

Somit stand fest, Graf Eisenberg würde wohl kaum mehr nach München aufbrechen. Nicht an diesem Tag.

35

MÜNCHENER RESIDENZ

10. September im Jahre des Herrn 1516

Emma und Franziska wurden auf ihrer Reise von einem Hitzegewitter überrascht, das die staubigen Straßen binnen Minuten in schlammige Pfützenlandschaften verwandelte. Die Gewitterwolken zogen dicht über den Bäumen am Wegesrand hinweg und ließen die Wipfel zu ihrer ganz eigenen Melodie tanzen. Statt anzuhalten und sich unterzustellen, ritten sie auch im prasselnden Regen unbeirrt weiter. Emma, die im Sturm die Stimmen ihrer Kinder zu hören glaubte, trieb eisern ihr Pferd voran, sich immer wieder vergewissernd, dass Franziska und der Landsknecht an ihrer Seite blieben.

So schnell, wie der Gewittersturm aufgezogen war, verschwand er auch. Die klammen Kleider der kleinen Reisegruppe trockneten schon bald im hervorbrechenden Sonnenschein. Emma und Franziska erreichten die Hauptstadt in Hendriks Begleitung ohne weitere Zwischenfälle.

Am Sendlinger Tor, durch das sie Einlass begehrten, wurden sie, genau wie die anderen Passanten, lange aufgehalten. Die Wachen erkundigten sich ausführlich nach den Gründen, die sie nach München führten, nach ihrem Reiseverlauf und danach, ob einer von ihnen an einer Krankheit litte. Geflüster hing in der Luft, gehauchte Geheimnisse. Rauch stieg Emma in die Nase, der von brennenden Sträuchern herrührte. Sie glaubte, den schwachen Duft von Wacholder wahrzunehmen.

Nachdem sie das Stadttor passiert hatten, beeilten sie sich, schnellstmöglich zur herzoglichen Residenz zu gelangen. Die Stadt wirkte verändert. So war der Zugang zu einigen Gassen vollständig gesperrt. Überall lag der duftende Rauch in der Luft, der ihr schon am Isartor aufgefallen war, jedoch schien es nirgendwo zu brennen. Zweimal fuhren vollbeladene Karren an ihnen vorbei, deren Räder mit Tüchern umwickelt waren. Die Ladung der Wagen war von Planen bedeckt. Hätte Gräfin Eisenberg genauer hingesehen, sie hätte den menschlichen Fuß mit dunklen Schmutzrändern unter den Nägeln entdeckt, der leblos von einem der Karren hing.

Man wies den unerwarteten Besuchern eine üppig ausgestattete Zimmerflucht in der Residenz zu. Die Gräfin wunderte sich ein wenig darüber, denn in solch hochherrschaftlichen Gemächern hatte sie am Münchener Hof noch niemals residiert. Auf ihre Anmerkung hin, dass auch etwas bescheidenere Räume ihren Zweck erfüllt hätten, winkte der Kämmerer ab. Er schien mit seinen Gedanken weit weg zu sein.

»Wenn Ihr Euch ins Vorzimmer begebt, wird der Herzog sicher bald Zeit finden, Euch zu empfangen«, merkte er an, ehe er sich mit einer fahrigen Verbeugung verabschiedete. Emma dachte in jedem Moment an Stefan und Johanna, sonst hätte sie das wenig leutselige Verhalten des Kämmerers wohl stutzig gemacht, den sie bei ihrem letzten Aufenthalt bei Hofe als einen Mann kennengelernt hatte, der einem Schwätzchen selten abgeneigt war.

»Wir müssen sofort mit Wilhelm sprechen.« Emma spritzte sich ein wenig Wasser aus der bereitgestellten Waschschüssel ins Gesicht.

»Er kann bestimmt helfen«, sprach Franziska ihr Mut zu.

»Er muss helfen«, erwiderte die Gräfin. »Einer Mutter die Kinder zu rauben …« Mit einem Mal war sie wieder den Tränen nahe. »Ob es ihnen gutgeht?«, flüsterte sie, weil sie schlichtweg nicht wagte, ihre Frage laut zu stellen.

»Johanna und Stefan sind wohlauf.« Franziska sprach ungewöhnlich resolut, um nicht den Hauch eines Zweifels bestehen zu lassen.

Anschließend eilten die Frauen in das Vorzimmer des Herzogs. Es waren kaum Bittsteller anwesend, und so dauerte es nicht lange, bis die Gräfin mit ihrer Begleiterin vorgelassen wurde.

Wilhelm saß auf seinem erhöhten Prunkstuhl. Dunkle Schatten lagen unter seinen Augen, die sonst stets leicht gebräunte Haut wirkte fahl und unrein. Ihr Erschrecken verbergend versanken Emma und Franziska in einen tiefen Knicks.

»Seid mir willkommen, Gräfin Eisenberg und Frau Franziska.« Er bedeutete ihnen, sich zu erheben. Franziska konnte ein leichtes Erröten nicht verhindern. Sie dachte an sein unsittliches Ansinnen, ihn in seinem Schlafgemach aufzusuchen.

»Mein Herzog. Ich muss Euch vom württembergischen Herzog berichten, der den Plan ersann, sich Eures Neffen und Eurer Nichte zu bemächtigen. Allerdings saßen die Entführer wohl einem Irrtum auf und nahmen stattdessen meine beiden kleinen Kinder mit sich.« Emmas Worte klangen ruhig und bedacht. Niemand, der sie nicht gut kannte, hätte ahnen können, welcher Sturm in ihrem Inneren tobte. »Ich bin gekommen, um Euren Beistand zu erbeten.«

Wilhelm legte die Finger aneinander. Die Nägel an beiden Händen waren abgekaut. »Was sind das für Geschichten?«, fragte er ernst. »Wie kommt Ihr zu der Behauptung? Nehmt Platz – und dann schildert mir genau, was geschehen ist.«

Emma lehnte den angebotenen Stuhl ab. Sie war zu nervös, um sich zu setzen. So gut sie es vermochte, berichtete sie dem Bayernherzog von den Gauklern, dem zugrunde liegenden Irrtum der falschen Spielleute und der daraus resultierenden Entführung ihrer eigenen Kinder.

»Tragisch, eine solche Verwechslung.« Wilhelm ballte die Hände zu Fäusten, so dass die Knöchel weiß hervortraten. Der Schmerz half ihm, trotz seiner Anspannung klar zu denken. »Es ist eine Schande, dass der Württemberger es wagt, die Kinder meiner Schwester entführen zu wollen.«

»Wie sollen wir vorgehen?«, hakte Emma nach, die sich des Eindrucks nicht erwehren konnte, dass sich Wilhelm nur am Rande für das Schicksal Stefans und Johannas interessierte.

»Seid unbesorgt, meine Liebe. Mein Schwager wird die Kuckuckskinder, die seine Männer ihm da ins Nest gesetzt haben, sicherlich gut behandeln. Es dürfte durchaus in seinem Interesse liegen, Euren Sohn und Eure Tochter so schnell als möglich wieder loszuwerden. Verzeihung, ich meinte natürlich, sie der liebenden Mutter zurückzugeben.«

»Was ist, wenn Herzog Ulrich die eigenen Kinder im Austausch fordert?« Darüber hatte Emma sich auf dem schnellen Ritt nach München bereits den Kopf zerbrochen. »Könnt Ihr mir ein Dokument ausstellen, welches den Württemberger zwingt, mir Stefan und Johanna auszuhändigen? Ich bitte Euch, tut es eilig, denn es zieht mich mit aller Macht nach Stuttgart.«

»Sagt, Euer Gemahl – wo ist er?«, erkundigte sich Wilhelm statt einer Antwort. »Lag es nicht in seinem Interesse, sich der Sache selbst anzunehmen?«

»Er weilte zum Zeitpunkt der Entführung auf Eisenberg, unserer Stammburg, um dort nach dem Rechten zu sehen. Ich habe ihm vor meiner Abreise Nachricht gesandt, so dass er binnen weniger Tage ebenfalls bei Hofe eintreffen müsste.«

»Verstehe.« Der Herzog kratzte sich die von leichtem Ausschlag gerötete Wange. »Euch …«

Er wurde von einem seiner Diener in herzoglicher Livree unterbrochen, der keuchend und schwitzend in die Audienzhalle stürmte. Sein kurzes Anklopfen war kaum zu hören gewesen, die Aufforderung zum Eintreten hatte er nicht abgewartet.

»Was?« Wilhelms Gesicht verdüsterte sich beim Eintreten des Mannes.

»Mein Herzog.« Der ranghohe Diener kniete nieder. Feuchtes Nass tropfte von seinem Gesicht auf den Boden. Es war nicht zu erkennen, ob es sich dabei um Schweiß oder Tränen handelte. »Wir können es nicht länger unter der Decke halten. Die Gerüchteküche brodelt.«

»Wir haben die Zweihundert überschritten?«

»Ja, Herr.«

»Dann soll es sein. Verriegelt die Tore und sorgt dafür, dass jeder noch ankommende Brief geräuchert, jede Münze mit Essig gewaschen wird. Leitet alle nur erdenklichen Vorsichtsmaßnahmen in die Wege. Die Häuser sollen gekennzeichnet werden, die Bürger sollen beten. Beten und um die Vergebung ihrer Sünden flehen.«

»Es wird geschehen, wie Ihr wünscht.« Der Diener erhob sich und rannte hastig davon, um die Befehle seines Herzogs auszuführen. Noch im Laufen bekreuzigte er sich ein ums andere Mal.

»Bitte sagt, was hat das zu bedeuten?«, bat Emma.

Wilhelm war in sich zusammengesunken und gab keine Antwort.

»Was geht hier vor? Wenn Ihr Euch außerstande seht, mir zu helfen, reise ich ohne Euren Segen nach Stuttgart«, begehrte sie auf.

»Euer Gemüt ist überreizt, Gräfin«, erwiderte Herzog Wilhelm und erhob sich langsam, trotz seiner Jugend schwerfällig wie ein alter Mann. »Ihr solltet ein Weilchen ruhen.«

»Wie könnte ich das, wo ich meine Kinder in Gefahr weiß? Ich muss zu ihnen!«

»Verdammt, Weib!« Wilhelm war mit wenigen Schritten

bei ihr, umfasste ihre Schultern und schüttelte sie heftig. »Ihr seid nicht der Nabel der Welt – und auch Euer Nachwuchs ist es nicht. Begreift, dass ich mich um weit wichtigere Dinge zu kümmern habe. Sobald ich kann, werde ich mich Eurer Angelegenheit zuwenden«, fügte er versöhnlich hinzu.

»Ich breche noch heute nach Württemberg auf«, erwiderte Emma schlicht. »Ich kann hier nicht länger untätig herumsitzen.«

»Ihr habt wohl nicht recht zugehört, als ich Anordnung erteilte, alle Tore zu schließen. Sonst wäre Euch nicht entgangen, dass kein Mensch mehr diese Stadt verlassen darf. Auch Ihr nicht, Gräfin Eisenberg.«

Emma stockte der Atem. »Ihr könnt mich nicht festhalten, nicht gegen meinen Willen!«

»Man bringe sie auf ihr Zimmer«, befahl der Herzog an Franziska gewandt. »Gräfin Eisenberg soll sich hinlegen. Ich habe anderes zu tun, als mich einem hysterischen Frauenzimmer zu widmen.«

»Komm, Emma.« Franziska versuchte mit sanfter Gewalt, die Freundin mit sich zu ziehen. Hier war im Moment nichts auszurichten. Emma aber stand störrisch wie ein Esel.

»Wenn Ihr mich schon festhalten wollt wie eine Gefangene, dann redet endlich darüber, was zum Teufel in dieser Stadt vor sich geht«, herrschte sie Wilhelm an. Sie fühlte den Schweiß an ihren Schulterblättern und unter ihren Achseln, so sehr fürchtete sie die Antwort.

Im ersten Reflex wollte der junge Herzog sie schlagen, ihr eine schallende Ohrfeige verpassen, weil sie es wagte, in einem solchen Ton zu ihm zu sprechen. Doch dann fiel mit einem Mal jede Maske von ihm ab. Blanke Angst spiegelte sich auf seinen Zügen, als er ihr antwortete: »Wir haben die Pestilenz in München.«

»Was denkst du?« Franziska musterte Emma. Die beiden Frauen hatten sich nach der Unterredung mit dem Herzog in ihr prächtiges Gemach zurückgezogen.

»Ich weiß es nicht.« Das Gesicht Gräfin Eisenbergs war von wächserner Blässe gezeichnet. Ratlos zuckte sie mit den Schultern, während sie insgeheim schon darüber nachdachte, wie man aus der verriegelten Stadt fliehen könnte. »Man hört viel Schlimmes von der Pest. Eine Geißel Gottes, so sagen die Leute. Ich selbst habe nie einen Ausbruch der Seuche miterlebt.«

»Nach dem Gebaren des Herzogs zu urteilen, muss es ernst stehen.«

»Was soll ich tun, Ziska?« Emma zitterte. Langsam begriff sie die Tragweite des Geschehens. Sie waren in eine Falle gelaufen und saßen fest in dieser Stadt, die sich auf einen verheerenden Pestausbruch vorbereitete. »Die bisherigen Todesfälle müssen nicht zwangsläufig bedeuten, dass die Seuche weiter um sich greift.« Emma mühte sich um eine halbwegs vernünftige Antwort. »Allerdings spricht vieles dafür. Denn wie Wilhelm sagt, hat es beim großen Pestausbruch im vergangenen Jahr genauso angefangen. Ich würde helfen, wenn es so weit kommen sollte, aber ich kann meine Kinder nicht im Stich lassen. Nicht, da ich Stefan und Johanna in der Gewalt des rücksichtslosen Württembergers weiß.«

»Glaubst du denn, der Herzog hat dich belogen? Mir jedenfalls leuchtet seine Argumentation ein. Wie es scheint, droht Stefan und Johanna im schlimmsten Falle ein unfreiwilliger Aufenthalt am Stuttgarter Hof.«

»Das ist nur eine Mutmaßung Wilhelms.«

»Du solltest ihm mehr Vertrauen schenken. Der Herzog kennt seinen Schwager seit Jahren, du hingegen bist Ulrich von Württemberg nie begegnet. Vorerst, Liebes, sind dir ohnehin die Hände gebunden, nachdem eine Weiterreise durch die Schließung der Tore unmöglich geworden ist.« Franziska holte tief Luft. Ihre Worte fielen bei der Gräfin ins Gewicht, allein deshalb sprach sie so eindringlich. »Weißt du, Wilhelm gibt es nicht zu, dennoch glaube ich, Sabinas Genesung hat ihm bewiesen, dass du eine Heilerin bist. Er wird dich brauchen, um die Kranken zu versorgen.«

»Wenn die Seuche so ansteckend ist, wie der Volksmund sagt, werden viele Menschen sterben.« Mutlosigkeit erfasste Gräfin Eisenberg. »Vielleicht können wir uns mit Geld den Weg in die Freiheit erkaufen. Außerdem fürchte ich, auch Erik wird gar nicht mehr in die Stadt hineinkommen.« Beim Gedanken an ihren geliebten Mann biss sie sich auf die Lippen und reckte die Schultern.

»Erik ist klug. Wenn er München verriegelt vorfindet, reist er gewiss sofort weiter nach Stuttgart und sucht selbst die Kinder.«

»Meinst du?« Hoffnung schimmerte in Emmas grauen Augen.

»Gewiss.« Franziska nickte. »Er wird alles Menschenmögliche tun, um Stefan und Johanna zu retten. Das weißt du genauso gut wie ich.«

»Ob die Pest uns holen kommt?« Gräfin Eisenbergs Blick verschwamm, und sie hörte die Erwiderung ihrer Freundin nicht mehr. Ihr Blick ging ins Leere.

Die Ähnlichkeit der blonden Frau auf dem Bett mit ihrer Mutter Sabina von Württemberg war unverkennbar – trotz der schweren Krankheit, die ihren Leib zeichnete. Sie trug nur ein leichtes Leinenhemd, die Decke war zurückgeschlagen, und dennoch war ihr Körper schweißgetränkt. Hässliche Beulen entstellten Arme und Beine. Manche waren aufgebrochen und sonderten Blut und stinkenden Eiter ab.

»Wie lange noch?«, fragte eine weibliche Stimme.

»Nicht mehr lange.« Der Arzt tauchte seine Hände in die

Waschschüssel. Schlieren von Blut vermengten sich mit dem Wasser. »Nicht mehr lange«, wiederholte er resigniert.

Wenig später kam der Tod.

Ein Flattern der Lider, und Emma war wieder bei sich. So kurz die Vision gewesen war, so tragisch war die Bedeutung der Szene, die sie eben gesehen hatte – die kleine Anna von Württemberg, Sabinas Tochter, die im Erwachsenenalter qualvoll von der Pest dahingerafft werden würde. Gräfin Eisenberg blinzelte die aufsteigenden Tränen fort.

War es Franziska und ihr vorherbestimmt, das gleiche Schicksal zu erleiden, welches auch die unschuldige Anna von Württemberg dereinst treffen würde?

36

AUGSBURG
10. September im Jahre des Herrn 1516

Jakob Fugger, der zwei Jahre zuvor als erster Kaufmann überhaupt von Kaiser Maximilian I. in den Reichsgrafenstand erhoben und zum Grafen von Kirchberg ernannt worden war, drehte unentwegt den wuchtigen Ring an seiner linken Hand.

Sein Gegenüber kannte den Kaufherrn gut genug, um dessen Nervosität zu bemerken. Das Spielen mit dem Ring war ein eindeutiges Zeichen. Fugger war sonst kein Mensch, der zauderte oder sich leicht ängstigte. Ein Mann der Tat, wahrhaftig, doch dieses Mal hegte er offensichtliche Zweifel am Plan seines Stellvertreters.

»Der Bau der Fuggerei schreitet wunschgemäß voran. Es gibt nichts, das mich daran hindern würde, jetzt zum Bayernherzog zu reisen. Die Sankt-Ulrichs-Stiftung, die Ihr selbst zum Wohle der Fuggerei ins Leben gerufen habt, kommt ihren Aufgaben getreulich nach. Ihr solltet Eurem Geld mehr hinterher sein, Jakob, wirklich. Oder werdet Ihr auf Eure alten Tage noch weich?« Der schwarzhaarige Sprecher unterstrich seine Worte mit eindringlichen Handbewegungen. Die grauen Augen funkelten. Er schien sich seiner selbst sehr sicher.

»Erzähl mir von der Fuggerei«, forderte der Handelsherr. Nichts anderes wollte ihm gerade einfallen, um den jungen Heißsporn, den er liebte wie einen leiblichen Sohn, von dessen hirnlosem Vorhaben abzubringen.

Marc Frey schritt bedächtig zur Anrichte und goss goldbraunen Met, Fuggers liebstes Getränk, in zwei bereitstehende Kristallgläser. Eines davon reichte er dem älteren Mann.

»Sláinte.« Marc verwendete gerne den irischen Trinkspruch, den er auf Reisen in einer Hafenspelunke von einem irischstämmigen Engländer aufgeschnappt hatte.

»Zum Wohlsein.« Der reiche Kaufherr stieß mit ihm an. »Und nun berichte von der Fuggerei.«

»Wie Ihr wisst«, Marc Frey räusperte sich, »haben wir mit Thomas Krebs einen äußerst fähigen Baumeister, der aufmerksam über Baustelle und Handwerker wacht. Es läuft wie am Schnürchen, vor allem, nachdem nun auch der Augsburger Rat seine ausdrückliche Billigung verlauten ließ.«

»Vielleicht sollten wir statt der angedachten drei Tore ein zusätzliches viertes errichten.« Fugger hing mit Herz und Seele an seinem wohltätigen Projekt, das verarmten Augsburgern ein Dach über dem Kopf schenken sollte. Die Fuggerei würde nach der Fertigstellung weit über einhundert Bürgern eine Wohnstatt sein und ihnen ein anständiges Leben ermöglichen. Die ausdrückliche Bedingung des Kaufherrn lautete, nur solchen Menschen ein Heim in der Fuggerei anzubieten, die unverschuldet und ohne eigenes Zutun in Not geraten waren.

»Bedenkt, Jakob, dass für die acht Gassen zwischen den Wohnhäusern – für die wir uns, wie Ihr wisst, einstimmig entschieden haben – drei Tore mehr als ausreichend sein werden.«

»Mag sein.« Jakob Fugger rieb sich über den ordentlich gestutzten Bart. »Wahrscheinlich hast du recht. Gerade deshalb will ich dich nicht in München wissen – nicht ohne Grund habe ich dir die Leitung des Fuggereiprojekts übergeben. Du trägst große Verantwortung.«

»Aber Jakob …« Marc Frey trank einen kräftigen Schluck. »Habe ich Euch je enttäuscht?« In den zurückliegenden Jahren hatte er gelernt, mit welchen Argumenten man am sichersten Fuggers Zustimmung erlangte. »Der Bau geht auch ohne mich gut vonstatten, und der Bayernherzog schuldet Euch Tausende von Münzen. Warum wollt Ihr viel Geld aus laufenden Unternehmungen ziehen, wenn doch ein offenes Gespräch mit dem Münchener die bessere Lösung wäre?«

»Ich habe dem Herzog Aufschub gewährt und nur eine geringe Summe binnen Jahresfrist verlangt. Wie du weißt, stehe ich zu meinem Wort.«

»Lediglich dem herzoglichen Hofrat Leonhard von Eck habt Ihr eine Stundung zugesagt. Es wird nicht schaden, wenn wir die Herrschaften bei Hofe daran erinnern, was sie uns schuldig sind, um dem Ganzen ein wenig Nachdruck zu verleihen.«

»Sei es, wie es sei«, seufzte Fugger.

»Wir könnten einen Ausgleich fordern, etwa ein ertragreiches Gut, wenn Ihr schon nicht auf einer sofortigen Teilrückzahlung bestehen wollt.«

»Zum Teufel noch mal!« Der Kaufherr stellte sein Glas so heftig ab, dass der Met darin überschwappte und klebrige Pfützen auf der Tischplatte hinterließ. »Du weißt genau, Marc, weshalb ich dich nicht in München haben will! Stell dich nicht dümmer, als du bist! Selbst wenn dir dein eigenes Leben keinen Kreuzer wert ist – mir liegt etwas an dir, Junge.«

»Es wird mir nichts geschehen, Jakob.« Marc legte seinem Mentor die Hände auf die Schultern. »Um die vereinzelten Pestfälle in München sollte man kein solches Aufheben machen. Wir wissen doch, die Seuche ebbt nie ganz ab und fordert von Zeit zu Zeit ihre Opfer.«

»Erinnere dich an den gewaltigen Pestausbruch im letzten Jahr und all die Toten, die in München zu beklagen waren. Die Schriften der Gelehrten belegen, die Seuche bricht häufig in der heißen Jahreszeit aus.«

»Ich weiß, Jakob. *Bald, mit schwerem Schaden, zum mitleids-*

würdigen Landvolk dringet die Pest, und der Stadt weitkreisende Mauern durchherrscht sie. Wo auch immer die Augen umher ich wendete, sah ich Scharen von Leichen gestreckt. Ovids Metamorphosen sind mir bekannt, ebenso Lukrez' Schriften. Seht es jedoch einmal so – wenn es denn Gottes Wille ist, wird die Seuche mich überall auf der Welt holen, an jedem Ort. Sei es nun in München oder hier bei Euch in Augsburg.«

»Du lässt dich nicht abbringen?«

»Ich würde gerne mit Eurem Segen reisen.«

»Dann verlasse ich mich auf dein diplomatisches Geschick, dass du den Bayernherzog bei deinen Verhandlungen nicht verärgerst.«

»Feingefühl, Takt, Ehrgeiz und sich eher die Zunge abschneiden, als sich ein gutes Geschäft entgehen zu lassen«, zitierte Marc lachend die Grundsätze seines Lehrmeisters. »Ich werde den Herzog höflich an seine Schuldenlast erinnern. Schließlich ist der Bau der Fuggerei ein gemeinnütziges Projekt, das zu unterstützen in jedermanns Interesse sein sollte. Vermag Wilhelm das nicht mit Geld, dann doch zumindest mit anderen weltlichen Gütern.«

»Gut gesprochen, mein Sohn.« Der Kaufherr griff nach Marcs Hand und drückte sie fest. Auf seine alten Tage wurde er noch rührselig. »Ich weiß, dass du zu meiner vollen Zufriedenheit agieren wirst. Es ist deine Gesundheit, um die ich mich sorge. Bitte, sei auf der Hut.«

»Ihr habt mein Wort, Jakob. Ich reite noch heute.« Marc verabschiedete sich per Handschlag von Fugger, froh über das Einlenken des Kaufherrn. Niemals hätte er es dem Handelsherrn gegenüber zugegeben, und doch ödeten ihn das endlose Studieren der Baupläne und die Überwachung der Baufortschritte in letzter Zeit an. Ein Gefühl der Rastlosigkeit hatte ihn ergriffen. Da war es allemal besser, sich auf dem Ritt zum Bayernherzog ein wenig frischen Wind um die Nase wehen zu lassen.

Nachdem Marc gegangen war, erinnerte Jakob Fugger sich zurück an den heimwehkranken Grafensohn, als der Frey vor langer Zeit zu ihm gekommen war. In all den Jahren danach hatte er nie mehr das Glück gehabt, an einen solch wissbegierigen und gleichermaßen begabten Lehrling zu geraten.

Marc Frey lenkte sein Pferd zügig durch Augsburgs Straßen und Gassen. Ein braves Tier, robust und kraftvoll, jedoch kein Vergleich mit seinem rostroten Hengst Cupido, den er einst besessen hatte.

Das Mädchen tauchte plötzlich auf, blickte weder nach rechts noch nach links und lief ihm vor das Pferd, so dass Marc ein Streifen der Hufe nicht mehr verhindern konnte. Erschrocken sprang er ab und eilte der jungen Frau zu Hilfe, die zu Boden gestürzt war, sich aber bereits wieder aufrappelte.

»Ich bin nicht verletzt«, wehrte sie ab.

»Kannst du nicht aufpassen?«, herrschte er sie an. Sein schroffer Ton entsprang seiner Besorgnis. Gottlob schien sie tatsächlich keinen Schaden davongetragen zu haben.

Statt einer Antwort griff sie nach ihrem Bündel.

»Ich gebe dir Geld. Du gehst zu einem Arzt und lässt dich untersuchen«, bot er an.

Sie schüttelte stumm den Kopf und wandte sich ab.

»Warte!« Marc war mit drei großen Schritten bei ihr und hielt sie zurück. Erschrocken starrte sie ihn an. Irgendetwas an diesem verhuschten Geschöpf brachte eine Saite in ihm zum Klingen.

»Du solltest in Zukunft besser aufpassen.«

»Sollte ich wohl. Ich muss gehen.«

»Wohin?« Kaum war die Frage über seine Lippen, bereute er sie schon. Marc scherte sich nicht um andere Menschen. Fugger natürlich ausgenommen.

»Fort.« Mehr sagte sie nicht.

»Allein?« Die Antwort des Mädchens erschien ihm reichlich merkwürdig.

»Das geht Euch nichts an.« Sie presste die Lippen aufeinander. Marc betrachtete sie genauer. Sie war recht hübsch. Rosige Wangen, die einen ansprechenden Kontrast zu dem dunklen Haar abgaben, das sich ungebärdig um ihr Gesicht lockte. Trotz ihrer mageren Gestalt zeichnete sich ein voller Busen unter ihrem Kleid ab. Was Frey zutiefst erschütterte, waren ihre Augen. Dunkel wie die Nacht, ohne jedes Leben. Tote Augen, in denen sich kein Gefühl regte. Ein Spiegelbild seiner eigenen.

»Ich reite nach München.« Er wusste selbst nicht, warum er es ihr mitteilte.

Zum ersten Mal blitzte etwas in ihrem Antlitz auf.

»Nehmt mich mit.« Sie formulierte es als Frage, Aufforderung und Bitte zugleich.

»Nein.« Wie kam sie dazu, diesen Vorschlag zu machen? Ein anständiges Mädchen, und nach einem solchen sah sie aus, würde niemals mit einem Fremden reiten.

»Wissen deine Eltern, was du tust?«

»Ich habe keine Familie mehr.« Renate Wieland dachte an ihren Vater, der sie nach ihrer Fehlgeburt bei Ulla und Ulrike gefunden und sie nach Hause gebracht hatte. Dieses Mal würde es keine Heimkehr geben. Sie hatte sich nicht verabschiedet. Ihr Weggang war endgültig. In Gedanken leistete sie dem innig geliebten Vater Abbitte. Der Weber verlor seine einzige Tochter. Doch Renate hatte nicht bleiben können. Übermächtig war der Drang, alles hinter sich zu lassen, was sie an Michael erinnerte. »Ich könnte Eure Magd sein«, schlug sie vor. »Nehmt mich mit.«

»Nein.«

»Ich bin geschickt. Es soll Euer Schaden nicht sein. Ich werde meine Schuld abarbeiten und Euer Lager teilen, wenn

Ihr das wünscht.« Sie bot es ihm an, ohne eine Miene zu verziehen.

»Du schlägst mir vor, meine Hure zu werden?« Marc Frey sog scharf die Luft ein. Er war sicher, keine erfahrene Dirne vor sich zu haben. Warum tat sie das?

»Ich bin mir meiner Sache sicher.« Sie sagte es ganz ruhig, als könne sie seine Gedanken lesen.

Marc studierte erneut ihr Gesicht. Das Mädchen war wirklich anziehend. Seit er sich von seiner anhänglichen Geliebten, der drallen Witwe Feiferl, getrennt hatte, war er keiner Frau mehr nahegekommen. Früher, ehe sein altes Leben aufgehört hatte zu existieren, hätte er Skrupel gehabt.

»Wie heißt du?«

»Renate, Herr.«

Er verstaute ihr kleines Bündel in seiner Satteltasche und hob sie aufs Pferd.

Später an diesem Tag rasteten Frey und das Mädchen an einem hölzernen Wegkreuz, das den Heiland in all seiner Qual zeigte. Besonders die Dornenkrone auf dem Haupt Jesu war vom unbekannten Erschaffer fein herausgearbeitet worden, das Leid auf seinen Zügen traf den Betrachter trotz der Verwitterung ins Herz. Die Stätte mit dem Kruzifix wurde umrahmt von einem sauber angelegten Blumenkreis. Marc ließ sich im Gras nieder, Renate setzte sich stumm neben ihn. Seit Augsburg hatten sie nicht mehr miteinander gesprochen. Frey grüßte zu den Männern in den Kleidern wohlhabender Händler hinüber, die sich wenige Meter entfernt ebenfalls etwas Ruhe gönnten. Der Ähnlichkeit nach schien es sich um Vater und Sohn zu handeln. Beide hatten weit auseinanderstehende Augen und lange Gesichter, die von übergroßen Zähnen dominiert wurden.

Die Sonne brannte vom Himmel, und der Geruch von wildem Knoblauch stieg Frey in die Nase. Als der Wind drehte, klangen Gesprächsfetzen der Reisenden zu ihm herüber.

»Wird gut gewesen sein … vermaledeite … rechtzeitig die Stadt …«

»… Pestilenz … zum Opfer fallen …«

Freys Neugierde war geweckt. Er drehte den Kopf unauffällig in Richtung der Männer und spitzte die Ohren. Eine Zeit lang war nur das Brausen des Windes zu hören, der erneut gedreht hatte. Er überlegte, die Fremden direkt nach dem Pestausbruch in München zu fragen, denn daran, dass die beiden geradewegs aus der Hauptstadt kamen, zweifelte er nicht. Die Gerüchte von ersten Pestfällen waren bereits bis nach Augsburg gedrungen.

Als die Unterhaltung wieder deutlicher zu verstehen war, hatten die Männer sich einem anderen Thema zugewandt. Frey seufzte und beschloss, sich auf den Weg zu machen. Da weckte das Gespräch der fremden Händler wieder seine Aufmerksamkeit. Dieses Mal konnte er der Unterredung problemlos folgen.

»Wenn du schon dem Boenstädter einen weiteren Kredit gewährst, so solltest du es zumindest beim Grafen von Hohenfreyberg unterlassen«, riet der Jüngere gerade. »Es passt auf keine Kuhhaut, wie der Kerl mit dem geliehenen Geld umgeht. Bis auf diese empörend winzige Landschenkung haben wir von ihm kein Entgegenkommen gesehen. Er säuft und hat es in den vergangenen Jahren nicht geschafft, einen einzigen Gulden zurückzuzahlen.«

»Das ist mir bewusst, Junge.« Der ältere Mann schien hin- und hergerissen zwischen Stolz auf seinen aufgeweckten Sohn und dem Unmut über dessen Einmischung. »Gräfin Margaretha, Hohenfreybergs Weib, scheint hingegen eine wache Geschäftemacherin zu sein. Mir dünkt, es ist nur ihrem Einsatz zu verdanken, dass die Grafschaft nach all der Zeit nicht völlig am Boden ist. Aber alleine schafft die

Frau das natürlich nicht – und ihr Gatte schert sich keinen Deut um die Verwaltung. Bei meinem letzten Aufenthalt auf Hohenfreyberg habe ich ihr eine weitere Stundung in die Hand versprochen. Die Gräfin war umringt von spielenden Kindern. Mir wollte keine weitere Forderung über die Lippen.«

»Du hast so ein sanftes Lächeln im Gesicht, wenn du über die Hohenfreybergerin sprichst, und wirkst gar ein wenig milde dabei«, witzelte der Sohn. »Sie täte dir wohl gefallen, nicht wahr?«

»Die Gräfin ist trotz ihres Alters eine schöne Frau. Meine Bewunderung gebührt ihr gleich doppelt. Für ihr Aussehen und für ihre Findigkeit in den Finanzen, die für ein Weib schon sehr ungewöhnlich ist. Ich hätte nichts dagegen, ihr ein wenig näherzukommen, wenn der alte Graf vielleicht eines Tages ...«

Marc Frey sprang auf. Er hatte genug gehört. Solcherlei Gerede ertrug er nicht länger. Nach zehn langen Jahren hatte die Vergangenheit ihn unerwartet eingeholt. Eine Finte des Schicksals, die ihn zum Handeln zwang. Renate verfolgte still das Geschehen.

»Ich bürge für die Grafschaft Hohenfreyberg«, sprach Frey mit lauter Stimme. Ein leichtes Zittern schwang darin mit, geboren aus seiner Wut.

Die beiden Männer blickten erstaunt den schwarzhaarigen Kaufmann an, der eben noch entspannt im Gras gesessen hatte und nun zornbebend vor ihnen stand.

»Wer seid Ihr, mein Herr, wenn ich fragen darf? Und welches Interesse habt Ihr an dem Grafengeschlecht derer von Hohenfreyberg?«, erkundigte sich der Ältere höflich.

»Ich bin Händler. Alles andere tut nichts zur Sache.« Frey zog seine Münzbörse hervor und überließ den Geldverleihern die Hälfte des Inhalts. »Nehmt dies als Anzahlung und dazu gleich zur Kenntnis, dass ich die Schulden des Grafen begleichen werde. Nennt mir Euren Namen und die Höhe der Summe.«

»Heinfried Böckler, mein Herr.« Der Vater ließ sich von seinem Sohn eine glänzende Ledertasche reichen, der er ein dickes Blatt Pergament entnahm, auf dem sein Name und seine Geschäftsanschrift in Schönschrift notiert waren. Anschließend öffnete er das ebenfalls mitgeführte Tintenfass, wählte aus einem hölzernen Etui eine elegante Schreibfeder und verzeichnete die Summe auf dem Dokument. Wortlos reichte er Frey das Schriftstück.

Frey sog die Luft ein, als er sich die Höhe der Schulden besah. Das war selbst für ihn, der in Fuggers Diensten zu angenehmem Wohlstand gelangt war, nicht wenig Geld.

»Der Betrag wird Euch angewiesen.« Er nickte den Herren zu. »Wenn Ihr Fragen habt, wendet Euch nach Augsburg. Dort findet Ihr mich im Handelshaus der Fugger. Nur eine Bedingung – ich wünsche, dass keiner von Euch in diesem Leben dem Grafen oder der Gräfin Hohenfreyberg nochmals unter die Augen tritt.«

»Wie es Euch genehm ist«, nickte Heinfried Böckler. Bei der Nennung von Fuggers Namen hatten sich seine Augen ein klein wenig verengt. Wirklich geschätzt wurde der übermächtige Kaufherr nur von den Armen und Bedürftigen, für die er sich in den letzten Jahren verstärkt einsetzte. Die meisten anderen hingegen fürchteten ihn wegen seines ungeheuren Einflusses und neideten ihm diesen. »Sollten wir die versprochene Summe erhalten, wird kein Mitglied meiner Familie die Hohenfreybergs jemals wieder behelligen.«

Marc Frey beeilte sich, aufgewühlt wie er war, nach München zu gelangen. Stand es wirklich so schlecht auf Burg Hohenfreyberg?

Renate stellte keine Fragen, obwohl sie seine Wut und Erregung spürte. Die Weberstochter war dankbar, Augsburg so schnell hinter sich gelassen zu haben. Wenn sie dafür ihre Arbeitskraft und ihren Körper verkaufen musste, so blieb sich das gleich. Marc Frey war attraktiv, doch hätte es für sie keinen Unterschied gemacht, wäre er es nicht gewesen.

Unterwegs tat er ihr in knappen Worten kund, dass in München von der Pest die Rede war. Renate schreckte das nicht, es änderte nichts an ihrem Entschluss. Sie wollte fort, ein anderes Leben beginnen, selbst wenn das für sie bedeuten mochte, in der elendesten Gasse zu verrecken. Alles würde sie in Kauf nehmen, um die Geister ihres Liebsten und ihres ungeborenen Kindes zu vertreiben, die sie Tag und Nacht unentwegt heimsuchten.

Das Neuhauser Tor war verschlossen. Ebenso das Isartor. Sie umrundeten die Stadt und fragten bei den kleineren Zugängen. Das Glück war ihnen schließlich hold. Findige Händler hatten sich der herzoglichen Anordnung noch für eine Weile widersetzt, um letzte Geschäfte zu tätigen und wertvolle Waren auszuführen. Gemeinsam mit einer fetten Ratte schlüpften Frey und das Mädchen gegen gutes Geld in die Stadt, ehe auch das allerletzte Tor verschlossen und versiegelt wurde.

Frey war davon überzeugt gewesen, die Pest nicht zu fürchten. Es blieb sich gleich, ob sie ihn holte oder nicht, so hatte er gedacht. Doch nun, als er sich zum ersten Mal seit langem an die einstmals geliebten Gesichter seiner Eltern erinnerte, beschlichen ihn Zweifel.

Er mietete sich ein Zimmer im Haus eines alten Weibleins, ganz in der Nähe der prächtigen Frauenkirche, und nahm Renate in sein Bett. Die Hände in ihren dunklen Locken vergrabend gelang es ihm, die Sehnsucht nach zu Hause, nach Mutter und Vater, zu vertreiben, die ihn mit solch unerwarteter Heftigkeit gepackt hatte.

37

MÜNCHENER RESIDENZ
20. September im Jahre des Herrn 1516

Die Schließung der Tore führte vor allem in den ärmeren Häusern zu großer Panik, zu schmerzlich erinnerte man sich noch der Pest im vergangenen Jahr. Der Handel kam zum Erliegen, und in der Residenz erkrankten zeitgleich zwei Dienstboten. Hässliche Eitergeschwüre bildeten sich zuerst unter den Armen und in der Leistengegend, später auch an den Beinen, am Hals und am Bauch. Binnen weniger Tage befand sich einer von ihnen auf dem Wege der Besserung. Der andere war tot.

Als Georg von Hegnenberg erkrankte, stieß die Verzweiflung wie ein Dolch in Wilhelms Herz. Er quälte sich mit bittersten Vorwürfen, seinen Sohn, der unglücklicherweise gerade bei Hofe zu Besuch weilte, nicht rechtzeitig in Sicherheit gebracht zu haben. Der Herzog dachte, Sabinas Bild vor Augen, nicht an seinen Leibarzt. Er dachte an Gräfin Eisenberg.

Emma hockte auf dem Boden ihres Gemachs und starrte in das knisternde Kaminfeuer, während Franziska im Bett lag und schlief. Von der Stadt her waren Tag und Nacht Totenglocken zu hören, die von dem schlimmen Unheil kündeten. Noch immer sann die Gräfin über ein Entkommen nach. Während sie in die Flammen blickte, die schwarzen Haare gelöst und offen über den Rücken fallend, kam ihr ein Gedanke. Es verlangte sie so sehr danach, Stefan und Johanna zu sehen. Vielleicht konnte es gelingen, eine Vision herbeizuführen.

Sie stand auf, um das Feuer nachzuschüren. Bald darauf glühten zwei dicke Holzscheite in der Hitze. Emma kniete sich davor nieder und konzentrierte sich, während ihre Augen ruhig dem Spiel der Flammen folgten, die züngelnd und leckend miteinander tanzten.

»Zeig mir, wie es ihnen geht«, murmelte sie und rückte näher an die Flammen heran. Die Hitze brannte auf ihrem Gesicht. Niemals zuvor hatte sie versucht, aktiv Bilder heraufzubeschwören. »Zeig mir, wie es meinen Kindern geht.«

Das warme Licht der Flammen umgab die Silhouette der Gräfin wie einen Heiligenschein. Ihre Lippen bewegten sich stetig, leise flüsternd, die Vision herbeirufend.

Es gelang ihr, sich selbst in einen gelösten Zustand zu versetzen. Das Feuerspiel faszinierte sie. Die Flammen verschwammen vor ihren Augen, als läge ein kaum sichtbarer Schleier über dem knisternden, knackenden Holz. Sonst geschah nichts. Emma war so versunken, dass sie das Pochen an der Tür nicht hörte.

Die ältere Dame, Gattin des Hofmarschalls, gab ihrer Neugierde nach und stand plötzlich im Zimmer, schließlich hatte sie einen wichtigen Auftrag auszuführen. Was sie sah, ließ die Frau entsetzt zurückspringen.

Die Gräfin von Ravensberg und Eisenberg kniete so dicht beim Feuer, dass es schien, als müsse sie sich verbrennen. Sie hielt sich völlig reglos, die kaum erkennbaren Bewegungen ihrer Lippen ausgenommen, während ihre Magd ahnungslos im Bett schlief.

»Was treibt Ihr da?« Der Ruf der Hofmarschallsgattin verkam zu einem schrillen Kreischen.

Emma schrak zusammen. Ihr Blick löste sich von den züngelnden Flammen und richtete sich auf den Eindringling, in dem sie jenes dicke Weib wiedererkannte, das ihr vor Monaten auf dem Turnier des Herzogs mit seinen aufdringlichen Fragen nahegetreten war.

»Was, im Namen aller Heiligen, tut Ihr?«, wiederholte die Frau und wagte nicht, sich der Gräfin zu nähern.

»Ich habe mich am Feuer gewärmt.« Emma erhob sich. »Verratet Ihr mir, weshalb Ihr ohne Aufforderung in meinen Gemächern erscheint? Zu dieser Stunde?« Sie legte all ihre Autorität in die Stimme, um die Fremde von dem eigentlichen Geschehen abzulenken. Franziska räkelte sich verschlafen zwischen den Decken.

»Der Herzog schickt nach Euch. Ihr sollt nach seinem Sohn sehen«, erwiderte die Frau, während sie zwischen den Falten ihrer Röcke die Finger überkreuzte, um das Böse abzuwehren.

»Was fehlt ihm? Ist er krank?«

»Ich weiß nicht, was ausgerechnet Ihr bei dem Jungen sollt!«

»Ich bin seine Freundin«, erwiderte die Gräfin. Sie erinnerte sich gut an Georg, der davon träumte, eines Tages ein großer Ritter zu werden, an den tapferen Knaben, der sie vertrauensvoll zu seinem kranken Freund geführt hatte. Emma blickte die Hofmarschallsgattin auffordernd an, bis diese endlich begriff. »Ich warte vor der Tür und führe Euch hin, wenn Ihr so weit seid.« Der Widerwille war der Frau deutlich anzumerken. Sie fürchtete sich vor der dunkelhaarigen Gräfin, die bei ihrem Eintreten so offensichtlich in anderen Sphären geschwebt war. Was hatte sie mit ihrem Tun bezweckt? Welche Mächte hatte sie angerufen? Und weshalb hatte sie vor dem Feuer statt vor dem Kruzifix an der Wand gekniet?

Emma strich Franziska über das Haar. Die Freundin glich einem traurigen Engel. Ehe sie ging, sandte sie, wie so oft in den letzten Tagen, ein Stoßgebet zum Himmel. Sie flehte darum, Erik möge, da ihr selbst dies verwehrt blieb, inzwischen bei Stefan und Johanna sein.

Vor Georgs Krankenzimmer verabschiedete sich die dicke

Matrone von Emma. Ihre Schritte entfernten sich schnell, beflügelt von der Angst, die in ihrem Inneren erwacht war. Trotz der späten Stunde wollte die Frau einige ihrer Vertrauten aufsuchen. Weniger um ihre Klatschsucht zu befriedigen, wie sie sich selbst einredete, als vielmehr um ihre Furcht zu lindern.

Emma trat ein. Kerzen brannten um Georgs Bett und tauchten das Kind in sanften Lichtschein. Wilhelm, der Herzog von Bayern, saß bei ihm und hielt seine Hand. Ansonsten war niemand anwesend. Die Gräfin verharrte auf der Schwelle.

»Die Pest. Kommt nur herein, wenn Ihr es wagt.« Wilhelm fing Emmas Blick auf und beantwortete ihre unausgesprochene Frage. Er wies auf einen dreibeinigen Hocker.

»Was sagen die Ärzte?«, erkundigte sie sich, während sie den Schemel ans Bett zog.

»Die Pest verschont, bei aller ärztlichen Kunst, selten eine menschliche Seele. Und die eines Kindes schon gar nicht. Ich kenne die Sprüche der Mediziner und habe ihnen keine Gelegenheit gegeben, sie vor mir herunterzuleiern.«

»Stattdessen habt Ihr mich rufen lassen?« Emmas Erstaunen war nicht zu übersehen.

»Eure Nähe hat meiner Schwester damals geholfen. Ihr scheint trotz Eurer gelegentlichen Aufmüpfigkeit eine sanfte Wesensart zu besitzen, die Kranke schneller gesunden lässt.«

»Ich soll Euer Kind retten, wo Ihr mir verwehrt habt, zu den meinigen zu gelangen?« Emma, der nichts ferner lag, als Georg seinem Schicksal zu überlassen, konnte den Seitenhieb nicht zurückhalten.

»Der Befehl, die Stadt nicht zu verlassen, gilt für alle. Ausnahmslos«, antwortete Wilhelm bedächtig. »Selbst für mich.«

»Ich muss ihn untersuchen.« Gräfin Eisenberg beugte sich

über Georg. Der Knabe lag in tiefem Schlaf, war aber nicht ohnmächtig. Seine bleiche Haut fühlte sich warm an. Mehr nicht. Emma, die noch nie einen Pestilenzfall behandelt hatte, wunderte sich. Sie konnte die Gegenwart des Todes nicht spüren. Der Kleine schien vielmehr um seine Genesung zu kämpfen.

»Wo sind die Beulen?«, fragte sie, nachdem sie Bauch, Leisten, Achseln sowie Arme und Beine abgetastet hatte.

»Am Gesäß.« Ohne viel Federlesens drehte Wilhelm seinen schlafenden Sohn auf den Bauch und schob dessen Hemd hoch. Der Bayernherzog verlor in dieser Stunde in Emmas Augen an machtvoller Glorie und wurde menschlich. Ein Vater, der an seinem Kinde hing wie jeder andere auch. Sicher war Wilhelm bewusst, dass er eigentlich nicht hier sein sollte. Nicht hier sein durfte. In seinen Händen lag das Schicksal vieler Menschen. Als Herrscher war er der Allgemeinheit verpflichtet, nicht dem Wohlergehen eines Einzelnen, selbst wenn es der eigene Sohn war. Dennoch trotzte Wilhelm der Gefahr.

Zwei große Beulen, eine davon an der rechten Pobacke, die andere ein wenig unterhalb am Oberschenkel, verunstalteten Georgs reine Kinderhaut.

»Wir müssen den Eiter ablassen.« Gräfin Eisenberg wies auf die gelblichen Eiterränder. »Wir brauchen ein scharfes Messer, heißes Wasser und frische Tücher, um die Wunden hinterher gründlich zu reinigen.« Emmas Instinkt verriet ihr, was zu tun war.

Wilhelm erhob sich, um das Gewünschte zu besorgen. Als er zurückkehrte, folgte ihm eine junge Frau, die Wasser und Tücher bei sich trug.

»Gretchen!«, rief Emma aus, als sie die Magd erkannte, für deren rissige Hände sie damals die Ringelblumensalbe zubereitet hatte. »Wie geht es deiner Großmutter?«

»Ihr geht es gut, vielen Dank«, erwiderte Grete scheu,

befangen wegen der Gegenwart des Herzogs. Um ihre Unsicherheit zu verbergen, versank sie in einen tiefen Knicks.

Gräfin Eisenberg nahm sich vor, das Mädchen und seine Großmutter bald aufzusuchen.

Nachdem Grete sich zurückgezogen hatte, schnitt Emma die Beulen auf. Wilhelm verfolgte die Prozedur mit bleichem Gesicht. Ein Glück, dass Georg tief schlief, so war es schnell vollbracht. Nachdem der Eiter ausgetreten war, reinigte Emma die Beulen. »Wir lassen ihn auf dem Bauch liegen. An der Luft werden die Wunden schneller abheilen.« Mit der Hand berührte sie abermals Georgs Stirn. Kein Fieber, sie hatte sich nicht geirrt.

Während Wilhelms kurzer Abwesenheit war der Gräfin eingefallen, wieso ihr die Krankheit Georgs vertraut schien. Zwei ihrer Hütejungen waren Jahre zuvor mit hässlichen Furunkeln zu ihr gekommen – und es hatte sich dabei keineswegs um die gefürchtete Seuche gehandelt. Emma vermutete, heute wie damals, eitrige Haarwurzeln hinter den Beulen. Allem Anschein nach trat diese Entzündung häufig bei heranwachsenden Knaben auf. Obwohl sie nicht sicher sein konnte, dass ihre Diagnose die richtige war, war sie überzeugt: Georg würde nicht sterben.

»Es ist nicht die Pest, mein Herzog, seid unbesorgt. Er hat sie nicht.«

»Was sagt Ihr da?« Wilhelm reagierte auf ihre Worte mit zurückhaltender Freude. Er vermochte es nicht zu glauben.

»Georg hat kein Fieber. Er schläft tief und fest, dazu völlig ruhig.« Emma lächelte breit, so froh war sie über ihre Erkenntnis. »Es fehlt Eurem Sohn nicht mehr als die lästigen Furunkel an seinem, pardon, Hintern.«

»Seid Ihr sicher? Mein Sohn ist nicht sterbenskrank?«

»Natürlich werden Narben zurückbleiben«, schränkte die Gräfin ein.

»Narben?« Wilhelm lachte auf. »Meinetwegen kann jedes

Fleckchen Haut von Narben übersät sein, solange er nur am Leben bleibt.«

»Das wird er«, versprach Emma.

Da begann Wilhelm inbrünstig darum zu beten, Gräfin Eisenberg möge recht behalten.

Seite an Seite wachten sie bis zum Morgengrauen am Bett des Jungen. Mehrmals wusch Emma die Wunden mit klarem Wasser aus und wünschte, sie hätte nicht all ihre Salben auf Eisenberg zurückgelassen. Lange Zeit hielt sie Georgs Hand, während die Energie von ihren Fingern in seine floss. Sie war erschöpft und gleichzeitig hellwach.

Noch bevor die ersten Strahlen der Morgensonne ins Zimmer schienen, schlug Georg die Augen auf. An den folgenden Tagen bewahrheiteten sich Emmas Worte. Die Pest hatte den Knaben verschont.

38

MÜNCHENER RESIDENZ
25. September im Jahre des Herrn 1516

Emma stöhnte. In dem stickigen Zimmer ging es zu wie im Taubenschlag. Ein beständiges Kommen und Gehen herrschte zwischen den Betten der beiden siechen Hofdamen. Gottlob die einzigen Pestfälle, welche die Residenz seit Georgs vermeintlicher Erkrankung heimgesucht hatten. Bei den Frauen handelte es sich um zwei altjüngferliche Cousinen, entfernte Verwandte des Herzogs. Während die eine sich bereits im letzten Stadium befand, war bei der anderen die Krankheit erst ausgebrochen.

Gräfin Eisenberg wandte sich der älteren Dame zu, deren bleiches Gesicht durch eine eitrige Pestbeule auf der linken Wange entstellt wurde. Die tiefen Falten ihrer Haut schimmerten bläulich, das feine Haar lag ihr wirr und glanzlos um den Kopf. Emma beobachtete, wie der Hofarzt den Inhalt der Pestknoten abzuleiten versuchte, indem er die Methode des Nassschröpfens anwandte. Der studierte Scholasticus besaß eine Abschrift des Prager Briefes an die Frau von Plauen, der vor mehr als hundert Jahren entstanden war. Darin wurde dazu geraten, die überschüssigen Säfte aus dem Leib zu ziehen, indem man die dornige Schröpfgeißel ansetzte und den zuvor erhitzten Schröpfkopf daraufdrückte. Beim Abkühlen des Kopfes entstand ein Unterdruck, der Blut und Eiter aus den Beulen sog. Eine weitaus vernünftigere Methode, fand Emma, als die Knoten blindlings aufzuschneiden.

Der Herzog hatte strengstens untersagt, sich den Pestbefallenen zu nähern. Bis auf die Mediziner durfte niemand zu ihnen. Emma setzte sich jedoch über dieses Verbot hinweg, zumal Wilhelm die Einhaltung seiner Vorschrift nicht nachprüfen ließ. Ohnehin riskierte niemand freiwillig eine Ansteckung.

Emma zählte die Häupter der Ärzte. Sie waren in Scharen an den Hof gekommen. Einige wenige Studierte, dazu zahlreiche Aufschneider, die zu Zeiten der Pestilenz wie Pilze aus dem Boden schossen, in der Hoffnung, sich eine goldene Nase an den Kranken und deren Familien zu verdienen. Das Geschäft hieß Hoffnung, selbst wenn nur die wenigsten die Seuche überlebten und wieder gesundeten. Im Moment waren es fünf Heiler, die sich den Kranken widmeten. Zwei der Mediziner waren gerade im Küchentrakt zugange, um verschiedene Sude zuzubereiten. Diese wollten sie der jüngeren Cousine verabreichen, da die noch genügend Münzen besaß, ihre Dienste zu bezahlen. Alle zählten darauf, bei Hofe reich zu werden, während die ärmeren Menschen in der Stadt vergeblich um einen Arzt beteten.

Die Gräfin nahm das Wimmern der jüngeren Frau kaum mehr wahr. Im Gegensatz zu ihrer Cousine war sie bei vollem Bewusstsein. Noch lähmte die Pest sie nicht, noch behielt der Überlebenswille die Oberhand. Zu gerne hätte Emma mehr für sie getan, doch die Männer ließen nicht zu, dass sie sich die Leiber der Kranken genauer besah. Es war ihr lediglich gestattet, die erhitzten Gesichter der Frauen zu kühlen. Emma konnte froh sein, überhaupt im Krankenzimmer geduldet zu werden. Deshalb ging sie vorsichtig zu Werke, wenn sie ihre Hand verstohlen und ein wenig zu lange auf einer fiebrigen Stirn ruhen ließ. Mehrmals hatte sie darum gebeten, die verhängten Fenster öffnen zu dürfen, um die abgestandene Luft im Raum durch frische zu ersetzen. Es half nichts, die Bitte wurde ihr verwehrt.

Die beiden Ärzte kehrten zurück, jeder ein Tablett mit mehreren Bechern vor sich hertragend. Ein hochgewachsener Mann folgte ihnen mit etwas Abstand und blieb abwartend an der offenen Tür zum Krankenzimmer stehen. Niemand bemerkte ihn.

»Hier, trinkt das, Frau Gräfin.«

Emma blickte den eben eingetretenen Medicus erstaunt an.

»Es wird Euch erfrischen, wo Ihr uns bei unserer Arbeit so tapfer zur Seite steht.«

»Vielen Dank.« Sie ließ sich das Gebräu reichen, während sie den Arzt interessiert musterte. Er war ihr zuvor schon aufgefallen, weil er sich bei der Behandlung der Cousinen im Hintergrund hielt. Eigentlich beobachtete er nur, wie die Mediziner immer neue Heilmethoden erprobten. Der Mann erschien ihr widersprüchlich. Er war von kleiner, eher schmächtiger Figur, das Gesicht von hellem Bart überwuchert, das Haar hingegen glänzte unnatürlich schwarz, ein Effekt, wie er selbst mit Fetten und Ölen schwerlich zu erreichen war. Die Gewänder des Heilers waren aus gutem Stoff gefertigt, doch seine Hände waren schmutzig, und er roch so unangenehm, als wäre er schon lange nicht mehr mit Wasser in Berührung gekommen. Er kam ihr bekannt vor, doch wollte ihr partout nicht einfallen, wem er ähneln mochte.

»Nur zu«, forderte er Emma auf.

Gräfin Eisenberg schnupperte an dem Getränk. Es stank, ebenso wie der Arzt selbst. Trotzdem wollte sie nicht unhöflich sein, zumal er der Einzige war, der in diesem Raum überhaupt Notiz von ihrer Anwesenheit nahm. Deshalb setzte sie den Becher an ihre Lippen.

»Frau Gräfin!« Eine mächtige Gestalt stürzte von der Tür herbei und rannte sie beinahe um. Das Gebräu des Arztes ergoss sich über ihr dunkelbraunes Kleid. »Ihr müsst mitkommen!«

»Clemens, was ist geschehen?« Emma erkannte den Pferdeknecht sofort wieder. Es gab nicht viele so hochgewachsene Männer wie ihn.

»Kommt einfach«, murmelte er beschwörend, und sie folgte ihm. Beim Hinausgehen nickte sie entschuldigend in Richtung des Arztes, dessen Trunk sie versehentlich vergossen hatte.

»Verzeiht mein rüdes Auftreten, aber Ihr durftet den Becher auf keinen Fall leeren«, sagte Clemens, sobald sie alleine waren.

»Weshalb?«

»Marthina wartet auf Euch. Wenn Ihr einwilligt, bringe ich Euch gleich zu ihr. Sie kann besser mit Worten umgehen als ich und wird Euch alles erklären.«

»In Ordnung, bring mich hin.« Emma vertraute Clemens, der seinen Sohn Paulus so tragisch verloren hatte. Seine Verschlossenheit erinnerte sie an Erik oder vielmehr daran, wie er gewesen war, als sie einander zum ersten Mal begegnet waren, wortkarg und voller Traurigkeit.

»Ihr seid gekommen.« Die alte Marthina konnte nicht mehr gut stehen, deshalb blieb sie sitzen und streckte Emma die Hände zur Begrüßung entgegen. Auch ihre Enkelin Grete war anwesend.

»Marthina, Gretchen!« Die Gräfin hatte das Gefühl, zu guten Freunden heimzukehren, trotz ihrer nur kurzen Bekanntschaft mit der kleinen Familie.

»Zum zweiten Mal beehrt Ihr mich in meinem einfachen Kämmerchen.« In Marthinas trüben Augen blitzte der Schalk, als sie auf Emmas ersten Besuch anspielte. »Es scheint Euch bei uns zu gefallen.«

»Ich freue mich, euch zu sehen.« Gräfin Eisenberg störte sich nicht daran, neben Grete auf dem Bett Platz zu nehmen, da Marthina den einzigen Stuhl in Anspruch nahm. »Wie geht es euch? Sind deine Hände besser geworden, Gretchen?«

Während die Frauen sich unterhielten, stand Clemens

still da, ein stummer Wächter, und lauschte den Gesprächen der Frauen.

»Weswegen hast du nach mir rufen lassen, Marthina?«, fragte Emma schließlich.

»Clemens sollte Euch herführen, sobald er Euch in Gefahr wähnte«, entgegnete die Alte. »Er hat, seit Grund zur Sorge besteht, unauffällig über Euer Wohlbefinden gewacht.«

Emma warf dem großen Mann einen dankbaren Blick zu.

»Wer will mir Übles?«

»Einer der Ärzte, die der Pest wegen an den Hof gekommen sind, hat sich verschiedentlich bei Mägden und Knechten nach Euch erkundigt. Auch bei unserer Grete, die uns daraufhin warnte. Mir war nicht wohl bei dem Gedanken, dass dieser Fremde so viel Interesse an Euch bezeigte.«

»Er hat ihr einen Trunk angeboten«, warf Clemens ein.

»Habt Ihr …« Marthinas Gesicht verzog sich.

»Nein.« Emma blickte an ihrem nussfarbenen Kleid hinab. Ihr wurde übel, als sie die hellbraunen, leicht aufgehellten Stellen entdeckte, dort, wo das Gebräu den Stoff getränkt hatte.

»Gift«, stellte Marthina ruhig fest. Sie hatte die zarten Flecken ebenfalls bemerkt. »Ein tödliches Gift, wie ich vermute.«

»Warum?«, wisperte Emma fassungslos. Sie konnte nicht glauben, wie nahe sie daran gewesen war, die vergiftete Flüssigkeit arglos zu trinken.

»Wir wissen es nicht. Lediglich von Gerüchten haben wir gehört, die über Euch in Umlauf sind. Gretchen hält die Ohren bei den anderen Mägden offen, die wiederum so manche Gespräche hoher Damen mitbekommen. Man munkelt, Ihr sprecht mit Geistern und beschwört das Feuer. Manche behaupten gar, Ihr ruft die Pest herbei. Sie glauben, Ihr seid eine Hexe.«

Das Wort »Hexe« hallte in Emmas Ohren. Nur zu gut erinnerte sie sich an die Hofmarschallsgattin, die in ihr Gemach geplatzt war, als sie vor dem Kamin gekniet hatte. In dieser Begebenheit musste der Ursprung dieser unsinnigen Heucheleien liegen.

»Ihr solltet Euch in Acht nehmen, Kindchen«, mahnte Marthina. »Clemens wird auf Euch aufpassen, so gut er es vermag. Trotzdem dürft Ihr nicht zögern, den Hof zu verlassen, wenn Ihr könnt.«

»Ich wünsche mir nichts sehnlicher, als von hier fortzugehen«, erwiderte Emma betrübt. Die Sorge um Stefan und Johanna ließ sie keinen Moment los. Ihre Gedanken weilten bei den geliebten Kindern, selbst wenn sie sich abzulenken versuchte, wo es möglich war.

»Hütet Euch besonders vor diesem Arzt.« Clemens' dunkle Stimme klang rostig. Vielleicht, weil er so selten sprach.

»Ich glaube, der Mann ist ein Betrüger.« Die Gräfin ließ sich noch einmal durch den Kopf gehen, was sie von dem angeblichen Medicus wusste. »Er schien keinerlei Behandlungsmethoden zu kennen, wohingegen seine Kollegen ein Mittelchen nach dem anderen ausprobierten.«

»Wenn dem so ist, müssen wir uns fragen, weshalb er sich unter falscher Identität bei Hofe eingeschlichen hat. Wegen Euch, meine Liebe?« Marthina wiegte nachdenklich den Kopf.

»Ihr müsst gut auf Euch aufpassen, Gräfin Eisenberg!«, flehte Grete.

»Das werde ich, Gretchen, versprochen.« Emma versuchte sich an einem Lächeln, das nicht überzeugend gelang. Nach allem, was sie eben erfahren hatte, fürchtete sie sich. Sie fürchtete sich sogar sehr.

*

Herzog Wilhelm war erschöpft, als ihm Franziska unerwartet über den Weg lief. So dankbar er für die Genesung seines Sohnes war, so unheilvoll schwebte die Pest wie eine unsichtbare Dunstglocke noch immer über der Stadt. Täglich, ja stündlich, wurden neue Tote gemeldet – und das Sterben hörte nicht auf. Mittlerweile fürchtete Wilhelm, selbst zu erkranken, denn er fühlte sich am Ende seiner Kräfte.

»Warte!« Er verzichtete auf eine respektvolle Anrede. Die Gräfin, welche sonst mit Argusaugen über ihre niedergeborene Freundin wachte, schien nicht in der Nähe. Kurz fragte er sich, wo sie sein mochte. Bei den Cousinen, deren Pflege ihr so am Herzen lag? Wilhelm war, was die Gräfin verwundert hätte, sehr wohl über ihr Tun informiert. Er hatte sogar erwogen, die Ärzte fortzujagen, die an seiner Tafel hockten und wie Aasgeier auf weitere Erkrankungen warteten. Das Hab und Gut der beiden Hofdamen war samt und sonders in ihre Taschen gewandert, und trotzdem würden die Seelen der beiden Frauen schon bald der Gnade Gottes anheimfallen.

»Herzog Wilhelm.« Franziska knickste tief. Er erhaschte einen Blick in ihre blauen Augen. Er war sicher, sie erinnerte sich des Angebots, das er ihr bei ihrem letzten Hofaufenthalt gemacht hatte.

»Komm mit«, befahl er ihr.

»Aber ich …«

»Du sollst mitkommen, habe ich gesagt.« Wilhelm lag es nicht, Frauen in sein Bett zu zwingen. Meist kamen sie freiwillig. Doch in diesem Augenblick vergaß er, von Sorgen übermannt, sein Ehrgefühl. Franziska würde seine Ängste für eine Weile vertreiben, ob sie wollte oder nicht.

Still und bleich folgte sie dem Herzog mit einigen Schritten Abstand. Sie wusste nicht, wo Emma war, und außer ihr gab es niemanden in der herzoglichen Residenz, der ihr helfen, niemanden, der für sie eintreten würde. In wenigen Minuten durchlebte Franziska noch einmal das Grauen der Vergewaltigung. Die Männer des Grafen Ravensberg hatten sich ihrer vor einem Jahrzehnt bemächtigt – und einer von ihnen hatte ihren Sohn Martin gezeugt. Niemals, auch nicht während der friedlichen Jahre auf Eisenberg, hatte sie das Erlebte vergessen können. Sie wurde noch bleicher, als der Herzog sie vor sein Schlafgemach führte und ihr die Tür öffnete.

»Tritt ein«, forderte er sie auf.

»Ich möchte nicht.«

Wilhelm packte ihre Hand und zog sie über die Schwelle. »Ich werde sanft sein, aber ich werde meinen Willen bekommen. Du sollst mir gefügig sein – ich bin dein Herzog.« Damit drückte er die sich Sträubende an sich, umschlang sie mit den Armen und küsste ihren schlanken Hals.

»Nicht.« Sie riss sich los. »Lasst mich!«

»Es wird dir gefallen«, lockte Wilhelm. »Komm ins Bett.« Er öffnete seine Hose. Franziska schloss die Augen. Ihr Herz hämmerte wild. Noch einmal würde sie es nicht überleben, dass ein Mann sich ihrer gegen ihren Willen bemächtigte.

Der Herzog stand im Hemd vor ihr. Er war jung und attraktiv, auch wenn die Erschöpfung ihn älter wirken ließ. Langsam streckte er die Hand nach ihr aus. »Wehre dich nicht länger.« Er trat zu ihr und machte sich daran, die Bänder ihres Kleids zu lösen. Sie stand stocksteif.

»Tut das nicht!« Ihre Augen tanzten wie Irrlichter.

»Ich will dich. Begreife, dass ich dein Herr bin.«

»Tut das nicht, bitte«, wiederholte Franziska.

»Warum nicht?« Nun schenkte er ihren Worten doch Beachtung.

»Sie wird Euch verfluchen, und Ihr werdet sterben«, flüsterte Franziska.

»Wer wird das tun?«, lachte Wilhelm.

»Emma. Ihr werdet tot sein, wenn Ihr Euch an mir vergreift.«

»Du sprichst von der Gräfin Eisenberg?« Wilhelm hatte die Gerüchte vernommen, welche sich um Emma rankten. Ihre Feuerbeschwörung war in aller Munde. »Sag, ist sie eine Hexe?« Er glaubte nicht an derlei Humbug, und doch wurde ihm beim Gedanken an die geheimnisumwitterten Augen der Gräfin mulmig.

»Lasst mich gehen, und Ihr bleibt am Leben.« Sie sprach wie in Trance.

»Ist sie eine Hexe?«, wiederholte der Herzog seine Frage. Seine Erregung war verflogen.

Franziska schwieg.

»Dann geh!«, fuhr er sie an. »Geh und lauf zu deiner Beschützerin. Wenn sie eine Buhlin des Teufels ist, dann wird sie sterben. Sie – und nicht ich.«

Franziska stürmte aus dem Gemach. Ihre Gedanken rasten. In ihrer Not hatte sie keinen Ausweg mehr gesehen und etwas Furchtbares, etwas Unverzeihliches getan. Sie selbst war in Sicherheit, doch zweifelte sie keinen Augenblick daran, dass ihre liebste Freundin nun in tödlicher Gefahr schwebte. Franziskas Worte würden dem Herzog genügen, die Gräfin Eisenberg der Hexerei zu bezichtigen. Eine Anklage würde folgen und am Ende das Inquisitionsgericht.

39

MÜNCHEN

25. September im Jahre des Herrn 1516

Nachdem er wieder einmal das Bett mit Renate geteilt hatte, schlenderte Marc Frey alleine durch die Stadt. Er hatte es nicht eilig, beim Herzog vorzusprechen. Es war ihm wichtiger, die Lage in München zu erkunden.

Die Straßen schienen wie leergefegt. Die Marktstände der Händler waren verlassen, nur wenige Menschen wagten sich aus ihren Häusern. Obwohl Tücher um die Räder geschlungen waren, hörte Frey zweimal den Pestkarren mit den Toten ganz in seiner Nähe vorbeirumpeln. Die Kirchenglocken läuteten. Nicht nur in den Ohren des Kaufmanns verwandelte sich ihr sonst als so süß empfundenes Klingen in düstere Totenklage. Bedeutete jede Glocke ein erloschenes Menschenleben? Oder gar jeder Glockenschlag?

Ihn schauderte. Im Stillen hoffte er, die Pest möge das Mädchen verschonen, das er wider besseres Wissen mit in die Stadt gebracht hatte. Wie versprochen, war sie ihm mit ihrem Körper zu Willen gewesen. Frey hatte vergeblich versucht, mehr über Renate herauszufinden. Das hübsche Mädchen hatte keine seiner Fragen beantwortet.

»Wartet!« Er bog um eine Ecke und erspähte vor sich eine Gestalt, die sich mehrere Brotlaibe unter die Arme geklemmt hatte. Der Mann blickte hektisch umher, seine Füße stapften in schnellem, unregelmäßigem Takt auf den Boden. »So wartet doch!« Er rannte los und erreichte den Fremden nur mit Not. Erst als Frey ihn am Hemd fasste und festhielt, blieb dieser stehen.

»Lasst mich los!«, schrie der Mann in heller Panik und

versuchte mit den Füßen nach dem Kaufmann zu treten, die Brotlaibe mit den Händen krampfhaft umklammernd. »Seid Ihr einer von den Todbringern, welche die Pest durch unsere Gassen tragen?«

»Ich bin nicht krank.« Frey verlieh seiner Stimme einen festen, entschlossenen Klang. Das schien den Unbekannten ein wenig zu besänftigen. »Bitte, verkauft mir etwas von Eurem Brot.«

»Das geht nicht. Ich hatte selbst Mühe, daran zu gelangen.«

»Ich bezahle Euch gut.« Frey dachte an Renate, deren Körper ihm viel zu mager erschienen war. Sicher infolge der Pein, die sie hatte durchleiden müssen und von der sie sich weigerte zu sprechen. Außerdem hatte auch die Hausfrau, bei der er Quartier genommen hatte, mit der Knappheit der Nahrungsmittel zu kämpfen.

»Mehr als zwei Laibe kann ich nicht hergeben. Was könnt Ihr mir zahlen?«

Marc Frey griff in seine Geldbörse und holte einen fürstlichen Lohn hervor. Die Augen des Mannes weiteten sich, weil ihm hier mehr als das Zwanzigfache des eigentlichen Wertes geboten wurde. Er reichte dem Kaufmann zwei Brote.

»Gott steh' uns bei.« Der Mann nickte Frey zum Abschied zu.

»Gott mit Euch«, erwiderte er. Auch im Angesicht der todbringenden Seuche fühlte er eine erstaunliche Gelassenheit.

Der Brotverkäufer hingegen nahm die Beine in die Hand und eilte nach Hause, wo seine zitternde Familie auf ihn wartete. Obwohl er kaum einen halben Tag fort gewesen war, fand er sein Heim völlig verändert. Sein Weib lag danieder, umsorgt von den weinenden Töchtern. Obwohl der Mann betete und flehte, sollte ihm Freys Geld nichts mehr nützen. Gegen Abend traten die ersten Pestbeulen auch bei ihm auf. Drei Tage später war er tot.

Marc Frey überließ einen Brotlaib seiner Wirtin. Den anderen brachte er hoch in die Kammer zu Renate.

»Hier.« Er schnitt eine dicke Scheibe ab und reichte sie dem Mädchen. »Mehr war nicht aufzutreiben.«

»Danke.« Hungrig biss Renate in das Brot. Das grobgemahlene Korn knirschte zwischen ihren Zähnen. »Wenn die Leute weiter ihrer Arbeit nachgehen würden, müssten sie nicht hungern«, bemerkte sie.

»Die Menschen haben Angst«, erwiderte Frey. »Uns beiden aber ist es gleich, was das Leben für uns bereithält. Habe ich nicht recht?«

Renate zuckte mit den Schultern. »Ein Leben ohne Glauben und Liebe ist ein leeres Leben«, bemerkte sie nur.

»Komm her.« Frey streckte die Hände nach ihr aus. »Wir kennen uns nicht, und doch sind wir einander ein Trost. Wir gleichen uns.«

»So ist es wohl.« Renates Kleid glitt von ihren Schultern. Frey hob sie hoch und legte sie auf das Bett.

»Es stört dich nicht«, bemerkte er und fuhr die Linie ihres anmutig geschwungenen Halses nach.

»Ist das eine Frage oder eine Feststellung?« Sie wich vor seiner Berührung nicht zurück.

»Du schenkst mir Vergessen«, erwiderte Frey, ohne ihre Worte aufzugreifen. »Dafür bin ich dir dankbar.«

»Es stört mich nicht«, flüsterte Renate und hob ihr Becken, um ihm entgegenzukommen. Für kurze Zeit verschwand das Bild ihres toten Geliebten aus ihren Gedanken. Das war es wert.

Sie blieben im Bett, bis es dämmerte, und liebten sich bei Einbruch der Dunkelheit noch einmal. Mitten in der Nacht erwachte Frey. Der Kopf des Mädchens lag auf seiner Brust. Ihm war heiß. Vorsichtig schob er Renate von sich. Beim Aufstehen schwindelte ihm. Sein Magen knurrte. Im Licht einer Kerze schnitt er sich selbst eine wesentlich schmälere Brotscheibe ab, als sie Renate zuteil geworden war, und ging zurück ins Bett. Auf dem Rücken liegend dachte er kurz darüber nach, ob er seine Gefährtin wecken sollte, um sie erneut an sich zu ziehen. Doch die Müdigkeit übermannte ihn.

Beim Morgengrauen war seine Stirn fiebrig, und er quälte sich mit unruhigen Träumen, in denen er die vorwurfsvollen Gesichter seiner Eltern und seiner Halbschwester vor sich sah. »Ich konnte nicht einfach weiterleben, ich musste fortgehen«, murmelte er im Schlaf und streckte die Arme aus, um die peinigenden Bilder abzuwehren.

Eine kühle Hand legte sich auf seine Stirn. Renate war erwacht und hatte seine Unruhe bemerkt. Nach dem, was zwischen ihnen geschehen war, tastete sie ohne Scham seinen heißen Körper ab. Für einen winzigen Moment riss sie die Augen auf, als sie die leichte Erhebung an seiner Leiste spürte.

»Ich glaube, Ihr tut nur so, als wolltet Ihr sterben«, wisperte sie dem Fiebernden zu. »Ihr macht Euch selbst etwas vor.« Dann schmiegte sie sich an ihn und schloss die Augen. Im Moment blieb ihr nichts anderes übrig. Erst bei Tageslicht würde man sehen können, was zu tun war. So lange würde sie bei ihm bleiben.

*

PEITING
25. September im Jahre des Herrn 1516

Herzogin Sabina schlang das Essen in sich hinein. Brot, Käse und Speck wanderten in ihren Mund und linderten ihre Unruhe. Die Kinder zehrten an ihren Nerven, die eigenen ebenso wie die Zwillinge und Martin. Seit Erik fort war, hatten Isabel und Sofia sie zu ihrer Vertrauten erkoren. Die große Ähnlichkeit der beiden Mädchen mit ihrer Mutter erinnerte die Herzogin immer wieder von neuem an Emma. Es machte sie schier wahnsinnig, tatenlos herumzusitzen, ohne Neuigkeiten, was inzwischen geschehen war. Sabina nahm sich vor, der Kindsmagd Rebecca am nächsten Tag kräftig die Leviten zu lesen. Es ging nicht an, dass sie selbst ständig von den Gören belagert wurde.

Obwohl sie beim Abendessen in der Halle kräftig zugelangt hatte, biss die Herzogin, allein in ihrem Schlafgemach, genussvoll in den würzigen Käse. Erst nachdem sie alle Speisen auf dem Holzbrett restlos vertilgt hatte, machte sie sich bettfertig. Um sie herum herrschte tiefe Stille. Es war spät, und bis auf ein Liebespaar, versteckt im Heu, schliefen die Menschen auf der Ravensburg längst.

Sabina zog sich ihr Nachthemd über und dachte an Erik, der gen München aufgebrochen war, kaum dass er sich von den Nachwirkungen des Schlafmohns erholt hatte. Sie holte die Briefe hervor, die unter der Truhe neben der Tür verborgen lagen. Es war zwar unnötig, die Dokumente zu verstecken, da ohnehin niemand danach suchen würde. Aber sie hatte so einfach ein besseres Gefühl.

Das Papier war abgegriffen, so oft hatte sie die Zeilen bereits gelesen, seit dem Weggang des Grafen beinahe jede Nacht. Zuerst den Brief Dietrich Späts, dann Emmas aufgewühlte Zeilen an Erik, die ihn nach Hause hatten rufen sollen. Im Grunde kannte sie sie Wort für Wort auswendig.

Die Augen der Herzogin flackerten, übermannt von Leidenschaft und Begierde. Nie zuvor hatte sie einen Mann so sehr begehrt wie Erik, den Finnen. Ihre Liebe zu ihm machte die für Emma empfundene Freundschaft zunichte. Allein in ihrem Schlafgemach gestattete sie sich, von der Zukunft zu träumen. Sie sah Ulrich, ihren Gemahl, entmachtet und am Boden. Nach seiner Absetzung würde sie selbst die Zügel der württembergischen Regierung in die Hände nehmen. Christoph, ihr Sohn, war jung genug, dass sie ihn nach ihren eigenen Vorstellungen und Wünschen formen konnte. Bestimmt ließe sich nach der Scheidung von Ulrich eine Heirat mit Erik arrangieren. Zwar war er nur ein einfacher Graf, aber darüber wollte sie gerne hinwegsehen, wenn sie erst beide frei und ungebunden wären. Sie würde eine Herrscherin sein, eine Frau von solcher Macht und Noblesse, wie man es in Württemberg nie zuvor erlebt hatte.

Sabina presste die Hände an ihr Herz und ließ sich rücklings auf ihr Bett fallen. Nicht mehr lange, dann gehörten Württemberg und Erik endlich ihr.

40

MÜNCHENER RESIDENZ
25. September im Jahre des Herrn 1516

Auf dem Rückweg zu ihrem Gemach versuchte Emma ihr Schluchzen zu unterdrücken. Sie wusste, Clemens war in ihrer Nähe, selbst wenn sie ihn nicht sehen konnte. Er würde sie beschützen, so wie er es versprochen hatte. Sie konnte nur hoffen, dass er ihre Tränen nicht bemerkte, die seit ihrem Abschied von Grete und Marthina pausenlos flossen. Sie weinte, weil sie dem Giftanschlag noch einmal entronnen war. Sie weinte um ihre hilflosen Kinder in den Händen des Württembergers und um all die Pestopfer, welche die Stadt München zu beklagen hatte. Nicht zuletzt weinte sie, weil Erik in diesen schweren Stunden nicht bei ihr sein konnte.

Die Tränen versiegten erst, als der Schwindel gänzlich unerwartet einsetzte. Emma taumelte, wäre beinahe über ihren langen Rock gestolpert und konnte sich gerade noch an der steinernen Wand abfangen. Schritt für Schritt tastete sie sich weiter, den rauen Putz unter ihren Fingern, während die Welt um sie herum im Dunkel versank. Hatte man sie doch vergiftet? War das todbringende Mittel vielleicht in dem Brot gewesen, das man ihr heute zum Morgenmahl gereicht hatte?

Emma wurde ohnmächtig, noch ehe sie die Wahrheit erkannte. Der Schwindel war auf das Herannahen einer machtvollen Vision zurückzuführen. Auf eine Vision, die große Verantwortung in die Hände der Gräfin Eisenberg legen würde. Die Gabe des Sternenmals brachte Macht mit sich, wie die alte Seherin Sofia es ihr einst geweissagt hatte. Macht – und die Entscheidung über das Schicksal vieler Menschenleben.

Die Läden der Fenster wurden geöffnet, als die Glocken in München zum Dankgebet läuteten. Ihr süßer Klang legte sich über Plätze und Gassen, Bäche und Bäume, stieg aus jedem Winkel und jeder Ecke. Zuerst nur vereinzelt reckten die Münchener ihre Köpfe aus ihren stickigen Häusern hervor, in denen sie sich während der verheerenden Seuche Stunde um Stunde, Tag um Tag, Woche um Woche eingeschlossen hatten, um dem Rattern der Pestkarren draußen auf den stillen Straßen zu lauschen. Das Siechtum der Liebsten, der Söhne und Töchter, Väter und Mütter, hatte sich tief in Herzen und Hirne gebrannt. Unschuldige Kindlein waren gestorben, Greise ebenso wie Frauen und Männer in der Blüte ihrer Jahre.

Bleich und abgemagert schienen die Gesichter der Münchener, leblose Totenfratzen, in die ein bewegter Glanz trat, als sie der Schäfflerburschen ansichtig wurden, die draußen auf dem Pflaster marschierten. Lächelnd und tanzend marschierten die Fassbinder zur Musik ihrer auf die Fässer schlagenden Hämmer, als wäre ihr Tun die größte Selbstverständlichkeit. Immer mehr Schäffler strömten herbei, fein herausgeputzt und schmuck anzusehen in ihren weißen Strümpfen und schwarzen Kniebundhosen, ihren roten Jacken und grünen Kappen mit weißem Federbusch darauf, der sich mit ihnen zusammen im Takt der Trommeln wiegte.

Sie sangen und drehten sich im Kreis, schwangen ihre grünbelaubten Reifen und trugen bei alledem ein unermesslich wertvolles Geschenk bei sich – sie brachten den Münchenern die Lebensfreude zurück.

Frischen Mutes ließen sie die Zeit von Totengräbern und Pesträucherern hinter sich und läuteten einen neuen Abschnitt in der Stadtgeschichte ein. Jubelnd in die Hände klatschend ließen sie in ihrer Fröhlichkeit nicht nach, bis auch die Scheuesten unter den Bürgern, die Ängstlichsten und Furchtsamsten sich aus ihren Häusern wagten, um gemeinsam ein rauschendes Fest der Wiederauferstehung zu feiern.

München hatte überlebt, das verkündeten die Schäffler mit ihrem Tanz, der mit fortschreitender Stunde immer ekstatischer wurde. Übermut erfasste die Stadt, und die Menschen nahmen sich an den Händen und umarmten einander, was sie noch Tage zuvor aus Angst vor Ansteckung niemals gewagt hätten.

Frauen wie Männer weinten vor Glück. Es war ein Wunder. Angst und Furcht stoben hoch in den Himmel, um dort oben zu Staub zu zerfallen und als Taumel der Glückseligkeit zurück auf die Erde zu rieseln.

Herzog Wilhelm, das Herz voller Dankbarkeit, verlieh den Schäfflern auf alle Zeit das Recht, ihren Tanz in jedem siebenten Jahr in seiner Stadt aufzuführen. Fortan kehrte die Pest nimmermehr mit solcher Gewalt nach München zurück.

Emma fand sich neben Clemens wieder, der sie auf den kalten Boden gebettet hatte. Ringsum war keine Menschenseele zu sehen. Niemand außer dem Pferdeknecht hatte ihren Zusammenbruch bemerkt.

»Ihr habt das Bewusstsein verloren.« Clemens reichte ihr die Hand, um ihr beim Aufstehen zu helfen. »Geht es wieder? Es war genau wie damals, als mein Sohn …«

»Es sind Visionen, die plötzlich über mich kommen.« Emma ließ zu, dass der Pferdeknecht sie wieder auf die eigenen Beine stellte. Sie hatte genug davon, die Wahrheit zu verheimlichen. Nicht vor Clemens, der sich bereits, obwohl er sie kaum kannte, als treuer Freund erwiesen hatte.

»Das dachte ich schon.« Er nickte. »Ihr wusstet, was mit Paul geschehen war, auch wenn Ihr kaum etwas dazu gesagt habt. Ich habe es in Euren Augen gelesen. Ihr allein wart es, die mich nach dem Tod meines Sohnes zum Glauben zurückgeführt hat. In Eurer Gabe erkannte ich die Allmacht Gottes. Ich habe oft darum gebetet, Euch wiederzubegegnen.«

»Ich weiß sehr zu schätzen, was du für mich tust, Clemens. Ohne dich hätte ich den Becher mit dem Gift arglos getrunken.«

»Es war das Mindeste, das ich tun konnte. Aber Ihr seid noch immer in Gefahr.«

»Ich werde den Hof verlassen, sobald ich kann.« Emma dachte an ihre Kinder. »Doch vorher bitte ich dich, mich zum Herzog zu begleiten.«

Clemens nickte. »Was immer Ihr wünscht.« Er zögerte, ob er ihr seinen Arm anbieten sollte. Da hakte sie sich selbst bei ihm unter und lächelte ihm zu. »Wenn ich dir irgendwie vergelten kann, was du für mich tust, Clemens – du musst es nur sagen.«

»Euch geht es wieder besser, Frau Gräfin. Mehr will ich nicht.« Der Pferdeknecht hatte das Gefühl, einen Engel am Arm zu führen. Eine Frau, so voller Weisheit, Sanftmut und Güte. Er war davon überzeugt, dass Gott der Allmächtige sie damals zu ihm gesandt hatte, um ihm die Richtigkeit seines Handelns vor Augen zu führen. Er hatte Paulus von seinen Qualen erlöst, und sein Sohn wartete nun im Himmelreich auf ihn.

Seit die Stadttore verriegelt worden waren, hielt Herzog Wilhelm keine Audienzen mehr ab. Stattdessen zog er sich regelmäßig mit seinen engsten Beratern zu langen Gesprächen in seine Privaträume zurück. So auch jetzt, wie Emma von seinem Kämmerer erfuhr. Ihr war nicht wohl dabei, die Unterredung der hohen Herren zu stören. Zu ihrer Erleichterung dauerte es jedoch nicht lange, bis Wilhelm selbst sie empfing. Clemens stand einige Meter entfernt, ein großer Schatten an der Wand, und nickte ihr unauffällig zu. Er würde warten.

»Gräfin Eisenberg.« Wilhelm bedeutete Emma, ihm zu folgen. Sein Blick war unstet, wanderte von ihrem Gesicht zum Boden und wieder zurück. »Das Leben meiner beiden Hofdamen hängt am seidenen Faden. Konntet Ihr helfen?«

»Es tut mir leid, aber es steht nicht gut.« Sie entschuldigte sich, obwohl sie kaum Gelegenheit gehabt hatte, sich um die erkrankten Frauen zu kümmern. Die Ärzte hatten ihr lediglich gestattet, einfache Hilfsdienste zu verrichten.

»Ich verstehe.« Der Herzog öffnete die Tür zu seinem Schlafgemach, die Franziska noch wenige Stunden vor ihrer Freundin durchschritten hatte. Emma trat ein. In diesem Raum mit dem großen Bett darin hatte sie Sabina tage- und nächtelang gepflegt.

»Ihr fragt Euch sicher, weshalb ich Euch hierherführe.« Wilhelm musterte die dunkelhaarige Gräfin, ehe er den Blick wieder senkte. Ihre Lider waren gerötet, als hätte sie geweint. Hatte Franziska ihr bereits von den Geschehnissen erzählt? War Emma zu ihm gekommen, weil sie eine Anklage fürchtete?

»In der Tat, das tue ich. Das Gemach erinnert mich an Eure Schwester. Gott sei Dank hat Sabina sich so gut erholt, dass ihr von der schweren Erkrankung nichts mehr anzumerken ist.« Emma hätte Wilhelm gegenüber niemals eingestanden, wie nervös sie war. Sie hielt sich nicht zum ersten Mal mit ihm zusammen in einem Schlafgemach auf, doch bisher hatte es dafür stets gute Gründe gegeben. Heute war das anders. Das Himmelbett des Herzogs war leer. Der verschossene blaue Samt der Bettvorhänge schaukelte leicht, als Wilhelm zwei Stühle zurechtrückte. Emma setzte sich.

»Seid Ihr eine Hexe?« Er umkreiste sie. Seine Miene war jetzt völlig unbewegt, sein Antlitz wie aus Stein gemeißelt. »Steht Ihr mit dem Teufel im Bunde, Gräfin Eisenberg? Ist es Satan selbst, der Euch die Macht gibt, Kranke zu heilen?«

Emma wurde bleich. Weshalb stellte er solche Fragen?

Verstohlen sah sie sich im Raum um, als könnten die Häscher der Inquisition bereits unter dem Bett oder in der Fensternische verborgen sein. Bereit, sie zu holen.

»Gebt Antwort!«, bellte Wilhelm.

»Ihr habt mir die Pflege Eurer Schwester anvertraut, und auch die Eures Sohnes.« Emma bemühte sich, ruhig zu bleiben, obwohl ihr Herz raste. »Beide sind wieder genesen. Ich denke, das ist Antwort genug.«

»Eure Freundin hat behauptet, Ihr würdet mich töten.« Noch immer wurde ihm übel bei der Erinnerung an den irren Glanz in Franziskas Augen.

»Meine Freundin?«

»Die scheue blonde Magd, die seit Jahr und Tag nicht von Eurer Seite weicht. Franziska.«

»Was habt Ihr ihr angetan?« Sie sprang auf und kannte keine Zurückhaltung mehr. »Habt Ihr sie foltern lassen? Sie geschlagen?«

»Nichts dergleichen. Setzt Euch wieder.«

»Was habt Ihr mit ihr getan?«, wiederholte Emma und nahm Platz, doch ihre Augen sprühten Funken.

»Franziska hat aus freien Stücken und ohne jeden Zwang behauptet, Ihr würdet mich töten. Wenn Ihr eine Hexe seid, Emma, werdet Ihr sterben.« Nun war seine Stimme ganz sanft. »Ich will die Wahrheit hören, Gräfin.«

»Ihr wollt Wahrheiten und sprecht selbst die Unwahrheit. Was Ihr über Franziska sagt, ist gelogen.« Es gab für Emma nicht den Hauch eines Zweifels.

Wilhelm spürte kein Verlangen danach, ihr die Vorgänge zwischen ihm und Franziska zu schildern. Er empfand Wut auf die widerspenstige Magd ebenso wie auf seine eigene Gier. Bisher hatte er alle Beschwerden und Klagen gegen Emma, geführt von der Hofmarschallsgattin und ihrem schnatternden Weibsgefolge, abgeschmettert. Bewusst hatte er den Gerüchten über ihre Feuerbeschwörung keine Beachtung geschenkt. Doch nun war es an ihm zu handeln. Er konnte das Mysterium, welches die Gräfin umgab, nicht länger ignorieren. Während er darüber nachdachte, kam ihm sein verstorbener Vater in den Sinn. Auch Albrecht IV. hatte an die Fähigkeiten der schönen Gräfin geglaubt.

»Ich werde Euch anklagen, wenn Ihr nicht sprecht.«

»Nie war ich eine Hexe, noch bin ich eine oder werde je eine sein.«

»Ihr behauptet seit langem, Kranke heilen zu können. Ich selbst wurde Zeuge Eurer Macht. Woher habt Ihr sie, wenn nicht vom Teufel selbst?«

»Ihr habt mir bisher nie geglaubt. Weshalb ändert Ihr Eure Meinung mit einem Mal?«

»Es gibt zu viele Stimmen, die gegen Euch sprechen.«

»Wäre ich mit dem Teufel im Bunde, so läge es mir bestimmt nicht am Herzen, die Menschen dem sicheren Tode zu entreißen. Ich würde viel eher ihre Seelen dem Satan überantworten, meint Ihr nicht auch?«

»Keine Wortklaubereien, Gräfin. Ihr berichtet mir auf der Stelle alles über Eure Fähigkeiten und verschweigt nichts. Einzig unter dieser Voraussetzung bin ich gewillt, eine Anklage noch einmal zu überdenken.«

»Ich bin eine Seherin.« Emma zuckte ein wenig zusammen, als das Wort über ihre Lippen kam. Sofia war eine Seherin gewesen, eine weise Frau, doch für sich selbst hatte sie diese Bezeichnung niemals in Anspruch genommen. »Meine Hände können Schmerzen lindern. Ich habe Visionen – nur manchmal, nicht sehr häufig. Das ist alles.«

»Das ist alles!« Wilhelm lachte, um seine Fassungslosigkeit zu überspielen. »Und das soll ich Euch glauben?«

»Ihr wolltet es hören.« Emma überlegte kurz. »Wenn Franziska wirklich behauptet hat, ich sei eine Hexe, dann muss sie in höchster Not gewesen sein.«

»Vielleicht war sie das«, dachte Wilhelm, sprach diesen

Gedanken aber nicht laut aus. »Habt Ihr das Feuer beschworen, wie es die Gattin meines Hofmarschalls behauptet?«, begehrte er stattdessen zu wissen.

»Ich habe versucht, meine Kinder zu sehen«, gestand Emma. »Es ist mir nicht geglückt. Ich habe keinen Einfluss auf die Visionen. Ich kann keine Bilder herbeirufen. Wenn sie kommen, dann von selbst.«

Der Herzog schwankte zwischen Skepsis und Glauben. »Eure Gabe, sie wurde Euch von Gott geschenkt?«

»Wenn ich meine Fähigkeiten zu mancher Zeit auch mehr als Fluch denn als Segen empfinde, so bin ich von einem felsenfest überzeugt: Es ist Gottes Wille, was mit mir geschieht.«

»Weshalb seid Ihr zu mir gekommen, wenn nicht, um die Anklage Eurer Freundin zu widerlegen?« Wilhelms Gedanken flogen zu seinem verstorbenen Vater, der Emma von Eisenberg sehr geschätzt hatte. Weiter dachte er daran, was er Franziska angetan hatte. Am Ende sprachen diese Überlegungen für diese geheimnisvolle Frau, die ihn nun ernsthaft musterte. Ob er ihr glaubte oder nicht – so oder so war die Gräfin an seinem Hof in Gefahr.

»Ich hatte eine Vision. Eine Vision, die Euch und Eure Stadt betrifft.« Emma sprach nun leise und konzentriert. »Und ich bin gekommen, Euch zu warnen.«

»Sprecht.«

»Die Pest in München wird zurückgehen, schon bald. Doch im nächsten Sommer wird sie wiederkehren. Mächtiger und verheerender als je zuvor. Die Menschen werden sterben wie die Fliegen, zu Hunderten und Tausenden. Ganze Familien, ganze Sippschaften, ganze Straßenzüge werden ausgelöscht werden.«

»Nein.« Wilhelm schüttelte den Kopf, als genüge seine Ablehnung allein, die Pest an ihrer Wiederkehr im nächsten Jahr zu hindern.

»Wenn es so weit ist – bitte, hört mir jetzt genau zu –, müsst Ihr die Schäffler tanzen lassen. Sie sollen ihre bunten Trachten tragen und ohne Furcht durch die Straßen marschieren. Singend und tanzend, jubelnd und hüpfend. Erst wenn die Schäffler neuen Lebensmut zu den Menschen bringen, wenn ihr Lachen durch die ausgestorbenen Straßen und Gassen Eurer Stadt hallt, wird die Pest verschwinden.«

»Wisst Ihr eigentlich, was Ihr da sagt, Gräfin? Ihr schlagt mir vor, tanzend gegen die schlimmste Geißel der Menschheit ins Feld zu ziehen.«

»Ihr müsst mir nicht glauben. Noch nicht. Aber ich bitte Euch, behaltet meine Worte im Gedächtnis. Ihr werdet handeln, wenn es an der Zeit ist. Nun verfügt Ihr über das Wissen, welches es Euch ermöglichen wird, Eure Stadt zu retten.«

»Ich halte Euer Gerede für Unfug.« Wilhelm fuhr sich durchs Haar. »Und es ist wahrlich nicht dazu angetan, mich davon zu überzeugen, dass Ihr keine Hexe seid.«

»Versprecht mir, Euch an meine Worte zu erinnern!«, forderte Emma. »Ich bitte Euch.«

Der Herzog nickte. »Eine solche närrische Vorhersage werde ich nicht vergessen, seid dessen versichert.« Er fühlte Erleichterung. Seine Selbstsicherheit kehrte zurück. Er ängstigte sich nicht länger vor Emmas geheimnisvollen grauen Augen. Sie war eine Frau mit geschickten Händen und dummen Ideen im Kopf. Mehr nicht. »Ihr dürft Euch jetzt zurückziehen, um zu packen.«

»Zu packen?«

»Ihr könnt die Stadt nicht verlassen, Gräfin, doch bei Hofe bleiben dürft Ihr nicht. Die Menschen reden über Euch, sie halten Euch für eine Hexe – auch wenn ich selbst das nicht mehr glaube.«

»Wo soll ich hin?«

»Versteckt Euch in der Stadt und betet, die Seuche möge

sich bald zurückziehen. Ich kann Euch etwas Geld geben, falls ihr keines mehr bei Euch habt. Die Wächter in der Residenz werden heute Nacht Anordnung haben, Euch ungehindert passieren zu lassen.«

Emma unterließ es, ihn nach Hilfe für ihre Kinder zu fragen. Wilhelm konnte oder wollte ihr im Moment nicht beistehen. Sie würde Stefans und Johannas Rettung selbst in die Hand nehmen.

»Erlaubt Ihr mir, einen Eurer Pferdeknechte zum Schutz mit mir zu nehmen?«

»Selbstverständlich. Sucht Euch einen fähigen Mann, der Euch begleitet. Wir werden uns wiedersehen, wenn diese schlimme Zeit hinter uns liegt.«

Emma knickste vor Wilhelm, ihre Gefühle hinter einem höflichen Gesichtsausdruck verborgen. Wenn es nach ihr ging, wollte sie niemals wieder an den Münchener Hof zurückkehren.

Die Seherin Sofia hatte Emma von Eisenberg einst große Macht und große Verantwortung prophezeit. Noch tat der Bayernherzog ihre Warnung einfach ab. Doch schon im kommenden Jahr würde er es sein, der in seiner übergroßen Verzweiflung die Schäffler zu sich rief. Mit ihrem Tanz würde sich Emmas Name auf ewig in sein Gedächtnis brennen.

41

MÜNCHEN

25. September im Jahre des Herrn 1516

Drei Menschen verließen in dieser Nacht auf Geheiß des Herzogs die Residenz. Zum ersten Mal seit ihrer Ankunft in München regnete es wieder. Feiner Nieselschauer fiel vom Himmel und ließ Emma und Franziska sich tiefer in ihre Mäntel hüllen. Clemens war sofort bereit gewesen, sie zu begleiten. Er folgte den Frauen – ein Hüne, dessen massige Gestalt von der Finsternis verschluckt wurde.

Sie hatten auf Pferde verzichtet, weil es in Zeiten der Pest nicht ratsam war, offenen Wohlstand zu zeigen. Diebe und Halsabschneider trieben ihr Unwesen in verlassenen Gassen und auf ausgestorbenen Straßen. Sie nahmen an sich, was sie kriegen konnten, und scheuten auch vor Mord nicht zurück. Wilhelm hatte der Gräfin etwas Geld überlassen. Nicht viel, denn er selbst mochte seine Kasse nicht mit einem hohen Darlehen belasten. Zusammen mit dem, was Emma selbst noch besaß, würde es genügen, um die Reisekosten nach Stuttgart zu begleichen. Vorerst aber blieben die Tore der Stadt verschlossen, und es war an ihnen, eine Unterkunft im seuchengepeinigten München zu finden.

Als sie an die ersten Türen klopften, waren sie bereits durchnässt. Zu ihrer Bestürzung fanden sie die Gasthäuser allesamt verriegelt und oft noch zusätzlich mit Brettern verrammelt vor. Die Wirte der Stadt schienen nach der weiteren Ausbreitung der Seuche einmütig beschlossen zu haben, niemanden mehr einzulassen. Auch der Zutritt zu den Bürgerhäusern, in denen sonst gegen gute Bezahlung gerne

Kammer und Bett vermietet wurden, blieb ihnen der Pest wegen verwehrt.

»Wir müssen eine Unterkunft finden.« Der sanfte Regen verschluckte Emmas leise Worte. Flehentlich wandte sie sich zu Franziska, doch die Freundin sah sie nicht an. Vor ihrem Weggang, ihrem nächtlichen Davonstehlen aus der Residenz, hatten sie über die Geschehnisse zwischen Franziska und dem Herzog gesprochen. Franziska hatte Emma alles erzählt, nicht das kleinste Detail verschwiegen. Sie war schonungslos mit sich selbst ins Gericht gegangen und hatte offenbart, wie es in ihrer Angst zu der gefährlichen Behauptung über Emmas Fähigkeiten gekommen war.

Gräfin Eisenberg hatte Franziska verstanden. Sie hatte erkannt, in welcher Not sich die Freundin befunden haben musste. Und sie hatte ihr verziehen. Doch Franziska schien sich selbst nicht verzeihen zu können. Sie mied Emmas Blick aus Furcht, die eigene Schande in den Augen der anderen Frau zu lesen, die ihr in all den Jahren eine treue Gefährtin gewesen war.

»Clemens, wo sollen wir nur unterschlüpfen, wenn uns keiner einlassen mag?« Emma, die von Franziska keine Antwort erhielt, erhoffte sich einen Rat von dem großen Pferdeknecht.

»Es ist in der Dunkelheit schwer auszumachen, aber vielleicht stoßen wir irgendwo auf ein verlassenes Haus, in dem wir Schutz suchen können.«

»Ein Haus, in dem die Pest niemanden übriggelassen hat, meinst du?«

»Ja.« Clemens war sich der Erschöpfung der beiden Frauen sehr bewusst. Seit sie zum ersten Mal abgewiesen worden waren, überlegte er fieberhaft, wohin er die Gräfin und ihre Begleiterin bringen könnte. Endlich kam ihm eine Idee. Mit langen Schritten setzte er sich an die Spitze der kleinen Truppe.

»Folgt mir, bitte. Ich denke, ich weiß nun, wo wir ein Dach über dem Kopf finden werden.«

Clemens' Ziel war die Frauenkirche. Wenn nicht dort, wo sonst sollten er und die Frauen Asyl finden? Es lag auf der Hand, war das mächtige Gotteshaus doch der Heiligen Jungfrau und allen Weibsleuten geweiht.

Der Pferdeknecht stemmte sich gegen das Kirchenportal und betete, es möge sich öffnen lassen. Die Doppeltür knirschte in den Angeln und schwang auf. Im Eingangsbereich des Gotteshauses brannten Kerzen. Der Blick der drei Flüchtlinge wanderte geradewegs zu einer weißen Wand, die sich beim Näherkommen als elf Säulenpaare entpuppen sollte. Auf dem Hauptaltar der dreischiffigen Kirche leuchtete das Licht der ewigen Anbetung. In Silberleuchtern flackerten weitere Kerzen. Clemens führte die Frauen nach vorne, wo sie sich in der ersten Kirchenbank niederließen. Mit großen Augen betrachtete Emma die eindrucksvollen Wandmalereien, vor noch gar nicht langer Zeit entstanden und schon ein Zeugnis der Ewigkeit. Die meisten zeigten Maria mit dem Kinde oder Jesus Christus, den Schmerzensmann mit den Wundmalen an Händen und Füßen. Leuchter und Ampeln zierten das Gotteshaus ebenso wie zahlreiche Andachts- und Kultbilder, viele von ihnen gestiftet von dankbaren Gläubigen. Das Taufbecken lag verwaist, genau wie Kanzel und Chorgestühl. Zu dieser nachtschlafenden Zeit wurden natürlich keine Predigten abgehalten. Vielleicht gab es jetzt, da der Herr seine schützende Hand so offensichtlich von der Stadt genommen hatte, gar keine Gottesdienste und Andachten mehr.

Emma fröstelte in ihren feuchten Kleidern. Dennoch war sie dankbar, dem Regen entkommen zu sein. Sie warf einen Blick auf Franziska. Die Freundin hockte zusammengekauert da, die Augen starr auf ein wuchtiges Kreuz im Seitenschiff gerichtet.

»Ziska?«, fragte sie leise. Statt einer Antwort erntete sie nur ein leichtes Kopfschütteln.

Emma stand auf und eilte, einem plötzlichen Drang nachgebend, zurück in die Vorhalle zu dem Weihwasserbecken, das dem Hauptportal am nächsten lag. Zuvor, beim Eintreten in die Kirche, hatte sie vergessen, das Kreuzzeichen zu schlagen. Sie tauchte ihre Finger in das klare Wasser und benetzte Stirn, Mund und Brust. »Im Namen des Vaters, des Sohnes und des Heiligen Geistes«, murmelte sie, als ihr Blick auf einen Fußabdruck fiel, tief eingegraben in den marmornen Boden des Gotteshauses, einen Sporn an die Ferse geheftet.

»Was in aller Welt …«, setzte sie an, da regte sich etwas in ihrer Erinnerung. Clemens trat neben sie.

»Der stachelwüchsige Fußabdruck des Teufels«, erklärte er ruhig. »So sagen die Leute. Es heißt, Satan höchstselbst habe die Kirche noch vor ihrer Weihe betreten und dieses Andenken hinterlassen. Es ist eine längere Geschichte, die von einem angeblichen Pakt zwischen dem Baumeister Jörg Ganghofer und dem Teufel berichtet. Letzterer wurde überlistet.«

»Glaubst du das?« Gräfin Eisenberg hatte die Frauenkirche bei ihren Aufenthalten in München nie besucht. Dennoch glaubte sie, von jenem Teufelstritt bereits gehört zu haben. Sie kniete sich nieder, um die Umrisse des Fußes mit den Händen nachzufahren.

»Nicht«, bat der Pferdeknecht. »Ich weiß nicht, ob etwas Wahres daran ist, aber Ihr solltet den Abdruck besser nicht …«

Franziskas schrilles Kreischen riss sie aus ihrem Gespräch. Emma schrie ebenfalls laut, kaum, dass sie der Gestalt gewahr wurde, die in einer der Seitenkapellen erschien und mit torkelnden Schritten näher kam. Das Gesicht des Wesens glich einer blutigen Fratze und hatte nichts Menschliches an sich. Der Teufel. War er zurückgekehrt, sie zu holen?

Die Frauen stürmten aufeinander zu und klammerten sich schutzsuchend aneinander, während Clemens ein kleines Messer zog, das er sonst benutzte, um verschmutzte Pferdehufe zu reinigen – die einzige Waffe, die er besaß. Sein Herz schien stillzustehen, als die monströse Erscheinung von Emma und Franziska abschwenkte und sich ihm näherte.

Der abscheuliche Fremde brabbelte unverständliche Worte. Clemens, der sein Messer zum ersten Mal gegen ein lebendes Wesen erhob, zitterte.

»Bleibt stehen!«, rief er. Die Gestalt hielt nicht an. »Im Namen Gottes, Ihr sollt stehen bleiben!« Wieder keine Reaktion. »So habe ich keine Wahl.« Der Pferdeknecht bekreuzigte sich mit der linken Hand und hob seine Waffe. Das fratzenhafte Gesicht blieb starr. Der Mann schien ihn nicht wahrzunehmen. Unentwegt murmelte er weiter. Es klang wie ein Vers.

»Warte, Clemens!« Emma hatte sich von Franziska gelöst und sich nach dem ersten Schrecken näher herangewagt. »Hörst du nicht, was er tut? Der Mann – er betet. Es ist das Ave-Maria, erkennst du es nicht?«

»Ja, ich höre es jetzt auch.« Clemens nickte erleichtert.

»Wer seid Ihr?«, fragte Emma den Fremden und nahm endlich auch die Dalmatika wahr, in die sein schwankender Körper gehüllt war – ein weißes Obergewand aus Leinen, versehen mit rotem Ärmelbesatz. Eine lange Stola lag um Nacken und Schultern. Der Diakon, denn einen solchen vermutete sie hinter dem blutigen Gesicht, schien durch sie hindurchzublicken.

»Hilf ihm, sich zu setzen«, bat sie Clemens. Der scheute sich nicht, packte den Geistlichen an den Schultern und führte ihn sicher in eine Kirchenbank. Es gab keine Gegenwehr. Unablässig betete der Diakon das Ave-Maria.

»Sein Geist ist verwirrt.« Franziska betrachtete die hässliche Fratze voller Mitleid. »Wir müssen ihm helfen.«

Endlich sprach sie wieder. Emma schenkte Franziska ein schnelles Lächeln, ehe sie sich dem Kranken zuwandte. Das Antlitz des Diakons war von Pestbeulen überzogen, die er sich – wohl mit eigenen Händen – blutig gekratzt hatte. Ein schauerlicher Anblick.

In der Sakristei hinter dem Altar fanden sie saubere Tücher, mit denen sie das Gesicht des Kranken wuschen. Er blieb unbeweglich sitzen. Gerade, als sie die Waschung beendet hatten, begann er zu röcheln. Ein letztes Ave-Maria kam über seine Lippen, dann kippte er um und blieb reglos liegen.

So kam es, dass die Frauen und der Pferdeknecht die übrigen Nachtstunden betend neben einem Toten verbrachten. Vom Teufel wurde nicht mehr gesprochen, auch nicht von der Gefahr, die ihnen drohte, wenn sie selbst an der Pest erkrankten. Ruhig und andächtig klangen ihre Psalmen, um die Seele des Verstorbenen sanft in die Ewigkeit zu geleiten.

Am Morgen kamen die ersten Gläubigen. Eine schmale Frau mit zwei kleinen Kindern an der Hand machte den Anfang. Sie warf sich flehend vor dem Altar nieder, während ihre Söhne sie verängstigt beobachteten. Es folgte ein altes Ehepaar, das sich ohne Gemütsregung hinkniete und Gebete sprach. Es war ein bewegender Anblick, wie der hutzlige Mann nach der faltigen Hand seines Weibes tastete und ihre Finger sich fest umeinander schlossen.

Keiner der Besucher schenkte Emma und den Ihrigen, die in der hintersten Kirchenbank hockten, Aufmerksamkeit. Noch vor dem Morgengrauen hatte Clemens den toten Diakon in die Sakristei getragen, um den Kirchenbesuchern den erschreckenden Anblick des geistlichen Mannes zu ersparen.

Am Vormittag entschlossen sie sich, erneut die Suche nach einer Unterkunft zu wagen. Hier in der Kirche wollten sie keine weitere Nacht verbringen. Emma schritt zum Ausgang. Da wurde sie auf ein in einiger Entfernung kniendes dunkelhaariges Mädchen aufmerksam, das unentwegt und heftig zitterte. Emma meinte die Gänsehaut auf ihren Armen zu spüren.

»Wartet noch einen Augenblick«, bat sie ihre Begleiter und eilte zu der jungen Frau.

»Was hast du, Kind?«, fragte sie mitfühlend und erwartete, eine Geschichte von großem Leid und Verlust zu hören. Tröstend legte sie eine Hand auf die Schulter der Fremden, für die sie großes Interesse spürte.

»Mein Herr ist sehr krank.« Die Stimme klang abweisend und blechern. »Bitte, lasst mich allein.«

Emma wollte tun, worum sie gebeten wurde. Da wandte das Mädchen den Kopf und sah sie an. Die Gräfin blickte in das schmale Gesicht, und ein Schauer des Wiedererkennens durchströmte sie.

»Weshalb starrt Ihr so?« Renates Ton war kühl. Sie begriff, dass die schöne Fremde sie schweigend einer Musterung unterzog. Sie verstand nur nicht, weshalb.

»Dein Herr – er hat die Pest, nehme ich an?«, fragte Emma schließlich.

»Ja.« Die Weberstochter nickte, und Trauer zog über ihr Gesicht.

»Ich bin Heilerin. Vielleicht kann ich helfen«, bot Emma an, die das Mädchen gerne ein wenig länger um sich haben wollte, ehe sie ihm Michaels Ring übergab. Sie war Renate nie zuvor begegnet, doch sie erinnerte sich deutlich an die Vision der jungen Frau am Grab ihres Geliebten.

»Weshalb solltet Ihr das tun?«

»Ich möchte es«, erwiderte die Gräfin schlicht, während sie überlegte, was dem Mädchen wohl widerfahren war und welches Schicksal die Augsburger Bürgerstochter nach München verschlagen haben mochte.

»Ich habe kein Geld«, wehrte Renate ab. Sie schien nachzudenken. »Mein Herr, er besitzt welches, aber ich weiß nicht, wie viel.«

»Ich verlange nichts für meine Dienste.« Emma winkte Franziska und Clemens heran und stellte sie vor. »Bring uns hin«, forderte sie Renate anschließend auf und nickte ihr zu.

Es stank erbärmlich in dem Häuschen der Witwe, in dem Marc Frey und die Weberstochter sich eingemietet hatten. Anfangs hatte die alte Frau Renate bei der Pflege ihres Herrn geholfen, doch dann war sie selbst erkrankt. Die sechzig Jahre ihres Lebens hatten ein Übriges getan und die Witwe binnen zweier Tage hinweggerafft. Renate hatte nicht die Kraft besessen, den Leichnam vor die Tür zu schaffen, wo einer der Pestkarren ihn aufnehmen würde. So war die Tote an dem Fleck liegen geblieben, an dem sie gestorben war.

»Sie ist gestern von uns gegangen.« Renate schien den Geruch in der Luft nicht wahrzunehmen, sie rümpfte nicht einmal die Nase. Es war, als berühre es sie nicht, das Haus mit einem verwesenden Leichnam zu teilen.

»Clemens«, bat Emma. Der Pferdeknecht verstand sofort. Sein Gesicht nahm eine grünliche Färbung an, als er die Witwe hochhob. Trotzdem ging er respektvoll, ja geradezu behutsam mit der Toten um. Nachdem er sie hinausgetragen hatte, ließ der übelste Gestank nach.

»Wo ist dein Herr?«, fragte Emma.

Renate führte sie über eine schmale Stiege in den ersten Stock des Hauses. Dort oben gab es nur ein einziges Zimmer. In diesem lag der Kranke.

Emma stellte der Weberstochter vor dem Eintreten noch einige Fragen zum Zustand ihres Herrn. Sie erkundigte sich, wann die ersten Pestbeulen aufgetreten waren und ob er fieberte. Am Ende fragte sie Renate nach seinem Namen.

»Er heißt Marc Frey«, gab das Mädchen zur Antwort.

»In Ordnung, dann will ich …« Gräfin Eisenberg trat in das Krankenzimmer und ans Bett. Das Gesicht des Mannes war bleich, jedoch nicht von Beulen entstellt. Schwarzes Haar umrahmte sein markantes Gesicht. Er schlief.

Die Gräfin krümmte sich bei seinem Anblick zusammen, die Welt schien stillzustehen. »Marzan.« Tränen schossen ihr aus den Augen, als sie den verschollenen Halbbruder beim Namen nannte. Er war es wirklich. All die Jahre hatte sie um ihn gebangt, um ihn geweint, ihn schmerzlich vermisst. Und nun, da sie ihn wiederfand, lag er elend und dem Tode nahe vor ihr. »O Marzan«, flüsterte sie und beugte sich über ihn, um seine Stirn zu küssen. Ihre Finger streichelten fahrig sein schweißgetränktes Haar. Sie konnte es nicht glauben.

Da öffnete der Kranke die rotgeäderten Augen. »Emma.« Erschrecken und Freude wanderten über sein Antlitz. »Dass ausgerechnet du es bist, die an mein Sterbebett eilt.« Er streckte die Hand aus und ließ sie kraftlos wieder sinken. »Es kann nicht mehr lange dauern, Renate, ich phantasiere schon.«

»Ich bin es wirklich.« Emma sank auf die Bettkante und streichelte ihm über das heiße Gesicht. »Ich bin es wirklich, Marzan«, wiederholte sie voller Rührung. Ihre feuchtglänzenden Augen glichen den seinen sehr. Ein unbeschreibliches Gefühl der Nähe und Vertrautheit durchströmte Emma, als sie ihren Jugendfreund anblickte, ihren Halbbruder. Den Mann, den sie einst hatte heiraten wollen. Seit er ohne Abschied in die Neue Welt gereist war, hatten weder sie noch seine Eltern je wieder etwas von ihm gehört. Die Qual seines Verlusts, die stetig in Emma gebrannt hatte, erlosch. Unendliche Dankbarkeit durchströmte sie. Endlich hatten sie einander wieder.

»Du musst schlafen«, flüsterte Emma, denn sie spürte, wie schwach er war. Ein Gespräch mit ihr hätte ihn vollends erschöpft. Marzan von Hohenfreyberg schloss gehorsam die Augen. Seine Mundwinkel zuckten. Sie wusste nicht, ob vor Glück, Trauer oder bitterem Lachen.

»Er will Euch etwas sagen.« Renate hatte sogleich begriffen, dass Marc Frey und die fremde Frau sich kannten. »Seht, er versucht, Euch etwas mitzuteilen.«

Emma beugte sich dicht über ihren Halbbruder. »Ich habe«, wisperte seine Stimme, »dich mir ... aus dem Herzen gerissen.«

Gräfin Eisenberg spürte bei seinen gehauchten Worten längst vergessene Emotionen in sich aufsteigen. Sie sah zwei dunkelhaarige Kinder vor sich, miteinander ins Spiel vertieft. Das Mädchen war sie selbst. Sie sah sich in seinen Armen, sah sie beide auf der Flucht vor Ravensbergs Schergen. Der Hals wurde ihr eng. Bald darauf war Marzan vor Erschöpfung eingeschlafen. Emma griff nach seinen Händen, um ihre Kraft in seinen Körper strömen zu lassen. Währenddessen weinte sie ununterbrochen. Er durfte nicht sterben.

Gräfin Eisenberg saß am Bett ihres Halbbruders, der seinen Namen und seine Identität vor einem Jahrzehnt aus Kummer abgelegt hatte, und ihre ganze Konzentration galt dem Kranken.

So entging ihr, dass Franziska bei Marzans Anblick kreidebleich geworden und ohnmächtig in Clemens' Arme gesunken war.

42

MÜNCHEN
4. Oktober im Jahre des Herrn 1516

Sieben Tage lang kämpften sie um Marzans Leben. Sieben Tage, in denen sich eitrige Beulen entwickelten, in denen er vor Fieber glühte und zwischen Leben und Tod schwebte. Clemens unternahm lange Beutezüge, um Lebensmittel zu besorgen. Sie fragten ihn nicht, woher die Suppe und das Brot kamen. Die drei Frauen kümmerten sich aufopferungsvoll um den Kranken. Sie fütterten ihn abwechselnd. Emma war, nachdem sie an seinem Bett gesessen hatte, meist so schwach, dass Franziska sie ebenfalls zum Essen zwingen musste und ihr ungefragt kleine Happen in den Mund schob.

Weil sie keine Kleider zum Wechseln mit sich führten, nahmen sie sich welche der verstorbenen Hausbesitzerin. Es behagte ihnen nicht, war jedoch angenehmer als die eigenen Gewänder zu tragen, die bald starr vor Dreck schienen und auf der Haut juckten und kratzten.

Am achten Tag war er fieberfrei. Doch statt mit ihnen zu sprechen, bat er lediglich darum, mit Renate alleingelassen zu werden. Franziska, die glücklich war, weil es ihm endlich besser ging, fühlte einen Stich im Herzen. Seit seinem Verschwinden hatte sie beständig an Emmas Halbbruder gedacht, ohne es sich einzugestehen. Das Wiedersehen mit ihm hatte ihr schlagartig mit aller Deutlichkeit vor Augen geführt, weshalb es ihr nie gelungen war, ihn zu vergessen. Sie liebte diesen Mann von ganzem Herzen.

»Setz dich«, bat Marzan Renate, nachdem die anderen gegangen waren. Die Weberstochter nahm auf der Kante seines Bettes Platz. »Emma von Eisenberg ist meine Halbschwester, weißt du.« Er sagte es so, als sei er ihr eine Erklärung schuldig.

»Ich weiß.« Renate nickte. »Sie haben mir alles erzählt.«

»Wie sind sie hierher gekommen, Emma und Franziska?«

In wenigen Worten berichtete sie ihm von der Begegnung in der Frauenkirche.

»Ein merkwürdiger Zufall«, bemerkte er.

»Ein Zufall, der Euch das Leben gerettet hat, Marzan.« Renate zögerte. »Ich kann mich nicht an Euren neuen Namen gewöhnen. An Euren richtigen Namen, meine ich. Für mich werdet Ihr immer Marc Frey bleiben.«

»Du hast mir sehr geholfen.« Marzan spielte mit einer von Renates Locken, dann ließ er ermattet die Hand sinken. Er war dem Bedürfnis gefolgt, zuerst mit dem Mädchen zu sprechen, als er Emma und Franziska zusammen mit ihrem Beschützer hinausgeschickt hatte. Doch er liebte Renate nicht. Er mochte und respektierte sie für ihre Stärke und nicht zuletzt auch für ihre Härte, wie er sich selbst eingestand. Sie glich ihm, und er vertraute ihr. Allein aus diesem Grund suchte er das Gespräch mit ihr. Eine letzte Schonfrist, um seine Gedanken zu ordnen, ehe die Vergangenheit in Form seiner Halbschwester ihn einholen würde.

»Sie liebt Euch, wisst Ihr.« Renate schob seine Bettdecke zurecht, damit er nicht fror.

»Nein.« Marzans Lachen war kalt. »Da irrst du gewaltig. Sie hat mich verlassen, als wir erfuhren, dass wir Halbgeschwister sind – und einen anderen Mann geheiratet. Vielleicht hat sie einmal geglaubt, mich zu lieben, doch das ist lange vorbei.«

»Ich habe es in ihren Augen gelesen.« Die Weberstochter ließ ihn nicht mehr zu Wort kommen. Seitdem sie mit Marc Frey nach München gereist war, hatte sie zum ersten Mal seit Michaels Tod wieder das Gefühl, am Leben teilzuhaben.

Sie war ihm dankbar und wollte ihm etwas schenken. Etwas sehr Wertvolles. »Wie sie Euch betrachtet – mit so viel Zärtlichkeit im Blick. Sie leuchtet von innen heraus, wenn sie in Eurer Nähe ist. Ein sanfter, wunderbarer Glanz.«

»Emma liebt mich nicht, Mädchen, begreif das bitte.« Marzans freundschaftliche Gefühle für Renate wandelten sich bei ihren Worten in Zorn. Wäre er nicht so schwach gewesen, wäre er aufgestanden und gegangen. »Sie liebt mich nicht«, wiederholte er, »und auch ich liebe sie nicht. Nicht mehr.«

»Ich spreche nicht von Eurer Halbschwester Emma.« Renate beugte sich hinab und hauchte ihm einen Kuss auf die Stirn. »Ich rede von der blonden Frau. Franziska. Sie ist es, die Euch liebt.« Damit ging sie hinaus und ließ ihn allein.

Später, er hatte die Augen geschlossen, trat Emma an sein Bett. Ein leichtes Blinzeln verriet ihm, dass sie es war. Zuerst tat er so, als wäre er eingenickt. Geraume Zeit saß sie still neben ihm. Dann setzte er sich ruckartig auf und stellte sich seiner Vergangenheit.

»Emma.«

Ihr forschender Blick ruhte auf ihm. Sie blickte ihn ernst und aufrichtig an. »Es ist schön, dich wiederzusehen, Marc Frey.«

»Du hast mir deine Hände aufgelegt.«

»Ja«, bestätigte sie, während er sie eindringlich musterte.

»Deine Kräfte müssen sehr viel stärker geworden sein, wenn es dir gelungen ist, mich der Pest zu entreißen.«

»Das war nicht ich allein. Du hast dich ans Leben geklammert und mir geholfen – du wolltest nicht sterben.«

»Ich hätte nichts dagegen gehabt.«

»Sag so etwas nicht«, protestierte sie, bemerkte dann aber sein Lächeln.

»Du hättest damals nicht einfach fortgehen dürfen«, stieß

sie abrupt hervor und hätte sich sogleich am liebsten auf die Zunge gebissen. Wie ungeschickt, ihr erstes Zusammensein nach all den Jahren durch Vorwürfe zu vergällen.

»Lebst du noch auf Eisenberg? Zu Hause, meine ich?«

Sie nickte.

»Wie geht es meinen Eltern?«

»Dein Verschwinden hat sie hart getroffen. Es vergeht kein Tag, an dem sie sich nicht fragen, was aus dir geworden ist.«

»Das tut mir leid.«

»Es liegt an dir, sie von dieser Last zu befreien.«

»Sie haben Geldprobleme, nicht wahr?« Marzan erinnerte sich an die beiden Kaufleute, die er auf dem Weg nach München getroffen hatte. Er musste dringend veranlassen, dass sie die versprochene Summe aus seinem Privatvermögen erhielten.

»Ja. Soweit ich weiß. Konstantin spricht nicht gerne über seine Schuldenlast. Und deine Mutter – sie hält sich an seine Anweisungen, um seinen Stolz zu schonen.«

»Ich werde zu ihnen gehen.« Der Satz war über seine Lippen, noch ehe er Gelegenheit gehabt hatte, über diesen Entschluss nachzudenken.

»Ich hatte gehofft, dass du das sagen würdest. Ihre Freude wird unendlich groß sein.«

»Was ist mit dir, Emma?« Marzan wusste nicht recht, wie er mit ihr umgehen sollte. All die Jahre hatte sie ihn in seinen Träumen verfolgt. Doch nun schien sie ihm seltsam fremd. Sie war kein Mädchen mehr, sondern längst eine erwachsene Frau und wahrscheinlich auch Mutter. Außerdem wirkte sie unglücklich. Hatte sie das erhoffte Glück an der Seite des Finnen nicht gefunden …

»Wie geht es Erik?«, erkundigte er sich, und diese Frage fiel ihm so leicht, dass er selbst überrascht war. »Habt ihr Kinder?«

»Drei Mädchen und einen Jungen. Sofia und Isabel, unsere beiden Ältesten, sind Zwillinge.«

»Ihr seid sicher sehr stolz.«

»Ja.« Emma begann zu weinen.

Mit einem Mal war sie ihm nicht mehr fremd. Vor ihm saß wieder das kleine Mädchen, das schluchzte, weil sein bester Freund nach Augsburg gehen würde. Vorsichtig schloss er sie in die Arme und flüsterte beruhigende Worte in ihr duftendes Haar. Wie von selbst wanderte seine Hand auf ihren Nacken, um sie zu trösten und zu beschützen. Die Erkenntnis, dass er sie noch immer liebte, kam in diesem Augenblick. Emma war schön, sie war klug – und sie war seine Schwester. Ein Teil seiner Familie. Es war kein Fehl an seiner Liebe. Er durfte ihr weiterhin zugetan sein, er durfte sie lieben. Nicht als Frau, sondern als Freundin und Schwester. Nach all den Jahren erschien Marzan dieser Gedanke wie eine lange unterdrückte Offenbarung. Während er ihr schwarzes Haar streichelte, hatte er das Gefühl, nach Hause zu kommen.

»Erzähl mir, weshalb du weinst«, bat er sie.

Und so berichtete Emma ihm alles, was ihr widerfahren war, seit sie mit ihrer Familie zur Feier des Reinheitsgebots an den Münchener Hof gereist war. Sie sprach von Sabina, dem tragischen Tod der Magd Brigitta und vor allem von der Entführung ihrer geliebten Kinder, bei denen sie in Gedanken Tag und Nacht weilte. Sie ließ nichts aus, weder den Übergriff des Herzogs auf Franziska noch Renate und den für sie bestimmten Ring, den sie bei sich trug. Als sie geendet hatte, dämmerte es bereits. Emma fühlte große Erleichterung, weil Marzan ihr gestattet hatte, sich alles von der Seele zu reden. Seine Nähe und sein Zuhören hatten ihr wohlgetan. Selbstlos schlug er sogleich vor, sie nach Stuttgart zu begleiten. Die harte Schale, mit der er sich umgeben hatte, war aufgesprungen.

Emma konnte sein Angebot nicht annehmen, weil er für die Reise zu schwach war. Um etwas anderes jedoch wollte sie ihn gerne bitten. »Wenn du heimkehrst zu deinen Eltern – kannst du Franziska und Renate mit dir nehmen? Ziska wird sich mit Händen und Füßen wehren, aber es wäre mir eine große Erleichterung, sie in Sicherheit zu wissen. Und auch Renate hat es verdient, dass wir ihr ein Heim verschaffen – wenn sie das möchte.«

»Natürlich nehme ich die beiden mit.« Marzan zögerte. »Renate war hier in München meine Geliebte.« Er hatte ein Bedürfnis danach, seiner Halbschwester die Beziehung zu der Weberstochter zu erklären. Er erzählte ihr davon, wie Renate ihm in Augsburg vors Pferd gelaufen war. »Sie liebt mich nicht, und auch ich liebe sie nicht«, stellte er am Ende klar. »Wir haben uns gegenseitig geholfen und getröstet, das ist alles.«

»Ich verstehe«, sagte Emma, und sie verstand es wirklich.

»Franziska ist sehr schön«, bemerkte er dann.

»Ziska ist eine wundervolle Frau«, erwiderte Emma.

»Nicht umsonst hat Herzog Wilhelm versucht, sich an ihr zu vergehen.« Marzans Stimme klang giftig. Plötzlich stand ihm wieder vor Augen, wie er das Bauernmädchen Franziska einst vor einem Bären gerettet hatte. Kurz dachte er darüber nach, Emma von Renates Behauptung, Franziska liebe ihn, zu berichten. Er ließ es bleiben, weil er selbst nicht daran glaubte. Früher war Franziska ihm eher unscheinbar erschienen, heute war sie unbestreitbar eine schöne Frau. Wenn es sich wirklich so verhielte, wie die Weberstochter behauptete, dann hätte Emma sicherlich davon gewusst.

Am nächsten Morgen nach Sonnenaufgang wurde die Öffnung der Tore ausgerufen. Die Männer des Herzogs ritten durch die Straßen und verkündeten den Münchenern lauthals die frohe Botschaft. Jubel brandete vor den Fenstern des kleinen Hauses auf. Die Pest hatte den Rückzug angetreten, in den vergangenen Tagen waren die Todesfälle weniger geworden. Während die Frauen Marzan gepflegt hatten, war das Geläut der Pestglocken nach und nach verstummt. Der Tod nahm sein Leichentuch von der Stadt.

Vorsichtig, die ausgestandene Furcht noch in den Knochen, wagten sich die ersten Menschen auf die Straßen. Schon gegen Mittag war ganz München ein einziges großes Fest. Die Arbeit wurde wieder aufgenommen, die Bretter wurden von Wirtshäusern und Geschäften entfernt. Der Müller schrotete sein liegengebliebenes Korn, der Bäcker heizte seine Öfen an, und bald wurden duftende Brotlaibe von jungen Mädchen verkauft, die sich des schönen Tages freuten wie nie zuvor in ihrem Leben.

Emma atmete erleichtert auf. Endlich schien das Glück ihr hold zu sein. Marzan hatte überlebt, sie und ihr Halbbruder hatten zueinandergefunden, und der Weg in die Freiheit – der Weg zu ihren Kindern – stand offen. Obwohl sie nicht sicher sein konnte, dass Erik Stefan und Johanna unterdessen nicht nach Hause geholt hatte, rief ein untrügliches Gefühl sie nach Württemberg. Sie musste selbst dorthin und sich vergewissern, dass ihre Kinder sich nicht länger in der Hand des grausamen Herzogs befanden.

»Ich werde dich begleiten, Emma, dich und Clemens!« Franziska war außer sich, was selten geschah. »Du vertraust mir nicht mehr nach allem, was ich dem Herzog über dich gesagt habe!«, warf sie ihrer Freundin vor. »Ich bereue es, ich bereue es bitter. Aber du darfst mich jetzt nicht fortschicken, bitte schick mich nicht fort!«

»Liebes, das ist Unsinn.« Emma drückte die aufgebrachte Franziska an sich. »Du hast die Chance heimzukehren. Ich will mich genauso wenig von dir trennen. Aber überleg einmal vernünftig. Clemens und ich werden nach Stuttgart reiten. Und wir wissen beide, wie ungern du auf einem Pferd sitzest. Wir würden viel langsamer vorankommen.«

»Ich habe schon so oft die Zähne zusammengebissen. Denk nur an unseren schnellen Ritt nach München, mitten im Gewitter. Ich habe nicht geklagt und bin nicht von deiner Seite gewichen, wenn du dich erinnern willst!« Franziskas Antwort kam einem Fauchen gleich. Wütend löste sie sich aus Emmas Umarmung. In diesem Moment erinnerte sie Marzan an eine Wildkatze. So entschlossen hatte er die Franziska von früher nicht im Gedächtnis.

»Du wirst mir nicht helfen können, wenn ich bei dem Württemberger vorspreche. Du kennst Sabinas Standesdünkel – glaubst du, bei ihrem Gatten wird es anders sein? Er wird dich als lästiges Anhängsel betrachten, und das will ich dir ersparen.«

»Ich kenne meinen Platz. In der Öffentlichkeit bin ich nie mehr als deine Magd – und ich lasse dich nicht alleine!«

»Und wenn ich dich darum bitte?«

»Nein. Das ist mein letztes Wort.« Franziska schüttelte stur den Kopf.

Marzan verfolgte die Unterhaltung aus dem Bett heraus. Die Frauen hatten ihm strikt untersagt, jetzt schon aufzustehen. Renate und Clemens, der für sie alle Hühnerschenkel herbeigezaubert hatte, waren ebenfalls anwesend und lauschten dem Disput.

»Marzan benötigt noch immer Pflege«, warf die Weberstochter ruhig ein. Sie war sich so sicher mit dem, was sie über Franziska gesagt hatte, dass ihre Worte bei der blonden Frau einfach ins Gewicht fallen mussten. »Er braucht unsere Hilfe, damit er die Reise zu seinen Eltern schadlos übersteht.«

»Du bist ja bei ihm, Renate.« Franziska schien zu zögern.

»Ich fühle mich tatsächlich noch sehr schwach«, kam

Marzans Einwurf vom Bett her. »Ich wäre dankbar, wenn du mitkämst, Ziska.« Er ließ sich seine Nervosität nicht anmerken, während alle mit angehaltenem Atem auf ihre Antwort warteten. Sollte sie einwilligen, käme das der Entscheidung gleich, sich ihm zuliebe von Emma zu trennen.

»Ich weiß nicht …« Franziskas Blick wanderte von ihrer Freundin zu deren Halbbruder und wieder zurück.

»Wenn du dir sicher bist, dass ich statt deiner Marzan begleiten soll …?«

»Natürlich. Es wäre mir eine unglaubliche Erleichterung, dich auf Eisenberg zu wissen.« Die sonst so feinfühlige Emma wunderte sich insgeheim über den unerwarteten Meinungsumschwung der Freundin. Sie erkannte nicht, was Renate sofort bemerkt hatte, vielleicht, weil Franziska nie auch nur andeutungsweise über ihre Gefühle für Marzan gesprochen hatte. Emma wünschte es ihr seit langem, doch die Vorstellung, ihre scheue Freundin könne das Wagnis der Liebe eingehen, war ihr bisher undenkbar erschienen.

»Dann reise ich mit Marzan und Renate.« Franziskas Lippen bebten, so ungeheuerlich erschien ihr die eigene Entscheidung. Wenn sie es recht bedachte, war alles ungeheuerlich, was ihnen seit der Begegnung mit Renate in der Frauenkirche widerfahren war. Marzan war zurückgekehrt und saß nur eine Armeslänge von ihr entfernt. Er war genesen, er lebte, und eben im Moment lächelte er sie an.

43

MÜNCHEN

4. Oktober im Jahre des Herrn 1516

An der Pferdestation, wo sie sich zwei kräftige Hengste für den Ritt nach Stuttgart liehen, konnte Clemens gerade noch verhindern, dass Emma ein Unglück widerfuhr. Während der erfahrene herzogliche Pferdeknecht dem Stallinhaber beim Aufsatteln der Tiere half, stürmte plötzlich ein mächtiger Gaul auf die Gräfin los, die in Gedanken noch beim Abschied von Marzan, Franziska und Renate weilte. Das Pferd hätte sie zu Boden gerissen und zertrampelt, wenn nicht Clemens sie rechtzeitig zur Seite gestoßen hätte.

»Schon wieder hast du mir das Leben gerettet.« Wegen des Sturzes tanzten bunte Lichter vor Emmas Augen. Sie war unverletzt geblieben.

Clemens half ihr beim Aufstehen, während der Pferdebesitzer ein lautes Lamento anstimmte.

»Welch ein Unglück, welch ein Desaster!«, rief er aus. »Ich verstehe nicht, wie der Teuflische sich losreißen konnte. Ist Euch auch sicherlich nichts geschehen, meine Dame?« Er griff nach Emmas Hand und tätschelte sie. »Nicht umsonst nennen wir ihn den Teuflischen. Wir verleihen ihn niemals an unsere Kunden, weil er unweigerlich jeden Reiter abwerfen würde. Aber er zeugt wunderbare Söhne«, verriet er Clemens mit Stolz in der Stimme, »deshalb habe ich ihn behalten.« Als ihm klar wurde, welchen Fauxpas er in Gegenwart einer edlen Frau begangen hatte, färbten seine Wangen sich feuerrot. Die Anwesenheit eines Weibsbilds verbot es, von Geschlechtlichem zu sprechen, selbst wenn es sich dabei um ein Pferd handelte.

»Es geht mir gut«, versicherte Emma und ging großzügig über seine Bemerkung hinweg. »Ihr solltet Euren Teufel in Zukunft besser festbinden, wenn Ihr weiteres Unglück verhindern wollt. So etwas darf nicht noch einmal geschehen«, mahnte sie ernst.

»Selbstverständlich, selbstverständlich«, nickte der Stallinhaber eifrig. »Dass mir das nicht wieder vorkommt«, brüllte er in Richtung seiner Burschen, denen es unterdessen gelungen war, den wilden Hengst einzufangen. Später, Emma und Clemens hatten sich längst auf den Weg gemacht, sollten sie ihrem Herrn von blutigen Striemen auf dem Pferderücken berichten, die sie sich nicht erklären konnten. Keiner von ihnen hatte den Teufel geschlagen.

*

STUTTGART
4. Oktober im Jahre des Herrn 1516

Ulrich von Württemberg trug einen aus Samt gefertigten Überwurf, gefüttert mit Hermelinfell, an den Ärmeln abgesetzt mit Atlasseide. Der wertvolle Schaubenmantel stand ihm gut zu Gesicht. Das Antlitz des Mannes hingegen war kalt und schien im Widerspruch zu der behäbigen Körperfülle zu stehen. Ulrich mochte seit der Jugend in die Breite gegangen sein, von seiner Grausamkeit hatte er nichts verloren. Mehrmals hatte er sich geweigert, mit Eisenberg zu sprechen. Der bayerische Graf jedoch blieb hartnäckig, so dass der Württemberger sich am Ende gezwungen sah, sich dem Problem zu stellen. Das passte ihm nun gerade gar nicht, wo die Welt über seine Ehe tratschte und selbst der Kaiser ihm, Gerüchten zufolge, nicht länger gewogen war. Ein weiterer Eklat, etwa der einer Kindsentführung, konnte ihn vernichten.

Der Herzog empfing den unliebsamen Gast am württembergischen Hof. Ulrich ließ sich Zeit damit, Graf Eisenberg einen Platz anzubieten, während er ihn ungeniert musterte. Die Wangen des blonden Finnen waren schmal. Er hatte sich immer noch nicht ganz von seiner mysteriösen Krankheit erholt.

»Ich bin gekommen, meine Kinder einzufordern.« Erik hielt sich nicht mit Höflichkeiten auf und versuchte gar nicht erst, seine Abscheu vor dem Württemberger zu verbergen.

»Ich kenne weder Euch, guter Mann, noch kenne ich Euren Nachwuchs. Lediglich aus Neugierde habe ich mich bereit erklärt, Eurem Drängen nach einer Audienz nachzugeben.«

»Graf von Eisenberg und Ravensberg.« Erik knirschte mit den Zähnen über dieses Schmierentheater. Als ob der Württemberger nicht genau wüsste, wen er vor sich hatte.

»Ravensberg, soso. Dort wurde meinem flüchtigen Weib Unterschlupf gewährt – und da wagt Ihr es, an meinem Hof zu erscheinen!«

»Meine Kinder, mehr will ich nicht.«

»Eure vermaledeite Brut kann mir gestohlen bleiben, genau wie Ihr selbst! Wie könnt Ihr es wagen, eine Frau von ihrem Gatten fernzuhalten!«

»Es ist mir vollkommen gleich, welchen Streit Ihr mit der Herzogin habt!« Graf Eisenberg kochte vor Zorn. »Gebt mir Stefan und Johanna wieder, oder …«

»Oder was, Eisenberg? Wollt Ihr mir drohen?«

»Meine Kinder!«, brüllte Erik. Er hielt die Ungewissheit nicht länger aus.

Auf einen Wink Ulrichs von Württemberg eilten zwei Wachen herbei.

»Führt den Grafen hinaus«, beschied er knapp. »Seine Anwesenheit ist weder in Stuttgart noch in ganz Württemberg weiter erwünscht. Geisteskranke Schwachköpfe, wie er einer ist, sind eine Gefahr für die Allgemeinheit und gehören weggesperrt. Zwingt mich nicht zu einer solchen Maßnahme, Graf Eisenberg.«

Die Wachmänner packten Erik grob am Arm und zerrten ihn hinaus. Der warf einen letzten Blick zurück auf den Herzog. »Dafür werdet Ihr bis in alle Ewigkeit in der Hölle büßen!«, rief er mit lauter Stimme. »Das schwöre ich Euch!«

Ulrich war rasend vor Wut und Besorgnis. Schwer atmend erklomm er die Stufen des Turms. Die Kinder waren zu einem ernsthaften Problem geworden, das es zu lösen galt. Eisenberg würde nicht davor zurückschrecken, ihn öffentlich als Entführer zu brandmarken. Das durfte keinesfalls geschehen, die Bälger mussten aus der Burg verschwinden. Oh, wie sehr er den törichten Ulzstetten dafür verfluchte, dass dieser Narr ihm die falschen Kinder gebracht hatte.

Der Herzog bereute bitter, sein Weib nicht besser im Griff gehabt zu haben. Sabinas offene Revolte zog weite Kreise bei Adel und Klerus, in Bayern wie in Württemberg. Die leidige Geschichte konnte ihn, vor allem in Verbindung mit nachweislichem Kindsraub, noch Kopf und Kragen kosten.

Aus dem Turmgemach klangen helle Stimmen. Ulrich verzog das Gesicht. Er mochte keine Kinder, nicht einmal die eigenen. Seine Frau war eine Hure, er wusste von mindestens zwei Liebhabern, für die sie im Verlauf der kurzen Ehe die Beine breitgemacht hatte. Er hätte sie rechtzeitig zur Verantwortung ziehen sollen, dann hätte sie gar nicht erst Gelegenheit gehabt, ihm davonzulaufen. Nun hatte das Weib ihm zwei Kinder geschenkt, seine Nachkommen, die vermutlich nicht einmal die eigenen waren. Sabina beizuwohnen war ihm von Beginn an ein Gräuel gewesen, deshalb hatte er sich ihrem Bette allzu oft ferngehalten.

Ulrich hatte Heiner von Ulzstetten allein deshalb auf

Anna und Christoph angesetzt, um endlich ein Druckmittel gegen Sabina in der Hand zu haben. Väterliche Zuneigung war dabei nicht im Spiel gewesen. Obwohl er auch sie echter Mutterliebe nicht für fähig hielt, wusste er von den großen Hoffnungen, welche die Herzogin auf ihren Sohn Christoph setzte.

Diese Überlegungen im Hinterkopf, stieß Ulrich die Tür zum Turmgemach auf – und blickte auf eine blonde Magd, deren Gesicht sich bei seinem Eintreten verzerrte. Doch schon im nächsten Augenblick hatte sie sich wieder im Griff. Man nannte sie die Stumme, weil sie kaum sprach. Aus diesem Grund war sie mit der Betreuung der Kinder beauftragt worden.

Der Württemberger starrte auf die Kinder und sprach kein Wort. Die Vergewaltigung Carolines hatte er längst vergessen. Derlei geschah viel zu häufig.

Das Mädchen und der Junge klammerten sich furchtsam an die Magd und bargen ihre Rotznasen in den Falten ihres Rocks. Sie ähnelten Eisenberg. Die Adern hinter Ulrichs Stirn pochten, als er auf das Mädchen zueilte und es hochhob. Die Kleine kreischte.

»Nicht erschrecken, mein Kind.« Er bemühte sich um eine sanfte Stimme. »Welches kleine Mädchen mag es nicht, im Kreis herumgewirbelt zu werden?« Der Herzog von Württemberg gab sich freundlich, doch das Misstrauen der kleinen Johanna ließ nicht nach. Das Mädchen schien froh, als er es wieder auf dem Boden absetzte und seinen Blondkopf tätschelte. Was es für den stolzen Grafen Eisenberg wohl bedeuten würde, überlegte Ulrich, seine Tochter nicht wiederzusehen? Er beschäftigte sich noch ein Weilchen mit dem Knaben, ehe er den Kindern zuwinkte und das Turmzimmer verließ.

Seine Vernunft hatte wieder einmal die Oberhand behalten. Obwohl es ihn nach Eisenbergs Auftritt dazu gedrängt hatte, die beiden Gören auf der Stelle eigenhändig zu erwürgen, hatte er bedächtig und klug gehandelt. Das Mädchen und der Junge mussten heimlich beseitigt werden. Es durften keine Beweise bleiben, die davon zeugten, dass sie jemals in der Stuttgarter Burg gewesen waren.

Ulrich verfluchte erneut Heiner von Ulzstetten, dem er die ganze Misere zu verdanken hatte. Nur weil der Idiot ihm die falschen Kinder angeschleppt hatte, war es jetzt unumgänglich geworden, zwei Morde zu planen. Die Angelegenheit wollte sorgfältig durchdacht sein. Zunächst musste Ulzstetten, den er in seiner Wut wieder einmal vom Hof verbannt hatte, zurückgerufen werden. Der Herzog von Württemberg atmete tief durch, stolz auf die eigene Schläue und Gewitztheit. Vor seinen Augen erschien das Bild eines flauschigen Kissens auf Johannas süßem Gesicht.

44

STUTTGART
7. Oktober im Jahre des Herrn 1516

Je näher Emma und Clemens der württembergischen Landeshauptstadt kamen, desto trockener wurde die Landschaft ringsum. Hier hatte es in den letzten Tagen nicht geregnet. Das Gras verwelkte und wurde gelb, die Blätter der Laubbäume kleideten sich in frühherbstliche Farben. Die Zeit war so schnell verflogen, dass Emma gar nicht bemerkt hatte, wie der Sommer sich auf leisen Sohlen davongeschlichen und der nächsten Jahreszeit Platz gemacht hatte.

Während einer längeren Rast auf einer Wiese am Rand der Straße bat Emma ihren Begleiter, ein Feuer zu entzünden. Sogleich begann der Pferdeknecht dürres Reisig zu sammeln, das ihm als Zunder dienen sollte. Clemens war lange nicht mehr in der freien Natur gewesen. Als Stallknecht des Herzogs hatte er stets nur zugesehen, wie erfahrene Reiter mit den herrlichsten Pferden durch die Tore der Residenz hinaus in die Freiheit gesprengt waren. Er griff nach einem weiteren Zweiglein am Boden und entdeckte zu seiner Freude einen prächtigen Schmetterling darauf. Ein mehrfarbiges Muster aus schillernden Kreisen zierte seine Flügel. Das kleine Wesen hielt eine Weile ganz still, ehe es aufflog und davonflatterte. Clemens begann leise zu summen. Marthina hatte ihm einmal erzählt, Schmetterlinge brächten die Grüße Verstorbener zu den Menschen. Der schweigsame Pferdeknecht dachte an seinen Sohn Paulus.

Emma machte sich unterdessen auf die Suche nach frischen Kräutern. In München hatte sie sich eine lästige Erkältung eingefangen, und auch Clemens nieste häufig. Ein heißer Sud würde ihnen beiden guttun. Sie fand nicht mehr ganz frische Kamille, die Spitzen wurden schon braun, und rupfte einige Büschel aus der Erde. Je näher sie dem dicht gewachsenen Mischwald kam, desto intensiver stieg ihr der Geruch nach Pilzen in die Nase. Das würzig-erdige Aroma erinnerte sie an ihre Kindheit. Zusammen mit Marzan hatte sie oft Pilze gesammelt. Sie warf einen Blick auf Clemens, der im Gras vor einem kleinen Reisighaufen hockte, über dem eine dünne Rauchfahne aufstieg. Sie beschloss, einen kurzen Abstecher in das Wäldchen zu wagen und ihn mit frischen Pilzen zu überraschen. Eine kleine Anerkennung dafür, dass er sich ihr so selbstlos angeschlossen hatte. Emma war dankbar für die Gegenwart des stillen Mannes. Sie wurde ruhiger, wenn sie mit ihm sprach, und die stechende Angst um ihre Kinder ließ ein wenig nach.

Die Gräfin kämpfte sich durch dornige Brombeerbüsche am Waldrand und wich den tiefhängenden Zweigen einiger Birken aus, ehe sie auf einen weichen Moosteppich stieß, auf dem tatsächlich Pilze wuchsen. Sie pflückte einige von ihnen und schürzte ihren Überrock, um sie darin zu sammeln. Ganz in der Nähe hämmerte ein Specht. Emma drehte sich suchend im Kreis und entdeckte bald darauf den bunten Vogel, der sich voller Eifer an einer mächtigen Eiche zu schaffen machte. Sie ging einige Schritte heran, um ihn besser sehen zu können, da flog er auf und davon. Sie blickte ihm nach und hätte das Knacken der Zweige gar nicht wahrgenommen, wenn sie nicht selbst auf dem federweichen Moosteppich gestanden hätte. Ihre eigenen Füße konnten die Laute nicht verursacht haben. War Clemens gekommen, sie zu suchen? Sie hatte ihm nicht Bescheid gesagt, war aber auch noch nicht lange fort. Das Wäldchen grenzte direkt an die Wiese. Sie musste nur einige Schritte zum Waldrand hin tun, dann würde sie ihn sehen.

Plötzlich hatte sie das untrügliche Gefühl, beobachtet zu werden. Da hinten, zwischen den Buchenbäumen – war das nicht ein Schatten, der sich bewegte? Wieder knackten die Zweige. Emma bekam es mit der Angst zu tun. Sie ließ ihren Rock fallen, und die Pilze purzelten zu Boden. Eilig kämpfte sie sich durch das Gestrüpp am Waldrand und schrammte sich die Wange an einem dornigen Zweig. Sie war sich jetzt ganz sicher, dass jemand dicht hinter ihr war.

»Frau Gräfin?« Das war Clemens' Stimme. Er hatte sich auf die Suche nach ihr gemacht. Durch die Äste sah sie sein Wams schimmern.

»Hier bin ich!«, rief sie laut und durchbrach das Gebüsch. »Hier bin ich!«

Der Pferdeknecht hatte den Waldrand inzwischen erreicht und war erleichtert, sie zu sehen.

»Ich habe Pilze gesucht«, erklärte sie atemlos.

»Das Feuer brennt«, erwiderte er. »Ist Euch im Wald etwas geschehen? Ihr habt Euch verletzt.« Er wies auf ihre Wange. Emma wischte über die brennende Stelle. Ein wenig Blut blieb an ihrer Hand kleben.

»Nur eine Schramme«, winkte sie ab. »Ich habe mir eingebildet, dass jemand mich beobachtet.« Im hellen Sonnenschein, den bärenstarken Clemens neben sich, erschienen ihre Ängste auf einmal unbegründet. »Aber wer sollte dort schon auf mich lauern.« Sie winkte ab.

»Vergesst nicht den Arzt und den vergifteten Becher«, mahnte Clemens und führte sie zurück ans Feuer. »Wir wissen nach wie vor nicht, wer er war und warum er Euch nach dem Leben trachtete.«

»Ich hätte nicht allein in den Wald gehen sollen.« Emma trat zu ihrem Pferd und klopfte ihm den Hals. Der Hengst aus dem Münchener Mietstall wieherte freundlich und drückte den Kopf zutraulich gegen ihre Schulter. Leise sprach sie zu ihm. Clemens füllte unterdessen einen blechernen Topf aus ihrem Reisegepäck mit Wasser und erhitzte ihn über dem Feuer. Bevor ihre Wege sich in München getrennt hatten, hatte Marzan von seinem Krankenbett aus darauf bestanden, Emma für den Ritt nach Stuttgart mit allem Notwendigen auszurüsten. Clemens war losgezogen und hatte Nahrungsmittel, Decken, einen Wasserschlauch und auch den kleinen Topf besorgt. So kam es, dass Emmas Satteltaschen sehr viel praller gefüllt waren als nach ihrem hektischen Aufbruch aus Peiting.

»Habt Ihr Eure Kräuter gefunden?«, erkundigte Clemens sich und nieste. »Dann könnt Ihr Euren Sud jetzt kochen.«

Emma zog die Kamillenbüschel aus der Tasche ihres Kleides. Wenn es schon keine Pilze gab, so wollte sie wenigstens ihrer beider Erkältung lindern.

Stuttgart war eine reiche Stadt. Nicht zuletzt der Weinanbau und der Standort als Münzprägestätte hatten Ulrichs Residenz zu erquicklichem Wohlstand verholfen. Emma staunte über die Vielzahl der Rebenfelder, die sich rund um die Stadt erstreckten. Die Trauben an den Rebstöcken schillerten verlockend. Ihr Weg führte die Gräfin und den Pferdeknecht durch die Leonhardsvorstadt. In dem weitläufigen Randbezirk hatten sich Bürger niedergelassen, denen das Leben im Kern der Viertausendseelenstadt zu hektisch oder auch zu teuer geworden war. Bereits vor einem halben Jahrhundert hatte der Großvater des jetzigen Herzogs, Ulrich V., mit dem planmäßigen Bau der Reichenvorstadt begonnen, so dass Stuttgarts Fläche sich noch weiter ausgedehnt hatte. Zwei Vorstädte, beide ausgestattet mit Befestigungswerken – Ulrich von Württemberg tat es seinen Ahnen gleich und sorgte vor. Nicht zuletzt der Aufstand des *Armen Konrad* hatte ihm bewiesen, dass große Macht auch großen Schutzes bedurfte.

Mehr als zwanzig Gasthäuser luden in Stuttgart zur Einkehr. Direkt am Marktplatz buhlten zwei Wirte um die Gunst der Reisenden.

»Wir sollten besser Quartier nehmen, ehe wir beim Herzog vorstellig werden«, schlug Emma vor.

»Ihr glaubt, er empfängt Euch nicht sofort? Wäre das nicht ein offener Affront?«, erkundigte sich Clemens.

»Ich weiß es nicht. Im Grunde weiß ich überhaupt nichts, Clemens. Der Mann hat meine Kinder in seiner Gewalt. Wir müssen mit allem rechnen.«

»Ich werde Euch zur Seite stehen, ganz gleich, was kommt.« Clemens' Gaumen fühlte sich trocken an. Seit der Nacht in der Frauenkirche, so schien es ihm, hatte er mehr gesprochen als im gesamten Jahr zuvor. Er stieg vom Pferd und verzichtete darauf, der Gräfin beim Absteigen zu helfen. Mittlerweile wusste er, dass sie eine ausgezeichnete Reiterin war und keiner Hilfe bedurfte. Mit den Zügeln beider Tiere in der Hand steuerte er in Richtung des Wirtshauses *Zur blauen Traube*, das mit einem schweren Holzschild, auf dem neben dem Namen das Stuttgarter Wappen prangte, um Kunden warb. Rund um die Schrift rankte sich wilder Wein mit satten Trauben, die bläulich und lilafarben schimmerten.

Clemens war im Begriff, den Vorhof der *Blauen Traube* zu betreten, als Emma ihn zurückrief. »Warte, irgendetwas stimmt nicht!«

Sie überlegte fieberhaft. Gerade noch war ihr gedankenverlorener Blick über die vorübereilenden Menschen gestreift, da hatte sie etwas aufmerken lassen. Was war es gewesen? Junge Wäscherinnen kamen ihr in den Sinn, schwerbeladen mit Flechtkörben, grobe Seife in den Taschen. Ein Bettler, dem die Beine unterhalb der Schenkel fehlten und der vor einem leeren Tongefäß hockte. Es wollte ihr partout nicht mehr einfallen, was ihr vor wenigen Augenblicken so seltsam erschienen war.

Emma kramte nach einer Münze und ging zu dem Invaliden, dessen Gesicht vor Dankbarkeit aufleuchtete.

»Habt Dank. Ihr seid die erste Seele am heutigen Tag, die sich meiner annimmt«, ließ er sie freimütig wissen. »Man sollte anderes erwarten von den gläubigen Bürgern dieser Stadt. Sie halten leider nicht viel von Nächstenliebe. Aber ich will mich nicht beklagen«, fügte er hinzu.

Die Gräfin blieb eine Antwort schuldig. Der Bettler tat ihr leid, aber sie wollte ihn durch ihr Mitgefühl keinesfalls in seinem Stolz kränken. »Gibt es hier kein Armenhaus?«, fragte sie schließlich. »Einen Ort, an dem man sich deiner annehmen könnte?«

Der Mann lachte bitter und winkte ab. »Lieber auf der Straße darben als in einer solch elenden Spelunke verrecken.«

»Alles Gute für dich.« Emma sah zu Clemens, der vor dem Gasthaus von einem Bein auf das andere trat. Sie wollte ihn nicht länger warten lassen. »Auf Wiedersehen.«

»Ihr solltet Euch in Acht nehmen.« Der veränderte Ton in der Stimme des Bettlers ließ sie aufhorchen. »Ihr werdet beobachtet.«

»Was sagst du da?«

»Ihr seid eine gütige Dame. Ich meine nur, Ihr solltet vorsichtig sein.«

»Ist dir etwas aufgefallen?«

»Ich mische mich nicht in fremde Angelegenheiten. Nehmt meine Warnung zum Dank für Eure Großzügigkeit.« Der Bettler schob Gefäß und Münze in einen alten Sack, den er auf seinen Rücken lud. Anschließend kroch er davon, mit den Händen schleifte er den nutzlosen Unterkörper hinter sich her.

Clemens streichelte die unruhig tänzelnden Pferde. »Was meintet Ihr damit, Frau Gräfin, dass etwas nicht stimmt?«

»Ich weiß es nicht. Es war ein Gefühl. Verflogen, ehe ich

es festhalten konnte. Glaubst du, jemand ist hinter uns her?« Sie dachte an die kurze Begebenheit im Wald.

»Ich habe Augen und Ohren getreulich offengehalten«, erwiderte Clemens. »Mir ist nichts aufgefallen, was aber …«

»Was aber nicht bedeuten muss, dass keine Gefahr droht«, vollendete Emma den Satz.

Clemens führte die Pferde in den Vorhof der *Blauen Traube*. Erneut blieb Emma zurück.

»Ist Euch nicht wohl, Gräfin?« Der Pferdeknecht war verunsichert. Eine Frau wie sie war ihm noch nie begegnet. Vielleicht lag es an ihrer adligen Herkunft, dass sie so anders wirkte, doch in seinem tiefsten Inneren wusste er, dass das nicht der Grund war.

»Wir werden dort drüben Quartier nehmen«, sagte sie und wies auf die Schenke, die schräg gegenüber dem Gasthaus lag.

»Herrin, ich weiß nicht …« Clemens musterte skeptisch die Taverne. Sie war deutlich kleiner als das schmucke Wirtshaus und wirkte wenig einladend. Schmutzig und verfallen, als wäre es dem Besitzer gleich, ob seine Gäste sich wohlfühlten. Von drinnen drang lautes Grölen zu ihnen. Doch Emma zog es wie von selbst in den *Narrenkönig*. Ihr Herz pochte heftig. Sie hatte in der Vergangenheit gelernt, ihrem feinen Instinkt zu vertrauen, deshalb ignorierte sie Clemens' Einwand.

»Komm«, forderte sie ihn auf.

Die Schenke hatte weder Vorhof noch Stall. Ein schmuddeliger Bursche nahm die Zügel der Pferde an sich und führte sie in ein winziges Gärtchen hinter dem Haus, wo bereits ein brauner Hengst an den kargen Grasbüscheln zupfte. Der *Narrenkönig* wurde hauptsächlich von Einheimischen besucht. Die Trinker der Stadt versammelten sich hier – und sie kamen ausnahmslos auf ihren eigenen zwei Beinen. Selbst an gewöhnlichen Wochentagen wurde der erste Humpen Bier noch vor dem Mittagsgeläut ausgeschenkt.

Der Geruch nach Alkohol und Männerschweiß umfing Emma beim Eintreten. Clemens folgte ihr auf dem Fuß.

»Willkommen im *Narrenkönig*!« Der Schankwirt breitete die Arme aus und schlug die Hände über dem Kopf zusammen, seine ganz eigene Art, die Neuankömmlinge zu begrüßen und gleichzeitig alle Anwesenden auf seine illustren Gäste hinzuweisen. »Fühlt Euch wie zu Hause.« Er führte die Dame und ihren Knecht an einen wackligen Tisch, der seine besten Zeiten lange hinter sich hatte. Tabakbrösel und die eingetrockneten Reste verschütteten Bieres klebten darauf.

»Vermietet Ihr Betten?«

Clemens zuckte bei Emmas Frage zusammen. Er hatte gehofft, dass die Gräfin sich angesichts des Schmutzes eines Besseren besinnen würde. Was in aller Welt wollte sie hier?

»Ob ich … Betten vermiete?«, wiederholte der Wirt langsam. Seine Nase leuchtete rot, untrügliches Zeichen dafür, dass er dem Alkohol selbst reichlich zusprach. Geplatzte Äderchen durchzogen das ganze Gesicht.

»Ganz genau«, bestätigte Emma.

»Nun, ich … Es gibt einen kleinen Schlafsaal, den könnte ich Euch zeigen. Ob Ihr allerdings …« Der Schankwirt hegte berechtigte Zweifel. Niemals hatte er ein solches Ansinnen erwartet. Ein kühles Bier sollte die fremde Dame hier bei ihm gerne bekommen. Ob es allerdings ratsam war, sie über Nacht und bei all den Trunkenbolden …

»Zeigt mir die Betten, und dann nennt mir Euren Preis«, forderte Emma so bestimmt, dass der Wirt die Achseln zuckte und schließlich nickte.

»Bitte kommt mit mir.«

Sie ging ihm nach, gefolgt von einem zutiefst besorgten Clemens.

Der Schankwirt führte sie in eine kleine Durchgangsstube mit Kamin, in dem um diese Jahreszeit noch kein Feuer brannte. Es gab nur zwei Tische, die rundum besetzt waren. Im Schlafraum nebenan lagen acht Laubsäcke auf dem Boden. Mehr nicht.

»Ich überlege es mir«, teilte Emma dem Schankwirt mit, der sie durch das Kaminzimmer zurückgeleitete. Die Männer an den beiden vollbesetzten Tischen hatten sich mittlerweile gegenseitig auf das hübsche Frauenzimmer aufmerksam gemacht und waren bei ihrem erneuten Eintreten verstummt. In der hintersten Ecke saß ein Mann, eben vom Abtritt zurückgekehrt, dessen Augen bei Emmas Anblick groß wurden.

»Falls Ihr bleiben wollt, brauche ich Euren Namen«, erklärte der Besitzer des *Narrenkönigs* gerade. »Auch den Eures Knechts.«

»Ah, da bist du ja!«, rief mit einem Mal laut der Mann, der gerade noch stumm in der Ecke gehockt hatte. Selbstsicher brachte er die Anwesenden zum Aufstehen, um sich selbst einen Weg zu Emma zu bahnen.

Sie starrte ihn an wie einen Geist.

»Ich dachte schon, ihr kommt gar nicht mehr!« Jovial schüttelte er Clemens die Hand und drückte einen Kuss auf die Wange der Gräfin.

»Das ist Babette, mein Eheweib«, stellte er sie laut vor, »und dies ist Johann, unser Bursche.«

»Was …«, setzte Clemens an, doch Emma brachte ihn mit der leichten Berührung ihrer Hand zum Schweigen.

»Ihr gehört zusammen, ich verstehe!« Dem Wirt fiel ein Stein vom Herzen. Also doch keine alleinstehende Frau, die sich aus unerfindlichen Gründen bei ihm einmieten wollte. Gott sei Dank musste er sich nicht länger sorgen. Mit einem Ehemann an ihrer Seite hatte sie keine Übergriffe seitens der anderen Gäste zu befürchten. »Weshalb habt Ihr nicht gleich nach Eurem Gatten gefragt, meine Liebe? Wir hätten ihn sicher schnell für Euch gefunden.«

Emma, die leichenblass geworden war, stieg nun das Blut in die Wangen.

»Verzeiht, wenn wir uns jetzt ein Weilchen zurückziehen und Eure Schlafkammer in Beschlag nehmen.« Der Fremde blinzelte in die Runde. »Ich habe meine Frau ein ganzes Weilchen nicht mehr gesehen.« Er schien die Lage vollständig im Griff zu haben. »Schenkt unserem Knecht einen Humpen voll Bier, guter Wirt, damit er sich während unserer Abwesenheit nicht langweilt.« Damit griff er Emmas Arm und führte sie hinaus.

Gräfin Eisenberg konnte Clemens gerade noch zunicken, um ihm zu bedeuten, dass alles seine Ordnung hatte.

»Das ist dein Hengst, der hinten im Garten steht«, flüsterte sie mit zittriger Stimme, sobald sie alleine waren.

»Ich wollte dich nicht erschrecken«, entschuldigte er sich. »Aber du durftest deinen richtigen Namen nicht nennen. Ulrich muss jeder gemeldet werden, der in einer der städtischen Herbergen Unterkunft nimmt.«

»Schon gut.« Sie presste sich an ihn, rieb ihre Wange an seinem unrasierten Kinn und begann leise zu weinen.

»Es geht dir gut, outo tytöö.« Erik umschlang seine Gemahlin mit den Armen. Sie war so zart, so weich. Er spürte, wie ihr Herz hämmerte. »Mein Gott, ich bin so froh, dass du wohlauf bist.«

45

STUTTGART
7. Oktober im Jahre des Herrn 1516

»Lieber Gott, Erik, was tust du hier?« Sie lachte und weinte gleichzeitig.

»Das Gleiche wie du, outo tytöö.« Graf Eisenberg liebkoste Gesicht und Hals seiner Frau, küsste ihre Tränen fort. Sie umschlang ihn mit den Armen und drückte sich an ihn. Niemals wieder wollten sie einander loslassen.

»Wo sind unsere Kinder, Liebster?« Sie wagte die Frage nur im Flüsterton zu stellen, da ganz offensichtlich weder Stefan noch Johanna bei ihrem Vater waren. »Hast du etwas in Erfahrung bringen können? Sie vielleicht sogar gesehen?« Gräfin Eisenberg dachte nicht weiter über den Zufall nach, der sie hier zusammengeführt hatte. Es schien nur natürlich, dass sie einander wiederbegegnet waren. Jede Faser ihres Seins zog sie zu Erik, so war es schon immer gewesen.

»Nein.« Graf Eisenberg führte Emma zu einem der Laubsäcke. Schulter an Schulter hockten sie dort auf dem muffigen Lager, die Hände ineinander verschlungen.

»Ich halte das nicht aus.« Erneut begann sie zu schluchzen. »Nicht zu wissen, wie es ihnen geht. Ob sie am Leben sind …« Erik wiegte sie in seinen Armen. »Ich kann sie nicht spüren, ich kann Stefan und Johanna nicht spüren.« Wimmernd krümmte sie sich zusammen.

Eriks scharfgeschnittenes Gesicht verzog sich bei ihren Worten. Beinahe wünschte er sich, wie Emma weinen zu können. Vielleicht hätten Tränen die unerträgliche Last etwas leichter gemacht.

»Wie bist du hierher gekommen? Was ist dir widerfahren,

Liebster?« Emma riss sich zusammen. Sie musste tapfer sein, trotz des bleischweren Herzens in ihrer Brust. Während sie seiner Schilderung lauschte, hatte sie das Bild ihrer glücklich spielenden Kinder vor Augen.

»Die alte Gunde ist gestorben«, berichtete er leise. »Deshalb bin ich später als geplant auf die Ravensburg zurückgekehrt. Dort erfuhr ich, was geschehen war, und wollte sogleich mit Heinrich nach München reiten. Zu allem Unglück wurde ich plötzlich so krank, dass ich mich nicht mehr auf den Beinen halten konnte. Erst einige Tage später konnten wir endlich aufbrechen.«

»Hast du meine Nachricht nicht erhalten? Ich habe dir Hendrik nach Eisenberg geschickt.«

»Dort ist er nie gewesen.«

»Geht es dir wieder gut?« Emma musterte den geliebten Mann voller Sorge, suchte nach Zeichen der überstandenen Krankheit in seinem Gesicht. Die Falten schienen sich tiefer in seine Haut gegraben zu haben.

»Ich bin wohlauf, glaub mir«, beruhigte Erik. Hätte er von dem Schlafmittel gewusst, seine Frau hätte ihm sagen können, dass der Mohn in seinem Schlaftrunk – in größeren Mengen bemessen – dazu geeignet war, Halluzinationen und arge Leibschmerzen hervorzurufen.

»Als ihr nach München kamt, fandet ihr die Tore schon verschlossen vor, nicht wahr?«

»Was wir auch versuchten – wir kamen nicht hinein«, bestätigte Erik. »Ich habe furchtbare Ängste um dich ausgestanden, outo tytöö. Das Schlimmste war, dass wir nichts über dich in Erfahrung bringen konnten. Ich flehte die Torwächter an, in der Residenz nach dir zu fragen. Ich bot ihnen viel Geld. Verrückt vor Sorge, hätte ich ihnen wahrscheinlich unseren gesamten Besitz übereignet, wenn sie nur danach verlangt hätten. Aber es war nichts zu machen.« Erik blickte sie an. Mit ihren rotgeweinten Augen und dem bleichen Gesicht erschien sie ihm schöner und tapferer denn je. Noch nie war es für sie beide um so viel gegangen. Um das Leben ihrer Kinder. Emma drückte seine Hand. »Heinrich und ich machten uns auf nach Stuttgart«, fuhr er fort. »Der Herzog weigerte sich lange, mich zu empfangen. Als ich hartnäckig blieb und er sich schließlich doch zu einer Unterredung bereit erklärte, behauptete er stur, die Kinder nicht bei sich zu haben.«

»Glaubst du ihm?«

»Wir haben keine Beweise, Emma. Unsere Vermutung beruht lediglich auf der Aussage eines kleinen Hirtenjungen, den wir nicht einmal kennen.« Erik schüttelte den Kopf. »Dennoch bin ich mir sicher, dass der Württemberger lügt.«

»Gewiss. Johanna und Stefan sind hier in dieser Stadt, davon bin ich überzeugt.« Emma schnippte eine Ameise fort, die über ihren Arm krabbelte. »Wo ist Heinrich?«, fragte sie plötzlich. »Du hast doch gesagt, er habe dich nach Stuttgart begleitet.«

»Ulrich hat mir verboten, mich weiter in Württemberg aufzuhalten. Deshalb haben wir uns getrennt. Heinrich verbirgt sich in der Nähe der Burg, wo er hofft, etwas über die Kinder in Erfahrung bringen zu können. Sein Gesicht kennt man dort nicht. Wir wollen den Herzog glauben lassen, ich hätte die Stadt verlassen, wie er mich geheißen hat. Deshalb auch der falsche Name. Wie gesagt, die Stuttgarter Wirte sind verpflichtet, dem Württemberger jeden Neuankömmling zu melden. Den Namen eines Regensburger Weinhändlers, der erst kürzlich eingetroffen ist, wird er – wenn wir Glück haben – nicht mit mir in Verbindung bringen.«

»Aber was jetzt, Erik? Was können wir tun?«

»Wir treffen uns später außerhalb der Stadt mit Heinrich. Abseits der Straße an einem der Weinberge steht ein Marterl, outo tytöö, an dem wir uns verabredet haben. Vielleicht hat er etwas herausfinden können.«

»Vielleicht.« Emma nickte. Es war eine schwache Hoffnung.

Ehe sie in die Gaststube zurückkehrten, erzählte sie Erik von den Ereignissen in München und der Wiederbegegnung mit Marzan. »Als wir ihn fanden, war er dem Tode nahe. Ich war nicht sicher, ob er es überstehen würde. Tagelang hat er um sein Leben gerungen, aber am Ende hat er über die Pest triumphiert«, schloss sie ihren Bericht. »Nachdem es ihm besser ging, haben wir lange miteinander gesprochen. Marzan grämt sich nicht länger wegen der Vergangenheit.«

»Das hoffe ich.« Erik spürte dennoch einen Stich der Eifersucht. Marzan hatte Emma leidenschaftlich zum Weib begehrt. Ob dieses Gefühl wirklich vollständig erloschen war? Noch wichtiger aber war ihm die Frage, welche Empfindungen das Wiedersehen in Emma geweckt haben mochte, die den Mann einst geliebt hatte.

Am späten Nachmittag trafen sich der Weinhändler, dessen Gemahlin und der große Knecht bei dem einsamen Marterl mit Heinrich. Dort setzten sie sich ins Gras. Obwohl die Sonne schien, meinten sie den herannahenden Winter riechen zu können.

»Es ist mir gelungen, ein wenig mit den Wachleuten zu plaudern. Ich gab vor, in den Dienst des Herzogs treten zu wollen«, berichtete der Landsknecht seinen Zuhörern. »Leider war es unmöglich, die Sprache unauffällig auf unsere Angelegenheit zu bringen. Später fing ich eine Magd ab, die mit Einkäufen auf die Burg zurückkehrte. Wir unterhielten uns ein Weilchen. Sie schien mir eine ehrliche Person, wusste aber von den Kindern nichts zu sagen.«

Nachdem Heinrichs Beobachtung der Burg keinen Fortschritt ergeben hatte, überlegten die drei Männer angestrengt, was man weiter tun könnte. Gräfin Eisenberg hingegen wirkte abwesend.

»Emma?«

Eriks Stimme schreckte sie auf. Hier in Württemberg,

am Ziel ihrer Reise, fiel es ihr zunehmend schwer, sich zu konzentrieren. Erinnerungen an ihre Kinder wurden lebendig. Stefan, wie er seiner Mutter voller Stolz eine schleimige Schnecke zum Geschenk machte, die fortan in ihrem Bett schlafen sollte. Johanna, die sich mit strahlendem Gesicht über einen Wurf junger Katzen beugte und ihnen kosende Worte zuflüsterte.

»Es tut mir leid«, entschuldigte sie sich. »Ich habe gerade nicht zugehört.«

»Wir haben darüber gesprochen, wie wir unbemerkt in die Burg gelangen könnten. Wenn der Herzog die Kinder nicht freiwillig herausgibt, müssen wir selbst nach ihnen suchen.«

»Aber wird Ulrich nach Eriks Besuch nicht gewarnt sein?«, gab sie zu bedenken.

»Natürlich. Deshalb müssen wir schnell handeln. Wir wissen nicht, was er unternimmt, zumal er nicht sicher sein kann, dass ich Württemberg tatsächlich verlassen habe.« Graf Eisenberg blickte reihum in die Gesichter. Da war Emma, die für Stefan und Johanna ihr Leben geben würde. Heinrich, der alles tat, um seine Herrin zu schützen. Und schließlich Clemens, der sich, wie Emma sagte, ebenfalls als treuer Gefährte erwiesen hatte. Zusammen waren sie vier Menschen, die alles riskieren würden, um die Kinder aus Ulrichs Händen zu retten. Erik schloss die Augen. In ihm reifte eine Idee, die er jedoch gleich wieder verwarf. Er durfte seine Frau nicht wissentlich in Gefahr bringen, auch wenn Emma sein Vorschlag mit Sicherheit nicht schrecken würde.

»Was ist mit dir?« Emma sah ihn fragend an. »Erik?«

»Nichts.« Er schüttelte den Kopf.

»Wir könnten uns Zutritt verschaffen, indem einer von uns als Dienstbote anheuert«, schlug Heinrich vor.

»Der Herzog wird Fremden gegenüber misstrauisch sein«, wandte Emma ein. »Er wird hinter jedem unbekannten Mann einen Mitstreiter Eriks vermuten.«

Graf Eisenberg senkte den Blick, als Emma ihn erneut ansah.

»Hinter jedem unbekannten Mann«, wiederholte sie ihren Satz. Erik schluckte schwer. Sie war von selbst darauf gekommen.

»Ich könnte es tun!«, rief sie aus. »Ulrich von Württemberg kennt mich nicht, er hat mich noch nie gesehen. Niemals würde er vermuten, dass ein Weib sich bei ihm einschleicht.«

»Das dürfen wir nicht riskieren, Herrin«, entgegnete Heinrich entschieden.

»Es wäre zu gefährlich, Emma.« Erik streichelte die Hand seiner Frau.

»Es geht um meine Kinder!« Es machte sie wütend, dass die Männer ohne Zögern ihr Leben riskieren würden, ihr selbst dies aber verwehrt bleiben sollte. »Meine Kinder, versteht ihr!«

»Die Gräfin ist eine kluge Frau.« Clemens ergriff zum ersten Mal das Wort. »Ich habe erlebt, wie sie sich Stunde um Stunde quält. Der Gram um ihre Kinder steht ihr ins Gesicht geschrieben. Ich finde, wenn sie es möchte, sollten wir sie gehen lassen.«

»Nein.« Erik umklammerte Emmas Hand fester, so sehr fürchtete er, auch sie zu verlieren.

»Ich könnte meine Dienste als Magd anbieten. Wir müssten nur andere Kleider besorgen.«

»Für gutes Geld ließe sich sicherlich ein einfaches Gewand erstehen – und das Schweigen des Verkäufers dazu.« Heinrich biss sich auf die Lippen. Das hatte er nicht sagen wollen. Er war ein Trottel, die Gräfin noch in ihrem Plan zu bestärken.

»Wenn Ulrich herausfinden sollte, wer ich bin, werde ich laut meinen Namen verkünden. Er wird dann nicht wagen, mir etwas anzutun.«

»Uns wird gewiss noch etwas anderes einfallen, outo tytöö.«

»Nein, Erik. Mein Entschluss steht fest. Und nun wollen wir keine Zeit mehr vergeuden.«

Emma verzichtete auf ihre Haube, die normalerweise ihr Haar bedeckte und sie als verheiratete Frau auswies. Ungebundene Mägde fanden leichter eine Anstellung – das war ein offenes Geheimnis. Die meisten Dienstherren schätzten es nicht, wenn ein zorniger Gatte sich zwischen sie und ihre mögliche Beute stellte. Sie hoffte allerdings, ihr Alter würde nicht zum Problem werden, denn sie war wahrlich kein junges Mädchen mehr.

Gräfin Eisenberg trug ein schlichtes Kleid aus grobem Leinen, das den Ansatz ihres Halses freiließ. Gerade einen Tag hatten die Vorbereitungen für ihren Auftritt als Magd in Anspruch genommen. Das Leder ihrer neuen Schuhe reichte bis zu den Knöcheln. Die Sohlen waren von der Vorbesitzerin durchgewetzt, so dass jede Unebenheit des Bodens, jedes spitze Steinchen durch die Löcher an den Fußballen zu spüren war.

Graf und Gräfin waren nicht mehr in den *Narrenkönig* zurückgekehrt. Stattdessen hatten sie die ihnen verbleibende Nacht genutzt, einander zwischen den sacht rauschenden Weinreben in die Arme zu sinken. Abseits von Clemens und Heinrich hatten sie sich bis zur Erschöpfung geliebt. Langsam und zart, sich der wertvollen Gegenwart des anderen bewusst. Unter dem funkelnden Sternenzelt hatte Erik sie schließlich angefleht, von ihrem Vorhaben abzulassen. »Ich kann dich nicht gehen lassen, Emma. Ich kann es nicht.« Sie hatte seine verzweifelten Worte noch im Ohr. Und dennoch war sie gegangen, hatte auf ihrem wagemutigen Plan beharrt und seither Eriks offene Missbilligung ignoriert – so schwer es ihr auch fiel.

Das Klopfen des eigenen Herzens erinnerte die Gräfin an den flatternden Flügelschlag eines kleinen Vogels. Bereits am Tor zu Ulrichs Burg wurde sie aufgehalten.

»Was willst du?« Der diensthabende Wachmann musterte die Frau in der einfachen Aufmachung. Ihr dichtes, dunkles Haar trug sie in einem lockeren Zopf. Lose Haarsträhnen spielten um ihr blasses Gesicht. Sie war kein junges Mädchen mehr, aber sehr schön.

»Ich suche eine Anstellung, Herr.« Emma mühte sich um einen schüchternen, unterwürfigen Tonfall, der ihr glaubhaft gelang. »Als Dienstmagd. Ich kann kochen, putzen, stricken, die Böden wienern, abwaschen, servieren …«

»Jaja«, winkte der Wachmann ungeduldig ab. »Das glaub' ich dir schon. Bist wohl vom Lande, was?« Er musterte sie erneut. Seine Augen hefteten sich auf die milchig weiße Haut ihres Halses.

»Könnt Ihr mir helfen, Herr?«

Ihr demütiger Tonfall gefiel ihm. An Respekt zumindest ließ sie es nicht mangeln. »Mal sehen, was ich für dich tun kann.« Er rief nach einem anderen Wachmann und bat ihn, den Posten am Tor für eine Weile zu übernehmen. »Bin gleich wieder da, Benno«, verabschiedete er sich mit einem Augenzwinkern. Es konnte ihm nur zum Vorteil gereichen, wenn die hübsche Magd hier in Dienst genommen wurde. Er war ständig auf der Suche nach einer Bettgefährtin für die Nacht, und seine Ansprüche waren recht hoch.

»Na, dann komm mal mit.«

Emma folgte dem Mann mit gesenktem Kopf bis zum Eingang des Dienstbotentrakts und von dort weiter in die geräumige Küche. »Lauf, such mir die Gisela.« Ein Wink des Torwächters genügte, das angesprochene Spülmädchen loseilen zu lassen. Wenig später stand Gisela vor ihnen.

»Was verschafft mir das Vergnügen, Huprich?« Die Frau war von ausladender Figur und mürrischem Wesen.

»Nett, dich zu sehen, meine Schöne«, erwiderte der Wachmann gelassen.

Gisela stieg das Blut ins Gesicht. Jedes Mal, wenn sie einander trafen, spielte er auf die gemeinsam verbrachte Nacht an, die sie im Nachhinein bitter bereute. Sie hatte geglaubt, der schmucke Huprich werde sie heiraten. Welche Narretei.

»Ich bringe dir ein neues Mädchen«, erklärte er forsch.

»Wir brauchen keine neue Magd.«

»Diese hier sicherlich. Sie ist äußerst geschickt in vielen Dingen. Du kannst sie in der Küche einsetzen oder bei den Wäscherinnen. Vielleicht auch an der herzoglichen Tafel.«

»Geschickt, soso – und du kannst das beurteilen, Huprich?«

»Bitte, Gisela.« Er versuchte es mit einem neckischen Augenaufschlag, der ihn schneller als gedacht zum Ziel führte, denn der Wirtschafterin war der Gedanke gekommen, dass sie Huprich durch die Neue endgültig loswerden könnte.

»In Ordnung, ich nehme sie. Wenn nur du mir aus den Augen gehst.«

»Dein Wunsch sei mir Befehl.« Der Wachmann verbeugte sich vor Gisela und nickte Emma zu. »Ich komme in den nächsten Tagen vorbei, um zu sehen, wie du dich eingelebt hast.«

»Vielen Dank.«

»Wie heißt du?«, fragte Gisela.

»Amelia«, erwiderte Emma und nannte den Namen ihrer verstorbenen Mutter.

»Ein feiner Name. Deine Eltern fühlten sich wohl zu Höherem berufen.«

»Ich weiß es nicht, Herrin.« Emmas Unbehagen wuchs.

»Ein Bett, drei Mahlzeiten und einen freien Sonnabend im Monat, das sind die Bedingungen«, erklärte die Hauswirtschafterin.

»Das ist mehr, als ich erhoffen durfte.«

»Fein. Ich zeige dir deine Kammer.« Gisela führte Emma zu den Gesindestuben an der Nordseite. Die Räume waren jeweils mit zwei Betten ausgestattet und verfügten daneben lediglich über winzige Sichtschlitze in den Außenmauern, die für ein wenig Helligkeit und frische Luft sorgten.

»Du wirst bei unserer Stummen schlafen. Die anderen Mädchen mögen sie nicht, weil sie kaum spricht. Aber sie ist fleißig, deshalb behalte ich sie«, erläuterte Gisela. »Im Moment arbeitet sie allerdings nicht in der Küche. Ich habe sie anderweitig eingesetzt.«

»Wo ist sie denn gerade?«

»Sie passt …«, setzte die Wirtschafterin an und unterbrach sich mitten im Satz. Beinahe hätte sie ausgeplaudert, worüber sie keinesfalls sprechen durfte. »Das geht dich nichts an. Du hast keine Fragen zu stellen, damit du dir das von Anfang an gut merkst. Wenn du nicht spurst, findest du dich schneller auf der Straße wieder, als du deinen feinen Namen sagen kannst. Ich bringe dir jetzt eine Schürze, dann kommst du gleich mit in die Küche und hilfst bei den Vorbereitungen für die Abendmahlzeit.«

»Natürlich.« Emmas Herz klopfte schneller. Womit wohl war die stumme Magd betraut?

Die Männer hatten ihr Lager ganz in der Nähe des Marterls aufgeschlagen, versteckt zwischen den Weinreben. Clemens und Heinrich saßen stumm nebeneinander und hingen ihren Gedanken nach. Die Dämmerung senkte sich herab und ließ die klaren Formen der Welt in diffusem Licht verschwimmen. Weiter oben im Weinberg gab es eine Stelle, von der aus die Mauern der Stuttgarter Burg zu sehen waren. Dort stand Erik und starrte aufgewühlt hinab auf das weitläufige Gemäuer, in dem seine Frau verschwunden war, um ihre Familie zu retten.

46

STUTTGART

8. Oktober im Jahre des Herrn 1516

Gisela schonte ihre neue Magd nicht. Emma war daher die Letzte, die nach dem Abtragen der Speisen, dem Abwasch, dem Putzen und Wischen zu Bett gehen durfte. Den Weg zurück in ihre Kammer fand sie mühelos. Sie hatte sich alles genau eingeprägt.

Die Gänge waren durch Fackeln, die in weiten Abständen an den Wänden hingen, schwach beleuchtet. In den Unterkünften selbst war es allerdings stockfinster, und so war sie dankbar für das schwache Talglicht, das ihr Gisela in die Hand gedrückt hatte. Sie stellte es auf den Boden und setzte sich auf ihr Lager. In dem Bett gegenüber lugte ein brauner Lockenkopf unter der Decke hervor.

Die körperliche Arbeit hatte Emma erschöpft, und doch war sie viel zu aufgewühlt, um an Schlaf auch nur zu denken. Stattdessen drängte es sie danach, die Burg zu erkunden. Ob Wachen auf den Gängen patrouillierten? Eine Zeit lang saß sie schweigend da und lauschte auf die regelmäßigen Atemzüge der anderen Frau. Sie wollte so lange warten, bis es tiefe Nacht geworden war. Die Zeit verstrich, und Emma verlor jedes Zeitgefühl. War es gerade erst Mitternacht? Oder ging es schon gegen Morgen? Sie wagte kaum, sich zu rühren, um die Stumme nicht zu wecken. Schließlich stand sie auf. Die Tür öffnete sich lautlos, und sie schlüpfte hinaus. Die Gänge lagen verlassen. Sie eilte durch den Nordtrakt der Dienstboten, vorbei an der Küche, vorbei an den Lagerräumen. Keine Menschenseele begegnete ihr. Die feiner werdende Ausstattung verriet, dass sie sich dem Kern der Burg näherte.

Teppiche bedeckten die Böden, Gemälde hingen an den Wänden. Zu ihrer Rechten führte eine Treppe ins Obergeschoss. Lagen dort oben die herzoglichen Räume? Hatte Sabina dort gelebt? Emma blickte sich um und schlich auf leisen Sohlen hinauf. Kaum hatte sie den ersten Treppenabsatz erreicht, hörte sie Stimmen. Männerstimmen. Sie klangen von oberhalb der Treppe zu ihr herab – und sie kamen näher.

Erschrocken presste sie sich gegen die Wand, machte nach kurzer Überlegung kehrt und rannte mit rasendem Herzen den Weg zurück, den sie gekommen war. Wenn man sie beim Herumschnüffeln erwischte, waren all ihre Bemühungen vergebens. Sie beschloss, die Nacht abzuwarten und die Arbeit am nächsten Tag zu nutzen, mehr über den Verbleib ihrer Kinder herauszufinden. Sie würde sich mit den anderen Mägden unterhalten, ungezwungen mit ihnen plaudern und dabei vorsichtig Erkundigungen einziehen.

Wieder in ihrer Kammer, legte sie sich rücklings auf ihr Lager, ohne ihre Schürze abzunehmen. Die Magd im Bett nebenan schlief fest und murmelte leise vor sich hin.

Am nächsten Morgen weckte sie ein blechernes Geräusch. Was war das? Die Stumme war verschwunden, ihr Kissen ordentlich gerichtet. In der Küche versammelten sich wenig später die Mägde mit müden, zerknitterten Gesichtern. Die Gräfin reihte sich unter ihnen ein, und Gisela stellte sie denjenigen vor, die ihr am vergangenen Tag noch nicht begegnet waren. Anschließend verteilte sie die Aufgaben. Emma wurde mit einfachen Hilfstätigkeiten betraut. Die angenehmeren Arbeiten wie die Arrangements der Blumengestecke für die Tafel fielen denjenigen Mägden zu, die schon länger im Dienst des Herzogs waren. So verbrachte Gräfin Eisenberg den Vormittag damit, einen nicht enden wollenden Berg Äpfel zu schälen. Am Mittagstisch versuchte sie den neugierigen Fragen der Frauen auszuweichen, da das Lügen ihr schwerfiel. Am Nachmittag entgrätete sie Fisch. Gisela gönnte ihr keine Atempause und somit keine Gelegenheit, die Burg auf leisen Sohlen zu durchstreifen. Ihr blieb die Hoffnung auf die zweite Nacht.

Wieder wurde es spät, bis Emma in ihre Kammer zurückkehren durfte. Im anderen Bett lag die Stumme und bot dasselbe Bild wie am Abend zuvor. Die Gräfin trat näher und betrachtete die Schlafende im schwachen Schein des Talglichts. Ein Gedanke bahnte sich seinen Weg an die Oberfläche und verschwand, ehe sie ihn greifen konnte. Seufzend setzte sie sich auf ihr Lager und wartete. Sie wollte nicht noch einmal riskieren, das Zimmer zu früh zu verlassen. Die Männerstimmen in der Nacht zuvor hatten sie gelehrt, erst in der dunkelsten Stunde loszuziehen.

Die umfassende Stille in der kleinen Kammer wurde unterbrochen, als die Stumme im Schlaf ihre Lippen bewegte und leise zu murmeln begann. Ohne es zu wollen – Träume waren etwas sehr Intimes –, hörte Emma ihre Worte.

»Nicht das Fenster … nein. Nicht das Fenster«, flüsterte die Frau. »Komm da weg.«

Emma drehte sich zur Wand, ein wenig verwundert darüber, dass die Stumme offenbar klar und deutlich sprechen konnte. Sie kam sich schäbig dabei vor, die ahnungslos Schlummernde zu belauschen. Um sich abzulenken, grübelte sie darüber nach, wann sie zuletzt mit einer völlig unbekannten Person in einem Raum geschlafen hatte. Sie konnte sich nicht mehr erinnern. Stets waren Erik oder Franziska bei ihr gewesen.

»Um Gottes willen …«, rief die Fremde nun, und ihre Stimme nahm einen solch schrillen Ton an, dass Emma nicht länger weghören konnte. »Johanna, komm … komm da weg.«

Die Gräfin schoss in die Höhe. Johanna. Johanna. Johanna.

Die Stumme hatte gerade den Namen ihrer Tochter genannt. Das Wort hallte in ihren Ohren. War es ihre Johanna, von der sie träumte? Emmas kleines Mädchen, nach dem sie sich so verzweifelt sehnte?

Sie konnte nicht warten, sie musste es wissen. Kurz entschlossen ging sie zu der Schlafenden und rüttelte sie leicht an den Schultern. »Wach auf. Bitte, wach auf.«

Das Mädchen schlug, noch im Halbschlaf, mit den Händen um sich. In der schwachen Flamme des Talglichts ließ sich erahnen, wie jung sie war.

»Psst«, murmelte Emma und verfiel in den wiegenden Singsang, mit dem sie ihre Kinder tröstete, wenn diese sich ängstigten. »Alles ist gut. Du hast schlecht geträumt.«

»Was willst du?«

»Hab keine Angst«, bat sie.

Die Stumme schob Emma mit den Händen fort. Sie erinnerte sich ihres Traumes, ehe sie aus dem Schlaf gerissen worden war. Herzog Ulrich hatte versucht, das Mädchen Johanna aus dem Turmfenster zu stoßen.

»Du hast nach einer Johanna gerufen.«

Das Mädchen presste die Lippen zusammen.

»Wer ist das? Jemand, der dir nahesteht? Deine Schwester?« Emma beherrschte sich nur mühsam. Am liebsten hätte sie die Fremde gepackt und alles Wissen aus ihr herausgeschüttelt.

»Johanna ist ein trauriges kleines Mädchen«, erwiderte die Stumme, die diesen Namen in den Augen der Gräfin völlig zu Unrecht trug.

Emma wollte weiter in sie dringen, da ließ leises Lachen sie zusammenfahren. Draußen im Burghof, wohl unter dem schmalen Fenster der Mägdekammer, flüsterten eine männliche und eine weibliche Stimme miteinander. Wahrscheinlich ein Liebespaar, das sich vor den Augen der patrouillierenden Wächter verbarg. Als Emma sich der Magd erneut zuwandte, war diese wieder eingeschlummert.

Lautes Scheppern weckte Emma, nachdem sie in der Nacht in einen leichten Schlaf gefallen war, der ihr für kurze Zeit gnädiges Vergessen geschenkt hatte. Sie öffnete die Augen und blinzelte. Graues Tageslicht drang durch das schmale Fenster. Es war früher Morgen. Erschrocken fuhr sie hoch. Sie war eingeschlafen und hatte die Nacht ungenutzt verstreichen lassen. Sie betete, dass wenigstens die Stumme ihr weiterhelfen würde.

»Das ist Gisela. Sie läuft mit einem Eimer durch die Gänge und schlägt mit einem Kochlöffel darauf. So weckt sie uns immer.«

»Guten Morgen.« Emma blickte zu ihrer Mitbewohnerin. Ihre weiche Stimme glich einem melodischen Singsang. Braune Locken lagen ihr wirr um den Kopf. Sie sah verletzlich aus und war mit Sicherheit noch keine achtzehn Jahre alt. Emma fühlte eine Erinnerung in sich aufsteigen, die sie jedoch nicht zu fassen vermochte.

»Tut mir leid, dass ich dich heute Nacht geweckt habe«, entschuldigte sie sich.

Die Fremde nickte bloß.

»Hast du einen Namen?«

»Die Stumme nennen sie mich, das hast du doch sicher schon erfahren.«

»Ich meine deinen richtigen Namen.« Emma blieb geduldig. Sie war überzeugt, das Mädchen wusste, wo Stefan und Johanna sich befanden. Es lag an ihr, das Vertrauen der jungen Magd zu gewinnen.

»Ich heiße Caroline, und ich bleibe gerne für mich. Du kannst dich den Lästereien der anderen gerne anschließen – wenn du mich dafür nur in Ruhe lässt.« Die Magd schob sich die langen Stirnfransen aus dem Gesicht und band ihr Haar im Nacken zusammen.

Emmas Herz setzte einen Schlag lang aus. Das war es. Die Ähnlichkeit, die ihr schon aufgefallen war, als sie die Schlafende nachts beobachtet hatte. Das Begreifen kam jetzt, im trüben Licht des neuen Tages. Ein Gedanke formte sich in ihrem Kopf. Die Möglichkeit, es könnte ihr vorherbestimmt sein, den Menschen aus ihren Visionen im Leben selbst zu begegnen.

Wie in Trance ging sie zu dem Mädchen, hob die Hand und berührte dessen Stirn.

»Was tust du?«, protestierte Caroline, hielt aber still.

Die alte Narbe leuchtete Emma entgegen.

»Du bist es.« Die Gräfin sank auf das Bett. Ihr Atem ging schwer. War es göttlicher Wille, der ihre Wege führte, der sie zuerst auf Renate und nun auf Caroline treffen ließ? War es Gott, der ihr die Kinder genommen hatte?

»Was hast du? Bist du krank?« Das Mädchen musterte Emma. Vorsicht und Skepsis leuchteten in ihren Augen. »Woher weißt du von meiner Narbe?«

»Ich bin eine Seherin.« Emma wunderte sich, dass ihr die Worte im Beisein der jungen Frau so leicht über die Lippen kamen. »Ich habe davon geträumt – oft davon geträumt –, was dir und deinem Vater auf dem Schorndorfer Marktplatz widerfahren ist.«

Caroline schüttelte den Kopf. »Das kann nicht sein.«

»Es ist, wie ich es dir sage.«

»Lügnerin!«, rief das Mädchen. »Du warst dabei! Du hast zugesehen und nichts getan! Deshalb kennst du mich.«

»Ich bin nie in Schorndorf gewesen.« Emma bereute schon, so voreilig die Wahrheit gesprochen zu haben. Es war nur natürlich, dass Caroline ihr nicht glaubte.

»Wir müssen an die Arbeit.« Die Tochter des Gaispeters klang schroff, abweisend – und verletzt. Sie holte ihren Schurz unter dem Bett hervor, band ihn um und ging zur Tür.

»Er ist wieder da.« Die Mägde in der Küche kannten an diesem Morgen kein anderes Gesprächsthema als Herrn von Ulzstetten, der schon häufig beim Herzog in Ungnade gefallen war und es trotzdem stets fertigbrachte, sich Ulrichs Wohlwollen aufs Neue zu sichern. Der Teufel mochte wissen, wie er das anstellte.

Als Caroline und Emma eintrafen, erwartete sie die Wirtschafterin bereits mit zornig in die breiten Hüften gestemmten Händen.

»Entschuldige bitte, Gisela.« Leise bat die Tochter des Gaispeters um Verzeihung.

»Ihr hattet wohl viel miteinander zu besprechen«, feixte eine der Mägde in Emmas und Carolines Richtung.

»Unsere Stumme ist wie ein Fass ohne Boden, wenn sie einmal zu plaudern anfängt, nicht wahr!«, höhnte die Nächste.

»Es wird nicht wieder geschehen«, entschuldigte sich auch Emma bei der aufgebrachten Wirtschafterin, ohne die gemeinen Einwürfe zu beachten.

»Das hoffe ich, sonst fliegt ihr alle beide in hohem Bogen hinaus.« Giselas Augen blieben auf den Missetäterinnen haften. »Ungeschoren kommt ihr mir nicht davon«, verkündete sie. »Ich lasse mir etwas einfallen.«

Bei der gemeinsamen Mittagsmahlzeit nahm Emma unaufgefordert neben Caroline Platz.

»Gisela meinte gestern, du wärst mit einer anderen Aufgabe betraut«, raunte sie ihr zu.

»Nicht mehr. Ich arbeite wieder in der Küche.«

Plötzlich stand die Wirtschafterin vor ihnen.

»Ihr zwei seid auserkoren, an der herzoglichen Tafel zu bedienen, solange Ulzstetten auf der Burg zu Gast weilt – das wird euch eine Lehre sein.«

Beide Frauen wurden totenbleich.

»Weshalb ist es eine Strafe, dem Herzog die Abendmahlzeit zu servieren?«, flüsterte Emma, nachdem die Wirtschafterin befriedigt davongestapft war.

»Heiner von Ulzstetten – sein treuer Vasall – ist ein grober

Mann. Er piesackt uns Mägde, wann immer er kann. Seine Anwesenheit …« Mitten im Satz brach sie ab.

»Was, Caroline?«, forschte Emma nach.

»Seine Anwesenheit macht das Bedienen zu einer unliebsamen Aufgabe, das ist alles«, erwiderte die junge Frau, die zutiefst verängstigt schien. Ihn am Leben zu sehen war ein Schock für sie gewesen. Bisher war es ihr gelungen, Ulzstetten bei seinen Aufenthalten auf der Stuttgarter Burg aus dem Weg zu gehen. Giselas Entschluss änderte alles und brachte sie in höchste Gefahr. Entgegen aller Vernunft verspürte sie den Drang, sich der dunkelhaarigen Frau anzuvertrauen. Seltsam, sie mochte die neue Magd Amelia – trotz ihrer Lügen und ihres schrecklichen Wissens über die Geschehnisse auf dem Schorndorfer Markplatz.

»Danke.« Emma lächelte dem Mädchen zu.

»Danke, wofür?« Caroline runzelte die Brauen.

»Dafür, dass du mit mir sprichst. Ich kann eine Freundin gebrauchen, weißt du.«

Herzog Ulrich dinierte an diesem Abend in kleiner Runde in seinem privaten Speisesaal. Die Tafel in der prächtigen Wohnhalle blieb ungedeckt. Beim Mahl waren nur Heiner von Ulzstetten und einige wenige Vertraute anwesend.

Gisela hatte Emma und Caroline genau instruiert. Die Serviermädchen hatten den Blick gen Boden zu richten und keinesfalls zu sprechen, außer sie wurden dazu aufgefordert.

Die Gräfin sah trotzdem auf. Zum einen, weil sie die Suppe auf dem Tablett in ihren Händen nicht verschütten wollte, zum anderen, weil es sie danach drängte, dem Württemberger endlich von Angesicht zu Angesicht gegenüberzustehen. Sabina hatte ihren Gatten als wenig attraktiv geschildert, und sie konnte dem nur zustimmen. Ulrich hatte für sein Alter von knapp dreißig Jahren einen enormen Leibesumfang. Sein Haar war sehr kurz geschnitten und bewegte sich im Farbton zwischen Aschblond und Grau. Die hervorstehenden blauen Augen erinnerten an die eines Fisches. Seine markante Nase war zu lang geraten und schien über den Mund mit der vollen Unterlippe hinauszustehen. Dem Vergleich mit seinem Schwager, dem gutaussehenden Bayernherzog, konnte er nicht standhalten, da schafften auch die schweren Goldketten über der Brust keine Abhilfe.

Emma spürte Carolines Zittern, die mit der gebratenen Gänseleber dicht hinter ihr stand, während sie selbst vorsichtig die dampfende Fleischsuppe abstellte. Heiner von Ulzstetten hatte hingegen Gesichtszüge von seltenem Ebenmaß. Er trug eine Augenklappe, welche die ihm von Göggingen beigebrachte Narbe jedoch nicht zur Gänze bedeckte. Die schwarzen Locken rahmten sein Gesicht wie ein Heiligenschein. Er wirkte abwesend, und sein verbliebenes Auge starrte stumpf vor sich hin. Gräfin Eisenberg spürte die Tochter des Gaispeters neben sich, hatte die Ereignisse auf dem Schorndorfer Marktplatz vor Augen, und die Erkenntnis traf sie mit voller Wucht. Dieser Mann, der Caroline die Narbe auf ihrer Stirn zugefügt hatte, durfte das Mädchen niemals wiedererkennen. Der schurkische Ulzstetten, der Emmas Wege in den vergangenen Monaten so oft indirekt gekreuzt hatte, der Michael von Göggingen heimtückisch ermordet und anschließend versucht hatte, Renate Wieland Leid zuzufügen, war nun ganz nahe. Möglicherweise war Ulzstetten auch für den Angriff der Söldner in Augsburg verantwortlich.

Es war wie ein Schlag in den Magen, das personifizierte Böse aus ihren Visionen Realität werden zu sehen.

Obwohl Gräfin Eisenberg nichts von der zweiten verhängnisvollen Begegnung Carolines mit Ulzstetten ahnte, war ihr klar, dass die junge Frau das Antlitz ihres Peinigers keinesfalls vergessen hatte und sehr wohl wusste, wen sie vor sich hatte. Das Beben ihres Körpers war Zeichen genug. Emma besaß die Geistesgegenwart, sich unauffällig vor Caroline zu stellen, um ihre Gestalt vor Ulzstettens Auge zu verbergen.

Ulrich von Württemberg forderte Wein, so dass Emma gezwungen war, beim Eingießen nahe an ihn heranzutreten. Sie spürte die dunkle Aura des Herzogs, die sie wie eine körperliche Berührung traf. Selbst ohne Ulrichs Vorgeschichte zu kennen, hätte sie in diesem Moment von dem Blut gewusst, das an seinen Händen klebte. Dumpf erinnerte Emma sich an Sabinas Schilderung von der Mordtat des Württembergers am gehörnten Ehemann seiner Geliebten, die das ganze Land in Aufruhr versetzt hatte.

»Du.« Emma hatte den Becher gerade vollgeschenkt, da wurde sie grob am Handgelenk gepackt. »Bring noch mehr Brot«, befahl Ulrich barsch und ließ sie los. Die Gräfin beeilte sich, das Gewünschte zu holen. Caroline folgte ihr auf dem Fuß, den Kopf tief gesenkt. In der Küche fehlte die strenge Gisela, womöglich war die Wirtschafterin anderswo beschäftigt. Emma dankte dem Herrgott für diesen glücklichen Zufall, der es ermöglichte, das Mädchen für eine Weile aus der Reichweite Ulzstettens zu schaffen.

»Bleib hier. Ich komme allein zurecht.«

Die junge Frau weinte fast vor Erleichterung.

Während Gräfin Eisenberg das gewünschte Brot auftrug und die Herrschaft bediente, fragte sie sich unablässig, was der grausame Herzog ihren Kindern angetan haben mochte. Sein Wesen strahlte eine unmenschliche Kälte aus. Die Furcht machte Emmas Glieder bleischwer und lähmte ihr Denken. Einzig Vernunft und starker Wille hielten sie davon ab, dem Württemberger entweder an die Kehle zu springen oder schluchzend an Ort und Stelle niederzusinken.

Die Wirtschafterin kehrte leider bald zurück, scheuchte Caroline auf und schalt sie lautstark für ihre Faulheit. Die

Tochter des Gaispeters hatte sich unterdessen ein Tuch um den Kopf geschlungen, das ihre Stirn verbarg.

»Nicht.« Emma hielt sie zurück. »Nimm das ab. Es ist weniger auffällig, wenn du die Narbe mit deinem Haar bedeckst. Bleib ganz ruhig. Er wird dich nicht beachten«, sprach sie ihr Mut zu. Leider sollte Gräfin Eisenberg in diesem Punkt nicht recht behalten.

Heiner von Ulzstetten war nicht von ungefähr als Schrecken aller Mägde verschrien. Wo der Herzog die weiblichen Dienstboten, zumindest bei Tisch, kaum beachtete – etwas anderes war die Schändung von Frauen in zugigen Gängen –, da quälte sein Dienstmann die Weibsleute zur eigenen Erbauung. Allein aus diesem Grunde wurde die Ehre, an Ulrichs Tafel servieren zu dürfen, in Zeiten von Ulzstettens Anwesenheit bei Hofe ins Gegenteil verkehrt.

Bisher waren Emma und Caroline glimpflich davongekommen, doch mit zunehmendem Weingenuss Ulzstettens änderte sich das. Er richtete seine unliebsame Aufmerksamkeit auf Gräfin Eisenberg, die den Großteil der Servierarbeit übernahm, so dass Caroline im Hintergrund bleiben konnte. Mit stoischer Miene ließ Emma Ulzstettens Kniffe in ihren Hintern über sich ergehen, ohne sich eine Regung anmerken zu lassen – so erniedrigend sein Gebaren für sie auch war. Sie fand Trost in dem Wissen, dass der abscheuliche Kerl selbst keinen Gefallen an seinem Tun fand und die Mägde nur plagte, um seinen Ruf zu wahren. Anders hätte sich die Sache dargestellt, hätten junge Knaben an der Tafel bedient. Seine unerwünschte Aufmerksamkeit für das weibliche Geschlecht war dazu gedacht, seine eigentliche Neigung zu verbergen.

Selbst als er sein fetttriefendes Messer, welches er beileibe nicht nur für die Mahlzeiten verwendete, an Emmas Kleid abwischte, blieb sie gelassen. Die Hoffnung, Stefan und Johanna bald in die Arme schließen zu können, machte die

Demütigungen erträglich. Und irgendwann war es tatsächlich überstanden.

Später, die Finsternis hatte sich über die Stuttgarter Burg gesenkt, saßen die beiden Frauen in ihrem Kämmerlein beisammen. Die kleine Lichtflamme zwischen ihnen warf schwarze Schatten an die Ziegelwände.

»Du hast dich heute Abend bewusst vor mich gestellt, damit Ulzstetten meine Narbe nicht bemerkt«, begann Caroline zögernd. »Du hast gewusst, wovor ich mich fürchtete.«

»Ja.«

»Ich habe darüber nachgedacht. Über das, was du gesagt hast. Dass du eine Seherin bist. Erzähl mir von dir – kann sein, ich schenke dir Glauben.«

»Meine Geschichte ist kurz.« Emma betrachtete das Mädchen. »Ich bin auf der Suche nach Anstellung hergekommen und froh darüber, in Dienst genommen …« Sie unterbrach sich. »Ich will dich nicht belügen«, fuhr sie nach einer Weile fort. »Nicht, wo es darum geht, mir dein Vertrauen zu erwerben. Mit dem, was ich dir jetzt verrate, lege ich gleichsam mein Schicksal in deine Hände.«

»Bitte, sprich«, bat Caroline ernst.

»Die Kleider einer Magd sind nur Maskerade. Die Wahrheit ist … ich bin hier, um meine Kinder zu finden. Herzog Ulrich hat sie entführen lassen. Wir glauben, dass er sie auf seiner Burg versteckt hält.«

Carolines Gesicht zuckte. »Du bist Stefans und Johannas Mutter!«

»Du weißt, wo sie sind. Ich wusste es!« Hoffnung belebte Emma wie ein frischer Guss am Morgen. »Bitte, sag mir, geht es ihnen gut?«

Das Mädchen antwortete nicht.

»Geht es ihnen gut?«, wiederholte sie. »Ich bitte dich, so rede doch!«

»Es ist schon richtig, die Kinder wurden mir anvertraut, gleich nachdem man sie hergebracht hatte. Ich habe sie gehütet, oben in einem der Türme. Gisela hat mir strengstens untersagt, auch nur ein Sterbenswort über Stefan und Johanna zu verlieren. Sie drohte mit Tod und Teufel, wenn ich nicht schweigen würde.« Caroline behielt ihre schlimmsten Befürchtungen für sich. »Deine Kinder waren traurig, aber unversehrt.« Wie hätte sie dieser Mutter, deren graue Augen so froh leuchteten, erzählen sollen, was ihr selbst in den Nächten Albträume bescherte?

»Dank sei dem Herrn!« Eine Träne kullerte über Emmas Wange. Sie wollte schier bersten vor Erleichterung. Lachen und weinen, tanzen vor Glück, alles zur gleichen Zeit. Wenn Caroline nicht so still gewesen wäre.

»Vor wenigen Tagen ist der Herzog im Turm gewesen«, sprach die junge Frau bedrückt weiter. Ihre Stimme klang rau und hatte jeden melodischen Klang verloren. »Er schien wütend, wurde aber ruhiger, während er mit den Kindern sprach. Ich konnte spüren, wie er einen Entschluss fasste. Manchmal bemerke ich Gefühle an anderen Menschen, weißt du. Es ist ein wenig, als könnte ich in ihnen lesen …« Caroline führte dies nicht weiter aus. Wenn Emma wirklich eine Seherin war, würde vielleicht der Tag kommen, an dem sie sich ihr anvertrauen konnte. Irgendwann einmal. »Gestern sind Stefan und Johanna meiner Obhut entzogen worden. Deswegen arbeite ich jetzt wieder in der Küche und habe keine Ahnung, was seither mit Stefan und Johanna geschehen ist. Es tut mir so leid.«

Emma stand auf. Wie eine Blinde torkelte sie durch den Raum, von Schwindel und Übelkeit erfasst.

Caroline entschied sich nun doch für die ganze Wahrheit. Die Frau hatte ein Anrecht darauf, alles zu erfahren. »Ich glaube, er will sie töten«, wisperte sie.

47

STUTTGART
10. Oktober im Jahre des Herrn 1516

Während Emma in ihrer Kammer erschüttert in sich zusammensank und von Caroline gestützt werden musste, war Ulrich bester Laune. Die Gänseleber hatte ihm vorzüglich gemundet, und die Lösung seines Problems stand dicht bevor.

»Setz dich, Heiner«, forderte er seinen Handlanger auf, den er nur aus einem einzigen Grund zurück an den Hof gerufen hatte.

Ulzstetten, der nach dem schweren Essen auf und ab gegangen war, nahm Platz. Er wusste bereits in groben Zügen Bescheid und würde tun, was zu tun war.

»Eisenberg hat Stuttgart verlassen. Zumindest will er mich das glauben machen«, erklärte der Herzog mit einem feinen Lächeln. »Aber er ist ein Narr, wenn er denkt, mich überlisten zu können. Der Bursche hängt mit ganzem Herzen an seinen Bälgern, der zieht nicht so einfach den Schwanz ein. Wir müssen die Angelegenheit schnell bereinigen.«

»Wird niemand bei ihnen sein?«

»Nein. Seit heute hütet Olinde die Gören. Zumindest tagsüber – des Nachts wärmt sie mein Bett.« Ein breites Grinsen malte sich auf Ulrichs Zügen. Seine neue Geliebte war die Ehefrau des Kämmerers und von leidenschaftlicher, schier unersättlicher Natur. Er erinnerte sich vage, sie lange vor ihrer Heirat schon einmal besessen zu haben. Da war sie noch eine Jungfrau und weniger aufgeschlossen gewesen. Vor allem ihre vollen, schaukelnden Brüste über seinem Gesicht waren ihm im Gedächtnis geblieben.

Ulzstetten räusperte sich, und der Herzog besann sich

wieder auf die Erläuterung seines Planes. »Die bisherige Kindsmagd – eines von den beiden Weibern, die heute serviert haben – schien ganz versessen auf das Mädchen und den Jungen und ist dazu so gut wie stumm. Sie hat ihre Schützlinge nicht für den Bruchteil einer Sekunde aus den Augen gelassen, wenn ich mich in ihrer Nähe befand. Sicherheitshalber habe ich sie deshalb bereits mit einer anderen Aufgabe betrauen lassen. Ich bin mir jedoch nicht sicher, dass sie den Mund auch weiter halten wird. Das Beste wird sein, sie möglichst bald ebenfalls verschwinden zu lassen.«

»Wo sind sie jetzt?«, warf Ulzstetten ein.

»Die Bälger befinden sich in dem Gewölbe unter der Kapelle. Abgesehen von der Wirtschafterin und der erwähnten Magd weiß das Gesinde nichts von ihrer Anwesenheit. Es gibt sicherlich Gerüchte, aber die wird niemand bestätigen. Olinde sorgt dafür, dass die Gören sich ruhig verhalten – obwohl man ihr Plärren ohnehin nicht hören würde. Du erhältst nachher den Schlüssel von mir.«

»Warum nicht heute Nacht, mein Herzog? Wäre es nicht besser, das Problem gleich aus der Welt zu schaffen?«

»Nein«, lehnte Ulrich entschieden ab. »So klein sie sind – wir können die Leichen nicht unbemerkt aus der Burg schaffen. Gut möglich, dass Eisenberg ein Auge auf die abfahrenden Fuhrwerke hat. Und wir wissen nicht, wie viele Männer er mit sich führt. Ein zu großes Risiko.«

»Das bedeutet …«

»Das bedeutet, die Kinder bleiben zwischen den Burgmauern und finden ihren Platz im Boden eines Weinkellers. Dort unten hält sich niemand auf, wenn ich es nicht ausdrücklich wünsche. Du kannst in Ruhe graben.«

»Ich soll das Grab ausheben?« Ulzstetten zog die Augenbrauen in die Höhe. Die Wut des Herzogs auf seinen Gefolgsmann war nach dessen Rückkehr verraucht, so dass er sich diesen Widerspruch erlauben durfte. »Kann das nicht einer der Knechte übernehmen?«

»Du bist ein Dummkopf, Heiner. Wir dürfen in dieser Angelegenheit niemandem vertrauen. Wenn herauskäme, dass ich die Kinder entführen ließ und sie festhalte, wäre das ein Eklat, der Württemberg in den Grundfesten erschüttern würde. Den Aufschrei bei Adel und Klerus will ich mir gar nicht erst vorstellen. Also los, mach dich an die Arbeit.«

»Wie Ihr wünscht.« Heiner verbeugte sich mürrisch. Er hatte etwas gutzumachen, auch wenn der Dreck wieder einmal an ihm hängen blieb.

»Ein Spaten steht in den Weinkellern bereit«, ließ ihn Ulrich wissen. Leichtes Amüsement klang in seinen Worten mit. Es behagte ihm, Ulzstetten ein wenig zu schinden. »Eines noch, Heiner. Diese missliche Lage haben wir alleine dir zu verdanken. Hättest du genügend Verstand besessen, mir die eigenen Kinder zu bringen, müsstest du dich jetzt nicht plagen.«

»Ich weiß.«

»Also enttäusche mich nicht wieder.«

»Das werde ich nicht.« Ulzstetten nahm den Schlüssel zu dem Raum unter der Kapelle von Ulrich entgegen. »Morgen Nacht sind die Kinder mausetot.«

Nie zuvor, nicht in den finstersten Stunden, hatte Emma sich so ohnmächtig gefühlt wie nach Carolines Offenbarung. Stefan und Johanna waren klein, verletzlich und hilflos. Ihre Mutter war nicht da, um sie zu schützen, wie es ihre Aufgabe gewesen wäre.

»Bei Gott, ich werde dir helfen, aber warte bis morgen Nacht«, flehte die junge Magd in der vergeblichen Hoffnung, die Gräfin von ihrem Vorhaben abbringen zu können. Emma aber schlug alle Vorsicht in den Wind.

»Du musst mich nicht begleiten, Caroline. Erkläre mir

nur, wo die herzoglichen Gemächer liegen und wo sich der Aufstieg zum Turm befindet, in dem meine Kinder gefangen waren«, verlangte sie. »Dort werde ich mit meiner Suche beginnen.«

»Bitte, gedulde dich bis morgen Nacht«, wiederholte Caroline. Es kostete sie Überwindung, nicht auf den unscheinbaren Ziegel in der Wand zu starren, hinter dem das Gift verborgen lag. Sie betete inbrünstig darum, die Gräfin möge ein Einsehen haben. Das Mädchen hatte entschieden, dass es an der Zeit war zu handeln. Sie durfte nicht länger zaudern. Ulzstetten hätte den Tod verdient gehabt. Aber es war Ulrich, der sterben musste. Er hielt die Fäden in der Hand und war damit in Carolines Augen der Verantwortliche. Er hatte ihren Vater umbringen lassen, er hatte sie vergewaltigt, und er war es auch, der nun das Leben unschuldiger Kinder gefährdete.

Sie konnte der Gräfin nichts von ihrem Vorhaben verraten, nichts durfte den Tag ihrer Rache bedrohen. Wenn Emma nur begreifen wollte, dass die Rettung nahe war.

»Ich bin ihre Mutter, versteh doch!« Der Aufschrei klang wie das Jaulen eines waidwunden Tieres. »Während wir herumsitzen, könnten Stefan und Johanna sterben. Jede Stunde, jede Minute!«

»Wir wissen nicht, ob der Herzog ihnen wirklich etwas antun will«, versuchte Caroline zu besänftigen. »Es ist nur mein Gefühl.«

»Ich gehe jetzt.« Emma stand auf, ohne einen Gedanken an die Wachen auf den Gängen oder die Gefahren für ihr eigenes Leben zu verschwenden. Am Morgen, wenn die Tore offenstanden, wollte sie einen Wächter bestechen und Erik Nachricht zukommen lassen. Doch der neue Tag war noch weit.

Caroline gab ihren Widerstand auf. Flüsternd nannte sie der Gräfin die wichtigsten Anhaltspunkte, um ihr die Orientierung zu erleichtern. Emma schlüpfte zur Tür hinaus, eine bleiche Erscheinung in dunkler Nacht.

Nachdem sie verschwunden war, holte Caroline das Fläschchen mit dem Gift aus dem Versteck. Während sie sich – vielleicht zum letzten Mal – den Tod des Herzogs ausmalte, wiegte sie das Behältnis in den Armen wie ein Kind. Endlich würde sie ihren Vater rächen. Wenn die Gräfin und ihre Kinder bis dahin überlebten, konnte noch alles gut werden.

Im Gegensatz zu seiner frivolen Gattin war Olindes Ehemann grundanständig. Steif und viel zu bieder, um sich eingestehen zu können, was am Stuttgarter Hof ein offenes Geheimnis war. Die Kämmererfrau setzte ihrem Gemahl Hörner auf, wann immer sich ihr die Gelegenheit bot. Ihre amouröse Affäre mit dem Herzog sorgte seit Wochen für Gesprächsstoff. Immerhin war ihr daran gelegen, den Schein zu wahren. Das Offensichtliche unter dem Deckmäntelchen der Heimlichkeit zu halten, verlangte allein der gute Ton. So schlich sie sich auch in dieser Nacht erst aus dem gemeinsamen Schlafgemach, als Ottfried schnarchte – oder zumindest so tat, um ihr den Weggang zu erleichtern.

Wenig später hockte Olinde auf Ulrichs Schoß. Das heimliche Stelldichein fand in dem privaten Speisesaal statt, in dem der Herzog zuvor Ulzstetten mit dem Mord an den Kindern beauftragt hatte. Die schwere Tür zum fackelerhellten Gang stand einen Spaltbreit offen.

»Ist es wirklich nötig, die Kleinen zu töten?« Olinde schlang ihre Arme um Ulrich. Weibliches Mitgefühl stand ihr gut zu Gesicht, damit wusste sie wohl zu spielen. »Aber natürlich würde ich Eure Entscheidungen niemals anzweifeln«, beteuerte sie kaum einen Herzschlag später. »Ihr seid ein weiser Mann, dem meine aufrichtige Bewunderung gilt. Verzeiht deshalb meine Neugierde.«

»Meine Liebe.« Ulrich tätschelte ihre linke Brust, die vorwitzig unter dem Nachtmantel hervorlugte. Olinde unterdessen saugte an seinem Hals. »Du bist die Rolle der Kindsmagd bald los – und behaupte nicht, du wärest nicht froh darüber.«

»Es sollte schnell geschehen, damit sie nicht lange leiden müssen.« Die Frau drängte sich näher an den Herzog, dessen Erregung stetig wuchs. »Wird besser sein, Ihr seid die Gören los.« Sie schob ihre Zunge zwischen seine Lippen.

»Genug geredet.« Ulrich scheuchte Olinde auf. Ein schmaler Durchgang, nachträglich aus der Mauer gebrochen, führte in sein angrenzendes Schlafgemach und in sein Bett. Er schlug auf den ausladenden Po seiner Geliebten, als ein ersticktes Geräusch seine Aufmerksamkeit erregte.

»Zeit, dass du deine Kleider loswirst!«, rief er ihr zu. Seine Stimme verriet nichts von seiner Vermutung, während er sich erstaunlich behände auf die Haupttür zubewegte und sie mit einem Ruck aufriss.

Die Lauscherin kreischte erschrocken, stolperte und fiel halb in seine Arme. Ulrich umfasste die Frau mit eisernem Griff.

»Wer ist das?« Olinde, schon auf dem halben Weg ins Schlafgemach, kehrte um und wickelte sich in ihren Nachtmantel.

»Eine Magd, das siehst du doch.« Er packte die Ertappte, zog sie in den Raum und schlug die Tür zu.

»Sie hat unser Gespräch mit angehört.«

»Halt den Mund und geh zu Bett«, fuhr der Herzog seine Geliebte an. Er hasste es, wenn ein Weib sich einmischte.

Olinde zog sich schmollend zurück. Ulrich wartete ab, bis sie gegangen war – und im nächsten Moment fuhr seine Hand pfeifend durch die Luft. Der Schlag traf Emma mitten ins Gesicht und ließ sie taumeln.

»Sprich!«, brüllte er sie an. »Was hast du vor dem Gemach deines Herzogs zu suchen?«

»Ich …« Gräfin Eisenberg fuhr angesichts der Stimmgewalt des Württembergers zusammen. Es war alles so schnell gegangen. Eben noch hatte sie ihrem glücklichen Geschick gedankt, das sie ohne Entdeckung hergeführt hatte. Mit gespitzten Ohren hatte sie dem Gespräch Ulrichs und seiner Geliebten gelauscht, die über ihre Kinder sprachen. Da war sie auch schon unvermutet ergriffen und in den Raum gerissen worden.

»Was hast du gehört, Weib?«

»Gar nichts, Herr«, piepste Emma.

»Du lügst.« Ulrich hatte längst erkannt, dass dieselbe Frau vor ihm stand, die Stunden zuvor die Abendmahlzeit serviert hatte.

»Nein, wirklich …«

»Du bist keine Magd«, schlussfolgerte der Herzog nach eingehender Betrachtung Emmas. Zwar prägte er sich die Gesichter seiner Dienerschaft selten ein, doch hegte er die starke Vermutung, dass die Frau noch nicht lange auf der Burg arbeitete. Sie war außergewöhnlich schön und wäre ihm gewiss aufgefallen. Zudem erschien sie ihm etwas zu alt für ein gewöhnliches Serviermädchen. »Also, was hast du hier zu suchen?«

Sie schwieg, woraufhin der Herzog sie erneut ins Gesicht schlug. Sie schmeckte Blut.

»Wer bist du? Sprich!«

Emma trat keuchend einige Schritte zurück, um sich vor einem weiteren Hieb in Sicherheit zu bringen. »Gebt mir meine Kinder!«, sprach sie, und ihre Augen glänzten bedrohlich. »Gebt mir meine Kinder, oder ich schwöre, Euch zu verfluchen. Glaubt mir, ich besitze diese Macht. Eure Tochter Anna wird im Jahre des Herrn 1530 in Urach an der Pest sterben. Wollt Ihr dem Mädchen ins Totenreich vorangehen? Wollt Ihr, dass Eure Glieder vom Brand befallen werden, während die Beulen wuchern und das faulige Fleisch Euch langsam von den Knochen fällt? Redet, Ulrich von Württemberg – wollt Ihr das?«

Der Herzog starrte Emma mit offenem Munde an. Eine Hexe, wahrhaftig, mit rabenschwarzem Haar und Worten scharf wie ein Schwert. Schon sah er sich selbst siech auf seinem Lager, ein Skelett mit blutunterlaufenen Augäpfeln. Abergläubische Furcht übermannte ihn, und einen Moment lang war er schon halb im Begriff, sie zu den Kindern zu führen. Dann gewann seine Vernunft die Oberhand.

»Eine spektakuläre Vorstellung, Gräfin Eisenberg«, lachte er, und sein Hohn verdrängte die Angst. »Weiß Euer Mann, wo Ihr seid? Sicher weiß er das, welche Frage.« Ulrich kam bedrohlich näher. »Leider wird es ihm an Beweisen mangeln, wenn Ihr erst in feuchter Erde ruht, meine Liebe.«

Emma wich bis an die Wand zurück. Sie überlegte, einen Haken zu schlagen und hinaus auf die Gänge zu flüchten, da packte der Württemberger sie schon am Kleid und zog sie dicht zu sich heran.

»Lebt wohl, schöne Hexe«, flüsterte Ulrich ihr ins Ohr und prügelte so lange auf Emma ein, bis diese bewusstlos zusammensackte.

Hernach blickte Ulrich kalt auf Gräfin Eisenberg hinab. Schade um die Frau. Zu viel der Neugierde tat niemandem gut, das bestätigte sich in diesem Falle. Nun würde der stolze Ulzstetten gezwungen sein, ein weiteres Grab auszuheben.

*

Emma erwachte und blinzelte in trostlose Dunkelheit. Ihr Kopf fühlte sich an, als hätten die Hiebe des Herzogs ihren Schädel zu Brei geschlagen. Arme, Brust und Bauch pochten, schmerzten aber nicht so sehr wie ihr Gesicht. Vorsichtig tastete sie nach und fühlte eine eigroße Beule an ihrer Schläfe wachsen.

Um sie herum war es ganz still, bis auf … Gänsehaut überzog ihren Körper, als sie in dem leisen Rascheln menschlichen Atem erkannte.

Auf allen vieren kroch sie in dem stockdunklen Raum auf die Geräuschquelle zu. Sie fühlte etwas Glitschiges unter ihren Fingern. Die zerbissenen Eingeweide einer toten Ratte. Emma unterdrückte die aufsteigende Übelkeit und tastete sich weiter. Trockenes Stroh knisterte zwischen ihren Fingern, dann spürte sie weiches Haar. Der Geruch duftender Haut stieg ihr in die Nase. Ihr Instinkt verriet ihr, wen sie vor sich hatte, noch ehe ihre Hände streichelnd über die geliebten Kinder fuhren und ihr Gewissheit schenkten. Sie hatte Stefan und Johanna gefunden.

Emma küsste die Schlafenden, benetzte sie mit ihren Tränen und sprach dabei ein inbrünstiges Gebet. »Sie sind am Leben. Lieber Gott, ich danke dir. Ich danke dir, o Herr.«

Die Kinder regten sich beim Klang ihrer Stimme und wachten langsam auf. Eine Hand streckte sich suchend nach ihr aus.

»Caroline?«, fragte Johanna, noch halb im Traum gefangen. »Bist du wieder da?«

»Ich bin es, mein Liebstes.«

»Mutter?«

»Ja, ich bin da, mein Schatz. Alles wird gut.«

»Mutter!«

Emma schlang die Arme um Johanna. Mutter und Tochter pressten sich aneinander.

»Ich habe geglaubt, du hättest uns vergessen.«

»Niemals.«

Stefan begriff nur, dass sein größter Wunsch soeben in Erfüllung ging. Sie war gekommen. Der kleine Junge krabbelte auf Emmas Schoß. »Stefan will nach Hause«, forderte er und vergrub den Kopf an der Brust seiner Mutter.

»Du darfst bald nach Hause«, versprach Gräfin Eisenberg mit belegter Stimme. »Nicht mehr lange, und wir kehren heim.«

Emma löste sich nur schwer von Sohn und Tochter, aber sie musste einen Weg aus diesem Gefängnis finden. Wieder krabbelte sie suchend auf allen vieren umher. Bis auf den aufgeschütteten Strohhaufen, der den Kindern als Bett diente, schien der Raum leer. Gräfin Eisenberg tastete sich die Wände entlang, fand eine Ewigkeit später die Türklinke und rüttelte an ihr. Verschlossen.

Emma seufzte. So waren sie also wirklich Gefangene Ulrichs von Württemberg. Und es war unschwer zu erraten, welches Schicksal der Herzog ihnen zugedacht hatte.

Nebenan in den Weinkellern lag frische Erde neben einem tiefen Loch. Modriger Geruch entstieg dem Grab, das Heiner von Ulzstetten geschaufelt hatte. Der Geruch von Tod und Verderben.

48

BURG HOHENFREYBERG
10. Oktober im Jahre des Herrn 1516

Pure Freude zeichnete sich auf Marzans Gesicht ab, als zwischen den Bäumen die Umrisse der Burgen Eisenberg und Hohenfreyberg sichtbar wurden. Der Stein der alten Gemäuer schien überall dort zu glänzen, wo die Strahlen der Sonne auf ihn trafen. All die Jahre war ihm nicht bewusst gewesen, wie sehr er diesen Ort vermisst hatte.

Sie hatten sich noch einige Tage in München aufgehalten und dort eine kleine Kutsche erstanden. Marzan hatte nur schwerlich eingesehen, dass er in seinem Zustand nicht beim Herzog vorstellig werden konnte. Die Beulen heilten gerade erst ab. Da er außerdem noch zu schwach war, die Pferde zu lenken – die Frauen hätten das niemals zugelassen –, war Renate in die hohe Kunst des Kutschierens eingewiesen worden. Das Mädchen stellte sich erstaunlich geschickt an, so dass kein Schlagloch und auch kein Graben den Reisenden zum Verhängnis geworden waren.

»Gleich sind wir da.« Franziska saß neben Marc Frey, wie er sich noch immer nannte, in den weichen Polstern. Die ganze Fahrt über war sie schweigsam gewesen, ohne dabei zu vergessen, sich immer wieder fürsorglich nach seinem Befinden zu erkundigen. Marzan schwitzte unter der wollenen Decke, die über seinen Knien lag. Gerne hätte er sich davon befreit.

»Ich kehre nach Hause zurück«, sinnierte er. »Dabei hatte ich mit diesem Flecken Erde schon abgeschlossen.«

»Das darfst du nicht sagen! Es gibt Menschen dort, die

dich lieben. Denen du alles bedeutest. Denk nur an deine Eltern.«

»Meine Mutter und Konstantin. In meiner Erinnerung ist er mein Vater geblieben, selbst wenn in Wirklichkeit ein anderer mich …«

»Du bist sein Sohn.« Franziska hätte gerne seine Hand ergriffen, wagte es aber nicht. Neben ihr saß der Mann, den sie als Emmas Geliebten kennengelernt hatte. Der Mann, von dem sich später herausstellte, dass er der Halbbruder ihrer Freundin war. Der Mann, den sie heimlich liebte. Sie war eine törichte Närrin, das wusste sie selbst. Aus diesem Grund hatte sie niemandem, nicht einmal Emma, jemals ihre Gefühle gebeichtet. Marzan stammte aus einer Grafenfamilie, sie hingegen war nur ein einfaches Weib, das kaum wagte, von ihm zu träumen.

»Schade, dass die Kinder nicht hier sind«, bemerkte er. »Dein Sohn Martin, wie ist er?«

»Er ist mein Leben«, antwortete sie, und ihre blauen Augen leuchteten auf. Sie war glücklich darüber, Marzan nach Hohenfreyberg begleiten zu dürfen. Mindestens genauso dringlich aber zog es sie nach Peiting zu ihrem Sohn. Sie betete jede Nacht darum, dass Stefan und Johanna wohlauf waren und sie bald alle wieder vereint sein würden.

Margaretha von Hohenfreyberg saß im Studierzimmer ihres Mannes. Obwohl sie es sich für diesen Tag vorgenommen hatte, wagte sie nicht, einen Blick in die Bücher zu werfen. Sie wusste ja längst, wie schlecht es um die Grafschaft bestellt war. Das Rattern einer Kutsche bot ihr einen willkommenen Vorwand, die Arbeit noch eine Weile aufzuschieben.

Sie bekamen nur selten Besuch. Der letzte Gast, erinnerte Gräfin Hohenfreyberg sich, war Heinfried Böckler gewesen, von dem Konstantin hohe Geldsummen geliehen hatte. Obwohl sie Schulden bei ihm hatten, mochte Margaretha den

Mann. Er ging höflich mit ihr um, und seine offene Bewunderung für ihre Person schmeichelte ihr. Sie ordnete ihr Haar und ging hinunter. Seitdem Erik die Kinder abgeholt hatte, war es still geworden auf Hohenfreyberg. Sie vermisste sie alle. Die Zwillinge, Martin und die beiden Kleinen, Stefan und Johanna. Die Kinder waren wie eigene Enkel für sie.

»Franziska, Mädel!« Konstantin von Hohenfreyberg erreichte die Ankömmlinge vor seiner Gattin. Die Freude über das Wiedersehen mit der blonden Frau ließ seine Stimme laut über den Hof dröhnen. Er hatte nie Vorbehalte ihr gegenüber gehabt. Emma war für ihn wie eine Tochter, und auch ihre enge Freundin Franziska mochte er sehr.

»Mein liebes Kind, kommst du allein?« Margarethas Röcke schwangen, als sie eilig auf Franziska zulief. Ihr neugieriger Blick streifte kurz das hübsche Mädchen auf dem Kutschbock, dann schloss sie Franziska in ihre Arme. »Wo sind Emma und Erik? Und die Kinder?«

»Das erkläre ich später.« Schon jetzt standen ihr Tränen in den Augen, wenn sie an die kommende Wiedersehensszene dachte. »Ich habe euch jemanden mitgebracht«, sagte sie leise.

Marzan stieg aus der Kutsche. Älter, reifer, mit vereinzelten silbrigen Strähnen im Haar – aber unverkennbar er selbst.

Margaretha und Konstantin standen wie erstarrt. Voller Unglauben, ihre Hoffnungen nach all den Jahren erfüllt zu sehen.

»Mutter.« Äußerlich ruhig trat er seinen Eltern gegenüber. Das ängstliche Klopfen seines Herzens jedoch verriet seine Furcht. Wie würden sie reagieren? Konnten sie ihm verzeihen? »Vater.«

Der Graf gewann die Fassung als Erster zurück.

»Komm.« Er umfasste Marzans Schultern und studierte das geliebte Antlitz. Seine Augen schimmerten feucht. »Gut, dass du hier bist, mein Sohn.« Fest zog er ihn in seine Arme. Er war kein Mann großer Worte, doch sein Herz wollte schier bersten vor Glück. Erst nach geraumer Zeit löste er sich von ihm. »Geh zu deiner Mutter, sie braucht dich.«

Gräfin Hohenfreyberg schluchzte laut. »Was hast du getan?«, murmelte sie unter Tränen. »Was hast du deiner Mutter nur angetan? O mein Lieber, mein geliebter Junge.« Zögernd streckte sie die Hände nach ihm aus. Marzan trat zu ihr und drückte seine Mutter an sich. Margaretha nahm sein Gesicht in ihre Hände und blickte ihn lange an. Die Zeit schien stillzustehen. »Mein Kind«, flüsterte sie schließlich. »Endlich bist du heimgekehrt.«

Später saßen sie alle beisammen in der Halle Hohenfreybergs. Die Zeit hatte ihre Spuren in dem Raum hinterlassen, ebenso das fehlende Geld. Marzan fühlte sich schuldig. Es wäre seine Aufgabe gewesen, sich um die Eltern und Hohenfreyberg zu kümmern. Er würde seinen Aufenthalt zu Hause nutzen, um die Dinge wieder ins Lot zu bringen. Mutter und Vater durften nicht länger darben.

Alle drei hatten viel miteinander zu besprechen. Es galt, ein ganzes verlorenes Jahrzehnt aufzuholen. Franziska und Renate saßen still dabei und labten sich an dem Festmahl, das die alte Köchin auf den Tisch gezaubert hatte.

Während Konstantin sich von Marzans Reise in die Neue Welt berichten ließ, betrachtete Margaretha voller Glück ihren Sohn. Sie staunte, welch prächtiger und selbstsicherer Mann aus ihm geworden war. Er war nicht verheiratet und hatte keine Kinder. Der Gräfin von Hohenfreyberg entging allerdings keineswegs, wie seine Blicke an diesem Abend verstohlen zu Franziska wanderten. Da keimte die Hoffnung in ihr auf, er möge bei ihnen bleiben.

*

Marzan konnte sich lebhaft vorstellen, wie Fugger an seinem Schreibtisch saß und kopfschüttelnd seinen Brief studierte. In seiner Vorstellung sah er ihn auf- und abgehen, kleine Schweißperlen auf der Stirn, wie immer, wenn er angestrengt nachdachte. Kein Wunder, war der Inhalt des Schreibens doch keineswegs erfreulich. Nicht nur, dass der eigentliche Grund für Marzans Reise, das Finanzgespräch mit dem Herzog, ins Hintertreffen geraten war. Nein, er war auch an der Pest erkrankt, genau wie es der alternde Kaufherr befürchtet hatte.

So sparte Fugger in seinem Antwortbrief nicht mit Vorwürfen, stimmte am Ende aber Marzans Beurlaubung zu. In erster Linie war er dankbar, dass sein Schützling die Seuche überlebt hatte, wie es nur wenigen Glücklichen vergönnt war.

Außerdem kam Fugger erneut auf die Probleme mit dem Ablasshandel zu sprechen und berichtete, dass eine weitere Reise nach Italien notwendig geworden sei. Marzan schickte dem Kaufherrn in Gedanken einen Gruß und wünschte ihm gute Reise. Weder Fugger noch er selbst hätten zu diesem Zeitpunkt vorhersehen können, dass kaum ein Jahr später die Thesen eines einfachen Augustinermönchs nicht nur den Ablasshandel gründlich erschüttern würden. Vielmehr sollten Martin Luthers Worte einem Erdbeben gleich die Welt schon bald in ihren Grundmauern erzittern lassen.

Dank seiner Freistellung aus Fuggers Diensten blieb Marzan ausreichend Zeit, sich in die Geschäftsbücher Hohenfreybergs einzulesen. Er verbrachte ganze Tage in Konstantins Arbeitszimmer, unterbrochen nur von seiner besorgten Mutter, und leitete erste Maßnahmen zur Sanierung der Finanzen in die Wege. Es war abzusehen, dass der Großteil seines Privatvermögens in die Grafschaft fließen würde, doch das reute ihn nicht. Er selbst wusste mit dem angesparten Geld ohnehin kaum etwas anzufangen.

Nach getaner Arbeit besuchte er wie jeden Nachmittag Franziska auf Burg Eisenberg und bat sie, einige Schritte mit ihm zu gehen. Er genoss ihre Gegenwart. Meist blieb sie zurückhaltend, doch ab und an gelang es ihm, ihr ein helles, unbeschwertes Lachen zu entlocken, bei dem ihm warm ums Herz wurde. Gemeinsam spazierten sie durch ein hübsches Laubwäldchen unterhalb der beiden Burgen, vorbei an einem der Malefizsteine, die das Hoheitsgebiet der Herrschaft Hohenfreyberg sicherten. Die goldenen Herbstblätter zu ihren Füßen raschelten.

Wie bei jeder ihrer Begegnungen galt ihre erste Frage seinem Wohlbefinden.

»Es geht mir gut, wirklich«, beteuerte Marzan. »Manchmal bin ich noch etwas schwach auf den Beinen. Mutter fürchtet, dass ich zu viel arbeite. Aber ich habe den Verdacht, es macht ihr Spaß, mit mir zu schimpfen.« Ein Zwinkern lag in seinen Augen. »Vorsicht!«, rief er plötzlich. Er hatte eine Bewegung am Boden erspäht und packte Franziska am Ärmel.

»Was hast du?« Sie blickte ihn an, und ihre blauen Augen leuchteten. Er war sich nicht sicher, glaubte aber, dass sie seine Gesellschaft ebenfalls genoss.

»Da, schau.« Er kniete sich ins Laub und hob mit der Hand einen quakenden Frosch auf.

»Beinahe hätte ich den kleinen Kerl zertreten.« Franziska betrachtete entzückt das Tierchen, ehe Marzan es behutsam zurücksetzte.

Der Frosch hüpfte in die Freiheit und ließ den Mann und die Frau mit einem Lächeln auf den Gesichtern zurück. Franziskas Wangen leuchteten rot und gesund. Ein Zauber schien über ihr zu liegen. Marzan spürte das Verlangen, nach ihrer Hand zu greifen und sie sanft in seiner zu halten. Statt den Gedanken in die Tat umzusetzen, flüchtete er sich in Worte.

»Ich werde wohl länger bleiben können. Fugger hat mich beurlaubt«, erzählte er. »Zumindest, bis wir von Emma und Erik gehört haben.«

»Ich frage mich unentwegt, wie es ihnen geht.« Franziskas Lächeln erlosch. »Wenn Stefan und Johanna etwas zustieße … Emma würde es nicht verkraften. Sie liebt ihre Kinder so sehr.«

»Alles wird gut werden, wir müssen nur fest daran glauben.«

»Meinst du?« Sie blickte ihn ernst an, eine Träne hing in den hellen Wimpern.

»Ich bin sicher.« Nun wagte er es doch und nahm ihre Hand. Die Welt schien stillzustehen.

»Ich habe in Augsburg nach dir geforscht«, gestand sie ihm mit leiser Stimme, aus der ihre Unsicherheit herauszuhören war. »Niemand hat davon gewusst, nicht einmal Emma. Ein junger Landsknecht hat sich in meinem Auftrag nach dir erkundigt.«

»Du warst das, die mir den Mann gesandt hat?« Er runzelte die Brauen. »Ich erinnere mich an ihn. Er hat meinen Namen genannt, und ich habe ihn fortgeschickt. Ihm gesagt, einen Marzan von Hohenfreyberg gäbe es in Fuggers Hause nicht. Wenn ich geahnt hätte …«

»Du hattest mit der Vergangenheit abgeschlossen. Ich wäre nie darauf gekommen, du könntest unter anderem Namen leben.«

»Warum hast du mich finden wollen, Ziska?« Er hielt noch immer ihre Hand und streichelte sie sanft mit dem Daumen, um das Zittern der eigenen Finger zu unterdrücken. Von ihrer Antwort hing so vieles ab.

»Dein Verschwinden hat mir keine Ruhe gelassen. Ich habe dich nie vergessen.« Sie sah zu Boden. »Wir alle haben dich nicht vergessen«, fügte sie hinzu.

»Renate hat behauptet, du empfändest etwas für mich.«

Marzan wusste, er bewegte sich auf dünnem Eis. »Stimmt das, Ziska?«

»Ich …« Sie entzog ihm ihre Hand und starrte ihn erschrocken an.

»Magst du mich?«, forschte er nach, und ihr aufgewühltes Antlitz ließ ihn hoffen.

»Das darfst du nicht fragen.«

»Ich will es aber wissen.« Er schob sein Gesicht dicht an ihres heran. »Ich muss dich fragen, Franziska.« Langsam hob er die Hand und legte sie an ihre Wange. Ihr Mund bebte.

So standen sie, bewegt von der Furcht, zurückgewiesen zu werden, und sahen einander an.

Marzan wusste um Franziskas Schicksal. Als er schließlich ihre Lippen berührte, war sein Kuss warm und federleicht. Ohne Fordern, ohne Drängen.

»Ich liebe dich«, wisperte sie, raffte ihre Röcke und lief rasch davon, ohne sich umzuwenden.

Marzan ließ sich ins Laub sinken, blickte ihr hinterher und dachte über sein Leben als Marc Frey nach. Am Ende traf er eine Entscheidung.

49

STUTTGART
11. Oktober im Jahre des Herrn 1516

Caroline war angezogen, noch ehe das morgendliche Scheppern von Giselas Topf auf den Gängen erklang. Sie hatte die Nacht kein Auge zugetan und auf die Rückkehr der Gräfin gewartet. Emma war jedoch nicht wiedergekommen. Die Magd hatte Angst um sie. Sie küsste den Ziegel, hinter dem das Gift verborgen lag, und lief hinaus, um die Wirtschafterin zu suchen.

»Gisela!«

Die Angesprochene blieb überrascht stehen. Caroline sprach selten, und wenn, nur sehr leise, so dass der laute Klang ihrer Stimme sie befremdete.

»Was hast du?« Etwas musste geschehen sein. Gisela hatte das Mädchen mit der Narbe noch nie so aufgewühlt erlebt.

»Em… Amelia ist fort.«

»Fort?«

»Ja, sie ist verschwunden. Als ich heute Morgen in unserer Kammer aufwachte, war sie nicht mehr da. Wir müssen sie suchen! Ihr muss etwas zugestoßen sein!«

»Reg dich nicht auf, Mädchen.« Die Wirtschafterin winkte ab. »Fortgelaufen wird sie sein, nix sonst. Schad ist es nicht, ich konnte ohnehin keine weitere Magd gebrauchen.« Gisela dachte für einen Moment an Huprich, den alten Schwerenöter. Wahrscheinlich hatte sie ihn jetzt weiter am Hals. »Komm, ab mit dir in die Küche.«

»Nein! Amelia ist nicht abgehauen. Sicher nicht!« Caroline fasste Gisela am Ärmel, um sie zum Stehenbleiben zu bewegen. »Wie hätte sie denn aus der Burg verschwinden sollen? Die Tore sind über Nacht verschlossen. Außerdem … Ich weiß, dass sie niemals einfach gegangen wäre. Bitte, Gisela, es ist wichtig, dass wir sie finden!«

»Lass mich los, Mädchen, und beruhige dich.«

»Nein.« Caroline umklammerte den Stoff von Giselas Kleid noch fester. »Versteh doch …«

»Du sollst mich loslassen, habe ich gesagt!« Die Wirtschafterin hasste es, in Bedrängnis zu geraten. »Auf der Stelle!«

»Wir müssen sie suchen«, wiederholte Caroline, ohne ihren Griff zu lockern.

Eine schallende Ohrfeige Giselas ließ ihre Wange brennen.

»Du tust, was ich sage, oder du findest dich noch heute auf der Straße wieder«, zischte Gisela.

Caroline gab nach. Wenn die Wirtschafterin sie hinauswarf, war alles verloren. Das durfte nicht geschehen. So hing die Rettung der Gräfin und ihrer Kinder nun einzig davon ab, ob der Giftanschlag auf den Württemberger gelang. Wenn es nicht schon zu spät war …

Am Abend speiste Herzog Ulrich in großer Runde an seiner festlichen Tafel. Obwohl nun weit mehr Mägde bedienten als am vorherigen Abend, blieb es auf Giselas Anordnung hin Caroline überlassen, sich um die Wünsche des Herzogs und Ulzstettens zu kümmern. Das Behältnis mit dem Gift lag in ihrer Schürzentasche verborgen. Die Magd zitterte. Der Tag war eine einzige Qual gewesen. Sie war sich bewusst, dass Gräfin Eisenberg und ihre Kinder längst tot sein konnten.

Während der erste Gang aufgetragen wurde, tranken der Herzog und Ulzstetten Wein. Sie hatten eine ganze Karaffe geordert und schenkten sich selbst ein. Neben ihnen bedienten sich fünf weitere Männer aus dem gleichen Krug. Caroline konnte das Gift nicht in die Karaffe geben. Sie war keine

Mörderin, außerdem wusste sie nicht, ob es auf so viel Flüssigkeit verteilt noch wirken würde.

Der Abend schritt voran, und die Speisenden vertilgten neben saftigen Rebhühnern und einem mächtigen Hirschbraten allerlei weitere Delikatessen. Als sie bei der Nachspeise angelangt waren, süßem Apfelkompott, winkte der Herzog Caroline zu sich.

»He du!«

Sie neigte das Haupt, einerseits, um andächtig seinen Wünschen zu lauschen, andererseits, um ihr Antlitz vor Ulzstetten zu verbergen. »Bring uns von dem Holunderschnaps. Mit dem Zeug verdaut es sich schneller.«

Caroline nickte und eilte davon. Sie füllte mehrere fingerhohe Becher für die Herren und spähte dabei vorsichtig umher. Gisela hielt der Köchin eine Standpauke, weil der Unglücklichen die Hühnerschenkel verschmort waren und das Fleisch jede Zartheit verloren hatte. Die übrigen Mägde werkelten geschäftig. Niemand schenkte Caroline Aufmerksamkeit. Sie zog das Gift hervor, entstöpselte flink das Gefäß und goss die farblose Substanz in einen der Schnapsbecher. Der Münchener Giftmischer hatte versichert, dass man die tödliche Beigabe nicht schmecken könne.

»Na endlich.« Ulzstetten stieß Caroline beim Vorübergehen grob in die Seite. Noch immer hatte er ihr nicht ins Gesicht gesehen. So viel Aufmerksamkeit war ihm die Magd nicht wert.

»Verzeihung«, hauchte die Tochter des Gaispeters und verteilte die Schnapsbecher unter den Getreuen des Herzogs. Ihre Hand zitterte leicht, als sie das Gift vor Ulrich abstellte. Um sicherzugehen, dass er mit dem Dargebrachten zufrieden war, riskierte sie einen Blick auf sein Gesicht. Ihre Blicke trafen sich. Caroline wurde bleich. Ihr Herz pochte so sehr, dass sie meinte, man könne sein verräterisches Klopfen unter dem Stoff ihres Kleides sehen.

»Du?«, murmelte Ulrich argwöhnisch. »Ich kenne dich, nicht wahr?«

»Ja, Herr.« Sie nickte scheu.

»Wie kommt es, dass ausgerechnet du heute Abend servierst? Hättest du es nicht vernünftiger gefunden, mir nicht mehr unter die Augen zu treten?«

»Die Wirtschafterin bestimmt die Serviererinnen, mein Herzog.« Die Stimme wollte Caroline versagen.

»Du verärgerst mich, Weib.« Die Magd erinnerte den Württemberger an die beiden Kinder, die sie bis vor kurzem noch gehütet hatte. Sein nächster Gedanke galt deren Mutter, Gräfin Eisenberg, die nun ebenfalls seine Gefangene war. Ulrich besaß ein feines Gespür für Gefahr. Dieses Mädchen war ihm nicht gewogen, selbst wenn sie ihren Widerwillen hinter einer Fassade der ängstlichen Tugendhaftigkeit verbarg.

»Trink das.« Der Herzog reichte Ulzstetten den eigenen Becher. »Es wird dich stärken für kommende Aufgaben.«

Ulzstetten wusste genau, worauf Ulrich anspielte. Allerdings verstand er nicht, weshalb er ihm seinen Schnaps reichte, wo doch ein eigener Becher vor ihm stand. Wahrscheinlich, überlegte er, war es ein Symbol dafür, dass er in Gnaden wieder aufgenommen war.

»Nein!«, schrie es in Caroline, doch ihre Lippen bewegten sich nicht, als Ulzstetten das Schnapsglas hob und es bis zur Neige leerte. »Noch einen«, forderte er und blickte sie, die schreckensblass dastand, zum ersten Mal direkt an. Die Narbe auf ihrer Stirn schimmerte.

Caroline starrte auf Ulzstetten, ohne ein Anzeichen von Unwohlsein an ihm zu bemerken. Dann rannte sie einfach hinaus. Ulzstetten hatte das Gift getrunken, und es hatte ihm nichts ausgemacht. Der Händler hatte sie betrogen. Jetzt war alles verloren.

»Es ist an der Zeit, Heiner.« Herzog Ulrich wartete ein Weilchen ab, ehe er den treuen Gefolgsmann einer genauen Musterung unterzog. »Geh jetzt.« Der Württemberger lachte in sich hinein. Ulzstetten hatte teuflisches Glück, falls er mit seiner Vermutung, die Magd könne den Schnaps mit Abführmittel oder einem ähnlich ärgerlichen Gebräu versetzt haben, falsch lag. Falls nicht, gönnte er Ulzstetten den Dünnpfiff. Auf den Gedanken, tödliches Gift könnte in dem Becher enthalten gewesen sein, kam er nicht.

Ulzstetten erhob sich träge. Er war nicht in der Stimmung, die Tafel so frühzeitig zu verlassen, schon gar nicht, um ein wehrloses Weib mitsamt deren Kindern ins Jenseits zu befördern. Vielmehr wartete er auf Carolines Rückkehr in die Halle. Schon malte er sich aus, was er dem närrischen Weib antun würde, das den fatalen Fehler begangen hatte, ihm wieder über den Weg zu laufen. Diese Hure, die ihn beinahe das Leben gekostet hatte!

Ulzstetten begab sich in die Keller der Burg. Auch an diesem Tag bedeckte eine Samtklappe seine leere Augenhöhle. Er trug keine Waffe bei sich. Das war nicht nötig. Kinder- und zarte Frauenhälse brachen schnell.

Unterdessen schmiegten sich im finsteren Gewölbe neben dem Weinkeller Stefan und Johanna an ihre Mutter. Emma sang ihnen vor, die Stimme schon ganz rau, um sie von ihrem Hunger abzulenken.

*

Ulzstetten war kaum fort, da brach im Speisesaal ein lauter Tumult los. Mehrere schwerbewaffnete Gestalten stürmten in die Halle und stellten sich vor Ulrich auf.

»Was zum Teufel!«, brüllte der Herzog und erkannte mit stockendem Atem das Wappen Kaiser Maximilians auf den

Waffenröcken der Männer. Mitten unter ihnen entdeckte er einen hellen Schopf. Erik, Graf von Eisenberg, der von ihm des Landes verwiesen war, stand wie selbstverständlich bei den Kaisergetreuen, eingerahmt von zwei Landsknechten. Gelassen betrachtete er das empörte Gesicht des Herzogs.

»Ulrich von Württemberg.« Der zuvorderst stehende kaiserliche Legat entrollte ein Pergament. »Im Namen Kaiser Maximilians werdet Ihr des Mordes an dem Ritter von Hutten im vergangenen Jahr für schuldig befunden. Des Weiteren seid Ihr verschiedener Verbrechen angeklagt, für die Ihr Euch im Einzelnen zu verantworten haben werdet. Es kommt zur Verlesung die kaiserliche Machterklärung: ›Wider Ulrich, geboren unter dem Namen Eitel Heinrich, den regierenden Grafen von Württemberg, verhängen Wir, Kaiser Maximilian, die Reichsacht.‹«

Totenstille legte sich über den Saal. Keiner wagte eine Regung. Da polterte Ulrich los: »Was fällt euch ein, ihr verderbten Halunken, euch ohne Erlaubnis Zutritt zu meiner Burg zu verschaffen! Hinaus mit euch! Hinaus mit euch, sage ich!«

»Ihr werdet in Gewahrsam genommen«, erklärte der kaiserliche Legat, ohne auf den Wutausbruch des württembergischen Herrschers einzugehen. »Es wäre besser, Ihr kämt freiwillig mit uns, um Euch dem Gesetz zu stellen.«

»Nie und nimmer!« Ulrich winkte seinen Männern. »Wir kämpfen!«

Diese Ankündigung löste einen heftigen Aufruhr aus. Die Württemberger gürteten ihre Waffen. Die Mägde liefen aufgeregt durcheinander und behinderten sich gegenseitig in dem Bestreben, die Halle so schnell wie möglich zu verlassen. Ulrichs Krieger stießen laute Verwünschungen gegen die Abgesandten des Kaisers aus, während sie drohend ihre Schwerter reckten und einen schützenden Kreis um ihren Herzog bildeten.

Den Grafen von Eisenberg kümmerte nicht, welches Schicksal dem Württemberger widerfuhr. Mit Clemens und Heinrich an seiner Seite machte er sich auf die Suche nach Frau und Kindern. Sie zu finden war das Einzige, das für ihn zählte. »Emma war nicht unter den Mägden im Saal«, rief er seinen beiden Knechten zu, die ihm auf dem Fuß folgten. »Wir suchen in der Küche und im Gesindetrakt. Dort irgendwo muss sie sein.« Erik vermochte sich nicht auszumalen, wie er reagieren würde, wenn man ihr etwas angetan hatte. Ihr oder seinen wehrlosen Kindern.

In der Küche herrschte heilloses Durcheinander. Vergeblich mühte sich Gisela, ihre kopflosen Mägde zur Ordnung zu rufen. Caroline drängte sich in eine Ecke. Sie würde sich davonstehlen und nach der Gräfin suchen. Jetzt, wo über den Herzog die Reichsacht verhängt worden war, würde sie kaum jemand am Durchstreifen der Burg hindern. Gerade wollte sie sich aufmachen, da betrat ein hünenhafter Mann den Raum, gefolgt von zwei breitschultrigen Knechten.

Seine Augen wanderten über die Mägdeschar. »Wo ist meine Frau?«, verlangte er drohend zu wissen. »Wo ist Gräfin Eisenberg?«

»Eure Frau?« Gisela plusterte sich vor Erik auf. Es fehlte gerade noch, dass in all dem Trubel ein Fremder sie das Fürchten lehrte. »Wir kennen Eure Gemahlin nicht.«

»Sie wurde als Magd in Dienst genommen, erst vor wenigen Tagen. Lüg mich nicht an, ich warne dich.«

»Ihr sucht Emma, nicht wahr?« Caroline drängte sich nach vorne.

»Du weißt, wo sie ist?« Erik registrierte ihre Narbe zwar, brachte sie in seiner Erregung jedoch nicht mit Emmas Vision vom Schorndorfer Marktplatz in Verbindung.

»Nein, Herr. Sie ist gestern Nacht nicht in unsere Kammer zurückgekehrt. Ich glaube, man hält sie gefangen«, Caroline hielt Eriks Blick stand. »Oder man hat ihr etwas angetan.«

»Eine Gräfin, ja ist das denn zu glauben!«, rief Gisela.

»Halt den Mund, Weib!«, zischte Graf Eisenberg und winkte Caroline, ihm zu folgen. »Komm mit uns, Mädchen. Hilf uns, sie zu finden.«

50

STUTTGART
11. Oktober im Jahre des Herrn 1516

Schwere Schritte näherten sich der Tür. Emma sperrte die Augen auf und lauschte. Ein Knirschen verriet, dass ein Schlüssel ins Schloss gesteckt und gedreht wurde. Lichtschein fiel in den Raum und blendete die Gräfin und ihre Kinder. Im nächsten Moment erkannte sie Heiner von Ulzstetten.

Er steckte die Fackel in eine eiserne Ringhalterung an der Wand und schlug die Tür heftig hinter sich zu.

»Was wollt Ihr?« Gräfin Eisenberg sprang auf und stellte sich schützend vor ihre Kinder. Die schnelle Bewegung löste Schwindel aus. Der Schmerz in ihrem Kopf hatte nicht nachgelassen. Stefan begann zu weinen, woraufhin Johanna ihre schmalen Arme um das Brüderchen schlang. Auch sie fürchtete sich vor dem Mann mit der Augenklappe.

»Eine Adlige, die sich als unschuldiges Mägdelein ausgibt, hat man so etwas schon gehört?«, höhnte Ulzstetten. Noch war er nicht in der Stimmung zu töten. »Ihr liebt Eure Kinder mit der ganzen Inbrunst eines mütterlichen Herzens, habe ich recht?« Er betrachtete Emmas Gestalt. Gräfin Eisenberg war schön, auch ohne den zarten Schmelz der Jugend, den er an seinen männlichen Opfern so schätzte. Wild entschlossen starrte sie ihn an, eine Tigerin, bereit, um ihre Jungen zu kämpfen. Wäre sie ein Kerl gewesen, er hätte ihren Ausdruck als pure Kampfeslust bezeichnet. Er war enttäuscht und spürte einen stechenden Schmerz im Kopf. Ein greller Blitz zuckte vor seinem sehenden Auge. Er hatte auf ein ängstliches, gebrochenes Weib gehofft, das er mühelos in sein kaltes Grab betten konnte. Der Gedanke an das Mädchen Caroline reizte ihn. Hass belebte ihn so unendlich mehr als alles andere, und er hatte beileibe Grund genug, Caroline zu hassen. Sobald Ulrichs Auftrag erledigt war, beschloss Ulzstetten, würde er sich der Tochter des Gaispeters zuwenden.

»Möchtet Ihr zusehen, wie ich Euren Bälgern die Hälse breche? Nein? Wäre wohl besser, ich kümmerte mich zuerst um Euch.« Er zog die Mundwinkel hämisch nach oben und näherte sich mit drohenden Schritten. Emma, die nicht einmal einen Stecken zu ihrer Verteidigung hatte, wartete, bis er auf wenige Schritte an sie herangekommen war. Dann sprang sie mit einem Satz auf ihn los, vergrub Nägel und Zähne in Haaren und Haut des Mannes. Ulzstetten jaulte auf und taumelte. Für einen Moment schien er nicht Herr seiner selbst, und Emma schöpfte Hoffnung. Doch rasch erholte er sich von dem überraschenden Angriff, gewann die Gewalt über seine Glieder zurück und behielt mühelos in diesem ungleichen Zweikampf die Oberhand. Wenig später hatte er die Gräfin gebändigt.

»Lasst mich los! Auf der Stelle!«, kreischte Emma, drängte ihre Todesangst beiseite und rammte ihr Knie in sein Gemächt.

»Du Biest!« Ulzstetten stieß sie heftig von sich.

Emma prallte mit dem Kopf gegen die Wand und blieb benommen liegen. Der neuerliche Schlag war zu viel. Der Raum verschwamm vor ihren Augen. »Reiß dich zusammen.« Die Worte waren in ihren Gedanken. »Du darfst nicht aufgeben. Denk an deine Kinder. Nicht aufgeben.« Mühsam hob sie die Lider und sah Ulzstetten, wie er sich über die Kinder beugte. Johanna kreischte schrill. Ihr Sohn hingegen blieb ganz still und starrte den Mann nur an. Ein Kaninchen in der Falle.

Torkelnd erhob sich Emma. Der Boden unter ihr

schwankte wie die Planken eines Schiffes auf hoher See. Sie hob die Hand, um Ulzstetten zurückzureißen. Ihrer eigenen Schwäche wegen entging ihr die ungesunde, wächserne Gesichtsfarbe des Angreifers, dessen Herz raste und dessen Atmung immer wieder stockte. Johannas banger Blick ruhte auf der Mutter. Gräfin Eisenberg holte tief Luft. Das süße Gesicht ihrer Tochter verschwamm vor ihren Augen und zerbarst in tausend schwarze Bruchstücke. Ihre Kraft würde nicht ausreichen. Noch ehe sie Ulzstetten erreicht hatte, brach sie bewusstlos zusammen. Das Schicksal hatte sich gegen Emma gestellt.

*

Erik wusste, dass es ein tödlicher Wettlauf mit der Zeit war. Caroline führte den Grafen und die Knechte im Laufschritt hinauf in den Turm. Wie sie befürchtet hatte, lag das Gemach wie ausgestorben. Auch die prunkvollen Herzogsgemächer waren verlassen, die Schlafzimmer ebenso wie das Arbeitskontor und der Handarbeitsraum, in dem Herzogin Sabina einst mit ihren Damen genäht und gestickt hatte.

Sie durchstöberten jeden Winkel, entdeckten so manch verborgene Tür, die Gesuchten jedoch fanden sie nicht. Die Minuten verrannen. Kampfeslärm drang vom Saal zu ihnen herüber, dem sie jedoch keine Beachtung schenkten.

»Emma!« Erik formte in seiner Verzweiflung die Hände zu einem Trichter und rief lauthals nach der geliebten Frau, auch wenn er wusste, dass sie ihn durch die dicken Mauern der Burg nicht hören konnte. Doch er durfte die Hoffnung nicht aufgeben.

»Wo können wir noch suchen?«, wandte er sich an Caroline. »Ich bitte dich, Mädchen, überlege gut.«

»Die Waffenkammer«, antwortete sie nach kurzem Zögern. »Es gibt auch noch eine Kapelle und darunter … Die

Keller!«, rief sie aus. »Dort sollten wir unbedingt nachsehen. Es geht kaum jemand in die Gewölbe hinunter. Wenn ich es mir recht überlege, wurde es uns sogar verboten. Der kostbare Wein des Herzogs lagert dort und, wer weiß, welch andere Schätze noch.«

»Führe uns hin.«

»Natürlich.« Caroline, die Monat um Monat, Tag um Tag, für den Augenblick ihrer Rache gelebt hatte, kümmerten der Württemberger und der missglückte Giftanschlag mit einem Mal nicht mehr. Das einzig Wichtige war, die Gräfin und ihre Kinder zu retten. »Wir brauchen Licht.«

Erik griff sich eine Fackel aus ihrer Wandhalterung. Es dauerte geraume Zeit, bis Caroline den Abgang zu den Kellergewölben fand, der linker Hand der Kapelle in die Tiefe führte. Graf Eisenberg stürzte, je drei Stufen auf einmal nehmend, die steinerne Treppe hinab. Clemens und Heinrich blieben dicht hinter ihm. Zum Schluss folgte Caroline.

»Jesus, Maria und Josef!« Heinrich bekreuzigte sich. Die Keller unter der Burg waren weitläufig, mehrere Türen mit schweren Eisenbeschlägen führten in Vorratskammern – oder was sich auch dahinter verbergen mochte. Sie stürzten an ihnen vorbei auf das frische Grab zu, das umrahmt wurde von alten Weinfässern. Ein Haufen Erde lag neben dem tiefen Loch.

Mit klopfendem Herzen trat Erik heran. Clemens und Heinrich wichen zusammen mit Caroline respektvoll zurück. Ein Bild drängte sich dem Grafen auf, während er sich unsicher näher heranwagte. Seine Schritte wurden immer kürzer. Er sah Emma vor sich, wie sie dort unten im feuchten Erdreich lag, leblos, das schwarze Haar ausgebreitet über feuchten Erdklumpen und fetten Würmern. Die Augen schwammen ihm, als er zögernd hineinleuchtete.

Das Loch war leer.

Eilig durchsuchten sie die Kellergewölbe. Als sie endlich auf das Gefängnis stießen, in das Ulzstetten gesandt worden war, seine Gräueltat zu verrichten, war jeder Laut in dem Raum verklungen. Der Fackelschein erhellte die Düsternis und gab den Blick frei auf einen schwarzgelockten Mann, der bäuchlings auf dem Boden lag, einen schmächtigen Kinderkörper halb unter sich begraben. Ein wenig entfernt hockte Johanna neben ihrer reglosen Mutter.

Erik war mit wenigen Schritten bei seiner Tochter und nahm sie hoch.

»Vater.« Johanna vergrub ihr Gesicht in seinem Hemd. »Sie bewegen sich nicht.«

»Schon gut, Liebes.« Er reichte sie Caroline. »Ich bin gleich wieder bei dir.«

Clemens beugte sich über die Gräfin, während der Graf und Heinrich vorsichtig den schweren Männerkörper von dem kleinen Jungen hoben.

»Er atmet nicht«, rief Erik in Panik. Um seine Beherrschung war es vollends geschehen. »Mein Sohn atmet nicht!« Tränen in den blauen Augen, legte er sein Ohr an die Brust des Kindes. Die Welt stand still. Dann, einen Flügelschlag lang, hörte er das Klopfen des Herzens. Schwach, ganz schwach nur, aber vorhanden.

»Der böse Mann ist auf ihn draufgefallen«, piepste Johanna. »Warum rührt Stefan sich nicht?«

»Deinem Bruder geht es nicht gut.« Erik, den ohnmächtigen Sohn in den Armen, konnte sich kaum auf die Worte seiner Tochter konzentrieren. Hilflos blickte er zu Clemens. Emma. Was war mit seiner Emma?

»Die Gräfin ist ohne Bewusstsein, aber sie lebt.« Die Angst in den Augen des Grafen bewegte den Pferdeknecht zutiefst. Vorsichtig befühlte er die faustgroße Beule an Emmas Schläfe. Daneben fanden sich weitere Schwellungen.

Das schwarze Haar war von Blut verklebt. »Man hat ihr übel zugesetzt.«

»Lauf, Mädchen, und hole Hilfe. Es muss doch irgendjemanden auf dieser Burg geben, der sich auf die Heilerei versteht«, bat Heinrich Caroline. Diese setzte Johanna ab und strich ihr sanft übers Haar, während sie fieberhaft überlegte. Der Herzog hatte keinen Leibarzt, er ließ den Doktor seines Vertrauens immer aus der Stadt kommen. Um Verletzungen und Wehwehchen der Dienstboten pflegte sich Gisela, die Hauswirtschafterin, zu kümmern. Hoffentlich war sie bereit zu helfen.

»Sieh zu, dass du nicht zwischen die Kämpfenden gerätst!«, rief Heinrich ihr hinterher. »Es klang so, als würde der Württemberger alles daransetzen, seiner Verhaftung zu entgehen.«

Erik übergab seinen Sohn an Heinrich.

»Es scheint, als würde seine Atmung kräftiger«, meinte der Landsknecht, um dem Freund und Herrn Mut zuzusprechen.

Graf Eisenberg bettete Emmas Kopf in seinen Schoß. »Bleib bei mir, outo tytöö.« Die Tränen steckten wie ein Kloß in seinem Halse. »Ich brauche dich, Emma. Wir brauchen dich.« Er legte sein Gesicht an ihre Wange, spürte die klamme Kälte ihrer Haut. Kam es, weil der Boden kühl war? Oder weil der Tod nahte? Oh, wenn sie doch nur aufwachen wollte.

»Erinnerst du dich an unsere erste Begegnung, outo tytöö? Ich hatte alles verloren und wünschte nichts sehnlicher, als endlich zu sterben. Dann kamst du und rücktest mir den Kopf gehörig zurecht. Ich habe bis heute nicht vergessen, wie zornig deine Augen mich anfunkelten. Da begann ich wieder zu leben – für dich zu leben, Emma. Und jetzt ist es an dir, zu mir zurückzukommen. Das bist du mir schuldig, Liebste. Ich verlange es von dir. Verstehst du? Verstehst du, dass du zurückkommen musst?«

Der Klang seiner Stimme drang durch die Nebel in ihrem Kopf. Eine ferne Musik, ein Licht, das ihr heimleuchtete. Ihre Lippen bewegten sich und formten ein Wort: »Erik.«

»Ich bin bei dir, Liebste.«

Emma schlug die Augen auf.

»Die Kinder …?« Die Erinnerung an Ulzstetten lauerte am Rand ihres Denkens. Etwas Schreckliches war geschehen. »Was ist … mit unseren Kindern?«

»Es geht ihnen gut, outo tytöö.« Erik warf einen Blick auf Stefan, der noch immer reglos in Heinrichs Armen lag. Der Landsknecht nickte dem Grafen zu. *Er schafft das*, schien er damit zu sagen, *er ist ein tapferer, kleiner Kämpfer.*

»Ich bin so froh.« Emma schloss einen Moment die Augen. »So froh.« Es kostete sie Kraft, die Lider erneut zu heben. »Er war zu stark. Ulzstetten war zu stark. Ich konnte sie nicht beschützen. Ich konnte unsere Kinder nicht beschützen, Erik, es tut mir so leid.«

»Ihr drei seid am Leben, Liebste, ein größeres Geschenk hättest du mir nicht machen können. Ich bin stolz auf dich.«

»Das Mädchen bringt Hilfe«, rief Clemens, der die herannahenden Frauenstimmen hörte.

»Ich dachte gleich, mit den Kindern stimmt etwas nicht.« Caroline hatte Gisela erklärt, was geschehen war.

»Warum hast du nichts unternommen?«, warf Caroline ihr vor.

»Bist du närrisch? Wie käme ich dazu, mich in die Angelegenheiten des Herzogs zu mischen? Mir wurde aufgetragen, eine Magd für die Kinder abzustellen, und das habe ich getan.«

»Und da hast du mich ausgewählt?«, fragte Caroline. Die beiden Frauen näherten sich ihrem Ziel auf wenige Schritte.

»Es wurde ausdrücklich eine schweigsame Dienstmagd gewünscht. Da lag es auf der Hand, dir die Kinder anzuvertrauen.«

»Aber …«

»Genug gefragt«, erwiderte Gisela unwirsch. »Unser aller Zukunft steht auf dem Spiel. Der Herzog ist geflohen, die Männer des Kaisers ihm hinterdrein – und ich habe wenig Zeit. Die Mägde laufen herum wie aufgescheuchte Hühner. Keines der Weiber weiß, wo es hin soll. Die ganze Burg steht Kopf, begreifst du das?«

Caroline waren die anderen Mägde herzlich gleichgültig, dennoch nickte sie. Gisela war im Augenblick die Einzige, von der Emma und ihr Sohn sich Hilfe erhoffen durften.

Gisela trat durch die Tür und entdeckte sogleich den am Boden liegenden Ulzstetten. »Was, beim lieben Jesus, tut Herr von Ulzstetten hier?«, rief sie fassungslos.

»Er ist tot. Um ihn brauchst du dich nicht mehr zu kümmern«, entgegnete Erik. Der Leichnam war so liegengeblieben, wie sie ihn von Stefan heruntergerollt hatten. Schaum und Speichel verklebten Ulzstettens Mund. Die verrutschte Samtklappe bot den Betrachtern das hässliche Bild einer leeren Augenhöhle. »Meine Frau und mein Sohn hingegen benötigen deine Hilfe.«

»Gut, sehe ich mir den Kleinen einmal an.« Gisela wandte sich kopfschüttelnd ihrer Aufgabe zu. Was war das nur für ein Tag, an dem alles aus den Fugen brach? Wo so bedeutende Männer wie Herr von Ulzstetten plötzlich mausetot in einer dunklen Kammer lagen?

Heinrich bettete Stefan vorsichtig auf den Strohhaufen, der den Kindern während ihrer Gefangenschaft als Lager und einzige Wärmequelle gedient hatte. Clemens holte weitere Fackeln herbei, um mehr Licht zu schaffen.

Gisela legte ihr Ohr an die Brust des Jungen, so wie es Erik zuvor getan hatte.

»Schwach, aber regelmäßig«, diagnostizierte sie. »Wir werden sehen, ob er Schaden davongetragen hat, falls er wieder aufwacht.«

»Falls er wieder aufwacht?«, fuhr Erik auf. »Ja, kannst du denn gar nichts machen, Frau?«

»Ich bin keine Heilerin.« Gisela war beleidigt. »Mit Verbrühungen und Schnitten weiß ich umzugehen, mit einem ohnmächtigen Kind hatte ich noch nie zu tun.«

»Lass dir etwas einfallen. Ich werde dich fürstlich entlohnen, wenn du nur meiner Familie hilfst.«

»Ich kann einen stärkenden Trunk brauen, der die Lebensgeister weckt und ihm helfen wird, das Bewusstsein wiederzuerlangen.«

Sie kniete neben Emma nieder, deren Augen nun wieder geschlossen waren.

»Sieht aus, als hätte sie einige kräftige Schläge auf den Kopf bekommen.«

»Das sehe ich selbst«, rief Erik, erbost über die wenig hilfreiche Bemerkung der Wirtschafterin.

»Solche Verletzungen können den Geist verwirren …«

»Sie war wach und hat ganz normal gesprochen.«

»Wenn das so ist, sollte man ihr einfach Ruhe gönnen. Falls es dem Wunsch des Herrn im Himmel da oben entspricht, wird sie wieder genesen.« Gisela verkniff sich einen Kommentar dazu, wie leichtsinnig es von dem Grafen gewesen war, das eigene Eheweib als Dienstmagd auf der Stuttgarter Burg anheuern zu lassen.

»Du sagst, der Herzog ist fort, Gisela?« Caroline war ein Gedanke gekommen.

»Es sind keine Männer mehr auf der Burg, bis auf die Knechte, die nicht kämpfen wollten oder konnten. Alle davongestoben, als wäre der Teufel hinter ihnen her.«

»Was haltet ihr davon, wenn wir die Gräfin und ihren Sohn ins Schlafgemach des Herzogs bringen. Dort gibt es ein breites Bett und einen großen Kamin, damit sie es warm haben«, schlug die Tochter des Gaispeters vor, der die Pracht der herzoglichen Zimmerfluchten aufgefallen war, als sie nach den Verschwundenen gesucht hatten. Diesen Luxus konnten sie sich nun zunutze machen.

»Ein guter Vorschlag.« Heinrich sah zu Erik. Dieser nickte, woraufhin sie die Verletzten hinaustrugen, Erik seine Emma, Heinrich den Jungen.

Caroline nahm die verstörte Johanna bei der Hand.

»Meine Mutter singt mir vor dem Schlafengehen immer vor«, sagte das Mädchen plötzlich.

»Das wird sie bald wieder tun, Kleines«, versprach Caroline und drückte die Hand des Kindes fester.

*

BURG HOHENFREYBERG
12. Oktober im Jahre des Herrn 1516

Nur wenige Stunden später, als der neue Tag anbrach und in Stuttgart die Hoffnung wuchs, Emma und ihr Sohn würden wieder genesen, verabschiedeten sich auf Burg Eisenberg zwei Menschen voneinander. Die Augen der Frau waren verquollen.

Marzan mochte keine weinenden Weibsleute. Die Tränen der Witwe Feiferl, seiner ehemaligen Geliebten, hatte er regelrecht gehasst. Derlei Gefühlsausbrüchen gegenüber fühlte er sich stets hilflos und ohnmächtig. Auch auf Franziskas Gesicht zeichneten sich im Moment unschöne rote Flecken ab, so durcheinander und erregt war sie wegen seines Weggehens. Anders als damals bei der Witwe verspürte Marzan jetzt jedoch das dringende Verlangen, Franziskas zarten Körper zu umschlingen, sie mit seiner Nähe zu trösten und ihre Tränen zu trocknen. Aber es half alles nichts. Seit Franziska ihm ihre Liebe gestanden hatte, hatte er sie nicht mehr auf Eisenberg besucht, war nicht mehr mit ihr durch den Wald spaziert, sondern hatte beständig darüber nachgedacht, wie es weitergehen sollte. Am Ende war er zu einem Entschluss gelangt, dessen Inhalt er ihr nicht verraten durfte, um keine trügerischen Hoffnungen in ihr zu wecken. Stattdessen ließ er sie weinen und betete still, das Nass auf ihrem Antlitz möge trocknen, wenn er nur erst fort war.

»Kommst du wieder?« Franziska war überzeugt, dass Marzan fortging, weil sie ihm ihre Zuneigung offenbart hatte. Er fühlte sich von ihr bedrängt und ergriff in der Konsequenz die Flucht. Einen anderen Grund konnte es nicht geben.

»Ja, ich komme wieder.« Langsam hob er die Hand und legte sie einen Augenblick an ihre Wange. Sie zuckte zusammen, hielt aber still. »Wenn ich zurück bin, werde ich nichts von dir verlangen, was du dir nicht selbst wünschst.« Mit diesen rätselhaften Worten wandte er sich ab und ging davon. Eine aufrechte Gestalt mit dichtem, dunklem Haar.

Franziska fragte sich, ob sie ihn in diesem Leben noch einmal wiedersehen würde.

51

PÄHL

12. Oktober im Jahre des Herrn 1516

Auf seinem Ritt in das winzige Dörfchen in der Nähe des Ammersees fühlte sich der Reiter zum ersten Mal seit Jahren wieder wie er selbst. Marzan von Hohenfreyberg. Er sagte den Namen halblaut vor sich hin, wie um seinen Klang zu erproben. Alles war so plötzlich gekommen. Mit einem Mal hatte er sein früheres Leben, das er längst verloren geglaubt hatte, zurückgewonnen. Er hatte wieder Eltern, Freunde und eine Halbschwester, deren schöne Gestalt ihn nicht länger zu verbotenen Phantasien hinriss.

Stattdessen hatte eine andere Frau ihren Platz eingenommen. Die stille, verträumte Franziska beherrschte sein Denken bei Tag und Nacht. Allein ihretwegen kehrte er an den Ort zurück, an dem sie ihm einst zum ersten Mal begegnet war. Ein ärmliches, scheues Bauernmädchen, das all seinen Mut zusammengenommen hatte, um sich Emma und ihm anzuschließen.

Marzan hatte lange nachgedacht und war zu dem Schluss gekommen, dass er Franziska liebte. Mit dieser Erkenntnis war auch die Tatsache, dass Franziska damals vor einem prügelnden Ehemann geflohen war, nicht länger von der Hand zu weisen. Wenn er sie zu der Seinen machen wollte, musste er vorher herausfinden, was mit Anton geschehen war, und ihn notfalls zum Kampf auf Leben und Tod fordern. Eine andere Möglichkeit gab es nicht. Marzan hegte keinen Zweifel daran, dass er am Ende der Sieger bleiben werde. Dennoch behagte es ihm nicht, einen Mann sterben zu lassen, weil er vor vielen Jahren den Ehebund mit der von ihm geliebten

Frau eingegangen war. Andererseits hatte Anton Franziska geschlagen. Wenn auch die Vergewaltigungen durch die Männer Ravensbergs es gewesen waren, die sie restlos verstört hatten, so hatte Anton gewiss zu ihrem Abscheu vor dem männlichen Geschlecht beigetragen.

Pähl hatte sich nicht verändert. Der Weiler war so winzig geblieben, wie er ihn in Erinnerung hatte. Wie damals wuschen zwei Frauen Wäsche in dem schmutzigen Tümpel. Ihre Finger waren rot und rau von dem kalten Wasser und der täglichen harten Arbeit.

»Grüß Gott«, rief er ihnen zu und sprang aus dem Sattel.

»Guten Tag.« Die Frauen erhoben sich. Sie waren noch jung, doch Erschöpfung und Entbehrung hatten bereits tiefe Falten in ihre Gesichter gegraben.

»Wer ist das?« Ein Mädchen rannte herbei, barfuß trotz des feuchten Herbstwetters.

»Ich bin Marzan.« Er beugte sich zu dem Kind, das ihn mit seinen blonden Haaren und blauen Augen an Franziska erinnerte. »Und wer bist du?«

»Kordula.«

»Ein hübscher Name«, nickte er. »Ich bin auf der Suche nach jemandem.« Er wandte sich nun wieder an die Frauen. »Ihr müsst damals noch Kinder gewesen sein, aber vielleicht erinnert ihr euch an Franziska, die einst hier lebte.«

»Franziska?« Die Angesprochenen sperrten die Augen weit auf.

»Meine Tante?«

»Ihr sprecht von der Franziska, die mit Anton Kircherer verheiratet war?«

»Genau von der.«

»Ist sie denn am Leben?«

»Ja, und es geht ihr gut.«

»Gepriesen sei der Herr. Geh, Kordula, und bring den Herrn zu deiner Mutter.«

»Kommt bitte mit mir.« Das Mädchen hüpfte aufgeregt auf und ab. »Mama wird sich so freuen.«

Marzan führte sein Pferd zu einem Apfelbaum und band es dort fest. Dann folgte er dem Kind und verkniff sich die Frage nach Anton. Er würde dem Mann noch früh genug gegenüberstehen.

»Kennt Ihr meine Tante? Meine Mutter hat mir von ihr erzählt. Sie ist eines Tages einfach verschwunden, und später hat man sie für tot erklären lassen. Der Pfarrer hat sogar eine Totenmesse für sie gelesen, aber da war ich bei den Engeln und noch nicht auf der Welt«, plapperte das Mädchen.

Marzan sog scharf die Luft ein. Franziska war für tot erklärt worden. Warum hatte man das getan, wenn doch ihr Verbleib ungeklärt geblieben war?

»Kommt herein.« Die Kleine lief voran und betrat ein baufälliges Häuschen, das mehr eine Hütte zu nennen war. Es war sicherlich nicht mehr die gleiche Wohnstatt wie damals, doch erinnerte es ihn stark an Franziskas früheres Heim.

»Mutter!«

Eine blonde Frau blickte hoch. In ihren Zügen war die Ähnlichkeit mit Franziska noch deutlicher als in denen des Kindes zu lesen.

»Guten Tag.« Er lächelte sie freundlich an.

»Wen bringst du mir, Kordula? Wer ist der fremde Herr?«

»Er weiß etwas über Tante Franziska, Mama!«

»Gelobt sei der Herrgott! Spricht Kordula die Wahrheit? Bringt Ihr wirklich Nachricht von ihr?«

»So ist es.«

»Wie ist es ihr ergangen?« Die Frau deutete mit fahrigen Bewegungen auf einen schlichten Holztisch, den mehrere dreibeinige Hocker umstanden. »Bitte, setzt Euch und erzählt.« Sie ließ sich auf einen der Schemel sinken. Marzan nahm ihr gegenüber Platz. »Kordula, bring unserem Gast zu trinken! Habt Ihr Hunger? Ich koche gerade Graupensuppe, wenn Ihr etwas Warmes in den Magen …?«

»Sehr gerne, vielen Dank.«

Das Kind servierte ihnen die Suppe, in der erbärmlich wenige Graupen schwammen, dazu einen Becher Dünnbier, das bitter auf der Zunge brannte und einen seltsamen Nachgeschmack hatte. Anschließend kletterte Kordula auf den Schoß ihrer Mutter, die unter der Last ächzte, jedoch nicht protestierte.

»Franziska ist Eure Schwester, nicht wahr?«, erkundigte er sich, obwohl er die Antwort bereits kannte. Die Ähnlichkeit war offenkundig.

»Meine ältere Schwester, ja. Uns trennen mehrere Sommer. Ich war noch klein, als sie verschwand, aber ich erinnere mich gut an sie. Franziska hat sich bis zu ihrer Hochzeit wie eine Mutter um uns jüngere Geschwister gekümmert, da unserer eigenen kaum Zeit für uns Kinder blieb. Auch nach ihrer Heirat hat sie für uns gesorgt, wann immer Anton es gestattete.«

»Franziska ist damals fortgegangen, weil sie die aufgezwungene Ehe nicht mehr ertragen konnte. Sie wollte ins Kloster eintreten, doch so weit ist es nicht gekommen. Emma – meine Schwester – und ich haben uns mit ihr angefreundet. Ziska lebt seit vielen Jahren als liebe und treue Gefährtin bei uns.«

»Seid Ihr reich?«

»Kordula!«, mahnte die Mutter ihren Sprössling.

»Ja, das bin ich wohl.« Marzan zwinkerte dem Mädchen zu. In den Augen dieser Menschen war er wahrscheinlich wirklich unermesslich reich. Er beschloss, dass es an der Zeit war, den Grund zu nennen, weshalb er hergekommen war. »Und soll ich dir noch etwas verraten?«

»Jaahaa.« Das Kind wippte ungestüm mit dem Kopf auf und ab.

»Ich möchte Franziska gerne heiraten«, erklärte er Mutter und Tochter und wartete gespannt auf die Reaktion von Franziskas Schwester.

»Herr im Himmel! Sie heiraten?«

»So ist es. Ich werde sie zur Frau nehmen und Eure Schwester damit zur Gräfin von Hohenfreyberg machen. Sie hat es verdient, mehr als das. Ich werde ihr die Welt zu Füßen legen, sofern es in meiner Macht steht. Zuvor aber muss ich wissen, wie es um ihren angetrauten Mann steht. Anton. Begreift Ihr?« Er mochte vor dem Kind nicht aussprechen, dass Anton sterben musste, damit der Weg zu Franziska endlich frei war.

»Ich verstehe.« Unerwartet streckte sie ihm die Hand hin. »Ich heiße Rosabell und ich freue mich, Euch kennenzulernen.«

»Marzan.« Er schüttelte ihr die Hand. Rosabells Händedruck war überraschend kräftig. »Du solltest mich duzen. Schließlich möchte ich schon bald dein Schwager werden.«

Kordula klatschte entzückt in die Hände und wurde daraufhin von ihrer Mutter fest umarmt.

»Es scheint euch beide gar nicht aufzuregen, dass Franziska bereits verheiratet ist?«

»Verheiratet war.« Rosabell lächelte spitzbübisch. »Ihr Mann Anton war ein unangenehmer Zeitgenosse. Nach ihrem Verschwinden ist er beständig zur Kirche gelaufen, um sie für tot erklären zu lassen. Drei Jahre hat es gedauert, dann hat Pfarrer Amselinger nachgegeben und eine Totenmesse für Franziska gelesen. Anton hatte sich zu diesem Zeitpunkt nämlich bereits ein neues Weib gewählt – mich. Und meine Mutter, der Herr sei ihrer Seele gnädig, hat dem auch noch zugestimmt. Ich müsste Franziskas schändliches Davonstehlen wiedergutmachen, so meinte sie. Glücklicherweise prügelte sich Anton kurz vor der Hochzeit in einer Weilheimer Schenke bis aufs Blut. Sein Gegner, ein Bauer aus Raisting, brach ihm das Genick.«

»Du meinst, Franziska ist frei?« Marzan schwindelte vor Glück. Mit allem hatte er gerechnet. Mit Kampf, Anfeindungen und dem Hass ihrer Familie. Stattdessen wurde ihm hier ein warmes Willkommen zuteil, und Anton war schon lange tot.

»Wir werden ein prächtiges Fest feiern!«, rief er aus, woraufhin Kordula zu ihm lief und ihm vertrauensvoll die Ärmchen um den Hals legte. »Du bist ein lieber Mann«, flüsterte sie, und er war gerührt, weil ihr jede Scheu fehlte. Wenn er darüber nachdachte, wie sehr ihm menschliche Nähe vor kurzem noch verhasst gewesen war … Und nun saß er in dieser ärmlichen Stube, und sein Herz strömte über vor Freude, weil Schwester und Nichte seiner Franziska ihn so freundlich in ihrer Mitte aufnahmen.

Marzan ließ sich Zeit mit dem Abschied. Rosabell berichtete ihm vom Tod ihrer Mutter, von ihrer eigenen Ehe, ihrem Mann, ihren Geschwistern und ihren Kindern. Neben Kordula hatte sie noch drei Söhne, die dem Vater gerade bei der Ausbesserung der Zäune vor dem Wintereinbruch halfen.

»Wenn du magst, bleib über Nacht«, bot Rosabell ihm an, als draußen die Dämmerung einsetzte. Marzan lehnte dankend ab, denn nun zog es ihn mit aller Macht nach Hause zu Franziska. Er wartete noch ab, bis der Rest der Familie von den Feldern heimkehrte, und schüttelte Kordulas Vater und ihren Brüdern die Hand. Anschließend brach er auf, überhäuft mit guten Wünschen und vielen Grüßen. Er freute sich bereits darauf, welche Augen Franziska machen würde, wenn sie ihre Familie bei der Hochzeit nach all den Jahren wiedersah.

Allein auf dem Pferderücken, wurde er dann doch nachdenklich.

Eines fehlte noch.

Ihr Jawort.

52

BURG EISENBERG
13. Oktober im Jahre des Herrn 1516

Marzan von Hohenfreyberg fühlte sich wie ein unreifer Jüngling, als er nach seiner Heimkehr aus Franziskas Geburtsdorf – es war früh am Morgen – auf Burg Eisenberg vorstellig wurde.

Renate empfing ihn in der Halle. Sie war ein fleißiges Persönchen und hatte sich schnell eingelebt. Die alte Hauswirtschafterin wurde nicht müde, das Können und Geschick der jungen Frau zu loben, der die Arbeit auf der Burg eine willkommene Ablenkung von ihrem Schmerz bot. Kein Wunder, hatte die Weberstochter doch nach dem frühen Tod der Mutter ihrem Vater schon als Mädchen den Haushalt geführt. Obwohl sie viel an Michael dachte, war die eisige Gefühlskälte, die sie bei ihrer Begegnung mit Marzan noch in Bann gehalten hatte, von ihr gewichen. Trotz ihrer Trauer wollte sie leben und in die Zukunft blicken.

»Marc.« Sie lächelte ihn an, das hübsche Gesicht vom Schlaf ganz zerdrückt. »So früh hier?«

Mit einem Mal fühlte Marzan sich daran zurückerinnert, wie die Weberstochter in München sein Lager geteilt hatte. Ob Franziska davon wusste? Er hatte es ihr nicht erzählt.

»Guten Morgen.« Er betrachtete Renate nachdenklich und forschte in ihren Zügen. Sie würde Stillschweigen bewahren, erleichtert kam er zu diesem Schluss.

»Was guckt Ihr so?« Sie besaß ein feines Gespür für andere Menschen. »Wenn Ihr eine Frage habt, so stellt sie mir doch.«

»Es ist nichts.« Marzan wollte sie nicht verletzen. Er vertraute ihr. Trotz der kurzen Bekanntschaft erschien sie ihm wie ein guter Kamerad.

»Franziska hat sich die Augen ausgeweint nach Euch. Sie liegt noch im Bett, trotzdem werdet Ihr gut daran tun, gleich zu ihr zu gehen.«

»Sie hat dir von unserem Gespräch im Wald erzählt?« Marzan begann zu lächeln. Wenn es ihr so naheging, musste ihr wirklich etwas an ihm liegen.

»Natürlich. Frauen können nicht anders, als sich früher oder später jemandem anzuvertrauen.« Renate grinste halb. »Zwei gebrochene Herzen, die einander ihr Leid klagen. Wir waren sicher kein erfreulicher Anblick.«

»Du meinst, ich kann sie aufsuchen, obwohl sie …«

»… noch im Bett liegt«, vollendete die Weberstochter seinen Satz. »Wenn ich Euch richtig einschätze, kommt Ihr mit den ehrenhaftesten Absichten. Eben ein weichherziger Kerl – trotz der harten Schale. Na los, Marc Frey, Ihr seid doch kein kleiner Junge mehr. Traut Euch.«

»Du verstehst ziemlich viel für dein Alter.« Marzan beugte sich zu Renate und küsste die junge Frau auf die Wange. »Du solltest mich endlich duzen, schließlich sind wir Freunde – oder etwa nicht?«

»Ich denke schon.« Sie nickte. »Viel Glück!«, rief sie ihm hinterher und sah amüsiert zu, wie er im Eilschritt loslief, um dann langsamer und langsamer zu werden. Der Mann hatte eindeutig Bammel.

Erst als er Franziska gegenüberstand, schwand die Aufregung. Sie trug ein langes, hochgeschlossenes Nachthemd und riss bei seinem Anblick die Augen weit auf. Er fand sie wunderschön.

»Marzan …«, stammelte sie. »Was tust du hier?«

»Dich besuchen.« Ungefragt trat er in ihr Schlafgemach und blieb dort gegen die Wand gelehnt stehen. »Du denkst, es schickt sich nicht, dass ich hier bin«, sprach er ihre Gedanken laut aus.

»Nein. Doch. Ich freue mich, dass du zurück bist.«

»Wirklich?«

»Ja«, antwortete sie fest.

»Das ist gut, ich habe dir nämlich etwas sehr Wichtiges zu sagen. Aber zuerst lass mich dir viele Grüße von Rosabell ausrichten.«

»Rosabell?« Franziska wurde weiß und sank auf ihr Bett. »Ich kannte einst eine Rosabell. Meine kleine Schwester.«

»Von ihr spreche ich.«

»Du hast sie gesehen?«

»Sie und ihren Ehemann, dazu deine liebreizende Nichte Kordula und drei aufgeweckte Neffen.«

»Oh.« Ihre Gesichtsfarbe wechselte von Blass zu Rosa und wieder zurück.

Marzan stieß sich von der Wand ab, um sich vor Franziska niederzuknien und ihre Hände zu ergreifen. Mit einem Schlag war die Aufregung wieder da, und ihm fehlten die Worte.

So kam es, dass er sie anstatt großer Reden einfach nur verliebt anschaute. »Heirate mich, Ziska«, bat er bewegt. »Werde die Frau an meiner Seite.«

»Ich …« Sie hatte gehofft – ersehnt –, er möge ihr irgendwann seine Zuneigung schenken, doch niemals mehr. Sein Weib zu werden, so weit war sie in ihren kühnsten Träumen nicht gegangen.

»Sag nichts, Liebes. Ich weiß, was du durchgemacht hast, und werde dich zu nichts drängen. Ich wünsche mir nur, in deiner Nähe zu sein. Alles andere kommt mit der Zeit.«

»Ich kann dich nicht heiraten, Marzan.« Sie sah jung und verletzlich aus, war wieder ganz das schüchterne Mädchen, das er vor einem Jahrzehnt in Pähl kennengelernt hatte. »In den Augen Gottes bin ich bereits vermählt.«

»Nein. Nicht mehr. Deswegen war ich in deinem Heimatdorf. Anton ist tot, schon vor Jahren bei einer Wirtshausschlägerei ums Leben gekommen. Du bist frei, Ziska, und wenn du mich willst …«

»Aber, ich …« Sie schien überfordert von all den neuen Informationen. »Was ist mit Emma, ihr … ich …«

»Emma ist meine Schwester. Nicht mehr und nicht weniger. Und ich glaube, sie wird sehr glücklich sein, wenn sie von unserer Entscheidung hört.«

Franziska überlegte eine Weile, dann erstrahlte ein Lächeln auf ihrem Gesicht, und es war ihm, als würde die Sonne aufgehen. »Ja«, sagte sie. »Ich will dich sehr gerne heiraten, Marzan von Hohenfreyberg.«

Alles, was von dem hartherzigen Eigenbrötler Marc Frey noch in ihm übrig gewesen war, löste sich in diesem Augenblick in nichts auf. Er nahm sie in die Arme und küsste sie zart. Ein langer, nicht enden wollender Kuss. Als er spürte, wie seine Erregung wuchs, löste er sich von ihr, um sie nicht zu verängstigen. Er wusste, sie hatte so viel Schlimmes erlebt, war von grausamen Männern missbraucht worden und hatte die Liebe nie kennenlernen dürfen.

»Bleib bei mir«, bat sie leise und löste die Bänder ihres Nachthemds.

»Ziska, du musst nicht …« Seine Stimme war heiser. »Wir können damit warten, bis du bereit bist. Ich verlange nicht, dass du …«

»Ich will es«, erwiderte sie fest. »Zeige mir, wie es sein kann, Marzan. Zeige mir die Liebe.«

An diesem Morgen begegnete Franziska der Leidenschaft. Während draußen die Vögel ihre letzten Weisen zwitscherten, ehe sie vor dem nahenden Winter in wärmere Gefilde flohen, lag sie geborgen in Marzans Armen.

Unbehagen, Scham und Angst verloren sich irgendwo in

der Wirklichkeit. Ein hitziges Gefühl durchströmte ihren Körper, von dem sie nicht gewusst hatte, dass es existierte. Sie lernte den Geschmack seiner Haut kennen, den Geruch seines Schweißes, die rauen Schwielen seiner Finger auf ihren Brüsten. Ihre Hand erforschte zaghaft seinen Körper, vorsichtig fuhr sie durch die gekräuselten Haare auf seiner Brust und fühlte sein Herz darunter schlagen. Er war sanft und zärtlich, zügelte seine Lust, um ihr Wohlgefallen zu bereiten. Hinterher rezitierte er für sie Liebesgedichte. Franziska fand alle Verse und Lieder schön, doch eine Dichtung des Minnesängers Heinrich von Morungen bewegte sie besonders.

Ich habe sie vor allen Frauen
mir zur Herrin und zur Freude erwählt.
Schön und begehrenswert ist sie.
Seht, darum habe ich geschworen,
dass mir in der Welt niemand lieber sein soll.
Wenn ich sie erblicke,
seht, dann wird es Tag in meinem Herzen.

53

STUTTGART
1. November im Jahre des Herrn 1516

Am Tag des Hochfestes Allerheiligen betrat Graf von Eisenberg das Schlafzimmer seiner Frau, vormals das Prunkgemach des Herzogs von Württemberg.

Die Kaiserlichen hatten die Verfolgung Ulrichs aufgegeben und waren zurückgekehrt, um die Stuttgarter Burg zu besetzen. So lautete der Befehl Kaiser Maximilians. Um jeden Preis sollte verhindert werden, dass der Württemberger seine Stadt wieder in Besitz nahm.

Dem Grafen Eisenberg und seiner Familie hatten die kaiserlichen Legaten zu bleiben gestattet, solange sie es wünschten. Der Hauptmann der Truppen hatte in seinem ersten Bericht an den Kaiser auch die Entführung Stefans und Johannas erwähnt. So blieb dem Grafen und der Gräfin die Hoffnung, am Ende Genugtuung durch die Hand des obersten Landesherrn zu erhalten. Kaiser Maximilian war dafür bekannt, verbrecherische Untertanen hart, aber gerecht zu bestrafen.

»Es geht nach Hause, Liebes.« Erik küsste Emma sanft auf die Stirn. Er sprach leise, denn neben ihr schlummerten die Kinder. Beide, die Gräfin wie auch ihr Sohn, waren nach langem Krankenschlaf wieder erwacht. Der hierher beorderte Stuttgarter Arzt hatte Emma strikte Bettruhe verordnet, und Erik hatte dafür Sorge getragen, dass diese auch eingehalten wurde – so widerspenstig sich die Patientin auch zeigte.

»Nach Hause? Endlich nach Hause?« Emma tastete nach seiner Hand und ergriff sie. Ihre Augen leuchteten. »Wann?«

»Morgen schon, outo tytöö. Der Doktor hat es erlaubt. Er meint, das Schaukeln der Kutsche dürfte deinem Kopf nun nicht mehr schaden.«

»Was ist mit Caroline? Hat sie eingewilligt?«

Erik lächelte. »Ja, das hat sie. Sie wird uns begleiten und in Zukunft bei uns leben. Genau, wie du es dir gewünscht hast, mein Liebes.«

»Ich denke, die Vision vom Schorndorfer Marktplatz war ein Zeichen.« Emma streichelte Stefans Köpfchen. Die Kinder hielten ihr Nachmittagsschläfchen, eng an ihre Mutter geschmiegt. »Ein Zeichen, dass wir dem Mädchen ein Zuhause geben sollen. Sie hat niemanden mehr auf dieser Welt.«

»Jetzt hat sie uns.« Erik stopfte die Decke um Johannas Füße, die sich im Schlaf freigestrampelt hatte.

»Caroline ist außerordentlich tapfer. Es ist ihr nicht leichtgefallen, mir den Giftanschlag zu beichten. Seit dem Tod ihres Vaters hat der Hass sie verzehrt. Nun, da statt des Herzogs Ulzstetten gestorben ist, scheint ihr die Rache mit einem Mal nicht mehr so wichtig zu sein. Obwohl Ulrich noch am Leben ist, sehnt sie sich nach innerem Frieden.«

»Den wird sie bei uns finden. Caroline kann ein neues Leben beginnen, wenn das ihr Wunsch ist – mit Menschen, die sie schätzen und ihr zur Seite stehen.«

»Du bist ein guter Mann, weißt du das?« Emma suchte Eriks Blick und hielt ihn mit dem ihren fest. »Ich habe Renate ein Heim geboten, und du hast nicht geklagt. Nun kommt Caroline hinzu, und auch darüber beschwerst du dich nicht.«

»Solange es dich glücklich macht, outo tytöö, werde ich keine Einwände hegen. Es ist dir ein Bedürfnis, anderen Menschen zu helfen – und darauf bin ich stolz.«

»Welcher Tag ist heute?« Ihr Blick wanderte zum Fenster. Nur ein Stückchen hellen Himmels war zu sehen.

»Allerheiligen, outo tytöö. Ich habe mir überlegt, die Zwillinge und Martin in Peiting abzuholen und den Winter zu Hause auf Eisenberg zu verbringen. Mit Konstantin und Margaretha – und vielleicht ja auch mit Marzan. Selbst Herzog Wilhelm kann uns nicht zwingen, sofort auf die Ravensburg zurückzukehren. Ich werde mich erst im neuen Jahr wieder der Verwaltung der Peitinger Geschäfte widmen.«

»Bestimmt.« Emma lächelte. »Sag, welches Wetter haben wir draußen? Die Sonne scheint, nicht wahr?«

»Sonnenschein und blauer Himmel, ganz recht.«

»Allerheiligen klar und helle, sitzt der Winter auf der Schwelle.« Die Gräfin kannte viele Bauernregeln. Gerne dachte sie an den Schmied zurück, der ihr und Marzan in ihrer Kindheit so viele dieser Reime beigebracht und wundervolle Geschichten erzählt hatte.

»Ich werde nie verstehen, wie du dir das alles merken kannst.« Erik, der Finne, hatte Mühe, sich auch nur eine Zeile eines Verses oder Gedichtes einzuprägen.

»Das liegt am Alter«, neckte sie ihn.

»Da sprichst du ein wahres Wort, Weib.« Er zupfte eine einzelne silbrige Strähne aus ihrem dunklen Haar und hielt sie ihr vor die Nase. »Jünger werden wir alle nicht, outo tytöö.«

»Ich werde gerne alt, wenn ich nur den Rest meines Lebens mit dir verbringen kann.« Sie wurde ernst.

Erik blickte seine Frau an und konnte die unausweichliche Frage nicht länger hinauszögern. Jedes Mal, wenn er sie stellte, brach es ihm schier das Herz. »Noch nichts?«

»Nein. Nichts.« Sie schüttelte den Kopf. Trauer setzte sich in ihrem Gesicht fest und zog ihre Mundwinkel nach unten. Stefans Zustand nahm sie sehr mit.

»Der Arzt meint, er braucht Zeit«, versuchte Erik, Emma zu beruhigen. In Wahrheit wurde ihm übel vor Angst bei der Vorstellung, ihr Sohn könnte für immer stumm bleiben.

Diese Möglichkeit bestand, das hatte der Doktor ihnen nicht verschwiegen. Seit jenem schrecklichen Tag, an dem die Reichsacht über Ulrich von Württemberg verhängt worden war und Caroline Ulzstetten vergiftet hatte, war kein Wort über die Lippen des kleinen Jungen gekommen. Stattdessen drängte er sich schutzsuchend an seine Mutter, die Augen vor Panik flackernd, sobald sie nur für einige Augenblicke aus seinem Sichtfeld verschwand.

In der Nacht von Allerheiligen auf Allerseelen, in der uraltem Glaube zufolge die Geister der Verstorbenen lebendig werden, träumte Emma von dem missgestalteten Bettler, dem sie bei ihrer Ankunft in Stuttgart eine Münze geschenkt hatte. »Hüte dich!«, rief er ihr zu, formte die Hände zu einem Trichter und rief es noch einmal laut und eindringlich: »Hüte dich!« Gänsehaut überzog ihren Körper, die sie selbst im Schlaf spüren konnte. Mit einem Mal wuchsen dem zerlumpten Landstreicher Beine, wo zuvor keine gewesen waren. Flügel wie die eines Engels sprossen aus seinem Rücken. Der Mann rannte los und erhob sich mit wenigen Schlägen elegant in die Lüfte. »Hüte dich!«, scholl es von oben herab. Der Bettler tauchte in die Wolken. Und wieder erklang seine Stimme: »Hüte dich!«

Nach dem Erwachen fand Emma keine Gelegenheit, Erik von ihrem seltsamen Traum zu erzählen. Die Kinder waren bereits wach, und Stefan verfolgte mit den Augen jede Bewegung seiner Eltern. So blieb ihr nichts, als den Grafen zum Abschied zu küssen, der sich aufmachte, dem kaiserlichen Befehlshaber für dessen Gastfreundschaft zu danken.

Wenig später war Emma mitsamt Sohn, Tochter und dem Mädchen Caroline in der Kutsche untergebracht. Kissen im Rücken sorgten dafür, dass sie es bequem hatte, eine flauschige Decke lag über ihr, groß genug, dass Stefan sich zur Gänze darunter verstecken konnte. Erik ritt voran, während

Heinrich dem Gefährt folgte. Clemens, der erfahrene Pferdeknecht, saß auf dem Kutschbock.

So verließen sie die Stuttgarter Burg, von der alle hofften, sie niemals wiedersehen zu müssen.

Die kleine Gruppe reiste gemächlich. Emma hatte Muße, den Kindern lange Geschichten zu erzählen, während Caroline ihnen mit ihrer weichen Stimme vorsang. Zwischendurch forderte Johanna immer wieder das Versprechen ein, dass sie bald zu Hause sein würden. Zu viel hatte das Kind in den letzten Monaten durchlebt.

Clemens umfuhr geschickt die ärgsten Schlaglöcher, um die Gräfin vor schlimmen Erschütterungen zu schützen, außerdem rasteten sie häufig. Keiner der Männer wollte riskieren, Emma oder dem Jungen zu viel zuzumuten.

»Ich habe nur für meine Rache gelebt«, bemerkte Caroline einmal, als beide Kinder eingedöst waren. »Als es Ulzstetten anstelle des Herzogs traf, war ich entsetzt – dabei hatte er den Tod ebenso verdient wie Ulrich von Württemberg. Aber als ich um dein Leben und das der Kinder fürchten musste, als wir unten in den Gewölben das vorbereitete Grab entdeckten, da war plötzlich nur noch eines wichtig – euer Überleben.«

»Du hast dich von dem Rachegedanken befreit, Caroline, der dich innerlich zerfraß. Das ist eine gute Sache. Dein Vater wäre stolz auf dich. Er hätte nicht gewollt, dass Ulrich stirbt und sein einziges Kind zur Mörderin wird.« Emma war die junge Frau noch nicht so vertraut, dass sie gewagt hätte, ihr über das Haar zu streichen. Deshalb nickte sie ihr nur ernst zu, um ihre Anerkennung auszudrücken.

»Ulzstetten – den habe ich umgebracht.«

»I wo.« Die Gräfin winkte ab. »Es war nie beabsichtigt, ihm das Gift zu verabreichen. Du wolltest das nicht – und trotzdem hast du meinen Kindern damit das Leben gerettet. Wäre Ulzstetten nicht zusammengebrochen, ehe …« Sie schwieg und mochte es sich nicht ausmalen. Stefan, Johanna und sie selbst wären nicht mehr am Leben, so viel stand fest.

Sie bezogen Quartier für die Nacht im idyllisch gelegenen Aussiedlergehöft eines reichen Bauern, der Reisenden Bett und Mahlzeit bot. Der Bauer selbst war von einfacher, großzügiger Natur, daher war es sein Eheweib, das für Geld im Haus sorgte. Ihr törichter Mann hätte freundlich jeden aufgenommen und noch nicht einmal eine Münze dafür verlangt.

Efeu und wilder Wein rankte sich üppig am Haus entlang. Kaum, dass der weiße Verputz darunter noch zu sehen war. Gräfin Eisenberg war entzückt von dem verwunschenen Hof, der den Eindruck erweckte, als könnten jederzeit Feen, Elfen und Zwerge aus seiner Türe marschieren. Stattdessen erschien die Hausherrin und winkte den Gästen, zum Essen hereinzukommen. Emma, die eben das klare, kalte Bächlein entdeckt hatte, das hinter dem Haus über das Grundstück floss, löste sich nur ungern von dem hübschen Fleckchen Natur. Forellen schlängelten sich durch das Wasser. Ihre Schuppen schimmerten im Schein der untergehenden Sonne mal rosa, mal bläulich. Sie wäre gerne noch ein wenig länger verweilt, doch Stefan, der an ihrer Hand ging, blickte die Mutter bereits mit hungrigen Augen an – auch wenn er seinen Appetit mit keinem Wort zum Ausdruck brachte.

»Sprich halt, mein Kleiner«, seufzte die Gräfin. »So sprich halt mit mir.«

Stefan zeigte keine Reaktion.

Die Kinder schliefen bei den Eltern im Bett. Die Bauersleute hatten für das Grafenpaar eigens ihr Schlafzimmer geräumt. Heinrich und Clemens legten sich in der guten Stube bei den

Hofknechten nieder, und Caroline schlief bei der einzigen Magd neben dem Küchenfeuer. Das Mädchen fand nichts dabei, sich auf dem Boden zusammenzurollen. Es gab eine Decke, und das Stroh war erst kürzlich neu aufgeschüttet und mit wohlduftenden Kräutern versetzt worden. In ihrem Leben hatte Caroline sehr viel garstigere Unterkünfte kennengelernt – und nicht immer war ihr der Luxus von Sicherheit und Wärme vergönnt gewesen. Bevor sie die Augen schloss, dachte sie darüber nach, ob es wohl Thymian war, den sie im Heu roch. Emma, so viel wusste sie bereits, verstand sich auf die Heilkunde. Morgen wollte sie die Gräfin danach fragen.

Später würde Caroline sich daran erinnern, dass dies die erste Nacht seit dem Tod des Gaispeters war, in der sie nicht mit Gedanken an den verhassten Herzog eingeschlafen war.

Die Menschen unter dem Dach des Bauerngehöfts ruhten wohl und erhoben sich am nächsten Morgen erholt von ihren Lagern.

Im Schlafgemach der Bauersleute fand Emma eine Schüssel mit Wasser, dazu ein Stück Seife. Der Gedanke, sich das Gesicht am kühlen Bächlein zu waschen, schien ihr jedoch sehr viel verlockender. Sie küsste ihren Mann und die Kinder und wünschte allen einen guten Morgen.

»Ich will hinunter an den Bach …« Emma zeigte die Seife vor und zögerte, denn sie dachte an die Hysterie im Gesicht ihres Sohnes, sobald er sie einmal aus den Augen verlor.

»Geh nur, outo tytöö.« Erik lag mit Sohn und Tochter noch im Bett. »Stefan muss lernen, nicht ständig an deinem Rockzipfel zu hängen. Nicht wahr, mein Kleiner?« Er stupste seinen Sohn auf die Nase. »Er wird sich ein Weilchen mit seinem Vater begnügen können.«

»Flichtst du mir einen Zopf, Papa? Kannst du das?« Johanna lugte unter der Decke hervor, das blonde Haar völlig zerzaust.

»Natürlich kann er das«, lachte Emma. »Vielleicht musst du ihm nur ein wenig helfen …«

Ein großes Wohlgefühl erfasste die Gräfin, als sie das Schlafzimmer mit einem Lächeln auf den Lippen verließ. Es war schön, ihre Familie vereint und in Sicherheit zu wissen. Wenn nur Stefan wieder zu sprechen begann und sie endlich ihre Zwillingstöchter wiedersehen durfte, von denen sie nun bereits viel zu lange getrennt war. Sofia und Isabel. Emma betete darum, dass Sabina auf der Ravensburg sich gut um die geliebten Mädchen kümmerte.

»Guten Morgen.« In der Küche fand sie die Bäuerin bereits munter an der Arbeit. Drei runde Käselaibe lagen vor ihr, die sie mehrmals mit einer hellen Flüssigkeit bestrich.

»Gott zum Gruße, Frau Gräfin. Ich hoffe, Ihr habt wohl geruht.«

»Ausgezeichnet und so gut wie lange nicht mehr, vielen Dank.« Interessiert verfolgte sie die Handgriffe der Frau.

»Ein altes Geheimrezept der Cousine meiner Großmutter«, verriet die Bäuerin, der Emmas Neugierde nicht entging. »Verschafft dem Käse eine tiefgelbe Färbung, wie sie anderswo nicht zu finden ist. Wenn Ihr mögt, könnt Ihr nachher ein Stückchen versuchen.«

»Sehr gerne.« Emma war überzeugt, der Käse werde hervorragend schmecken. Vielleicht konnten sie vor der Abreise noch einen oder zwei Laibe von den Bauersleuten erstehen. Die Zwillinge liebten Käse und bemerkten selbst feinste Nuancen im Geschmack. »Ich gehe hinaus an den Bach, mir das Gesicht erfrischen.«

»Natürlich. Aber bleibt nicht zu lange aus, wenn ich Euch bitten darf, die Frühmahlzeit steht in einem Viertelstündchen auf dem Tisch.«

»Ich bin gleich zurück.« Emma winkte der emsigen Bäuerin zu. Eine fleißige Person, die mit ihrem Dasein zufrieden schien. Das fand man selten.

Weil das Gras vom Morgentau feucht war, kniete die Gräfin sich auf einen flachen Stein, auf dem sie gerade Platz fand. Sie wirkte bedächtig, was daran lag, dass ihr von schnellen Bewegungen nach wie vor schwindelig wurde. Emma krempelte die Ärmel ihres Kleides hoch und begann leise zu summen. Die Melodie eines Liedes, das die Zwillinge besonders liebten. Nicht mehr lange bis zum Wiedersehen mit den Töchtern.

Nicht weit entfernt stand am Waldesrand ein windschiefer Holzschuppen. Die Bäuerin lag ihrem Mann seit Jahr und Tag damit in den Ohren, die morschen Bretter endlich auszutauschen und zu erneuern. In dem Schuppen verbarg sich eine klammgefrorene Gestalt, die sich beim Klang von Emmas Lied aufrichtete, vorsichtig hinausspähte und sich auf leisen Sohlen an sie heranschlich.

»Hexe«, murmelte er.

»Aua!«, protestierte Johanna und blickte ihren Vater strafend an. »Das ziept!«

»Tut mir leid, Prinzessin.« Graf Eisenberg musste lächeln. Tatsächlich war es schwerer als gedacht, einen geraden Zopf zu flechten, bei dem die entwischten Haare nicht nach allen Seiten abstanden. Normalerweise übernahm Emma oder die Kindsmagd Rebecca diese Aufgabe.

»Lass es mich noch einmal versuchen«, bat er seine Tochter und kitzelte sie unter den Armen. Das Mädchen quietschte freudig. Stefan sah aufmerksam zu, kletterte vom Bett und stakste auf seinen kurzen Beinen heran.

»Wo ist Mama?«, schienen seine Augen zu fragen.

»Schau nur, kleiner Mann, wie dumm dein Vater sich anstellt.« Erik nahm seinen Sohn hoch und setzte ihn auf die Bank unter dem Fenster. »Wir sind gleich fertig, Stefan.«

»Du musst es aber richtig machen, Papa!«

»Natürlich, Johanna. Ich flechte dir den schönsten Zopf der Welt.«

Johanna blieb die Antwort schuldig und gab Erik damit zu verstehen, was sie von seiner Ankündigung hielt. Stattdessen küsste sie ihn auf die bärtige Wange. »Andere Sachen kannst du dafür besser«, erklärte sie, um ihn zu trösten.

Stefan, der eine Weile still dagesessen hatte, wurde unruhig. Er stellte sich auf die Bank und konnte so über den Fenstersims hinaus ins Freie spähen. Dort unten am Bach war sie ja, seine Mutter. Er strahlte.

Während Erik sich weiter um den Zopf seiner Tochter mühte und Johanna ihn dabei altklug belehrte, wie er es besser machen könne, sperrte der Knabe seinen rosigen Mund weit auf. Ein stummer Zeuge der Geschehnisse unten am Bach. Über die Wiese schlich ein Mann auf Emma zu. Die Gräfin bemerkte sein Näherkommen nicht. Als er fast bei ihr war, tat er einen langen Satz und sprang auf sie zu. Alles geschah schnell und lautlos. Ehe Emma reagieren konnte, hatte der Angreifer ihren Kopf unter Wasser gedrückt.

Stefan begann schrill zu weinen. Die erste laute Gefühlsregung, die er zeigte. Erik schloss den Kleinen erschrocken in die Arme. Was hatte der Bub dort draußen erblickt?

»Schhh, schon gut.« Der Graf trat ans Fenster und blickte hinunter.

»Mama!«, greinte Stefan im selben Moment.

Und da sah Erik es selbst.

54

EIN GEHÖFT ZWISCHEN STUTTGART UND PEITING
3. November im Jahre des Herrn 1516

Erik konnte in diesen Sekunden keine Rücksicht auf seinen schreienden Sohn nehmen. Dort unten schwebte seine Frau in höchster Gefahr, der Schurke drückte Emmas Kopf unter Wasser. Ihr zu dieser Stunde noch gelöstes und unbedecktes Haar schwamm wie schwarzer Tang an der Oberfläche. Schon erlahmte ihre Gegenwehr, ihre Glieder wurden schwer.

Der Finne wusste, dass es zu lange dauern würde, das Haus zu durchqueren und anschließend zu umrunden. Er durfte keine Zeit verlieren. Ein einziger Moment konnte über Leben und Tod seiner geliebten Frau entscheiden. An der Hauswand war ein hölzernes Rankgitter befestigt, an dem üppiger Efeu emporwucherte. Eriks Puls raste.

Die Kinder verfolgten mit großen Augen, wie ihr Vater ohne Zögern aus dem Fenster kletterte, seine Füße auf die Sprossen des Gitters stellte und sich mit einem gewaltigen Ruck abstieß. Es waren gut zwei Meter bis zum Boden. Erik landete auf seinen Beinen und spurtete brüllend über die Wiese. Seine Rufe, so hoffte er, würden die Menschen im Haus herbeilocken. Der Schurke am Bach schrak zusammen und ließ sein Opfer einen Augenblick los. Emmas Kopf tauchte auf, keuchend und spuckend holte sie Luft. Da wurde sie mit aller Kraft erneut unter Wasser gedrückt. Ihre Wahrnehmung verschwamm und versank in dröhnendem Schwarz. Der Angreifer keuchte schwer, während er Emmas Kopf hielt. Das Leben der Hexe musste ausgelöscht werden, ehe ihr Mann ihr zu Hilfe kam.

Momente später packte Graf Eisenberg den Kerl am Kragen und riss ihn heftig von Emma fort. Der schmächtige, dunkelhaarige Mann leistete erstaunlich kräftige Gegenwehr. Furchtlos sprang er Erik an und schlug trommelnd auf ihn ein. Er musste der Gräfin habhaft werden und sie töten. Das allein zählte.

Emma hatte nicht mehr die Kraft, sich selbst aus dem Wasser zu ziehen. Erik bemerkte dies, während er von dem Angreifer wütend attackiert wurde, der ihn von seiner ertrinkenden Frau fernhalten wollte.

Erik rannte die Zeit davon. Statt mit seiner enormen Kraft zu haushalten, wie er es für gewöhnlich tat, holte er weit aus, und dabei war ihm vollkommen gleich, ob dem Mann vor ihm sämtliche Knochen brechen würden. Mit aller Macht schmetterte er dem Schurken die Faust ins Gesicht und hörte einen schiefen Misston. Hellrotes Blut strömte aus der gebrochenen Nase des Mannes, der nun einen letzten hasserfüllten Blick auf die halb im Wasser liegende Gräfin warf und die Beine in die Hand nahm.

Erik hob seine Frau aus dem Bach. Ein ertränktes Kätzchens kam ihm in den Sinn, dann eine Erinnerung an Emma, wie sie zu Hause auf Eisenberg im Schlossweiher schwamm. Die Adern an ihrem Hals schimmerten bläulich und zeichneten sich deutlich unter der marmorweißen Haut ab. Das lange, nasse Haar hing ihr in feuchtglänzenden Strähnen über die Schultern.

Wild und voller Inbrunst küsste er ihr Antlitz, als wolle er sie so am Leben erhalten. Was war mit ihr? Atmete sie noch? War er zu spät gekommen? Die Stimme brach ihm, als er ihren Namen rief.

Der Angreifer unterdessen rannte, sich immer wieder umsehend, im Laufschritt davon. Er hinterließ eine Spur roter Blutsprenkel auf dem Gras.

»Hier geblieben, Kerl!« Der Bauer, durch Eriks Schreie

alarmiert, stellte sich dem Flüchtenden mit einer Mistgabel bewaffnet furchtlos in den Weg. Der schlug einen Haken und war an ihm vorüber, ehe der Bauer von seiner improvisierten Waffe Gebrauch machen konnte. So leicht ließen sich Heinrich und Clemens nicht übertölpeln, die nun ebenfalls herbeiliefen. Sie erkannten schnell, was vor sich ging, flankierten den Fliehenden links und rechts und schlossen schon bald mit langen Schritten zu ihm auf. Mitleidslos verabreichten sie ihm eine gehörige Tracht Prügel, so dass dem Mann neben seinem geschundenen Gesicht nun auch jeder Knochen im Leib wehtat.

Es bereitete den beiden Knechten anschließend keine Mühe, den geschundenen Kerl, der sich nicht mehr länger wehrte und am ganzen Körper zitterte, in einer fensterlosen Speisekammer festzusetzen.

Emma überlebte. Ihr unbändiger Wille verhalf ihr dazu, die ersten Atemzüge an der frischen Luft zu tun. Ihr Schädel fühlte sich an, als wolle er bersten, die noch nicht zur Gänze verheilten Verletzungen an ihrem Kopf schmerzten höllisch. Dennoch gelang es der Gräfin, ihren Mann schwach anzulächeln. Erik galt ihr mehr als ihr eigenes Leben. Ihn so voller Sorge zu sehen, auch wenn sein Antlitz vor ihren Augen schaukelte, war unerträglich.

»Um Himmels willen, Emma!« Er riss sie an sich. »Wie oft noch?«, fragte er mit tränenerstickter Stimme. »Wie oft noch muss ich fürchten, dich zu verlieren, Liebste?«

Dicke Perlen sammelten sich in ihren Augenwinkeln. Sie weinte, weil sie ihm keine Antwort geben konnte.

Die Bauersleute entschuldigten sich wohl hundertmal beim Grafen. Sie waren tiefbetrübt und konnten nicht fassen, was auf ihrem Grund und Boden geschehen war. Selbstlos boten sie ihre Gastfreundschaft an, solange die kleine Reisegruppe diese benötigte.

Erik wich den ganzen Tag und die darauffolgende Nacht nicht von Emmas Seite. Erst dann verschwand die wächserne Blässe aus ihrem Gesicht, und die Gräfin schien über den Berg.

»Geh hinunter und iss etwas«, bat sie ihn.

»Nur, wenn du auch etwas zu dir nimmst, outo tytöö.«

»Du willst mit mir feilschen«, neckte sie ihn schwach. Ihre Stimme hatte noch nicht zu ihrem gewohnt volltönenden Klang zurückgefunden. »In Ordnung. Schick mir Caroline mit etwas Suppe herauf. Und mach dir um Gottes willen keine Sorgen mehr um mich – die Schmerzen in meinem Kopf lassen schon nach.«

»Meine tapfere, kleine Frau.« Erik nahm ihre linke Hand und küsste jede Fingerspitze einzeln. »Ich könnte es nicht ertragen, wenn du mir genommen würdest.«

»Ich bleibe bei dir, Liebster. Immer und ewig, bis wir beide eines Tages alt und grau sein werden.«

»Ich liebe dich.« Er beugte sich über sie und küsste ihre Lippen. »Ich liebe dich so sehr.«

»Erik … Die Kinder. Ich will sie sehen – es wird mich auch nicht zu sehr anstrengen.«

»Wie du willst, mein Schatz.«

»Stefan hat wirklich gesprochen?«

»Ja. Als er dich dort unten in Gefahr wähnte, hat er ›Mama‹ gerufen. Laut und deutlich.«

»Den Heiligen im Himmel sei Dank.«

Der Mann in der Speisekammer blieb, so wünschte es Erik, ohne Wasser und Brot eingeschlossen. Der Graf brannte darauf zu erfahren, weshalb der Fremde seine Frau angegriffen und versucht hatte, sie wie ein räudiges Tier zu ersäufen. Im Moment aber war er zu aufgebracht und zornig, um den Gefangenen zu verhören. Er fürchtete, dem Schurken etwas anzutun.

Er fand Caroline und die Kinder mitsamt Heinrich und Clemens in der guten Stube, dem Herzstück des Hofes. Im Kamin flackerte ein Feuer und sorgte für wohlige Wärme. Die Bäuerin lief geschäftig umher, füllte Krüge nach und sorgte sich unermüdlich um das Wohlergehen ihrer Gäste.

»Mutter will euch sehen.« Erik zog leicht an Johannas Zopf. »Wenn ihr mögt, könnt ihr gleich mit Caroline zu ihr hinaufgehen.«

»Geht es ihr besser?« Das kleine Mädchen hatte vor lauter Besorgnis sein Lächeln verloren.

»Viel besser, Prinzessin.«

»Mama«, murmelte Stefan, dem die Bauersfrau eben ein Stück ofenwarmen Nusskuchen zusteckte.

»Zum Nachtisch.« Sie fuhr ihm über den blonden Schopf und reichte auch seiner Schwester etwas von der süßen Leckerei.

Erik schickte ein stilles Dankgebet zum Himmel. Er hatte befürchtet, sein Sohn werde nach dem neuesten Schreckenserlebnis wieder in Stummheit verfallen. Gott sei Dank blieb diese Sorge unbegründet. Stefan hatte in den letzten Stunden zwar nur wenige Worte gesprochen, doch zumindest stand fest, dass ihm die Sprache nicht ganz abhanden gekommen war.

Emma bestand darauf, dem Verhör beizuwohnen. Während Caroline und die Bauersfrau mit den Kindern in der Küche blieben, schnürten Heinrich und Clemens den Gefangenen zusammen und schleiften ihn anschließend ohne Rücksicht die breite Treppe hinauf.

Emma saß aufrecht im Bett, Erik hockte auf der Kante und hielt ihre Hand.

»Ich glaube, wir werden gleich etwas Wichtiges erfahren.« Die Gräfin war unruhig und musste sich zusammennehmen, um das Zappeln ihrer Glieder zu unterdrücken. »Was denkst du?«

»Er muss einen Grund gehabt haben, dich zu überfallen, outo tytöö, ganz recht. Am helllichten Tag, noch dazu so nah am Haus, würde kein Strauchdieb eine Frau angreifen …«

Ein dreimaliges Klopfen unterbrach ihn.

»Kommt rein.«

Heinrich drückte die Klinke und stieß die Tür mit dem Fuß auf. Der Gefangene schwieg, trotz der derben Behandlung, weshalb sie es nicht für nötig gehalten hatten, ihn zu knebeln. Hätte er durch lautes Schreien die Kinder erschreckt, so wären die beiden Knechte ohne Erbarmen über ihn hergefallen.

»Dorthin mit ihm.« Erik nickte zu der Bank, von der aus Stefan vor drei Tagen das Geschehen unten am Bach verfolgt hatte.

Emma starrte den Mann an und erinnerte sich. Das Krankenzimmer der beiden Cousinen in der Münchener Residenz. Der Arzt, der ihr den vergifteten Trunk gereicht hatte – er war es gewesen.

»Nun, Bursche, rede. Was hat dich zu dieser verdammenswerten Tat getrieben?« Erik ließ ihn nicht aus den Augen.

Der Gefangene bewegte seinen Mund, aus dem nichts als ein trockenes Krächzen kam.

Gegen ihren Willen empfand Emma Mitleid. Seine Lippen unter dem dichten Bart waren aufgesprungen und rissig. »Gebt ihm etwas zu trinken«, bat sie. »Dort aus der Waschschüssel. Er kann sonst nicht sprechen.«

Heinrich warf ihr einen tiefgründigen Blick zu. Die Gräfin blieb ihm ein Rätsel. Selbst nachdem der Mistkerl versucht hatte, sie umzubringen, handelte sie ruhig und überlegt. Er trug das Gefäß zu dem Gefesselten und hielt es ihm hin, so dass der Mann das Gesicht hineintunken und trinken konnte.

»Eigentlich sollte man dich darin ersäufen«, knurrte Heinrich.

»Clemens?«

»Ja, Herrin?«

»Denk einmal zurück an den Tag, an dem du mir bei Hofe den Becher mit dem Gift aus der Hand geschlagen hast.« Sie blickte von dem Pferdeknecht zu dem dürren Mann.

»Jesus Maria! Ich hatte ein Brett vor dem Kopf. Der Arzt, der sich so auffällig nach Euch erkundigt hat. Er war es!«

»Ja.« Emma nickte und sah den Grafen an. Beide hatten das Gefühl, noch etwas viel Wichtigeres übersehen zu haben. Die schwarzen Haare des Gefangenen schimmerten unnatürlich bläulich. Der Ansatz, etwa zwei Fingernägel breit, wuchs hell nach. Der Vollbart war blond.

»Hexe.« Der Gefesselte spuckte hustend aus. »Hexe!«, keifte er wieder, und seine Augen waren hasserfüllt auf Emma gerichtet.

Clemens schlug ihm hart ins Gesicht.

»Lass«, bat Emma und stand vom Bett auf. »Kommt alle näher heran.« Gemeinsam umringten sie den schmächtigen Gefangenen. »Seht genau hin. Sein Haar ist gefärbt, das erscheint mir reichlich …« Einen Herzschlag später wusste sie es. Das konnte nicht wahr sein! Warum? Warum hatte er das getan?

»Denkt euch den Bart weg!«, rief sie aufgeregt. »Stellt ihn euch blond vor, mit glattrasierter Haut. Ein trauernder Mann.«

»Fritz.« Graf Eisenberg schlug sich gegen die Stirn. »Das magere Bürschchen ist unser Fritz. Wie konnte ich das nur übersehen?«

»Ich habe ihn auch nicht gleich erkannt. In München, wo er mir als Arzt gegenübergetreten ist, hatte ich keine Ahnung von seiner wahren Identität.« Emmas Herz wurde schwer. Sie hatte den jungen, sensiblen Knecht auf der

Ravensburg gemocht. Er hatte ihr in seiner Trauer um die Magd Brigitta unendlich leidgetan, auch dann noch, als er ihr die Schuld dafür angelastet hatte.

»Was tust du hier?« Erik zauste ratlos sein Haar. »Ich habe dich selbst ins Rottenbucher Kloster gebracht. Du warst dort gut aufgehoben. Weshalb muss ich dir jetzt wiederbegegnen, verkommen zu einem räudigen Mordbuben? Wir waren immer gut zu dir, hast du das vergessen?«

»Die Mönche haben mir verboten, von ihr zu sprechen.«

»Von Brigitta?«

Fritz würdigte Emma keiner Antwort. »Euer Eheweib ist eine Hexe, Herr Graf. Sie darf nicht länger am Leben bleiben.«

»Red keinen Unsinn!« Erik musste sich beherrschen, ihm nicht ins Gesicht zu schlagen.

»Sie hat meine Brigitta verhext und zu Tode kommen lassen, versteht Ihr nicht? Sie war es, sie!« Er begann zu weinen und schüttelte sich beim Anblick der Gräfin vor Abscheu.

»Bleibt ganz ruhig«, bat Emma, der nicht entging, dass Erik und die Knechte vor Zorn kochten. »Ihr dürft ihn nicht noch mehr verängstigen, sonst erfahren wir nie, wie er auf diese absurde Idee verfallen ist. Es nimmt ihn schon genug mit, hier mit mir in einem Raum zu sein.«

»Du bist also aus dem Kloster fortgegangen?« Gemäß dem Wunsch seiner Frau versuchte der Graf, sein Temperament im Zaum zu halten.

»Ich bin geflohen, weil ich es nicht mehr ausgehalten habe. Tag und Nacht ihr Bild vor Augen, und dann durfte ich ihren Namen nicht in den Mund nehmen. Das konnte ich nicht ertragen.«

»Wieso bist du nicht heimgekehrt auf die Ravensburg?«

»Das habe ich mich nicht getraut. Ich wollte nicht undankbar Euch gegenüber erscheinen, Herr Graf. Ihr meintet es ja gut mit mir. Stattdessen habe ich mich den Heimatlosen angeschlossen, die in dem Elendsviertel vor den Toren Schongaus hausen. Und dort habe ich erfahren, dass die Gräfin eine Hexe ist. Ihre Schönheit und ihre Heilkünste – all das hat sie einem Handel mit Satan zu verdanken. Bestimmt hat sie meine Brigitta totgemacht, um ihre eigene Jugend zu erhalten. Hexen tun so etwas.«

»Wer hat dir diesen Floh ins Ohr gesetzt? Diese erbärmlichen Lügen? Das hast du dir nicht selbst ausgedacht.« Erik trat näher an den jungen Mann heran. »Woher hast du diese Ammenmärchen?«

»Wenn eine Hexe stirbt, werden ihre bösen Zaubermächte aufgehoben. Brigitta wird aus dem Grab auferstehen und zu mir zurückkehren«, erklärte er leise, während Tränen auf sein Hemd tropften.

»Dein Mädchen liegt in der Erde, du Narr!« Heinrich musste an sich halten, den Burschen nicht fest zu schütteln, um ihn zur Vernunft zu bringen. »Die Würmer nagen an ihren Knochen, das Fleisch fällt ab. Meinst du wirklich, so könnte sie zu dir zurückkehren? Ihre Seele ist längst beim Herrn. Sie ist verloren für dich, Junge, endgültig verloren.«

»Nein!« Fritz rüttelte an seinen Armfesseln, um sich die Ohren zuzuhalten.

»Wer hat dir gesagt, du sollst die Gräfin ermorden? Wer war es?«

Der gefesselte Knecht rückte unruhig auf der Bank hin und her, das Gesicht tränenverschmiert, und gab keine Antwort.

»Sag es uns!«, forderte Erik.

Fritz heulte.

»Du wirst uns jetzt eine Antwort geben.«

»Nein!«, kreischte er. »Ich verrate nichts!«

»Ich verzaubere dich auf der Stelle …«, Emma ging mit ihrem Gesicht ganz nahe an seines heran, »wenn du uns keinen Namen nennst.«

Der junge Knecht lehnte sich in heller Panik so weit nach hinten, wie er konnte. Das Gesicht der Hexe schwebte dicht vor ihm.

»Ich sag's ja!«, brüllte er, »ich sag's ja!«

Und er nannte einen Namen, der allen Anwesenden das Blut in den Adern gefrieren ließ.

55

PEITING
9. November im Jahre des Herrn 1516

Es war kalt und trüb, als das gräfliche Paar in der Kutsche auf die Ravensburg zurückkehrte. Dicke Nebelschwaden waberten über Wiesen und Felder und ließen die Welt grau in grau erscheinen. Emma hatte die Arme fest um ihre Kinder gelegt. Stefan und Johanna waren ihr Anker im Aufruhr der Gefühle. Sie war hin- und hergerissen zwischen Vorfreude und beklemmender Furcht. Caroline summte eine feine Melodie. Die weichen Töne mischten sich mit Emmas Gedanken. Endlich würde sie die geliebten Töchter und Martin wiedersehen. Und sie würde sich dem Verrat stellen.

Die Torwächter waren erleichtert über die gesunde Heimkehr ihrer Herrschaft. Seit dem Vorfall mit den falschen Gauklern war die Zahl der Wachtposten erhöht worden. Auch die Ausbesserungsarbeiten am Mauerwerk waren vollendet. Wehrhaft schien die Welfenburg nun jedem Angriff trotzen zu können.

Erik hob Stefan und Johanna aus der Kutsche. Emmas Herz zog sich beim Anblick der furchtsam geweiteten Kinderaugen zusammen, die verrieten, wie sehr die Kleinen von den Vorgängen in Württemberg mitgenommen waren.

Ein Farbtupfer am Rande der Burgmauer weckte Emmas Aufmerksamkeit. Sie runzelte die Brauen und spähte angespannt dorthin, wo an die Mauer geschmiegt ein Holzschuppen mit sauber gestapelten Scheiten stand. Vor dem Holzverschlag kniete eine Frau in einem hellen Kleid. Ihre Augen waren verbunden, die Arme auf den Rücken gefesselt. Daneben, verwoben mit dem sich an der Mauer rankenden

Efeu, war ein Unterschlupf aus Zweigen und Ästen errichtet worden. Emma wurde eiskalt.

»Schon gut, Liebes. Hörst du es nicht?« Erik, dem die seltsame Szenerie vor dem Schuppen nicht entgangen war, legte liebevoll den Arm um seine leichenblasse Frau und lächelte sie an. Leichter Nieselregen setzte ein.

Emma spitzte die Ohren. Tatsächlich. Leises Kichern. Kinderlachen. Die Furcht fiel von ihr ab, und sie folgte dem Grafen, der auf die gefesselte Frau zustrebte.

»Du solltest hineingehen, ehe du dich erkältest.« Erik zog der Gefangenen das Tuch von den Augen. »Schön, dich wiederzusehen, Rebecca.«

»Graf Eisenberg.« Die Kindsmagd schüttelte die lockeren Fesseln ab. »Gut, dass Ihr wieder da seid«, erwiderte sie erfreut.

In dem Moment stürmten drei Gestalten mit rußverschmierten Gesichtern johlend aus ihrem Unterschlupf. Ihre Geisel war vergessen.

»Räuberhauptmänner«, warf Rebecca erklärend ein.

»Mutter! Vater!« Die Zwillinge hängten sich an Emma und stießen die Gräfin in ihrer Freude beinahe um. Martin ließ sich, verlegen und glücklich, fest von Erik drücken.

»Unsere Geschwisterchen! Ihr habt sie mitgebracht!« Die Mädchen schmiegten sich kurz an ihren Vater und stürzten dann auf Stefan und Johanna zu. Nach dem ersten Schrecken über die lebhafte Begrüßung ließen die Kleinen die Liebkosungen gerne über sich ergehen und quietschten fröhlich.

Emma genoss glückselig diesen langersehnten Moment. Endlich war ihre Familie wieder vereint. Mit einem Blick gab sie Erik zu verstehen, dass sie bereit war.

»Rebecca.« Graf Eisenberg nahm die Kindsmagd zur Seite. »Das hier ist Caroline. Sie wird in Zukunft bei uns leben. Ich möchte, dass du mit ihr und den Kindern nach drinnen gehst. Zieht euch zurück, bis wir euch rufen. Ich will niemanden von euch unten in der Halle sehen.«

»Verstanden, Herr.« Rebecca nickte und stellte keine Fragen. »Ich und Caroline«, sie lächelte dem Mädchen zu, »werden die Rasselbande schon zu beschäftigen wissen.« Sie klatschte in die Hände und schaffte es durch guten Zuspruch, die Kinder von Emma und Erik loszueisen.

»Ich bin bald wieder bei euch«, versicherte die Gräfin.

»Lass uns nie wieder so lange alleine.« Isabel machte mit ernstem Gesicht noch einmal deutlich, was sie von leeren Versprechungen hielt.

»Nie wieder, mein Liebling. Das verspreche ich dir.« Emma zog das Mädchen an sich, das um ein Haar Mutter und Geschwister verloren hätte.

Es wurde Zeit, die Verantwortliche zur Rede zu stellen.

Am Hauptportal hielt sich das Gesinde bereit, Graf und Gräfin zu begrüßen. Sie dankten ihnen herzlich, ehe sie auch den Mägden und Knechten befahlen, sich von der Halle fernzuhalten.

»Es ist so weit.« Emma atmete tief durch. »Ich nehme an, die Herzogin hält sich in ihren Gemächern auf?«

»Wie immer, Frau Gräfin.«

»Seit der Herr fort ist, lässt sich die feine Dame kaum mehr blicken.«

»Rebecca kümmert sich nun auch um ihre Kinder. Die armen Würmchen …«

»Wie gut, dass der junge Herr Stefan und die kleine Johanna wohlauf sind. Wir haben für sie gebetet.«

»Eure Gebete haben uns sicher nach Hause geleitet.« Emmas Dankbarkeit war aufrichtig. »Hat man der Herzogin unsere Ankunft bereits mitgeteilt?«

»Nein, Herrin.«

»Heinrich.« Erik drehte sich nach dem treuen Knecht um.

»Geh und bitte die Herzogin, in den Saal zu kommen. Sag ihr, ich erwarte sie.«

Heinrich nickte und stapfte grimmig davon. Darüber, dass die Gräfin am Leben und bei ihrem Mann war, würde er – ganz in Eriks Sinne – schweigen.

»Graf Eisenberg!« Sabina betrat die Halle und lief leichtfüßig auf den Grafen zu. »Erik …!« Ihr Haar war gelöst und fiel ihr in sanften Wellen über den Rücken. Sie hatte es eilig gebürstet. Ihre Augen glänzten, und die Wangen zeigten eine hektische Röte.

»Setzt Euch«, forderte Erik Sabina auf und wies auf den gegenüberliegenden Stuhl an der Tafel.

Da erst nahm die Herzogin Notiz von der Frau, die ruhig hinter Erik stand und ihm nun eine Hand auf die Schulter legte.

»Ihr wirkt erstaunt, Herzogin«, begann Erik gelassen.

»Die Freude … die Freude, Euch und Emma gesund wiederzusehen«, stammelte Sabina und sank auf ihren Stuhl.

»Du brauchst uns nichts vorzuspielen.« Gräfin Eisenberg räusperte sich. »Wir wissen, was du getan hast.«

»Ich habe nichts getan.« Die Finger der Herzogin zuckten.

Als würden wir über sie zu Gericht sitzen, dachte Emma für sich. Aber taten sie das nicht auch?

»Fritz hat uns gestanden, wie er meiner Frau in Eurem Auftrag hinterhergereist ist. Ihr habt ihm weisgemacht, seine Herrin sei eine Hexe und verantwortlich für Brigittas Tod«, fasste Erik zusammen. Es gelang ihm, die Emotionen aus seiner Stimme zu verbannen.

Sabina gab einen zischenden Laut von sich und starrte den Grafen an, als wolle ihr Blick sich bis tief in seine Seele bohren.

»Ihr sagt nichts? Nun gut. Lasst mich weitererzählen.

Fritz färbte sein Haar und trat Emma am Münchener Hof als studierter Arzt gegenüber. Beinahe wäre es ihm gelungen, sie zu vergiften.«

»Als das misslang«, fuhr Emma anstelle ihres Mannes fort, »sorgte Fritz dafür, dass ich um ein Haar von einem wilden Hengst überrannt worden wäre, und versuchte außerdem, mich in einem Bach zu ersäufen.«

»Ich höre mir derlei Unsinn nicht an.« Sabina reckte das Kinn vor und machte Anstalten, sich zu erheben. Ihr kaltes Antlitz ließ nichts von den Gefühlen erahnen, die in ihrem Inneren tobten. Die ganze Mühe – umsonst.

»Ihr rührt Euch nicht vom Fleck«, befahl Erik.

»Wollt Ihr mich festhalten, Graf Eisenberg? Ein kleiner Landedelmann«, höhnte die Herzogin, »der es wagt, mir Vorschriften zu machen?«

»Reiß dich zusammen!« Emmas laute und schroffe Worte zeigten Wirkung. Ihr Zorn brach sich Bahn. Sabina schauderte. »Seit ich weiß, was du getan hast, wollte ich mich auf dich stürzen, dich schlagen und treten, dir das Haar büschelweise ausreißen und dich am Ende mit eigenen Händen erwürgen. Oh, wie sehr ich dir wehtun wollte!« Sie knirschte mit den Zähnen. »Wenn du es wissen willst – ich habe sogar mit dem Gedanken gespielt, dich in das alte Gewölbe des Grafen Ravensberg einzuschließen und dich dort unten vermodern zu lassen!«

Erik streichelte beruhigend Emmas Arm.

»Ihr habt keine Beweise für Eure Behauptungen«, rief Sabina da in hohem, spitzem Ton.

»Lieber Himmel! Was glaubt Ihr denn, wer Ihr seid?« Erik schüttelte voller Unglauben den Kopf. »Auch Ihr steht nicht über Recht und Gesetz. Fritz wird gegen Euch aussagen.« Das war eine Lüge, die Sabina hoffentlich nicht durchschaute. In Wahrheit war Fritz bestimmt längst über alle Berge, nachdem sie ihm nach seinem Geständnis die Freiheit geschenkt hatten. Er war jung genug, noch einmal von vorne zu beginnen. Ohne Schauermärchen von einer Hexe, die seine Liebste umgebracht habe. Erik war von der Einsicht des Knechts zwar nicht gänzlich überzeugt, doch Emma hatte ihn innig darum gebeten, Fritz gehen zu lassen.

»Ein Bauerntölpel und mich belasten. Pah!« Sabina winkte ab.

»Du bist so kalt.« Emma sah die Herzogin direkt an. »So also ist es, jemandem in die Augen zu blicken, der einem den Tod wünscht. Ich habe dir vertraut, dich für meine Freundin gehalten. Weshalb? Sag mir, weshalb du mich sterben sehen wolltest!«

In dem Moment kam Heinrich zurück und schwenkte zwei Dokumente in der Luft. Wie mit dem Grafen abgemacht, hatte er die Gelegenheit genutzt und die Gemächer der Herzogin durchsucht.

»Die habe ich in ihrem Schlafgemach gefunden. Sie lagen unter einer Truhe verborgen. Ich kann nur ein wenig lesen, aber ich glaube, es wird genü…«

»Gib das her!«, unterbrach Sabina schroff, und plötzlich klang Panik in ihrer Stimme auf.

Heinrich ignorierte ihren Protest und gab seinen Fund Erik, der mit gerunzelten Brauen las. Sein Gesicht verfinsterte sich. Als er die Briefe an Emma weiterreichte, glühten seine Augen vor Zorn.

»Ihr habt mir Emmas Schreiben unterschlagen, mit dem sie mich nach Hause rief.« Er hieb mit der Faust so hart auf die Tischplatte, dass alle zusammenfuhren. »Und Ihr habt meine Kinder wissentlich in die Hände Eures Gatten gespielt!« Den letzten Satz brüllte er.

Die Herzogin begann abgehackt zu schluchzen. »Ich habe das für Euch getan, Erik«, beteuerte sie. »Ich wollte Euch für mich, weil ich Euch liebe!«

»Mir wird übel bei der Vorstellung, Euch auch nur nahezukommen. Ja, ich ertrage es kaum, mit Euch in einem Raum zu sein«, fuhr Graf Eisenberg sie an.

»Oh, Ihr wisst nicht, wie nahe Ihr mir bereits wart. Sehr nahe, sehr, sehr nahe. Eure Krankheit, habt Ihr nie darüber nachgedacht, woher sie kam? Ein Schlaftrunk, nach Emmas Rezept zubereitet, hat Euch außer Gefecht gesetzt.« Häme malte sich auf Sabinas Zügen.

»Was hast du Teufelin mit ihm gemacht?« Emma sah bunte Lichter vor ihren Augen tanzen. Dass Sabina ihr den Tod wünschte, hatte sie noch ertragen. Selbst ihr Plan, Stefan und Johanna in Ulrichs Hände zu spielen, hatte sie nicht die Beherrschung gekostet. Aber nun, da auch noch Erik in ihr böses Spiel hineingezogen wurde, wechselte die Gesichtsfarbe Gräfin Eisenbergs von bleich zu rot. Mit wenigen Schritten war sie bei der Herzogin und holte mit der rechten Hand aus. Sie zögerte einen Moment zu lange. Sabina reagierte schnell und schlug Emma hart auf die rechte Wange.

»Nicht, Herrin.« Heinrich war zur Stelle und drückte die kreischende Herzogin auf ihren Stuhl, während Erik Emma an seine Brust zog. »Das ist sie nicht wert«, flüsterte der Landsknecht so laut, dass jeder es verstand.

»Ich habe mir deinen Mann genommen«, setzte Sabina ihre Provokation unbeirrt fort. »Du, nimm deine dreckigen Hände weg!«, befahl sie Heinrich, der mit unbewegter Miene dafür sorgte, dass Sabina keine Gelegenheit bekam, noch einmal nach Emma zu schlagen.

»Das ist eine Lüge«, erklärte Erik bestimmt.

»O nein, es ist die Wahrheit!«

»Gesteht Eure Schuld«, drohte Graf Eisenberg, der in Gegenwart dieser berechnenden Frau nun selbst nahe daran war, die Beherrschung zu verlieren. »Gesteht Eure Schuld, oder, bei Gott, ich werde tun, was meine Frau sich ausgemalt hat. Ich werde Euch in Ravensbergs Gewölbe verhungern lassen.«

»Das würdet Ihr nie …«

»Gesteht.« Eriks blaue Augen waren bar jeder Emotionen auf die Herzogin gerichtet und verursachten ihr Gänsehaut. Sie begriff, dass er es ernst meinte. Den Menschen aus den nordischen Ländern sagte man einen Hang zur Barbarei nach. Traf dies auch auf den Grafen zu?

Er tat einen Schritt auf sie zu.

»Ich wollte, dass mein Gatte den Kindern etwas antut«, begann die Herzogin mit erstickter Stimme. »Bleibt mir vom Hals, ich rede ja schon! Diese Tat sollte Ulrich Macht und Titel kosten. Ich selbst wäre zur Regentin Württembergs ernannt worden, und Euch, Erik«, den letzten Satz flüsterte Sabina nur noch, »Euch hätte ich mir zum Gemahl erwählt.«

»Ich wünsche keinem Mann, nicht meinem ärgsten Feind, in Eure Fänge zu geraten.« Clemens löste sich wie ein Schatten aus einer Ecke neben der Tür, in der er bisher regungslos und von der Herzogin unbemerkt ausgeharrt hatte. Die anderen warfen ihm verwunderte Blicke zu. Sabina erstarrte. »Ihr seid ein treuloses Weib und eine Mutter … eine Mutter, deren Kinder man besser bei Schnee und Regen aussetzte, als sie Euch zu überlassen.«

»Clemens, was hat das zu bedeuten?«, fragte Emma erstaunt.

»Paulus war ihr Sohn.« Clemens zeigte verächtlich auf Sabina. »Die hohe Dame hat sich mit einem Pferdeknecht eingelassen. Kaum zu glauben, nicht wahr?«

»Was soll das heißen, *war* mein Sohn?«

»Ihr habt es noch nicht erfahren? Paulus ist gestorben, während seine Mutter nur wenig mehr als hundert Schritte weit von ihm entfernt war und sich nicht einen Dreck um ihn scherte. Der Herzog, Euer Bruder, hat mit mir an seinem Grab gestanden.«

»Das hätte man mir sagen müssen!« Unerwartet begann die Herzogin zu weinen.

»Warum hast du mir das nicht gesagt, Clemens?« Emma mochte nicht glauben, dass diese beiden ungleichen Menschen ein Kind miteinander gehabt hatten.

»Paulus war kaum mehr als eine Woche alt, da brachten sie ihn mir. Ich durfte den Jungen behalten, weil ich versprach, nie ein Sterbenswort über seine Herkunft zu verlieren. Andernfalls hätten mein Sohn und ich das Licht der Sonne nicht mehr wiedergesehen.«

»Herzog Wilhelm wusste von Paulus?«

»Er hat sich um eine Amme für ihn gekümmert – und später um einen Arzt. Und er sorgte dafür, dass sein Sohn Georg sich mit Paulus anfreundete.« Clemens nickte nachdenklich. »Im Rahmen seiner Möglichkeiten hat er getan, was er konnte.«

»Mutter war an allem schuld! Sie hat mich zur Geburt ins Kloster geschafft und alles in die Hand genommen. Bitte, glaub mir, ich wollte ihn behalten. Zumindest ein Weilchen, solange er so klein war. Ich konnte doch nicht den Balg eines Pferdeknechts …« Sabina sprach, in ihre Erinnerung versunken, zunehmend unzusammenhängender. »Sie wollte ihn mir wegnehmen und dann … Er ist aus dem Wickeltuch gefallen und mit dem Kopf auf den Boden geschlagen. Sein Köpfchen war so klein. Mutter hob ihn hoch und trug ihn fort. Ich durfte ihn nicht wiedersehen.«

»Ihr wart schuld an seinem Wahnsinn!« Clemens ballte die Fäuste, so dass die Adern unter der Haut hervortraten. Die Wahrheit überwältigte ihn. »Bei Gott, ich muss gehen, sonst bringe ich Euch um!«

»Ich habe nichts getan!«, schrie Sabina ihm gellend hinterher. »Es war ein Unfall!«

»Du wusstest all die Jahre, dass dein Sohn bei Clemens war? Wo du ihn hättest finden können?« Trotz ihres Hasses empfand Emma einen Hauch von Mitleid. Sie glaubte der Herzogin. Bestimmt hatte sie ihren Sohn nicht absichtlich verletzt. Andererseits war Paulus in Sabinas Augen nur das Kind eines Pferdeknechts gewesen. Gräfin Eisenberg fröstelte.

»Es war ein Unfall«, wiederholte Sabina, und jetzt wimmerte sie. »Ich wollte ihn nicht zum Idioten machen. Ein Unfall, so glaubt …«

»Genug!« Erik ertrug es nicht länger. »Heinrich, bitte bring die Frau in ihre Gemächer und schließ sie dort ein. Der Herzog mag über sie richten – ich tue es nicht.« Er fasste Emma um die Hüfte und führte sie hinaus. Für sie beide war es Zeit, zu ihren Kindern zu gehen.

*

Man brachte Sabina von Württemberg vor Herzog Wilhelm, ihren Richter und Bruder.

Emma glaubte, Abscheu in den Zügen des jungen Herzogs zu lesen, als er am Ende den Behauptungen über die verderbten Taten seiner Schwester Glauben schenken musste. Obwohl Sabina zu diesem Zeitpunkt ihr Geständnis in Peiting längst bestritt, verurteilte ihr Bruder sie zu einer unbefristeten Zeit im Büßerhemd. Es waren der Zeugen zu viele, die Sabinas Machenschaften bestätigten. Dietrich Spät, der zufällig beim Herzog weilte, bot sich als Kerkermeister an und gelobte Verschwiegenheit. Die Herzogin spürte einen Stein von der Größe eines mächtigen Felsbrockens niederfallen. Sie wusste, dass sie den alten Freund um den Preis ihres Körpers würde locken können, wenn sie es nur geschickt anstellte.

»Was Euch betrifft, Graf Eisenberg, so erbitte ich als Freund und Bruder Euer Stillschweigen über die Geschehnisse. Selbstverständlich steht es Euch frei, die Grafschaft Ravensberg abzugeben, an wen und wann immer Ihr es wünscht.« Herzog Wilhelm war sich im Klaren darüber, dass er sich bei Erik nicht beliebt gemacht hatte, indem er ihn zur Übernahme der Grafschaft gezwungen hatte.

»Wir werden schweigen, mein Herzog.« Graf Eisenberg umfasste die Anwesenden mit einer weiten Handbewegung. Emma, Clemens und Heinrich nickten zu seinen Worten. »Ihr habt mich zum Herrn über die Ravensburg ernannt – nun bin ich verantwortlich für die Menschen dort. Ihr gebt mir Eure Zusicherung, in Zukunft völlig freie Hand zu haben bei allem, was diese Grafschaft betrifft?«

»So ist es, Graf Eisenberg.« Wilhelm seufzte tief. »Ich bezahle den Preis für den guten Ruf meiner erbarmungswürdigen Schwester. Ihr werdet in Frieden leben können. Mit meinem Segen und unter meinem Schutz, wann immer Ihr der Hilfe Eures Herzogs bedürft.«

»So sei es.« Emmas Stimme hallte laut durch den Saal und besiegelte die getroffene Vereinbarung.

Graf und Gräfin Eisenberg verließen die Residenz zusammen mit ihren Zwillingstöchtern, Martin, der Kindsmagd Rebecca und Caroline, die während der Anhörung geduldig auf sie gewartet hatten. Clemens und Heinrich nahmen ebenfalls ihren Abschied vom Hof, um nach freiem Willen in die Dienste des Grafenpaares zu treten.

*

Währenddessen flehte Sabina Dietrich Spät in der Abgeschiedenheit einer fensterlosen Kutsche mit zuckersüßem Lächeln an, ihr die unnötigen Handfesseln doch bitte zu ersparen. Der Ratsherr lehnte dies ab.

Epilog

BURG EISENBERG

26. Oktober im Jahre des Herrn 1517

Die Festgäste bildeten einen Kreis um das tanzende Hochzeitspaar. Sie lachten und klatschten, als der Bräutigam seine Braut so übermütig herumwirbelte, dass ihre Füße den Boden kaum mehr berührten.

Renate trug einen Kranz aus zartvioletten Schwertlilien auf dem Haupt, der einen langen, durchsichtigen Schleier hielt. Ihr dunkles Haar und das feingesponnene Wollkleid im Ton hellen Sandes boten zusammen mit dem Blumenkranz einen hübschen Kontrast. Sie sah so bezaubernd aus, dass ihr Vater, der Weber Wieland, mehrmals geräuschvoll aufschluchzte.

Emma hielt Eriks Hand fest in ihrer. Auch ihr standen Tränen in den Augen. Diese beiden hatten zueinander gefunden und waren sich ehrlich zugetan. Mit Freude hatte Gräfin Eisenberg im Sommer die beginnende Romanze zwischen der Weberstochter und dem Pferdeknecht verfolgt. Clemens hatte Renate geduldig das Reiten beigebracht – und sich in ihr Lachen verliebt, das in seiner Gegenwart immer häufiger zu hören war.

Die Braut trug Clemens' Ring an ihrer linken Hand. An der rechten Hand glänzte Michaels Verlobungsring. Emmas Schwur war erfüllt, das Liebespfand übergeben. Der Kreis hatte sich geschlossen. Sie war sich sicher, Renate würde den Ritter von Göggingen niemals vergessen. Bestimmt hätte er sich eine solch zärtliche Verbindung für seine Liebste gewünscht.

»Schau, die Kinder kommen.« Erik nickte lächelnd in

Richtung der Mädchen und Jungen, die sich, beladen mit Körben voller Blütenblätter, einen Weg durch die Zuschauer bahnten. Die Zwillinge und Johanna streuten einen Blütenkreis um das Paar, während Martin mit Stefan auf dem Arm die Frischvermählten singend umtanzte. Sie waren rührend anzusehen. Der alte Knecht Josef aus Nürtingen wischte sich über die feuchten Augen und lächelte. Dass ihm auf seine alten Tage noch ein solches Glück, ein solches Heim beschert wurde, empfand er als Wunder.

»Endlich habe ich das Gefühl, zu Hause angekommen zu sein«, wisperte die Gräfin ihrem Mann ins Ohr.

»Mir geht es genauso.« Erik zog sie an sich und drückte ihr einen Kuss auf die Stirn. »Jetzt, da die Angelegenheiten in Peiting geregelt sind und wir Burg und Dorf in guten Händen wissen. Hans Schützner wird sich vorbildlich kümmern, da bin ich sicher.«

»Caroline bleibt bei uns, das wollte ich dir erzählen. Sie hat mich heute Morgen beim Ankleiden der Braut beiseite genommen und mir ihre Entscheidung mitgeteilt. Sie wird meine Schülerin sein.«

»In der Heilkunst, Emma? Oder worüber sprechen wir gerade?«

»Die Seherin Sofia kannte mich aus ihren Visionen, lange ehe ich zu ihr kam. Sie wusste um meine Bestimmung. Ich hingegen bin mir bei Caroline nicht sicher. Es ist nur ein Gefühl …«

»Die Zeit wird es offenbaren. Falls du recht behalten solltest, wird es gut für Caroline sein, dich an ihrer Seite zu wissen.« Erik räusperte sich. Es fiel ihm schwer, seine Frau danach zu fragen. »Fühlst du … Enttäuschung, Liebes?«

»Weshalb denn?«

»Keines unserer Kinder scheint deine Gabe geerbt zu haben.«

»Nein.« Gräfin Eisenberg runzelte die Stirn. »Ganz im

Gegenteil. Ich bin dankbar, dass weder unsere Töchter noch unser Sohn mit einer solchen Bürde durchs Leben gehen müssen.«

Erik nickte.

»Weißt du, mir ist etwas klar geworden. Etwas, das nichts mit meinen seherischen Fähigkeiten oder Caroline zu tun hat. Es geht um die Herzogin … Ich glaube, ich hasse sie nicht länger. In den ersten Wochen, in denen wir beständig über ihren Verrat nachdachten, quälten wir uns regelrecht. Du genau wie ich. Und es wurde nicht besser. Aber jetzt … hier und heute ist es mir einerlei, was Sabina tut oder wie es mit ihr weitergeht. Ich empfinde Gleichgültigkeit. Das ist alles.«

»Du hast ein weises Herz, outo tytöö. Ein großes Herz. Glaub mir, du handelst klug, wenn du nicht zulässt, dass der Hass dich auffrisst. Die Herzogin ist das nicht wert. Die Erinnerung an ihren Verrat soll uns das Leben nicht vergällen.«

»Wir wollen Gott dafür danken, wie die Dinge sich gefügt haben. Unseren Kindern geht es gut, Margaretha und Konstantin können vor Freude kaum an sich halten, und Franziska – nun, seit ihrer Eheschließung ist sie nicht wiederzuerkennen. Sie strahlt förmlich von innen heraus.«

»Das liegt an der Schwangerschaft.« Erik fasste Emma um die Taille und führte sie in die Mitte des Kreises, wo sich neben den Brautleuten nun weitere Paare im Takt der Musik wiegten. »Dieses Leuchten in den Augen – das hattest du auch.«

Sie schmiegte sich an ihn. Die Musiker wechselten von schnellem Marsch zu ruhigeren Weisen und entlockten ihren Instrumenten sanfte, melodische Klänge. Langsam begann das gräfliche Paar zu tanzen. Emma hob den Kopf und versank in Eriks grünen Augen, die ihr so viel mehr sagten, als Worte es je vermochten.

»Und ich liebe dich«, antwortete sie leise.

Später, als die Nacht sich längst über den in Fackelschein getauchten Burghof gesenkt hatte, saßen Emma und Franziska in einträchtigem Schweigen auf einer Bank beisammen und lauschten dem Gesang der Feiernden. Der Landsknecht Heinrich führte eben den grölenden Weber aus Augsburg über den Hof. Er schwankte wie ein Halm im Wind.

»Wie gut, dass die Brautleute schon zu Bett gegangen sind«, kicherte Franziska. »Ich weiß nicht, was Renate davon halten würde, ihren alten Herrn in diesem Zustand zu sehen.«

Emma stimmte in das Gekicher der Freundin ein. »Wo wir gerade von Zuständen sprechen – sag, wie geht es dir?« Sie wies auf Franziskas kugelrunden Bauch, der sich unübersehbar unter dem Kleid abzeichnete.

Mit einem Mal schallte dröhnendes Gelächter zu ihnen herüber. Die Frauen folgten dem Geräusch mit den Augen und entdeckten Erik, der Marzan aufmunternd auf die Schulter klopfte.

»Sie verstehen sich«, bemerkte Emma.

»Ja, das tun sie. Obwohl ich – wenn ich ehrlich bin – nicht geglaubt hätte, sie würden je Freunde werden.«

»Worüber sie sich wohl amüsieren?«

»Oh, das ist einfach.« Franziska grinste. »Ich schätze, Marzan klagt über meine abnormen Gelüste. In den letzten drei Nächten – ich konnte schlecht schlafen, weil das Kleine unruhig war und ich großen Appetit hatte – ist er zu nachtschlafender Stunde hinunter in die Küche und hat mir Essen gekocht.«

Emma wurde warm ums Herz. Sie spürte große Zärtlichkeit für ihren Halbbruder, der sich so sehr um sein schwangeres Weib bemühte. »Darf ich?«

»Natürlich.« Franziska nahm Emmas Hand und legte sie auf ihren gewölbten Leib. »Warte – gleich tritt es wieder.«

Tatsächlich. Gräfin Eisenberg spürte kurz darauf das lebhafte Strampeln des Ungeborenen.

»Es gibt doch kein größeres Wunder als die Bewegungen eines Kindes im Mutterleib«, murmelte Emma und lehnte den Kopf vertrauensvoll an die Schulter der Freundin. »Momente wie diese sind es, die man festhalten und sich fürs Leben bewahren sollte.«

»Momente wie diese«, bestätigte Franziska und blinzelte eine Träne fort. Die Frauen schlossen einander fest in die Arme. Wahrhaftig, sie waren zu Hause.

Nachwort

Der Aufstand des *Armen Konrad*, auch Aufstand des *Armen Kunz* oder des *gemeinen Mannes* genannt, als sich 1514 vor allem die Bauern in Württemberg parallel zu den geheimen Vereinigungen des Bundschuhs in Südwestdeutschland gegen die Machthaber erhoben, war nur die Spitze des Eisbergs. Unterdrückung und Ausbeutung des einfachen Volkes mündeten schon zehn Jahre später, ab 1524, in die blutigen Bauernkriege.

Auf dem Schorndorfer Marktplatz, wo der Rebellenführer Peter Gaiß – der Gaispeter – hingerichtet wurde, starben neben ihm noch weitere Aufrührer. Verschiedene Quellen sprechen gar von bis zu zweitausend Menschen, die in Schorndorf gefoltert und/oder hingerichtet wurden.

Herzog Ulrich von Württemberg, der Landesherr dieser geknechteten Bauern, sah sich ab dem Zeitpunkt seiner Vermählung 1511 außerdem noch mit einem rebellischen Weib konfrontiert. Die Ehe mit der aus dem bayerischen Herzogshaus stammenden Sabina war aus politischem Kalkül geschlossen worden und war alles andere als glücklich. Es ist belegt, dass Ulrich seiner Geliebten wegen einen alten Freund, Hans von Hutten, erschlug. Auch Sabina soll kein Kind von Traurigkeit gewesen sein und so manchen Liebhaber in ihrem Bett begrüßt haben, nicht zuletzt ihren treuen Freund, den bayerischen Rat Dietrich Spät. Ob Ulrich seine Frau geschlagen, eingesperrt oder gar in Ketten gelegt hat, kann heute nur mehr spekuliert werden. Ebenso, ob sie ihrerseits mit Gewalttätigkeiten ihm gegenüber reagierte. Eines aber steht fest: Sabina scheute sich nicht, öffentlich Beschwerde gegen ihren Mann zu führen. Sie lief Ulrich davon und kehrte nie an seine Seite zurück.

Ein lautes Weib soll die Herzogin gewesen sein, so berichten viele Quellen, herrisch und zänkisch in ihrem Auftreten. Wer von den beiden Eheleuten letztendlich Schuld am Scheitern der Ehe trug, bleibt im Dunkeln. Vieles spricht für die These, dass beide ihr Scherflein dazu beigetragen haben.

Die im Roman beschriebene Reichsacht über Ulrich von Württemberg wurde 1516 zwar verhängt, machte diesem jedoch noch lange nicht den Garaus. Herzog Ulrich kämpfte sich zurück an die Macht und regierte bis 1519 wieder sein Württemberg, als er vom Schwäbischen Bund vertrieben wurde, weil er die Reichsstadt Reutlingen besetzt hatte. 1534 gelang ihm die Rückkehr in das Land.

Die Pest wütete 1517 in München. Den Vorläufer des Pestausbruchs 1516, dies möge man mir aus Gründen der Dramaturgie verzeihen, habe ich frei ersonnen. Der Ursprung der Schäfflertänze geht allerdings tatsächlich – wie in Emmas Vision beschrieben – auf die Legende von den mutigen Schäfflerburschen zurück, die 1517 auf die Straßen gingen und der Pest ein Ende setzten. Man vermutet, dass Herzog Wilhelm IV. damals den Schäfflern das Recht gab, ihren Tanz alle sieben Jahre aufzuführen, um einer weiteren Pestepidemie vorzubeugen.

Von der Peitinger Burg, einst von den Welfen erbaut, ist heute nichts mehr übrig. Lediglich die Gräben sind noch zu erahnen. Ein Gedenkstein nebst uriger Holzhütte erinnert an das Bauwerk. Der verstorbene Graf von Ravensberg in diesem Buch ist eine fiktive Person. Die Burg auf dem Peitinger

Schlossberg haben deshalb lediglich Emma und ihre Gefährten als »Ravensbergs Burg« oder »Ravensburg« bezeichnet.

Wer in den bayerischen Pfaffenwinkel kommt, dem sei eine Wanderung zu den Schnalzhöhlen ans Herz gelegt. Dazu wird festes Schuhwerk empfohlen, und auch die Wetterverhältnisse sollten stimmen. (Ich spreche hier aus eigener Erfahrung und denke an eine winterliche Glatteis-Kraxelei zurück.) Entgegen verbreitetem Glauben sind die beeindruckenden Sandsteinhöhlen übrigens nicht natürlichen Ursprungs. Auch die Überlieferung vom Geheimgang, der angeblich von Rottenbuch bis in die Höhlen führte und den Mönchen des dortigen Klosters als Fluchtweg gedient haben soll, gehört ins Reich der Phantasie. Alte Urkunden belegen schon im Mittelalter einen Steinbruch in der Schnalz. Was, wie ich finde, diesem Fleckchen Erde seinen besonderen Zauber nicht nimmt.

Die in diesem Buch genannten Städte und Orte gibt es wirklich und sind eine Reise wert. Der Teufelstritt in der Münchener Frauenkirche, die Fuggerei in Augsburg, die Münchener Residenz oder der Blautopf bei Blaubeuren lassen sich auch heute noch besichtigen. Und ist die Substanz, wie im Fall der Burgruinen Eisenberg und Hohenfreyberg bei Pfronten, einmal nicht mehr so gut erhalten – einfach die Augen schließen und dem Nachhall des Vergangenen lauschen.

Historische Personen

In der Reihenfolge ihrer Nennung im Roman,
handelnde Personen sind unterstrichen

Ulrich, Herzog von Württemberg

* 8. Februar 1487 in Reichenweier, † 6. November 1550 in Tübingen, ⚭ Sabina von Bayern seit 1511. Wurde als Elfjähriger 1498 dritter Herzog von Württemberg. 1516 wurde die Acht und Aberacht des Reiches über ihn verhängt. 1519 wurde er vom Schwäbischen Bund vertrieben, weil er die Reichsstadt Reutlingen besetzt hatte. 1534 erlangte er wieder die Herrschaft über sein Land. Aus der Ehe mit Sabina gingen zwei Kinder hervor: Anna und Christoph. Nach seinem Tod folgte ihm sein Sohn Christoph auf den Thron nach.

Rainhard Gaißlin

Stadtpfarrer im württembergischen Grüningen und einer der Anführer des *Armen Konrad*. In Schorndorf hingerichtet.

Peter Gaiß – »Gaispeter«

Stammte aus Beutelsbach in Württemberg und wurde als einer der Anführer des *Armen Konrad* am 7. August 1514 auf dem Schorndorfer Marktplatz hingerichtet. Er spielte eine maßgebliche Rolle bei dem Aufstand der geheimen Bauernbünde und forderte unter anderem eine Überprüfung der neu eingeführten Gewichte.

Wilhelm IV., Herzog von Bayern, »der Standhafte«

* 13. November 1493 in München, † 7. März 1550 in München, ⚭ Maria Jakobäa von Baden seit 1522. Regierte selb-

ständig ab 1511 bis zu seinem Tod. Erließ am 23. April 1516 das bayerische Reinheitsgebot zum Bierbrauen. In seine Herrschaftszeit fiel die Reformation. Aus seiner Ehe mit Maria Jakobäa gingen vier Kinder hervor: Theodo, Albrecht, Wilhelm und Mechthild. Zuvor wurde er Vater eines unehelichen Sohnes, Georgs von Hegnenberg. Nach seinem Tod folgte ihm sein Sohn Albrecht V. nach.

Albrecht IV., Herzog von Bayern, »der Weise«

* 15. Dezember 1447 in München, † 18. März 1508 in München, ∞ Erzherzogin Kunigunde von Österreich seit 1487. Erließ das Primogeniturgesetz, um zukünftige Teilungen des Landes zu verhindern. Aus seiner Ehe mit Kunigunde gingen acht Kinder hervor: Sidonie, Sibille, Sabina, Wilhelm, Ludwig, Susanne, Ernst und Susanna. Nach seinem Tod folgten ihm seine Söhne Wilhelm IV. und Ludwig X. nach.

Johannes Turmair, »Aventinus«

* 4. Juli 1477 in Abensberg, † 9. Januar 1534 in Regensburg, latinisierte seinen Namen nach seinem Herkunftsort Abensberg zu Aventinus und ging als erster bayerischer Geschichtsschreiber in die Annalen ein. Zu seinen bekanntesten Werken zählt die »Baierische Chronik«.

Ludwig X., Herzog von Bayern

* 18. September 1495 in Grünwald, † 22. April 1545 in Landshut. Ab 1514 Mitregent seines Bruders Wilhelm IV. von Bayern. Blieb unverheiratet und kinderlos.

Sabina von Bayern, Herzogin von Württemberg

* 24. April 1492 in München, † 30. August 1564 in Nürtingen, ∞ Ulrich, Herzog von Württemberg, seit 1511. Die Zwistigkeiten mit ihrem Gatten, den sie nach nur wenigen Jahren

verließ, sind überliefert. Aus der Ehe gingen zwei Kinder hervor: Anna und Christoph. Nach ihrem Tod wurde sie neben dem ungeliebten Gemahl beigesetzt.

Albrecht Dürer

* 21. Mai 1471 in Nürnberg, † 6. April 1528 in Nürnberg, ⚭ Agnes Frey seit 1494. Dürer war Maler, Reisender und Mathematiker. Seine Ehe blieb kinderlos, seine Werke sind bis heute unvergessen.

Jakob Fugger, »der Reiche«

* 6. März 1459 in Augsburg, † 30. Dezember 1525 in Augsburg, ⚭ Sibylle Artzt seit 1498. Augsburger Kaufmann und Handelsherr mit Beziehungen in die ganze Welt. Erbauer der Augsburger Fuggerei. Seine Ehe blieb kinderlos.

Georg von Hegnenberg

* um 1509, † um 1590 in Ingolstadt. Ritter und unehelicher Sohn Wilhelms IV. und Margarethe Hausners von Stettberg.

Kunigunde von Österreich

* 16. März 1465 in Wiener Neustadt, † 6. August 1520 in München, ⚭ Albrecht IV., Herzog von Bayern, seit 1487. Aus ihrer Ehe mit Albrecht IV. gingen acht Kinder hervor: Sidonie, Sibille, Sabina, Wilhelm, Ludwig, Susanne, Ernst und Susanna. Nach dem Tod ihres Gatten zog sie sich ins Kloster zurück.

Kaiser Maximilian I., »der letzte Ritter«

* 22. März 1459 in Wiener Neustadt, † 12. Januar 1519 in Wels, ⚭ Maria von Burgund seit 1477 / ⚭ Bianca Maria Sforza seit 1494. Kaiser des Heiligen Römischen Reiches Deutscher Nation seit 1508. Aus seiner Ehe mit Maria gingen

drei Kinder hervor: Margarete, Franz und Philipp. Er war Vater eines unehelichen Sohnes, Georgs von Österreich.

Hans von Hutten

* 1477 in Unterfranken, † 8. Mai 1515 im Böblinger Forst, ⚭ Ursula Thumb von Neuburg seit 1514. Im Hofdienst des Herzogs Ulrich von Württemberg wurde er von diesem hinterhältig ermordet.

Leonhard von Eck

* 1480 in Kelheim, † 17. März 1550 in München. Hofrat und enger Vertrauter Herzog Wilhelms IV. von Bayern.

Martin Luther

* 10. November 1483 in Eisleben, † 18. Februar 1546 in Eisleben, ⚭ Katharina von Bora seit 1525. Mönch und Reformator, Verfasser der 95 Thesen. Aus seiner Ehe mit Katharina gingen sechs Kinder hervor: Johannes, Elisabeth, Magdalena, Martin, Paul und Margarethe.

Johannes Gutenberg

* um 1400 in Mainz, † 3. Februar 1468 in Mainz. Der Kaufmannssohn gilt als Erfinder bzw. Weiterentwickler des Buchdrucks.

Susanna von Bayern

* 2. April 1502 in München, † 23. April 1543 in Neuburg an der Donau, ⚭ Markgraf Kasimir von Brandenburg-Kulmbach seit 1518 / ⚭ Fürst Ottheinrich von Pfalz-Neuburg seit 1529. Schwester Kunigundes, der Herzogin von Württemberg. Aus ihrer Ehe mit Kasimir gingen fünf Kinder hervor: Marie, Katharina, Albrecht, Kunigunde und Friedrich.

Anna von Württemberg

* 13. Januar 1513 in Stuttgart, † 28. Juni 1530 in Urach. Die Tochter der Herzogin Sabina fiel der Pest zum Opfer.

Christoph von Württemberg

* 12. Mai 1515 in Urach, † 28. Dezember 1568 in Stuttgart, ⚭ Anna Maria von Brandenburg-Ansbach seit 1544. Folgte seinem Vater als Regent Württembergs nach. Aus seiner Ehe mit Anna Maria gingen zwölf Kinder hervor: Eberhard, Hedwig, Elisabeth, Sabina, Emilie, Eleonore, Ludwig, Maximilian, Ulrich, Dorothea Maria, Anna und Sophie.

Ulrich von Hutten

* 21. April 1488 in Hessen, † 29. August 1523 auf der Insel Ufenau. Humanist und Verwandter des ermordeten Hans von Hutten. Starb unverheiratet und kinderlos an der Syphilis.

Dietrich Spät

* unbekannt, † 1. Dezember 1536, ⚭ Agatha von Neipperg. Der bayerische Ratsherr unterstützte Sabina, die Herzogin von Württemberg, bei deren Flucht aus Württemberg. Er starb im Rang eines kaiserlichen Rates.

Dank

Am Ende bleibt, und das mit Freuden, all jene zu nennen, die auf vielfältige Art und Weise zur Entstehung dieses Buches beigetragen haben. Mein Dank gilt:

- Ulrich Pöppl und Regine Weisbrod, die mehr sind als Agent und Lektorin und die mit unermüdlichem Einsatz, Inspiration und Motivation dieses Buch zu dem besten gemacht haben, das es werden konnte.
- Von Anfang bis Ende standen Barbara Heinzius und der Goldmann Verlag hinter diesem Buch. Für Pressearbeit, reibungslose Organisation der Lesungen und vieles mehr meinen herzlichen Dank.
- Adriana Fliegauf, die das Manuskript mit wachem Auge (und in Rekordzeit) las und sich speziell mit der Peitinger Historie auseinandersetzte.
- Nikolaos Gavrihilidis von *your-e-motion photographie* für die fabelhaften Pressefotos.
- Josef Luthner, ehrenamtlichem Kreisheimatpfleger, der sich die Mühe machte, Auszüge aus historischen Dokumenten zusammenzustellen, die die frühe Existenz der Rottenbucher Steinbrüche belegen. Das Rätsel um die wirkliche Entstehung der Schnalzhöhlen ist gelöst.
- Meinen Eltern, meinen Brüdern, meinen Großeltern und der restlichen Sippschaft für ihre Geduld mit mir, die ich gedanklich oftmals im sechzehnten Jahrhundert schwebte. Speziell meiner Mama für ihre Findigkeit in jeder Lage und meinem Bappo, in dessen Augen ich nichts

falsch machen kann, auch wenn ich es nicht richtig mache. (Danke auch fürs Korrekturlesen!)

- Renate Schwinghammer alias Tweety für ihre Unterstützung, wenn es mal schwierig war, fürs Korrekturlesen und ihr offenes Ohr zu jeder Zeit – wir springen noch, meine Liebe!
- Sabine und Reiner Lipp mit Flo für ein sommerliches Terrassenasyl zum Schreiben, als der Schlüssel fehlte.
- Melanie Dunkl und Simon Wöhnl, die in der heißen Schreibphase dazustießen und sich trotzdem nicht davon abhalten ließen, meine Freunde zu werden.
- Allen meinen Lieben, die ich hier – aus Angst, jemanden zu vergessen – nicht aufzuzählen wage. Merci, Leute!
- Tossa Haseitl, meinem besten Freund und zukünftigen Mann. Der den Kartenentwurf zauberte, den ich mir wünschte. Der Hochs und Tiefs mit mir durchlebte, von der ersten bis zur letzten Seite. Für den sich mein Dank nicht in Worte fassen lässt. Deshalb habe ich ihm dieses Buch gewidmet.